DIE GEFANGENEN VON
GREEN RIVER

TIM WILLOCKS

DIE GEFANGENEN VON GREEN RIVER

ROMAN

Aus dem Englischen von Hanna Neves

WILHELM HEYNE VERLAG
MÜNCHEN

Titel der englischen Originalausgabe:
Green River Rising
Die Originalausgabe erschien im Verlag Jonathan Cape,
Random House, Großbritannien

ISBN 3-453-09736-X

Inhalt

»*Ich habe nachgedacht, wo ich der Welt*
Den Kerker, wo ich lebe, mag vergleichen ...«
WILLIAM SHAKESPEARE, *Richard II.*

Das Wort

Stell dir vor, es ist finster, und in dieser Finsternis Eisenstangen, verkrustet vom Rost und Dreck der Jahrhunderte. Die Stangen zwischen Blöcken von Granit, alt wie die Berge, in denen die Zeit sie schuf, und darauf gestapelt und festgemauert, dreißig Meter hoch, noch mehr Granit, Block auf Block.

Zwischen den Stangen, unter den unterirdischen Mauern, fließt ein Strom, eine Kloake, schäumend vom Auswurf von zweitausendfünfhundert verzweifelten Männern und von ungezählten Tausenden, die vor ihnen da waren.

Atme diese höllische Luft. Schmeck sie. Denn das ist der Geruch und der Geschmack der Strafe, rein und unvermischt, und diese schmelzende Schlacke enthält einen widersprüchlichen, einen gefolterten und unvergleichlichen Menschenschlag. Und dieser muß hier sein Zuhause finden, seine letzte blinde Vereinigung mit dem unersättlichen, unaufhaltsamen Müll, diesem Müll, der das Schicksal von allem ist. Die Kloake in den Eingeweiden des Gefängnisungeheuers, diese Kloake in der Kloake der Welt, ist der Ort, wo die Notwendigkeit endet und die Möglichkeit beginnt: im Schmerz und in der Herrlichkeit des äußersten Verlustes.

Das ist Green River.

Und das ist die Geschichte seiner Revolte.

Prolog

Das Tal

Millionen Menschenjahre Gefangenschaft hatten die Oberfläche der Granitplatten schmierig glattpoliert und tief durchtränkt mit Dreck und Verzweiflung. Gefängnisdirektor John Campbell Hobbes durchquerte den Zentralgang von Block B, und unter seinen Füßen knirschte es, so daß er in seinen Knochen das Echo von Generationen schlurfender Füße spürte. Tief im Rachen schmeckte er den Fäulnisgeruch von altem Schweiß und verseuchtem Schleim, die vermischten Dämpfe von Haschisch und Nikotin. Hier hatte sich der komprimierte Gestank von menschlichen Ausscheidungen und Schmerz konzentriert und destilliert und über Jahrzehnte unter dem hohen Glasdach abgelagert, das wie eine Kuppel die dreifach gestaffelten Reihen der überfüllten Zellenblöcke überspannte. Hierher wurden Männer geschickt, um das Knien zu lernen, und wer nicht wollte, dem wurde es beigebracht.

Anderswo auf diesem Planeten gab es schlimmere Gefängnisse – viel schlimmere –, aber keins davon hier in den Vereinigten Staaten. Das hier war das Beste, was die Zivilisation tun konnte: eine Zivilisation, die Hobbes vor seinen Augen hatte zerbröckeln sehen und die er mit der ganzen Kraft seines beachtlichen Verstandes verachtete. Mit jedem Schritt knallten die Stahlspitzen seiner Schuhe hart auf die Steinplatten, und das unaufhörliche Klappern erinnerte ihn irgendwie an seine Pflicht. Diese Pflicht, dieses Vorgehen, bestand in Disziplin und Strafe, und Hobbes hatte sie so pflichtbewußt ausgeübt, wie er nur konnte. Heute aber wollte er dieser Vorgehensweise den Rücken kehren. Heute wollte er seiner Pflicht mit anderen Mitteln nachkommen.

Heute wollte John Campbell Hobbes den Edelstein der Disziplin mit dem Hammer und dem Meißel des Krieges zerschmettern.

Drei Schritte hinter Hobbes marschierte eine Phalanx von sechs Wachen in voller Schutzmontur, mit Helmen und Visieren, Körperschutz, Gummiknüppeln, Plexiglasschilden und Tränengaspistolen. Aus der Lautsprecheranlage – acht Lautsprecher über dem Hintereingang des Ausfalltores – tönte mit Pauken und Trompeten ein Militärmarsch, zu dem Hobbes und seine Männer im Takt ausschritten. Die Trommeln erfüllten Hobbes' Arme und Beine mit dem Gefühl grenzenloser Macht und übertönten das Murmeln der Sträflinge, die auf die überhängenden Gänge hinausgetrieben worden waren. Sie haßten ihn, blind und verständnislos. Früher hatte er darunter gelitten, aber heute war ihm ihr Haß willkommen.

Steine. Trommeln. Strafe. Macht.
Disziplin war alles.
Hobbes war alles.
Mit anderen Mitteln.

Im rasenden Schwall seiner Gedanken entstand eine Pause. Hobbes hielt inne, prüfte die gewundenen Spiralen seines Geistes nach einer Spur von Irrtum, Hybris oder Zweifel. Er fand nichts. So war es. Nur durch die Entfesselung unabschätzbarer Umwälzungskräfte ließ sich ein Universum neu gestalten. Der große Physiker hatte sich geirrt: Gott spielte tatsächlich mit Würfeln. Und in dem erbärmlichen, schäbigen Universum namens »Staatliches Zuchthaus Green River« war John Campbell Hobbes ein Gott.

Das Zuchthaus hatte der englische Architekt Cornelius Clunes zu einer Zeit entworfen, als es noch möglich war, Philosophie, Kunst und Technik in einem einzigen gewaltigen Werk zu vereinen. Im Auftrag des Gouverneurs von Texas schuf Clunes 1876 ein Gefängnis, in dem jeder Ziegelstein von der Idee einer sichtbaren, aber ungreifbaren Macht durchtränkt war. Das hier war kein finsteres Verlies. Kein gedrungener grober Kasten. Green River war ein Hymnus auf die erzieherischen Eigenschaften des Lichts.

Von einem zylindrischen, von einer gläsernen Kuppel überdachten Kern strahlten vier Zellenblocks und zwei Arbeitsblocks in Winkeln von jeweils sechzig Grad zueinander aus, wie Speichen von der Nabe eines gigantischen Rads. Unter der Kuppel erhob sich ein zentraler Wachturm, von dem aus der Beobachter einen klaren Überblick über die Mittelgänge aller vier Zellenblöcke hatte. Die Blockdächer ruhten auf glatten Granitwänden, die die obersten Zellenreihen um mehr als sechs Meter überragten. Firstträger, Zugbalken und Dachsparren aus Schmiedeeisen waren mit aufwendigen Platten aus dickem grünem Glas überdacht. Durch das Glas strömte das allsehende Licht Gottes: eine permanente Überwachung, die in dem in seiner Zelle kauernden Insassen einen Zustand der ständigen und bewußten Sichtbarkeit hervorrief und die das automatische Funktionieren der Macht garantierte. Wenn der Sträfling aus dem Fenster seiner Zelle blickte, sah er die Umfassungsmauern mit den Scharfschützen; durch die vergitterte Tür sah er den zentralen Wachturm mit den Wärtern und den Kameras. In der Nacht erhellte eine grünliche Glühbirne seine Zelle, während die Mauern und Gänge mit Scheinwerfern beleuchtet wurden. Wer Green River betrat, sagte für die Dauer seines Aufenthalts der Dunkelheit ade. Dunkelheit gestattete wenigstens die Illusion von Intimität und Unsichtbarkeit, da konnte ein Mensch zumindest noch versuchen, sich ein Gefühl von der eigenen individuellen Existenz aufzubauen. Licht war Disziplin, Dunkelheit Freiheit. Wenn der Insasse immer sichtbar war, konnte er nie wissen, ob er gerade beobachtet wurde oder nicht, und dadurch verwandelte er sich in seinen eigenen Wächter, der sich im Namen seines Wächters unaufhörlich selbst beobachtete. Green River war ein Bauwerk der Macht, errichtet nach den paranoiden Phantasiebildern der Schuldigen.

Hier im Zellenblock B war das Tal der Langstreckenläufer. Das war zumindest der Name, den Reuben Wilson, ihr Führer, ihnen gegeben hatte. Alle Insassen von Block B waren Schwarze. Es gab keine offizielle Politik der Rassentrennung, aber in einer Umgebung, die derart von Gefahr und Angst durchtränkt war, drängten sich die Männer instinktiv in Stammesgruppen zusammen, und Hobbes und seine Mannschaft duldeten es im Interesse eines wenn auch unsicheren Friedens. In Block C saßen Schwarze und Latinos; in Block A Latinos und Weiße gemischt; in D ausschließlich Weiße. Eine antagonistische Gegenüberstellung feindlicher Kräfte, die nur auf ihre Entfesselung warteten. Wenn der Krieg der natürliche Zustand des Menschen war, dann war der Frieden immer nur Vorspiel und Vorbereitung. Hobbes schritt das Tal entlang, vorbei an einer brodelnden Menge dumpf drohender, verschwitzter Gesichter, in deren Augen er nichts anderes las als einen vergifteten Nihilismus, geboren aus endlosem, abgestumpftem Leid.

Am anderen Ende des Blocks, ganz in der Nähe des Ausfalltors zum Hof, stand auf einem Podest ein Mikrophon, auf das Hobbes nun zusteuerte. Dabei rannen ihm Bäche von Schweiß das Genick hinunter ins Hemd und vom Haaransatz in die Augen. Er verkniff sich den Drang, das Gesicht abzuwischen. Cornelius Clunes hatte sein Meisterwerk in der Feuchte und Düsternis des viktorianischen London geplant. Ein unvorhergesehener Effekt seiner im subtropischen Klima von Ost-Texas verwirklichten Phantasie aus Glas und Eisen bestand darin, daß sich das Gefängnis hier in ein gigantisches Glashaus verwandelt hatte, das die Sonnenstrahlen einfing und ihre Energie in den schweißgebadeten Körpern der Gefangenen speicherte. Früher waren die Lebensbedingungen hier derart katastrophal gewesen, daß Ausbrüche von Cholera, Typhus und Gelbfieber die Gefängnisbelegschaft regelmäßig dezimiert hatten. In solchen Fällen hatte man das Gefängnis seinen Insassen überlassen und so lange das Essen über die Mauern geworfen, bis die Seuche sich ausgetobt hatte. Weil die Sträflinge ohne

Skrupel selbst in die Hand nahmen, wovor die Staatsgewalt zurückschreckte, und jeden, der Symptome der Ansteckung zeigte, einfach umbrachten, führte jeder Seuchenausbruch zu so extremen Gewalttätigkeiten, daß es selbst Hobbes' Vorstellung überstieg.

Nach dem Zweiten Weltkrieg war das Gefängnis geschlossen und statt dessen ein modernes, hygienisches Gefängnis nördlich von Houston eröffnet worden, aber in den sechziger Jahren hatten eine blitzartig steigende Verbrechensrate, Klimaanlagen und die ungewöhnlichen Ideen von John Campbell Hobbes Green River wieder zum Leben erweckt. Er hatte das Gefühl, Green River gehöre ihm. Es war sein Universum. Ein phantastisches Instrument, ein panoptisches System, errichtet am Rande der Gesellschaft, durch das die irregeleiteten, aber dennoch menschlichen Elemente dieser Gesellschaft an Disziplin gewöhnt, bestraft und ihrer Fähigkeit zu asozialem Handeln beraubt werden sollten, bevor man sie wieder ins normale Leben entließ. Unleugbar eine edle Absicht. Doch im Lauf der vergangenen zwanzig Jahre hat Hobbes mitansehen müssen, wie sich sein Instrument – anfangs langsam, dann mit atemberaubender Geschwindigkeit – in einen üblen, stinkenden Zoo verwandelte, der seinen ursprünglichen Absichten Hohn sprach. Im zuständigen Strafdezernat stießen seine Verbesserungsvorschläge bei manchen auf Spott, bei anderen (wenn auch nur insgeheim) auf Bewunderung; aber die einen wie die anderen lehnten sie als politisch undurchsetzbar ab. Na gut. Endlich war die Stunde gekommen, um ihnen die Konsequenzen ihrer Blindheit vor Augen zu führen. Hobbes war am Podium angelangt und trat hinter das Mikrophon.

Das Trommeln und Pfeifen hörte abrupt auf.

Der Block war nie ruhig. Nie. Aber in der plötzlichen Stille nach der Musik schienen die großen Stapel von überfüllten Zellen einen Moment lang fast völlig still.

Hobbes holte tief Luft, hob die Brust und straffte die Schultern. Unter dem Podium standen in weitwinkliger V-Formation seine Wachen. Hinter ihnen ragten die hohen, von Käfi-

gen gesäumten Mauern auf, hinter den Käfigen die Granitblöcke, hinter den Granitblöcken Eisen und Glas, und hinter
Eisen und Glas die Sonne. Man hatte die Sträflinge aus ihren
Zellen getrieben, und jetzt lümmelten sie, rauchend und sich
am Geschlecht kratzend, an der Sicherheitsschiene entlang
der Laufgänge. Nur die wenigsten trugen den Anstaltsdril-
lich ohne zusätzliche Verzierungen. Viele waren nackt bis
zum Gürtel. Jämmerliche Trotzgesten. Aber Trotz oder nicht,
Hobbes war jetzt ihrer Aufmerksamkeit sicher, denn seine
»Reden an die Nation« brachten zumindest eine willkom-
mene Abwechslung in die ungebrochene Langeweile ihres
Daseins. Wie er jetzt vor ihnen stand, breit und schroff, kahl,
im schwarzen Anzug, das Gesicht aus bitterem Stein, da
stieg aus der fast vollkommenen Stille ein immer stärker
werdendes Grollen aus der Menge. Zuerst nur Bauch- und
Gurgellaute, Urlaute des Unmuts, als wären die fünfhundert Mann ein einziger Organismus. Dann stiegen aus dieser gestaltlosen Wut Schreie auf. In der überhitzten, von
der Ausdünstung schwitzender Körper zum Schneiden
dicken Luft taumelten die Worte wie in Zeitlupe auf
Hobbes zu.

»He, Chef! Deine Mamma hat's am liebsten von hinten!«

Der Ruf kam vom dritten Rang, gefolgt von wieherndem
Gelächter. Mit langsamen Bewegungen zog Hobbes ein
weißes Taschentuch heraus und wischte sich wortlos die
Stirn.

»Sie hat mir erzählt, ihr alle besorgt's ihr so, nur dein
Schwanz ist viel zu klein.«

Noch mehr Gelächter. Vom zweiten Rang kam ein Schrei
»Direktor Zwergschwanz!« Hobbes sagte noch immer nichts,
faltete nur sein Taschentuch und ließ den Lärm weiter
anschwellen. Der höhlenartige Raum um ihn füllte sich mit
fuchtelnden Armen und drohenden Fäusten, aufgerissenen
rosa Mäulern, gelbstichigen Augen voll geplatzter Blutgefäße, gierig klaffenden gelben Zähnen. Als Hobbes in dem
Sturm von Beschimpfungen keine erkennbaren Laute mehr
ausmachen konnte, beugte er sich vor zum Mikro.

»Ihr tut mir alle leid.«

Hobbes sprach leise, überließ es den Verstärkern, seine Worte verständlich zu machen. Der Lärm aus den Zellen legte sich. Trotz ihrer Wut wollten sie ihn hören. Hobbes ließ sich Zeit, blickte hinauf zu den Zellenreihen, hielt hie und da inne, um sich ein einzelnes Gesicht herauszupicken. Dann nickte er wie zu sich selbst, als sei er besorgt, und fing wieder an.

»Niedriger als Tiere.«

»Fick dich selber!«

»Jawohl!« Hobbes fuhr mit dem Kopf auf den Schrei zu. »Eingesperrt in eure Käfige, ohne zu wissen warum! Erbärmliche Sündenböcke für eine Welt, die zu begreifen euch der Grips fehlt!«

Hobbes spürte, wie seine Stimme höher wurde. Er senkte sie wieder.

»Ihr glaubt vielleicht, ihr seid zur Strafe für eure elenden Taten der Verderbtheit und Gewalt hier; für die bestialischen Vergewaltigungen und Morde, mit denen ihr in euren dreckigen Löchern protzt. Falsch!«

Hobbes senkte seine Stimme noch einen Ton tiefer.

»Ganz falsch.«

Er ließ sie warten, und sie warteten.

»Euer Leben ist viel zu wertlos, um die Existenz einer derart genialen Maschine überhaupt zu rechtfertigen. Oder vielleicht glaubt ihr, ihr seid zur Abschreckung hier – für euch selbst und andere. Wieder falsch. Keinen schert es, daß ihr euch in euren stinkenden Ghettos abschlachtet, vergewaltigt und vergiftet. Ich persönlich begrüße ein solches Verhalten sogar.«

Bis hierher war seine Ansprache ziemlich ruhig aufgenommen worden. Aber jetzt lief ein zorniges Murren durch die Gänge. Hobbes lächelte sie grimmig an.

»Ich weiß, daß unter euch unschuldige Männer sind.« Er sagte das ohne jeden Sarkasmus. »O ja. Wirklich unschuldige Opfer einer bewußten, einer empörenden Ungerechtigkeit.«

Verstärktes Murren, diesmal lauter. Hobbes legte mehr Gefühl in seine Stimme.

17

»Und ich weiß, daß ihr, von einer höheren Warte aus betrachtet, alle Opfer der gleichen bewußten, empörenden Ungerechtigkeit seid. Das, meine Freunde, ist der Grund, warum ihr hier seid.«

Als die Wahrheit seiner Worte in die durch Entbehrung stumpf gewordenen Gehirne einsickerte, stieg das Murren noch weiter an. Hobbes erhob seine Stimme bis zum Brüllen.

»Eure wahre Funktion, wenn ihr's wissen wollt, liegt schlicht und einfach darin, eine Kaste von kaum noch menschlichem Abschaum zu stellen, die die Gesellschaft verachten, fürchten und hassen kann. Hört mir zu! *Zuhören!*«

Hobbes schaute zum zweiten Rang hinauf und pickte unter den brüllenden Gesichtern Reuben Wilson heraus, einen sehnigen, hellen Schwarzen von Anfang Dreißig, der ihn ruhig und unverwandt anstarrte. Hobbes hielt Wilsons Blick stand und wartete. Wilson machte eine Geste mit der Hand. Wie durch Zauber wurden alle Sträflinge in seiner Umgebung sofort still, und diese Stille breitete sich in Sekunden über den gesamten Block aus. Hobbes war beeindruckt, aber nicht überrascht. Er nickte Wilson zu und fuhr dann fort, ganz langsam, damit ihn alle verstanden.

»Ihr existiert, kurz und klar gesagt, nur dazu, daß der Dreck abfließen kann. Wie ein Fäulnisbehälter, in den wir anderen unsere eigene Bosheit und Grausamkeit ausscheiden, unseren Rachedurst, unsere finsteren, unausgesprochenen Phantasien von Gewalt und Gier. Euer Leiden ist unerläßlich, damit unsere Zivilisation glatt funktioniert. Aber bildet euch nur nichts ein. Eure individuellen Verbrechen – und seien sie noch so gräßlich – haben überhaupt keine Bedeutung. Von euch wird nichts anderes verlangt, als daß ihr hier seid, Schuldige wie Unschuldige, Gute wie Böse. Ihr seid ein Topf, in den man scheißt – das und nichts anderes. Begreift es. Und wißt, daß auch ich es begreife. Und wenn ihr heulend in den Zellen liegt, dann haltet euch vor Augen, daß ihr der Gesellschaft, die ihr so verachtet, durch euer bloßes Hiersein einen unersetzlichen Dienst erweist.«

Es folgte eine lange Pause, während sie darum rangen, die volle Bedeutung des Gesagten zu verstehen. Hobbes beobachtete sie, fasziniert von der Ausstrahlung der Menge. Irgendwie würden sie es alle auf einmal schnallen. Die Menge murmelte und seufzte. Zwischen den einzelnen Rängen zuckten Stromstöße hin und her.

Urplötzlich explodierten fünfhundert Mann gleichzeitig in rasender Wut. Ein Sturzbach von Obszönitäten, johlenden Kehlen, trampelnden Füßen und drohenden Fäusten toste wie sturmgepeitschte Wellen durch den Zellenblock und brach sich an dem Fels, der John Campbell Hobbes hieß. Die Linie der Wachen hinter ihm zuckte nervös, die Männer drängten sich zusammen und tasteten nach ihren Tränengaspistolen. Ein falscher Tritt, und es käme zu Gewalt. Doch da jagte ein Adrenalinstoß durch sein Zentralnervensystem und bestätigte wie nichts sonst die Gewißheit seines kühnen Plans, und Hobbes hatte keine Angst mehr. Er brüllte ins Mikrophon:

»Geht jetzt zurück in eure Zellen.«

Der Befehl wurde nicht beachtet, genau wie Hobbes erwartet hatte. In der Linie der Wachen hob Captain Bill Cletus den Kopf und blickte zu ihm auf. Sein rötliches Gesicht war fest und gefaßt. Hobbes nickte, Cletus neigte den Kopf und sprach in einen am Rockaufschlag befestigten Sender, worauf die Stahltüren des Ausfalltores hinter Hobbes ratternd aufgingen und eine zweite Abteilung von sechzehn Wachen in den Block stürmte. Um ihren Hals hingen Gasmasken. Vier von ihnen trugen Tränengaswerfer, die sie auf die aufsässigen Ränge richteten. Die übrigen hatten Straßenkampfwaffen bei sich. Sobald die Wachen auf ihren Plätzen waren, fing Hobbes wieder an. In seinen Gliedern summte es.

»Kehrt in eure Zellen zurück. Weitere Nichtbeachtung meiner Anordnung zieht unnötige Bestrafung nach sich.«

Vom zweiten Rang flog ein dunkler Gegenstand auf Hobbes zu. Er sah ihn kommen, wich ihm aber nicht aus. Der Gegenstand traf ihn an der Schulter, blieb dort eine Sekunde kleben und fiel dann neben seinen Füßen auf das Podest. Die

Wut der Insassen ging in Neugier über. Hobbes warf einen Blick zum zweiten Rang hinauf und wandte sich dann an Bill Cletus.

»Wilson«, sagte Hobbes.

Cletus und vier seiner Männer eilten scheppernd die Stahlstufen hinauf zum Korridor des zweiten Stocks. Oben an der Treppe stellte sich ihnen ein massiger Sträfling – ein zweifacher Vergewaltiger namens Dixon – in den Weg. Cletus besprühte ihn von oben bis unten mit Tränengas. Geblendet, nach Atem ringend, taumelte Dixon rückwärts gegen die Wand, und Cletus ging an ihm vorbei auf den Laufgang. Die beiden Wachen hinter Cletus fielen wie Holzfäller über Dixon her und prügelten ihn mit ihren Schlagstöcken in die Knie. Als er für ihren Geschmack genügend blutete, rissen sie ihm die Arme am Rücken hoch, zogen ihn auf die Beine und stopften ihn gewaltsam, mit dem Gesicht nach unten, in eine Klosettschüssel einer leeren Zelle.

Wilson, leicht auf den Beinen wie ein Tänzer, hielt die geballten Fäuste vors Gesicht. Vom Podest aus sah Hobbes den Ausdruck in seinen Augen, als Cletus und seine Männer näherkamen. Wilson war ehemaliger Anwärter auf den Weltmeistertitel im Mittelgewicht, und die blutjungen Ghettokids, die es nicht viel weiter gebracht hatten als zu einem Raubüberfall auf eine Gemischtwarenhandlung, beteten ihn an. In Wirklichkeit hatte auch Hobbes die größte Achtung vor Wilson. Noch dazu verbrachte Wilson bereits das achte Jahr hier drin für ein Verbrechen, das er nicht begangen hatte. Während die Wachen sich über den Gang an ihn heranpirschten, warf Wilson einen Blick durch das Gitter und sah, daß Hobbes ihn beobachtete. Wieder sahen sie einander lange in die Augen, und in diesem Moment kalkulierte Wilson die Folgen seines Widerstandes für die anderen Gefangenen. Darauf gab er seine Deckung auf und erwartete Cletus in aufrechter Haltung.

»War nicht ich, Captain«, sagte Wilson.

Cletus rammte Wilson die Spitze seines Knüppels in den Bauch, dann schlug er ihm mit dem Kolben gegen die Schläfe.

Wilson schwankte unter den Schlägen und taumelte gegen die Sicherheitsschiene, als die Wachen ihn von hinten packten, ihm brutal die Arme hinter dem Rücken in Handschellen schlossen und ihn dann die Treppe hinunterstießen. Hobbes bemerkte, daß keiner für Wilson einen Finger rührte.

Der Block war still bis auf Wilson und die Wachen, die die Stahltreppen hinunterpolterten, und Dixon, der in seiner Zelle hustete und wimmerte. Hobbes betrachtete die Insassen. Hilflosigkeit und Scham hatten sich über sie gelegt wie ein Leichentuch. Die Wachen zerrten Wilson vor das Podest und ließen dann seine Arme frei. Wilson schwankte einen Moment, als würde er fallen, dann fing er sich und starrte Hobbes ohne mit der Wimper zu zucken ins Gesicht.

Hobbes wandte sich ab, um jetzt zum ersten Mal das Ding, das ihn an der Schulter getroffen hatte, zu untersuchen. Es war ein Stück Scheiße, jetzt in zwei Hälften zerfallen. Hobbes beugte sich hinunter und hob das größere Stück mit Daumen und Zeigefinger auf. Noch gebückt hielt er inne und blickte Wilson kurz in die Augen. Der Boxer verstand, konnte aber nichts tun. Hobbes richtete sich auf, hob die Scheiße hoch über den Kopf und zeigte sie den Gefangenen. Ein Gemurmel lief durch die Reihen. Sobald er sicher war, daß sie wußten, was er in der Hand hielt, trat er ans Mikrophon.

»Das ist es, was ihr seid.«

Die gesamte Aufmerksamkeit war jetzt auf ihn gerichtet. Langsam, mit allen Anzeichen von Genuß, nahm Hobbes die Scheiße in die flache Hand und zerdrückte sie in seiner Faust.

Ein unterdrückter Seufzer des Abscheus aus fünfhundert Atemzügen stieg gegen die gläserne Wölbung des Dachs empor. Hobbes wandte den Blick von den Rängen und blickte hinunter auf Wilson. Der leckte sich das Blut von den Lippen und schluckte.

»Ist Ihnen klar, was Sie da tun?« fragte er.

Hobbes hielt dem Blick seiner dunklen Augen volle zehn Sekunden lang stand. Wilson war zu intelligent, als daß man ihn im Block lassen durfte, er würde sonst Hobbes' Plan gefährden. Es war ungerecht, aber unvermeidlich: Wilson mußte in Einzelhaft. Hobbes nickte Cletus zu.

»Bringen Sie ihn ins Loch.«

Die Wachen rissen Wilson weg und stießen ihn durchs hintere Tor in den Hof. Schweigend blickten seine Mithäftlinge ihm nach. Hobbes kehrte ans Mikrophon zurück.

»Ihr geht jetzt in eure Zellen. Sämtliche Vorrechte bei Arbeit, Hofgang und Besuchen sind bis auf weiteres gestrichen. Das heißt also, totale Sperre.«

In dem Vakuum, das nach Wilsons Abführung entstanden war, nahmen sie es relativ gelassen auf.

»Ihr habt jetzt vierundzwanzig leere Stunden am Tag, um euren Geist zu beschäftigen, also denkt über folgendes nach.«

Hobbes hob seine verschmierte Hand und streckte ihnen die Handfläche entgegen:

»Ich kann mir das in dreißig Sekunden wegwaschen, aber ihr bleibt euer Leben lang Nigger.«

Hobbes machte auf dem Absatz kehrt, stieg an der Hinterseite des Podiums hinunter und ging auf den Hof hinaus.

Draußen in der frischen Luft bemerkte er, daß sein Herz raste und sein Atem stoßweise ging. Die Ansprache war besser verlaufen, als er zu hoffen gewagt hatte. Er zog sein Taschentuch heraus und wischte sich die Hand ab. Dabei bemerkte er, wie Bill Cletus ihn anstarrte. Vom Instinkt her verstand Cletus den Mechanismus des Gefängnisses besser als irgendeiner außer Hobbes. Aber er besaß weder Hobbes' Verstand, noch dessen Willensstärke. Hobbes blickte zum Himmel empor. Das blendende Sonnenlicht war intensiv. Er sah zurück zu Cletus.

»Ab morgen«, sagte Hobbes, »wird in Block B die Klimaanlage abgeschaltet.«

Cletus blinzelte. »Und die Sperre?«

»Bis auf weiteres, wie ich sagte.«

»Da wird Blut fließen«, sagte Cletus.

Cletus konnte sein Gehalt durch Schmuggeln für Neville Agry, den Boß der Lebenslänglichen in Block D, fast verdoppeln. Das wußte Hobbes. Er überlegte, ob er den Captain daran erinnern sollte, beschloß aber, daß es zu diesem Zeitpunkt nicht nötig war.

Hobbes sagte: »Unabhängig von den möglichen Folgen meiner Anordnungen, Captain, besteht Ihre einzige Pflicht darin, sie zu befolgen.«

Cletus tat einen Schritt zurück und salutierte.

»Jawohl, Sir«, sagte er.

Hobbes nickte, wandte sich um und ging quer über den Hof davon. Soweit sein Gedächtnis reichte, hatte er jetzt zum ersten Mal ein ruhiges Gewissen. Er tat, was getan werden mußte. Endlich tat jemand, was getan werden mußte. Das würde häßlich werden. Aber es war notwendig. Die Temperatur würde steigen und steigen, und dann mußte es zur Entscheidung kommen. Hobbes faltete das Taschentuch und ging quer über den Hof zurück zu seinem Turm.

Teil Eins

———

Die Revolte

Eins

Eine Stunde vor dem ersten Zählappell um sieben Uhr öffnete Dr. Ray Klein die Augen und dachte an die Möwen, die draußen hoch über den Außenmauern kreisten. Oder vielmehr stellte er sich die Möwen vor. Wahrscheinlich waren gar keine da. Wäre Klein selber eine Möwe gewesen, dann hätte er verdammt noch mal um dieses widerwärtige graue Scheißloch einen großen Bogen gemacht. Es mußte doch anderswo besseren Abfall geben. Und sollte sich zufälligerweise die größte Schar von Aasgeiern in der Geschichte von Texas da draußen sammeln – so groß und laut und hungrig wie nur möglich und mit sämtlichen Flügeln schlagend –, dann könnte Ray Klein sie ohnehin nicht hören, so laut war das Gemurmel und Geschnarre von etwa fünfhundertundsechzig Gefangenen, die auf ihren schmalen Pritschen strampelten, grunzten und schnarchten.

Klein blinzelte und rief sich ins Gedächtnis, daß er ein Arschloch war.

Frei fliegende Vögel waren eine saublöde Vorstellung für einen Sträfling, denn sie boten ihm nicht die Spur von Trost. Aber Klein stellte sie sich trotzdem vor, weil er überhaupt ein dickköpfiger Hund war und weil er noch immer nicht seinen lebenslangen Trieb bezwungen hatte, immer genau das zu tun, was ihm unter Garantie keinen Trost brachte. In dieser Hinsicht hatte er viel mit seinen Mithäftlingen gemein. Aber im Unterschied zu ihnen hatte Ray Klein am heutigen Tag noch einen weiteren Grund, die Vögel über der imaginären Morgenlandschaft seines Inneren kreisen zu lassen: Nach drei harten Jahren gab es eine Chance – eine *Chance* –, daß die Schweinehunde, die diesen gottverdammten Betrieb leiteten, ihn vielleicht entließen. Klein merzte die

27

Vögel in seinem Schädel aus und schwang die Beine über den Bettrand.

Die Steinfliesen unter seinen Fußsohlen fühlten sich kühl und fest an. Er setzte seine Zehen fest auf, dann beugte er sich im grünen Schimmer des Nachtlichts vor, drückte beide Handflächen auf den Boden und preßte das schale, abgestandene Blut aus Rückgrat und Achillessehnen. Eigentlich hatte er keine Lust, schon im Morgengrauen aufzustehen und sich zu strecken. Eigentlich haßte er es. Viel lieber hätte er noch eine Stunde dahingedämmert und das traumverlorene Innere seines Schädels durchwandert, denn dies war ein Raum von so gewaltigen Ausmaßen wie das ganze Universum, aber doch sehr viel weniger beschwerlich zu durchmessen. Trotzdem verbrachte er weitere zehn Minuten mit allen möglichen qualvollen Verrenkungen. Vor langer Zeit schon hatte er sich die Worte von William James hinter die Ohren geschrieben:

»... sei in kleinen unnötigen Dingen asketisch oder heroisch, tue jeden Tag irgend etwas nur aus dem einen Grund, weil du es eigentlich lieber nicht tätest, so daß du, wenn die Stunde der Not naht, der Prüfung nicht ungeübt und zagend gegenübertreten mußt ...«

Ray Klein hörte mit seinen Dehnungsübungen auf und kniete nieder, setzte sich auf die Fersen zurück und legte die Handflächen auf die Schenkel. Selbst jetzt noch, nach so vielen Jahren, kam er sich dabei immer ganz cool vor. Cool sein, das war eine Eigenschaft, die er normalerweise nicht mit sich selbst verband, daher gestattete er sich das Gefühl nur bei diesen seltenen Gelegenheiten. Er schloß die Augen und zog die Luft scharf durch die Nasenlöcher ein.

Stiller als jetzt wurde es im Zellenblock D nie. Klein hatte sich die James'sche Gewohnheit zugelegt, jeden Tag früher aufzustehen als nötig und so zu tun, als gehörte diese Stunde ihm allein. Er begann mit dem *mokso* – konzentrierte Atmung zur Klärung des Geistes –, dann übte er Karate, bis die Klingel den übrigen Block weckte und er in jenen stumpfen und paranoiden Bewußtseinszustand eintrat, der hier in Green River als menschliche Existenz galt.

Kleins Zelle im zweiten Rang war vier mal zwei Meter groß. Er führte alle Karate-Übungen – die Tritte, Drehungen, Hiebe und das Abblocken – in Zeitlupe aus, die Muskeln dabei in maximaler Spannung. Das stellte große Anforderungen an seine Kraft, seinen Gleichgewichtssinn und seine Körperbeherrschung, Fähigkeiten, mit denen er von Natur aus nicht reich gesegnet war. Aber nach drei Jahren konnte er sein Trainingsprogramm immerhin schon schweigend abspulen, ohne nach Luft zu ringen, sich die Zehen zu brechen oder hinzufallen. Heute übte er das Kata *Gojushiho sho*.

Dieses tägliche Ritual half ihm, die Wut loszuwerden, die das Gefängnis ihm täglich ins Blut pumpte. Es neutralisierte das Gift und hielt ihn stark, hielt ihn ruhig, gab ihm Abstand von den anderen; hielt das Gerüst aus Stahl und Eis, das er um seine Seele errichtet hatte, stark und kühl.

Seit seinem Höllensturz hatte sich dieses Gebäude als lebenswichtiger Schutz erwiesen. Seele – das war im River ein gefährliches Handicap, eine private Folterkammer, in der sich nur Narren und Masochisten aufhielten. Klein hatte beide Stadien durchlaufen, seither aber dazugelernt. Seltsamerweise waren ihm Disziplin und Selbstverleugnung leichter gefallen als den meisten anderen Insassen, denn sein Beruf hatte ihn darauf vorbereitet. Die meiste Zeit seines Erwachsenenlebens hatte er darauf verwendet, sich abzuhärten. Als Assistenzarzt, als Stationsarzt und schließlich als Oberarzt hatte er sein Herz gegen sich selbst verhärtet, gegen die endlosen Stunden im Dienst, gegen den kaum auszuhaltenden und dann doch irgendwie erträglichen Schlafmangel; gegen abwechselnd vierzehn und vierundzwanzig Stunden Dienst, und das jahraus, jahrein; gegen den Druck und die Angst davor, einen Kunstfehler zu begehen und einen Patienten umzubringen oder zu verkrüppeln; gegen den grauenhaften Anblick verstümmelter Leichen und den furchtbaren

Schmerz der Angehörigen; gegen die endlose Reihe von Untersuchungen; gegen Mißerfolge; gegen die Qual, einem Menschen sagen zu müssen, daß er sterben werde, oder einer Mutter, daß ihr Kind bereits tot sei; gegen den Schmerz, den er anderen, und jenen, den er sich selbst zufügen mußte. Nadeln, Skalpelle, Amputationen, toxische Medikamente. Gegen das alles und noch mehr – und das verband ihn mit allen Kollegen, denn er selbst war überhaupt nichts Besonderes – hatte Klein sein Herz verhärtet; so daß er in dem Augenblick, da sein Leben rund um ihn zusammenbrach und er nach Green River kam, dem Stahl nur mehr etwas Eis hinzufügen mußte, und schon war er bereit.

Draußen war Klein orthopädischer Chirurg gewesen.

Jetzt war er ein verurteilter Frauenschänder, der seine Strafe absaß.

Heute kam er vielleicht frei.

Und wenn er freikam, dann brauchte er seinen Stahlpanzer mehr denn je; gegen eine Zukunft, die so leer und unerbittlich war wie die Granitmauer seiner Zelle.

Klein drehte sich in dem engen Raum um und richtete eine Kombination von Ellbogen-Gesichtsschlag / Kehlkopf-Sperre / Kopfhieb gegen einen imaginären Feind, der direkt unter der Stahlfassung seiner Zellentür stand. Der imaginäre Feind brach zusammen, sein Körper erschlaffte unter Kleins Händen, die ihn erdrosselten. Du bist der Shotokan-Kämpfer, sagte er sich, du erhoffst dir nichts, du brauchst keinen, du bist frei. Er lächelte und wischte sich den Schweiß aus den Augenhöhlen.

Seit seiner Studienzeit hatte Klein Karate betrieben und während seiner langen medizinischen Lehrjahre darin den größten Halt gefunden. Als er auch im River mit seinem üblichen Morgentraining anfing, kam er sich mit seinen diversen Stellungen und Ausfällen in seiner kleinen Zelle zuerst recht idiotisch vor. Die Insassen der Nachbarzellen konnten sich das leise Ächzen und Grunzen nicht erklären und warfen ihm vor, sich einen runterzuholen, sich ein stumpfes Instrument in den Anus zu schieben, sich ohne Gleitmittel Katheter einzuführen, oder andere einsame Perversionen der finsteren und gefährlichen Art. Aber offen einzugestehen, daß er Karate übte, schien ihm damals noch peinlicher als der Ruck, zu onanieren – und hätte außerdem viel eher dazu geführt, daß man ihm das Gesicht zerschnitt –, und so hatte er eben damit aufgehört. Aber andererseits, dachte er, wenn er hier drinnen überleben wollte, dann mußte er irgend etwas für sich selber haben, und irgendwie – ob idiotisch oder nicht – war das Karate. Und so nahm Klein seine morgendlichen Karateübungen wieder auf, und noch bevor das Höhnen und Spotten seiner Nachbarn unerträglich geworden war, hatte Myron Pinkley im Speisesaal Kleins Dessert – Gelee mit Zitronengeschmack – gestohlen.

Der Hirnschaden, den Pinkley erlitten hatte, erwies sich letztlich als irreversibel, und er wurde wiedergeboren und trat der Heilsarmee bei. Die einzigen Tränen, die über diesen Zwischenfall vergossen wurden, strömten aus den Augen von Pinkleys Mutter, und zwar vor Freude über die seelische Errettung ihres Sohnes. Und Kleins Nachbarn waren nicht mehr neugierig darauf, was in seiner Zelle jeden Morgen vorging, denn von da an begriffen sie, daß es sie einfach nichts anging.

Das Hämmern der Glocke und das Gebrüll der grantigen Wachen verkündete das Ende von Kleins Training. In Schweiß gebadet, wischte er sich das Gesicht an einem schmutzigen Hemd trocken und stellte sich an seine Zellentür. Jeden Tag gab es sechs Zählappelle, den ersten bei Tagesanbruch, wenn der Zellenblock schleppend wach wurde und eine Kakophonie aus Husten und Schleimhochziehen, von gemurmelten Obszönitäten und lautem Schimpfen über den Gestank der furzenden Zellengenossen losging. Dann folgte das wüste Plärren der Radios und Kassettendecks, worauf die Wachen in ihr übliches Geschrei ausbrachen, das wie üblich unbeachtet blieb, daß die verdammte Musik leiser gestellt werden sollte. Endlich der Appell selbst, die öde Litanei, die durch die Zellengänge hallte, wenn jeder Mann, und das sechsmal pro Tag, mit einer staatlich zugeteilten Nummer seine Identität zu beweisen hatte.

Ein kubanischer Wärter namens Sandoval erschien hinter den Gitterstäben von Kleins Tür.

»Achtundachtzig-vier-eins-neun, Klein«, sagte Klein.

Sandoval nickte wortlos, hakte seine Liste ab und ging weiter.

Kleins Sohlen klatschten auf dem schweißnassen Stein, als er nach hinten in seine Zelle zurückging. Dort zog er die hängende Decke fort, die das Klo verdeckte, und pißte. Die Zelle war eigentlich für einen einzelnen Mann gedacht, und seit er genügend Zaster angehäuft hatte, um es sich leisten zu können, lebte er hier allein. Aber sonst waren die meisten Einzelzellen mit zwei Mann belegt, die meisten Doppelzellen mit vier. Hier hatte alles seinen Preis, Wohnraum einen besonders hohen. Doch die private Arztpraxis, die Klein im Knast betrieb, brachte ihm genug ein, daß er sich diesen Luxus leisten konnte. Es gab hier Reiche und Arme wie in jeder anderen Gesellschaft auch, und auch hier galt die Möglichkeit, sich eine besondere medizinische Behandlung zu erkaufen, als Beweis für eine gehobene soziale Stellung. Klein wusch sich im Waschbecken und trocknete sich mit einem großen Badetuch ab, einem weiteren Luxusobjekt. Doch kaum war er damit fertig, war er schon wieder von Kopf bis Fuß in Schweiß gebadet, so schwül war es in den Zellenblocks und so heiß waren seine stark durchbluteten Muskeln. Er ließ sich mit dem Anziehen seiner Gefängniskluft noch etwas Zeit, bis der Schweiß in der stickigen Luft zum Teil verdunstet war. Nackt stand er vor seinem Rasierspiegel, das Surren seines Elektrorasierers vermischte sich mit dem von hundert anderen. Rasierklingen waren verboten. Am unteren Spiegelrand, wo er es jeden Morgen sehen und sich wieder einprägen konnte, haftete ein schmieriger weißer Klebestreifen, und darauf standen in schwarzen Buchstaben die Wörter:

SCHERT MICH EINEN FEUCHTEN DRECK

Dieser Spruch war das A und O jenes moralischen, politischen und philosophischen Systems, das man beherrschen mußte, um in der Staatlichen Strafanstalt Green River zu überleben. Wie wichtig diese Weisheit war, hatte ihm Frogman Coley, der ehrenamtliche Leiter der Krankenstation, von allem Anfang an eingehämmert. Klein hatte Coley einmal gefragt, wieso denn einem Patienten auf der Station beide Hoden abgeschnitten und ins Rektum gestopft worden waren. Darauf hatte Coley Klein am Hemdkragen gepackt und ihm erklärt:

»Was du nicht weißt, macht dich nicht heiß, Weißfisch. Was hier unten bei uns vor sich geht, schert dich einen feuchten Dreck. Wenn du irgendwo deinen Schwanz reinsteckst, dann ist er ab. Du gehst eines Tages am Duschraum vorbei und hörst, wie sie einen aufschneiden oder ihm den Arsch wegficken. Das ist vielleicht dein Freund. Dein bester Freund. Vielleicht wärst du gern selbst dabei, vielleicht möchtest du auch was abbekommen. Oder vielleicht kriegt einer, wie das arme Schwein hier, die Eier mit einer stumpfen Klinge abgesäbelt, und du hörst ihn schreien, durch den Putzfetzen durch, den sie ihm in die Gurgel gestopft haben. Geh vorüber, Bruder, denn für alles gibt es immer einen Grund, den du nicht kennst. Und selbst wenn's keinen gibt, schert's dich einen feuchten Dreck.«

Und bei einigen Gelegenheiten – selten, aber unvergeßlich – hatte Klein tatsächlich Grausamkeiten mitangesehen und Schmerzensschreie mitangehört. Und er war tatsächlich vorübergegangen. Und es war ihm gar nicht schwer gefallen. Seine Blicke fielen wieder auf die Wörter auf dem Klebestreifen: SCHERT MICH EINEN FEUCHTEN DRECK. Klein schaltete den Rasierer ab. Aufgewärmt und gestärkt durch die Energie aus seinem Karate-Training war es leicht, Oberwasser zu haben. Er fragte sich, wie es ihm wohl gehen würde, wenn er wieder hinaus auf die Straße käme; falls er rauskam. Die Welt der Mittelschicht, die er zurückgelassen hatte, war jetzt sicher wie eine unbekannte Gegend, das leere, selbstverliebte, hirnlose Geplapper noch abstoßender, als es ihm immer schon vorgekommen war. Er warnte sich selbst, sich nicht zu viel zu erhoffen. Vorläufig war er immer noch ein Sträfling, und so lange sie ihn nicht entlassen hatten, war er nur das und nichts anderes.

Er stieg in seine Anstaltskluft: langärmeliges Hemd mit zwei Brusttaschen, Hosen, Leinengürtel. Während er noch auf dem Bett saß und sich die Schnürsenkel seiner Turnschuhe zuband, erhob sich rund um ihn ein dumpfes Rumpeln und steigerte sich zu einem markerschütternden Krachen, das vom gewölbten Glasdach widerhallte. Der erste Appell war abgeschlossen, die Maschine für die nächste Stunde satt und zufrieden, und die einhundertundachtzig Stahltüren von Block D donnerten in elektronischem Unisono auf. Nach dem Frühstück mußten Klein und die anderen Insassen wieder in ihre Zellen zurück, wo die Wärter sie für den zweiten Appell einschlossen. Erst dann wurden sie für die Vormittagsarbeit hinausgelassen.

Klein stand auf. Verschlafene Männer mit hängenden Schultern, in stumpfer Erwartung eines Tages, der sich in nichts von gestern und morgen unterschied, schlurften an seiner offenen Zellentür vorüber. Keiner warf einen neugierigen Blick herein, keiner machte sich die Mühe, ihn zu grüßen, ebensowenig wie er selbst. Es war zu früh, sie waren erst zu kurz dem Frieden von Alp oder Traum entrissen. Männer, deren Zukunft hinter ihnen lag. Wenn Klein heute nicht erfuhr, was er erhoffte, wenn die Entlassungskommission seinen Antrag ablehnte, dann würde auch er …

Er würgte den Gedanken ab und sagte sich, er wäre ein Narr, sich so mit Hoffnung zu belasten. Er führte sich wieder einmal vor Augen, daß ihm nur ein Weg offenstand, und zwar der nach unten, damit die salbungsvollen Nullen in der Kommission die Verachtung spürten, die ihm aus den Augen leuchtete, und ihn daraufhin sicher noch ein weiteres Jahr, wenn nicht zwei oder sogar fünf, schmoren ließen. Und er sagte sich zum tausendsten Mal: Was zählt, ist hier und jetzt. Es gibt keine Vergangenheit. Es gibt keine Zukunft. Es gibt kein Draußen. Es gibt kein Jenseits. Du bist jetzt hier. Und alles, was du bist und was du je sein kannst, bist du in diesem Moment. Das und nichts anderes. Und jetzt geh frühstücken.

Klein trat auf den Gang hinaus, schritt den Rang ab und stieg laut klappernd die Wendeltreppe hinab. Unten im Erdgeschoß ging Nev Agry an ihm vorbei, in Richtung auf das Hauptausfalltor. Agry war zirka zehn Zentimeter kleiner als Klein und etwa zehn Pfund schwerer. Von seiner massigen Gestalt ging das Charisma des erfahrenen und ausgewiesenen Psychopathen aus, seine Macht umhüllte ihn wie ein Magnetfeld. Er war der Anführer von Block D und der stärkste aller weißen lebenslänglichen Gruppenführer. Klein hatte Agry schon ziemlich oft behandelt, wegen kleinerer Wehwehchen, aber auch wegen chronischer Atemwegsinfektionen, die er drei Päckchen Lucky Strike pro Tag zu verdanken hatte. Klein war auch mit Agrys Frau Claudine befreundet, die aber wieder in Block B war, wo sie nach einer unfreiwilligen Geschlechtsumwandlung als Claude unter der Sperre schwitzte. Agry nickte Klein im Vorübergehen zu und setzte seinen Weg in Richtung Speisesaal fort, Tony Shockner neben sich. Ein Nicken von Agry galt als besondere Auszeichnung, aber die einzige Auszeichnung, die Klein jetzt wollte, war seine Entlassung. Heute morgen um halb elf Uhr würde er von Direktor Hobbes erfahren, wie die Sache stand.

Klein spürte, daß es heute ein langer Tag werden würde. Also zog er die Schultern hoch und wappnete sich für alles, was ihn noch erwartete; dann reihte er sich in die lange Schlange der Männer ohne Zukunft ein, die durch das Tor zum Speisesaal strömten.

Zwei

In der Krankenstation langte Reuben Wilson nach dem kleinen Trapez, das über seinem Kopf hing, und zog sich in eine sitzende Stellung hoch. Dabei preßte er die Zähne gegen den Schmerz in seinem Bauch zusammen. Das heißt, eigentlich war der Schmerz kaum der Rede wert. Die Zähne preßte er nur aus Angst zusammen, daß die Nähte, die seinen Unterleib zusammenhielten, womöglich platzten und ihm die Därme in den Schoß quollen. Frog Coley, dieser Scheißkerl, hatte ihm gesagt, er habe sowas ein- oder zweimal mit eigenen Augen gesehen, und, mein lieber Mann, hätten diese Kerle dann gebrüllt. Dreizehn Tage war es her, daß man Wilson die gerissene Milz entfernt hatte, und Ray Klein hatte ihm versichert, daß die Wunde schon halten werde, wenn er nicht gerade einen Tritt in den Bauch bekam – oder jemand anderem einen verpaßte. Wilson glaubte Klein; aber Coleys Geschichten glaubte er auch, also war er lieber vorsichtig.

Für Wilson war die Krankenabteilung der grausamste Ort in dem ganzen beschissenen Loch – und Wilson war ein Mann, der mehr als genug Zeit in Einzelhaft verbracht hatte. Er hatte eine Weile gebraucht, bis er den Grund erkannte. Die gekachelten, lindgrün gestrichenen Wände der Travis-Station waren vom Alter ausgeblichen und vom Nikotin verfärbt, aber immer noch war es dort heller und kühler als im Tal. Außerdem war Wilson der Geruch der Desinfektionsmittel angenehmer als der Gestank von Schweiß, Pisse und Sperma, der die Zellenränge durchdrang. Und trotz des ständig rasselnden Hustens und des Pfeifens aus den Lungen der Sterbenden war es hier still – geradezu friedlich –, verglichen mit dem unaufhörlichen Lärm in Block B. Nein, der Grund für die Grausamkeit des Reviers lag anderswo: in dem

weißen Stahlgitter, das die Station in zwei Abschnitte mit
zwölf Betten teilte; in dem dicken, mit Drahtgitter verstärkten, kugelsicheren Fensterglas; und in den Jungs, die in so
vielen dieser Betten an Aids starben. Die Verbindung der
Drahtgitter mit diesen verfallenen Gestalten verkörperte
nicht nur Wilsons, sondern jedes Mannes allergrößte Angst:
nämlich auf dieser Seite der Mauer zu sterben. Wenn das
Leben in Ketten das Alltägliche war, dann war Sterben in
Ketten die letzte bittere Niederlage. Und die Jungs hatten
hier, wie Wilson sah, ausreichend Zeit, um darüber nachzudenken.

Von der anderen Seite des Krankensaals schallte eine derartige Salve von ohrenbetäubendem Husten, daß Wilson
allein vom Zuhören die Brust schmerzte. Er sah hinüber. Im
Bett ihm gegenüber war Greg Garvey, mehr Gerippe als
Mensch, von seinen Kissen heruntergerutscht, so daß er jetzt
fast flach auf dem Rücken lag. Zu schwach, um sich allein
hochzuziehen, oder auch nur auf die Seite zu rollen, versuchte er angestrengt, eine Ladung verseuchten Schleims
auszuspucken. Die Hälfte hing ihm in einem grünen schlei-
migen Schleier von den Lippen und klebte ihm an Kinn und
Hals. Der Rest steckte ihm noch in der Kehle und brachte ihn
wieder zum Husten. Der Anfall schüttelte ihn und raubte
ihm seine letzte Kraft.

Garvey war ein weißer Junkie, der Zwei-bis-Zehn absaß,
weil er einen Gemischtwarenhändler bei einem Überfall verwundet hatte. Er war dreiundzwanzig.

»Halt die Klappe, Garvey, du schwule Sau.«

Die schrille Stimme gehörte Gimp Cotton, einem Mörder,
dessen langes, dünnes Gesicht unter einem Geflecht schwarz-
blauer, selbst verfertigter Tätowierungen verschwand. Als
Garvey einen zweiten, schwächeren Anfall bekam, warf Cotton seine Decke zurück und humpelte auf die Beine. Sein linkes Bein war in Gips. Cotton hatte sich die Achillessehne
durchtrennt – zum dritten Mal in fünf Jahren –, um Urlaub
von Block C zu bekommen. Er humpelte über den Mittelgang zu Garvey.

37

»Wenn es sonst niemand mit diesen Aids-Säuen auf-
nimmt – ich schon«, kreischte Cotton. Auf seinem Gesicht
leuchtete die Befriedigung seines geistlosen Hasses. Reuben
Wilson kannte diesen Haß, diese Geistlosigkeit, denn das
war sein Leben.

»Laß ihn in Ruhe, Gimp«, warnte Wilson.

Gimp fuhr zu Wilson herum, das tätowierte Gesicht vor
Gehässigkeit verzerrt. »Die ganze Nacht hat er uns anständi-
gen Heteros diesen Scheiß ins Gesicht gehustet. Das ist nicht
fair.«

»Von Husten fängst du dir nichts ein«, sagte Wilson.
»Jedenfalls sagt Klein das.«

Am Kopfende von Garveys Bett angelangt, blieb Cotton
stehen und stützte sich mit der Linken an der Wand ab. Mit
einem Blick auf Wilson sagte er:

»Quatsch. Dieser Mistkerl von Kurzzeiter erzählt uns
irgendwas.« Er schielte auf Garveys verquollenes Talgge-
sicht. »Ich schaff ihn uns vom Hals.«

Mit der Rechten packte Cotton ein Kissen.

»Laß ihn in Ruhe, hab ich gesagt.«

Wilson beugte sich im Bett vor, seine Stimme klang tief
und drohend. Der genähte Bauch verkrampfte sich vor
Anstrengung. Einen Moment lang sah Wilson sein Gedärm
in seinen Schoß kollern, hörte den Klang seiner eigenen
Schreie. In seinem ganzen Leben hatte Wilson noch nie
geschrien. Und das wollte er auch nicht unbedingt auspro-
bieren. Er tastete mit der Hand nach der Wunde: Sie war in
Ordnung. Er lehnte sich zurück und sah, daß Cotton ihn
beobachtete, höhnisch die Hand betrachtete, mit der er sich
den Bauch hielt. Wilsons Innereien zogen sich noch einmal
zusammen, diesmal vor Scham.

Cotton sagte: »Ich tu uns allen einen Gefallen. Sogar ihm,
dem armen Schwein.«

Cotton preßte Garvey das Kissen aufs Gesicht und stützte
sich mit seinem ganzen Gewicht darauf. Nach einer langen
Weile hob sich eine dünne Hand aus den feuchten Betttüchern und griff nach Cottons Handgelenk.

Wilson schlug sein Laken zurück und kletterte von der hohen Matratze. Er hätte mehr Gymnastik machen sollen – seine Beine fühlten sich an wie Gelatine. Er hielt sich am Bettgestell fest und fragte sich, was zum Teufel er wohl zu tun gedachte, wenn es ihm gelang, auf die andere Seite des Zimmers zu kommen. Unter normalen Umständen hätte der Gimp sich in seine kackbraunen Unterhosen geschissen, wenn Wilson ihn nur ansah, aber der tätowierte Killer kannte Coleys Ausspruch über die Nähte. Die dünne Hand um Gimps Handgelenk gab auf und fiel zurück aufs Bett.

»Cotton«, sagte Wilson, »wenn du wieder im Bau bist, dann laß ich dir die Lippen abschneiden.«

»Leck mich, Nigger.«

Es gab einen metallischen Knall, als eine Stahltür wütend zugeschlagen wurde. Eine gewaltige Baßstimme füllte den Raum mit Empörung.

»Herrgott nochmal!«

Earl ›Frogman‹ Coley war einen Meter einundneunzig groß und wog zweihundertundzehn Pfund. Seine Haut war glänzend schwarz, schwarz wie Teer, sein Schädel ein riesiger, zerklüfteter Fels, der auf einem fetten Hals saß. Dreiundzwanzig Jahre lang war er Pachtbauer in der Gegend von Nacogdoches in den Wetlands von East Texas gewesen, hatte eine Frau, vier Kinder und ein Maultier gehabt. Eines Tages erwischte er zwei weiße Teenager dabei, wie sie seinem Maultier, das an einen Zaun gebunden war, Abflußreiniger in die Augen gossen. Coley packte einen Pferdezaum aus Hanf, prügelte sie damit windelweich, wie sie es verdient hatten, und schickte sie zum Teufel. Aber ein Nigger, der seine Hand gegen einen Weißen erhebt, tut es zu seinem eigenen Schaden. Das Bezirksgericht sprach Coley der Kindesmißhandlung und des versuchten Mordes schuldig und lochte ihn ein, und zwar für zehn Jahre bis lebenslänglich. Seine Frau hatte er seit siebzehn Jahren nicht mehr gesehen, seine Kinder seit zwölf. Seit eineinhalb Jahrzehnten war Earl Coley nun schon Leiter der Krankenstation.

Jetzt stürmte Coley den Mittelgang des Krankensaals hinunter und rollte sich dabei die Ärmel seines weißen Kittels hoch. Cotton ließ das Kissen auf Garveys Gesicht los und humpelte zu seinem Bett zurück. Die Tätowierungen über seinen Wangenknochen wurden vor Panik plötzlich straff. Kurz bevor Cotton sein Ziel erreichte, riß Coley einen Wasserkrug aus Aluminium vom Tisch und rammte ihn Cotton ins Gesicht. Selbst Wilson mit seinen fünfzehn Jahren Erfahrung im Ring zuckte bei dem Zusammenprall zusammen. Cotton wirbelte herum, sank kopfüber auf die Matratze, hielt sich schützend Arme und Ellbogen über den Kopf und fing zu wimmern an. Einen Moment lang stand Coley über ihm, bebend vor Wut, Mordlust im Auge. Ein Blick hinüber zu Garvey kostete ihn sichtlich Mühe. Der Junkie rührte sich nicht. Coley ließ den von Cottons Kopf verbeulten Wasserkrug fallen und rannte durch den Saal.

Bei Garvey angekommen, riß er ihm das Kissen vom Kopf, schob beide Arme unter den schlaffen Körper und rollte ihn auf die Seite. Garvey atmete kaum noch. Coley fuhr ihm mit dem Finger in den Mund und zog einen verklebten Strang von verseuchtem Schleim heraus. Aus Garveys Kehle drang schwaches Rasseln. Coley blickte über die Schulter zu Wilson.

»Lang mir den Sauger rüber, Mann.« Er deutete auf einen Plastikbeutel mit zwei beweglichen Röhren, der von einer Holzkiste am Fußende des Bettes herunterhing. »Den Plastikscheiß da. Schnell.«

Wilson tat einen Schritt vorwärts, aber die Beine versagten ihm, verwandelten sich unter ihm einfach in Spaghetti. Rasch griff er nach dem Fußgeländer seines Bettes. Es war ihm peinlich. Wenigstens brachte er es fertig, sich nicht den Magen zu halten, wie er es gern getan hätte. Hilfesuchend blickte er Coley an.

»Das wollen Kämpfer sein«, sagte Coley geringschätzig. »Außerhalb vom Ring nichts als ein Haufen triefender Fotzen.«

Eine Stichflamme des Zorns trieb Wilson in fast normalem Tempo durch den Krankensaal. Dort riß er den Sauger aus der Box und reichte ihn Coley. Der schob sich einen der Schläuche zwischen die Lippen und saugte; den anderen preßte er Garvey in die Gurgel und ließ den Schleim in den Plastikbehälter laufen. Wilson sah ihm zu, voller Ekel, aber gleichzeitig voller Respekt, wie fachmännisch Coley das machte. Als Coley fertig war, atmete Garvey wieder so flach und japsend, wie es für ihn als normal galt. Coley rollte ihn auf den Rücken und zog ihn dann in eine sitzende Stellung hoch.

»Kissen richten«, sagte er.

Wilson zögerte wieder, diesmal nicht aus Angst, sondern aus Stolz. Im Tal war er Herr über Leben und Tod. So redete man nicht mit ihm.

Coley starrte ihn an. »Bist du so weit, daß du in Block B zurück kannst?«

Wilson sah ihn von der Seite an. Es war schon länger her, daß man ihn noch vor dem Frühstück beleidigt und bedroht hatte. Antworten schossen ihm durch den Kopf: Man hat Kerlen schon für weniger die Zunge abgeschnitten, mein Alter. Konnte Coley in Wilsons Augen seine Gedanken lesen? Wilson konnte in Coleys Augen überhaupt nichts lesen. Hier war Coley der Chef. Wilson beugte sich vor, es war ihm egal, ob seine Gedärme über Coleys große Plattfüße platschten – und richtete die Kissen hinter Garveys Rücken. Als Coley sah, daß der Sterbende es bequem hatte, richtete er seine zusammengekniffenen Augen auf Wilson.

»Was ist? Du hast mir nicht geantwortet.«

»Du meinst, ob ich ins Tal zurück will?«

Coley nickte.

Du hast sie ja nicht alle, dachte Wilson. Coley wandte ihm sein massiges Gesicht zu, ohne etwas zu sagen. Der Hieb mit den triefenden Fotzen fiel Wilson wieder ein. Er schluckte.

»Ich soll noch nicht in den Block zurück. Ich muß noch zehn Straftage im Loch absitzen. Aber wenn du es sagst, dann geh' ich.«

Coley sah ihn ernst an. Etwas in seinen Augen veränderte sich.

»Ich weiß, daß das nicht fair ist«, sagte Coley, »aber ich hab' unten Kranke, die auf Feldbetten schlafen müssen.«

»Ich bin froh, wenn ich vom Gimp fortkomme«, erklärte Wilson.

»Du kannst noch ein paar Tage bleiben, aber nur, wenn du dich bewegst.«

Coley warf einen Blick quer durch den Saal und sah, daß Cotton sie beobachtete und zuhörte, das geschwollene Gesicht in die Hand gestützt.

Coley lächelte. »Du kannst heut' nachmittag zurück, Gimp. Mitsamt dem Gips.«

»Du fetter Niggerarsch. Du hast mir das Gesicht eingeschlagen. Dafür wirst du zahlen.«

Coley schoß durch den Saal, schnell und beweglich wie ein Mittelstürmer. Cotton wollte ihm ausweichen, aber Coley erwischte eine Handvoll Haut und Haar von Cottons dürrer Brust und zog ihn halb vom Bett hoch. Cotton brüllte.

»Wenn du noch einmal einen von meinen Leuten anrührst, dann wirst du sehen, wie wenig sich die Gerichtsmediziner um den Inhalt der Plastiksäcke scheren, die sie von uns kriegen.«

Cotton strampelte sich frei und kroch auf die andere Seite seines Betts, wo er sich wimmernd vor Schmerz zusammenrollte. Coley drehte sich wieder zu Wilson um.

»Ich brauch Hilfe beim Frühstück.«

Wilson nickte. »Klar.«

Coley lächelte. »Dann kommt dein Bauch schneller wieder in Form.«

Coley drehte sich um und schlurfte durch den Saal zur Tür.

Reuben Wilson, Gruppenführer von Block B und irgendwie stolz auf die Auszeichnung, daß Frogman ihn angelächelt hatte, trat in den Mittelgang und folgte ihm, so schnell er es wagte.

Drei

Unter normalen Umständen war Henry Abbott ein besonderer Liebhaber von Haferflocken. Sein Großvater, der bei Sand Creek mit Colonel Chivington geritten war, hatte jeden Tag seines Lebens Haferflocken gegessen und war dreiundneunzig Jahre alt geworden. Jetzt hatten aber die Experten verkündet, Haferflocken seien gut für Herz und Kreislauf, und damit war es also kein Geheimnis mehr. Abbott hatte nichts dagegen, aber die Haferflocken, die vor ihm auf dem Tisch im Speisesaal standen, waren nicht gut. Abbott wußte es. Wütend stieß er die Plastikschale von sich. Diese Haferflocken waren voll mit pulverisiertem Glas.

Aus der Brusttasche seines Hemds zog Abbott ein billiges Notizheft aus dem Gefängnisladen und einen schwarzen Sheaffer-Füller mit Goldfeder. Der Füller war der einzige Gegenstand aus seinem Besitz, der nicht aus dem Gefängnis stammte. Er schlug eine neue Seite auf, schrieb zuerst in grüner Tinte die Nummer des heutigen Tages »3083«, und dann darunter: »Haferflocken ungenießbar – voll mit pulverisiertem Glas.«

Die Rühreier aus Eipulver dagegen fanden seine Billigung. Er legte Füller und Notizheft weg, übergoß die Eier mit Ketchup und schaufelte die Mischung mit einem Plastiklöffel in sich hinein. Von Plastik schmeckte nichts richtig gut. Wie Kaffee aus einem Styropor-Becher. In der Kantine war alles aus Plastik, und Abbott haßte das. Jetzt hatten sie ihm auch noch Plastik ins Gesicht gepackt – ganz fest unter die Wangenknochen, so daß ihm das Lächeln schwerfiel, und in die Zahnkanäle, so daß ihm das Kauen schwerfiel, und in und um die Kiefergelenke und unter die Zungenwurzel, so daß ihm das Sprechen schwerfiel. Gestern früh hatten sie ihm die plastifizierenden Präparate in die linke Hinterbacke gespritzt. Jetzt, vierundzwanzig Stunden später, hatte die Leber sie, während er schlief, verarbeitet und in sein Gesicht getrieben – wie es beabsichtigt war – und es plastifiziert, und jetzt konnte er nicht mehr so gut lächeln oder sprechen und mußte sich sehr anstrengen, um die gummiartigen Frühstückseier zu kauen und hinunterzuschlucken. Aber das schlimmste war, daß die Präparate Das Wort in einen Schleier aus eiskaltem Nebel hüllten, so daß seine Stimme fern und unverständlich klang. Doch trotz der eisigen Hülle war Das Wort immer da: hinter ihm, um ihn, über ihm. Auf Befehl Des Wortes hatte er die Plastifizierung bereits zum Nutzen künftiger Generationen in seinem Notizheft dokumentiert, aber er wurde Dem Wort in seinen Aufzeichnungen kaum je gerecht. Trotz seiner schwachen Leistung als Chronist gab Abbott nicht auf. Schließlich würden sie Das Wort gern für immer zum Schweigen bringen, wenn sie könnten. Es schien Abbott nur logisch, daß sie ihm aus eben diesem Motiv pulverisiertes Glas in die Haferflocken getan hatten.

Das Wort wußte – und nur Das Wort. Und das wußten sie. Und sie würden vor nichts zurückschrecken, um zu verhindern, daß Das Wort sein Wissen preisgab. Wenn schon die Haferflocken Abbotts innere Organe nicht zum Bluten brachten – und das würden sie nicht, denn er war vor dem Essen gewarnt worden –, dann hatte zumindest das Plastik in seinem Gesicht, das seine Worte verzerrte, den Effekt, daß ihm keiner glaubte. Abbott konnte ihnen eine gewisse Bewunderung nicht versagen: Sie gingen ihre Sache geschickt an. Dennoch würden sie ihr Ziel nicht erreichen, denn Das Wort wurde gehört, wenigstens von einem. Von ihm, wenn schon von sonst niemandem. Von Henry Abbott.

In der Kantine war viel los, wie immer zu bestimmten Tageszeiten – das hatte Abbott schon bemerkt. Frühstück war so eine Zeit. Die Insassen standen vor einer Reihe von Metallwannen Schlange. Diese Wannen hingen in einem Becken mit heißem Wasser, geheim und verborgen – wie so vieles andere hier geheim und verborgen war – hinter einer

Trennwand aus poliertem Stahl. Hinter den Wannen schaufelten Köche lauwarmes Essen in die Plastiktabletts, die ihnen die Insassen entgegenhielten. Der Koch, der Glas in Abbotts Haferflocken getan hatte, war sehr schnell gewesen: ein Zwinkern zu seinem Kollegen, ein Lächeln für Abbott – außer ihm hatte er keinem zugelächelt –, und während er ihn mit dem Lächeln ablenkte, hatte er das pulverisierte Glas, das in einem Beutel im Ärmel des Kochs versteckt war, in dessen Essen geschüttet. Bevor Abbott das Glas sehen konnte, hatte es sich schon, unsichtbar, tödlich, mit seinen Frühstückshaferflocken vermischt.

Schlau – aber nicht schlau genug.

Abbott blickte von seinen Eiern auf und sah Doktor Ray Klein zwischen den lauten, überfüllten Tischen auf sich zukommen. Abbott hatte, wie üblich, einen Tisch für sich allein. Nicht, daß er darauf bestanden hätte oder daß ihm überhaupt daran lag; aber so war es eben. Der Doktor trug sein Tablett vor sich her und setzte sich ihm gegenüber. Der Doktor war gut einen Meter achtzig groß, trotzdem reichte sein Scheitel gerade bis zu Abbotts Schlüsselbein. Der Doktor blickte auf. Sein Gesicht war hager, und hinter den Knochen spürte Abbott die Flammen eines bleichen pfingstlichen Feuers, welches brannte, ohne zu wärmen, und den Geist des Doktors verzehrte, ohne ihn zu nähren.

Der Doktor sagte: »Morgen, Henry.«

Abbott wischte sich den Mund am Ärmel ab. »Guten Morgen, Doktor Klein.«

Abbotts Stimme klang sogar in seinen eigenen Ohren merkwürdig. Kein Wunder. Plastifizierung der Stimmbänder. Er streckte seine Hand aus, und der Doktor schüttelte sie. Die Hand des Doktors fühlte sich klein an, Abbott paßte auf, daß er ihm nicht weh tat. Niemand sonst schüttelte je Abbotts Hand. Er wußte nicht, warum. Und niemand sonst nannte den Doktor »Doktor Klein«. Vielleicht war das der Grund für seinen Händedruck, aber da war Abbott sich nicht sicher. Es blieb ihm ein Rätsel; aber Abbott wußte, daß es etwas zu bedeuten hatte.

45

»Sie essen Ihre Haferflocken nicht«, bemerkte der Doktor.

Der Doktor bemerkte Dinge. Er bemerkte mehr als die meisten – aber doch nicht alles. Abbott bemerkte Dinge, die der Doktor nicht bemerkte. Und genauso umgekehrt, davon mußte man ausgehen. Es war etwas, das sie verband: Wenn der Doktor das unglaublich Offensichtliche übersah, dann war Abbott da, um ihn zu warnen, und der Doktor vertraute Abbott, so wie Abbott ihm vertraute. Es war also gegenseitig. Und es war gut.

»Sie haben recht«, antwortete Abbott. »Es ist voll pulverisiertem Glas.«

Der Doktor warf ihm einen besorgten Blick zu. Abbott nickte. Der Doktor schob ihm seinen eigenen Napf hin. »Das hier ist okay«, sagte er. »Nehmen Sie's.«

Abbott zögerte. »Sie sind doch auch hungrig. Ich kann's nicht nehmen.«

»Sie sind groß«, sagte der Doktor. »Sie arbeiten schwer. Sie brauchen es mehr als ich.«

Abbott nickte. Die Logik des Doktors war, wie üblich, zwingend. Abbott nahm den Napf mit dem dicken Haferbrei und fing zu essen an. Während er aß, überflog er den Raum mit den Augen, ohne den Kopf zu wenden. Er überlegte, ob er das Plastik in seinem Gesicht erwähnen sollte, aber der Doktor würde sich nur Sorgen machen – so ein Mann war er nämlich –, und es gab Wichtigeres zu besprechen. Zwischen den einzelnen Bissen hielt er sich eine Hand vor die Lippen und sprach aus einem Mundwinkel.

»Schauen Sie mich nicht an«, sagte Abbott. »Ich muß Ihnen etwas sagen.«

Der Doktor konzentrierte sich auf seine Frühstückseier. »Legen Sie los.«

»Ich habe Vibrationen entdeckt. Etwas ist eingebrochen.« Abbott schlang einen großen Bissen Haferbrei hinunter.

»Eingebrochen«, wiederholte der Doktor.

Abbott nickte. »Jemand wird sterben.«

Der Doktor nickte ebenfalls, ohne ihn anzusehen. »Sie?« fragte er.

»Sie haben es versucht, aber ich war zu schnell für sie«, erwiderte Abbott. »Gestern haben sie meiner Injektion ein plastifizierendes Präparat beigemischt, damit ich nicht mehr sprechen kann.« Er hielt inne, während zwei andere Sträflinge, Bialmann und Crawford, an ihrem Tisch vorbeigingen. Abbott wagte einen Blick in die Augen des Doktors. »Das ist doch unglaublich offensichtlich, nicht?«

Der Doktor nickte. »Um wen geht es dann?«

»Ich weiß es noch nicht, aber an Ihrer Stelle würde ich mich von Nev Agry und seinen Leuten fernhalten.«

»Klingt vernünftig«, sagte der Doktor.

Abbott fragte sich, ob dem Doktor wirklich klar war, was alles auf dem Spiel stand. Aber woher sollte er es wissen ohne Das Wort? Abbott beschloß, auch für ihn wachsam zu sein. Er war mit dem Haferbrei fertig und trank seinen Kaffee. Der war kalt.

»Ich rate Ihnen«, sagte er, »in Ihrer Zelle zu bleiben. Für maximale Sicherheit vermeiden Sie jeden Kontakt.« Er senkte die Stimme. »Besonders mit den Farbigen.«

»Ich muß ins Krankenrevier«, wandte der Doktor ein.

Natürlich. Abbott begriff vollkommen. Dort brauchten sie ihn.

»Und ich habe einen Termin beim Direktor.«

»Seien Sie vorsichtig«, mahnte Abbott. »Direktor Hobbes ist ein gefährlicher Mann.«

Der Doktor stand auf, legte Abbott die Hand auf die Schulter und drückte sie fest. Einen Moment lang spürte Abbott, wie das Plastik in seinem Gesicht sich erweichte.

»Sie auch«, sagte der Doktor.

Abbott blickte zu ihm auf; und das Gefühl von Weichheit drang ihm jetzt durch Kehle und Leber. Die Augen des Doktors waren von einem blassen Blau mit einem wilden Kern in der Mitte, in dem das verzehrende Feuer loderte.

Der Doktor sagte: »Wenn Sie mir sonst noch was zu sagen haben, irgendwelche Probleme, dann kommen Sie zu mir und sagen es mir. Okay, Henry?«

Abbott schob den Unterkiefer vor. Das Plastik war jetzt kaum noch spürbar. »Ich verstehe.«

Der Doktor drückte Abbotts Schulter noch einmal, dann war er fort. Abbott sah ihm nach, und dabei fiel ihm Nev Agry ins Auge, der an einem Tisch mit Crawford und Bialmann saß. Offensichtlich. Unglaublich offensichtlich. Wenn Agry überhaupt in der Kantine erschien, dann hielt er mit seinen Gefolgsleuten Hof – Killern wie Tony Shockner. Crawford und Bialmann waren Kurzzeiter, Veruntreuer, Niemande. Allein Agrys Nähe brachte sie so nahe daran, sich die Hosen vollzumachen, daß sie kaum noch ihre Plastiklöffel zum Mund führen konnten. Und da lehnte Nev Agry gemütlich in seinem Stuhl und lächelte, als sei er genau wie alle anderen.

Und rauchte mit der linken Hand.

Abbott stand auf, trug sein Tablett zur Abfallrutsche, leerte es, und bewegte sich dann ganz ohne Hast zum hinteren Ausgang. Als er sein Tablett abgab, sah er, wie einer von den Wärtern – Perkins? Abbott konnte es nicht sicher sagen – an Agrys Tisch trat und ihm etwas ins Ohr flüsterte. Abbott wandte den Kopf ab und ging schneller, denn er spürte, wie ihm Agry mit den Augen bösartig Tunnel in den Hinterkopf bohrte, als wolle er das in seinem Hirn verborgene Wissen abtasten, als versuche er, die Lippen Des Wortes selbst zu lesen, das doch in Geheimnis gehüllt ist. Abbott blieb stehen, als ihm eine plötzliche Erkenntnis kam.

Nev Agry rauchte normalerweise mit der rechten Hand.

Und der Wärter Perkins arbeitete auf Block B, bei den Farbigen.

Unglaublich offensichtlich.

Plötzlich spürte Abbott die Vibration stärker als je zuvor, ein überwältigendes Gefühl, daß etwas einbrach, ein tiefes Summen aus dem namenlosen Chaos, in dem allein Das Wort regierte.

Und Abbott fragte sich: Wird dem Doktor nichts geschehen?

Die Frage kam noch einmal. Dann noch einmal. Er griff nach dem Notizheft, um sie festzuhalten, aber aus dem tiefen

Summen wurde plötzlich ein Chor, der die Luft um seinen Kopf mit Psalmengesang – mit Tanz, mit Gebet – von tiefster Inbrunst füllte: Wir Brauchen Ihn.

Wir brauchen ihn.

Wir brauchen ihn.

Abbott stürzte zwischen Reihen von Männern hindurch, schlug ihnen die Tabletts aus den Händen, aber seine summenden Ohren waren taub gegen ihre Flüche, und rannte, riesig und ungeschickt, aus dem von Stimmen erfüllten Speisesaal, die Treppe hinunter und weiter, noch tiefer hinunter, auf die Feuchte und Finsternis zu, wo, das wußte er, Das Wort ihm Asyl gewähren würde. Wo ihm, das wußte er, nichts geschehen konnte.

Wenigstens vorläufig nicht.

Vier

Nach dem zweiten Zählappell zertrennte eine immer schärfer schneidende Klinge aus nervöser Spannung Klein das Innere seiner Eingeweide. Dort oben in seinem Bergfried über dem Haupttor hatte Hobbes schon das Ergebnis der Haftprüfungskommission auf seinem Schreibtisch liegen. Klein sah wieder auf die Uhr: In vierundneunzig Minuten sollte er das Urteil hören. Seine Zeit im River zählte vielleicht nur noch Stunden; aber genauso gut konnten es Jahre sein. Das System der vorzeitigen Haftentlassung war die Folterbank, auf der jeder einzelne Knastbruder in dieser Bude lag, sogar die Zweihundertzwanzig-Jahre-Leute und die dreifach Lebenslänglichen – gestreckt hing jeder einzelne daran fest und schrie lautlos vor sich hin. Die gaben einem zehn Minuten, daß man ihnen den Arsch küßte, und zwar haargenau auf die Weise, wie sie es am liebsten hatten. Machst du es richtig, bist du ein kleiner Zwitschervogel und entschwirrst in die blaue Ferne. Zeigst du die falsche Einstellung oder erwischst du sie an einem schlechten Tag oder zu einem Zeitpunkt, da die Überfüllung gerade nicht so drückend ist oder eine Wahlkampagne um den Gouverneursposten mit Gesetz-und-Ordnungs-Parolen läuft, schleudern sie dich für ein weiteres Jahr oder mehr zurück unters knirschende Rad. Bei der Haftprüfung letztes Jahr hatten sie Klein abgelehnt.

Er versuchte die Angelegenheit in seinem Hinterkopf abzulegen, aber dort wollte sie nicht bleiben. Im Lauf seiner Haft hatte er schon ziemlich viel in seinen Hinterkopf abgeschoben. Jetzt, vor dem Treffen mit Hobbes, drängelten sich alle diese Sachen eine nach der anderen in sein Bewußtsein.

Zum Beispiel Henrietta Noades, stellvertretende Staatsan-

wältin, diese verklemmte, bebrillte alte Jungfer, in deren
Augen es unverkennbar vor Vergnügen gefunkelt hatte, als
der Richter ihm fünf bis zehn Jahre aufbrummte. Zum Dank
dafür, daß sie durch Kleins Verurteilung rechtzeitig die weib-
lichen Stimmen für die Wiederwahl ihres Chefs mobilisiert
hatte, war sie auf seine Kosten befördert worden. Zum anderen gab es den rauchenden Trümmerhaufen von Kleins Karriere. Ein akademisches As war er nie gewesen; die Chef-
etage hatte er nie angestrebt. Die Arbeit in der Städtischen
Klinik von Galveston, wo er relativ unbelastet von der
Krankenhauspolitik seine Fertigkeiten entwickeln und seine
Pflicht tun konnte – mehr wollte er gar nicht. Das – und sein
Haus mit Blick auf den Golf und sein Segelboot. Aber das
war nun alles aus und vorbei, und Klein verschwendete
schon lange keine Zeit mehr darauf, diesen Dingen nachzu-
weinen. Oder zumindest redete er sich das ein.

Allerdings befand sich tief drinnen in dem Eisring rund
um sein Herz ein ungeöffneter Schmerz-Abszeß: die Vorstellung, daß er nie, nie mehr jene Arbeit würde leisten dürfen,
der er so viel geopfert hatte. Klein saß wegen Vergewaltigung. So sagte es das Gesetz, und das Gesetz hatte keinen
Sinn für die Ambivalenzen menschlicher Gefühle. Klein
hatte das Verbrechen, dessentwegen er verurteilt worden
war, nicht begangen. Er hatte größere, gewöhnlichere Schuld
auf sich geladen – Selbstsucht, Grausamkeit, Dummheit –,
aber der Vergewaltigung war er nicht schuldig. Er hatte eine
Frau verletzt, die er einmal mehr als sein Leben geliebt
gehabt hatte, eine Frau, deren Namen er nicht mehr in sein
Bewußtsein einließ. Er hatte sie tiefer verletzt, als er es je für
möglich gehalten hätte – das heißt, so tief, wie er selbst verletzt worden war, was er sich nicht eingestanden hatte –, und
sie hatte ihn dafür schwer bestraft. Und dann bestrafte sie
ihn noch einmal, und diese Strafe war noch schwerer. Aber
ein Mann nahm, was das Schicksal ihm entgegenschleuderte,
und wurde damit fertig. Die Art, wie er damit fertig wurde,
war der einzig wahre Maßstab seiner selbst, den er besaß.

Klein rief sich von Zeit zu Zeit ins Gedächtnis, daß es das

Schicksal während der ersten Hälfte seiner vielleicht sieben-jährigen Lebensspanne, bevor er vom Weg abgekommen war, nicht so übel mit ihm gemeint hatte. Er war weder aus dem Mutterschoß in ein verdorrtes ödes Feld im Horn von Afrika gefallen, noch in ein Klo in einer eiskalten Mietskaserne. Die Natur hatte ihn mit einem funktionierenden Gehirn und einem gesunden Körper ausgestattet; seine Mutter hatte ihn zur Liebe zum geschriebenen Wort erzogen, sein Vater ihn gelehrt, gegen niemanden seine Hand zu erheben, sich aber auch nichts gefallen zu lassen, ohne eine passende, aber nüchtern-sachliche Antwort zu geben.

Nein, das Schicksal hatte ihn nicht betrogen, wenn er auch viel hatte geben müssen, viel ertragen – wenigstens hoffte er das. Sein Vater hatte seinen Sturz nicht mehr erlebt, worüber Klein sehr froh war. Froh, nicht den Schmerz mitansehen haben zu müssen, den es ihm verursacht hätte. Sein Vater wäre mit ihm Arm in Arm zum elektrischen Stuhl geschritten, egal, ob unschuldig oder schuldig, wäre es je so weit gekommen. Er hätte zu ihm gestanden, denn er stammte aus einer großzügigeren, weniger unsicheren Zeit. Aber kein Mensch konnte sich seinem eigenen geschichtlichen Moment entziehen. Die Zeiten waren nun einmal kleinlich und gemein geworden, und Klein war ein Teil davon.

Fünf bis zehn Jahre in der Strafanstalt Green River.

Klein überlegte, daß »Vergewaltigung« eigentlich nach gar nichts klang. Bewaffneter Überfall, Drogenhandel, ja sogar Mord, das war etwas, das verschaffte Respekt. Im River, der nicht gerade eine Bastion des feministischen Mannes war, hatte das Wort, das groß über sein Leben gekritzelt war, nur wenig Bedeutung. Draußen in der Welt – nun, das würde er zu gegebener Zeit herausfinden. Aber eins war sicher: Er hatte nicht die Absicht, herumzuflennen, Erklärungen zu suchen, sich zu rechtfertigen und zu entschuldigen. Er würde jeden Tag nehmen, wie er kam. Er hatte Angst vor der Zukunft – so blöd war er ja nicht, daß er das abstreiten wollte –, aber er würde sich ihr stellen. Er hatte keine Ahnung, was hinter den Gefängnistoren auf ihn wartete. Er wußte es nicht, und er fragte nicht. Die Zukunft war ein schwarzes Loch, und er gestattete sich keine Träume oder Hoffnungen über ihren möglichen Inhalt. Keine Sandburgen mehr. Er konnte ohne sie leben. Wenigstens das hatte der River ihm gegeben, und das konnte ihm niemand mehr nehmen.

Klein verließ seine Zelle und stieg zum zweiten Mal an diesem Morgen die Wendeltreppe von Block D hinunter. Er trat durchs Haupttor ins Atrium und ging dann am Wachturm vorbei und über den Gang des Mehrzweckflügels hinunter in Richtung Hauptausgang. Im Gehen lenkte er sich von seinem Jammergedanken ab, indem er sich Henry Abbotts Warnung vom Frühstück ins Gedächtnis rief. Er fragte sich, welche unterirdischen Strömungen der schwere Mann wohl aufgenommen hatte.

Der River war von selten paranoiden Männern bevölkert – verurteilten Verbrechern –, die gegen ihren Willen in einer Welt eingesperrt waren, wo die Basiswährung jeder Existenz, für die Wärter nicht weniger als für die Insassen, die Paranoia war. Hier wurde selbst der ruhigste und vertrauensvollste Mensch Tag und Nacht von Mißtrauen und Angst gequält – und das war die einzig vernünftige Reaktion auf die herrschenden Bedingungen. Hinter diesen vernünftigen Paranoikern, zu denen auch Klein gehörte, stand eine zweite Gruppe, die der klinisch Verrückten. Henry Abbott war ein herausragendes Mitglied dieser zweiten Gruppe, dem im allgemeinen Verrückte wie Normale aus dem Weg gingen. Klein wußte, daß ein schizophrenes Hirn einerseits die unschuldigsten Phänomene oft wahnhaft deutete, andererseits aber auf die tatsächlichen, wenn auch unausgesprochenen, Emotionen der Menschen um ihn her mit abnormer Sensibilität reagieren konnte. Der alte Witz: »Nur weil du paranoid bist, heißt das nicht, das sie nicht wirklich hinter dir her sind«, war nicht ganz von der Hand zu weisen. Und so konnte Abbott mit seinem überentwickelten, wenn auch schiefen Gespür – seinen psychotisch geschärften Antennen – oft wirkliche Strömungen erfühlen, die sich Klein nicht erschlossen.

Vor neun Jahren hatte Henry Abbott an einem milden Silvesterabend im Hügelland westlich von Langtry einen schweren Vorschlaghammer genommen und alle fünf Mitglieder seiner Familie – seine Frau, drei Töchter und seine Mutter – jeweils mit einem einzigen Hieb in ihren Betten erschlagen, und dann hatte er das Haus angezündet. Als die Polizei eintraf, stand er im Hof, starrte in die Flammen und sang dabei ein Kirchenlied, das keiner der Polizisten kannte. Bis dahin war Abbott ein guter Ehemann, Vater und Sohn gewesen und nur dadurch aufgefallen, daß er in einem Bundesstaat, der sich auf die Größe seiner Männer viel zugute hielt, wahrscheinlich der riesigste Englischlehrer der Geschichte war. Die einzige Erklärung, die man aus Abbotts Mund zu diesem Verbrechen vernahm, war »… die Feuer von Orc, einst lodernd im Rauch einer brennenden Stadt, wurden erstickt mit dem Blut der Töchter von Urizen.« Zahlreiche psychiatrische Gutachter lieferten dafür unterschiedliche Interpretationen, aber Abbott selber erkannte keine davon als richtig an. Beim Prozeß bezweifelte niemand, am wenigsten die Geschworenen, daß Abbott von einer katastrophalen Psychose befallen und für seine Taten im juristischen Sinne nicht verantwortlich war. Dennoch erging das einstimmige Urteil, daß er in strafrechtlichem Sinne zurechnungsfähig sei und daher auch in der Lage, die Strafe von fünfmal lebenslänglich vom Richter entgegenzunehmen. Und das nur aus dem Grund, weil die Geschworenen wußten, wie primitiv und unzulänglich die staatliche Unterbringung und Behandlung von psychisch kranken Rechtsbrechern war, so daß ein offiziell unzurechnungsfähiger Abbott vielleicht schon nach wenigen Jahren wieder frei war, möglicherweise auch schon nach ein paar Stunden. Und so kam Abbott, anstatt die ärztliche Untersuchung und Behandlung zu erhalten, die er dringend gebraucht hätte, nach Green River.

Im River war Abbott in einen Alptraum geraten, der gnadenloser war als alles, was seine psychotische Phantasie je hervorbringen konnte. Gefürchtet und daher gehaßt, wurde er allen Torturen unterworfen, die die Welt für Geisteskranke bereithält, nur um ein Vielfaches verstärkt, wie alle Torturen im River. Er wurde verhöhnt, gemieden, betrogen. Er wurde reingelegt, bestohlen, ausgenützt. Er war zwei Meter acht groß und konnte in der Mechanikerwerkstatt einen Motorblock von einem Ende bis zum anderen tragen, ohne auch nur schneller zu atmen. Wäre er nicht gar so groß und nicht gar so verrückt gewesen, hätte er sich vielleicht irgendwo eine harmlose Nische schaffen und darin leben und funktionieren können. Anderen war das gelungen. Aber Abbott nicht. Wenn er nicht Opfer war, dann war er ein Loch in der Luft. Innerhalb des größeren Glas- und Stahlkäfigs der Strafanstalt war er ein zweites Mal gefangen in seinem eigenen Bau aus psychischem Schmerz: ein Kreislauf aus Isolation, Psychose, Absonderung, Drogen, Vergessen, Vernachlässigung, noch mehr Isolation, noch mehr Vernachlässigung, noch mehr Psychose. Von außen wie von innen auf unmenschliche Weise bestraft, lebte Henry Abbott noch eine Stufe unter den Ausgestoßenen.

Und doch verdankte ihm Klein einiges. In den ersten Wochen in Block D hatte Klein erkannt, daß das Gefängnis die Persönlichkeit eines Mannes vollkommen auf den Kopf stellen konnte. Er spürte, wie Angst und Verlust sein Denken pervertierten, seinen Verstand verzerrten. SCHERT MICH EINEN FEUCHTEN DRECK. In der relativen Stille nach dem Lichtabdrehen lag er da und lauschte dem Geräusch von unterdrücktem Weinen, das durch die Gitterstäbe drang. Aber das scherte ihn nicht. Manchmal kam das Weinen, dünn und jämmerlich, aus ihm selbst. Aber auch das scherte ihn nicht. Und auch sonst niemanden. Die Gefangenen von Green River mußten äußersten Schmerz und äußerstes Elend mitansehen und erdulden, ohne einen Funken Mitgefühl zu empfinden, am wenigsten für sich selbst. Mitleid war überhaupt eine Schwäche und daher unmoralisch und gefährlich; Selbstmitleid ein Laster, das an Perversion grenzte. Und so erstickte Klein, der leben und überleben und eines Tages frei sein wollte, das Geräusch seines eigenen Schmerzes und überhörte das der anderen.

Aber eines Nachts – Klein war gerade erst sieben Wochen hier – ließ sich die Stimme von Henry Abbott nicht ersticken.

»Hallo?«

Das Wort hallte rund um die Ränge der Zellen und echote durch die Alpträume aus leichtem und schwerem Schlaf, als riefe eine verdammte Seele aus dem Abgrund der Schöpfung. Im grünen Schimmer des Zellenlichts machte Klein die Zeit aus: Es war drei Minuten nach zwei Uhr. Es fuhr ihm kalt ins Gedärm, als das Wort wiederkam.

»Hallo?«

Und wieder.

»Hallo?«

Und wieder.

»Hallo?«

Mit jeder Wiederholung änderte sich der Ton der Frage und wurde immer drängender, verzweifelter, als sei der gesamte Wortschatz dieser verwundeten Kreatur auf dieses eine einzige Wort geschrumpft. Ist dort jemand? Was wollt ihr? Sagt es mir. *Sagt mir.* Laßt mich in Ruhe. *Laßt mich.* Bitte, laßt mich. Bitte, laßt mich sterben. Bitte. Laßt mich sterben.

In Abbotts Rufen erkannte Klein die hörbare Hälfte jenes qualvollen Dialogs – abwechselnd rasend, drohend, flehend, verängstigt –, den der von der Psychose Befallene mit dem Folterer in sich selber führt. Klein hatte diesen Halbdialog schon früher gehört, im Chaos der Notaufnahme, aber nie von seiner Seite des Zauns. Die einzige Reaktion, die Abbott im Zellenblock D damit hervorrief, war ein Chor von Morddrohungen und Flüchen, die das, was in seinem eigenen Schädel wütete, noch hundertfach verstärkten.

»Du bist hin, Idiot!«

»Dir schneid ich den verdammten Schwanz ab.«

»Halt die Klappe, zum Teufel.«

»Abbott, du langer Sack voll Scheiße, ich warne dich.«

»Häng dich doch auf, du Arsch.«

»He, verzieh dich ins Abseits.«

Es war eine schmerzliche Szene. Aber es ging Klein nichts an, und er nahm keine Notiz davon. Oder genauer gesagt, er nahm keine Notiz von Henry Abbott, genau wie die anderen, denen es bald zu dumm wurde, daß auf ihr Gebrüll keine Reaktion erfolgte.

Zwei Tage später hatte Abbott seine Zelle noch immer nicht verlassen, weder Essen noch etwas zum Trinken zu sich genommen und noch immer kein anderes Wort gefunden, um sich mitzuteilen.

»Hallo?«

»Hallo?«

In der dritten Nacht versank er in zitterndes, angsterfülltes Schweigen. Solange er laut war, hatten die Schergen es nicht gewagt, ihn hinunter ins Loch zu zerren, aus Angst, einen Arm oder ein Auge zu verlieren, aber als die anderen Insassen sich immer rabiater über den Gestank beschwerten und anfingen, brennende Rollen Klopapier von den Zellenrängen zu schmeißen, erschien Captain Cletus und gab den Befehl, Abbotts Zelle auszuräumen.

Als Klein sie mit einem Feuerwehrschlauch über die Laufplanke auf Abbotts Zelle zurennen sah, erkannte er, daß SCHERT MICH EINEN FEUCHTEN DRECK ihm dieses Mal nicht helfen würde. Man konnte sie nicht hindern, einem fast alles zu nehmen, was man einmal gewesen war, aber man konnte sie daran hindern, einem die Seele gänzlich zu zerstören. Man konnte immerhin selbst entscheiden, wieviel man davon noch behalten wollte. Das war so ziemlich das einzige, was man selbst bestimmen konnte. In den drei Tagen, in denen Klein Abbott seinem Leiden überlassen hatte, hatte er spüren können, wie er innerlich abstarb. Das war keine metaphysische Einbildung. Das war etwas, was er wirklich in seinem Körper spürte – ein verfaulendes Gefühl im Darm, ein Schmerz im Becken und im Rückgrat, eine fest angezogene Schlinge, die ihm ins Hirn schnitt. Als er die Feuerwehrschläuche sah, wußte er, daß sie zusammen mit den Exkrementen von den verschmierten Wänden in Abbotts Zelle auch Ray Klein fortspülen würden. Die Last, die auf ihm lag, war die Last des Wissens, seines medizinischen Wissens, und mit dem Wissen die Verpflichtung.

Klein rief Cletus zu sich an die Zelle und bat um die Erlaubnis, zu Abbott zu gehen und mit ihm zu reden. Nach einer langen Pause sagte Cletus: »Du bist ja wohl nicht schlauer, als für dich selber gut ist, oder, Klein?«

»Das hoffe ich nicht, Captain, Sir«, erwiderte Klein.

»Wenn du dich während meiner Wache umbringen läßt, rinnt mir noch wochenlang Papierkram aus dem Arsch.«

»Ich könnte wieder einmal Schlaf gebrauchen«, sagte Klein.

Cletus sah ihn nachdenklich an. »Okay, Klein. Auf deine Verantwortung.«

Durch die Zellreihen lief eine Welle von Unruhe, von Gemurmel, von Gesichtern, die sich an die Zellentüren drückten, von Händen, die an die Stäbe griffen, und Ohren, die sich dazwischen preßten, bis sich die Nachricht ausgebreitet hatte, daß Klein, der Neue, mit dem Irren in eine Zelle gehen wollte. Im Normalzustand hatte Abbott die Kraft von drei Männern; wenn er übergeschnappt war, die Kraft von fünf; und jeder wußte, daß Wahnsinnige keinen Schmerz empfinden. Erst letztes Jahr hatte so ein Irrer sich selber Schwanz und Eier mit einem zerbrochenen Rasierspiegel abgesägt und dabei keinen Laut von sich gegeben. Klein war ja wohl nicht bei Trost, an so was auch nur zu denken. Ein Kurzzeiter, der nicht wußte, was es hier geschlagen hatte. Dieser Abbott hatte die Kraft von sechs, vielleicht von sieben. Der Bursche war ein Riese, ein gottverdammtes Monster.

Der Riese Abbott hockte in einem Winkel einer Zelle, von oben bis unten voll mit Dreck und Scheiße, murmelte Unverständliches vor sich hin und pickte an einer Schramme im Gesicht. Schweiß und Ausscheidungen bekommen von Angst einen ganz besonderen Geruch – scharf, dünn, beschämend –, der die anderen in die Flucht treibt, denn er weckt in den primitivsten Gehirnlappen die Erinnerung an jene Hilflosigkeit, jenen Urschrecken, aus dem sie alle kommen, an die allen gemeinsame Herkunft als Opfer. Klein unterdrückte seinen Drang, sich zu übergeben und davonzuren-

nen, als er an der Schwelle der Zellentür stand und sich vor-
stellte.

»Hi, Henry. Ich bin Ray Klein.«

Da Abbott keine Antwort gab, ging Klein hinein und setzte
sich auf die Pritsche. Im gleichen Moment fiel die Zellentür
donnernd hinter ihm zu.

Klein verbrachte die ganze Nacht auf Abbotts Pritsche,
ohne ein Wort zu sagen. Er überhörte die obszönen Rufe und
Schreie aus den Nachbarzellen und saß einfach schweigend
da, gewöhnte sich an den Gestank und versuchte, in sich selber eine Mitte zu finden, wo er sich sicher fühlte und die
auch Abbott spüren und darin Trost finden konnte. Irgendwann im Morgengrauen schlief Klein ein. Als er vom Läuten
zum ersten Zählappell erwachte, lag sein Kopf auf Abbotts
Schulter, und der riesenhafte Sträfling hatte seinen Arm um
ihn gelegt.

Noch am selben Tag folgte Abbott Klein ganz ohne Gewalt
oder Überredung in eine Zelle im Isolationsblock, die das
Loch genannt wurde, und ließ sich auf die medikamentöse
Behandlung ein, die Klein empfohlen hatte. Einen Mann ins
Loch zu sperren und ihm schwere Beruhigungsmittel zu verpassen, das war nicht gerade Kleins Vorstellung von Ausru-
hen, aber er durfte Abbott viermal täglich sehen, keiner kam
dabei zu Schaden, und Abbott fing sich langsam wieder.
Heute bekam er zweimal wöchentlich eine intramuskuläre
Depot-Injektion von langsam wirkenden Phenothiazinen –
das war das Plastik im Gesicht, das ihm Reden und Lächeln
schwer machte –, um seine Symptome unter Kontrolle zu
halten.

Ganz normal wurde Abbott damit nicht, aber er blieb
unauffällig. Dennis Terry gab ihm einen Job im Kanalsystem,
den sonst keiner wollte, und wenn er wieder überschnappte,
wurde Klein geholt und redete mit ihm und brachte ihn ins
Loch, und Abbott ging friedlich mit. Nur einmal kam Abbott
ins Loch, ohne überzuschnappen, das war damals, als Klein
eine weitere Abgrenzung seines Lebens im Green River
abstecken mußte.

Myron Pinkley war einundzwanzig, ein launenhafter, ego-
zentrischer Soziopath mit muskulösen Armen und einem
Eisenschädel. Er hatte auf einem Campingplatz im Big-
Bend-Nationalpark bei einer idiotischen Sex-und-Mord-
Tour mit seinem Mädchen drei unbeteiligte Camper umgebracht. Pinkley trieb sich arschkriechend im Dunstkreis von
Agrys Bande herum, ohne die geringste Hoffnung, je dazu-
zugehören, und galt bei den meisten als die Art von gottver-
lassenem Arschloch, das eines Tages irgendwen direkt vor
der Nase eines Wärters umbringen und daraufhin den Rest
seiner Tage im Loch verbringen würde. Eines Tages, an
einem Sonntag zur Essenszeit, nicht lange, nachdem Klein
durch sein Eingreifen bei Abbott aufgefallen war, klaute
Myron Pinkley Klein den Nachtisch.

Ein Dutzend Augenpaare fixierten Klein, während sein
Gedärm zu Lava schmolz. Das stinkende kleine Viereck aus
flaschengrünem Gelee, das sich Pinkley mit den Fingern in
den Mund schaufelte, war kein Stück Scheiße wert, weder
für Mensch noch Tier, aber der Gelatineblock symbolisierte
Würde, Respekt, Macht. Für Klein war es noch zu früh, die
Werte dieser Welt waren noch zu fremd für ihn, um sie zu
verstehen. Pinkley davon abzubringen, das hätte zu einer
gewalttätigen Szene mit den üblichen Folgen geführt. Die
Wertlosigkeit des Gelees war so extrem, der Preis, es wieder-
zuerlangen, im Vergleich dazu so ungeheuer, daß Klein es
einfach nicht über sich brachte. Er saß nur da und wurde rot
und strengte sich an, sich nicht in die Hosen zu machen,
während Pinkley sich die Finger ableckte und grinste und
mit geschwellter Brust wie ein Truthahn davonstelzte. Klein
verbrachte den Tag in quälenden Selbstzweifeln. Sämtliche
Kommentare der anderen liefen darauf hinaus, daß er gelie-
fert war, wenn er Pinkley das durchgehen ließ. Am Abend
desselben Tages klaute Pinkley Kleins Schokoladenpudding.
Diesmal saß Henry Abbott allein am Nachbartisch.

Abbott lehnte sich schwerfällig hinüber und packte Pinkleys Hand, und Pinkley boxte ihn auf den Mund. Abbott
reagierte nicht, sondern hielt nur weiter seine Hand fest.

Nach ein paar Sekunden verzog sich Pinkleys Gesicht vor Schmerz. Als er mit der freien Hand auf Abbotts Augen zielte, drückte Abbott fester, und Pinkley ging jaulend in die Knie. Drei Wachen, dann vier, dann fünf, waren nicht imstande, Pinkleys Hand aus Abbotts Griff zu lösen. Sie drohten ihm, sie traten ihn, sie schlugen ihm mit dem Knüppel auf den Kopf, aber Abbott hielt wortlos Pinkleys Pfote fest. Schließlich zerrten sie Abbott mit Gewalt ins Loch, und Abbott schleifte den schreienden Pinkley hinter sich her wie einen aufsässigen Teddybären. Als Abbott nach drei Stunden Pinkleys Hand immer noch nicht fahren ließ, sedierten sie ihn erst mit zwanzig, dann mit siebzig, dann mit einhundertundachtzig Milligramm intravenös verabreichtem Valium.

Pinkley verlor den rechten Daumen und Zeigefinger, was nicht viel besser war, als den ganzen Arm zu verlieren. Außerdem verlor er seine Glaubwürdigkeit. Bald hieß es, er habe ein präpariertes Messer, ein Holzstück mit festgerammter Rasierklinge und mit Abbotts Namen darauf, bereit, für den Fall, daß Abbott aus dem Loch rauskam. So riesig Abbott auch war, dafür wäre er ein leichtes Ziel. Die meisten waren der Ansicht, Klein solle gefälligst etwas unternehmen.

Als er sich endlich aufraffte, fiel es ihm überraschend leicht. Alles, was Klein bisher im River gemacht hatte, war von abgrundtiefer Unsicherheit und Angst begleitet gewesen – duschen, in die Latrine pissen, ins Gym gehen, mit einem Wärter reden, nicht mit einem Wärter reden, in der Freßhalle einen Tisch aussuchen, grüßen und jemanden nicht grüßen. Bei allem, was er tat, und war es noch so belanglos, stellte sich die Frage: Was hat das für Folgen und wen provoziere ich damit. Kann ich mit einem Latino reden? Kann ich es mir leisten, die Schwarzen nicht zu hassen? Kann ich Muddy Waters gegenüber Willie Nelson den Vorzug geben, ohne daß man mir dafür die Zunge rausschneidet? Ist es wirklich so schlimm? Ganz sicher konnte er es nie wissen. Schrecken und Unsicherheit lebten von einem Gemisch aus Einbildung, Gerüchten und brutalster Realität. Es war wie eine Erlösung, selbst einmal ein Stück Realität zu schaffen.

Klein besorgte sich von einem Mann aus der Zimmerei einen Sechs-Zoll-Nagel und von einem kubanischen Putzmann einen kurzen Besenstiel. Den Nagel trieb er in das Holz wie einen Korkenzieher. Dann machte er Pinkley im hinteren Teil der Küche ausfindig, wo er mit seinem nutzlosen Arm den demütigenden Job des Spülwasserausleerers zugeteilt bekommen hatte, und rammte ihm den Nagel genau unter der Schläfe seitlich in den Schädel.

Als Fenton, der Chefkoch, Pinkley eine Stunde später fand, leerte der junge Sträfling noch immer die Spüleimer, als wäre nichts geschehen, nur daß ihm vier Zoll verzinktes Eisen aus dem Frontallappen ragten.

Pinkley überlebte die Reparatur seiner mittleren Meningealarterie ohne jede Erinnerung an den Unfall, für den es keinen Zeugen gab. Nichts wurde je bewiesen oder auch nur ernstlich untersucht. Zwei Tage später beugte sich Nev Agry hinunter zu Kleins Ohr, als der gerade seinen Schokopudding verdrücken wollte, und flüsterte: »Gute Arbeit, Doc.«

Auch Captain Cletus nahm ihn beiseite. »Versteh mich recht, Klein, du verdammter Klugscheißer. Laß dir diese Sache ja nicht zu Kopf steigen.«

Falls Kleins Gewissen ihm je die Frage gestellt hätte, ob ein verkrüppelter Arm und ein bleibender Gehirnschaden nicht vielleicht eine zu schwere Strafe für den Diebstahl von hundert Gramm Zitronengelee darstellten, dann ging seine Stimme in dem Triumph- und Freudengeheul aus jeder Faser seines Körpers völlig unter. Wie durch Zauberei war ein großer Klumpen Angst aus seinem Leben verschwunden. Zum ersten Mal konnte er jetzt in der Latrine sogar zwischen zwei Lebenslänglichen aus vollem Herzen pissen. Den letzten Rest an Schuldgefühl erstickte er mit der Tatsache, daß Pinkley aus der ganzen Angelegenheit mit einem vollkommen neuen Charakter hervorgegangen war, der, wie selbst seine Mutter zugab, eine immense Verbesserung gegenüber jenem darstellte, den ihm sein Schöpfer mitgegeben hatte. Folgsam, gefügig, fast unerträglich nett, trat Pinkley der Jesus-Army bei – LIEBE GLAUBE KRAFT –, leerte weiter die

Abfalleimer in der Küche – eine Arbeit, die er Gott gern zum Opfer brachte – und verbrachte zweimal pro Tag eine Stunde in der Anstaltskapelle, um seine Seele zu retten. Wäre Pinkley bei der Nagelattacke umgekommen, hätte Kleins Gewissen ihn vielleicht etwas mehr gepiesackt, aber Teufel noch mal, er hatte eine ziemlich klare Vorstellung, wieviel so ein Frontallappen aushielt, und außerdem zählte letzten Endes doch nur, daß er von nun an mit seinen Desserts tun konnte, was er wollte. Meistens verschenkte er die Geleebrocken.

Kleins Gedanken kehrten in die Gegenwart zurück, als er sich dem Innentor des Mehrzwecktraktes näherte und sah, wie der Wärter Kracowicz die an ihm vorbeidefilierenden Gefangenen düster musterte. Als Klein bei ihm ankam, schnappte sich Kracowicz gerade einen Latino aus der Schlange zu einer Leibesvisitation.

Der Gang im Mehrzwecktrakt hatte einen normalen Fußboden und normale Wände statt übereinandergeschachtelter Zellwaben und war daher weniger bedrückend als die Zellenblocks. Im Gehen sah man über dem Kopf – und gar nicht einmal so hoch darüber – eine richtige Decke statt eines verdammten Glasdachs. In dem Bau befanden sich der Reihe nach die Bibliothek, die Kapelle, zwei Räume für die läppischen Gruppentherapiesitzungen, die das Haftprüfungskomitee so liebte, und das Gym. Das Gym war ein ständiger Zankapfel zwischen den Boxern, die es als ihren angestammten Besitz betrachteten, und den Basketballern, die draußen einen betonierten Hof hatten, aber auf den federnden Holzboden des Gyms schielten. Im Vorübergehen vermied es Klein – das war schon zum Reflex geworden –, irgend jemanden anzurempeln, der das sofort zum Anlaß genommen hätte, eine Rauferei anzufangen.

Am Außentor stand der Wärter Grierson unter dem Luftschacht der Klimaanlage und schwitzte leicht in seiner Khaki-Uniform. Klein wurde kaum je gefilzt, noch seltener gründlich gefilzt. Eine gründliche Filzung durch erfahrene Experten dauerte – unter Berücksichtigung der mürrisch widerwilligen Mitarbeit des Opfers und des Einfallsreichtums seiner Versteckmethoden – fünf bis sieben Minuten. Taschen leeren, Kragen, Manschetten, Säume nach Eingenähtem abtasten, Schuhe ausziehen, Zehen spreizen, Genitalien heben, unangenehm die Arschbacken auseinanderdrücken. Es war eine mühsame, nur mäßig erfreuliche Aufgabe. Die meisten derartigen Leibesvisitationen brachten Schmuggelware zum Vorschein, die zu läppisch war, um mehr als eine leichte Bestrafung nach sich zu ziehen – ein Joint in Zahnstochergröße brachte eine Woche Telephonverbot. Green River hatte bei weitem nicht die Mittel, um jeden Knastbruder jeden Tag an jedem Tor zu filzen. Zwar gab es an jedem Tor Metalldetektoren, aber die waren zwanzig Jahre alt, brannten gegebenenfalls leicht durch und waren dann meist längere Zeit außer Betrieb, bis einer von Denis Terrys Wartungsmannschaft sie wieder in Ordnung brachte. Grierson nickte Klein zu und winkte ihn durch.

Draußen stand die Sonne hoch und strahlend an einem blau-weißen Himmel, und nach den vermischten Ausdünstungen, die das Innere der Strafanstalt durchdrangen, war die Luft im Hof vergleichsweise köstlich. Links, zwischen dem Mehrzwecktrakt und Block D, umgeben von einem hohen Stahlgeflecht, war die weiße Muskelbank, wo die Sträflinge, und vor allem die Fleischklöße aus der Clique um Grauerholz, ihre Hanteln stemmten. Seit Myron Pinkley religiös geworden war, durfte auch Klein dreimal die Woche unter den Bonzen mit den starken Oberarmen trainieren. Rechts, zwischen dem Gym und Block B, betrieben die Schwarzen Bodybuilding. Auf diesen Boden hatte sich Klein nur zweimal verirrt, jedesmal auf besondere Aufforderung, wenn sich jemand eine Hundert-Kilo-Hantel auf die Brust hatte fallen lassen, die ihm den Brustkorb eingedrückt hatte.

Klein ging über den Betonweg, der zum Hauptausgang führte. Das war ein Tunnel, der sich über zwei Paar riesigen Torflügeln aus Eiche wölbte, die mit Schmiedeeisen beschlagen waren. Zwischen dem inneren und dem äußeren Tor gab es noch ein drittes aus Pittsburgher Stahl, das elektronisch betätigt wurde. Eine protzige Granitwand bildete symmetrisch zu den sechs Trakten des Hauptgebäudes ein riesiges Sechseck aus Stein, das zweitausendachthundert Insassen samt ihren Wärtern fest umschloß. Die Grundmauern dieser Wand reichten angeblich mehrere Meter tief in die Erde, so daß sich niemand einen Tunnel in die Freiheit schaufeln konnte. Am oberen Rand der großen Mauer waren zwei Stacheldrahtbarrieren angebracht, die immer das gleiche stumpfe Grau zeigten, egal wie hell die Sonne auch strahlte. In regelmäßigen Abständen um die Mauer verteilt, standen Schützen in Wachtürmen mit ihrer M 16 im Anschlag und behielten gelangweilten Blickes die Höfe und Werkstätten da unten im Auge.

Über dem Haupttor ragte ein wuchtiger viereckiger Turm auf, in dem sich erstaunlicherweise Eleganz und Brutalität im richtigen Maß verbanden. Von diesem Turm aus herrschte Warden Hobbes über die ihm anvertrauten Delinquenten. Die ausgefeilte Architektur brachte das ungebrochene Selbstverständnis einer anderen Zeit zum Ausdruck und war ein eindrucksvoller Zeitzeuge – sogar schön –, aber für Klein war es nur ein Scheißhaufen aus Elend, für den er weder Respekt noch Bewunderung aufbringen konnte. Unter dem Blick des ihm am nächsten postierten Schützen wandte er sich vom Tor ab. Heute nachmittag würde er seine private Sprechstunde in dem von Dennis Terry gemieteten Kellerraum abhalten, für dessen Sicherheit Nev Agry garantierte. Dort konnte er wieder auf einen Strom von Knastbrüdern mit ihren diversen Leiden und Infektionen rechnen, die ihn mit Zigaretten, Pornoheften, Knastgeld, echten Dollars oder was Klein sonst als Währung akzeptierte, bezahlten. Jetzt bog er in dem Labyrinth aus Drahtgeflecht um eine Ecke und ging auf das Krankenrevier zu, wo er jeden Vormittag verbrachte.

Das Revier war ein zweigeschossiges Gebäude im Windschatten der Südwestmauer. Klein ging den Wochenplan im Geiste durch: Juliette Devlin würde heute nicht hier sein. Da ihm der Termin bei Hobbes im Magen lag, tat ihm das nicht gar so leid, aber sonst freute er sich immer, wenn sie kam.

Dann fiel ihm ein, daß sie ihn so weit gebracht hatte, auf das heutige Spiel zwischen den Lakers und den Knicks mit ihr zu wetten. Er hatte eine Stange Winston gegen zwei neue Calvin-Klein-Unterhosen darauf gesetzt, daß die Knicks um nicht mehr als sechs Punkte verlieren würden. Die Unterwäsche aus der Produktion seines sehr viel erfolgreicheren Namensvetters war ein derart unerhörter Luxus, daß Klein fand, das könne nur ein gutes Omen sein. Er sprang die Stufen zum Revier hinauf und durch die großen Doppelflügeltüren, die tagsüber meist offenstanden. Am zweiten Tor, das versperrt war, stand der koreanische Wärter Sung. Er ließ Klein durch und sperrte auch das dritte Tor aus Stahlplatten für ihn auf, wobei Klein ihm einen guten Morgen wünschte, aber wie üblich reagierte Sung nicht darauf. Sung war um die halbe Welt gereist, um einen Haufen Killer in Texas in Schach zu halten, und sah vielleicht nicht ein, warum er ihnen einen guten irgendwas wünschen sollte. Klein ging an der Medikamentenausgabe vorbei und in das Stationsbüro. Der Raum war vor fünfzehn Jahren senfgelb gestrichen worden, wohl um die Kranken und ihre Wärter daran zu erinnern, daß sie hier nicht auf Urlaub waren. Die gelbe Farbe löste sich bereits in Blasen von der Wand und dem stellenweise durchhängenden Gips der Decke. Klein packte einen weißen Kittel und einen Stapel Laborbefunde und entfernte sich in Richtung Crockett-Saal. Kaum war er dort angekommen, hob Frogman Coley seinen großen angegrauten Schädel, den er gerade über einen Patienten gebeugt hatte, und ging ihm durch den Mittelgang entgegen. Um den Nacken hing ihm ein Stethoskop, und er trug Gummihandschuhe.

»Was gibt's Neues, Chef?« fragte Klein.

»Lopez scheißt noch immer den Rest Blut heraus, den er noch in sich hat. Schau, was du davon hältst. Ich glaube, man sollte seiner Mama Bescheid sagen. Sie weiß, Vinnie will sie nicht sehen, aber sie sagt, sie will wissen, wenn es so weit ist.«

»Klar.«

»Ich glaube, Reiner hat PCP. Deano Baines' Hämoglobin

ist wieder oben. Und der Gimp wollte Garvey mit einem Kissen umbringen.«

»Lebt er noch?«

Coley hob eine Augenbraue.

»Der Gimp, meine ich«, erklärte Klein.

Coley nickte grimmig. »Schauen wir uns die Kerle an.«

Coley zog die Handschuhe aus, indem er sie nach außen aufrollte, einen in den anderen, so daß er nicht mit der Außenseite in Berührung kam und sich womöglich infizierte. Das hatte er Klein abgeschaut, und Klein sah ihm gern dabei zu. Coley schleuderte die Handschuhe in einen Papierkorb und folgte Klein an das Fußende des ersten Bettes.

Klein sah im Green River manchmal eine russische Puppe, aus der immer gräßlichere Schichten des Horrors herauskamen. Die letzte Puppe in der Mitte war ein schwarzes Loch mit Namen Aids. Das war eine Sache, mit der Klein vorher eigentlich nicht viel zu tun gehabt hatte, aber hier drinnen hatte er schnell gelernt.

Niemand wußte, wie hoch der Prozentsatz der HIV-Infizierten war, aber er war hoch. Viele der Insassen hatten draußen Drogenmißbrauch getrieben, und viele hatten den Virus mit hereingebracht. Einmal hier drin, trugen fortgesetzte Drogensucht, gemeinsame Spritzen und Injektionsvorrichtungen, gefährlicher Sex und eine Menge Blutvergießen dazu bei, daß der Prozentsatz immer höher wurde. In der Welt draußen hatte Aids etablierte, nüchterne Männer mit fetten Einkommen, gehobener Bildung und treuen Gattinnen zu Handlungen von unvorstellbarer Inkompetenz und Heuchelei verführt. In Kleins Augen gab es dafür keine Entschuldigung. Im Green River lag die Sache anders. Im Green River war die Angst vor Ansteckung so allgegenwärtig, daß sie von der Lebensoberfläche verschwunden war – tabu, verboten, unaussprechlich – und statt dessen in dunklen Zisternen tief im Inneren eines jeden Mannes hauste. Das Krankenrevier war voll von Infizierten. Ray Klein und Earl Coley hatten es auszubaden.

Sie kämpften gegen einen Zoo von mikroskopisch kleinen

Lebewesen, die in den Körpern der Infizierten ums Überleben kämpften, so wie die Männer selbst sich in der Welt abgestrampelt hatten, dann im Knast und zuletzt hier, in der Endstation Crockett-Saal. *Candida albicans, Mycobacterium tuberculosis, Haemophilus influenzae, Mycobacterium avium, Streptococcus pneumoniae, Pneumocystis carinii, Salmonella,* Toxoplasmose des Zentralnervensystems, Kryptokokken-Meningitis, *Cytomegalovirus retinitis,* multifokale Leukoencephalopathie, Großzellen-Lymphom und wer weiß, was sonst noch alles: ein Fest der Pyogenese und Neoplasie, so daß Gott sich selber über seinen Einfallsreichtum wundern mußte. Und über den wahnsinnigen Trotz, den diese Irren ihm entgegensetzten.

Ihre Morgenvisite folgte einer festen Routine. Sie sahen sich jeden Patienten gemeinsam an, und Coley – der seit vielen Jahren nicht mehr aus dem Bau herausgekommen war – berichtete über die Vorgänge der letzten Nacht. Klein zeigte Coley die paar Laborbefunde, die sie sich leisten konnten, und erklärte, wenn nötig, was sie zu bedeuten hatten. Darauf untersuchte Coley den Patienten systematisch, indem er die Organe nacheinander prüfte, wie Klein es ihn gelehrt hatte. Coleys Händen bei der Arbeit zuzusehen – Hände, die zum Pflügen und Baumwollernten gemacht waren –, war für Klein immer ein guter Augenblick. In den vergangenen drei Jahren hatte Klein Coley fast alles beigebracht, was an der klinischen Medizin wissenswert war, und Coley war ein Schwamm, der das Wissen mit einer Leidenschaft aufsaugte, um die Klein ihn beneidete. Für Klein gab es keinen Zweifel: Der schwarze Pachtbauer hatte heilende Hände. Coley war ein großer Naturheiler. Die Körper flüsterten ihre Schmerzen in seine Fingerspitzen, und er hörte sie. Klein hatte in seinem Berufsleben ein paar solche Männer erlebt und sie immer fasziniert beobachtet, aber viele waren es nicht gewesen, und sich selber konnte er nicht dazuzählen, so gern er es getan hätte. Kein Wort davon hatte Klein je zu Coley gesagt, nie seine Bewunderung und seinen Stolz erwähnt, aus Angst, es würde sie beide in Verlegenheit bringen. Offene Bekenntnisse von Freundschaft und Liebe nach kalifornischer Art waren nie seine Sache gewesen, und der River schien ihm nicht der geeignete Ort, um damit zu beginnen. Aber bevor er ging, wollte er es Coley noch sagen. Vielleicht schon bald. Vielleicht noch heute. Ein Scheppern von Metall auf Stein kam vom anderen Ende des Krankensaales, und Klein verscheuchte seine Vorstellungen von Freiheit.

Vinnie Lopez lag in einer verfestigten Masse von schmutzigen Bettüchern und starrte an die Decke. Ein intravenös gelegter Infusionsschlauch gab Dextrosalin mit Kalium-Zusatz in seinen linken Arm ab. Am Boden neben seinem Bett stand eine Bettpfanne aus Edelstahl, die Lopez vom Nachttisch hatte nehmen wollen, wobei sie zu Boden gefallen war. Ihm fehlte die Kraft, sie wieder aufzuheben, und jetzt lag er in seinem eigenen Dreck, die Fäuste an den Seiten geballt, sein Gesicht eine Maske von Demütigung und Scham.

Coley sagte zu Klein: »Hol frisches Bettzeug.«

Klein ging schnell zum Bettzeugschrank am Ende des Saales. Er akzeptierte es fraglos, wenn ihm Coley untergeordnete Aufgaben im Krankenrevier auftrug, und das kam oft vor. Ohne diese Verteilung der Macht wäre es Klein nie möglich gewesen, sein Wissen weiterzugeben oder überhaupt einzusetzen. Coley hatte das Revier bereits sechzehn Jahre lang geführt, bevor Klein auftauchte, und wenn er so lange lebte, würde er es nach Kleins Freilassung noch weitere sechzehn Jahre führen. Coley war der Zugführer. Als Klein wieder ans Bett trat, hatte Coley bereits den Infusionsbeutel abgenommen, der leer war.

»Mit dem hier ist er fertig. Alle acht Stunden bekommt er einen neuen. Glaubst du, das reicht immer noch?«

Klein nickte, ohne den Blick von Lopez zu wenden, und Coley verschwand. Klein zog das Bettzeug ab und stellte einen Schirm vor das Bett. Dann holte er eine Schüssel warmes Wasser, zog sich Gummihandschuhe an und wusch Lopez vom Kopf bis zu den Knien. In sechs Monaten hatte sich der Mexikaner von Reuben Wilsons Sparrings-Partner in einen sechsundachtzig Pfund leichten Sack aus Haut und

Knochen verwandelt. Seine C-4- und T-Lymphozyten waren auf unter 150 gesunken, in seinem Darm wütete ein Campylobacter-Organismus, der sich als gegen Antibiotika resistent erwies. Oder zumindest gegen die Medikamente, die ihnen zur Verfügung standen. Es gab neuere, stärkere Präparate, wie Klein gelesen hatte, aber die kosteten mehr, als sie sich leisten konnten. Der chronische, blutige Durchfall, der Lopez' Kalium- und Eiweiß-Reserven erschöpfte und zur Anämie führte, wurde von Tag zu Tag ärger. Zu allem Überfluß waren Mund und Speiseröhre von Candidiasis befallen.

Die notwendigen Bluttransfusionen mußten ebenso wie die Medikamente von Bahr, dem offiziellen Gefängnisarzt, angefordert werden, aber Bahr sah die Notwendigkeit nicht ein. Bahr war ein Internist aus der Gegend, der viermal die Woche für eine Stunde vorbeikam – mehr verlangte sein Vertrag nicht –, und bevor er sich wieder zum Golfplatz begab, riet er ihnen, alle Fälle, mit denen sie nicht fertig wurden, in die Notfallambulanz des Bezirkskrankenhauses zu überstellen. Seine Einstellung war, die Aids-Burschen mit hohen Dosen von Beruhigungsmitteln zu sedieren und sie in Frieden sterben zu lassen. Klein verachtete Bahr, nicht, weil diese Methode unvernünftig oder unmenschlich war, sondern weil sie vor allem dazu dienen sollte, Bahr Arbeit zu ersparen. Bahr bezog für seine paar Wochenstunden vom zuständigen Amt ein anständiges Honorar – Geld, das sie dringend für Verbandmaterial und Medikamente gebraucht hätten. Aber Bahr war mächtig. Wenn es ihm einfiel, konnte er Klein und Coley jederzeit das Betreten des Krankenreviers verbieten. Sie brachen regelmäßig so viele Gefängnisregeln, daß man sie dafür jahrelang ins Loch hätte stecken können. Also krochen sie Bahr in den Arsch, behielten die meisten ihrer Probleme für sich und riefen ihn nur dann außerhalb seiner Dienststunden, wenn ein Todesfall zu bescheinigen war; und da ihm diese Verpflichtung mit einem saftigen Zusatzhonorar abgegolten wurde, hatte Bahr sich noch nie geziert.

Was Bahrs Haltung zu Aids anging, so hatten Klein und Coley beschlossen, die Entscheidung denen zu überlassen, die das Sterben zu besorgen hatten. Wollte einer kämpfen, so würden sie mit ihm kämpfen. Wenn die Männer endlich im Krankenrevier landeten, waren viele von ihnen schon so lange krank gewesen, wie es nur ging, ohne daß es den anderen aufgefallen war. Wehleidig waren diese Männer nicht, alle hatten sie ihr Leben lang eingesteckt und ausgeteilt, aber im Krankenrevier an Aids zu sterben, das war ein Ende, dem sie nicht ins Auge sehen wollten. Sich stark zu zeigen, das wurde im Green River mit religiöser Inbrunst kultiviert. Sie alle lebten mit der täglichen Angst vor einem Messer im Rücken, die meisten von ihnen hatten schon einmal dem Lauf einer .38 ins Auge gesehen, und alle hätten zumindest versucht, auf dem Gang zum elektrischen Stuhl, sollte ihnen dieser blühen, dem Wärter noch ins Gesicht zu spucken. Aber ein hilfloser Tod hinter Gittern an dieser Krankheit – der Krankheit, der Arschficker-Krankheit –, das war in den Augen der Gefängnisinsassen das tiefste, wohin ein Mann fallen konnte.

Aus diesem Grunde wählten die meisten Betroffenen die Beruhigungsmittel, und warum zum Teufel auch nicht? dachte Klein. Manchmal fand er, daß man dem Leben ohnehin einen Stellenwert zuschrieb, den es nicht verdiente. Menschen lebten und starben; wer gab schon einen Scheißdreck auf den Zeitpunkt, außer den trauernden Hinterbliebenen? Und die Trauer gehörte dem Trauernden, nicht dem Toten. Klein hoffte, er werde, wenn seine Zeit gekommen war, die Kraft zu einem schnellen, sauberen Ende finden, denn über das Endresultat gab es keinen Zweifel, wozu sich also auflehnen?

Aber Vinnie Lopez war ein Kämpfer. Ein Boxer. Als Klein die verschmutzten Laken in einen Plastiksack stopfte, schaute er Lopez in die Augen und sah darin den leidenschaftlichen Trotz der letzten Verzweiflung. Eine Sekunde lang knirschte es im Stahl- und Eisgürtel rund um Kleins Herz. Verbotene Gefühle sprangen ihn an. Doch bevor sie ihn schwächen konnten, bevor er sie benennen konnte, wandte Klein sich ab, rollte die Gummihandschuhe von den Händen, stopfte sie in den Sack und zog ein frisches Paar an.

Dann schüttelte er ein sauberes Laken aus. Den gefährlichen Augen wich er aus. Er drehte Lopez um bis zum Bettrand und breitete das Laken unter ihm aus. Als Klein ihn wieder zurückrollte, verzerrte sich das Gesicht des Jungen.

Tränen rollten Lopez über die Wangen. Er verbarg das Gesicht in der Ellenbeuge und krümmte sich auf die Seite, so daß er Klein den Rücken zukehrte. Soviel Klein wußte, hatte keiner Lopez je zuvor weinen sehen.

Kleins Magen krampfte sich zusammen. Lopez, der sich rühmte, als Anführer einer Straßenbande in San Antonio vier Morde begangen zu haben, und der sogar hier drinnen ernst genommen wurde, sah jetzt aus wie ein achtjähriges Kind. Klein schüttelte das obere Laken über dem Bett aus und ließ es sanft über Lopez' gekrümmte Gestalt gleiten. Es kam vor, daß ein Mann mit seinem Schmerz und seiner Scham allein sein wollte, das wußte er; aber manchmal war das auch eine Ausrede dafür, sich nicht zu bemühen. Im Moment fand Klein die Entscheidung schwierig. Während er das Laken festzog, verschloß er sein Hirn gegen jeden Gedanken und horchte nur auf seinen Bauch. Dann richtete er sich auf.

»Vinnie«, sagte Klein.

Lopez redete unter seinem Ellbogen hervor. »Hau ab, Mann.«

Klein setzte sich auf den Stuhl neben dem Bett. Lopez' Rücken war unter dem Bettuch gegen ihn gekrümmt. Klein legte Vinnie leicht die Hand auf die Schulter und spürte, wie er sich noch mehr verkrampfte. Aber er ließ die Hand dort. Nach einem Moment entspannte sich Vinnies Körper ein bißchen. Klein wünschte sich plötzlich, er könnte etwas Spanisch.

»Vinnie«, sagte er. »Du kannst mich zum Teufel schicken, wenn ich fertig bin, aber hier drin haben Coley und ich das Sagen, und darum mußt du verstehen, wie die Sachen hier laufen. Und zwar so, daß weder Tränen, noch Scheiße, noch deine Krankheit eine Schande sind. Hier drin nicht. Verstehst du?«

Den dürren Körper unter Kleins Hand schüttelte es vor Schmerz und Trauer.

»Wäre ich krank, würdest du vielleicht das gleiche für mich tun«, sagte Klein.

Lopez fuhr zu ihm herum. Seine Augen brannten vor Zorn und Verachtung. Klein ließ seine Hand fallen.

»Anspucken würde ich dich«, sagte Lopez.

Klein hielt, wie ihm schien, eine lange Weile seinem Blick stand, dann schüttelte er den Kopf.

»Nein«, erwiderte er ruhig, »du spuckst dich selbst an.«

Die Verachtung in Vinnies Augen zerschmolz zu reinem Schmerz, sein Gesicht zitterte, und er wollte sich wieder abwenden. Klein legte ihm noch einmal die Hand auf die Schulter und hielt ihn auf.

»Stirb wie ein Mann, Vinnie.«

Vinnie starrte ihn an, verloren, mit zitternden Lippen. Seine Stimme war ein leises Flüstern. »Will ich doch.« Er kämpfte, um die Tränen zurückzuhalten. »Das will ich ja. Nur das, Mann. Sonst nichts.«

Klein schluckte mühsam. »So sterben Männer, genau so.«

Vinnie schüttelte ablehnend den Kopf. Klein nickte.

»Man kann sich leicht als Mann fühlen, wenn man einem anderen den Fuß auf die Gurgel setzt«, sagte Klein. »Und das ist ein gutes Gefühl, ich weiß. An deinem Stolz festzuhalten, wenn du in der eigenen Scheiße liegst, das ist was anderes. Das Gefühl kenne ich nicht. Vielleicht würde ich es nie kennenlernen, selbst wenn ich mich darum bemühte. Aber der Mann, der das könnte – der Mann, der in dieser Lage zu seinem Stolz findet und ihn spürt und an ihm festhält –, der wäre ein großer Mann.«

Jetzt quollen Vinnie wieder die Tränen aus den Augen, und er kniff sie fest zu. Mühsam blickte er dann zu Klein auf. »Ich hab' Angst, Mann«, sagte er.

»Ich weiß, Vinnie.« Klein nahm seine Hand.

»Ich hab' Angst.« Lopez seufzte in sich hinein.

Klein blieb still sitzen und ließ sich von diesem Schmerz, der so groß war wie die Welt, die Brust füllen; denn er hatte erkannt, daß jeder Trost, der ihm vielleicht noch einfiel, ihm selber galt und nicht Vinnie. Es lag nichts Tröstliches darin, mit zweiundzwanzig im Bett zu verfaulen. Eine Sekunde lang brach der Mantel aus Stahl und Eis gänzlich zusammen, und er spürte das Verlangen, erschreckend in seiner Gewalt, sie alle mit einem Zauberspruch gesund zu machen. Und glücklich und reich und frei. Und sich selbst ebenfalls. Und bei diesem Gedanken befiel ihn plötzlich die Angst, sein Ansuchen um Haftentlassung könnte genehmigt werden, und er erkannte auf einmal, warum er sich bei der Vorführung letztes Jahr so idiotisch benommen hatte: Wenn sie ihn gehen ließen, würde er das alles hier verlieren. Hier war er immer noch Arzt; draußen wäre er nichts als ein Penner. Ganz kurz spürte er den Drang, hinzugehen und Captain Cletus einen Stuhl über die Birne zu hauen und sich ins Loch schicken zu lassen. Aber der Moment ging vorüber. Statt dessen klärte er seine Gedanken und hielt Vinnies Hand fest und lauschte wortlos den erschöpften Lungen, die sich unter der Decke mühsam hoben und senkten. Nach einer Weile, die ihm wie Stunden vorkam, obwohl es nur ein paar Minuten waren, wurde Vinnie ruhig und entspannt. Von der anderen Seite des Schirms hörte man eine tiefe Stimme knurren:

»Mach den Stengel aus, Deano, hier drinnen brauchen wir Sauerstoff. Ich hab' dir schon mal gesagt, wenn du gesund genug zum Rauchen bist, dann kannst du auch deinen nichtswürdigen Arsch zum Fernsehzimmer schleppen. Hier drinnen wollen wir diesen Scheiß nicht inhalieren.«

Lopez verspannte sich wieder und rieb sich das Gesicht mit einem Zipfel vom Laken. »Ich will nicht, daß mich Frogman so sieht«, sagte er.

»Klar.« Wie fast jeder hier hatte auch Vinnie vor Coley den größten Respekt. Klein nickte und stand auf. »Wir sehen uns später.«

Er hob den Wäschesack auf und blieb noch einmal am Wandschirm stehen. »Vinnie, du könntest etwas für mich tun.«

Vinnie sah zu ihm auf.

Klein sagte: »Laß mich deine Mutter holen.«

Vinnie wandte sich ab.

Klein sagte: »Denk drüber nach. Denk an das, worüber wir gesprochen haben.«

Als Klein den Vorhang hinter sich zuziehen wollte, sagte Lopez: »Klein.«

Klein blickte über die Schulter. Nach einer Weile nickte Lopez.

Klein nickte zurück. »Danke, Vinnie.«

Dann schlüpfte er hinaus und fing Coley ab, der gerade hineingehen wollte.

»Vinnie muß ein bißchen allein sein«, sagte er.

Coley warf einen Blick auf den Schirm, dann auf Klein. Er hielt den Sack mit der Infusion hoch. »Das kann ja wohl bis später warten.«

»Danke«, sagte Klein.

Coley sah auf die Uhr. »Ich dachte, du hast einen Termin bei Gott dem Allmächtigen, um zu hören, ob du die weißen Stoppelschwänze von der Kommission auf die richtige Art gelutscht hast.« Er zeigte Klein seine Uhr.

Zehn Uhr fünfunddreißig.

Hobbes wartete.

»Scheiße«, sagte Klein, riß sich den weißen Mantel von den Schultern und peilte im Laufschritt die Tür an.

Fünf

»Hinknien, Nigger.«

Stokelys heiseres Geflüster schoß ihr kratzend in die Ohren.

»Ich mag mir nicht deine beschissene Fresse anschauen.«

Saurer Atem stieg ihr in die Nase, dann der geile, brünstige Geruch von Stokelys Schwanz, als er ihn aus den Shorts riß. Stokelys Stimme überdeckte Ice T mit schwerer Heavy-Metal-Drohung in einem Kriegslied, das aus dem Kassettendeck dröhnte.

»Und halt die Klappe. Ist nichts Neues, was ich dir sag': Wenn das hier rauskommt, schneid ich dir den schwarzen Schwulenschwanz ab und stopf ihn dir ins Arschloch.«

Im River wurde viel von Abschneiden, Aufreißen, Zusammentreten geredet, aber das meiste war Aufschneiderei. Aus Stokelys Mund nahm man es ernst. Niemand hatte vergessen, was Johnson mit Midge Midgelys Eiern gemacht hatte. Die Stirn fest in das dünne Kissen gepreßt, das Gewicht auf den Ellbogen abgestützt, holte Claudine ein paar Mal tief Luft und entspannte Brustkorb und Unterleib. Der Gestank von saurem Atem wurde verdrängt durch die Ausdünstung von Latex, dessen klinischer Geruch scharf mit der geilen Hitze kontrastierte, während Stokely mit dem Kondom herumfummelte.

»Scheiße, Mann. Ich hasse dieses Zeug.«

Claudine wartete. Einen Moment später spürte sie die Spitze seines plötzlich steifen Ständers zwischen ihren Hinterbacken, holte tief Luft und drückte dagegen, als stieße sie einen steinharten Brocken Scheiße aus. Mit einem gedämpften Grunzen des Behagens glitt Stokely hinein. Plötzlich kam seine Stimme ganz sanft.

»Schön«, sagte Stokely.

Die Zelle war heiß und feucht und stank nach Haschisch, Arschschleim und Sperma. Zu dieser Tageszeit war es noch eher kühl, die Sonne stand noch nicht so hoch, so daß sie nicht direkt auf das Glasdach des Blocks strahlte. Abgesehen von den drei Mahlzeiten täglich, waren sie jetzt seit zwei Wochen in ihre Zellen eingesperrt. Seit zehn Tagen funktionierte die Klimaanlage nicht mehr. Kaputt, hatten die Wärter erklärt, muß repariert werden. Bis zum frühen Nachmittag stieg die Temperatur auf über vierzig Grad, und die Luft war gesättigt von Schweiß und Atem von fünfhundert Männern, die in Zellen steckten, die maximal für dreihundert Platz boten. In gewisser Weise war Claudine die Hitze willkommen. Sie gab ihr ein Gefühl von Sinnlichkeit und innerer Leere, die ihr das Nachgeben gegen Stokelys Vergewaltigungen leichter erträglich machte.

»Baby«, sagte Stokely.

Er streichelte ihren Kopf, und sie fragte sich, welche Bilder ihm wohl durch den Kopf gingen und wessen verdammte Visage er wohl gern gesehen hätte. Es hieß, Stokely habe irgendwo in Kalifornien eine Frau, vielleicht in Bakersfield, und zwei Kinder. Söhne. Stoke war sehr weit von daheim entfernt.

»Baby«, sagte Stokely noch einmal.

Seine Hände umfaßten ihre Taille, kraftvoll, aber nicht mehr brutal, die Hände eines Mannes, der sich in seinem Innersten danach sehnte, eine Frau zu halten und zu beschützen und selbst vom Blick einer Frau gehalten zu werden, die ihn als das erkannte, was er war, und ihn dennoch wollte. Trauer quetschte sich zwischen Claudines Rippen, und sie wünschte, Stokely hätte sich beim Liebemachen nicht so verraten. Dann wäre es leichter gewesen, ihn zu hassen.

Plötzlich hätte sie gern ihr langes Haar wieder gehabt, lang und von Öl glänzend. Als Frau fiel ihr der Haß leichter. Und das Nachgeben. Es fiel ihr leichter zu glauben, daß sie nichts Besseres verdient hatte als Nev Agrys brutale Berserkerficks. Ihre Verlegung in Block B und zu den Schwarzen, wo sie damals zuerst gewesen war, hatte sie in Verwirrung gestürzt. Sie wußte nicht mehr, wer sie war.

Als Agrys Frau war Claudine, da waren sich alle einig, eine Schönheit gewesen. Agry hatte ihr Kleider gekauft, Parfüms, einen richtigen Damenrasierer für ihre Beine. Seidenunterkleider. Roten Nagellack. Und das Haar reichte ihr fast bis zur Taille. Agry hatte sie – ohne jede Ironie – seine Königin genannt. Schnelle und fürchterliche Rache erwartete jeden, der unvorsichtig genug war, die Illusion, die sie und Agry sich geschaffen hatten, zu bedrohen. Agry hatte ihr hier im Block D eine weiße Hochzeit ausgerichtet – das tollste Fest in der Geschichte von Green River –, mit Geschenken von den anderen Gruppenanführern, mit Brautjungfern und einem dreistöckigen Hochzeitskuchen mit ihren ineinanderverschlungenen Namen obenauf. Ein Sträfling aus A, ein echter Priester aus Oklahoma City, hatte die Zeremonie vorgenommen. Jeder hatte begriffen: keine Beleidigungen, keine Schwulen-Witze, kein Gekicher, keine Anspielungen. Das Objekt von Lust und Begierde zu sein, war akzeptabel – das war schließlich das Recht einer jeden Frau –, aber jede Andeutung, jedes Gemunkel und Gewisper, daß unter ihrem Rock ein Schwanz und Eier hingen, zog unweigerlich wütende Rache nach sich. Sogar die Wärter spielten mit. Nach vier Jahren wußte Claudine selbst nicht mehr, ob sie Mann oder Weib war – wie ein Einwanderer, der seine Muttersprache verlernt hat. Eine Oktave höher zu sprechen, weibliche Gesten und kokette Blicke hinzuwerfen, die Art, wie sie die Kaffeetasse hielt oder eine Zigarette rauchte, das wurde ihr alles zur zweiten Natur. Sie war Claudine Agry. Nev Agry hatte ihre Verlegung in seine luxuriöse Vier-Mann-Zelle für eine ungenannte Summe erkauft – angeblich für eine Unze reinstes Kokain und eine Kiste Maker's Mark. Jetzt war sie wieder dort, wo sie angefangen hatte, in Block B.

Keiner wußte es, am wenigsten Agry, aber sie hatte die Verlegung selbst verlangt, aus Gründen, die zu enthüllen zu gefährlich war. Wenn Agry ihr auf die Schliche kam, bevor sie von hier weg war, dann war sie eine Leiche.

78

Nach ihrer Rückkehr in Block B hatte sie – er – sich das Haar geschoren, die Nägel kurz geschnitten, das Gesicht geschrubbt, die Seidenwäsche gegen Gefängnisdrillich vertauscht, die Körperlotion gegen Schweiß. Claudine Agry – groß, schlank, elegant – hatte sich wieder in Claude Toussaint verwandelt: mager, jungenhaft, unbeholfen. Die Königin von Block D war jetzt ein Ex-Crack-Dealer, weniger als ein Nichts – ein Nigger, auf den die anderen Nigger herabsahen, weil er einen weißen Schwanz gelutscht hatte. Sie war wieder er, aber es war noch zu früh, um da ganz mitzukommen.

Claudines Gedanken kehrten in die Gegenwart zurück, als Stokelys Stöße schneller und tiefer wurden. Sie krallte sich am Bettuch fest. Stokely ejakulierte, glatt und ohne Brutalität, und stützte sich einen Moment mit seinen großen Fäusten links und rechts von ihrem Kopf ab. In großen, warmen Tropfen fiel ihr sein Schweiß auf den Rücken. Die Pause dauerte an, und Claudine fürchtete ihr Ende. Das kam mit Stokelys rohem, verächtlichen Rückzug, und sie riß sich mit einem lauten Ächzen los, während ihre Beckenmuskeln sich schmerzhaft zusammenzogen.

»Halt die Fresse, du Kuh.«

Die Weichheit war aus Stokelys Stimme verschwunden, bis zum nächsten Mal. Jetzt war seine Stimme durchtränkt von dem Selbsthaß, den er nicht in sich vergraben konnte.

»Schau mich an«, befahl er.

Claudine hielt ihr Gesicht abgewandt. »Mann, laß mich in Ruhe.«

Stokely drehte sie mit Gewalt auf den Rücken, und sie rollte sich zu einem Ball, Arme über dem Kopf, Knie an die Brust gezogen. Stokely hielt ihr die Hand auf den Mund und stieß sie in die Rippen. Sie stöhnte gegen die Finger auf ihrem Gesicht. Wenn sie tief Atem holte, roch sie den Gestank des Gummis auf seiner Hand. Stokely ließ sie los und stand auf, ging in den hinteren Teil der Zelle und spülte das Kondom hinunter. Claudine rieb sich die Rippen, während Stokely pißte. Sie überlegte: Wenn Hobbes Wort hielt, dann brauchte sie das alles nicht mehr sehr lange zu ertragen.

Hobbes hatte Claudine versprochen: Wenn sie sich nicht mehr wie eine Frau benahm und kleidete, dann könnte die Haftprüfungskommission auf seine Empfehlung hin bei ihrer kommenden Vorführung eine wohlwollende Haltung einnehmen. Hobbes hatte darauf hingewiesen, daß man von den Kommissionsmitgliedern nicht erwarten könne, daß sie einen Mann mit langen, rot lackierten Fingernägeln, der auf jede Frage mit den falschen Wimpern klimperte, freiließen. Claudine hatte ihm klargemacht, daß sie keine Wahl habe. Schon auf dem Weg über den Hof würde Nev Agry sie umbringen lassen. Hobbes garantierte ihr Sicherheit, aber nur, wenn sie in Block B zurückging. Claudine war nicht überzeugt. Nicht einmal das Loch war vor Agry sicher. Dann hatte Hobbes ihr die Sperre angekündigt. Dann konnte nicht einmal Agry an sie herankommen. Und bis die Sperre aufgehoben war, wäre sie frei. Ein gewisses Risiko war immer noch dabei, natürlich, aber wenn Claudine bereit war, es auf sich zu nehmen, würde Hobbes für alles andere sorgen.

Und Claudine war wieder Claude geworden und hatte erkannt, daß es sich lohnte. Alles lohnte sich, wenn man nur wieder einmal in seinem Viertel herumstreichen konnte. Sie – nein, verdammt noch mal, *er* – würde in der Bourbon Street stehen und die Abgase einatmen und spüren, wie sein Schwanz steif wurde, wenn er die langbeinigen Biester in ihren kurzen Röcken auf hohen Absätzen vorbeistolzieren sah. Dann würde er sich im Alfonso auf einen Barhocker setzen und mit einem Strohhalm One Hundred Pipers schlürfen. Yeah. Mit einer dicken Rolle Zwanziger in der Tasche. Er fragte sich, ob sich von den Biestern noch eins an ihn erinnerte. Wie lange hatte er schon keinen Fick mehr gehabt.

Also hatte Claude zu Hobbes' Vorschlägen ja gesagt, und hier war er nun, und sein neuer Zellengenosse fickte ihn in den Arsch.

Er. Sie. Ihn. Er kam schon langsam zurecht.

»Anziehen«, knurrte Stokely.

Die Gewalttätigkeit in Stokelys Stimme hatte ihren Höhepunkt überschritten und sank zurück in sein normales Knurren. Von hinten kam das Klatschen von Wasser, als er sich abwusch. Das Ice-T-Album war zu Ende, das Kassettendeck blieb mit einem Schnappen stehen. Von weiter unten im Block tönte das Stimmen einer Gitarre herauf, und dann sang jemand eine Albert-Collins-Nummer. Claude schwang sich an den Pritschenrand und griff nach seiner Hose. Seiner. Er mußte dringend scheißen, aber Stokelys massige Gestalt füllte den winzigen Waschraum noch immer aus.

»Wilson sollte bald zurück sein«, bemerkte Claude.

Stokely wandte sich vom Becken ab und wischte sich mit einem weißen Handtuch, das vom langen Gebrauch grau geworden war, das Wasser vom Gesicht. »Willst du damit was Bestimmtes sagen?«

»Nein.« Claude wünschte, er hätte den Mund gehalten.

»Du meinst, ich hab' den Laden nicht in der Hand, wenn er nicht da ist?«

»Das hab' ich nicht gesagt«, verteidigte sich Claude.

Stokely warf das Handtuch zu Boden und ging so nah an Claude heran, daß er ihn in die Knie zwang. Claude duckte sich.

»Wilson hat dich aufgenommen, weil du für die Brüder eine Schande bist, und weil er den weißen Hurensöhnen zeigen wollte, daß wir groß genug sind, dich wieder aufzunehmen.« Er ballte seine rechte Faust. »Weil wir stark sind, Mann, verstehst du? Das ist das Tal der Langstreckenläufer. Der Hängebaum steht immer noch da draußen, und es kommt der Tag, da zünden wir noch den Himmel an – aber hier drinnen, hier drinnen halten wir zusammen. Sonst sind wir nichts.«

»Deshalb bin ich ja zurück«, sagte Claude.

»Blödsinn.« Stokely bohrte Claude einen Finger ins Gesicht. Der Gestank nach Gummi war noch immer da. »Du nutzt uns aus. Wie, weiß ich nicht, aber du nutzt uns aus.«

»Ich muß scheißen«, sagte Claude und versuchte aufzustehen. Stokely setzte ihm eine Hand auf die Brust und drückte ihn nieder.

»Du benutzt uns, genau wie du das Schwein Agry benutzt hast.«

Er konnte nicht sagen, wer jetzt redete, Claude oder Claudine, aber plötzlich wurde er vor Zorn ganz mutig. »Agry hat das gleiche von mir genommen wie du. Was ist der Unterschied, Stokely?«

Er drehte das letzte Wort auf der Zunge hin und her, schnellte es hoch und schob es Stokely in den Arsch. Dann tat es ihm leid. Stokely trat einen halben Schritt zurück und versetzte ihm eins mit der Faust, einen Haken mitten auf den Mund. Claude schmeckte Blut. Eine große Hand schloß sich um seinen Hals, und Stokely hob ihn von der Pritsche hoch, bis ihre Gesichter kaum noch fünf Zentimeter auseinander waren.

»Widersprechen darfst du mir, sobald du dich wieder als Mann bewiesen hast. Bis dahin gehört dein schwuler Arsch mir. Jetzt geh scheißen, Claudine.«

Stokely ließ sie los und trat zurück. Als sie sich ausgehustet hatte, ging sie zum Topf hinüber, ließ die Hose runter und hockte sich hin.

Sie. Er. Claudine. Scheiße, Mann. Reiß dich zusammen!

Er fragte sich, ob Wilson ihn noch einmal mit Klein reden ließe. Er wollte dringend mit ihm reden. Sonst gab es keinen, dem er traute. Und hätte es jemanden gegeben, so hätte er nicht zugehört. Sein Darm unter ihm rülpste und gurgelte. Von der anderen Seite des Vorhangs hörte er Stokely voller Ekel brüllen.

»Mein Gott! Komm da raus, damit ich dich gründlich durchficken kann, du Kuh.«

Claude seufzte und langte nach dem Klopapier. Er war gern in Block B zurück. Wirklich. Während er sich den Hintern abwischte, ließ er seine Gedanken zu den langbeinigen Biestern in ihren kurzen Röcken und hohen Stöckelschuhen schweifen – und betete darum, sicher in die Bourbon Street zu gelangen, bevor Nev Agry ihn erwischte.

Sechs

Seit dem zweiten Zählappell lag Nev Agry allein auf seinem Bett ausgestreckt und rauchte eine Lucky Strike nach der anderen, immer die nächste an der letzten anzündend, und zitterte am ganzen Leib vor Schmerz.

Die Augen hatte er weit geöffnet, aber sein Gehirn nahm die Decke der Zelle nicht wahr. Statt dessen sah er Claudine vor sich. Ihr Gesicht. Ihre Lippen. Ihre Haut. Ihre langen, makellosen Schenkel. Dann blitzte ein Bild vor ihm auf, pornographisch, unerträglich ekelhaft, so daß ihm ganz übel wurde. Er fuhr hoch und grub sich stumpfe, rasende Finger in die Augen, bis in der Schwärze vor der Netzhaut Lichter flackerten. Das Bild verschwand. Er beruhigte sich. Jetzt hörte er, daß der Kassettenrekorder Bob Wills und die Texas Playboys spielte, und sie sangen »San Antonio Rose«. Agry hielt sich nicht für einen übertrieben sentimentalen Typen, aber die »San Antonio Rose« legte ihm fast immer einen engen Ring um den Hals. In diesem Moment brachte ihn das Lied den Tränen nahe.

> It was there I found, beside the Alamo,
> Enchantment strange as the blue up above.
> A moonlit path, that only she would know,
> Still hears my broken song of love ...

Agry langte hinüber und drehte die Kassette ab. Der Moment für Tränen würde kommen – seine Tränen, die Tränen anderer –, aber noch nicht jetzt. Und auch die ekelhaften Bilder, die Perkins in sein Hirn gesät hatte, wollte er noch nicht herausreißen, jetzt noch nicht, denn die konnten nur durch Blut weggespült werden. Aber bald, schwor er sich, bald. Perkins, der weiße Wärter aus Block B, den Agry nicht in die Tasche gesteckt hatte, hatte nur bestätigt, was Agry schon die ganze Zeit im Urin gehabt hatte.

Der stinkende schwarze Niggerschakal Stokely Johnson fickte seine Claudine regelmäßig und von hinten.

Wieder: das Bild. Verknäulte Leiber. Zeitlupe. Stoßende Schenkel. Schwarze Haut. Schweiß.

Agrys Magen drehte sich um. Er preßte die Zähne gegen heiße Galle und die Frühstückseier zusammen, die ihm noch im Magen lagen. Er schluckte. Er zog sich hoch. Die Wände um ihn schwankten. Die Lucky Strike in seiner Faust brannte ihm in die Haut zwischen den Fingern, und er sah an sich runter. Er sah, wie die rote Spitze glühenden Tabaks ihm die Haut verbrannte, roch das verbrannte Haar, aber der Schmerz schien weit weg von ihm. Er griff danach, rief ihn zu sich. Plötzlich war er da: scharf und strahlend. Die Hand zuckte und öffnete sich von selbst, der Stummel fiel zu Boden. Langsam wichen Schmerz und Zweifel aus seinem Hirn. Sein Plan stand fest. Der Wärter hatte die Frechheit besessen, ihn zu warnen, als ob der alte Narr der Meinung wäre, er sei hier der Herr im Haus. Na, Nev Agry würde ihn eines Besseren belehren. Er hatte Kosten und Folgen abgewogen und war bereit zu bezahlen. Er war bereit, sie alle bezahlen zu lassen. Agry trat die Kippe aus und riß sich das Hemd herunter. Es war Zeit, Claudine heimzubringen.

Nun, da Claudine fort war, lebte Nev Agry allein in einer Vier-Mann-Zelle am Ende der Erdgeschoß-Reihe in Zellenblock D, in einem Stil, wie er dem mächtigsten der Lebenslänglichen-Bosse zustand. Farbfernsehen und Video. Porno-Video-Sammlung, Hi-Fi, auf dem Bett eine orthopädische Matratze, Klobrille aus Holz. Kühlschrank. Vier-Stufen-Ventilator. Vor seiner Zellentür hing ein Mousselinevorhang. Der schirmte ihn nach außen ab, ließ aber die Silhouette jedes Draußenstehenden erkennen. Und zu jeder Tages- und Nachtzeit waren in der Zelle nebenan wenigstens zwei von seinen Männern dafür da, jede Klinge oder Kugel, die ihm galt, abzufangen.

Agry war mittelgroß und auf der Stirn schon ziemlich kahl, was sein kurz geschorenes Haar keineswegs zu verdecken suchte. Die Haut an seinem Körper war weiß wie eine Kirchenkerze und leicht mit blondem Flaum bedeckt. Er war von Natur aus massig und muskulös, aber nicht wie diese schwulen Bodybuilder. Seine Arme waren wie Schinken, den linken zierte der tätowierte Totenkopf des US-Marine-Corps, darunter das Motto »Tod vor Schande«. Aus seiner Hausapotheke holte er verschiedene Fläschchen und schluckte der Reihe nach ein Megavitamin, Ginseng, ein Gramm Vitamin C, eine Handvoll Fisch-Protein und Getrocknete-Leber-Tabletten. Dann spülte er alles mit kaltem Mineralwasser hinunter. Evian. Er war nicht sicher, ob ihm dieses Scheißzeug wirklich nützte, und es war sauteuer, aber er brauchte alle Hilfe, die er kriegen konnte. In seiner Zelle gab es keine Spur von unerlaubten Drogen. Die hielten seine Männer für ihn bereit, wenn er sie brauchte, hauptsächlich für Sex, viel seltener für Gewalttaten. Agry hatte schon lange keinen Sex mehr gehabt, ihm schien es endlos lange. Zwei beschissene Wochen. Als er die Wasserflasche wegstellte, spürte er, daß ihn jetzt tiefe Gelassenheit erfüllte. Diese Gelassenheit bewies wie nichts anderes, daß das, was er in Gang gesetzt hatte, das einzig richtige war.

Agry hob die Matratze hoch und zog seine Rüstung hervor. Die handgemachte Weste versprach Schutz gegen Nägel, Schrauben und Rasierklingen. Zwei Lederschichten, mit Epoxidharz verschweißt. In das Harz eingebettet ein Netz aus feinem Stahldraht. Er schlüpfte mit dem Kopf durch das Loch in der Mitte, so daß die Weste seinen Brustkorb vorn und hinten bedeckte, und band sie rechts und links mit Schlaufen zusammen. Das Leder fühlte sich auf der Haut nach Krieg an. Er zog das Hemd darüber, knöpfte es bis zum Hals zu und steckte es in die Hose.

Semper fucking fidelis.

Hinter dem Vorhang war ein leises Räuspern zu hören. Agry sagte: »Los, komm rein, Tony.«

Der Vorhang teilte sich, und Tony Shockner trat herein.

Groß, gelenkig, neunundzwanzig Jahre alt, Gefängnisbrille mit Drahtgestell, wirkte Shockner wie ein Basketball-Trainer aus dem Mittleren Westen. Er verbüßte für Mord und bewaffneten Überfall einhundertachtzig Jahre. Im Green River hatte er auf Agrys Anordnung zwei Männer exekutiert. Agry hielt ihn für intelligent – für intelligenter als sich selbst, das mußte er zugeben – und wußte, daß er Befehle gut ausführte. Wenn er ein Brutus war – und Agry glaubte nicht daran –, dann wußte er es gut zu verbergen. Jetzt stand er innen vor dem Vorhang, die langen Arme locker an den Seiten herabhängend, und nickte Agry zu.

»Boß«, sagte er.

»Hast du was für mich?« fragte Agry.

Shockner fuhr mit der Hand in die Tasche und zog ein mörderisch scharfes Rasiermesser heraus. Agry hatte es sich zur Regel gemacht, nie Waffen zu tragen – das brachte automatisch zehn Tage im Loch –, auch nicht in seiner Zelle. Mit seiner Gang um sich hatte er das nicht nötig. Jetzt nahm er Shockner die Klinge aus der Hand, ließ sie aufschnappen, fuhr sich damit zart über den Unterarm und hielt einen Büschel Haare in der Hand. Er nickte. Shockner griff noch einmal in die Tasche und holte einen kleinen Plastikbehälter heraus, der früher einmal Schnupfentabletten enthalten hatte.

»Das wollten Sie auch«, sagte Shockner.

Agry schraubte den Deckel ab. Die Dose war zu drei Vierteln voll mit pulverisiertem Sulfat. Agry schüttete eine kleine Pyramide auf die Klingenspitze und zog sie tief durchs linke Nasenloch ein. Guuut. Agry verachtete Kokain als Lolli-Droge für Yuppies und Nigger. Gott wußte, genau wie Agry, daß die Marines drei anständige Kriege mit Speed durchgestanden und es sie nie enttäuscht hatte. Ihn auch nicht. Zu seinem Bedauern war er mit dem Corps nie in den Kampf gezogen, da er seine Zeit dort fast zur Gänze im Arrest verbracht hatte, in Erwartung seiner unehrenhaften Entlassung. Jetzt würde er beweisen, wenigstens vor sich selber, daß er würdig gewesen wäre, ihre Farben auch im Kampf zu tragen.

Er nahm eine zweite Portion Sulfat, dann schraubte er die Dose zu und reichte sie Shockner.

»Bedien dich, und laß auch die andern mal ran«, sagte Agry.

Shockner rollte die Dose in der Hand und schürzte die Lippen. Seine Augen hinter der Drahtbrille blickten besorgt.

»Was nicht in Ordnung?« fragte Agry.

Shockner zuckte die Achseln. »Nervös, schätz' ich«, antwortete er.

Agry deutete mit dem Rasiermesser auf die Dose. »Davon kriegst du starke Nerven, und die schwachen wirst du los.«

»Bist du sicher, daß die andern mitmachen?« fragte Shockner.

»Wer?«

»Dubois und die andern.«

»Hier haben wir keine Scheißdemokratie, Tony.«

Shockner nickte. »Okay, die erwarten uns.«

»Gut.«

Agry drehte sich um und betrachtete sich im Spiegel. Die grauen Augen, die ihn daraus anstarrten, waren hart und hell. Bittere Flüssigkeit rann ihm hinten in die Kehle. Er zog hoch und schluckte. Schon war das Sulfat ein Nachtzug, der durch die dunkleren Regionen seines Nervensystems donnerte. Semper fucking fi, Mann. Er setzte sich eine Ray-Ban-Pilotenbrille auf und drehte sich zu Shockner um.

»Geh'n wir.«

Agry und Shockner gingen an der runden Treppe vorbei, die vom dritten Rang herunter durch das Blacktor und an der Wachstation vorbei ins zentrale Atrium führte. Im offenen Dachgeschoß des dreistöckigen Wachturms lehnte sich eine Wache – es war Burroughs, der Oldtimer – gegen einen Eichenpfeiler, der das Turmdach stützte, und bohrte in der Nase. Der Turm war ein sechseckiger Zylinder aus Stein und Holz, die Tore selber und ihre Einfassungen waren mit Stahlblech gepanzert. Fenster aus rauchgrauem Plexiglas in den ersten beiden Stockwerken zeigten auf den zentralen Mittelgang jedes der sechs Blocks. Im Erdgeschoß des Wachturms befand sich die Hauptkommandozentrale für alle Wachen. Agry malte sich die Szene drinnen aus: zwei Wachen, vor einer Reihe von Schwarzweißbildschirmen dösend, deren Bild alle fünf Sekunden von einer Videokamera zur anderen wechselte. So wie Agry wußten auch die Wachen im Grunde ihres Herzens, daß diese Bildschirme völlig zwecklos waren. Innerhalb des River war alles dauernd in Bewegung: Zweieinhalbtausend Männer mußten gefüttert, getränkt, bewegt, gekleidet, gewaschen und mit Arbeit versorgt werden. Außerdem war die ganze Anlage riesenhaft und labyrinthisch. Die jämmerlichen Videokameras hatten nur einen kleinen Prozentsatz der Gesamtfläche im Blick, und in die dunkleren Ecken reichten sie überhaupt nicht.

Im Keller des Wachturms befand sich eine Steuerzentrale, die auch schon zwanzig Jahre auf dem Buckel hatte; vermittels Kabelsträngen, die unter dem Mehrzwecktrakt durchliefen, war diese Zentrale mit dem Aufnahme- und Empfangsbereich am Haupttor verbunden. Neben den Videoschirmen befand sich das Hauptkontrollbord für die Zellentüren und Blocktore. Von hier aus konnte man die Zellen entweder einzeln oder in ganzen Rängen öffnen. Am Eingang zu jedem Zellenblock befand sich ein kleinerer Wachraum, von dem aus ebenfalls eine Kontrolle der Zellentüren möglich war, die man aber notfalls vom Turm aus blockieren konnte. Agry wußte das alles und hatte alles unter Kontrolle.

Agry und Shockner wandten sich nach rechts, den Turm hinter sich lassend und in Richtung Speisesaal, von wo ihnen der Gestank von verdorbenem Essen und altem Fett entgegenschlug. Im Speisesaal war es still, er war leer bis auf die Handvoll Häftlinge, die nachlässig den Boden wischten und die kunststoffbeschichteten Tische für das Mittagessen deckten. Agry schwenkte an der Serviertheke vorbei in die Küche, in den Hitzeschwall, der aus den Reihen geschwärzter Kochstellen und Edelstahlkessel kam. Hier ging es hektisch zu, Männer in fleckigen weißen Schürzen, hauptsächlich Mexikaner und andere ethnische Verlierer, schwitzten heftig über ihrer Schufterei und bemühten sich, das Gebrüll Fentons, des Küchenleiters, zu überhören.

»Reis, Schwanzlutscher! Reis! Arroz! Comprendo?«

Fenton war ein dürrer Nigger mit zwei Goldzähnen, die wie durch ein Wunder sieben Jahre Knast überlebt hatten. Agry betrachtete ihn dumpf angeekelt – dumpf deshalb, weil Fenton ein unwichtiges, ein nebensächliches Stück Scheiße war, das nicht einmal seinen Haß verdient hatte. Aber heute haßte er ihn trotzdem, denn Fenton war ein Farbiger, ein Nigger, schwarz und ekelhaft, und von denen verdiente keiner, auch nur diese faule Luft zu atmen. Keiner, außer Claudine. Seine Claudine, für die er in seiner vernichtenden Wut alle und alles opfern würde. Feuer und Schwert würden sie von ihm empfangen. Da kannte er keine Gnade. Agrys Absicht war, das Tal der Langstreckenläufer abzufackeln und dann ihre rauchende Niggerasche niederzupinkeln.

Manchmal hatte er das Gefühl, als würde seine Wut ihn in Atome zerplatzen lassen und mit ihm die ganze Welt. Wieviel Energie es ihn kostete, sich zu beherrschen, wieviel Willenskraft er brauchte, um diesen dünnen, rissigen Deckel auf den Topf seiner Wut zu pressen, Tag für Tag, Stunde für Stunde! Ein schwächerer Mann, das war ihm klar, wäre unter dieser Spannung längst zerbrochen, aber nicht Nev Agry. Das war sein Stolz. Aber Nev wußte nicht, woraus sich seine Wut speiste; und so gewaltig sie auch war, so war sie doch nur ein Schäufelchen auf dem großen brodelnden Schlackenberg aus Wut mit dem geschmolzenen, sich auflösenden Kern, der Green River war.

Fenton zog sich die hohe Kochhaube vom Kopf, wischte sich damit über das Gesicht und schneuzte hinein. Als er die Haube wieder aufsetzte, sah er Agry auf sich zukommen und fuhr zusammen. Fentons Position gab ihm einen kleinen Spielraum für arschkriecherische Scherze, er war einer der wenigen Schwarzen, die Agry überhaupt anreden durften. Fenton bleckte seine Goldzähne mit einem Schauen-Sie-sich-an-was-ich-mitmache-Lächeln und deutete mit dem Kopf auf die Mexikaner.

»Mr. Agry! Mein Gott! Die meisten dieser Ärsche sind so blöd, daß sie nicht einmal Englisch können!«

Agry ging einfach weiter, und Fenton hechelte hinter und neben ihm her. Agry antwortete, ohne ihn anzuschauen. »Solange sie nicht vergessen, wo sie hingehören. Du verstehst, was ich meine?«

»Yessir, Mr. Agry.«

»Hast du heut' was Gutes für mich, Pantscher?«

»Kalbskotelett.«

»Schick 's mir in die Zelle. Und dazu diese holländische Sauce, die du in New Orleans gelernt hast.«

Agry wußte, daß Fenton ihn für die Mehrarbeit verfluchen würde, sobald er fort war, vielleicht sogar in die holländische Sauce rotzen würde. Aber jetzt grinste er und nickte mit dem Kopf. Wieder dieses dumpfe Ekelgefühl. Agry riß den Kopf hoch, worauf Fenton sich zwischen seine Kochtöpfe verkrümelte. Agry und Shockner verließen die Küche durch die Hintertür und blieben oben vor einer schmalen Treppe stehen. Durch schwaches Licht von unten war das Treppenhaus matt beleuchtet. Mit dem Licht drangen Gerumpel und Gezische von Maschinen und feine Dampfwolken zu ihnen herauf. Auf halber Höhe der Treppe, an die Wand gelehnt, Zigarette im Mund, standen Atkins und Spriggs, zwei Schwergewichte. Sie blickten auf, ließen ihre Zigaretten fallen und traten sie mit den Füßen aus, als Agry die Stufen herunter auf sie zukam. Das waren echte Knastbrüder – nicht allzu helle, aber bewaffnete Überfälle mit toten Bullen gingen auf ihr Konto –, die auf Larry DuBois aus Zellenblock A hörten. Atkins und Spriggs wurden beide mit einem harten, festen Händedruck begrüßt und zusätzlich mit Namen angeredet.

»Stokely Johnson schon gesehen?« fragte Agry.

»Du meinst den Nigger Johnson?« Spriggs sah drein, als habe er nicht recht gehört. »Der ist doch unter Sperre, oder?«

»Klar. Perkins sollte ihn herbringen.« Agry fing einen leicht verwirrten Blick von Shockner auf. »Wahrscheinlich ist er schon unten.«

»Und was soll er hier?«

»Jetzt, wo Wilson im Loch sitzt, wär's günstig, Johnson einzureden, er solle Niggerkönig werden. Wilson hat Grips, aber Johnson ist auch nur so ein blöder schwarzer Arsch, den wir für uns grinsen und singen und tanzen lassen, ohne daß er's selber merkt. Stimmt's?

Spriggs nickte zustimmend, etwas anderes blieb ihm auch nicht übrig. Agry drückte seinen Arm. Seine Muskeln waren hart wie Stein. »Ihr kommt später rauf nach D auf einen Schluck Old Grandad, okay?«

Agry zog weiter. Am Fuß der Treppe trat er durch zwei halb durchsichtige Plastiktüren und in die Gefängniswäscherei.

Die Wäscherei war grell beleuchtet und die feuchte Hitze mindestens so unangenehm wie die in der Küche. Die Reihen von heftig arbeitenden Waschmaschinen, Mangeln und Dampfpressen waren ein weiterer wenig geachteter Arbeitsbereich, in den Schlitzaugen und Bohnenfresser gesteckt wurden. Ein Korridor am Ende der Wäscherei führte in die Wäschekammer. Dorthin stapfte Agry jetzt, mitten durch die Dampfwolken. In dem Durchgang lümmelten zwei ungeschlachte Kerle in verdreckten T-Shirts. Auf dem stärker verblichenen Hemd stand: »ATOMBOMBEN AUF BAGDAD!«, auf dem anderen: »FRISS FOTZE!« Sie machten Agry Platz und nickten ihm wortlos zu. Agry ging vorbei, ohne zurückzunicken. Horace und Bubba Tolson. Gefolgsmänner von Hector Grauerholz. Muskeln, Tätowierungen, dichte Bärte, jeder drei Ohrringe pro Ohr. Die Tolsons waren Hell's Angels, die auf einem Trip mit Meskalin und Old Crow eine Zwölfjährige vergewaltigt hatten. Nachdem sie beide mit ihr fertig waren, fuhren sie ihr mit ihrer Harley über den Schädel. Als Horace Tolson festgenommen wurde, war er gerade damit beschäftigt, mit einem Zahnstocher das Hirn des Mädchens aus den Rillen seiner Reifen zu picken. Die zwei waren Abschaum, Agry hätte so was nie in seine Crew aufgenommen. Seine Typen saßen wegen Mordes an Männern, nicht an Kindern. Aber heute würde er die Tolsons für seine Zwecke nutzen. Im Krieg durfte man in bezug auf seine Verbündeten nicht allzu wählerisch sein. Agry ging durch den Korridor in die Wäschekammer. An der Tür nickte er Shockner zu und betrat den Raum allein.

Der Raum war groß und heiß, aber gut gelüftet. Im ganzen Knast roch es hier vielleicht am besten. Zu beiden Seiten des Mittelgangs waren auf Trockenbrettern und Regalen Berge von frischer Wäsche gestapelt. Fünf nackte Birnen hingen in einer Reihe von der Decke, aber nur die letzte brannte, was dem Raum einen gruftartigen Charakter gab. Genau unter dieser Birne standen, die Blicke auf Agry gerichtet, Hector Grauerholz, Dennis Terry und Larry DuBois. Stokely Johnson war nicht da, aber den hatte Agry auch nicht erwartet. Das sollte nur dazu dienen, Spriggs einzukochen, für den Fall, daß DuBois nicht mitspielte.

»Entschuldigt die Verspätung«, sagte Agry und ging durch den Mittelgang auf sie zu.

Dennis Terry kam ihm entgegen und streckte seine Hand aus. »Tag, Nev«, sagte er.

»Hi Dennis«, erwiderte Agry mit einem Händedruck. »Wie geht's denn so?«

Terry, ein Graukopf um die Fünfzig, zuckte nervös die Schultern und gab Agrys Lächeln zurück. Terry war kein Gruppen-Boß wie die anderen. Er hatte achtundzwanzig Jahre Knast hinter sich, weil er seine Verlobte erwürgt hatte – eine Lehrerin aus Wichita Falls, die, wie Terry sich fest einbildete, mit einem portugiesischen Schnellimbiß-Koch namens Al gefickt hatte. Für Als Existenz wurde nie ein Beweis gefunden, erst recht nicht dafür, daß er besagte Verlobte genagelt hätte, und so bekam Terry neunundneunzig Jahre aufgebrummt, von einem Richter, der mit der Familie des toten Mädchens befreundet war. Heutzutage wäre er nach vier Jahren wieder draußen gewesen, falls man ihn überhaupt verurteilt hätte. Es war eine traurige Geschichte, und Terry war eine traurige Gestalt. Er war dünn und höflich und fühlte sich unter Gewalttätern überhaupt nicht wohl. Agry wußte, daß so ein Treffen mit drei Psychopathen in der Wäschekammer schwer an Terrys Nerven zerrte. Aber trotz seines friedlichen Charakters war Terry im Green River eine Schlüsselfigur – und außerdem ein reicher Mann, denn ihm unterstand die Wartung.

Ein Gebäude, so groß und so alt wie dieses, brauchte ständig Reparaturen, Renovierung, neue Leitungen für Elektrizität und Sanitäranlagen. Durch harte Arbeit und kluge Taktik hatte Terry seine Position – die er in zivilisierteren Zeiten von seinem Vorgänger geerbt hatte, nachdem dieser einem Schlaganfall erlegen war – seit zwei Jahrzehnten unangefochten inne. Hier war um den richtigen Preis alles zu kaufen – Jobs, Rechtsberatung, Zahnpasta, ein anständiger Sitz im Kino, das Recht, im Gym Gewichte zu stemmen – sogar die Zelle, in der man untergebracht wurde. Die Wartung hatte auch verschiedene gute Jobs zu vergeben, für die man ebenfalls bezahlen mußte. Außerdem boten sich ungeahnte Möglichkeiten zum Schmuggeln, für Tauschgeschäfte auf dem schwarzen Markt, luxuriöse Verbesserungen der Unterkünfte und schnelle Erledigung von Reparaturen. Es wäre unter der Würde der Gruppen-Bosse gewesen, die Wartung zu leiten; sie waren vollauf damit zufrieden, die Arbeit Terry zu überlassen, dafür seine Sicherheit zu garantieren und einen saftigen Anteil seiner Gewinne einzustreichen. Terry seinerseits hatte es niemals nötig, seine Stimme im Zorn zu erheben, und er leistete sich einen Lebensstil wie sonst kein anderer hier. Das Leben, das er führte, war so angenehm wie in Green River überhaupt möglich. Für das, was Agry vorhatte, war er nicht der richtige Mann, aber aus reiner Höflichkeit hatte Agry ihn nicht eingeladen. Terry war hier, um nervös zu schlucken und zu allem, was man von ihm verlangte, ja und amen zu sagen.

Jetzt schüttelte Hector Grauerholz Agry die Hand, und Agry starrte in ein Paar helle Knopfaugen, in denen er nicht eine Spur irgendeines Gefühls entdecken konnte. Grauerholz war dünn, klein, großspurig und sogar nach Agrys Maßstäben gefährlich unnormal. Er war vierundzwanzig Jahre alt und beanspruchte für sich den gegenwärtigen Anstaltsrekord für die höchste nachgewiesene Anzahl von

Morden: achtzehn draußen und drei hier drinnen. Im Verlauf eines Drogenstreits in Dallas hatte er eine Crack-Fabrik von Schwarzen mit Molotow-Cocktails beworfen und dann draußen mit einer Uzi auf die gelauert und sie niedergeschossen, die sich aus den Flammen retten wollten. Die Fabrik befand sich im Erdgeschoß einer Mietskaserne, daher waren auch sieben Kinder und drei Frauen unter den Toten, die im Schlaf verbrannten. Und trotz des Umstands, daß alle Opfer Schwarze waren, war der Richter bei der Verhandlung über Grauerholz' offensichtliche Unfähigkeit zu jeglicher Art von Reue so schockiert, daß er ihm eine Strafe aufbrummte, die sich insgesamt auf zweitausendundfünfundzwanzig Jahre belief, ein weiterer Rekord, auf den Grauerholz sich etwas zugute hielt.

Grauerholz hatte ein offenes, unschuldiges Gesicht. Das Haar trug er ganz kurz geschoren, fast rasiert. In Agrys Augen sah er aus wie ein junger Mann vom Priesterseminar. Im River hatte er einen gemischten Haufen aus jüngeren Nichtsnutzen um sich versammelt, bestehend aus Hinterwäldlern, Kraftprotzen, Angels, Acid-Freaks und Punks, und sich daraus eine kleine, aber schlagkräftige Drogen- und Muskel-Truppe aufgebaut. Hinter Grauerholz' Ministrantenfresse lauerte ein Kern von gewaltbereitem, selbstzerstörerischem Nihilismus, der – so man ihm nicht Raum zum Atmen ließ – jederzeit in sinnloses Blutvergießen explodieren konnte. Agry hatte ihm diesen Raum gegeben, und dazu genügend Macht und Ansehen, so daß er sich ausmalen konnte, wie schmerzlich es wäre, das alles zu verlieren. Grauerholz war das Kind, das die ganze Welt in die Luft jagen würde, nur um die schönen Funken zu sehen, die dabei entstanden. Auch auf seine Hilfe konnte man nicht verzichten. Agry drückte seine Hand eine Sekunde länger als unbedingt nötig, bevor er sie wieder fallen ließ.

»Ich höre, wir machen ein schönes Feuerwerk, Nev«, sagte Grauerholz.

»Die ganze Nacht lang«, erwiderte Agry.

Grauerholz' Gesicht verzerrte sich zu einem seligen Grinsen.

Agry fuhr fort: »Falls deine Typen sich nicht in die Hosen scheißen.«

»Du machst wohl Witze, Mann?«

Agry lächelte. Grauerholz saugte die Wangen ein, leicht gereizt, und trat einen Schritt zurück. Aber weder Grauerholz noch Terry machten Agry Sorge. Das tat Larry DuBois. Agry schüttelte DuBois' weiche, feuchte Hand.

»Hi, Larry«, sagte er.

»Bist du sicher, daß dies der beste Zeitpunkt ist, Nev?« fragte DuBois.

Agry wartete auf Blickkontakt. Den bekam er nicht. DuBois war wirklich fett – fette einhundertdreißig Kilo – und hatte die Angewohnheit, mit dem Blick immer erst einen Punkt über dem Kopf des Zuhörers zu fixieren, bevor er diesen im letzten Moment direkt ansah.

»Wilson ist im Revier«, sagte Agry, »und die Nigger in B sind seit fast zwei Wochen auf den Knien und lecken ihren eigenen Schweiß auf. Eine bessere Chance bekommen wir nie.« Er machte eine Pause. »Warum?«

DuBois hob die Augenbrauen. »Ich wollte nur sicher gehen, daß es da nicht um was anderes geht« – endlich senkte er die Augen und begegnete Agrys Blick –, »um Persönliches.«

Agry spürte eine Ladung Eiswasser durchs Gedärm zischen. DuBois war ölig, sinnlich, schlau. In seiner Zelle in Block A hielt er sich zwei Weiber aus Puerto Rico. Es wurde geflüstert – aber nur ganz leise und nie in DuBois' Gegenwart –, daß er sich's gelegentlich in den Arsch geben ließ, und zwar von Cindy, die von den beiden das leichtere Gehänge hatte, während Paula, die andere, ihm Schwanz und Eier mit ranzigem Hühnerfett einrieb. Das war normalerweise eine inakzeptable Perversion, aber Larry hatte genügend Gewicht, daß man es ihm durchgehen ließ. In seinen großen Tagen – noch vor Agrys Zeit – war er ein gefürchteter Killer gewesen. Zuvor hatte er sich von Zuhälterei raufgearbeitet und schließlich einen millionenschweren Handel mit blondem Fleisch und Drogen zwischen Juarez und El Paso kontrolliert. Seine Kämpfe mit Agry waren längst vorüber, die friedliche Koexistenz brachte beiden Seiten Vorteile, aber Agry fragte sich manchmal, ob Larry nicht unter seiner Speckschicht schlapp geworden war. Es war klar, was er mit seiner Spitze in bezug auf »Persönliches« sagen wollte. Das setzte ein blaues Zündpapier in Agrys Brust in Flammen, und er mußte sich beherrschen, um den fetten Arsch nicht auf der Stelle auszuweiden. Aber der Spitze mußte er sich stellen, dazu brauchte es Feingefühl. Er konnte ja später einmal Cindys Bantamgewichtsschwanz abschneiden und DuBois vermischt mit gebratenen Hühnerflügeln servieren lassen, aber vorläufig brauchte er ihn noch. Mühsam unterdrückte Agry seine Wut und fragte, sich harmlos gebend:

»Willst du damit sagen, ich brauche Hilfe, um Claudine zurückzuholen?«

DuBois sah weg. »Ich denk' nur an die Männer, Nev. Manche Dinge geh'n sie was an, andre nicht.«

Agry spürte, wie der Druck in seiner Brust fast unerträglich wurde. Das Sulfat steigerte seine Empörung. Das fette Arschloch sagte – und zwar vor Grauerholz und Terry –, daß er, Agry, nicht imstande sei, sein eigenes beschissenes Weibsbild zu halten. Agry warf einen Blick auf Grauerholz, der die Auseinandersetzung voll Schadenfreude verfolgte. Er beruhigte seine Gehirnzellen, die laut nach Blut schrien, und versuchte es noch einmal.

»Das hatten wir schon einmal, Larry«, sagte er. »Die Nigger werden übermütig. Wieviel sind sie jetzt? Vierzig Prozent der Insassen? Fünfzig? Zeigen wir ihnen jetzt nicht die eiserne Faust, und zwar sofort ...« – er machte eine dramatische Pause – »... dann schrubben wir in fünf Jahren zusammen mit den Bohnenfressern die Böden und putzen die Klos.«

»Ich habe mehr mit ihnen zu tun als du«, erwiderte DuBois. »Das sind gute Kunden. Koks, Crack, Hasch, Glimmstengel. Du mußt nur ihre Psychologie verstehen. Selbst die Sachen in die Hand nehmen, das kriegen die nie hin. Haben sie noch nie. Schau dir Atlanta an. Detroit. Die Kanaken haben ja nicht einmal ihre eigenen beschissenen Städte im Griff. Wenn hier im Bau nur noch zehn Weiße wären, weißt du, wer dann Boß wäre?« DuBois klopfte sich mit dem Daumen auf die Brust und schüttelte den Kopf. »Nicht die Nigger, Buddy. Und das weißt du.«

»Wir sind soweit«, sagte Agry. »Wir sind bereit.«

»Tut mir leid, Neville.«

Agrys Blick trübte sich plötzlich. Der einzige Mensch, dem es erlaubt war, seinen vollen Vornamen auszusprechen, war Claudine, und auch nur, wenn sie sich grad auf ihn runterließ. Noch dazu hatte DuBois den Namen absichtlich falsch ausgesprochen, und zwar so, daß er sich auf »Lucille« reimte, als wär's eine Art Schwulenname, als wäre er, Agry, irgendwie homosexuell. Was DuBois noch weiter sagte, drang wie aus weiter Ferne an sein Ohr.

»So leid's mir tut, ich kann dabei nicht mitmachen«, sagte der fette Kerl. »Ich hab' daran kein Interesse.«

Also nackter Machtkampf. Wahrscheinlich von langer Hand geplant. Der fette Strizzi wollte ihn zur Schnecke machen, denn er rechnete damit, daß Agry ohne ihn nicht losschlagen werde. Etwas in Agrys Gesicht – etwas, von dem er selbst nichts wußte – ließ Grauerholz einen Schritt zurücktreten und Dennis Terry zwei. DuBois hielt seine Stellung, aber sein linkes Lid begann zu zucken. Agry beugte sich zu ihm vor.

»Weißt du, was dein Problem ist, Larry?« sagte Agry und machte eine Pause. »Dir gurgelt zu viel Bohnenfresserglibber im Bauch herum.«

»Langsam, Nev«, sagte DuBois, aber sein Gesicht war plötzlich eine Spur blasser. Er verlegte sein Gewicht auf die Ballen.

Agry warf einen Blick auf Grauerholz: »Hec?«

Das Gesicht des Punks strahlte heller denn je. Er blickte erst zu DuBois, dann zurück zu Agry. »Ich sage, hauen wir die Nigger in die Pfanne, wo sie hingehören.«

»Dann scheiß drauf«, sagte Agry, und rammte Larry DuBois die Finger seiner linken Hand in die Augen.

Larry war schnell, aber nicht mehr so schnell wie einst in den Bordellen von Juarez. Agrys Fingernägel durchstachen seine Lider. Eigentlich wollte er DuBois damit die Augäpfel aus den Höhlen drücken, aber der tänzelte geschickt rückwärts und schlug Agrys Arm mit der Linken weg, während er sich mit der Rechten unters Hemd griff. Agrys Rasiermesser war heraus und aufgeklappt. DuBois zog einen kurzläufigen Revolver hervor, wischte sich Tränen aus den Augen und wich noch immer zurück.

»Jetzt, du fetter Schwanzlutscher.«

Mit einem Ausfall und einem Hieb mit Shockners Klinge schlitzte Agry DuBois den Bauch von der linken bis zur rechten Hüfte auf.

Große Schwämme von gelbem Fett, blutig und widerlich, quollen über DuBois' Gürtelschnalle. Die tief unter dem Fett vergrabene Muskelschicht hielt. DuBois schrie auf und taumelte seitwärts, mit der Linken preßte er den wabbelnden Speck um seine Mitte zusammen, mit der anderen versuchte er, seine Kanone abzufeuern.

Agry trat links an den Fetten heran und stieß ihm mit einem Tritt die Füße unterm Körper weg.

Mit einem lauten Panikschrei stürzte DuBois aufs Gesicht und begrub den linken Arm unter sich. Im gleichen Bruchteil einer Sekunde nagelte Agry Larrys Revolverarm mit der Linken auf den Boden und setzte sein Knie mit voller Wucht auf Larrys öligen Schädel. Dann holte er aus und schnitt durch DuBois' rechte Ellenbeuge, kappte damit die Sehnen, die den Schießarm hielten, und durchtrennte die Brachialarterie. DuBois brüllte und zuckte und schlug mit der Schulter gegen den Boden, um den Kopf freizubekommen. Agry legte noch mehr Gewicht auf sein Knie und trieb mit einer bohrenden Bewegung die Klinge in die glänzenden Kiemen unter DuBois' Kinnbacke. Mit jedem Schrei spritzte Blut aus DuBois' Lippen und Nasenlöchern, und das Schlagen und Zucken wurde immer krampfartiger. Sein Kopf glitt im Blut herum. Agry trieb die Klinge tiefer hinein, fast bis an den Schaft, auf der Suche nach der tief im Speck vergrabenen

Halsschlagader. Als DuBois seinen Kopf befreit hatte und gerade wegrollen wollte, fand Agrys Klinge, was sie gesucht hatte.

Agry trat ausweichend einen Schritt zurück.

Grauerholz riß den Mund auf. »Toll.«

Dennis Terry erbrach sich in einen Wäschewagen.

Agry packte einen Armvoll Handtücher und warf sie auf den roten Springbrunnen, der aus DuBois' Oberleib heraussprudelte. Der fette Arsch hatte schon lange darum gebettelt. Nachdem der innere Druck von Agry gewichen war, empfand er jetzt eine wunderbare Ruhe. Er wischte seine Hände und die Klinge an einem Handtuch sauber. Sein Hemd war mit Blut getränkt. Er knöpfte es auf und holte sich von den Trockenbrettern ein frisches. Im Gehen hielt er inne, bückte sich und hob DuBois' Kanone auf. Eine .38 Smith & Wesson Spezial. Nachdenklich wog er sie in der Hand. Sie mußten DuBois' Tod vor den Wärtern geheimhalten, zumindest bis zum nächsten Zählappell. Er warf einen Blick auf die Taucheruhr an seinem Handgelenk: noch zwei Stunden. Er wandte sich um.

»Hec«, sagte Agry.

Grauerholz starrte die riesige, von Handtüchern bedeckte Leiche verzückt an, als wäre sie ein Kunstwerk. Endlich sah er zu Agry auf. Der warf ihm den Revolver zu.

»Na los – auf geht's zum Feuerwerk.«

Grauerholz fing die Waffe und starrte auf das blaue Metall. Nie hatte ihm der Weihnachtsmann etwas so Wunderbares gebracht. Er drückte die Waffe an die Brust und starrte Agry mit so dankbarer Ergebenheit an, daß Agry wußte, daß er ins Schwarze getroffen hatte. In diesem Augenblick hätte er Grauerholz befehlen können, sich einen seiner Hoden wegzuschießen, und Grauerholz hätte noch gefragt: rechts oder links?

»Und was jetzt, Mr. Agry?« fragte Grauerholz.

Agry holte tief Atem. Das Machtgefühl war intensiv, berauschend. Ein Moment, den man genießen mußte. Er blickte von Grauerholz zu Terry. Der war grau um die Schnauze, in den Augen stand ihm das Entsetzen. Agry wandte sich wieder zu Grauerholz.

»Wir haben vor dem dritten Zählappell eine Menge Arbeit zu erledigen. Deine Leute sollen den Speisesaal vom Bauhof her nehmen, während Johnson und sein Pack von Block B sich vollmampfen. Wir brauchen ein Ablenkungsmanöver.«

Grauerholz' Augen tanzten vor Erregung. »Super«, sagte er. »Ein Ablenkungsmanöver. Wird gemacht.«

»In der Mechanikerwerkstatt und in der Garage ist Benzin. Das haben meine Leute im Griff.« Agry wandte sich an Terry. »Dennis, du und Tony Shockner, ihr nehmt der Kommandozentrale den Saft weg. Kappt die Verbindung zum Haupttor. Du hast den Scheiß dort installiert. Du kannst ihn auch wieder rausnehmen.«

Terry wurde noch blasser. Er setzte zum Sprechen an, brachte nichts heraus, schluckte, versuchte es noch einmal.

»Also du willst … Ich meine, das ist nicht nur …«

»Sehr richtig, Dennis«, unterbrach ihn Agry. »Das ist Krieg. Rollender Donner. Wüstensturm. Blitzkrieg. Nenn es, wie du willst. Die Nigger sollen ins Gras beißen, und so geht's jedem, der uns im Weg steht.«

Terry hielt seinem Blick nicht länger als eine Sekunde stand. Agry deutete mit dem Kopf auf DuBois' fette Leiche und faßte Grauerholz ins Auge.

»Hol deine Leute, damit sie das wegräumen.«

»Klare Sache, Mr. Agry«, sagte Grauerholz.

Mit kräftigen, leicht hüpfenden Schritten entfernte sich Grauerholz durch den Mittelgang. Agry rief ihm nach.

»Dann geh zu Ted Spriggs«, sagte er. »Sag ihm, die Nigger hätten grad Larry DuBois gekillt …«

Agrys Lippen kräuselten sich in aufrichtiger Empörung. Er hob eine geballte Faust.

»… und daß wir diese Schweine dafür bezahlen lassen!«

Sieben

Hinter ihrem Rücken fielen die beiden schweren, mit Eisen beschlagenen Torflügel ins Schloß, und Juliette Devlin fand sich gestrandet in einem Niemandsland zwischen Zucht und Freiheit. Dieses Niemandsland würde sie, wie immer, mit sich in das wimmelnde Chaos des Gefängnisses tragen. Aber jetzt, wenigstens ein paar Augenblicke lang, war Devlin allein.

Die Beleuchtung an der Tunneldecke war grelles Leuchtgas, das ihr hart in die Augen stach. Das blanke Stahltor vor ihr war groß genug, daß in geöffnetem Zustand ein Feuerwehrwagen durchfahren konnte, und stark genug, um einem Raketengeschoß Widerstand zu leisten. Auf der anderen Seite des Tores beobachtete sie jemand auf einem Überwachungsbildschirm, das wußte sie, und dieser Jemand war ein Mann. Und wenn sie hineinging, wurde sie von noch viel mehr Männern beobachtet. Es hatte in ihrem Leben noch nie eine Situation gegeben, in der sie sich ihres Geschlechts, ihres Andersseins so sehr bewußt gewesen war; denn sie war eine Frau, und das hier war eine Welt äußerster Männlichkeit. Mehr noch, hier lebten Menschen, die unvorstellbare Leiden erduldeten und zufügten – und erduldet und zugefügt hatten. Das gewesen war einerseits der Grund, aus dem sie hier war. Sie hatte es sich zum Ziel gesetzt, einen kleinen Teil dieses maßlosen Leidens zu ermessen und dadurch die Herzen der Menschen besser zu verstehen.

Während sie darauf wartete, daß das Stahltor aufging, hatte sie ein Gefühl irgendwo zwischen Angst und Erregung, das sie bis jetzt noch nicht zufriedenstellend analysieren konnte. Das hatte etwas mit Grenzüberschreitung zu tun, damit, daß sie etwas tat, was sie nicht tun sollte, an einem

Ort, an dem sie nicht sein sollte. Die Erregung kam vom verbotenen Tun und daher aus Schuld und Schrecken. Das Gefängnis war ein Denkmal der Schuld und des Schreckens: Es rief diese Gefühle in gleicher Weise wach wie eine gotische Kathedrale das Gefühl des Göttlichen. Aber für Devlin war noch mehr dabei. Irgendwo in ihrem Hinterkopf spukte der Geist ihres Vaters Michael Devlin herum; und im Gefängnis selber war Ray Klein.

Ihr Vater, heute Pensionär auf einer kleinen Ranch bei Santa Fé, war früher Direktor eines Bundesgefängnisses in New-Mexiko gewesen, Devlin war also im Gefühlsschatten eines solchen Ortes aufgewachsen. Ihr Vater war ein Demokrat und Anhänger Johnsons gewesen, ein leidenschaftlicher Gegner der Todesstrafe und zuletzt schwer enttäuscht, daß die gute Gesellschaft es nicht fertig brachte, ihr Abgleiten in Polarisation und Chaos zu verhindern. Zum Zeitpunkt seiner Pensionierung hatte die Behörde offiziell die Idee der Rehabilitation fallen gelassen, und seine Anstalt verzeichnete eine Rückfallquote von zweiundneunzig Prozent, ein Versagen, das Michael Devlin als sein eigenes empfand. Als Vater war er nach außen hin liberal, aber in Wirklichkeit egoistisch und anspruchsvoll gewesen; keine Leistung seiner Kinder war je groß genug gewesen, daß ihm ein Lob über die Lippen kam. Falls er auf Juliette stolz war, dann verbarg er es jedenfalls mit Erfolg vor ihr. Zu allem Überfluß war er irischer Katholik mit einem kolossalen Appetit auf Jameson's Whiskey. Aber er vergaß sich nie im Suff, hob auch nie gegen einen von ihnen die Hand, und wenn er auch oft ziemlich spießige Ansichten hatte und manchmal scheinheilig war, so störte sie das nicht, sie liebte ihn trotzdem.

Manchmal fragte sich Devlin, ob es ihr vielleicht darum ging: um einen Versuch, ihren Vater zu rechtfertigen. Dann verwarf sie diese Idee. Es war schwer genug, das eigene Leben zu rechtfertigen, und ihr Vater hielt sie ohnehin für verrückt. Dann war es vielleicht ein Versuch, ihn zu bestrafen. Michael Devlin hatte über sein Gefängnis nie gesprochen, daher hatte es in ihrer Phantasie den Zauber und das

Geheimnisvolle eines finsteren Märchenwaldes bekommen. Nur dort konnte man bestimmten Wahrheiten begegnen, doch nur unter größter Gefahr. Wenn es nach ihrem Vater gegangen wäre, dann hätte sie prämenstruelle Spannungszustände untersucht oder Depressionen bei alleinerziehenden Müttern oder sonst einen modischen Käse. Wie einige ihrer Studienfreunde. Die verstanden alle nicht, warum sie ihre Zeit ausgerechnet mit Killern und Frauenschändern verbrachte. In gewisser Hinsicht bedeutete ihre Arbeit vielleicht ein »Ihr könnt mich alle mal« für sie. Wie kamen sie dazu, von ihr enttäuscht zu sein? Aus welchem Grund auch immer, Devlin war jedenfalls hier: Sie stand unter dem grellen Leuchtgaslicht und wartete auf Einlaß in den finsteren Wald namens Green River.

Devlin – das hörte sie lieber als »Juliette« – hatte in Tulane Psychologie und Medizin studiert. Ihr IQ war hoch genug, um ihr zu gestatten, sich die Birne mit Stoff vollzupumpen und zugleich einer bunten Mischung von Hafenarbeitern und Crescent-City-Desperados die Seele aus dem Leib zu bumsen, ohne auch nur durch eine Prüfung zu rasseln. In New Orleans hatte sie außerdem entdeckt, daß Glücksspiel Spaß machte und daß sie dafür eine Begabung hatte. Die Assistenzarztzeit in der Psychiatrie hatte sie etwas gedämpft, aber der vernünftige Karriereweg – in eine gemütliche, warme und einträgliche Position, etwa als Psychotherapeutin – war ihr nicht verlockend vorgekommen. Vor allem ärgerte es sie, daß immer die Kerle – genau wie im Kino – die besten Rollen bekamen: den Bösen eins über die Rübe zu geben oder eine hochfrisierte Maschine durch die Straßensperre zu jagen – während die Mädchen sich nur am Rand des Schauplatzes herumtreiben und hilfreich und mitfühlend sein durften. Als die forensische Psychiatrie sich als das am schwersten zu erreichende Ziel in der Stadt erwies, sicherte sich Devlin sofort einen Platz. Das intellektuelle Niveau ihrer Kollegen war ihrer Meinung nach im allgemeinen ziemlich schwach. Ihre Forschung im Green River dagegen war gemessen an der bisherigen Literatur etwas völlig

Neues, und mehrere angesehene Fachleute auf diesem Gebiet hatten ihr bereits versichert, daß sie ihre Arbeit großartig fänden. Devlin hatte das Gefühl, daß sie auf dem Weg war, sich einen Namen zu machen.

Im Tunnel war plötzlich das Knirschen von Getriebeteilen und das Quietschen von Kugellagern zu hören, und Devlin kehrte in die Gegenwart zurück. Das Stahltor vor ihr ratterte aus dem Schloß und ging auf.

Zu Devlins Freude wartete auf der anderen Seite Sergeant Victor Galindez, um sie zu begleiten. Wie die Angestellten jeder Institution betrachteten auch die Wärter von Green River einen privilegierten Außenseiter wie Devlin mit Mißtrauen und Furcht, aber Galindez war höflicher als die meisten anderen. Er begrüßte sie und führte sie zum Empfang, wo sie Schlüssel und Handtasche abgab und das Besucherbuch und eine Haftpflichtentbindung unterzeichnete. Galindez überprüfte ihre Aktentasche, dann ging er mit ihr durch das zweite eisenbeschlagene Tor hinaus in den Hof.

Devlin trug eine weiße Baumwollbluse, zugeknöpft bis zum Hals, verschossene schwarze Jeans und Cowboystiefel. Unter den Jeans trug sie wie immer einen Tanga. Unter der Bluse trug sie einen Sportbüstenhalter, den sie sonst nur beim Training anhatte, damit ihre Titten nicht hüpften und man durch das Hemd nicht ihre Nippel sah. Sie hatte nicht etwa Angst, daß sie damit eine Vergewaltigung provozierte, aber sie wollte den Gefangenen, die sie anstarrten, nicht den quälenden Anblick von zu viel Fleisch bieten. Vielleicht hätten sie ja gern mehr von ihren Titten und Beinen gesehen, auch wenn es weh tat, aber da war sie sich nicht sicher. Aus Angst, er könnte sie für eingebildet halten, hatte sie Klein nicht nach seiner Meinung gefragt. Sie wußte nicht einmal, ob Klein gern mehr von ihr gesehen hätte. Irgendwie hatte er einen Abstand zwischen ihnen aufgebaut, den sie nicht überbrücken konnte. Devlin hielt sich nicht für besonders attraktiv. Wahrscheinlich sah sie ganz gut aus, dachte sie, aber sie stellte nichts Aufregendes dar. Sie war groß, fast einen Meter achtzig, und schlank, aber ihre Hände und Füße, fand sie, waren viel zu groß und das Gesicht zu jungenhaft, um weiblich zu wirken. Das dichte schwarze Haar trug sie zur Zeit hinten und an den Seiten ganz kurz. Früher hatte sie sich immer größere Titten und einen kleineren Arsch gewünscht, aber jetzt, wo sie eine offizielle, ernstzunehmende Person geworden war, sollte sie sich wohl nicht mehr mit solchen Kindereien abgeben, und im allgemeinen gelang ihr das auch. Aber unter den Jeans trug sie noch immer ihren Tanga, denn das war ein gutes Gefühl, und manchmal fragte sie sich, was wohl Ray Klein dazu sagen würde, sollte er ihr je die Hand auf den Hintern legen. Bisher hatte er es noch nicht getan, und bei der Arbeit, da war sie sicher, war das auch nicht zu erwarten, aber zur rechten Zeit am rechten Ort wäre sie nicht abgeneigt.

Ihrer Freundin Catrin hatte sie sogar schon einmal erzählt, daß sie gern Kleins Schwanz lutschen und sich von ihm an Deck eines Krabbenfängers bumsen lassen würde, draußen im Golf bei einem Gewitter, während sie sich nach hinten zwischen die Beine langte und ihm die Eier streichelte. Catrins Reaktion hatte in ihr Zweifel aufkommen lassen, ob sie wirklich so versaut war, wie es ihr manchmal selber schien. Vielleicht war sie einfach sexuell nicht so verklemmt wie die meisten ihrer Bekannten. Catrin, die zu viele ihrer Ansichten aus zweiter Hand bezog, vor allem aus Hochglanzmagazinen, hatte ihr darauf erklärt, daß sie sich mit solchen Phantasien selbst entwürdige, und daß sie einen Mann brauche, der seine eigene innere Weiblichkeit akzeptierte. Also einen Mann, der willens und bereit war, mit einem Ständer neben einem im Bett zu liegen und verständnisvoll zu lächeln und sich mit Yoga oder sonst was abzulenken, wenn man ihm mitteilte, daß man heute nacht nicht zum Bumsen aufgelegt sei. Devlin haßte diesen ganzen Blödsinn. Wenn sie für sich selbst als Frau sprach, dann war nicht viel an ihr dran, und noch viel weniger in ihr, was männlich war. Wenn sie gelegentlich hart und ehrgeizig war, dann war das sie selber, nicht irgendein inneres Mannsbild. Wenn sie ein anderes Mal verletzlich und allein war, dann war das auch sie selber.

Das war alles sie, sie ganz allein, und sie sah nicht ein, warum das für Männer anders sein sollte. Sie wollte jemand, der sich wie ein Mann benahm und sich wie ein Mann ausdrückte, der Verletzlichkeit oder Mitgefühl auf seine männliche Weise zum Ausdruck brachte, wie Männer es seit eh und je getan haben. Und sie wollte jemand mit typisch männlichen Wünschen und Neigungen, wie zum Beispiel, sie auf einem Krabbenfänger zu bumsen, während sie seine Eier streichelte. Sie stellte sich das gut vor. Aber vielleicht hatten auch zu viele Kerle schon die gleichen Magazine wie Catrin gelesen. Es war ein schwer erträglicher Gedanke, aber die meisten vernünftigen Männer ihres Alters, die sie kannte, holten sich lieber einen runter, bevor sie sich auf langwierige Diskussionen über ihre sexuelle Beziehung zu Frauen einließen. Vielleicht verkehrte sie ganz einfach in den falschen Kreisen. Ein Kreis, der sicherlich kein falscher Kreis war, wenn auch vielleicht ein Kreis der Hölle, war das Krankenrevier hier im Green River, wo ihr Klein begegnet war.

In bestimmter Hinsicht kannte sie Klein gut, einfach daher, weil sie ihn bei der Arbeit beobachtete. Ansonsten kannte sie ihn überhaupt nicht. Sie wußte zum Beispiel fast nichts über seine Vergangenheit, außer daß er aus New Jersey stammte und in New York studiert hatte. Vor Green River hatte er in einem staatlichen Krankenhaus in Galveston als orthopädischer Chirurg gearbeitet. Es war merkwürdig, jemand ganz ohne Hintergedanken kennenzulernen, ohne ihn aus einem Flickenteppich aus toten Fakten über sein Leben neu zu erfinden. Das hatte etwas Erschreckendes. Sie hatte keine Ahnung, für welches Verbrechen Klein hier im Green River saß. Sie hatte Coley einmal danach gefragt, doch der hatte sie nur finster angeschaut und erklärt, das sei keine Frage, die sich die Leute hier gegenseitig stellten. Vielleicht bekam man es gesagt, aber fragen durfte man nicht. Klein hätte es ihr sicherlich gesagt, wenn sie ihn danach gefragt hätte, aber Devlin wollte nicht als so ein Außenseiterarschloch gelten, das die Regeln dieser finsteren Welt nicht respektierte, also fragte sie nicht. Auch von Hobbes oder einer der Wachen hätte sie es erfahren können, aber das wäre ihr wie ein Vertrauensbruch erschienen.

Galindez führte sie durch die Tür der Aufnahme hinaus in den Hof. Hinter dem Hof mit seinen Drahtgittern befand sich das Gefängnishauptgebäude: sechs große Zellenblocks, die von einem zentralen Kuppelturm strahlenförmig ausgingen. Die Fangarme dieser Zellenblocks hatten auf sie immer eine eisige Wirkung, und sie stellte sich plötzlich vor, daß sie über die gesamte Erdoberfläche reichten, bis sie sich auf der anderen Seite der Welt in einem identischen Kuppelbau vereinigten. Dann hätten alle Gefangenen dieser Erde auf ewig durch seine Gänge gehen können, ohne je zu wissen, wo sie waren. Vielleicht war es das, was sie alle taten, sie selbst eingeschlossen. Sie und Galindez wandten sich nach links und folgten dem betonierten Weg, der an der glatten Umfassungsmauer entlangführte.

Jeder Abschnitt der sechseckigen Mauer war vierhundert Meter lang und in mehreren Reihen mit gerolltem Stacheldraht bedeckt. Devlin spürte die Blicke der Schützen, die sie von den Wachttürmen aus beobachteten. Die beiden Abschnitte der Mauer, die beim Haupttor zusammenstießen, waren aus nacktem Stein, über dem sich kein weiteres Bauwerk erhob. Im Schatten der anderen Mauerabschnitte kauerten die Werkstätten, der Besuchertrakt und der Isolationstrakt mit den Strafzellen und den Zellen für Gefangene der Sonderkategorie. Wandte man sich nach Westen, kam als nächstes Gebäude nach dem Haupttor die Krankenstation. Zu dieser Tageszeit waren die Sportplätze leer. Aus der Zimmerei drang das Kreischen einer Bandsäge. Im Schatten der Umfassungsmauer war es kühl, aber Devlin konnte sehen, wie die Sonne das Dach des Gefängnisses in schimmernde Goldplatten verwandelte, die von schwarzen Eisenträgern zusammengehalten wurden. Unter dem Glas war es wohl nicht so kühl. Sie spürte Galindez' Blick auf sich und deutete mit dem Kopf auf das Dach.

»Warum hat man so viel Glas verwendet?« fragte sie.

Galindez' hagere Wangen waren von tiefen Pockennarben

verunstaltet. Er trug einen gewaltigen Schnauzbart. In Ruhe war sein Gesicht still, finster, fast traurig. Jetzt lächelte er.

»Der Warden sagt, das ist deshalb, damit Gott aus seinem Himmel auf die Gefangenen herabsehen kann. Ich persönlich glaube nicht, daß er sich die Mühe macht.«

Er schwieg, und sein Gesicht wurde wieder düster. Devlin war froh, als sie den Eingang zum Revier erreichten. Dort blieben sie stehen, und Devlin wandte sich an Galindez, um ihm zu danken.

»Das ist kein guter Ort für eine Frau zum Arbeiten«, sagte er.

Devlin antwortete nicht. Wenn sie sich jedesmal auf diesen Blödsinn einließe, dann wäre sie mit nichts anderem beschäftigt. Galindez mußte das in ihrem Gesicht gelesen haben, denn er fügte hinzu: »Für einen Mann wahrscheinlich auch nicht.«

»Warum sind Sie dann hier?« fragte sie.

Galindez lächelte, und sie kam sich plötzlich naiv vor.

»Die Bezahlung ist gut. Sehr gut sogar für einen Latino-Immigranten.«

»Woher kommen Sie denn?«

»Aus Salvador.«

»Haben Sie dort noch Verwandte?«

»Nur auf dem Friedhof«, antwortete Galindez. »Ich war dort auch im Gefängnis, aber auf der falschen Seite der Mauer.«

Devlin war peinlich berührt und errötete. Sie ärgerte sich über sich selbst. Was Galindez durchgemacht hatte, das hatte er eben durchgemacht. Wenn er mit ihren Fragen fertigwurde, dann wurde sie es wohl auch mit seinen Antworten. »Wofür?«

Er zuckte die Achseln. »In der falschen Kirche beten, die falschen Zeitungen lesen, die falschen Freunde haben. Die üblichen Gründe.«

Devlin wollte wegschauen, tat es aber nicht.

Er fuhr fort: »Am Anfang war es schwer in diesem Land. Natürlich würde ich gern wieder in der Schule unterrichten, aber das geht nicht. Wenigstens muß meine Frau nicht mehr Böden schrubben, seit ich hier arbeite.«

Devlin nickte. Es fiel ihr kein Kommentar ein, der nicht verlogen oder überflüssig geklungen hätte. Galindez tippte an seine Kappe.

»Wenn Sie jemand brauchen, der Sie zum Ausgang zurückbringt, rufen Sie den Pförtner an und verlangen nach mir.«

»Danke.«

Devlin sah ihm kurz nach, dann drehte sie sich um und ging ins Revier. Trotz ihrer Jahre in der Klinik verursachte ihr der Geruch immer noch ein Gefühl von Übelkeit: Desinfektionsmittel, stark durchmischt mit giftigen menschlichen Ausscheidungen und Tod. Aber als sie Sung passiert hatte und das Stationszimmer betrat, fiel ihr der Geruch kaum noch auf. Sie stellte ihre Aktentasche auf den vollgepackten Tisch. Frog Coley war nicht zu sehen, was sie nicht bedauerte. Sie betrachtete ihn mit gemischten Gefühlen, so wie er sie, jedenfalls schien es ihr so. Er hatte eine scharfe Zunge, aber auch einen Ernst, eine moralische Kraft, die aus dem Leiden kam, das er als ihm zugeteilt akzeptierte. Eine solche Kraft würde sie nie besitzen. Im Vergleich zu ihm war ihr im Leben alles in den Schoß gefallen, und vielleicht hatte es damit zu tun, daß ein Mensch wie sie so jemand wie Coley in Rage versetzen mußte. Vielleicht fühlte er sich bedroht durch das professionelle Können, das sie mit Klein gemein hatte, aber sie ihrerseits fühlte sich durch seine Nähe zu Klein auch ausgeschlossen. Die beiden Männer verband eine merkwürdige gegenseitige Lehrerbeziehung. Jedenfalls fand sie, daß Coley ihr irgendwie Unrecht tat. Aber vielleicht würde das heute anders werden. In ihrer Tasche hatte sie die erste Frucht ihrer gemeinsamen Arbeit auf der Krankenstation: einen Artikel im *American Journal of Psychiatry*.

Devlins Forschungsarbeit war aus einer Frage entstanden, die sie seit Jahren beschäftigte: Ist die Tragödie des Sterbens, und daher auch die des Lebens, das absolute Vorrecht aller Männer und Frauen? Oder ist das Tragische etwas, das sich nach einer noch unerforschten Reihe von gesellschaftlichen

Kriterien richtet? Es war klar, daß – in einem weltlichen Sinne – letzteres der Fall war. Falls sie morgen bei einem Autounfall ums Leben käme, dann wäre das eindeutig eine Tragödie: begabte junge Psychiaterin an der Schwelle einer vielversprechenden Karriere ... et cetera, et cetera. Aber falls Coley die Stufen zum Krankenrevier hinunterfiele und sich den Hals bräche, würde die Welt das nicht bemerken und sich noch weniger darum scheren. Diese Werte, so schien es Devlin, kamen überall zum Ausdruck: im Recht, in der Medizin, auf dem Schlachtfeld, in der Gleichgültigkeit der Regierungen, sogar in Autoaufklebern für die Rettung der Wale. Warum nicht Tintenfische oder Hyänen? Diese willkürliche Zuordnung von Wert verbitterte sie, denn damit fing man sie auch, zusammen mit allen anderen, auf einer Leiter ohne Ende, die sie sich auf ewig emporkämpfen mußte. Oder zumindest, bis Alter und Verfall, weißes Haar und Hängebrust die morschen Sprossen unter ihren Füßen brechen ließen.

Tröstlich – nein, begeisternd – war dagegen die unendliche Gleichgültigkeit des Universums, das diese fliegenbeschissene Welt enthielt. In ihren Kopf eingegraben hatten sich diese Worte aus Kants *Kritik der Urteilskraft*.

Betrug, Gewalttätigkeit und Neid werden immer um ihn [den rechtschaffenen Mann] im Schwange gehen, ob er gleich selbst redlich, friedfertig und wohlwollend ist; und die Rechtschaffenen, die er außer sich noch antrifft, werden, unangesehen aller ihrer Würdigkeit glücklich zu sein, dennoch durch die Natur, die darauf nicht achtet, allen Übeln des Mangels, der Krankheiten und des unzeitigen Todes, gleich den übrigen Tieren der Erde, unterworfen sein und es auch immer bleiben, bis ein weites Grab sie insgesamt (redlich oder unredlich, das gilt hier gleichviel) verschlingt, und sie, die da glauben konnten, Endzweck der Schöpfung zu sein, in den Schlund des zwecklosen Chaos der Materie zurück wirft, aus dem sie gezogen waren.

Devlin dachte: Wir, die wir imstande sind, uns für den Gipfel der Schöpfung zu halten.

Und das brachte sie zurück zum entscheidenden Aspekt ihrer Studie: das in der Zelle seiner Persönlichkeit eingeschlossene Individuum. War einem jeden von uns das gleiche Wertesystem angeboren, beurteilten wir uns alle vor uns selbst nach der gleichen unnachsichtigen, willkürlichen Werteskala? Devlin versuchte, darauf eine Antwort zu finden.

Das hatte sie auf die Idee gebracht, psychologische Funktionen in zwei verschiedenen Gruppen hospitalisierter Patienten mit der Diagnose Aids zu vergleichen. Die erste Vergleichsgruppe befand sich in der Universitätsklinik von Houston, die zweite im Krankenrevier von Green River. Devlin hatte dafür zwei Standard-Fragebögen benutzt, die den geistigen Gesundheitszustand mit besonderer Berücksichtigung von Depressionen evaluieren sollten. Dann hatte sie selbst einen dritten entworfen und ihm den Arbeitstitel *Liste der existentiellen Traumata* gegeben. Diese wurden beiden Vergleichsgruppen vorgelegt. Patienten aus beiden Institutionen, die an nicht zum Tode führenden Krankheiten litten, bildeten die Kontrollgruppen. Beide Gruppen von Aids-Patienten hatten nur noch den Tod vor Augen. Wer wurde besser damit fertig? Und wie? Und warum?

Die Aids-Fälle in Houston erhielten in hohem Maße medizinische Betreuung und psychologische Unterstützung, hatten aber ein Leben zu verlieren, das im konventionellen Sinne ›gut‹ war: frei, begütert, voller Hoffnungen und Möglichkeiten. Im Gegensatz dazu war die medizinische Versorgung der Gefangenen ein Skandal; dafür hatten sie aber offensichtlich weniger zu verlieren. Die Außenwelt legte auf ihr Überleben so gut wie keinen Wert, ihr ging es nur darum, daß sie so ruhig und billig wie möglich starben. Die entscheidende Frage war: Galt das auch für die Männer selbst? War der Verlust eines ›guten‹ Lebens für den Sterbenden traumatischer als der Verlust eines Lebens, das ohnehin elend und hoffnungslos war? Welches Leben schien seinen Besitzern wertvoller? Welcher Tod tragischer? Starben die Verdammten dieser Erde im River leichter als die freien Männer in der hochtechnisierten Klinik von Houston? Devlin wollte die Wissenschaft an jene Grenze heranführen, wo sie in Philosophie überging. War es möglich, diese Fragen auf eine Weise zu formulieren – und zu beantworten –, die als wissenschaftlich gültig anzusehen war?

»Eins ist sicher«, hatte Klein einmal bei einer ihrer Diskussionen gesagt.

»Was?« hatte sie gefragt.

Klein war zur Tür des Büros geschritten und hatte den Gang zum Krankensaal entlang gestarrt. »Für diese Typen hier bestickt niemand Filzpantoffeln.«

Worauf Devlin geantwortet hatte: »Und wir, Klein?«

Und Klein hatte als Antwort gegrunzt: »Für mich ist das nur die leichteste Art, meine Zeit abzusitzen.«

Sie hatte ihm nicht geglaubt. Sie war überzeugt, daß ihm die Arbeit genausoviel bedeutete wie ihr. Oder mehr. Viel mehr. Aber Klein bestand auf dieser zynischen Fassade, und je mehr sie sie zu durchdringen suchte, um so mehr bestand er darauf, daß nichts dahinter sei.

Devlins Gedanken wurden durch die aufgehende Tür unterbrochen. Coley steckte seinen Kopf durch den Spalt und betrachtete sie aus melancholischen, gelben Augen.

»Hi, Coley«, sagte Devlin.

Coley schenkte ihr ein bedeutendes Nicken. »Doktor Devlin. Wir haben heut' nicht mit Ihnen gerechnet.«

»Weiß ich. Ich wollte euch überraschen.«

»Scheiße«, sagte Coley. »Schöne Überraschung.«

Devlin konnte nie sagen, ob die Onkel-Tom-Masche, die Coley für sie auflegte, sein Doktor hier und Doktor da, wo er doch wußte, daß sie nur mit ihrem Namen angeredet werden wollte, sie ärgern oder amüsieren sollte. Jetzt mußte sie lächeln und sagte nur: »Leck mich, Coley.«

»Bitte gern, Doktor.«

»Wie geht's den Männern?«

»Status quo«, antwortete er. »Die eine Hälfte stirbt, die andere nicht.«

»Und wo ist Klein?«

»Der ist drüben beim Direktor. Keine Ahnung, wann er wiederkommt.«

»Was will er bei Hobbes?«

»Herauskriegen, ob die Kommission seiner Entlassung zustimmt.«

»Er hatte einen Haftprüfungstermin?«

Devlin bemühte sich, unbeteiligt zu klingen, aber zu ihrer eigenen Verblüffung kränkte es sie, daß er ihr nichts gesagt hatte. Das heißt, eigentlich war sie wütend. Es war absurd. Coley beobachtete sie mit seinen zusammengekniffenen gelben Augen, die sie immer wieder fühlen ließen, was für ein Außenseiter sie hier war. Er nickte.

»Na klar. Letzte Woche.« Er schwieg, sah sie eine Weile an, dann fragte er: »Sie glauben, Sie hätten ein Recht, davon zu wissen, wie?«

Devlin schüttelte die Frage ab und drehte sich um. »Ich hätte gern etwas nachgeholfen, aber natürlich geht es mich nichts an.«

Coley schüttelte den Kopf. »Mir hat er's auch erst nachher gesagt, und das war sein Glück. Hätt' ich vorher was gewußt, dann hätt' ich ihm ordentlich in die Suppe gepinkelt, glauben Sie mir.«

Devlin starrte ihn an. »Sie hätten ihm die Entlassung vermasselt?«

»Versucht hätte ich's, und wie.«

»Das glaube ich Ihnen nicht.«

Coley hielt ihrem Blick stand. »Glauben Sie vielleicht, ich will den Laden alleine schmeißen? Glauben Sie, ich kann's? Wollen Sie vielleicht kommen und mir helfen, wenn er fort ist?«

»Ich glaub's nicht, daß Sie ihm das antun würden.«

»Sie haben noch immer keinen Schimmer, was hier los ist, oder, Doktor? Sie mit Ihren Fragebögen und dem ganzen Scheiß. Aber begreifen tun Sie gar nichts. Sie glauben, das hier ist alles wirklich, wirklicher als alles, was Sie kennen, harte Realität. Aber da liegen Sie falsch. Das hier ist ein Spiel. Wirklichkeit, das gibt's hier nicht. Wer in der Wirklichkeit lebt, der stirbt. Wer mitspielt, hat wenigstens eine Chance. Und Ihr Typ, der kennt sich aus. Spielen Sie nur mit ihm, dann zerlegt er Sie. Sie sind doch angeblich eine Spielerin. Dann verstehen Sie's ja.«

»Ich verstehe gar nichts«, entgegnete Devlin.

»Ich hab' gesehen, wie Sie ihn anschaun«, sagte Coley.

Devlin wand sich innerlich. Plötzlich hatte sie das Gefühl, als wäre ihr Schädel durchsichtig, als wären alle geheimen Bilder in ihrem Kopf für Coley sichtbar. Sie mußte sich zusammennehmen, um seinem Blick standzuhalten.

Coley sagte: »Hier drin hat ein Mann nur eine Pflicht, und zwar sich selbst gegenüber. Erwarten Sie nichts von ihm, was er nicht geben kann.«

Devlin nickte. Sie kam sich dumm vor, unfähig zu einer vernünftigen Bemerkung. Coley hatte recht. Sie schluckte. »Kommt er frei?«

Coley blinzelte langsam, dann nickte er. »Pea Vine Special ruft alle an Bord. Wie ich schon sagte, er ist ein Spieler.«

»Das ist alles?« fragte Devlin. »Ich meine, was ist mit dem allen hier?«

»Dem allen was, Doktor?«

»Was er für die Männer leistet, hier mit Ihnen.«

»Glauben Sie, er würde lieber an einer Bohrmaschine stehen? Oder Schnallen machen? Das ist auch nur ein Zug in seinem Spiel.«

»Das glaube ich einfach nicht.« Sie spürte, wie ihre Stimme zitterte.

Coley zuckte die Achseln. »Sie glauben, was Sie glauben müssen, wie wir alle.« Er wandte sich zur Tür. »Wenn Sie hier auf ihn warten woll'n, er kommt sicher bald.«

»Coley?«

Coley steckte seinen Schädel noch einmal zur Tür herein.

»Ich muß Ihnen später etwas zeigen. Etwas Wichtiges.«

Coley hob eine Augenbraue. »Sie brauchen mich nur zu rufen. Ich hab' heut' nichts mehr vor.« Er machte eine Pause. »Aber ich sag' Ihnen was, falls Sie's nicht schon wissen.«

»Was denn?«

»Ihr Typ Klein sieht im Freien wirklich nett aus.«

Devlin wußte nicht, ob sie rot wurde oder nicht. »Was?«

»Ohne Hemd«, sagte Coley. »Auch 'n ganz anständiger Pimmel, für 'n Weißen. Aber den alten Frogman läßt er nicht ran. Vielleicht haben Sie 'n paar Extras, die mir abgehen.«

Diesmal spürte sie, wie ihr Gesicht brannte. Coley prustete ein anzügliches Lachen aus.

»Leck mich, Coley«, sagte Devlin.

Coley grinste. »Auf mich muß doch kein Mensch nich hör'n, Doktor Devlin.«

Gegen ihren Willen mußte Devlin zurückgrinsen.

»Viel Glück beim Spiel heute abend«, sagte Coley.

Devlin hatte eine Wette laufen, daß die Lakers die Knicks um sechs Punkte schlagen würden. Soweit sie sagen konnte, war ihre Wettleidenschaft das einzige, was Coley an ihr billigte. »Wird schon«, sagte sie. »Danke.«

Coley verschwand, die Tür schloß sich hinter ihm. Devlin setzte sich auf die Tischkante. Erst jetzt begriff sie wirklich, was Coley gesagt hatte: Ray Klein war vielleicht bald frei. Ihr Magen krampfte sich zusammen. Unter dem Felsbrocken aus Intellekt und Abstraktion, den sie sich ins Hirn gestopft hatte, wußte sie doch noch, daß ihr Bauch nicht log. Die Möglichkeit, daß Klein frei kam, traf sie mit aller Wucht, und auch alles andere, was Coley über Spiel und Wirklichkeit gesagt hatte. Klein frei – das war eine andere Wirklichkeit. Ihn begehren – und der Schmerz in ihrem Bauch sagte ihr, daß sie es tat –, war ein anderes Spiel, eines, in dem Devlin sich nicht als Expertin fühlte. Sie öffnete ihre Aktentasche, zog eine Packung Winston Light heraus, zündete sich eine an, inhalierte und fühlte sich mit steigendem Nikotinspiegel viel besser. Wozu sich selbst betrügen. Sie wollte nicht, daß Klein aus ihrem Leben verschwand. Die Frage war nur: wie ihn festhalten? Dazu hatte sie ein oder zwei Ideen. Aber es gab noch eine andere Frage: Warum sollte Klein sich überhaupt für jemand wie sie interessieren? Devlin tat einen tiefen Zug aus ihrer Zigarette. Das war eine Frage, auf die sie noch keine Antwort wußte, aber sie würde alles daransetzen, es herauszufinden.

Acht

Ray Klein saß auf einer Holzbank im Erdgeschoß des Verwaltungsturms und fragte sich, ob der Direktor wohl sauer wäre, wenn er die großen schwarzen Schweißflecken unter seinem Baumwollhemd bemerkte. Er war die vierhundert Meter vom Revier bis hierher gerannt, um nicht zu spät zu kommen, und jetzt wartete er natürlich schon zwanzig Minuten, und der Schweiß von diesem Lauf ruinierte ihm das Hemd. Vielleicht bildete sich Hobbes dann ein, er schwitze vor lauter Nervenanspannung. Das wäre zu blöd. Wenn Klein mit seiner Einschätzung recht hatte, dann machte sich Hobbes nichts aus Arschkriechern. Der konnte ihn mal. Klein konnte ohnehin nichts mehr beeinflussen. Eine Strophe aus einem alten Lied ging ihm unwillkürlich durch den Kopf.

> When I was just a little boy,
> I asked my mother, »What will I be?
> Will I be handsome? Will I be rich?
> Here's what she said to me ...

Klein schüttelte es in lautlosem Gelächter. Die Stimme in seinem Kopf gehörte Doris Day. Das war die Höhe. Da saß er am Arsch der Schöpfung und lauschte einer dreißig Jahre alten Doris-Day-Platte, die er Gott weiß wo in seinem Schädel gespeichert hatte. Werde ich schön sein? Werde ich reich sein? Er hörte Doris Day tief Luft holen und mit voller Stimme losplärren. »Que sera sera! What ever will be, will be!« Damals war das wahrscheinlich ziemlich aufsässig, so eine Art Neo-Stoizismus. Oder sogar Neo-Marxismus. Er fragte sich, wieviele Kerle in ihrer Jugend an Doris Day gedacht und sich dabei einen runtergeholt hatten. Wahrscheinlich Millionen. Klein dachte daran, es irgendwann selbst zu versuchen. Seine Sex-Phantasien brauchten neue Anregungen. Doris Day. Leicht schockiert bemerkte Klein, daß er einen Steifen bekam.

»Was zum Teufel ist denn so lustig, Klein?«

Mit einem Ruck glättete Klein sein Gesicht und blickte auf. Im Türrahmen zum Wartezimmer stand Captain Cletus, mit finsterer Miene wie immer. Heutzutage hing Kleins Selbstbewußtsein nicht mehr davon ab, ob er es wagte, Cletus zu reizen. Cletus wurde von allen derart gefürchtet und gehaßt, daß er sich begreiflicherweise zu einem Paranoiker entwickelt hatte und dazu neigte, jedes Lachen auf sich zu beziehen. Benson aus A hatte einmal eine Woche im Loch gesessen, weil er gesagt hatte: »… so breit wie der Spalt in Cletus' Arsch.« Klein fiel zur Beruhigung des Captains nichts Besseres ein, als den wahren Grund seiner Heiterkeit zu erklären. Er stand auf und grüßte militärisch.

»Ich dachte an Doris Day, Captain, Sir«, sagte Klein.

Cletus kam auf ihn zu und starrte ihm aus zwanzig Zentimeter Entfernung für eine, wie Klein schien, ziemlich lange Zeit ins Gesicht.

Endlich sagte Cletus: »Doris Day?«

»Jawohl, Sir«, erwiderte Klein.

Cletus starrte ihn weiter an.

»Ich dachte an ›Whatever will be will be‹, Sir«, sagte Klein. »Sie wissen schon, que sera sera.«

»Que sera sera«, sagte Cletus.

»Jawohl, Sir. Was geschehen wird, geschieht, wissen Sie.«

»Du bist ein zu schlauer Klugscheißer, als für dich selber gut ist, was, Klein?«

»Das hoffe ich nicht, Sir«, erwiderte Klein.

Zum ersten Mal in drei Jahren sah Klein ein Lächeln in Cletus' Gesicht aufscheinen.

»Du wartest auf den Termin beim Direktor.«

»Jawohl, Sir.«

Cletus starrte ihn noch einmal intensiv an.

»Komm mit«, sagte er.

Klein, der jetzt noch stärker schwitzte, folgte Cletus die Treppe des Turms hinauf. Als er den massigen Arsch des Captains betrachtete, der vor ihm die Stufen hochstieg, hätte er sich am liebsten in den eigenen Hintern gebissen, daß er sich nicht besser in der Hand gehabt hatte und sich derart von Doris Day hatte überrumpeln lassen. Am Ende des vierten Treppenabsatzes hielt Cletus vor einem kurzen, holzgetäfelten Korridor. Am anderen Ende befand sich die Tür zu Hobbes' Büro. Cletus wandte sich Klein zu.

»Sing«, sagte er.

Klein blickte von Cletus zu Hobbes' Tür und zurück, dann schluckte er. »Sir?«

»Que sera sera«, sagte Cletus. »Sing es.«

»Ich kann den Text nicht mehr«, sagte Klein.

»Ich weiß nicht, was die Kommission über dich Jammerarsch beschlossen hat«, sagte Cletus, »aber bis du das Tor passiert hast, gehörst du immer noch mir. Wenn ich dir jetzt noch eine Strafe aufbrumme, dann werden die Herren ihre Entscheidung überdenken müssen.«

Du Schwanzlutscher, dachte Klein. Er schaute Cletus nicht an, aus Angst, er könnte den Gedanken in seinen Augen lesen. Er räusperte sich.

»Hören Sie«, sagte Klein, »wenn ich auf Sie den Eindruck gemacht habe, ein Klugscheißer zu sein, dann war das nicht meine Absicht, und ich entschuldige mich beim Captain rückhaltlos und uneingeschränkt.«

»Sing«, sagte Cletus.

Diesmal zeigte er Cletus seinen Schwanzlutscher-Blick. Aber der lächelte noch einmal. Klein überlegte, ob Cletus wohl auch so gelächelt hatte, als er Wilson im Loch in der Mangel gehabt hatte. Er holte tief Luft.

»Laut«, sagte Cletus. »Daß ich dich bis an den Fuß der Treppe höre.«

Klein atmete aus. »Ich muß zugeben«, sagte er, »so viel Phantasie hätte ich Ihnen nicht zugetraut.«

Cletus neigte seine Lippen nahe an Kleins Ohr. »Als ich

jung war, schaute ich mir Doris-Day-Filme an und holte mir dabei einen runter.«

Klein schaute ihm ins Gesicht. »Sie haben recht«, sagte er. »Ich bin ein zu schlauer Klugscheißer, als für mich selber gut ist.«

Cletus nickte. »Trotzdem will ich den Song jetzt hören.«

Dann leck mich, dachte Klein, und legte aus voller Kehle los.

»When I was just a little boy,
I asked my mother, ›What will I be?‹«

Cletus verschwand lachend im Treppenhaus, aber Klein sang ungeniert weiter:

»Will I be handsome? Will I be rich?
Here's what she said to me ...«

In dem kleinen Gang schallte seine Stimme ungeheuer laut. Gar nicht so schlecht, verdammt noch mal, dachte Klein, holte noch einmal tief Luft und legte sein ganzes Gefühl in den Refrain:

»*Que sera sera!*
Whatever will be will be ...«

Klein holte gerade wieder tief Luft, da wurde die Tür zu Hobbes' Büro aufgerissen. Kleins Mund klappte zu. Hobbes starrte ihn vom Eingang her an: ein massiver, halbkahler Schädel, fiebrig glänzende Augen unter schweren Brauen. Falls Klein sich je als ein größeres Arschloch vorgekommen war, dann konnte er sich nicht daran erinnern. Ein quälendes Schweigen schien im Moment das beste.

»Klein?«

Kleins Lungen waren übervoll, er konnte gar nicht die ganze Luft auf einmal loswerden, deshalb kam seine Stimme in einem heiseren Flüstern heraus: »Jawohl, Sir.« Die restliche Luft hielt er an.

Hobbes betrachtete ihn leicht erstaunt, als wäre ihm Kleins bizarrer Auftritt kaum zu Bewußtsein gekommen oder hätte ihn nur kurz von sehr viel wichtigeren Dingen abgelenkt. Bei seinen seltenen Treffen mit dem Direktor hatte Klein ihn rätselhaft gefunden. Irgend etwas in seiner Haltung, seiner

Distanziertheit, seiner Art zu reden gab Hobbes etwas, als sei er nicht ganz von dieser Welt, als hätte man ihn aus den Tiefen der Vergangenheit in die Gegenwart katapultiert. Wie das Gefängnis selbst: erdacht für das neunzehnte Jahrhundert, stolperte es jetzt mühsam durch die letzten Tage des zwanzigsten. In aller Bescheidenheit, oder vielleicht in aller Dummheit, war Klein kaum je einem Intellekt begegnet, den er als weiter, tiefer, undurchdringlicher als seinen eigenen empfunden hatte. Hobbes vermittelte ihm dieses Gefühl; ein Gefühl des Unergründlichen. Falls Hobbes seinerseits Klein unergründlich fand, dann machte es ihm offenbar nichts aus.

Hobbes sagte: »Kommen Sie rein«, und verschwand aus dem Blickfeld.

Klein stieß die Luft aus, die ihm die Blutgefäße im Gesicht zu sprengen drohte, klaubte seine Selbstachtung zusammen und schritt durch den Korridor ins Büro.

Der Raum füllte die Breite des Turms von Norden nach Süden und war asketisch möbliert: ein Bücherschrank, ein alter Eichenschreibtisch mit Glasplatte, drei Stühle. An der Decke über dem Schreibtisch drehte sich ein Ventilator mit hölzernen Schaufeln. An der Wand hing eine Promotionsurkunde der Universität Cornell. Genau gegenüber der Tür stand auf einem Holzsockel eine Bronzebüste von Jeremy Bentham. Juliette Devlin hatte Klein gesagt, daß es die Büste von Bentham war, sonst hätte er ihn für einen Südstaatengeneral oder so was ähnliches gehalten. Nur daß Hobbes, wie Klein, ein Yankee war. Klein schloß die Türe hinter sich und stand stramm, den Blick auf Benthams bronzene Augäpfel gerichtet. Seine Augen sahen in diesem Moment wohl ziemlich ähnlich aus.

Hobbes' Stimme dröhnte durch den Raum: »Der letzte Geist von einigem Gewicht, der sich mit dem Problem des Freiheitsentzugs befaßt hat.«

Klein wurde schwindlig. Worüber redete Hobbes? Offenbar nicht über Doris Day? Klein sah ihn an und sagte: »Verzeihen Sie, Sir?«

Hobbes neigte den Kopf in Richtung Bronzebüste. »Bentham.«

»Jawohl, Sir.« Klein konnte jetzt wieder klar denken. Er überschlug im Kopf sein Wissen und sagte dann: »Das panoptische System.«

Hobbes' dichte Brauen hoben sich. »Sie erstaunen mich. Kommen Sie, nehmen Sie Platz.«

Hobbes deutete auf den Stuhl sich gegenüber, und Klein ging darauf zu. Unter der Glasplatte auf dem Schreibtisch befand sich ein alter Bauplan des Gefängnisgebäudes mitsamt den Mauern. Das Südfenster in Hobbes' Rücken tauchte sein Gesicht in Schatten. Sicher eine beabsichtigte Wirkung. Im Niedersetzen bemerkte Klein einen grünen Ordner mit seinem Namen und seiner Nummer auf dem Schreibtisch liegen.

»Und was sind in Ihren Augen die geistigen Grundlagen des panoptischen Systems?« fragte Hobbes.

Klein hob den Blick von dem Ordner, der sein Schicksal enthielt. Er kam sich wieder vor wie ein neunzehnjähriger Medizinstudent, der sich bemühte, sich für den Anatomieprofessor an den Verlauf des Nervus phrenicus zu erinnern. »Bentham war von der Vorstellung besessen, daß, wenn man jemand die ganze Zeit beobachtete, oder ihn in dem Glauben ließ, daß er ständig beobachtet werde, sich seine Persönlichkeit zum besseren verändere. Daß man ihn zwingen mußte, seine Seele immer wieder zu prüfen. Oder so ähnlich.«

»Ja, so ähnlich«, sagte Hobbes. »Was halten Sie von dieser Theorie?«

»Hängt wahrscheinlich davon ab, wer beobachtet, und wer beobachtet wird«, antwortete Klein.

Hobbes nickte. »Wie wahr.« Er schien das gut aufzunehmen. »Nicht jeder ist imstande, vom prüfenden Blick der panoptischen Maschinerie zu profitieren. Viele können ihr Licht nicht ertragen. Und noch weniger ertragen sie das Licht der Selbsterkenntnis.«

»Menschen zur Selbsterkenntnis zu zwingen, kann gefährlich werden.«

»Wie das?« fragte Hobbes.

Klein wollte Hobbes nicht provozieren; aber auch nicht als Arschkriecher erscheinen, schon deshalb nicht, weil Hobbes das wahrscheinlich nicht schätzte, aber was sollte es. Sein Schicksal war bereits besiegelt. Wenn Hobbes Doris Day verkraften konnte, dann würde ihn ein bißchen Plato auch nicht umbringen.

»Sie erinnern sich an die unterirdische Höhle in Platos *Staat*? Den Traum des Sokrates?«

Hobbes beugte sich vor. »Das siebte Buch«, sagte er. Seine Stirn war vor Spannung ganz glatt, er schien den Atem anzuhalten. »Was wollen Sie damit sagen?«

Klein schluckte. »Die Menschen in der Höhle sind angekettet, tief in der Erde vergraben, fern von jedem Sonnenlicht. Ihre Köpfe sind festgebunden, so daß sie nichts anderes sehen können als ihren eigenen Schatten, den die Flammen eines Feuers an die Wand werfen. Aber die Angeketteten verteidigen leidenschaftlich ihre Unwissenheit in der Finsternis. Und Sokrates fragt: Wenn sie den Mann, der sie befreien und hinauf ins Licht führen möchte, in die Finger bekämen, würden sie ihn dann nicht umbringen?«

Hobbes atmete tief aus, es klang fast wie ein Seufzen: »Würden Sie ihn umbringen?«

Klein sah Hobbes lange an. »Weiß ich nicht«, antwortete er. »Wenn man zu lange in die Sonne schaut, wird man blind.«

»Und doch sah keiner je weiter als Teiresias, der blinde Seher. Manche Wahrheiten kann man nur in der Finsternis erkennen.«

»Ja, Sir. Das ist vielleicht das Problem mit Ihrer panoptischen Maschinerie.«

Hobbes hob eine Braue. »Meiner Maschinerie?«

Klein schwieg.

»Sie sind ein mutiger Mann, Klein.«

»Ich möchte nur hier raus und dorthin zurückkehren, wo ich die Schatten an der Wand sehen kann.«

»Ein Mann wie Sie muß hier drinnen etwas über sich selbst erfahren haben.«

»Ein Mann wie ich?« fragte Klein. Er zuckte die Schultern. »Vielleicht sehen deshalb die Schatten da draußen so verlockend aus. Man kann sich einreden, daß sie etwas sind, was sie nicht sind.«

Aber so leicht ließ Hobbes ihn nicht vom Haken. »Und was soll man von Ihnen halten, was Sie nicht sind?«

Scheiße, dachte Klein. »Ich möchte Sie nicht irreführen, Sir. Ich bin ein normaler Sträfling, der nur darauf wartet, daß sich die Tore für ihn öffnen.«

»Sie weichen mir aus.«

»Selbst der Mutigste von uns«, sagte Klein, »hat nur selten genug Mut für das, was er als wahr erkennt.«

Hobbes Augen zitterten in ihren Höhlen. Einen Moment dachte Klein, er würde hinter dem Schreibtisch hervorkommen und ihn umarmen.

»*Virescit vulnere virtus*«, sagte Hobbes.

»So gut ist mein Latein nicht«, sagte Klein.

»Man könnte es übersetzen ›Die Kraft wird durch Verwundung wiederhergestellt‹«, antwortete Hobbes.

Klein dachte an seine eigenen Wunden, die Wunden der Liebe, die falsche Anschuldigung der Vergewaltigung, die ihn hierhergebracht hatte. War er dadurch gestärkt worden oder nur abgehärtet, zynischer geworden?

»Nur wenn man schon stark genug ist«, sagte er.

Hobbes nickte ernst. »Mag sein, mag sein. Aber wenn der Geist wachsen soll, muß man das Risiko auf sich nehmen.«

»Möglich«, antwortete Klein. »Die Frage ist: welches Risiko, welche Wunde?«

»Meinen Sie denn, wir hätten die Wahl?«

In Hobbes' Gesicht spiegelten sich so viel Sehnsucht und Verzweiflung, daß Klein fast zurückfuhr. Er war für fünf Minuten routinemäßigen Gefängniskram hierhergekommen. Entweder ein weiteres Jahr hier drinnen, um sich weiter zu rehabilitieren, oder ein väterliches Schulterklopfen und ein fester Händedruck, den er mit auf den Weg bekam. Statt dessen waren Hobbes' Augen schwarze Tümpel, in denen ein namenloser innerer Schrecken schwamm, der Klein an Irrsinn denken ließ.

»Auch nur manchmal«, sagte er.

»Die Wahl hat sogar der Mann vor dem Hinrichtungskommando«, entgegnete Hobbes. »Er kann schluchzend in die Knie gehen oder die Augenbinde ablehnen und laut singen.«

Hobbes klang, als wäre er so ein Mann. Klein spürte den starken Drang, Hobbes' Geisteszustand zu untersuchen, wie ein Marlow bei seinem Kurtz. Verdammt, was hatte er auch so weit gehen müssen. Hobbes hatte etwas Hypnotisches. Aber Klein war hier als Sträfling, der auf vorzeitige Haftentlassung hoffte. Der Sträfling riet ihm nachzugeben.

»Jawohl, Sir«, sagte Klein. »Sie haben vollkommen recht.«

Hobbes spürte seinen Rückzieher, blinzelte zweimal und lehnte sich in seinem Stuhl zurück. Er wirkte irgendwie erschüttert. Er fuhr mit der Hand in die Tasche und griff nach etwas, Klein wußte nicht was. Als rette er sich auf sicheres Terrain, nickte Hobbes der Bronzebüste hinter Klein zu und fragte: »Und woher wissen Sie so viel über Bentham?«

Klein überlegte, ob er so tun solle, als hätte er sich schon ein Leben lang für Benthams Philosophie interessiert. Zu gefährlich. Nach all den Jahrzehnten im System roch Hobbes einen Lügner schon von weitem.

»Von Dr. Devlin«, antwortete Klein. »Die hat sich, wie Sie wissen, mit forensischer Psychiatrie befaßt.«

»Die meisten ihrer Kollegen können Jeremy Bentham nicht von Jack Benny unterscheiden.«

Klein lächelte nicht. »Dr. Devlin schon, Sir.«

Hobbes nickte, jetzt wieder ruhig. »Eine ungewöhnliche Frau. War Ihre gemeinsame Arbeit erfolgreich?«

»Sie hat einen Artikel beim *American Journal of Psychiatry* eingereicht.«

»Und? Angenommen?«

»Dr. Devlin hat mir noch nichts davon gesagt.«

Hobbes grunzte. »Sie wissen vielleicht, daß Bentham sich nach seinem Tod ausstopfen und in einer Vitrine ausstellen ließ. In London. Ich glaube, er ist noch immer dort zu sehen.«

»Jawohl, Sir«, sagte Klein. »Jetzt kann ihn endlich jeder sehen. Und zwar für immer.«

Hobbes' Augen weiteten sich, und wieder dieser Blick, der Klein einen Ziegelstein ins Gedärm warf, einen Angstklumpen. Der Blick hatte eine Stimme, die sprach: ›Versteh mich. Bleib in meiner Nähe. Laß mich hier drinnen nicht allein.‹ Klein erkannte die Stimme, denn er hatte sie schon so oft gehört: von Patienten, Frauen, Mitgefangenen; von Bedürftigen aller Art. Von seiner Ex-Geliebten, die ihm das hier eingebrockt hatte. ›Gib mir mehr, als du geben kannst‹, baten sie. Und tief aus seinem Inneren rief ihm eine Stimme entgegen: ›Zum Teufel, hol mich hier raus, Mann.‹ Zum Trost fiel ihm Coleys Motto ein: SCHERT MICH EINEN FEUCHTEN DRECK.

»Ausgezeichnet«, sagte Hobbes. »Hervorragend. Die Ironie, die im letzten Willen des Panoptikers Bentham liegt, ist mir bisher nicht aufgefallen. Ich danke Ihnen für diese Einsicht.«

»Auch dafür bin ich Dr. Devlin verpflichtet.«

Das war gelogen; es war Klein einfach nur so eingefallen. Aber wie Cletus gesagt hatte, er war ein zu schlauer Hund, als für ihn gut war, und er mußte Hobbes von sich wegschieben. Er mußte diesen Tentakeln menschlicher Nähe, die sich nach ihm ausstreckten, aus dem Weg gehen. Es hingen schon zu viele an ihm und versuchten, ihm das Blut herauszusaugen. Schon immer war das so gewesen. Patienten, Frauen, Bedürftige aller Art. Seine Ex-Geliebte. Und jetzt Hobbes. Oder litt er selbst, Ray Klein, auch schon unter Verfolgungswahn? Hobbes zog plötzlich die Hand aus der Tasche und stellte eine Pillenflasche vor Klein auf den Tisch.

»Mein Arzt behauptet, diese Dinger soll ich dreimal täglich nehmen. In meinen Augen ist er ein Dummkopf. Was meinen Sie?«

Klein nahm die Flasche in die Hand und studierte das Etikett. 400 Milligramm Lithiumkarbonat. Klein spürte plötzlich in sich eine große Leere. Sein Verstand registrierte jedoch emotionslos das Faktum, daß Hobbes ein Medikament nahm, das fast ausschließlich zur Behandlung manisch-depressiver Zustände verordnet wurde. Der Arnold Schwarzenegger seelischer Störungen.

Vor dem Ausbruch einer manischen Phase voll grandioser Wahnvorstellungen und visionärer Enthemmung hörten solche Patienten oft auf, ihre Medikamente zu nehmen, und genau das hatte Hobbes jetzt offenbar vor. ›Manisch‹ war ein viel zu häufig und unpräzise gebrauchtes Wort. Die kleine braune Flasche in Kleins Hand bedeutete jedenfalls, daß Hobbes zumindest ein Anwärter auf diesen Zustand war. Ein Manischer. Im Unterschied zu den meisten Manischen hatte Hobbes allerdings fast uneingeschränkte Macht über viele Schicksale und Leben. Klein sah Hobbes in die Augen. Merkwürdigerweise fühlte er sich jetzt zum ersten Mal ruhig, seit er den Fuß in das Büro gesetzt hatte, denn jetzt war alles einfach: Hobbes war nicht verrückt wie du und ich, sondern echt wahnsinnig.

Hobbes nickte mit dem Kopf zu der braunen Flasche in Kleins Hand hin. »Sie haben meine Frage nicht beantwortet.«

Klein stellte die Flasche zurück auf die Glasplatte. »Meiner Meinung nach sollten Sie noch einmal mit Ihrem Arzt darüber sprechen.«

Hobbes runzelte die Stirn.

»Aber wenn ich Sie wäre«, fuhr Klein fort, »würde ich das tun, was ich für richtig halte.«

Hobbes' Augen schwammen vor Gefühl. Er nickte. »Wer das nicht tut, ist sowieso keinen Pfifferling wert.«

Er packte die Pillenflasche und warf sie in den Aluminiumpapierkorb unter seinem Schreibtisch. Die Flasche schlug mit einem dumpfen Knall auf. Es entstand eine Pause. Klein blickte wieder auf den grünen Ordner. Hobbes folgte seinem Blick, zog den Ordner zu sich heran und öffnete ihn.

»Die Kommission war von Ihrem Auftritt beeindruckt«, sagte er.

Klein antwortete nicht. Hobbes blätterte in dem Ordner.

»Wie Sie wissen, sind das lauter Trottel, ohne Ausnahme. Ein Zitat aus dem Neuen Testament, am besten eines, das sie alle kennen, reicht meistens aus für die Entlassung. Auch Jesus macht sich immer gut. Deshalb hatten Sie letztes Jahr Pech. Die falsche innere Haltung.«

»Sir?« fragte Klein.

»Verstocktheit«, sagte Hobbes.

»Wenn Sie erlauben, Sir, war ich doch flexibel genug, die Regeln hier drinnen zu lernen.«

»Stimmt. Ihr Erfolg, wenn wir es so nennen wollen, war bemerkenswert. Und doch hat jedes Ding zwei Seiten, nicht wahr?«

»Jawohl, Sir.«

Hobbes warf einen Blick in den Ordner. »Sie sind zum Beispiel ein Heiler, und nach allgemeiner Meinung ein sehr guter. Viele Insassen lassen sich lieber von Ihnen gegen Bezahlung behandeln als gratis durch Dr. Bahr. Nicht, daß ich ihnen das ankreide. Aber denken Sie mal an Myron Pinkleys Lobotomie.«

Klein setzte eine Miene auf, die er für ein Pokergesicht hielt.

»Sie verstehen, was ich meine«, sagte Hobbes.

»Wenn Sie meinen, ob ich mir der Dualität der menschlichen Natur bewußt bin, kann ich nur sagen, jawohl, Sir, bin ich.«

Mit dem nächsten Herzschlag füllte sich Kleins Inneres mit Wut: Wut zu wissen, Wut auf Hobbes, daß er ihn so zappeln ließ, Wut auf sich selbst, daß er überhaupt hoffte, hier stand, atmete, daß er ein zu schlauer Klugscheißer war, um sich jetzt über den Schreibtisch zu beugen und Hobbes den verdammten Kopf abzureißen. Die Wut brüllte: *Behalt deine Freiheit, Mann, ich brauch sie nicht, sie stand mir von Anfang an nicht zu.* Eine Gegenstimme erwiderte: Deshalb willst du sie ja, du Arschloch, weil sie darüber verfügen, weil du sie brauchst, weil sie dir von Anfang an nicht zustand. Und weil sie dir auch jetzt nicht zusteht, ob du entlassen wirst oder nicht.

Die Wut verebbte, und so plötzlich, wie sie den Raum in Kleins Kopf gefüllt hatte, ließ sie ihn wieder leer und kalt zurück. Er fröstelte in der Brise vom Deckenventilator. Sein

Hemd fühlte sich vollkommen durchnäßt an. Hinter dem Schreibtisch klappte Hobbes den grünen Ordner zu.

»Sie sind frei, Klein«, sagte er.

Klein starrte ihn an und gab keine Antwort.

»Die Kommission ist meiner Empfehlung gefolgt. Sie werden morgen mittag Ihrem Bewährungshelfer übergeben.«

Hobbes erhob sich und streckte Klein die Hand entgegen. Klein erhob sich ebenfalls und schüttelte sie.

»Danke, Sir.«

»Sie dürfen lächeln, Klein.«

»Jawohl, Sir.«

Aber Klein lächelte nicht. Die Leere blieb. Irgendwie wußte er, daß, wenn er es zuließ, daß sie sich füllte, es sicher nicht mit Freude war, sondern mit einem gräßlichen Gefühl von Verlust, und davor hatte er Angst. Halt es fest, sagte er sich, bis du irgendwo in Sicherheit bist. Er ließ Hobbes' Hand fallen.

»Achtundneunzig Prozent der Entlassenen kommen wieder ins Gefängnis zurück«, sagte Hobbes. »Ich hoffe, Sie sind nicht darunter.«

»Sicher nicht.«

»Kann ich irgend etwas für Sie tun?« fragte Hobbes.

Klein zögerte. Er hatte jetzt nichts anderes zu tun – überhaupt nichts anderes –, als durch diese Tür zu gehen und sich vierundzwanzig Stunden lang zu ducken, und dann konnte er in die Galveston Bay fahren und schwimmen. Die Vorstellung, ins Meer hinaus zu waten, und die Sehnsucht, das Wasser auf der Haut zu fühlen, jagte ihm sogar jetzt noch Angst ein – ganz besonders jetzt –, er könnte Hobbes wütend machen. Dann fiel ihm ein, was Cletus über seinen Arsch gesagt hatte, daß der nämlich ihnen gehöre, bis er aus dem Tor getreten sei.

»Keine Angst. Sagen Sie doch, was Sie wollen«, sagte Hobbes.

Klein sah ihn an. »So wie die Dinge stehen, kann Coley das Krankenrevier nicht allein führen.«

»Das hat mir Dr. Devlin mehr als einmal nahegelegt. Aber die Dinge werden sich bald ändern.«

Klein konnte sich einfach nicht zurückhalten. »Mit allem Respekt, Sir, der Ort ist eine Schande für uns alle.«

Hobbes straffte seine Schultern. »Das Krankenrevier ist auch für mich eine Schande, Dr. Klein.« Der Wahnsinn in Hobbes' Augen stand jetzt in hellen Flammen. »Ihre Beschwerden – wenn schon nicht meine eigenen – sind zur Kenntnis genommen. Ich versichere Ihnen, es wurden bereits Entwicklungen in Gang gesetzt, die die Zustände im Krankenrevier als vergleichsweise nebensächlich erscheinen lassen werden.«

Klein fragte sich, was zum Teufel das wohl heißen mochte. Der Zweifel ließ sich offenbar von seinem Gesicht ablesen, denn Hobbes' Ausdruck wirkte plötzlich kontrolliert. Aber seine Stimme zitterte vor Erregung.

»Sie haben mein Wort, daß …«, Hobbes suchte nach einem passenden Wort, »… sehr bald eine Verbesserung der Lage eintreten wird, nicht nur im Revier, sondern im gesamten Bereich dieser Strafvollzugsanstalt.«

Klein unterdrückte den Drang, einen Schritt zurückzutreten. Statt dessen nickte er. »Das freut mich zu hören, Sir.«

»Freuen Sie sich vor allem, daß Sie dann nicht mehr da sind.«

Damit wandte Hobbes sich um und ging quer durch den Raum zum Nordfenster. Dort blieb er mit dem Rücken zu Klein stehen, starrte über den Hof auf die brütenden Megalithen der Zellenblocks und preßte seine zitternden Hände gegen das Fensterbrett. Sein ganzer Körper schien unter ungeheurer Anspannung zu stehen und eine unermeßliche Gewalt in sich niederzuhalten.

Klein beobachtete ihn. Er wußte nicht, ob er damit bereits entlassen war. Plötzlich hatte er Angst, und zwar nicht nur um sich selbst. Egal, wie schwer Hobbes tatsächlich erkrankt war, dieses Verhalten bot nur einen schwachen Hinweis, war nur ein Überlauf aus der Büchse der Pandora, die eine Psyche darstellte und deren Deckel Hobbes mit aller Gewalt geschlossen zu halten bemüht war. Was für ›Entwicklungen‹ hatte er bereits in Gang gesetzt? Sollte Klein ihn fragen?

Sollte er zu ihm hingehen und ihm die Hand auf die Schulter legen? Es ging ihn einen feuchten Dreck an. Ohne es zu wollen, tat er wortlos einen Schritt auf Hobbes zu.

»Alles Gute, Klein.«

Hobbes sprach, ohne sich vom Fenster abzuwenden. Klein blieb sofort stehen.

»Und übrigens, ich danke Ihnen für dieses Gespräch.«

In Hobbes' Stimme lag etwas Endgültiges, das irgendwie mehr bedeutete als nur das Ende dieser Unterhaltung. Klein wartete. Wenn Hobbes sich umdrehte und ihn noch einmal anschaute, würde vielleicht irgend etwas geschehen. Aber Hobbes drehte sich nicht um.

»Alles Gute, Herr Direktor«, sagte Klein.

Hobbes starrte weiter durch das Fenster auf sein Gefängnis und nickte zweimal langsam.

Ray Klein ging leise zur Tür, öffnete sie und verließ das Büro des Direktors ohne ein weiteres Wort.

Neun

Tony Shockner kannte sich nicht mehr aus. Er hatte gewußt, daß unter den riesigen Lagerräumen im Erdgeschoß des Gefängnisses ein Dschungel lag, aber Herr im Himmel! Jetzt waren sie bereits zwanzig Minuten einmal links und dann wieder rechts gegangen, und das riesige Labyrinth nahm ihm den Atem.

Dennis Terry, der alte Chef der Wartungsabteilung, der mit hochgezogenen Schultern vor Shockner herging, sagte, wenn man die Kanäle dazu rechnete, dann war hier unten noch mehr Platz als oben. Hier unten, wo, versteckt in stickigen, verborgenen Winkeln, einige Knastbrüder aus Kartoffeln Schnaps brannten und aus Brot und Orangensaft Wein herstellten, wo andere sich in kleinen Gruppen trafen, um sich mit einem gespitzten Augentropfer Smack und Kokain zu injizieren, wo Huren Flötensolos oder Arschficks gegen eine Stange Lucky Strike oder Schokoladenriegel eintauschten, und wieder andere strampelnde – oder auch willige – Opfer zu einem Gruppenfick schleppten. Dennis Terry kannte diesen Dschungel in- und auswendig – und da war er wahrscheinlich in diesem ganzen Bunker der einzige. Von den Wärtern hatte jedenfalls keiner auch nur einen Schimmer. Shockner folgte Terry ergeben um die düsteren Ecken und Bögen und zog dabei zwei Gasflaschen – Sauerstoff und Acetylen – auf einem zweirädrigen Wagen hinter sich her. Über die Schulter geworfen trug er eine Schlauchrolle, deren eines Ende an der Gasarmatur befestigt war, am anderen hing ein Schneidbrenner. Terry, der außer Stablampe, Werkzeuggürtel und Schutzbrille um den Hals nichts zu schleppen hatte, ging zu schnell, Shockner mußte ihn immer wieder bitten, nicht so zu hetzen. Schlauch und Brenner rutschten ihm ständig von der Schulter. Seine Kleidung klebte ihm von Kopf bis Fuß in schweißgetränkten Falten an der Haut.

»Wie weit noch?« fragte Shockner. Aber Terry hörte ihn nicht bei dem Lärm. Shockner brüllte: »Dennis! Wie weit noch?«

Terry rief über die Schulter zurück: »Noch etwa dreißig Meter, dann sind wir bei den Stufen.«

»Stufen? Mein Gott, was für Stufen?«

Der alte Mann antwortete nicht. Terrys unterirdisches Reich war ein finsterer, dreckiger, von Schmiere und Rost verklebter Wurzeldschungel aus rumpelnden Leitungen und zischenden Röhren. Shockner kam sich vor wie in dem Film ›Aliens‹. Es machte ihn fertig. Warum konnte Agry nicht irgend ein anderes Arschloch schicken? Agry traute Terry nicht; und er hatte zu viel Speed geschnupft. Shockner schlug sich den Ellbogen am rechtwinkeligen Knie einer aus dem Boden ragenden dicken Röhre an und fluchte laut. Die dicke Röhre ließ erkennen, daß dieser Scheiß noch viel tiefer runterging. Herrje! Shockner wußte, daß er kein praktischer Mann war. Alles Mechanische ging ihm auf die Nerven. Er haßte es schon, wenn er das Öl an seinem Auto wechseln mußte, und erst recht haßte er diesen Scheiß hier, und zwar zum Quadrat. An einigen Stellen hing das Durcheinander von Ventilen und Manometern und Ableitungen von Klimaanlagen und verrosteten Flanschen derart tief, daß sogar Terry seinen Kopf einziehen mußte, und der war einen ganzen Kopf kleiner als er. Der Lärm war ungeheuer – von Ventilationsmotoren, von der klebrigen Luft, die durch verdeckte Zinnrohre hin und her gepustet wurde. Und außerdem war garantiert die Hälfte von dem ganzen Zeug gute hundert Jahre alt und ratterte und schepperte und zuckte, als werde es jeden Moment auseinanderfallen. Laut Agry war das angeblich der sicherste Teil der gesamten Operation, aber das Gefühl hatte er nicht. Schon eher war es wie Klaustrophobenstadt. Shockner wäre lieber oben aktiv gewesen, unter Einsatz von Hebebaum und Ofenreiniger.

Terry blieb stehen. »Hier«, sagte er.

Am Ende eines kurzen Ganges war links eine schwere Eichentür. Terry nahm ein Werkzeug aus dem Gürtel, trat an die Tür heran und knackte das Schloß. Dahinter führte eine schmale Treppe aufwärts. Anders als sonst die Stufen im Gefängnis waren diese hier scharfkantig und sauber. Nur wenige Füße hatten sie je benutzt.

»Du wirst mir helfen müssen«, sagte Shockner.

»Klar«, erwiderte Terry ohne Begeisterung.

Terry steckte seine Stablampe in den Gürtel und packte den Schneidbrenner und das obere Ende des Wagens. Shockner hob die Gasflaschen am hinteren Ende mit den Rädern, so daß er das meiste Gewicht zu tragen hatte. Gemeinsam stolperten sie die Stufen hinauf, Shockner schlug mit Hüften und Schultern immer wieder gegen die Wände. Am Ende der Treppe gab es eine zweite Tür, die mit Stahlplatten verstärkt war. Das Schloß war modern und sah sicher aus. Terry machte gar nicht den Versuch, es zu knacken.

»So«, sagte Terry. Seine Stimme und seine Haltung wirkten mutlos und erschöpft.

Shockner stellte den Wagen auf einer der Stufen ab. Terry machte die Stablampe von der Schulter los und reichte sie Shockner.

»Halt das«, sagte er.

Dann fummelte er an den Druckanzeigern der Gasarmaturen herum. Aus einer der Düsen strömte leise zischend Gas aus. Terry nahm ein Feuerzeug aus der Tasche und zündete das Gas an. Eine Flamme von dreißig Zentimeter Länge flatterte heraus. Terry stellte die Düse ein, worauf die Flamme zum Strahl wurde und das Flattern zum Röhren. Er zog sich die Schutzbrille über die Augen.

»Dreh lieber den Kopf weg«, sagte Terry.

»Kann ich rauchen?« fragte Shockner.

»Warum nicht?« erwiderte Terry.

Shockner setzte sich im trüben Licht der Oxyacetylen-Flamme auf eine Stufe und rauchte eine Winston. Der scharfe Gestank nach verbranntem Stahl zog durch das enge Treppenhaus nach unten, vom Zug im Tunnel unterhalb hinabgesogen. Shockner fragte sich plötzlich, wie Nev Agry so viele Männer dazu brachte, etwas derart Verrücktes wie das hier zu tun. Vielleicht auch nicht so viele. Vielleicht waren nicht mehr als zehn Typen dabei, und nur Agry hatte den gesamten Plan im Kopf. Die anderen kannten nur ihre Rollen. Sie waren das blaue Zündpapier. Wurde das angezündet, flogen die anderen Knastler zu hunderten in die Luft. Und von diesen zehn durfte man wohl nur Shockner und Terry als einigermaßen normal bezeichnen. Verdammt, vielleicht war's letzten Endes gar nicht so verrückt. Draußen in der Welt genügte es, wenn irgendeinem Präsidenten oder General ein Floh ins Ohr kroch, und schon standen eine Million Burschen von beiden Enden der Welt einander irgendwo in der Wüste gegenüber und versuchten sich gegenseitig hochgehen zu lassen. Oben am Treppenabsatz war der Schneidbrenner jetzt still, und auf einmal konnte Shockner nichts mehr sehen außer seiner glühenden Zigarettenspitze.

»Wir sind drin«, sagte Terry.

Shockner ließ die Kippe fallen, trat sie aus und stieg im Finstern die Stufen hinauf. Terry drückte die Tür auf, und sie betraten einen pechschwarzen Raum. Terry nahm die Stablampe von Shockner, fand einen Schalter an der Wand und machte Licht. Der Raum war etwa zweieinhalb mal drei Meter groß und kahl. An den Wänden befanden sich reihenweise große Schaltkästen mit Kabeln, die zu einem Stahlkasten führten, der zwanzig Zentimeter unter der Decke angebracht war. An der einen Seite des Kastens befand sich eine altertümliche Falltür.

»Wir sind direkt unter dem Keller des Wachturms«, erklärte Terry.

Shockner nickte. Terry deutete auf den Stahlkasten.

»Dieses Baby enthält alle Elektrokabel, Telephonkabel, Alarmanschlüsse, Videokabel. Den ganzen Scheiß. Es führt von hier unter dem Mehrzwecktrakt durch zum Ausgang. Ich muß mich auf deine Schultern setzen. Hältst du das aus?«

»Klar.«

Terry blickte auf seine Uhr. »Wir haben dreißig Minuten. Wenn wir den aufschneiden, löst das bei ihnen Rauchalarm aus, aber das war's dann schon. Gib mir 'ne Kippe!«

Shockner gab ihm eine Winston, und Terry knipste den Filter ab. Sie rauchten. Terry klopfte die Asche öfter als notwendig ab.

»Du hältst das für eine blöde Idee, nicht«, sagte Shockner.

Terry lachte bitter auf und starrte auf das Ende seiner Zigarette.

»Nev behauptet, es muß sein.«

»Das heißt nicht, daß du keine Meinung haben darfst.«

Terry starrte weiter auf den wachsenden Aschenstumpf seiner Winston. »Vor knapp neun Jahren«, sagte er, »gab mir die Kommission eine Chance. Ich überlegte mir die Sache ziemlich lange, wie es wäre, frei zu sein. Und ich dachte, klasse, wenn ich Glück hab', dann krieg ich da draußen vielleicht einen Job in einem Supermarkt und darf Dosen einräumen oder bei McDonalds eine Papiermütze aufsetzen und mir von einem Puertoricaner sagen lassen, wieviele saure Gurken in einen Cheeseburger gehören. Und wenn ich wirklich Glück habe, finde ich vielleicht sogar 'ne Frau, eine, die so einsam ist, daß sie sich sogar mit einem Knastler abgibt. Ein gebrauchtes Auto. Kupons für Preisnachlässe aus den Zeitungen ausschneiden. Zwei Zimmer und einen leeren Kühlschrank auf der mexikanischen Seite von Laredo.«

Terry sah zu Shockner auf, und Shockner sah das Unglück und Entsetzen in seinen Augen.

»Hier drinnen hab' ich zweihundert Männer unter mir. Der Direktor fragt mich um Rat.« Terry deutete mit dem Kopf auf den Stahlkasten an der Decke. »Ich hab' ihm gesagt, wohin dieser Scheiß gehört. Ich esse gut. Ich lebe gut. Ich darf Agry und DuBois mit ›Nev‹ und ›Larry‹ ansprechen. Sie wollen ständig was von mir.« Er hielt inne, und dabei verlor seine Stimme etwas von ihrem Zorn. »Ich hab' der Kommission gesagt, sie können mich alle.«

Terry sog weiter an der Winston, bis die Glut Fingerspitze

und Daumen berührte, dann ließ er sie zu Boden fallen und betrachtete den Fuß, der sie austrat.

»Nev redet von fünf Jahren«, fuhr er fort. »Nach dieser Sache hier gibt's keine fünf Jahre mehr. Er nimmt die ganze Bude auseinander, und uns dazu. Aber ich liebe dieses Scheißloch. Verstehst du?«

Terrys Gesicht versank in abgrundtiefe Verzweiflung. »Ich kann nicht noch einmal woanders anfangen, Tony. Hier ist für mich Endstation. Ich bin dieser verdammte Ort. Wenn sie mich nach Huntsville verlegen, kann ich bis an mein seliges Ende Böden schrubben und Typen wie dich um Zigaretten anschnorren.«

»Du siehst nur die Kehrseite, Dennis«, sagte Shockner, und in dem Moment, wo er es sagte, wußte er, daß das Blödsinn war. Terry beachtete ihn nicht.

»Das ist deine erste Tour, ja?«

Shockner nickte. Auch Terry nickte grimmig. Zum ersten Mal spürte Shockner fast so etwas wie Angst. Terry blickte noch einmal auf seine Uhr.

»Wir könnten hier sitzenbleiben, du und ich, was meinst du?«

In den Augen des Alten lag ein so flehentliches Bitten, daß Shockner nicht hinsehen mochte.

Er wandte sich ab. »Die Nigger haben DuBois umgebracht. Nev sagt, das können wir nicht durchgehen lassen. Und er hat sich noch nie geirrt.«

»Ich scheiß drauf, wer DuBois getötet hat. Hier unten können wir tagelang abtauchen«, flehte Terry. »Ich hab' Vorräte angelegt, massenhaft. Essen, Videos, Drogen, alles, was du willst. Auf Nev wartet Huntsville, Einzelhaft sein Leben lang, Todeszelle. Wir können rauf, wenn alles vorbei ist, wenn der irre Arsch tot oder fort ist.«

Shockner war innerlich ganz durcheinander. Plötzlich ertönte Agrys Stimme in seinem Kopf. Semper fucking fi, Tony. Agry hatte ihn gut behandelt, und das konnte man nicht von vielen sagen. Wenn Shockner je einen Vater gehabt hatte, dann war das Nev Agry. Mehr als ein Vater. Ein

Freund. Semper fucking fidelis. Er sah Terry an. Was immer Terry in seinem Gesicht zu sehen bekam, es machte ihn kalkweiß.

Shockner sagte: »Jetzt reicht's, Dennis.«

Dann drehte er sich um und ging zur Tür. »Ruf mich, wenn's so weit ist.«

Shockner stieg die Treppe hinunter, setzte sich auf eine Stufe und zündete sich noch eine Winston an. Dort oben hinter ihm, über dem Lärm der Leitungen und Ventilatoren, so kam es ihm vor, hörte er Terry weinen.

Zehn

Klein ging am Justizbeamten Sung vorbei und in die lind-grünen Räume des Reviers, wobei ihm der Kopf summte. Morgen war er draußen. Morgen. Was Coley den ›Pea Vine Special‹ nannte, war endlich in den Bahnhof eingefahren, und Klein hatte eine Fahrkarte. Aber so viel Freude ihm die Aussicht auf Freiheit auch bereitete, war sie doch von einem bedrückenden Vorgefühl überschattet. Beim Hinausgehen aus dem Verwaltungsturm hatte Captain Cletus ihm nachgerufen: »Aufpassen, Klein. Du hast immer noch genug Zeit, dir alles zu vermasseln.«

Cletus war der Typ Mann, der seiner Großmutter nicht zum neunzigsten Geburtstag gratulieren konnte, ohne ihr warnend mitzuteilen, sie habe immer noch genug Zeit, um alles zu vermasseln. Trotzdem wühlte in Kleins Eingeweiden ein Gefühl, als würden bald Scheißhaufen von gigantischen Dimensionen in einen Ventilator fliegen, und er säße genau im Sprühzentrum. Er suchte nach Beweisen, um seine plötzliche Paranoia zu erklären, aber es gab keine. Henry Abbott hatte so etwas wie eine Strahlung gespürt und ihn gewarnt, er solle sich von Nev Agry fernhalten. Schön, okay, aber Abbott war schließlich nicht der US-Wetter-Satellit. Und dann hatte sich Hobbes als waschechter Manischer zu erkennen gegeben und etwas von ›Verbesserungen‹ gefaselt. Und das war's auch schon. Null. Absolut nichts. Offenbar war er selbst noch irrer als Hobbes und Abbott zusammen. Nur die Mutigsten von uns. Mein Gott. Woher hatte er die Chuzpe dafür hergenommen? Aber immerhin, es hatte funktioniert. Jetzt hatte er an anderes zu denken. Klein, reiß dich zusammen. Sein Verstand meldete sich zu Wort. Die Wahrheit war ganz einfach: Bei der Vorstellung, hinauszugehen in die

Welt, machte er sich vor Angst in die Hosen, und die Angst übertrug er auf die Wahnreden von zwei Irren. Angst vor der Freiheit war etwas Unwürdiges, daher mußte er sich was einfallen lassen, um seinen Stolz zu retten. Angst vor der Zukunft hatte er, nicht vor Cletus oder Hobbes.

Und da war auch noch Devlin. Sie war draußen in der Welt, wo er auch bald sein würde. Was sollte er mit ihr anfangen? Konnte er etwas tun? Wollte er etwas tun? Wollte sie? War sein Pecker groß genug? Würde er noch funktionieren? Mochte sie oralen Sex? Er wußte nicht einmal, ob sie einen Freund hatte. Er hatte nie gefragt. Sie konnte genausogut eine radikale Lesbe sein. Andererseits war sie eine Sportsfrau, die einzige Frau, die er kannte, die einen Buchmacher hatte und was von der Sache verstand. Soviel er wußte, hatte sie eine Schwäche für das Wetten auf Golf, Basketball und Boxen, und das war nicht unbedingt typisch für Lesben. Sport war jedenfalls nicht seine Stärke. In der High School war er nie bis in eine der Schulmannschaften vorgedrungen, und immer wieder hatte er daran denken müssen, wie er halb stolpernd das Spielfeld umrundete, während ein bierbäuchiger Sportlehrer hinter ihm her schrie, »die Vietkong haben dich gleich am Arsch!« Sein Versagen auf diesem Gebiet und die damit verbundenen Demütigungen hatten wahrscheinlich seine etwas exzentrisch wirkende Neigung zu Karate geweckt. Aber Karate war kein Sport. Alle diese Fußballhelden aus der Schule hatten jetzt, wie er wußte, Bierbäuche und kreischende Kinder und Frauen, mit denen sie nicht mehr ins Bett gehen wollten. Idioten. Aber er, der große Klein, der Shotokan-Kämpfer, wie weit hatte er es doch gebracht. Und war jetzt ein verachteter Knastbruder.

Was zum Teufel, fragte er sich, konnte Devlin in einem Narren wie ihm denn sehen? Einen schäbigen Verlierer und verurteilten Frauenschänder? Es mochte demütigend sein, aber es entsprach der Wahrheit: Die Freiheit machte ihm angst. Zum ersten Mal, seit er sich das Rauchen abgewöhnt hatte, spürte Klein ein unwiderstehliches Bedürfnis nach einer Zigarette.

Der Gang vor ihm füllte sich mit der Masse namens Earl Coley, der mit einem Arm voll Bettzeug in Richtung Treppe ging. Coley sah ihn verdrießlich an.

»Devlin wartet auf dich im Büro«, sagte er.

»Ich dachte, heute würde sie nicht kommen.«

»Eine Überraschung. Sie sagt, sie will dir was ganz Besonderes zeigen. Wahrscheinlich ihre Fotze. Ich nehm' an, das Weibsstück ist läufig.«

Coleys Worte trafen ihn. An den Tagen, wo Devlin ins Revier kam, war Coley immer noch brutaler als sonst. Klein hatte ihn nie nach dem Grund gefragt. Vielleicht hätte er es tun sollen, aber er begriff schon, daß Devlin ihm zu Bewußtsein brachte, wer Klein war und was er repräsentierte: ein Weißer mit Zukunft. Heute war die Zukunft gekommen, und Coley konnte es in seinem Gesicht lesen.

Als Klein damals mit der Arbeit im Krankenrevier begonnen hatte, hatte Coley ihn davor gewarnt, sich je im River mit jemand anzufreunden. Freundschaft war Luxus, und Luxus bedeutete Schmerz: Früher oder später nahmen sie's einem wieder weg. Jetzt stand dieser Schmerz in Coleys gelben Augen. Er ging an Klein vorbei und die Treppe hoch.

»Frog?« sagte Klein.

Coley blieb stehen, drehte sich aber nicht um. Klein zögerte. Er hatte das Gefühl, als würde er ein Messer in den breiten, runden Rücken rammen. Er schluckte.

»Sie lassen mich gehen«, sagte er. »Morgen mittag.«

Coley drehte sich auch jetzt nicht um. Seine massigen Schultern zogen sich zusammen, dann fielen sie herunter. »Erwarte nicht, daß ich dir gratuliere«, sagte er.

»Tu ich nicht«, antwortete Klein.

Es folgte eine Pause, dann sah Coley ihn über die Schulter an. Seine Stimme zitterte.

»Früher haben mich die Scheißer dafür bezahlt, daß sie hier arbeiten durften. Das ging alles ganz locker. Heutzutage kostet es mich zweimal zehn Valium, nur daß mir einer den beschissenen Boden schrubbt.«

Klein sagte. »Ich hab' bezahlt, Frog.«

Coley blinzelte und schüttelte den Kopf. »Vielleicht hast du zu viel bezahlt.«

Klein schmerzte die Brust. Er wollte ihm sagen, gerade heraus, was er immer gedacht und nie gesagt hatte. Du bist ein großer Arzt, Mann. Ich möchte am liebsten den Boden küssen, auf dem du gehst. Du bist ein großer Mann. Ein großer Heiler. Ein großer Freund. Es tut mir leid, daß du nicht mit mir kommen kannst, aber ich kann's nicht ändern. Es tut mir auch leid, daß du mein Freund bist, aber auch das kann ich nicht ändern. Und selbst wenn ich es könnte, würde ich es nicht tun. Auch nicht, wenn du es wolltest. Hörst du mich, du fetter Arsch? Die Worte, so laut in seinem Kopf, blieben ihm hoch oben in der Brust stecken. Er kam sich blöd vor.

»Bin in zehn Minuten bei dir«, sagte er.

Coley grunzte und verschwand um die Treppenbiegung.

Klein schlug mit der Handkante gegen die Mauer. Scheiß auf dieses Loch. Und alle, die hier drin sind. Er stieß sich von der Wand ab und ging in Richtung Büro. Scheiß drauf. Er war bald weg, und Zorn war leichter zu ertragen als Trauer. Mach was draus. Warum nicht? Noch vierundzwanzig Stunden, dann war das alles nur eine böse Erinnerung. Dann waren sie alle, Coley eingeschlossen, nur noch ein blöder Haufen von Bedauernswerten. Ihm ging das Herz über vor Bitterkeit und Schuldgefühl. Er schob die Bürotür auf und erblickte Juliette Devlin.

Klein tat im Geist einen Schritt zurück.

Devlin stand über den Tisch gebeugt, mit dem Rücken zu ihm, auf die Ellbogen gestützt, die Hüften in der Luft, und überflog eine Neurologiezeitschrift. Eine Winston Light glomm zwischen ihren Fingern. Klein fiel ein, daß er rauchende Frauen bewunderte. Rauchen war ein Makel auf ihrer von Gott gegebenen Vollkommenheit, der ihn seine eigenen Fehler, die riesenhaft und zahlreich waren, etwas gelassener ertragen ließ. Bei Devlin war dieser Makel lebenswichtig, denn er fand sie wirklich sehr vollkommen. Sie war verdammt groß, mit Beinen, die gar nicht mehr aufhörten, und das beeindruckte Klein noch mehr als ihr Rauchen. Sie hatte außerdem kleine, fest aussehende Brüste, zumindest hoffte er das, denn in Natur hatte er sie nie gesehen. Das Beste von allem war ihr voller, muskulöser Arsch, mit einem vier Zentimeter breiten Spalt in Höhe ihrer Hüften, ein Anblick, dessen strahlender Glanz seine Netzhaut versengte und in seinem Bauch ein animalisches Sehnen weckte, die Erde möge ihn verschlingen. Devlin hatte außerdem ein Hirn von der Größe eines Planeten. Auch das schätzte Klein, aber es milderte die animalische Qual in keiner Weise. Sie drehte den Kopf herum und sah ihn an: langer Hals, eckige Züge, braune Augen, die nicht flackerten, als sie seinen begegneten. Das kurze Haar, das ihr das Aussehen einer frechen Punkgöre gab, war der größte Hammer, der Klein einen langen Nagel durch Hände und Füße seiner ungestillten, verräterischen Begierde trieb.

Dieser Kraftzustrom durch sensorischen Input brachte Kleins Nervenenden im Bruchteil eines Moments zum Schmelzen. Im nächsten Moment aber – hier funktionierte ein Reflex aus Kleins hartem Überlebenstraining – war die verräterische Begierde niedergeschlagen und unter Protestgejohle fortgezerrt in eine Gummizelle in den Tiefen seines Unterbewußtseins.

Als Devlin ihn sah, stand sie auf und wandte ihm das Gesicht zu. »Was ist passiert?« fragte sie.

Klein fühlte sich sofort gezwungen, seine Gedanken zu überprüfen. Das war ein weiterer Aspekt der Probleme, die er mit Frauen hatte. Er fürchtete immer, wenn sie nur einen Schimmer davon bekämen, was in ihm vorging, dann würden sie laut schreiend zur Polizei rennen. Für ihn war das nicht lustig. Bei Devlin war das vielleicht absurd, sie benahm sich jedenfalls wie ein harter Knochen und ließ durchblicken, daß sie schon so ziemlich alles gesehen hatte, was die Welt an Schlimmem zu bieten hatte. Aber alte Gewohnheiten waren zäh.

»Coley hat einen schlechten Tag«, sagte er.

Devlin antwortete: »Er wird's überleben.«

Ihre Antwort irritierte ihn. Vielleicht wurde sie auch unten in der Gummizelle gehört.

»Überleben?« sagte Klein. »Wir alle überleben, bis wir hin sind. Man braucht nur was, wofür sich das Überleben lohnt.«

Devlin sah ihn an. »Was ist das für Sie?«

»Weiß ich nicht«, erwiderte Klein. »Vielleicht hab' ich deshalb auch einen schlechten Tag.«

In Devlins Gesicht zeigte sich Bestürzung. »Hat die Kommission Sie abgelehnt?«

Es war Klein neu, daß sie davon wußte. Coley mußte es ihr erzählt haben.

»Nein«, erwiderte er. »Ich kann morgen raus. Mittags.«

Devlin lächelte. »Aber das ist ja super. Oder?«

Klein ärgerte sich über sich selber, weil sie sich offenbar mehr freute als er. Da stimmte doch etwas nicht.

»Doch, doch. Toll«, sagte er.

»Warum haben Sie mir vorher nichts davon gesagt?«

Klein zuckte die Schultern. »Ich fand, das ging Sie nichts an.«

Devlins Wangen wurden rot.

Klein fügte hinzu: »Ich wollte sagen, ich mußte das mit mir allein abmachen.«

»Aber warum?«

Klein hatte eigentlich nicht darüber nachgedacht, aber jetzt wußte er es.

»Wenn Sie mir nämlich Glück gewünscht und die Daumen gedrückt hätten und solchen Blödsinn, und die hätten mich abgelehnt, dann hätte ich so tun müssen, als wäre es mir egal.«

Es gab eine kurze Pause, in der sie seine Aussage zu verdauen suchte.

»Das ist Blödsinn«, sagte Devlin.

»Schon möglich.«

Devlin hielt ihre Hand hoch, mit der Handfläche nach oben, die qualmende Zigarette zwischen den Fingern. »Ich hätte der Kommission schreiben können. Ich hätte Ihnen helfen können.«

»Weiß ich«, sagte er.

Das war genau die Szene, die er vorher vermieden hatte, indem er von seiner Vorführung bei der Haftprüfungskommission nichts verlauten ließ.

»Ich wollte Ihre Hilfe nicht.«

Wieder färbten sich ihre Wangen über den hohen Backenknochen rot. Sie bedachte ihn mit einem langen harten Blick und zog an ihrer Zigarette. Zu seiner Überraschung bekam Klein durch diese Kombination aus hohen Backenknochen, saugenden Lippen und hartem Blick unvermittelt einen Ständer, über den er keine Kontrolle hatte. Devlin blies eine Rauchwolke aus.

»Wissen Sie, Klein«, sagte sie, »manchmal halte ich Sie schon für einen halbwegs brauchbaren Typen.«

Da hatte er sie also verärgert. Na, wenigstens brauchte er sich keine Sorgen mehr zu machen, ob er sie, wenn er rauskam, draußen wieder zu sehen bekäme. Zuerst mußte er einmal allein sein, und außerdem hätte sie ihm wahrscheinlich schon in der ersten Woche die Eier abgefickt. Dann malte er sich aus, wie angenehm das wäre, sich die Eier von einer wie Devlin abficken zu lassen. Devlin, cool bis ins Mark, drückte die Zigarette im Aschenbecher aus und redete weiter.

»Sie sind intelligent, Sie sind ein guter Arzt, und Sie bringen mich manchmal zum Lachen, wozu hier drin schon einiges gehört.«

»Nein wie nett, danke, Miss Devlin.«

Devlin ging, ohne zu lächeln, quer durch den Raum auf ihn zu. Klein hielt mit Mühe seine Stellung.

Devlin sagte: »Manchmal hab' ich mir sogar vorgestellt, daß ich deinen Schwanz lutsche.«

Klein wurde es momentan schwarz vor den Augen. Er blinzelte und flehte seine Beine an, jetzt nicht unter ihm zusammenzuklappen. Er preßte seine bebende Gesichtsmuskulatur in den, wie er hoffte, überzeugenden Ausdruck eines Mannes, der es für ganz normal hielt, daß schöne Frauen davon phantasierten, seinen Schwanz zu lutschen. Devlin blieb knapp vor ihm stehen, Zehe an Zehe.

»Aber im allgemeinen«, sagte sie, »halte ich dich eher für ein Arschloch.«

Sie machte einen Kreis aus Daumen und Zeigefinger und hielt ihn ihm vor die Nase.

»Ein Riesenarschloch.«

Klein wartete darauf, daß ihm eine witzige Antwort einfiele. So etwas mußte es doch irgendwo geben. Aber er war von ihrem Blick hypnotisiert, gestrandet, sprachlos. Hi, ich bin Ray Klein, und ich bin nur ein Arschloch. Ein Riesenarschloch. Danke fürs Zuhören. Sein Mund fühlte sich an, als hätte er ein aufgeblasenes Kondom drinstecken. Um Himmels willen, red was, Mann, red!

Er sagte: »Ich brauch 'ne Kippe.«

Devlin war nur ungefähr fünf Zentimeter kleiner als er. Ihre Augen waren fast auf gleicher Höhe mit seinen. Die Muskeln rund um ihre Augen zogen sich leicht zusammen. War es Belustigung? Oder die Verachtung, die er so reichlich verdiente?

Sie sagte: »Ich dachte, du hättest aufgehört.«

»Stimmt«, sagte Klein. »Aber wo ich jetzt ein- für allemal weiß, daß ich ein Arschloch bin, kann ich ja wieder anfangen.«

Er sah zu, wie sie den obersten Knopf ihrer Bluse öffnete, dann den nächsten. Ihre Blicke glitten zu seinem Mund. »Na dann los«, sagte sie.

Klein beherrschte den Impuls, sich die Lippen zu lecken. Statt dessen blickte er auf ihre. Sie waren blutgefüllt wie ihre Backenknochen. Tief unten in der schweißverklebten Enge der Gefängnisjeans röhrte der Ständer seines Lebens, eine von seinem Willen unabhängige Macht, nach Befriedigung. Kleins Nietzscheanische psychologische Überlebensstrategie hatte ihn befähigt, Devlin zwölf Monate lang nicht nahezutreten. Er hatte es sich sogar versagt, von ihr zu träumen, von der Größe und Farbe ihrer Nippel, der Dichte ihres Schamhaars, der ganz sicher erhabenen Schönheit der Spalte zwischen ihren Arschbacken. Statt dessen hatte er sich mit dem *Hustler* beholfen, den er in seiner unterirdischen Privatklinik gelegentlich als Honorar für medizinische Behandlung erhielt. Sollte Devlin je irgendwie gezeigt haben, daß sie ihn attraktiv fand, dann hatte Klein das nicht zu bemerken gewagt. Aber jetzt war er fast frei. Frei zu rauchen, frei zu träumen, frei, ein so großes Arschloch zu sein wie er wollte. Der Ständer stimmte ihm brüllend zu, hetzte ihn auf: frei, diese verdammten Jeans abzuschütteln und sie sein Sperma schmecken zu lassen, was sie doch so offensichtlich wollte.

Aber statt die verdammten Jeans abzuschütteln, stand Klein wie gelähmt da und starrte auf Devlins schwellende Lippen.

Devlin schob die Hand in sein Haar und um seinen Hinterkopf. Er spürte, wie sie die Finger zur Faust ballte und ihn zu sich zog. Dann öffnete sie den Mund und küßte ihn.

Klein schloß die Augen. Sein Nervensystem zerschmolz zu einem See aus flüssigem Kupfer. Die Arme hingen ihm herunter, die Eingeweide sanken bleischwer in ihm herab. Er beugte sich über sie, in sie, durch sie. Er fühlte, wie er sich auflöste, verschwand. Sogar der Ständer seines Lebens, der ihr jetzt gegen den Bauch drückte, verlor seine Eigenständigkeit und ging in die Verschmelzung aller Sinne ein. Er wußte nicht einmal mehr, ob seine Zunge in ihrem Rachen steckte oder ihre in seinem. Ein Laut, der fast schon ein Wimmern war, kam aus seiner Gurgel. Später würde er erkennen, daß dies der einzige Augenblick reinen, ungetrübten Glücks war, den er in seinem Leben je erlebt hatte. Aber im Moment konnte er keinen einzigen Gedanken fassen.

Devlin zog seinen Kopf weg.

Ziemlich schwankend auf den Beinen, schlug Klein langsam die Augen auf. Sie sah ihn an, als wäre sie schockiert über das, was sie getan hatte. Vielleicht war sie doch nicht ganz so cool, wie er gedacht hatte. Aber doch cool genug. Eine plötzliche Idee jagte ihm einen Bolzen Angst durch und durch. Sie hatte es sich anders überlegt. Der Kuß, der ihm gezeigt hatte, was Glückseligkeit war, war für sie nichts als ein gräßlicher Irrtum. Er war schließlich doch nur ein stinkender Sträfling, ihres Interesses nicht würdig. Der mächtige, selbstherrliche Ständer schob ihn verächtlich zur Seite und bemächtigte sich seiner Glieder. Mit beiden Händen packte Klein Devlin um die Taille und zog ihr Becken fest an sich. Sie blickte ganz kurz zu ihm auf. Er rechnete schon mit ihrem Knie in seinen Eiern. Aber ihr Mund ging auf, ihre Zunge lud ihn ein. Sie küßten sich.

Klein preßte ihre Taille, seine Handkanten schoben sich gegen ihre harten, knochigen Hüften. Durch den Baumwollstoff ihrer Bluse spürte er, wie sich die Flankenmuskeln spannten. Er zog ihr die Bluse hinten aus den Jeans heraus und hielt die weiße Baumwolle einen Moment lang in den Fäusten. Er ließ seinen Mund von ihren Lippen gleiten und preßte seine Wange gegen ihre. Er spürte ihren Atem an seinem Ohr. Einfach war es nicht. Hätte es sein sollen, war es aber nicht. Plötzlich rüttelten alle Bedürfnisse, die er so rücksichtslos in die verschiedenen Käfige seiner Psyche eingeschweißt hatte, an ihren Gittern und brüllten um Gehör. Sex, Trauer, Schmerz, Freude, Einsamkeit, Hoffnung, Aufregung, Zorn, und mehr Trauer und noch mehr und immer noch mehr Trauer. Trauer um die herbstlichen Blätter und die winterlichen Sonnenuntergänge über der Bucht, nach denen er sich so gesehnt, die er so vermißt hatte in diesem Loch. Um die Freunde, die er verloren hatte, und um die, die er hätte haben können und nie gehabt hatte. Um die Männer, die vor seinen Augen gestorben waren, und um die, die wie Vinnie Lopez jetzt ohne ihn sterben mußten. Um Earl Coley und Henry Abbott und all die anderen, die innerhalb dieser Steinmauern nie den Wechsel der Jahreszeiten sehen würden. Um den Schmerz und die Wut, die ihn an diesen furchtbaren Ort verdammt hatten, und den Schmerz und die Wut, die er hier drin erfahren hatte. Um den Mann, der er hätte sein können, und den Mann, der er leider nur war. Und Klein erkannte, daß er trotz seines heldenhaften Widerstands seine eigenen Gespenster und die Gespenster dieses Gefängnisses nicht daran hatte hindern können, sich in seinem innersten Herzen einzunisten.

Er spürte Devlins Brüste an seiner Brust und seinen

Schwanz gegen ihren Bauch reiben und das einsame Feuer, das in seinem eigenen Inneren brannte. Und die Trauer fand er auch hier. Das einzige Fleisch, das Klein in drei langen Jahren berührt hatte, war das von kranken männlichen Sträflingen gewesen. Jetzt berührten seine Finger die Haut einer Frau, und nicht nur irgendeiner Frau, sondern der Frau, die er für die schönste der Welt hielt. Seine Hände zitterten. Er hob ihre Bluse hoch und steckte seine Hände darunter. Als seine Fingerspitzen über ihren Rücken glitten und seine Haut ihre Haut berührte, schoß eine Welle unbeschreiblichen Gefühls durch ihn hindurch, seine zusammengekniffenen Augen füllten sich mit Tränen, und seine Seelenqual löste sich von ihren Ankerketten und kreiste heulend durch die tiefen, unendlichen Räume seiner Brust. In diesem Augenblick verknoteten sich alle Sehnsüchte und alle Schmerzen, alles Vergangene und alles Zukünftige in diese eine einzige Gegenwart. Und in diesem Moment liebte er sie. Uneingeschränkt und auf ewig. Und er wußte, er würde sie uneingeschränkt und auf ewig lieben, bis er und seine Schmerzen wieder zu Staub geworden waren.

»Klein?« sagte Devlin.

Ihre Stimme klang weich in seinen Ohren und voll Besorgnis. Klein merkte, daß sie spürte, wie seine Tränen ihren Hals hinunterliefen. Noch nie hatte er als Erwachsener vor einer Frau geheult. Nie. Unerträgliche Scham erstickte plötzlich jedes andere Gefühl. Er hielt seinen Kopf an ihren gepreßt, damit sie nicht in sein Gesicht sehen konnte.

»Bist du okay?«

»Alles klar«, sagte Klein mit flacher, harter Stimme. »Sag jetzt bitte nichts.«

Das Schamgefühl war jenes einzigartige, das ein Mann nur vor einer Frau empfindet, nie vor einem anderen Mann und nie vor sich selbst: die verzweifelte Scham darüber, sie Leid und Schwäche sehen zu lassen. Klein kannte nur allzu gut die Tonnen von Fachliteratur, die diese Art von Verhalten über den grünen Klee empfehlen, alles stark getränkt mit allem möglichen Blödsinn. Er seinerseits glaubte kein Wort davon. Da es nicht in der Macht der Frauen stand, diesen Schmerz zu lindern und zu verstehen, zogen sie daraus nur einen emotionalen Vorteil, den sie seiner Erfahrung nach unweigerlich sofort an sich rissen, und zwar mit Zähnen und mit Klauen. Möglicherweise war es betrüblich, daß Klein viel lieber weinend vor Nev Agry gekniet hätte als vor der Frau, die er liebte, aber so war es nun einmal. Mit der Verachtung eines Mannes, falls er denn so reagierte, konnte man fertigwerden. Die einer Frau – und welche von ihnen spürte das nicht in der Tiefe ihres Herzens? – war wie eine Krankheit, schlimmer als der Tod. Hätte Devlin dieses Zeug gehört, hätte sie ihn für verrückt erklärt, und vielleicht war er es auch. Aber Klein hatte genug Männer weinen sehen, und oft genug mit ihren Frauen oder Mädchen, oder kleine Jungen mit ihren Müttern, um anderer Meinung zu sein. Er senkte seine Lippen auf Devlins Hals und leckte ihr die Tränen ab und damit seine Scham. Er zwang sein Herz, so hart zu werden wie sein Schwanz. Dann küßte er sie wieder auf den Mund.

Diesmal blieben Glückseligkeit und die Angst vor Scham auf dem Rücksitz hocken, vorne wütete der Sex. Weg mit der Zensur. Weg mit der Trauer. Er biß ihr in die Lippen, ins Gesicht; er kratzte mit den Fingerspitzen über die lange weiße Kurve ihres Halses; er packte das Fleisch an ihrem Rücken, als wollte er es ihr von den Rippen und dem Rückgrat reißen und verschlingen. Aus Kleins Gurgel drang ein heiserer, amorpher Laut, ein animalisches Zischen, unterbrochen von Saugen und Schmatzen von Speichel und Zunge, das Heulen und Klagen eines so brutalen Mangels, einer so tiefen Entbehrung, daß sie ihr wortloses Leid jetzt aus dem Mark seines Seins hinausstöhnten. Er hielt sie fest an seine Brust gepreßt, riß sie halb von den Füßen und taumelte rückwärts, zerrte sie quer durch den Raum, ohne daß seine Zähne aufhörten, an ihren Kinnbacken zu kauen, ihrem Hals, der dünn gedehnten Haut über ihrem Schlüsselbein. Er spürte, wie sein Rücken neben der Tür gegen die Mauer krachte, und rollte herum, Devlin noch immer festhaltend, so daß er sie jetzt gegen die gelb verputzten Ziegel drückte. Er hielt inne und beugte sich zurück, um sie anzusehen.

Devlins Brust hob sich in flachen Stößen. Sie bog Kopf und Schultern gegen die Wand, wölbte ihren Bauch gegen seinen Schwanz, hob ihren Mund, rot und feucht, zu ihm empor. Klein hielt den Kopf hoch und vertiefte sich in ihre Gesichtszüge; ihr Anblick erfüllte ihn mit einem solchen Schmerz, wie er ihn in der Finsternis seiner Gefangenschaft nie gekannt hatte. Devlin drehte das Gesicht zur Seite und blickte zu Boden. Ihre Augenlider schlossen sich halb. Sie zerrte an ihrem Hemd und zog es über ihre Brüste hoch. Darunter trug sie einen Lycra-BH, der ihr die Titten fest gegen die Brust drückte. Die dunklen, harten Stumpen ihrer Nippel streckten sich ihm entgegen, und Kleins Seele fiel im freien Fall und taumelte in den Abgrund der Bewußtlosigkeit. Ihr Unterleib, vom bewegten Brustkorb aus gespannt, wogte im Rhythmus ihres Atems wellenartig ein und aus. Sie sah ihn noch immer nicht an, während sie die linke Hand hob und eine Schale ihres BH herunterzog, so daß die Brust heraussprang. Die Muskeln in Kleins Schwanz und Eiern zuckten zusammen, und er spürte einen dünnen Faden von Prä-Ejakulat ausströmen. Er hob die Hand zu ihrem Kinn und drehte ihr Gesicht zu sich. Sie öffnete die Augen, die jetzt schwarz und stürmisch waren wie das Meer. Klein erwiderte ihren Blick für einen unendlichen Pulsschlag der Zeit. Noch immer Aug in Auge, legte er seine Hand auf ihre Möse und hob sie auf die Zehen.

Devlins Atem schoß zitternd heraus, ein tiefes, gutturales Stöhnen, aber ihre Augen zuckten nicht, ließen keine Sekunde ab von seinen. Sie drückte ihren Unterleib gegen seine Finger, und er spürte den Stoff ihrer Jeans ganz leicht nachgeben, als ihre Schamlippen sich öffneten. Die Flecken auf ihren Wangen waren jetzt grell rot. Klein spürte ihre Hand auf seinem Schwanz, ein starker, vollblütiger Griff. Sie zog nach oben. Er zitterte wieder, als er die geschmeidige Schicht seiner eigenen Feuchtigkeit auf seinen Eiern spürte. Sie küßten sich, saugten, ihre Zähne schlugen hart gegen die seinen. Klein packte ihre Hüften und drehte sie um, ohne von ihrem Mund zu lassen, und drückte sie gegen die Wand, dann preßte er den Schwanz gegen ihre Jeans, in die Spalte ihres Arsches, und spürte, wie sie den Druck erwiderte, ihre Unterarme an der Mauer abgestützt, den Kopf zwischen den Schultern gesenkt. Er fuhr ihr mit den Händen unter die Achseln und machte ihre Titten frei. Sie wand sich, als er hart an ihren Nippeln zog. Er schloß die Augen und biß in die Haut über ihrer Wirbelsäule, wo sie in den gesenkten Nacken bog. Wie ein Geschoß stieg die kommende Ejakulation in seinem Becken hoch. Aber es war zu früh. Er hörte zu stoßen auf und hing an ihrem Rücken, Hemd und Haut von Schweiß durchtränkt. Der Moment des Orgasmus wich zurück, aber sofort wollte Klein ihn wieder haben. Er hörte das metallische Klicken einer aufgehenden Gürtelschnalle und stöhnte. Devlin knipste ihre Jeansknöpfe auf und schob und zog sich die Hose mit einer Hand hinunter. Klein sah den schwarzen Stofffetzen ihres Tangas in ihrer Arschspalte verschwinden.

Als die Lava des sich ankündigenden Orgasmus wieder in seinen Schwanz einströmte, fiel ihm ein, daß er seit einer Woche nicht onaniert hatte, und daß er es unter keinen Umständen länger als zwölf Stöße lang aushalten würde, bis er kam. Panik stob ihm durchs Gedärm. Er wollte ihr den Fick ihres Lebens geben, aber es war einfach zu lange her. Drei Jahre. Er war nicht bereit. Er mußte aber bereit sein. Er war der Übermensch. Der Shotokan-Kämpfer. Durch Willenskraft mußte er sein Nervensystem bezwingen und sie ficken, bis sie nicht mehr stehen konnte. Der Gestank der Panik wurde scharf und stark. Der Nietzschesche Übermensch hustete und keuchte. Eine Alarmklingel schrillte.

Es dauerte mehrere Sekunden, und Devlin mußte sich mit einem drängenden Gesichtsausdruck zu ihm wenden, bevor Klein begriff, daß das Klingeln nicht aus seinem eigenen Kopf kam, sondern von der anderen Seite des Büros. Benommen drehte er sich um. Unter der Klingel leuchtete eine rote Lampe auf dem Brett auf, neben der Beschriftung ›Saal Travis‹. Devlin zog ihre Jeans hoch.

»Herzstillstand, Klein«, sagte sie. »Klein?«

»Mist«, sagte Klein.

Er wischte sich mit beiden Händen den Schweiß ab, der ihm über das Gesicht lief, und fuhr sich durch die Haare.

»Bleib da«, sagte er.

Nach einem weiteren Blick auf die rote Lampe rannte er zur Tür.

»Soll ich helfen?« fragte Devlin.

»Nein.«

Klein sprintete durch den Gang. Saal Travis. Zweiter Stock. Er nahm immer drei Stufen auf einmal. Am ersten Treppenabsatz rutschte er aus und schlug mit dem Schienbein mit voller Wucht gegen eine Kante. Mit einem heftigen Fluch rannte er weiter, dabei schoß ihm der Schmerz wie mit spitzen Feilen ins Knie. Vor seinem Auge stieg ein entsetzliches Bild auf: Frog Coley zu einem großen Haufen zusammengesunken auf dem Boden, und Gimp Cotton durchwühlte seine Taschen nach dem Schlüssel zur Apotheke. Nein: Nur Frog Coley hatte die Geistesgegenwart, den Alarm anzustellen. Als Klein oben durch die Tür stürzte, hörte er Coley brüllen.

»Kann mir einer von euch Arschlöchern helfen! Wilson!«

Klein hetzte durch den Mittelgang zwischen den zwei Bettreihen. Die Tür, die den Saal in zwei Abteilungen schnitt, stand offen, und am anderen Ende beugte sich Coley über Greg Garvey und pumpte mit beiden Handflächen auf dem Brustbein dessen Brust. Klein passierte die offene Tür und trat ans Bett. Er bog Garveys Kopf zurück, hielt ihm die Nase zu und drückte seinen Mund auf Garveys Lippen. Sie waren dunkelblau. Er blies Luft in Garveys Lungen, ließ die Brust einsinken, blies wieder. Dabei griff er auf Garveys Leisten und tastete nach der Arteria femoralis. Der Puls war da, aber nur ganz schwach, und nur im Takt zu Coleys Pumpen.

»Hör kurz auf«, sagte Klein.

Coley hörte auf und wischte sich mit dem Unterarm die Stirn. Unter Kleins Fingerspitzen hörte der Puls zu schlagen auf und kam nicht wieder. Klein hob Garveys rechtes Lid.

Die Pupille war geweitet und reagierte nicht auf Licht. Die linke Pupille ebenso. Coley fing wieder zu pumpen an.

»Hast du ihn gehen sehen?« fragte Klein.

Coley schüttelte den Kopf. Von seiner Nase tropfte Schweiß auf Garveys Brust. »Hab' auf der anderen Seite grad ein Bett gemacht. Auf dem Rückweg von der Schleuse hab' ich ihn so gefunden.«

»Der ist hinüber, Frog«, sagte Klein. »Da können wir nichts mehr machen.«

Er legte seine Hände auf Coleys Hand. Coley hörte zu pumpen auf. Dann zog er seine Hände weg und starrte auf Kleins schweißgetränktes Hemd. »Wo warst du?«

Klein preßte die Kinnladen zusammen. »Ich war im Büro. Das weißt du.«

Coley sah ihn nur an.

»Greg war am Ende. Wir haben getan, was wir konnten«, sagte Klein.

»Wir?« sagte Coley. Seine Stimme klang wütend vor unterdrücktem Schmerz. »Du warst nicht da, du Scheißkerl. Hier gibt's kein ›wir‹ mehr. Dich schert das alles keinen feuchten Dreck mehr.«

»Frog«, sagte Klein leise.

Coley hatte hunderte das Revier verlassen sehen, in Plastiksäcken in Richtung Armenfriedhof. Klein wußte, es ging nicht um Garveys Tod. Coley wußte es auch. Er holte tief Atem und stieß die Luft durch geblähte Nüstern aus.

»Tut mir leid«, sagte er.

»Vergiß es«, antwortete Klein.

Coley zog Garvey das Bettuch übers Gesicht. Dann richtete er sich auf und starrte über den Gang zu Gimp Cotton; sein leerer Gesichtsausdruck ließ Klein die Haare im Genick zu Berge stehen. Cotton kroch fast in die Matratze. Erst jetzt bemerkte Klein einen großen schwarzen Bluterguß, der seine ganze linke Gesichtshälfte bedeckte.

»Ich hab' nichts getan!«

Cottons Stimme war ein Schreckensschrei. Coley ging auf ihn zu. Klein ging um das Bett und pflanzte sich vor ihm auf.

»Frog«, sagte er.

Coleys Blick lastete volle zehn Sekunden lang auf Cotton.

Der Gimp wand sich und zerknüllte das Leintuch in den Händen.

»Ich hab' überhaupt nichts getan! Sag's ihnen, Wilson!«

Coley sah Klein an und sagte dann laut genug, daß auch Cotton ihn hören konnte:

«Ich wollte den Gimp heute nachmittag zu seinen Leuten zurückschicken.« Er warf einen tödlichen Blick auf die gekrümmte Gestalt: »Aber vielleicht behalte ich ihn noch ein bißchen hier.«

Coley schob Klein zur Seite und ging durch den Saal davon. Klein sah ihm nach und fing dabei Wilsons Blick auf. Wilson war einer der wenigen mit einem ziemlich ausgeglichenen Gemüt. In diesem Augenblick hatte Klein nicht das Gefühl, daß das auch für ihn selber galt. Ein paar Worte mit Wilson taten ihm sicher gut. Er trat an sein Bett.

»Garvey sah aus, als würde er schlafen, Doc. Ich konnte auch nichts tun.«

»Garvey war an der Reihe«, antwortete Klein. »Mach dir keine Sorgen. Wie geht's dem Bauch?«

Wilson hob steif die Schultern. »Gut, nehme ich an.«

»Laß sehen«, sagte Klein.

Er setzte sich an den Bettrand. Vor zwei Wochen war Wilson im Isolationsblock fast verreckt. Ein Schlag von ungewöhnlicher Stärke – aber woher der genau kam und wie die näheren Umstände waren, würde offiziell wohl nie geklärt werden – war Wilson von hinten zwischen die neunte und zehnte Rippe verpaßt worden und hatte ihm die Milz zerrissen. Dabei ergossen sich zwei Liter Blut in seine Bauchhöhle, während er auf dem Boden seiner Zelle lag und um Hilfe rief. Captain Cletus war zwar ein unverbesserliches Arschloch, erkannte aber doch einen Todeskandidaten, wenn er ihn direkt vor sich hatte. Er war auf Nachtwache und holte Klein aus seiner Zelle. Als Klein keinen Blutdruck mehr fand, dafür aber einen Puls von hundertsechzig, schob er einen Schlauch in Wilsons Subclavia und drückte ihm zwei Beutel

Salzlösung hinein, bis der Rettungswagen kam und ihn ins Krankenhaus brachte. Nachdem man ihm dort in einer Notoperation die Milz entfernt und zwölf Bluttransfusionen verpaßt hatte, kehrte Wilson nach drei Tagen wieder in den Green River zurück.

Wilson hob für Klein sein T-Shirt hoch. Eine frische Narbe reichte vom Brustbein bis fast zum Schambein hinunter. Die Muskelschicht innerhalb des Abdomens wurde von einer ganzen Reihe von Nylonklammern zusammengehalten. Die Hautnarbe war gut verheilt. Klein strich mit der Hand über Wilsons Bauch.

»Sieht gut aus«, bemerkte Klein.

»Sehr witzig«, versetzte Wilson. »Das ist die größte Narbe, die ich je gesehen habe, und ich hab' einiges gesehen.«

»Die Chirurgen brauchten Platz zum Arbeiten und hatten keine Zeit, sich den Kopf zu zerbrechen, was die Damen wohl denken werden, die dir den Schwanz lutschen.«

»Na, da hab' ich immerhin ein Problem weniger«, sagte Wilson. »Wenigstens für die nächste Zeit.«

»Genau«, sagte Klein zustimmend.

Eine kalte Hand drückte ihm das Herz zusammen. Wilson saß neunundneunzig Jahre bis lebenslänglich wegen eines Mordes ab, den ihm nicht einmal Cletus wirklich zutraute. Wilson war ein Bewerber um die Weltmeisterschaft im Mittelgewicht gewesen und hatte irgendeinen Promoter mit Mafia-Beziehungen gereizt. Als er eines Morgens in einem Motel in Dallas aufwachte, standen sechs bewaffnete Bullen in seinem Zimmer und bestätigten einander, daß diesem aufgemotzten Nigger garantiert der Stuhl blühte. Im Nebenzimmer lag eine tote Hure, erwürgt, und Wilsons Versace-Unterhose mit Monogramm war ihr in den Mund gestopft worden. Weder Drogen noch Alkohol fanden sich in Wilsons Blut, auch sonst keinerlei Hinweise auf irgendeine Verbindung mit der Toten. Nur die Unterhosen, und ein paar von Wilsons Schamhaaren. Es schien ziemlich unwahrscheinlich, daß ein stocknüchterner Wilson eine Fremde erwürgte und sich dann im Nebenzimmer zu einem gemütlichen Nickerchen hinlegte. Aber man war in Texas, Wilson war ein Nigger, der teure ausländische Unterwäsche trug, und die Frau war eine Weiße. Ein paar Popstars und Hollywood-Schauspieler hatten sich für Wilson eingesetzt, kurze Zeit war er ein berühmter Fall, aber kaum war das Blitzlicht des Medienrummels vorbei, verloren die Stars das Interesse. Als er endlich zwei Jahre später vor Gericht kam, konnte sich niemand mehr an ihn erinnern, schon gar nicht in Hollywood, und ein Richter hatte Wilsons Berufung abgelehnt. Nach vierundzwanzig Jahren würde er wieder um Haftprüfung nachsuchen können.

Wilson zog eine Packung Camel Filter unter dem Kissen hervor, klopfte eine heraus und bot sie Klein an. Klein schüttelte seufzend den Kopf, worauf sich Wilson den Stengel selber in den Mund steckte.

»Ich hab' gehört, was Coley gesagt hat. Das heißt, du hast Bewährung bekommen?«

Klein nickte. Wilson lächelte und streckte ihm die Hand entgegen. Klein schüttelte sie.

»Gut gemacht, Mann. Hör nicht auf Coley. Der hat nur einen Narren an dir gefressen.«

»Du kannst mir einen Gefallen tun, bevor ich gehe«, sagte Klein.

»Um was geht's?« antwortete Wilson.

»Ich möchte Claude Toussaint sehen und mich verabschieden.«

Wilson nickte. »Klar. Wieso nicht?«

»Ich glaube nicht, daß Stokely Johnson mich ohne ein Wort von dir durchläßt.«

»Gib mir ein Stück Papier«, sagte Wilson.

Klein zog ein feuchtes Notizbuch und einen Kuli aus der Hemdtasche und reichte ihm die Dinge. Wilson kritzelte schnell etwas hinein, riß die Seite heraus, faltete sie und gab sie Klein.

»Besten Dank«, sagte Klein.

»Du magst Claude«, bemerkte Wilson.

»Claude war am Anfang wirklich nett zu mir«, sagte Klein,

»hat mich bei Agry eingeführt. Und morgens zum Kaffee und zu Cocktailparties in die Zelle eingeladen.«

»Solange Claude eine Lady war, hat er immer gern diese Gesellschaftsdamen-Nummer abgezogen«, sagte Wilson.

»Wirfst du ihm das vor?« fragte Klein.

»Einige tun's. Ich nicht. Jeder überlebt, so gut er kann. Claude lag in Block D auf der Sonnenseite. Warum ist er zurück in B?«

»In D heißt's, er hatte keine Wahl. Es heißt, Hobbes hat ihn zurückverlegen lassen, und zwar auf deinen Wunsch.«

»Bockmist«, erklärte Wilson. »Uns hat er gesagt, er wollte es selbst, er hätte genug davon, Agrys Fotze zu sein.«

»Kann stimmen – und das Gerücht hat er nur verbreitet, um sich zu schützen«, sagte Klein. »Wenn Agry auf den Gedanken gekommen wäre, daß Claude ihn verlassen hat, dann hätte er ihn noch vor dem zweiten Zählappell auf einer Stange aufspießen lassen.«

»Agry haben sie ins Hirn geschissen«, sagte Wilson.

»Agry ist ganz normal verrückt. Hobbes ist echt wahnsinnig. Ich meine, reif für Thorazin und Zwangsjacke. Oder zumindest ist es bald so weit.«

Wilsons Gesicht verfinsterte sich vor Sorge. »Die Sperre ist wahnsinnig, das stimmt. Ich kann keinen Sinn darin sehen, außer er will den Leuten zeigen, wer hier der Boß ist. Wie ist es in B?«

»Heiß«, erwiderte Klein.

Wilson zuckte die Schultern. »Jedenfalls ist es nicht dein Problem. Nichts ist mehr dein Problem. Wie Coley gesagt hat, du bist weg, du Arsch.«

Wilson lächelte. Klein lächelte zurück, dann schaute er auf seine Uhr. »Ich muß zu Cletus, ihm Garveys Tod melden.«

»Laß dich noch einmal anschauen, bevor du gehst«, sagte Wilson.

Klein nickte, dann ging er den Saal hinunter und durch die Tür. Oben am Treppenabsatz wartete Coley. Er schaute Klein in die Augen, dann sah er weg, die Treppe hinunter.

»Das ist nicht persönlich«, sagte Coley, »aber ich will das

Weibsbild nicht mehr hier haben. Sie soll sich abseilen. Jetzt.
Das ist nicht aus Bosheit, ich will nur …«

Coley rang um Worte, fand keine, wandte sich zu Klein.

»Verstehst du das?«

Klein nickte. »Klar, Frog. Ich kümmere mich darum.«

Klein legte Coley die Hand auf die Schulter. Coley schüttelte den Kopf und wandte das Gesicht ab. Klein drückte Coleys Schulter.

»Nach dem dritten Zählappell bin ich zurück«, sagte er.

Coley nickte wortlos. Klein ließ ihn los und rannte die Treppe hinunter ins Büro.

Jetzt mußte er nur noch seine neue Geliebte hinauswerfen und dem Doris-Day-Fanclub einen Todesfall melden. Er fühlte sich leer. Ein Blick auf die Uhr. Wenn ihm nach dem Papierkram bei Cletus noch Zeit blieb, wollte er in der Kantine Stokely Johnson und seinen Langstreckenläufern unter die Augen treten. Um Claude Toussaint Lebwohl zu sagen. Das mußte er nicht tun, aber er wollte es. Mit einem plötzlichen Stein im Magen wandte er sich zu dem Gang zum Büro – und zu Devlin. Er hoffte, sie würde es verstehen. Er wollte keine Szene. Sein letzter Tag im Gefängnis war ohnehin schon kompliziert genug. Cletus' Warnung nagte an ihm. Trotzdem hatte er Wilsons Zigarette abgelehnt. Und schlimmer konnte es nicht mehr werden. Er drückte die Bürotür auf und ging hinein.

Elf

Hector Grauerholz war high. Er zischte, knisterte, knackste. Nicht von Drogen – keine Spur. Er nahm kaum welche, und wenn schon, dann nur Beruhigungsmittel, um den natürlichen Exzeß der verrückten Chemie seines Hirns zu dämpfen. Um acht Uhr früh benahm sich Grauerholz schon wie ein Mann, der vollgepumpt war mit Methedrin. Aber jetzt schoß er wirklich in die Höhe. Er fühlte sich, wie sich ein Adler fühlen mußte, der im warmen Aufwind kreiste und dabei irgendein Kleintier da unten im Visier hatte. Einen Hasen vielleicht. Oder eine Taube. Wart' mal. Ein plötzlicher Zweifel beschlich ihn. Er war sich nicht sicher, ob Adler auch Tauben rissen. Vielleicht gab es gar nicht so viele da oben im Gebirge. Die waren doch vollauf damit beschäftigt, auf Statuen zu scheißen und in Taubenschlägen zu hausen und solches Zeug. Vielleicht war es überhaupt umgekehrt: Er hockte im Käfig als gefangener Adler. Na klar. Das war's. Ein Käfig, groß genug, um drin zu fliegen. Elektrische Stöße durchsummten seine Knochen. Stickstoffoxyd pumpte ihm durch die Brust. Kugelblitze tanzten hinter seinen Augen. Klar, das war's, Mann. Einfache Akkorde dröhnten ihm in den Ohren, wie wenn Höhlenmenschen in einem Stahlverlies Gitarre spielten. Feuerwerk. Die ganze Nacht lang.

Grauerholz befand sich im Bauhof im Schatten der Nordmauer, genau gegenüber dem hinteren Tor und dem Liefertor zum Speisesaal und zu der Küche. Der Bauhof war eine Art offener Hangar, mit einem Dach aus gewelltem Plexiglas und Alu-Flügeltüren. Überall standen Paletten voller Ziegel, Schlackenstein und gegossenen Betonsteinen herum; Zementsäcke, Stahldraht, Eisenträger, die mit weißen Nummern gekennzeichnet und mit roter Rostschutzfarbe gestrichen waren. Neben der hinteren Flügeltür saß, auf einen Stuhl gefläzt, ein schwarzer Wärter namens Wilbur und las die Sportnachrichten. Wärter schonend behandeln, hatte Agry gesagt. Grauerholz verstand nicht ganz, warum, aber er wollte es gern probieren. Larry DuBois' Pistole, die er unterm Hemd direkt am Bauch trug, fühlte sich an wie ein Ständer. Nicht ausrasten, sagte er sich, man mußte Munition sparen. Das würde ganz schön hart werden. Manche Typen bevorzugten Klingen, sie mochten dieses Gefühl, den persönlichen Kontakt. Agry fiel ihm ein, wie er mit der Rasierklinge in Larrys Hamsterbacken gewühlt hatte, und der Ausdruck auf seinem Gesicht. Grauerholz hatte kein Problem damit, sicher nicht, aber für ihn waren Knarren das Ideale, keine Frage. Er konnte immer noch darüber staunen, daß sie so funktionierten. Pop, pop, pop, und schon war's erledigt. Eine Wucht. Zu wuchtig, um Worte dafür zu finden. Horace Tolson schlurfte an ihm vorbei, auf der Schulter einen Sack Zement. Die eine Seite seines Bartes war grau von Staub.

»Sag Bubba, er soll Sonny Weir herbringen«, sagte Grauerholz. »Und sag den Jungs, sie sollen sich den alten Neunundneunziger schnappen.«

Während Horace den Kurs über den Hof wechselte und seinen Bruder anpeilte, trat Grauerholz an Wilbur heran. Als Wilbur ihn kommen sah, stand er auf, faltete seine Zeitung zusammen und steckte sie in die Gesäßtasche. Die Leute waren im Umgang mit Grauerholz nervös, das war immer schon so gewesen, solange er sich erinnern konnte. Er hatte das nie verstanden, bis er eines Tages Klein gefragt hatte, was denn die Leute hätten. Und Klein hatte ihm erklärt, das käme davon, daß er, Grauerholz, das reinste Beispiel eines Psychopathen sei, von dem er je gehört hatte. Während Grauerholz sich jetzt Wilbur näherte, setzte er sein schönstes Ministrantenlächeln auf, von dem er annahm, daß die Leute es mochten. Wilbur sah noch viel nervöser aus.

»Bitte um Erlaubnis, die Bandsäge benutzen zu dürfen, Boß Wilbur«, sagte Grauerholz.

Wilbur entspannte sich eine Spur. »Klar, Grauerholz. Und

laß den Boß-Scheiß weg. Das heißt ›Mr.‹ oder ›Sir‹, das weißt du.«

»Yessir, Mr. Wilbur. Danke vielmals.«

Grauerholz ging in den hinteren Teil der Halle und balancierte unterwegs mit ausgestreckten Armen auf der oberen Kante eines Eisenträgers, der am Boden lag und dafür bestimmt war, eine durchgerostete Stütze im Dach von Block C zu ersetzen. Das Gefängnis war dermaßen uralt, daß immer irgendwo etwas ersetzt werden mußte. Beide Enden des Eisenträgers waren konisch abgeschrägt wie Keile, damit sie in den Firstträger und in die Mauerplatten eingeschraubt werden konnten. Das Stück war etwa zehn Meter lang und trug an der Seite in weiß die Ziffer »99«. Zu beiden Seiten waren an drei Stellen durch die Bolzenlöcher Schlingen aus dickem Nylonseil geknüpft, damit man es besser tragen konnte. Grauerholz hüpfte am Ende leicht zu Boden und tänzelte auf die schwere eiserne Werkbank an der Wand zu.

Die Schlacken-Säge war am anderen Ende der Werkbank festgeschraubt. Im Moment versperrte ein großes Stahlblech, das gegen das vordere Ende gelehnt war, Wilbur die Sicht darauf. Grauerholz schaltete an der Wand den Strom ein und drückte auf den roten Knopf der Sägemaschine. Das kreisrunde graue Blatt fing an, sich zu drehen und erzeugte ein nervtötendes Jaulen, das durch das Stahlblech noch verstärkt wurde.

Du heilige Scheiße. Grauerholz erinnerte sich an das Gefühl, das er gehabt hatte, als er eine Frau in ihrer Wohnung in Fort Worth vergewaltigte, eine dieser Ziegen, die Kostüme trugen und im Jahr gut sechzig große Braune einsackten. Während er sie fickte, ohne zu kommen, hörte er in seinem Walkman Howlin Wolf in voller Lautstärke »Wang Dang Doodle« singen, und ritzte ihr mit einem Linoleummesser seine Initialen HG auf die Titten. Damals hatte er das gleiche leichte, fast fliegende Gefühl im Kopf gehabt wie jetzt. Mann. Er hatte die Frau nicht umgebracht. Er hatte ihr nur Narben hinterlassen und Unkosten von mindestens hunderttausend Dollar für eine Psychotherapie. Hätte er Angst gehabt, daß sie ihn erwischen könnten – das hatten sie aber nicht –, dann hätte er sie vielleicht umgebracht, aber das war ihm überhaupt nicht in den Sinn gekommen.

Das kam davon, wie Klein ihm sorgfältig erklärt hatte, daß Grauerholz einer dieser Typen war – und von denen gab es nicht einmal im Green River viele –, für die zwischen Vorstellen und Handeln kein Bruch war, und denen daher jede Vorstellung von Zukunft, von Konsequenzen ihres Handelns, völlig fremd war. Manche Leute redeten davon, man sollte jeden Tag nehmen, wie er kam. Grauerholz nahm jede Minute. An die Zukunft dachte er überhaupt nur, wenn er sich vor Augen hielt, daß er eines Tages, und wenn er sich auf den Kopf stellte, doch so enden würde wie sein netter, gesetzestreuer Papa: fett, vierzig und total verkorkst. Mit anderen Worten, schlimmer als tot. Worüber zum Teufel sollte man sich also aufregen? Ihm gefiel es im Gefängnis. Kost und Quartier umsonst, und dazu immer das Gefühl, daß es bald losgehen könnte; ein Spiel, das Tag und Nacht lief, mit hohem Einsatz. Die Fotzen hatten ihm zuerst gefehlt, klar, aber nach einiger Zeit vergaß man diesen Scheiß. Die meisten Jungs holten sich ja nur deshalb einen runter oder ließen sich für Geld einen blasen – oder bekamen einen gratis von bestimmten Wärtern –, um sich zu beweisen, daß ihr Gerät noch funktionierte. Wahnsinnig viel Genuß hatten sie bestimmt nicht dabei. Zumindest Grauerholz nicht. Am besten hatte ihm immer gefallen, wenn er Weiber weinen hörte, weil er sie bestrafte, aber wo jetzt keine da war, ihn zu provozieren, hatte er sie mehr oder weniger vergessen, und den Sex gleich dazu.

Worauf Klein damals hinausgewollt hatte, das war, daß es eben dieses Fehlen eines Bruchs zwischen Impuls und Handlung war, das allen diesen Arschlöchern eine solche Furcht vor ihm einjagte. Er war nicht groß, er war nicht stark, er war auch nicht weiß Gott wie hell; aber er war verrückter als eine Schlange, die eine Ziege stößt, oder ein Hund, der Schafe reißt und angekettet und erschossen werden müßte, aber davor schreckten die Leute zurück. Er wußte nicht, ob Klein das beabsichtigt hatte, aber am Ende seiner Ausführungen war Grauerholz ziemlich stolz auf sich gewesen.

Grauerholz tauchte aus seinen Träumen auf, als Bubba Tolson mit Sonny Weir ankam, der stolpernd vor ihm herlief, weil er ihm mit seinem dicken Finger in den Rücken stach. Sonnys Gesicht war hellgrün, seine Lippen zitterten und bebten wie eine Schachtel voll lebendem Fischköder.

»He, Sonny, wo warst du denn?« fragte Grauerholz mit seinem Ministrantenlächeln. Er mußte laut sprechen, um das Kreischen der Säge zu übertönen. Weir brachte ein einfältiges Lächeln zustande.

»Ich hab' Durchfall«, sagte er.

»Bist du zu retten?« Grauerholz schüttelte vorwurfsvoll den Kopf. »Hättest dich krankmelden sollen«, sagte er. »Wenn du dich nicht um deine eigene Gesundheit kümmerst – sonst tut's niemand.«

»Dieses verdammte Krankenrevier kann ich nicht ausstehen. Alles Schwule – oder?«

Grauerholz nickte Bubba zu, der hoch über Weirs klapperdürrer Gestalt aufragte.

»Könnte mir da was viel Schlimmeres holen, nicht«, fuhr Weir fort. »O Gott!«

Bubba packte Weir von hinten mit beiden Armen, den einen schlang er ihm um die magere Brust, mit dem anderen drückte er ihm eine schwere, dreckige Hand auf Mund und Nase. Weir schlug um sich und strampelte mit den Beinen. Bubba hob ihn vom Boden hoch und schleppte ihn hinter das Stahlblech, das die Schlackenstein-Säge verdeckte. Grauerholz warf einen Blick in die entfernte Ecke an der Tür, wo Horace Tolson gerade einen Zementsack oben auf einen Haufen packte. Horace sah auf und schaute ihn an. Grauerholz gab ihm ein Zeichen mit dem Daumen nach oben, dann preßte er den Daumen in die Faust, so als würde er auf einen Sprengzünder drücken.

Horace nahm einen Ziegel, schlenderte zu Boss Wilbur und schlug ihn mit einem einzigen Hieb nieder.

Während Horace Wilburs Körper nach drinnen zerrte, aus

dem Blickfeld des Schützenturms an der Westmauer, trat Grauerholz hinter das Stahlblech und lächelte Weir an. Das kreischende Jaulen der Säge wurde noch schriller und intensiver. Weirs Gesicht hinter Bubbas unbeweglicher Hand war dick angelaufen und puterrot, seine Augen rollten und quollen hervor bis über die Wangen.

»Okay, Petze«, überschrie Grauerholz den Lärm. »Welchen Arm willst du lieber behalten?«

Zwölf

Mit einer Mischung aus Verblüffung und Wut sah Devlin Klein nach, wie er zum dritten Zählappell quer über den Hof ins Hauptgebäude des Gefängnisses ging. Ihr gesunder Menschenverstand wie auch ihre professionellen Instinkte appellierten an ihr Verständnis dafür, daß er sie aus dem Revier gescheucht und wie ein Paket an der Aufnahme abgegeben hatte, daß er so abweisend und unzugänglich war, und das so unvermittelt nach der sexuellen Raserei, die sie im Büro in ihm geweckt hatte. Greg Garvey war unter schwierigen Umständen gestorben. Im Revier herrschte dicke Luft. Coley war völlig am Boden. Es war besser, wenn sie an so einem Tag nicht hier war. Bla bla bla. Der gesunde Menschenverstand nickte verständnisvoll und erklärte ihr, daß es doch ganz natürlich war, wenn Klein und Coley und die anderen von dem Todesfall berührt waren. Aber ihr Bauch sagte ihr: Alles Quatsch. Das war nicht der erste, der im Revier starb, seit sie hier war. Sie starben wie die Fliegen, meistens begleitet von harten Männerwitzen und defensivem Macho-Gehabe. Es mußte mit dem Sex zu tun haben, und Devlin fragte sich, was sie wohl falsch gemacht hatte.

Als sie jetzt darüber nachdachte – während der üblichen endlosen Warterei auf die Ausgangskontrolle –, war sie erschüttert und verstört darüber, wie sehr sie sich gewünscht hatte, von Klein gefickt zu werden, als sie dort gegen die Wand gepreßt stand. Und nicht nur irgendwie, sondern wild und rücksichtslos in diesem schwülen, schäbigen Raum, inmitten von Kranken und Sterbenden. Es hatte schon Männer gegeben, die heiß auf sie gewesen waren – sogar eine ganze Menge –, aber nie hatte sie so etwas erlebt wie Kleins heulende, schwitzende, rasende Sinnlichkeit, zärtlich und fürchterlich zugleich, animalisch und liebevoll. Sie hatte auch schon früher Lust empfunden, aber nichts im Vergleich zu dem Delirium vorhin in diesem Raum. Ohne Kondom. Ohne Schutz. Mein Gott, sie hatte ja ihren Verstand verloren. Oder vielleicht hatte sie ihren Verstand verloren und dafür sich selbst gefunden. Etwas in ihr rebellierte gegen die nörgelnde Stimme der Vernunft. Sie wünschte, er hätte sie gefickt und wäre gekommen, in ihr. Sie wünschte, er wäre von Garveys Sterbebett zu ihr zurückgekommen und hätte die Sache zu Ende geführt. Die Stimme der Vernunft, der gesunde Menschenverstand, wich entsetzt zurück. Was sagte sie da? Ihr Bauch antwortete: Ich sage, ihr könnt mich alle. Ich will seinen Schwanz in mir, ich will seine Hände auf mir, ich will ihn in mein Ohr stöhnen hören. Es ist mir egal, was er getan hat oder wo er war oder wohin er geht. Ich kenne ihn. Ich will ihn. Ein paar Minuten lang hab' ich ihn besser gekannt, als ich je einen Menschen gekannt habe. Und er hat mich erkannt. Ich liebe ihn.

Die widerstreitenden Gedanken wurden weggewischt. Einen Augenblick lang saß Devlin in einem mächtigen inneren Schweigen da. Im Unterschied zu ihrem Bewußtsein war der tiefste Kern ihres Selbst, eine zehntausendjährige weise Alte, keineswegs überrascht oder entsetzt oder erschüttert. Die Alte wußte, daß Devlin Klein ein Jahr lang beobachtet hatte. Daß sie die Falten der Konzentration um seine Augen kannte, wenn er eine Wunde nähte, die Muskeln kannte, die sich unter der stark geäderten Haut seiner Unterarme spannten, daß sie beobachtete, wie sein Haar immer länger wurde, und wie er es sich mit dem Schweiß zurückstrich, der ihm ständig über das knochige Gesicht rann. Sie hatte auf das Steigen und Fallen seiner Stimme gehorcht und auf sein Lachen, auf die Art, wie er Schimpfwörter gebrauchte, und auf den lässigen Umgang mit den Männern, die ihm mehr vertrauten, als er sich je eingestehen konnte. Sie hatte seinen nach Gefängnisfraß stinkenden Atem gerochen und sein nutzloses Deodorant aus dem Knast-Shop, die Gerüche der Krankenabteilung an seinen Händen und Kleidern und seinen eigenen Geruch aus seinen Poren. Und dabei hatte sie sich immer mehr in ihn verliebt. Und die weise Alte hatte es gewußt, aber sie selbst, Devlin, nicht. Jetzt wußte sie es.

Devlin zwang sich, nicht darüber nachzudenken, was er wohl für sie empfand. Sie wußte, für sein Verhalten gab es zig Deutungsmöglichkeiten, und einige paßten ihr, andere machten ihr Angst. Sie wollte nicht Gänseblümchen zupfen. Er liebt mich, er liebt mich nicht. Sie konnte warten, und das Schweigen in ihr würde ihr dabei helfen. Morgen war Klein frei, und sie konnten einander in einer anderen Welt begegnen. Aber auch das machte ihr angst. Wenn es ihr schon Angst machte, so überlegte sie, dann machte es Klein wahrscheinlich noch viel mehr Angst. Klein sah sich selbst als harten Typen an – oder zwang sich dazu. Oft grenzte der Unterschied zwischen Anspruch und Wirklichkeit aber schon ans Komische, wenigstens in Devlins Augen. Er glaubte, er wäre zu distanziert und zu abgebrüht, um sich innerlich zu engagieren – bei den Aids-Jungs, bei Coley, bei den anderen Sträflingen. Sie warf es ihm nicht vor, daß er sich auf diese Art zu schützen suchte, sie glaubte nur nicht, daß seine Rüstung wirklich so stabil war, wie er glaubte.

Vielleicht war sie auf ihre Art gar nicht so viel anders. Sie hatte sich selbst auf ganz ähnliche Weise erfunden; sie mußte ihre Härte als Notwendigkeit verteidigen, wenn sie in diesem harten Spiel mitmischen wollte. Aber manchmal fragte sie sich, ob sie nicht übertrieb. Ihre Mutter fragte sie noch immer, wann sie ihr denn Enkel schenken werde. Typisch, daß sie ihren Söhnen, Devlins beiden Brüdern, nie diese Frage stellte. Zwei Männer hatten Devlin bereits heiraten wollen, aber sie hatte abgelehnt und mit ihnen Schluß gemacht. Sie hatte zu viel zu tun, aber manchmal war sie nicht sicher, was dieses ›zu viel‹ eigentlich war. Je mehr Erfolge sie sammelte, desto weiter schien das in die Ferne zu rücken, was sie erreichen wollte. Eine Ahnung hatte ihr gesagt, daß sie es in der staatlichen Strafvollzugsanstalt Green River finden könnte. Der Ort war schließlich derart abwegig, sagte sie sich, daß sie womöglich recht haben konnte. Und in diesem einen Moment mit Klein, da hatte sie es gefunden. Es war durch sie hindurchgeströmt, aufrüttelnd und klar, und durch die starken Finger, die in ihr Fleisch hineinschmolzen. Aber jetzt, da sie abgewiesen und verstört hier saß, war sie nicht mehr so sicher. Wie konnte etwas derart Unwandelbares so schnell in Zweifel übergehen? Klein hatte noch vierundzwanzig Stunden, und sie würde am Tor auf ihn warten. Dann würde man sehen. Ein Zitat kam ihr in den Sinn: *Gib mir einen Becher Mandragora, auf daß ich den Berg Zeit verschlafe, da mein Antonius fort ist.* Sie errötete vor sich selbst. Mein Gott, Devlin, was ist mit dir los?

Ein Beamter rief sie an die Glaskabine des Empfangs, sie nahm ihre Sachen entgegen und trug sich aus. Als sie ihre Handtasche in die Aktentasche steckte, bemerkte sie die grüne Zeitschrift. Mist. Jetzt hatte sie das vergessen, weswegen sie heute überhaupt hergekommen war: die erste Publikation über ihre gemeinsame Forschungsarbeit auf der Krankenstation.

Aids und depressive Störungen in einer geschlossenen Institution
Pilotstudie in der staatlichen Strafvollzugsanstalt Green River
von
Juliette Devlin   Ray Klein   Earl Coley

Die Redaktion hatte ihr die Annahme dieser Studie schon vor Wochen mitgeteilt, aber sie hatte es weder Klein noch Coley gesagt, denn sie wollte sie überraschen. Aber Klein ging morgen, und sie konnte frühestens mittags hier sein. Sie mußte eine Fallbesprechung in Houston leiten. Nie wieder wären sie drei zusammen, um ihren Erfolg zu feiern. Earl Coley tauchte vor ihrem inneren Auge auf, wie er schwerfällig durch einen Krankensaal schlurfte, und das trieb ihr die Tränen in die Augen. Vor allem wegen Coley war sie stolz auf die Veröffentlichung. Sie wollte sein Gesicht sehen, wenn er seinen Namen neben ihrem stehen sah. Sie wollte selbst sehen, wieviel ihm das bedeutete. Ihre erste eigene Veröffentlichung hatte ihr sehr viel bedeutet, aber für sie war das eigentlich Routine, es war ihr Job. Für Coley, hoffte sie, wäre das zumindest eine kleine Belohnung für seine ungeheure, aber unsichtbare Leistung für alle kranken Männer, die durch seine Hände gegangen waren. Sie mußte dafür sorgen, daß er die Zeitschrift noch heute in die Hände bekam. Sergeant Victor Galindez ging an ihr vorbei und blieb stehen.

»Stimmt was nicht, Doktor Devlin?«

Devlin drehte sich zu ihm um. Sie unternahm nichts gegen die Tränen in ihren Augen. Es kam nicht oft vor, daß sie ihre Weiblichkeit ausnützte, jedenfalls nicht bewußt, aber nichts war wichtiger, als Klein und Coley die Zeitschrift zu bringen. Wenn sich das mit den Tränen einer Frau erreichen ließ – warum nicht. Sie machte einen entschlossenen Schritt auf Galindez zu und mischte ihren Tränen etwas ärztliche Autorität bei.

»Sergeant, ich muß zurück ins Revier«, sagte sie. »Ich habe etwas vergessen, das äußerst wichtig ist.«

Galindez warf einen Blick auf die Glaskabine hinter sich. »Sie haben sich schon ausgetragen, sehe ich.«

»Ja.«

»Das ist dumm. Was ist denn so wichtig?«

Eine Reihe von Ausreden blitzte ihr durch den Kopf. Den meisten Wachen hätten Coley und Klein und ihre gemeinsame Studie gar nicht gleichgültiger sein können. So etwas würden sie überhaupt nicht für wichtig halten. Aber Galindez war nicht wie die anderen. Devlin wollte ihn nicht anlügen. Sie schaute ihm ins Gesicht und faßte einen Entschluß. Sie nahm die Zeitschrift heraus, schlug die Titelseite ihrer Studie auf und hielt sie Galindez vor die Nase.

Galindez nahm das Heft, betrachtete die Überschrift und las wortlos Einleitung und Inhaltsangabe. Dann ließ er das Blatt sinken und blickte zu ihr auf.

»Gratuliere.«

»Klein und Coley haben es noch nicht gesehen. Auf der Station ist gerade einer gestorben, und ich bin gegangen, ohne es ihnen zu zeigen.«

»Das ist kein Problem. Ich geb's für sie ab«, sagte Galindez.

Devlin sank das Herz in die Hose. Das war nicht genug. Sie wollte dabei sein und in ihre Gesichter schauen. Klein sehen.

»Klein kommt morgen raus«, stieß sie hervor.

Galindez hob eine Augenbraue. Vielleicht hatte ihr Gesicht zu viel verraten. Sie beruhigte ihre Stimme.

»Das ist die Arbeit eines Jahres, eine einzigartige Arbeit. Ich wollte es ihnen selber zeigen, damit wir gemeinsam feiern können ...«

Galindez hielt eine Hand hoch. »Ich verstehe«, sagte er.

Er blickte noch einmal auf das Blatt. Die Arbeit im Gefängnis verlangte von allen Beteiligten – Vollzugsbeamten, Wachen, Wärtern, Kulis –, daß sie im Dienste der Gesellschaft ihre menschlicheren Regungen zum größten Teil aufgaben. Einigen fiel dieses Opfer sehr viel leichter als anderen. Devlin konnte sehen, wie Galindez zwischen dem Buchstaben des Gesetzes – jeder Besuch hatte wenigstens einen Tag im voraus angekündigt, überprüft und genehmigt zu werden – und der Versuchung zu Großmütigkeit schwankte. Derartige Anlässe gab es nicht oft. Sie sah, daß Galindez erkannte, wieviel die Zeitschrift Coley und Klein bedeuten würde. Vielleicht kamen bei ihm Erinnerungen an seine eigene Gefängniszeit in San Salvador hoch. Als er ihr das Heft zurückgab, sah er sie an, und sie legte alles in ihren Blick, was sein Herz rühren konnte.

»Gehen wir«, sagte er.

Devlin strahlte ihn an. »Das werde ich Ihnen nicht vergessen«, sagte sie. »Soll ich mich wieder eintragen?«

Galindez warf einen Blick auf seine Uhr und schüttelte den Kopf. »Ich muß zum dritten Zählappell auf Block D sein. Den Papierkram kann ich später nachtragen, wenn Sie's niemand sagen. Kommen Sie.«

Er nahm sie am Arm und führte sie zurück in den Hof. Sie gingen über den Betonweg unter der Hauptmauer auf die Krankenstation zu. Galindez hatte einen schnellen Schritt.

»Sie brauchen mich nicht zu begleiten«, sagte Devlin.

»Doch, das muß ich«, erwiderte Galindez. »Sie haben sich schon ausgetragen, das heißt, Sie sind offiziell gar nicht hier. Ich werde Sie persönlich Officer Sung übergeben. Wenn Sie fertig sind, soll er mich rufen, dann begleite ich Sie wieder zum Ausgang.«

»Ich bin Ihnen wirklich dankbar«, sagte Devlin. Galindez nickte und eilte weiter. Unterwegs stellte er verschiedene Fragen bezüglich ihrer Studie, und dabei zeigte er einen Sachverstand, der sie überraschte. Sie fragte sich, welche Fächer er wohl in Salvador unterrichtet hatte. Nicht weit vom Krankenrevier entfernt, blickte Galindez plötzlich zum Hauptgebäude zurück. Seine Augen verengten sich, auf seiner Stirn zeigten sich Falten. Er hob die Hand und rieb sich das Genick. Devlin folgte seinem Blick. Hinter dem hohen Maschenzaun waren ein paar Gewichtheber am Werk, einige andere bewegten sich von den Werkstätten in Richtung Mehrzweckhalle. Direkt gegenüber den Toren des Reviers zielte die riesige Granitspeiche von Block B auf sie, das Stahltor des hinteren Ausfalltores war geschlossen. Sie konnte nichts Ungewöhnliches hören oder sehen, aber die Anspannung in Galindez' Gesicht machte auch sie nervös. Galindez schaute zum nächstgelegenen Schützenturm hinauf. Die Wache drinnen stand stumm und offensichtlich ruhig da. Galindez schaute nach vorn zum Revier. Sie hatten noch ungefähr fünfzig Meter zu gehen. Das Haupttor lag jetzt mehr als vierhundert Meter hinter ihnen.

»Was nicht in Ordnung?« fragte Devlin.

Galindez zuckte die Schultern. »Ich dachte, ich hätte was gehört. Sie nicht?«

Sie schüttelte den Kopf. In gespanntem Schweigen gingen sie weiter, Galindez unruhig, nervös. Ein paar Sekunden später blieb er wieder stehen und spitzte konzentriert die Ohren. Auch Devlin lauschte. Nichts. Dann, ganz schwach, glaubte sie ein rollendes, trampelndes Geräusch zu hören. Der Maschinenraum, dachte sie. Aber nein, Galindez hatte recht: Es kam aus dem Gefängnis selbst. Es erinnerte sie an etwas, sie konnte nur nicht sagen, an was. Sie warf einen Blick auf

Galindez. Er wirkte um einige Nuancen bleicher. Wieder sah er sich nach dem Ausgang und dem Haupttor um. Dort schien alles ruhig. Er wandte sich an sie:

»Bleiben Sie ruhig«, sagte er, »aber ich glaube, wir sollten zurückgehen.«

Plötzlich hatte Devlin Angst. »Wie Sie meinen.«

Von der Nordmauer an der anderen Seite des Gefängnisses, etwa siebenhundert Meter entfernt, ertönte ein Schwall von stotterndem Gekrache und Geknalle. Galindez riß sein Funkgerät aus dem Gürtel.

Devlin erkannte, daß das Knallen Gewehrschüsse waren.

Und dann fiel ihr ein, woran sie das Geräusch aus dem Gefängnis erinnerte: an eine Footballmenge, die einen Spieler anfeuerte – es war wie ein Schrei aus Tausenden von Kehlen.

Das hintere Tor von Block B, zweihundert Meter über den Hof entfernt, öffnete sich, von einem elektrischen Motor angetrieben, und das Geschrei wurde plötzlich lauter und klang nicht mehr wie auf dem Footballplatz: Aus diesen Kehlen ertönte der reine Schrecken. Hunderte Männer brüllten um ihr Leben. Devlin versuchte zu erkennen, was da drinnen vor sich ging.

Als das Stahltor mit einem Krachen aufsprang, explodierte aus dem Eingang ein riesiger schwarz-orangefarbener Feuerball und sandte eine zischende Rauchflamme über die geteerte Straße zu ihnen herüber.

Galindez brüllte irgendwas auf spanisch, was Devlin nicht verstand. Plötzlich wimmelte es auf dem eingezäunten Übergang zum Mehrzwecktrakt von Gestalten in Khaki, die auf das Haupttor zurannten. Wieder Geknatter von Gewehrschüssen. Khaki-Gestalten. Vollzugsbeamte.

Die Wachen flohen aus dem Gefängnis.

Devlin blieb benommen stehen. Hinter den fliehenden Wachen erschienen Männer in Drillich und rannten, wild brüllend, mit drohenden Fäusten und wilden Sprüngen, in alle Richtungen. Der Sender in Galindez' Hand kreischte vor atmosphärischen Störungen und einem Gewirr von Stimmen. Sie verstand kein Wort.

Die ölige Wolke aus dem hinteren Tor von Block B verzog sich. Mitten aus den Rauchschlieren tauchte ein Mann auf, taumelnd, stolpernd, brüllend, den Oberkörper in Flammen. Unterhalb der Flammen konnte Devlin eine Khaki-Uniform erkennen.

Galindez packte sie hart am Arm, redete drängend, aber ruhig auf sie ein und sah ihr in die Augen.

»Man darf Sie hier nicht sehen. Im Revier sind Sie sicher. Gehen Sie rein und bleiben Sie dort, bis wir Sie rausholen.«

Er drehte sich um und schob sie auf das Tor zur Krankenstation zu, das nur mehr zwanzig Meter entfernt war.

»Rennen Sie!« sagte er. »Gehen Sie rein und bleiben Sie dort. Schnell!«

Galindez selbst rannte auf den brennenden Mann zu.

Devlin klemmte sich die Aktentasche unter den Arm und hetzte zum Revier.

Dreizehn

Claude Toussaint saß still an einem Ende des kunststoffbeschichteten Speisesaaltisches und aß Limabohnen, pürierte Karotten und panierte Fischstäbchen. Rund um den Tisch saßen vier andere Typen und hörten Stokely Johnson zu, der markige Sprüche zum heißen Thema des Tages von sich gab: wie man dem Gouverneur eine Protestnote gegen die Sperre an Hobbes vorbei zukommen lassen könnte. Seit Claude wieder in Block B war, hatte er sich angewöhnt, den Mund zu halten, wenn er nicht gefragt wurde. Das hatte ihm ein gewisses Maß an Demütigungen erspart, aber nicht viel. Immer wenn von Block D, den Weißen oder ›Agry, diesem Sauschwulen‹ die Rede war, wurden Claude finstere Blicke zugeworfen. Claude hielt die Augen auf den Teller gesenkt.

»Scheiß auf den Gouverneur, Mann«, sagte Stokely. »Dieser Schwanzlutscher verbringt den halben Tag mit Unterschreiben von Todesurteilen gegen jeden Bruder, der seinen Parkzettel nicht rechtzeitig gezahlt hat. Und wenn der eine Petition von uns bekommt, wischt er sich damit höchstens seinen fetten Arsch. Der Scheißkerl. Ihr wißt ja, wie das mit diesen Sauschwanzlutschern war, die King in L. A. kalt machen wollten. Hätten fast noch 'n Orden gekriegt. Ihr glaubt, mit euch machen sie's besser?«

»Was sollen wir sonst tun, Stoke? Rauchsignale an Mr. Farrakhan schicken? An Reverend Jackson? Jeden Sonntag in die Messe gehen und beten?« Myers war ein müde aussehender dreifacher Verlierer aus Brownsville. Raub und bewaffneter Überfall. Er rollte seine massigen Schultern und stopfte sich Karottenbrei in den Mund.

»Niederbrennen sollten wir die Arschlöcher, so ist das«, erklärte Stokely. »Ihnen zeigen, wer wir sind.«

»Stoke hat recht. Scheiße, zahlenmäßig steht's fünfzig zu eins.« Reed war einer von Stokelys Radikalen.

»Bockmist«, widersprach Myers. »Dann schicken sie uns die Polypen auf den Hals, knallen zehn oder zwanzig von euch Hampelmännern ab, und dann kriechen wir wie Hühnerkacke auf unseren Knien zurück in die Zelle.«

»Du redest hier nicht mit Hühnerkacke.« In Stokelys Stimme grollte es bedrohlich.

Aber Myers hatte schon zu viel mitgemacht, um sich zu fürchten. »Na und? Wir sind also keine Hühnerkacke. Wir brennen sie also nieder, und ein paar von uns sterben im Stehen statt auf den Knien. Wie Wilson sagt, das verschafft ihnen nur einen Grund, uns wieder einen Tritt zu verpassen, daß wir ins Loch zurückkommen, daß wir wieder ganz unten sind. Und dann können sie der Welt erklären, daß wir wirklich solche Tiere sind, wie sie immer gedacht haben. Ich finde, Wilson hat recht.«

»Wilson ist nicht da. Er muß nicht im Block schwitzen wie wir.«

Alle starrten ihn eine Weile schweigend an. Dann sagte Myers: »Die haben ihn übel zugerichtet, Stoke.«

Stokely senkte den Kopf und stieß eine Menge Luft aus, dann kniff er zweimal die Augen zusammen und sagte: »Ich möcht' ihnen nur eine Nachricht schicken, die sie so schnell nicht vergessen.«

Myers sprach leise, und in seinen Augen stand Bitterkeit: »Rasende Nigger schlagen alles kurz und klein. Das ist die einzige Nachricht, die sie verstehen. Die einzige, die sie drucken. Keiner schert sich einen feuchten Dreck um uns, Stoke. Nicht wirklich.«

Stokely hieb mit der Faust auf den Tisch. »Ich schon«, sagte er, schloß die Augen und starrte blicklos auf den Teller, auf den Matsch aus Bohnen und Fischstäbchen. Myers streckte die Hand aus und legte sie auf Stokes geballte Faust.

»Mann, das wissen wir doch. Deshalb brauchen wir dich in einem Stück, als Anführer, nicht völlig durchlöchert oder im Loch, wo du vor dich hinfaulst.«

Die Männer um den Tisch schwiegen. Keiner war an dem Fraß, der vor ihnen stand, sonderlich interessiert. Claude legte aus Solidarität ebenfalls seine Plastikgabel hin. Er konnte sich ihren Standpunkt nicht leisten. Vielleicht sollte er mehr Energie aufbringen, aber das einzige, was für ihn zählte, war, hier rauszukommen, und Hobbes, ob ein Scheißkerl oder nicht, hatte ihm eine Chance geboten. Die Chance, im Alfonso's zu sitzen und One Hundred Pipers mit einem Strohhalm zu trinken. Claude kam nicht mit bei diesem Rassenhaß, von dem das ganze Gefängnis durchtränkt war. Es war wie diese Hitze, an die sie sich alle gewöhnen mußten: eine ständige Spannung, so konstant und allgegenwärtig, daß man sie als selbstverständlich hinnahm und sie fast vergaß, bis durch irgendeinen Zwischenfall die Gegensätze wieder aufloderten. Claude war verwirrter als die meisten, weil er auf beiden Seiten des Abgrunds gelebt hatte. Taktik war ihm egal. Es lag in der Natur der Sache, daß im River eine Menge fauler Eier hockte, aber die meisten waren eigentlich anständige Kerle. Klar, man hörte nicht viel Waylon Jennings auf Block B oder viel Rap auf D, aber beim Mittagessen drehte sich das Gequatsche so ziemlich um die gleichen Sachen: Basketball, Frauen, Rückenschmerzen, Berufungen, Neuigkeiten von zu Hause, Schauergeschichten von Sex und Gewalt, durch Phantasie und zeitlichen Abstand grandios ausgeschmückt. Claude sah da nicht viel Unterschied, außer eben an jenen Tagen, wo man in den Hof hinausging, und plötzlich Mexikaner auf der einen und Bloods auf der anderen Seite sah, und auf einmal gab es nur noch eine Seite, auf der man stehen konnte.

Laut Ray Klein, durch dessen Freundschaft sich Claude – als Claudine – ungeheuer aufgewertet gefühlt hatte, hatte das was mit Abstammung zu tun. Klein sagte, das wäre primitiv und mysteriös, aber tief. Es war etwas Tierisches, eine Art Überlebensreflex. Der Mensch war von Natur und Instinkt ein Herdentier. Wenn es allen gut ging und man sich zivilisiert und sicher fühlen konnte, dann war nichts dabei, »Wir sind die Welt« zu singen. Aber wenn die Scheißlawine einmal ins Rollen kam, dann sagte einem der Bauch, daß man sich an die eigenen Artgenossen halten mußte, sonst riskierte man seine Eier. Das mußte gar nichts mit Rasse zu tun haben, behauptete Klein, oder mit Religion. Schau dir Nahost an, Muslim gegen Muslim, oder Südafrika, Schwarz gegen Schwarz. Schau dir den amerikanischen Bürgerkrieg an, um Himmels willen. Stämme. Alte Stämme, neue Stämme; in der Theorie das, was einen am ehesten am Leben erhielt. Nur daß in der Praxis sehr viel Tod dabei herauskam.

Claude warf einen Blick auf seine Tischgenossen und kam sich gar nicht besonders stammeszugehörig oder geschützt vor. Halb schwarz, halb weiß, halb Frau, halb Mann, kein Wunder, daß er so durcheinander war. Sie saßen sechs Tische von der Kantinentür entfernt, der Speisesaal war halbleer. Seit Beginn der Sperre hatten die Wärter die Knastler aus B in zwei Schichten abgefüttert, immer jeweils eine Seite des Blocks. Die Kerle hatten ein mulmiges Gefühl, wenn sie an den inneren Druck dachten, der sich in Männern wie Johnson aufbaute. Die meisten Wärter haßten die Sperre genauso. Mehr ekelhafte Arbeit, mehr Verbitterung, mehr Gefahr der Unruhe. Claude überlegte, daß für den durchschnittlichen Wärter das ideale Gefängnis wahrscheinlich eines war, wo keiner drin saß. Oder nur ein paar reiche Junkies, denen man Drogen verkaufen konnte. Ein Häftling aus dem Erdgeschoß namens Green trat an Stokely heran und reichte ihm ein Stück Papier. Stokely las es langsam. Claude schaute scharf über Stokelys Schulter, ohne den Kopf zu wenden, und konnte die Worte entziffern:

Stoke,
der Doc ist ein anständiger Typ.
Gib ihm, was er will.
Wilson.

Stokely bemerkte, daß Claude mitlas, und knüllte das Papier in die Brusttasche seines Hemds. Dann schaute er nach vorn zum Eingang. Dort stand Klein mit leeren Händen und wartete. Stokely wandte sich an Green.

»Was will er denn?«

»Er sagt, er will mit Claude reden«, sagte Green.

Mit gekräuselten Lippen wandte sich Stokely an Claude. »Was ist das für ein Scheiß?«

Claude hob die Hände, Handflächen nach oben. »Keine Ahnung.«

Alle starrten ihn an. Natürlich wollte er Klein gern sehen, aber nicht hier vor allen anderen. Aber angesichts der Sperre konnte man wahrscheinlich nichts Besseres verlangen. Und verdammt noch mal, er hatte doch das Recht, zu reden, mit wem er wollte? Als er es nicht über sich brachte, das laut zu sagen, erkannte er, daß er dieses Recht offenbar doch nicht hatte.

»Klein soll Wilsons Leben im Loch gerettet haben«, sagte Myers.

»Das glaub' ich, wenn ich's von Wilson selber höre«, grunzte Stokely und wandte sich mit einem Achselzucken an Green. »Wenn er schon den Mumm hat zu fragen, kann er ja auch herkommen.«

Green ging und meldete es Klein, und Klein kam rüber. Er sah erschöpft aus, aber nicht ängstlich, worum Claude ihn beneidete. Klein wußte, was sich gehörte, und redete daher Johnson als ersten an.

»Hi, Johnson«, sagte er.

»Hi, Klein«, erwiderte Stokely. »Was kann ich tun?«

»Ich hätte gern eine Minute mit Claude«, sagte Klein. »Wenn es erlaubt ist.«

Nachdem dem Ehrgefühl Genüge getan war, wies Stokely mit dem Kopf auf den Nebentisch. »Nimm Platz.«

Die Plastikstühle waren am Boden festgeschraubt, so daß Klein seinen nicht näherrücken konnte. Er setzte sich auf den Rand des Stuhls, der Claude am nächsten war. Claude stand auf, ging an den Nebentisch und setzte sich Klein gegenüber. Dabei spürte er, daß Stokely das mißbilligte. Das freute ihn. Das war so ziemlich seine erste selbständige Handlung, seit er wieder in Block B war. Klein lächelte ihm mit echter Freude zu.

»Na wie geht's denn, Claude?«

»Gut«, antwortete Claude. Er spürte, wie Stokely in seinem Essen stocherte und dabei die Ohren langmachte, während die anderen sich über das Spiel zwischen den Lakers und Knicks am Abend unterhielten. »Ich meine, wirklich gut. Die Sperre ist ein Mist, aber, na ja. Ich bin froh, wieder auf Block B zu sein. Wieder bei den Brüdern, weißt du. Wo ich eben hingehöre.«

»Das freut mich«, sagte Klein.

Claude hatte plötzlich Angst, daß Klein das alles zu Agry tragen könnte. Agry würde ihm die Lippen abschneiden lassen. Dann beruhigte er sich. Klein war nicht so ein Typ. Der war in Ordnung. Claude wollte schon sagen: »Wenn Agry nach mir fragt …«, aber das konnte er sich nicht leisten, nicht wenn Stokely mithörte. Er kam sich vor wie ein Seiltänzer zwischen zwei Wassertanks, der eine voll mit Haifischen, der andere mit Piranhas. Außer ihm und Hobbes kannte keiner die ganze Wahrheit. Er hätte es Klein gern erzählt. Wie Grierson ihn einmal auf dem Weg zur Gruppentherapie abgefangen und hinunter in die Rumpelkammer gebracht hatte, damit er dort heimlich Hobbes treffen konnte. Und wie Hobbes ihm erklärt hatte, daß er bald einen Haftprüfungstermin bekäme, und wenn er diesen Transvestitenscheiß aufgäbe und wieder nach Block B zurückginge, dann habe er eine Chance. Eine echte Chance. Dann könne er zu Alfonso's gehen und sich den Schwanz lutschen lassen. Claude wollte Klein gern sagen hören, na klar, Mann, nichts wie los, Mann, und sich von ihm vielleicht ein paar Tips geben lassen, wie man diese Kommission einwickeln konnte. Aber Stokely hörte mit.

Klein sagte: »Hobbes hat es wirklich auf euch Burschen abgesehen.«

Stokely mischte sich ein. »Wir können alles verkraften, was dieser Schwanzlutscher uns serviert, und noch einiges mehr.«

Klein wandte sich ihm zu. »Das glaub ich schon. Aber Hobbes hat wohl irgendwas Verrücktes vor, ich weiß nicht, was. Der ist krank. Im Kopf.«

Claude wurde plötzlich übel. Stokely schnaubte.

»Scheiße, Klein, das braucht uns kein Arzt sagen. Hobbes braucht eins auf'n Skalp.«

»Kann sein«, sagte Klein.

Claude spürte eine Spannung aufkommen. Das Gespräch über Hobbes machte ihn nervös. Er sagte: »Wie Stoke sagt, wir kommen schon zurecht. Und wie geht's dir so?«

»Ich hab' Bewährung bekommen«, sagte Klein. »Morgen lassen sie mich raus.«

Claude wurde vor Angst ganz schlecht. Verlassen. Klein war in diesem Scheißloch der einzige, mit dem er reden konnte, wenn es ihm wirklich mies ging, wenn es ihm zu viel wurde, die Frau zu spielen, wenn ihn das Leben unter dem Hammer von Agrys unberechenbaren Wutanfällen erdrückte. Wie oft hatte er als Claudine in Kleins sicherer Zelle geheult. Agry hatte nichts dagegen eingewendet, eher im Gegenteil, das hatte seine Vorstellung von Claudines Weiblichkeit nur gefestigt. Beim Doktor jammern und heulen, das war nach Agrys Vorstellung so typisch weiblich. Und genauso war es gewesen, wenn Claude immer wieder nörgelte, Agry solle seine Zelle sauber halten, obwohl ihm das in Wirklichkeit vollkommen schnurz war. Aber so lange er wußte, daß Klein in der Nähe war, kam ihm sogar das Leben auf Block B irgendwie sicherer vor. Und jetzt ging er fort. Claude schluckte seine Enttäuschung hinunter, aber Klein hatte sie bereits in seinem Gesicht gelesen.

»Ich schreib dir«, sagte Klein, »sobald ich weiß, wo ich bleibe.«

»Das wär' der erste Brief für mich hier drin«, antwortete Claude und brachte ein Lächeln zustande. »Super, Mann, das ist klasse. Tolle Neuigkeit. Und du hast es verdient. Wirklich.«

Er wollte Klein von seiner bevorstehenden Haftprüfung erzählen, wagte es aber nicht. Stokely würde sofort durchschauen, wie er sie alle in Block B benutzte, und einen Weg finden, es ihm zu vermasseln. Claude langte über den Tisch und schüttelte Klein die Hand.

»Du hast es verdient«, sagte er noch einmal. »Ich meine, viel Glück, Mann. Paß auf dich auf da draußen.«

»Ich versuch's«, sagte Klein. »Jetzt muß ich aber zurück, zum dritten Zählappell. Sonst brummen sie mir noch an meinem letzten Tag 'ne Strafe auf.«

»Klar«, sagte Claude. Er kämpfte mit einem Klumpen im Hals.

Klein stand auf. »Wenn du rauskommst, schau bei mir vorbei.«

Claude kam schwankend hoch. »Mann, wenn wenigstens du dran glaubst.«

»Wird schon.« Klein streckte ihm die Hand hin. Claude schüttelte sie noch einmal. Klein lächelte ihn an.

Da kam vom Hinterausgang des Speisesaals ein Schrei. Ein nasser, blubbernder, dann schriller Schrei, der Claude wie eine Speerspitze in den Bauch fuhr und in einem atemlosen Aufschluchzen endete.

Klein wandte den Kopf. Das Lächeln auf seinem Gesicht zerrann zu einem Ausdruck reinsten Schreckens. Claude wandte sich in die Richtung von Kleins Blick.

»Macht Platz für einen Verwundeten!«

Durch den Mittelgang gestolpert, halb gezogen, halb getragen von je einem Mann links und rechts, kam Sonny Weir aus Block A, ein kleiner Dieb, der allgemein als Spitzel galt. In die rechte Hand geschmiegt, trug er den Stumpf seiner linken Hand, mit einem sauberen Schnitt etwa fünfzehn Zentimeter unter dem Ellbogen abgetrennt. Er war blutüberströmt, sein Gesicht vor Schmerz und Entsetzen fast wahnsinnig. Er verzog den Mund zu grotesken Formen, um mehr Luft zum Schreien zu bekommen.

»Macht Platz für einen Verwundeten!« röhrte Bubba Tolson noch einmal.

Bubba, den Bart grau von Zementstaub, hatte seinen massigen, tätowierten Arm um Weirs Mitte geschlungen. Auf der anderen Seite ging Hector Grauerholz, der Oberpsychopath.

Im ganzen Speisesaal herrschten Aufruhr, laute Entsetzensschreie und wüste Flüche; die Männer von Block B waren alle von ihren Stühlen aufgestanden. Das blutige Bündel bewegte sich auf Claudes Tisch zu. Klein rannte ihm entgegen, wahrscheinlich, um dem blutenden Mann zu helfen, dachte Claude. Stokely stand auf Zehenspitzen und beobachtete die Szene angespannt und mißtrauisch. Die gesamte Aufmerksamkeit war auf den grauenhaften Anblick des Verwundeten gerichtet.

Angewidert wandte Claude sich ab.

Da sah er aus dem Augenwinkel eine stämmige Gestalt hinter der Essensausgabe hervorkommen und schnell und lautlos auf Stokely Johnson zugleiten.

Es war Nev Agry.

Claudes Eingeweide verwandelten sich in flüssigen Schleim. Er öffnete den Mund, aber sein Kehlkopf war gelähmt.

Grauerholz und Tolson links von ihm schmissen Weir plötzlich durch die Luft auf Klein zu. Weir flog mit dem Kopf voran in einem Schwall von Blut und stürzte, wobei er sich das Gesicht an der Lehne eines Plastikstuhls zerschlug, bevor Klein ihn auffangen konnte.

Nev Agry war fünf Schritte von Stokelys Rücken entfernt. Seine Augen glitzerten. Stokely konzentrierte sich, die Fäuste geballt und zum Ausholen bereit, auf Bubba Tolson, der auf ihn losging und dabei irgendwas von Niggern brüllte.

Von der Rückseite des Speisesaals ertönte der dumpfe Knall einer Explosion, und eine Stichflamme loderte hoch auf. Dann eine zweite.

Panikschreie füllten Claudes Kopf.

Häftlinge verließen fluchtartig ihre Tische, warfen Tabletts mit Essen um, stolperten in ihrer Hast übereinander, um dem Feuer zu entkommen.

Stokely trat Bubba Tolson in den Bauch und tat einen Schritt zurück, um sein Gleichgewicht wiederzufinden. Agry kam auf ihn zu, das Gesicht vor Haß leuchtend. Seine Hand fuhr seitlich hoch. Eine Rasierklinge blinkte auf, als er gegen Stokelys Hals ausholte. In dem Durcheinander hatte

Stokely ihn noch immer nicht bemerkt. Claude brachte mühsam einen Laut heraus.

»Stoke!«

Als Stokely sich zu Agry umdrehte, hob Hector Grauerholz eine Pistole und schoß Stokely Johnson von der Seite durchs Gesicht. Blut spritzte auf Claudes Wangen, als Stokely herumfuhr und zu Boden stürzte.

Klein fiel auf Grauerholz und rang mit ihm um die Pistole.

Myers stürzte schreiend nach hinten, als Bubba Tolson ihm eine Dose Ofenreiniger in die Augen spritzte und davonsprintete.

Splitterndes Glas, weitere Explosionen – eine, zwei –, noch mehr Flammen. Molotow-Cocktails. In heller Panik rannten die Männer durch die Halle, jeder wollte als erster durch die Tür. Lärm und Rauch wirbelten an Claude vorbei, der wie festgewurzelt dastand und seinem schlimmsten Alptraum ins Auge starrte: Nev Agry.

Und Claude erkannte plötzlich, daß das alles – alles das – um seinetwillen geschah. Ihm wurde speiübel. Alles für ihn: Nev Agry war gekommen, um seine Frau zurückzuholen.

Von diesem Punkt an schien irgend etwas in Claudes Hirn wie abgeschaltet. Unbeteiligt sah er zu, wie Agry den Fuß hob und besinnungslos auf Stokelys blutverschmierten Kopf stampfte. Wie in Zeitlupe in einem Unterwassertraum spürte Claude, wie ihn jemand fortzerrte, spürte eine Hand unter seiner linken Achsel und am Hinterkopf, die ihn packte wie ein Schraubstock. Er wehrte sich nicht. Seine Arme und Beine waren wie Wachs. Er spürte Agrys Klinge an seinem Hals, hörte Agrys Stimme in sein Ohr bellen.

»Klein!«

Klein hielt Grauerholz' Hals in der linken Ellenbeuge fest, in der rechten das Handgelenk seines Schußarms. Jetzt hielt er inne und hob den Blick vom puterrot angelaufenen Gesicht des Psychopathen.

»Laß ihn«, sagte Agry, »ich brauch' ihn noch.«

Klein warf einen Blick auf Claude und zog den Arm um Grauerholz' Gurgel noch fester an.

»Dich brauch' ich auch, du blöder Hund«, sagte Agry, und Claude spürte, wie Agry ihn schüttelte wie eine Puppe. »Und diese Kuh da. Aber wenn es sein muß, werde ich auch ohne euch fertig.«

»Ich sage das nicht gern, Agry«, sagte Klein. Seine Zähne knirschten vor Anstrengung, seine Wut unter Kontrolle zu halten. »Aber du hast es soeben an die Spitze meiner Scheißer-Liste geschafft.«

Klein ließ Grauerholz' Gurgel los und entriß dem Psycho mit einer blitzschnellen Bewegung beider Hände den Revolver. Hustend sackte Grauerholz auf Knie und Hände. Klein spannte die Waffe, hielt sie in Hüfthöhe und starrte Agry an. Claude spürte, wie sich die Klinge zurückzog. Eine Hand stieß ihn in den Rücken, so daß er auf Klein zustolperte. Klein, überraschend beweglich auf seinen Ballen, sprang aus dem Weg, um sich mehr Bewegungsraum zu verschaffen.

»Bring sie auf Block D zurück, Klein«, sagte Agry.

Klein rührte sich nicht. Agry grinste ihn an.

»Doc, mach dir eins klar, bevor du ins Gras beißt. Das hier ist totaler Krieg. Wir gegen alle andern. Und es gibt nur eine Seite, auf der du stehen kannst.«

Klein sah ihn an und begriff, daß Agry recht hatte. Sein Gesicht wurde kalt, ausdruckslos. Er ging auf Claude zu und packte ihn am Arm. Claude war immer noch benommen von dem Chaos, dessen Mittelpunkt er war. Klein sagte leise drängend in sein Ohr: »Los, gehen wir.«

Vom Boden kam ein röchelndes Husten. »Ich will ...«
Noch ein Husten, und Grauerholz kämpfte sich auf die Knie hoch. »Ich will meine Kanone zurück, Nev.«

Agry grinste ihn höhnisch an. »Die hast du grad verloren, du Arsch. Johnson gehört mir, hab' ich gesagt. Mir. Steh auf, und dann an die Arbeit.«

Grauerholz torkelte auf die Beine. Er stierte Klein mit unverhohlenem Haß an. Klein richtete die Pistole, aus der Hüfte zielend, auf Grauerholz' Brust.

»Auch du mußt dir was klar machen, Agry, bevor Hector hier ins Gras beißt.«

Kleins Lippen waren fast weiß, und er zitterte vor Wut. So hatte Claude ihn überhaupt noch nie gesehen. Selbst Agry tat einen Schritt zurück. Klein, die Kanone fest auf Hector Grauerholz gerichtet, starrte Agry in die Augen.

»Wenn ich muß, dann bring' ich diesen Psychozwerg um. Und wenn ich muß, auch dich. Und alle anderen Arschlöcher, die sich mir in den Weg stellen. Ich muß dir nämlich sagen: Ihr Typen habt mir wirklich die Parade verhagelt, und zwar gründlich.«

Eine Sekunde lang dachte Claude, Klein würde Grauerholz wirklich erschießen, wie er da kniete. Agry streckte beschwichtigend eine Hand vor.

»He, Klein, immer mit der Ruhe«, sagte er. »Was liegt denn schon an einer Handvoll Nigger?«

»Ich sollte morgen hier rauskommen«, sagte Klein.

Er fuhr mit der Pistole herum, als wollte er statt dessen Agry erschießen. So nahe war er dran, die Nerven zu verlieren.

Agry, nun ein Meister der Beherrschung, erkannte sofort, was los war. »Meine Scheiße, wie konnte ich das wissen?« sagte er.

»Ich hab es selber grad erst erfahren, du Schwanzlutscher.«

Falls Claude schon einmal einen so unglaublichen Wortwechsel gehört hatte – Nev Agry, der sich vor Klein rechtfertigte und sich von ihm ungestraft Schwanzlutscher nennen ließ –, dann war es ihm entfallen. Aber in all dem Rauch und Blut seines alptraumhaften Zustandes schien ihm alles ganz natürlich.

»Scheiße, Klein, wir haben alle unsere schlechten Tage.«

Klein blickte auf die Waffe in seiner Hand. Dann entspannten sich seine Schultern, und er holte tief Atem.

»Komm mir nur nicht in den Weg«, sagte er.

Der Saal füllte sich mit schmierigem Rauch, und die Feuersirenen gingen los. In vier im Raum verteilten Pfützen stiegen Flammen auf. Nach der panischen Flucht der schwarzen

Häftlinge in die Haupthalle waren sie allein zurückgeblieben. Vom Ende der Halle her kam jetzt ein erneuter Aufruhr.

Agry warf einen Blick in Richtung auf den Lärm und sagte zu Klein: »Wär' vielleicht einfacher, wenn du uns jetzt aus dem Weg gehst.«

Durch das hintere Hallentor brachen sechs der größten weißen Sträflinge der ganzen Anstalt herein, angeführt von Horace Tolson, der ebenso riesenhaft und bärtig war wie Bubba. Sie stürmten mit wildem Kampfgeschrei durch die fast verlassene Halle. Mit vereinten Kräften schleppten sie einen zehn Meter langen Eisenträger, der vor ihnen drei Meter in den Raum ragte. Claude beobachtete geistesabwesend, wie die geschärfte Spitze des Ungetüms auf ihn zuraste. Fast wurde ihm der Arm ausgekugelt, als Klein ihn aus dem Weg riß. Als Tolson und der Eisenträger an ihnen vorüberdonnerten, konnte Claude die Ziffer »99« auf der einen Seite erkennen. Er schaute Klein an. Der Anblick des Eisenträgers schien ihn zu ernüchtern.

»Zur Hölle mit dir«, sagte Klein leise zu Agry.

Der zuckte die Achseln, lächelte. Jetzt war er wieder der Boß. »Tu uns beiden einen Gefallen, Doc, laß uns vergessen, was hier gesagt wurde.«

Klein sah keine andere Möglichkeit, als einzulenken. »Was willst du?«

»Bring die kleine Lady für mich heim. Nach D.«

Claude wurde langsam klar, daß mit der »kleinen Lady« er gemeint war. Das heißt, sie.

Claudine.

Scheiße, dachte er. Nicht schon wieder Claudine. Als Frau hatte man seine Arbeit nie getan.

Wieder wurde ihr der Arm fast aus dem Gelenk gerissen, und dann stolperte Claudine über den Mittelgang der Kantine hinter Klein her, der sie am Arm festhielt. Von weiter vorn kam ein schmetternder Krach. Etwas ging in die Brüche. Der Eisenträger hatte sein Ziel im zentralen Wachtturm gefunden. Claudine war das egal. Ihr ging nur durch den Kopf, wie gemein das alles war. Sie hatte sich doch gerade erst darauf eingestellt, wieder Claude zu sein. Und jetzt sollte sie wieder Claudine sein. Na ja. Sie seufzte und fing an zu überlegen, welches Kleid und welche Unterwäsche sie tragen sollte. Am besten etwas, das sehr sexy war. Als nette Überraschung.

Für Nev, wenn er von der Arbeit heimkam.

Vierzehn

Klein zuckte unter dem ungeheuren Krachen zusammen, als das Röhren von Horace Tolsons Rammtrupp mit der Zerstörung des Fensters des zentralen Wachturms seinen Höhepunkt fand.

Das verstärkte Plexiglas gab nach, ohne zu splittern, aber die Schrauben, mit denen es am Rahmen befestigt war, wurden herausgerissen. Der rote Eisenträger drang zwei Meter tief in den Kommando- und Kontrollraum ein, sein hinteres Ende schlug auf den Steinfliesen auf, als der Trupp es losließ. Klein führte Claude außen um die Haupthalle herum, drückte sich dabei eng an die Mauer und beobachtete Bubba Tolson, der mit einem brennenden Molotow-Cocktail zu dem Loch an der Seite des Turms rannte und ihn dort hineinwarf. Flammen und Rauch schossen auf, und Sekunden später schwang die Tür des Turmes auf. Zwei versengte Wachen torkelten heraus, die gemeinsam den alten Burroughs schleppten. Der eine ließ Burroughs' Bein los und rannte auf den Ausgang zu. Der andere packte sich Burroughs über die Schulter und stolperte hinter dem ersten her.

Die rauchende Haupthalle hatte sich in einen Vorhof der Hölle verwandelt, wie bei Hieronymus Bosch. Während einige Männer flohen, Insassen wie Wachen, und die Wachen sich im Laufen Mützen und Hemden vom Leib rissen, rannten andere sinnlos hin und her, stießen infernalische Laute aus und brüllten Flüche. Etliche Schwarze lagen reglos am Boden und wurden von den hysterischen, ziellosen Tritten der Rasenden hin- und hergerollt. Aus dem Treppenhaus zur Wäscherei kam ein Strom von weißen Männern, hauptsächlich Leute aus den Cliquen von Agry und DuBois. Sie trugen Waffen aus der Garage, der Mechanikerwerkstatt, der Zimmerei, der Küche. Hammer, Sägen, Schraubenzieher, Brecheisen; Stangen aus Holz und Stahl; Reifenketten, Schaufeln, eine Lötlampe, Schmierpistolen; Dosen mit Lackverdünner und Holzschutzmittel. Alles, womit man schlagen, schneiden, bohren konnte. Alles, was blendete, zerfraß, verbrannte. Sie waren alle berauscht, aber nicht von Alkohol oder Drogen. Noch nicht. Das riesige Lager an Gefängniswein und Kartoffelschnaps, literweise in tausend Verstecken verborgen, an LSD und Crack und Grass und Smack, gramm- und unzenweise in ausgehöhlten Ziegeln und Kleidersäumen und Schuhsohlen versteckt, das alles sollte später konsumiert werden, in verzweifelter Suche nach dem Vergessen. Aber jetzt, zusammengeschweißt zu einem einzigen fiebernden Bewußtsein, waren sie trunken von Anarchie und gierig vor Durst nach Vernichtung.

Weit und breit war kein Wärter mehr zu sehen. Klein zerrte den glasig blickenden Claude auf das Tor des Zellenblocks D zu und hielt zugleich Ausschau nach Grauerholz. Aber niemand folgte ihnen, auch nicht der kahlrasierte Psychopath. Vom Tor des Zellenblocks C drang eine Kakophonie aus flehenden Stimmen und Gitterrütteln zu ihnen. Die Schwarzen und die Latinos von C hatte es mitten im dritten Zählappell erwischt, und jetzt waren sie in ihren Zellen festgenagelt. Die Männer aus A hatten den Zählappell schon hinter sich und waren draußen; der Aufruhr war losgebrochen, bevor Kleins eigener Block D mit dem Appell begonnen hatte. Klein hörte hinter sich das Rattern von Rädern und blickte über die Schulter zurück.

Aus dem Speisesaal kam ein großer, dreiwandiger Wäschewagen, bedeckt von einer schmutzigen Plane, den vier von Agrys Burschen schoben. Agry ging mit ihnen, schwitzend in Ausübung seiner Macht, trieb sie mit Beschimpfungen an, brüllte den Herumstreunenden zu, doch die Nigger aus dem Weg zu räumen. Der Wagen holperte am ausgeräucherten Wachturm vorbei und kam vor dem Torbogen zu Block B zum Stillstand. Agry riß die Plane runter. Auf der Wagenplatte standen ein Ölkanister und zwei Kisten mit Flaschen, in deren Hälsen Tuchfetzen steckten. Nach Agrys Anweisungen manövrierten die Männer die offene Seite des Wagens in den Eingang zum Zellenblock. Auf sein Kommando kippten sie den Kanister, so daß er über die Stufen kollerte und sein Inhalt sich in einem gurgelnden Strom ergoß.

Als der Geruch an Kleins Nasenflügel drang, sagte er: »Mein Gott.«

Es stank nach Benzin. Literweise floß die leicht entzündliche Flüssigkeit in den Hauptgang im Erdgeschoß von Zellenblock B. Agrys Mannen schoben den Wagen fort, und Kleins Eingeweide krampften sich zusammen, als jetzt hysterische Geräusche von verzweifelten Männern, die aus ihren versperrten Zellen auszubrechen versuchten, aus dem Block drangen.

In der einen Hälfte des Blocks – drei gerammelt volle Reihen – befanden sich noch all jene, die darauf gewartet hatten, daß sie im Speisesaal an die Reihe kämen. Jetzt starrten sie durch die Gitterstäbe, und der Geruch der drohenden Verbrennung reizte ihnen die Lungen.

Mit schwungvoller Geste zog Agry ein Heft Streichhölzer aus der Hemdtasche.

Klein preßte den Revolver in seiner Hand und kniff die Augen zu.

Er konnte den Schwanzlutscher jetzt abknallen, und vielleicht würde dann alles anders. Er konnte Agry das irre Hirn auspusten, und vielleicht würde das die armen Hunde da drin vor dem Flammentod retten. Vielleicht würde der ganze Aufruhr ohne Agry nach einer kurzen Stichflamme in sich zusammenfallen, bevor er zum totalen Krieg eskalierte.

Und wenn schon! Vielleicht würden ihn Agrys Männer in seine Einzelteile zerlegen, wo er doch nichts anderes tun mußte als in seine Zelle gehen und die Tür hinter sich schließen. Und drauf warten, daß dieser Scheiß zu Ende ging.

Schert mich einen feuchten Dreck.

Es war nicht das erste Mal, daß Klein mitansah, wie Menschen fürchterlich leiden mußten. Er dachte an Kinder, die bei Autounfällen gräßlich verstümmelt wurden; an das

Schluchzen eines Mannes, der seinem achtjährigen Sohn den Arm abgeschnitten hatte, als die Kettensäge von einem Nagel im Holz abprallte. Klein hatte sich gegen das Leid verhärtet und einfach seinen Job erledigt. Verhärten mußte er sich auch jetzt. Schert mich einen feuchten Dreck. Aber hier hatte er keinen Job, hinter dem er sich verstecken konnte. Es war nicht sein Job, Nev Agry zu töten. Es war nicht seine Pflicht. Seine einzige Pflicht war, sich um sich selbst zu kümmern. Zu überleben und freizukommen.

Doch trotz allen Leids, das er in der Notaufnahme miterlebt hatte, war er auf das hier nicht vorbereitet: Die Schreie der Männer in der Falle, die aus dem Tal der Langstreckenläufer heraufschallten, waren das furchtbarste Geräusch seines Lebens.

Nein. Die Männer in Block B gingen ihn nichts an.

Im Rahmen des Torbogens zündete Agry jetzt die Streichhölzer an und schwenkte sie brennend über seinem Kopf. Dann richtete er seinen Blick quer durch die Haupthalle auf die Männer, und Klein erkannte, daß er auf Claude starrte. Er spürte, wie Claudes Finger sich in seinen Arm bohrten.

»Semper fi!« brüllte Agry.

Dann schleuderte er das Heft brennender Streichhölzer durch den Torbogen und rannte in Deckung.

Klein drehte sein Gesicht zur Wand.

Eine Sekunde später rollte eine Schockwelle von Hitze über seinen Rücken und erzeugte ein so lautes Geräusch, daß die Schreie der Verdammten darin untergingen. Als er sich wieder umdrehte, lag Claude auf den Knien, schluchzte wild und biß sich in die Hände. Tränen strömten ihm übers Gesicht.

»Mein Gott«, schluchzte Claude. »Mein Gott.«

Agry stand da, umgeben von seinen tanzenden und johlenden Männern, die ihre Stöcke aus Holz und Eisen in der Luft schwenkten. Klein kämpfte gegen das Erbrechen. Säure drang durch die Membranen seiner Eingeweide. Er hätte Agry wegblasen können. Aber er hatte es nicht getan.

Leb damit.

Er verhärtete sich. Gegen sich. Gegen diese Schwäche in sich, gegen dieses Mitleid, das sein Untergang war.

Leb damit.

Klein verhärtete sich.

»Mein Gott«, jammerte Claude.

Klein riß ihn grob zu sich hoch und schrie ihm ins Gesicht.

»Wir müssen uns um uns selber kümmern!«

Selbsthaß schoß ihm wie Schaum in den Schlund.

Er verhärtete sich.

»Um uns selber!«

»Mein Gott.«

Mit Mühe brachte Klein seine eigene keuchende Brust zur Ruhe. Dann beugte er sich nieder, packte Claude um die Taille und schleppte ihn über den Torweg zum Zellenblock D.

Fünfzehn

Victor Galindez warf sich von oben auf den brennenden Mann im Hof und versuchte, die Flammen zu ersticken.

Brennender Stoff, Haut und Haare füllten seine Nase und seinen Mund mit beißenden Dämpfen. Der Wärter unter ihm wand sich und brüllte. Jedes Mal, wenn Galindez einen Feuerherd erstickt hatte, entzündete sich das benzingetränkte Hemd von neuem. Galindez riß den Stoff herunter, kratzte ihn in Klumpen von seiner Brust, Hautfetzen gingen dabei mit ab. Der Wärter brüllte immer noch. Galindez erkannte ihn plötzlich. Es war Perkins.

»Galindez!«

Galindez drehte sich um. Sung stand neben ihm und richtete einen Feuerlöscher auf sie beide. Galindez rollte zur Seite, und Sung bespritzte Perkins von oben bis unten mit einer weißen Wolke aus Kohlendioxyd-Schaum. Ein paar Sekunden später war das Feuer gelöscht. Galindez kniete vor dem Verletzten und starrte ihn an. Perkins' Skalp war eine verkohlte, faltige Haube aus verbranntem Haar und blasenwerfender Haut. Seine Lider glänzten von der Flüssigkeit, die aus der versengten Haut austrat. Galindez hatte noch nie einen Verbrannten gesehen. Unbändiges Entsetzen fuhr ihm durch Anus und Hoden. Perkins öffnete den Mund, und Galindez beugte sich vor, um ihn zu hören.

»Die Männer«, krächzte Perkins.

Er hielt inne, holte ächzend Luft und fuhr mühsam fort:

»Die sind noch da drin.«

Galindez schossen Tränen in die Augen. Grauenhaft verstümmelt, wie er war, dachte Perkins immer noch an die ihm anvertrauten Gefangenen. Galindez blickte zu Sung hoch.

»Du mußt ihn da rausbringen.«

Von der Nordmauer ratterten Gewehrschüsse. Galindez packte Perkins an einem Arm, Sung ließ den Feuerlöscher fallen und nahm den anderen, und gemeinsam stellten sie Perkins auf die Beine.

»Du mußt selbst gehen, Mann, verstehst du?« schrie Galindez in Perkins' geschrumpftes Ohr. »Du mußt gehen.«

Perkins nickte schwach. Die Funkgeräte an ihren Hüften kreischten und krachten wie wild.

»Hier spricht Bill Cletus. Alle Beamten zum Haupttor. Gefängnis räumen. Wiederhole. Raus mit euch, sofort. Alle Mann sofort raus. Auf der Stelle.«

Die Ansage wurde wiederholt, Cletus erteilte klar und deutlich dieses einzige Kommando: Raus! Galindez sah hinüber zu Block B, dann zu Sung.

»Ab mit euch«, sagte er. »Los!«

Sung legte sich Perkins' Arm über die Schulter und legte seinen Arm um Perkins' Taille. Der Koreaner war ein zäher Teufel. Der würde Perkins schon hinausbringen. Sung nickte ihm zu. Galindez nickte zurück.

Sung und Perkins machten sich schwankend und stolpernd auf den Weg über den Gefängnishof.

Galindez bemerkte, daß er den Feuerlöscher aufgehoben hatte, dessen Gewicht an seinem Arm zog wie das Gewicht einer schweren Pflicht.

Perkins' letzter Gedanke hatte den Männern gegolten.

Galindez preßte die freie Hand an die Augen. Mutter Gottes. Vor seinem inneren Auge tauchten Gesichter auf. Seine Frau Elisa. Seine Kinder. Die lange Reise von Salvador nach Panama-Stadt. Die noch längere von Panama nach Laredo. Der Kampf und das Leid, das sie durchlitten, bis sie das erreicht hatten, was sie hatten. Und alles zu vergessen, was sie zurückgelassen hatten. Alles, was sie verloren hatten. Alle diese Dinge zischten ihm in einer einzigen komprimierten Stichflamme des Bewußtseins durchs Hirn. Es hatte sie so viel gekostet. Gott allein wußte, wie viel, und wieviel das alles wert war. Und Gott allein wußte, was er jetzt tun mußte, um seine unsterbliche Seele nicht zu verlieren.

Das Funkgerät an seiner Hüfte kreischte immer noch, aber Galindez konnte es nicht hören. Auch nicht die Schüsse hoch oben auf den Mauern.

Perkins' letzter Gedanke hatte seinen Männern gegolten. Zweihundert waren es.

Galindez riß sich die Hand vom Gesicht. Die Entscheidung lag nicht mehr bei ihm.

Victor Galindez rannte zum hinteren Ausfalltor von Zellenblock B.

Perkins hatte das Tor geöffnet, um zu fliehen, und dadurch unabsichtlich den Feuerball entzündet, der ihn verschlungen hatte. Galindez stolperte in die Einfahrt und blieb stehen. Seinem entsetzten Blick zeigte sich das Innere des Zellenblocks, und das war die Hölle. Galindez dachte, er wisse, was die Hölle war, er habe sie in den Verhörzellen in Salvador kennengelernt, aber erst hier begegnete er der wirklichen Hölle. Das war die Hölle, die die Jesuiten in sein erwachendes Kinderhirn eingeprägt hatten. Der Mittelgang war ein Feuerstrom, am heftigsten am hinteren Ende, und lief auf halbem Wege zur sengenden Spur des Feuerballs aus, die vor seinen Füßen endete. Dichte schwarze Dämpfe füllten die Glaskuppel, verdeckten die Sonne und verwandelten den ganzen Block in ein Totenhaus.

Die Zellenränge rechts von ihm waren leer; die links von ihm vollbesetzt, wimmelnd von schreckensirren Insassen. Ein paar Meter von ihm entfernt, griffen die Männer durch die Gitter und brüllten um Hilfe, als sie ihn sahen. Weiter hinten im Block war es still, die Gefangenen suchten, so gut es ging, Schutz im hinteren Teil ihrer Zellen. Von der kleinen Wachstation hier am Hintereingang konnten die Zellentüren nicht geöffnet werden, das ging nur von der Zellenblockstation am inneren Tor. Galindez rannte in die Wachstation und zog seinen Schlüsselbund heraus. Dann öffnete er einen Stahlschrank in einer Ecke. Der war voll mit Kleidung, Sonnencreme, Pornoheften, Wasserflaschen, verschiedenen Sportsachen. Perkins war ein schlampiger Kerl. Galindez schaufelte den ganzen Mist heraus, bis er fand, was er suchte:

eine Gasmaske für den Einsatz von Tränengas. Als er zurückrannte, fiel ihm etwas ins Auge. An der Wand lehnten ein paar Mops mit Eimern, die die Knastler hier stehen gelassen hatten, nachdem sie heute morgen den Laufgang gewischt hatten. Er stürzte hin. Einer der Eimer war noch voll mit verdrecktem Wasser. Galindez stellte den Feuerlöscher hin, nahm seine Mütze ab, packte den Eimer und schüttete sich den Inhalt über den Kopf. Dann zog er sich die Mütze fest übers Haar. Heisere Schreie kamen von den Rängen, denn die Männer hatten begriffen, was Galindez vorhatte.

»Scheißkerl! Scheißkerl!«

»Scheiße noch mal, los!«

»Vergiß dich, Mann!«

»Hopp auf, du Arsch!«

Galindez rannte vorwärts und schwenkte den Feuerlöscher in der linken Hand. Als ihm die Bewegung Hautstücke von den Händen riß, bemerkte er, daß er sich beim Abreißen von Perkins' Hemd die Hände verbrannt hatte. Er preßte das Metall fester, um den Schmerz zu ersticken. Ein paar Meter vor dem Feuerstrom, als er die Glut schon im Gesicht spürte, blieb er stehen und setzte den Feuerlöscher ab. Da drinnen gab es keinen Sauerstoff mehr. Er holte ein halbes Dutzend Mal tief Luft, atmete so tief ein und aus, wie er nur konnte. Die Schreie der Eingeschlossenen, noch hysterischer als bisher, wurden durch das Tosen der Flammen übertönt. Galindez stülpte sich die Gasmaske über. Durch die dicken Gläser sah er die Flammen verzerrt. Er zielte mit der langen, kegelförmigen Düse des Feuerlöschers auf den Boden, murmelte ein letztes Gebet und sprühte den weißen Schaum vor seine Füße.

Victor Galindez holte noch einmal tief Luft, hielt den Atem an und schritt vorwärts in die Flammen.

Tief geduckt, die weiße Wolke aus dem Trichter immer wieder in kurzen Böen vor seinen Füßen herwischend, bewegte sich Galindez in einer feuerfreien Tasche von luftlosem Raum vorwärts. Ging er zu schnell, kam er in die Flammen; ging er zu langsam, hatte er keine Chance, das andere

Ende des Laufgangs je zu erreichen. Nach jedem Schritt schlugen die Flammen wieder hinter ihm zusammen. Sein Rücken begann zu brennen. Er spürte das feuchte Haar unter dem Mützenrand zischen und gegen seine Kopfhaut schrumpeln. Ruhig. Ruhig. Ein Schritt, dann der nächste. Unter der Maske rann ihm der Schweiß in die Augen und beschlug die Gläser. Nicht atmen. Draußen ist kein Sauerstoff. Feuer und Schaumdüse füllten seine Ohren mit Gezische. Jetzt blind gehen. Ruhig. Ruhig. Einen Fuß vor den anderen setzen, hoffen, daß es eine gerade Linie ist, hoffen, fürchten, beten, jeden Moment damit rechnen, gegen die Gitterstäbe einer Zelle zu stoßen. Das wäre das Ende. Er wäre gern umgekehrt, wagte es aber nicht. Er wollte rennen, wagte es aber nicht. Er wollte atmen, wagte es aber nicht. Nicht umdrehen. Nicht rennen. Nicht atmen. Er hatte das Gefühl für Raum und Zeit verloren. Sekunden waren Stunden. Aber er mußte nahe sein. Er mußte schon ganz nahe sein. Mit der Schulter stieß er gegen etwas Hartes. Er drehte den Rücken gegen das Harte. Gitterstäbe waren es nicht. Glatt und hart, aber nicht rauh. Glas. Glas. Er war an den Käfigen vorbei. Die Hitze war gewaltig. Er spritzte sich den Schaum in einem Halbkreis vor die Füße und glitt seitwärts, den Rücken an die harte Glätte gepreßt. Sein Kopf war am Explodieren vor Hitze und Platzangst und von der Anstrengung des Atemanhaltens. Plötzlich war das Harte hinter ihm weg, und er stolperte.

Sein Rücken war die Glaswand der inneren Blockstation entlanggeglitten, und jetzt taumelte er durch die halb geöffnete Schiebetür. Er riß sie ganz auf und war drinnen. Er schlug die Tür zu. Der Feuerlöscher fiel ihm aus der Hand. Die gestaute Luft schoß ihm aus der Brust, keuchend lehnte er sich gegen die Wand. Rauch. Rauch. Mehr Rauch als Sauerstoff, aber die Maske schützte seine Lungen. Er war immer noch halb blind. Auf seine Erinnerung vertrauend, taumelte er durch den Raum, wühlte in seiner Tasche, zog seine Schlüssel heraus. Seine Hände fanden die Schalttafel für die Türen der Zellenränge. Tastend schob er seinen Paßschlüssel in das Sicherungsschloß und drehte ihn. Die Steuerung war-

tete auf die richtige Code-Nummer. 101 757. Er betete, daß er
sie richtig im Gedächtnis hatte, und schob die Maske hoch,
um zu sehen. Rauch stieg ihm beißend in Hals und Augen. Er
starrte auf die Schalttafel und hämmerte die Zahlen hinein.
Dann kam eine Pause, die sich bis in alle Ewigkeit dehnte.
Mutter Gottes.

Über dem Zischen des Feuers erhob sich ein langsam
ansteigendes Scheppern, dann ein Krachen von Stahl auf
Stein. Die Zellentüren waren offen. Von ferne hörte er verzweifelte Schreie der Erlösung und sackte gegen die Schalttafel. Jeder Atemzug war eine in Clorox getunkte Draht-
bürste, die ihm die Lungen herauskratzte. Er zwängte sich
wieder in die Maske, stieß sich von der Mauer ab, packte den
Feuerlöscher. Dann schob er die Tür auf und blieb auf der
Schwelle stehen. Durch die beschlagenen Gläser sah er einen
Mann in ein feuchtes Laken gehüllt, der an ihm vorbei in
Richtung Halle torkelte. Der Hof wäre besser, dachte Galindez. Der Hof wäre sicherer. Zumindest konnte man von dort
das Krankenrevier erreichen. Weitere Männer drängten sich
durch den Durchgang und strömten auf das Gefängnisin-
nere zu. Der Hof wäre sicherer. Aber er konnte das Feuer
kein zweites Mal ertragen. Er folgte den fliehenden Männern.

Nach fünf Metern hatte er die Flammen durchbrochen und
stand im Licht unter der großen Zentralkuppel. Er ließ den
Feuerlöscher aus der Hand gleiten, fiel auf die Knie und riß
sich die Maske vom Gesicht. Rennende Beine vor seinen
Augen. Lärm von Gewalt und Chaos.

Als Galindez den Kopf hob, um sich zurechtzufinden, sauste etwas Hartes, Schweres gegen seinen Hinterkopf.

Und das gewaltige Chaos wurde schwarz.

Sechzehn

In Zellenblock D hatte der Wahnsinn der Zerstörung schon begonnen. Die große Mehrheit der Männer hatte von Agrys Blitzkrieg nichts geahnt. Dennoch hatten sie sich wie aus einem Impuls heraus wie ein Mann auf die Zerschlagung des Gefängnisses gestürzt, kaum daß sich für einen Moment die Möglichkeit geboten hatte. Sie attackierten das alte Gemäuer, das Holz, die elektrischen Leitungen, die Einrichtung ihrer Zellen, sogar die Steinfliesen des Laufganges, mit jedem Gerät, das sie finden konnten, mit allem, was sie wegreißen und festhalten und schwingen konnten. Wasser strömte aus Dutzenden von Zellen, von zerschlagenen Wasserhähnen und Toiletten, an denen sie die Spülung blockiert hatten; Wasser fiel in Kaskaden von den oberen Rängen. Zerrissene Bettücher und die Füllung aufgerissener Matratzen flatterten durch die Luft. Und Lärm, Lärm. Das Toben sinnloser Zerstörung und ungeheurer Wut, zu lange aufgestaut und endlich freigesetzt.

Mit versteinertem Gesicht stapfte Klein durch dieses Armageddon.

Hinter ihm stolperte Claude Toussaint, betäubt, mit leerem Blick. Klein zog Claude den unteren Rang entlang. Höhnische Blicke fielen im Vorübergehen auf Claude, aber trotz seiner Hautfarbe versuchte keiner der Insassen ihn anzugreifen. Klein hielt vor Agrys Zelle und gab Claude mit dem Kopf ein Zeichen, er solle da hineingehen.

Claude starrte ihn an. »Nimm mich mit«, bat er.

»Warte auf Agry«, erwiderte Klein. »Hier bist du auf jeden Fall sicher.«

»Ich hab' Angst«, sagte Claude.

Klein sah ihm ins Gesicht. Ein bittendes Kind gab ihm den

Blick zurück. Klein dachte an Vinnie Lopez. Gleiches Alter. Zweiundzwanzig. Klein zwang sich, sein Herz zu verhärten. Mehr als je zuvor brauchte er jetzt seinen Panzer aus Stahl und Eis. Er schüttelte den Kopf.

»Du bist auf dich allein gestellt, Claude. Wenn du dich an mich hängst, macht Agry uns beiden die Hölle heiß.« Er legte Claude eine Hand auf den Nacken und drückte sanft. »Schau, ich glaube nicht, daß Agry dich killen will. Wenn du aushältst, was er mit dir tut, dann kannst du das ganze hier überleben. Wir beide können überleben. Ertrag's!«

Nach einer Weile nickte Claude.

»Ich zieh mich jetzt am besten an«, sagte er.

Klein kam es ganz plötzlich zu Bewußtsein, was ›ertragen‹ für Claude bedeuten müßte. Er nahm die Hand von seinem Nacken und schluckte. Claude drehte sich um und ging durch den Mousseline-Vorhang in Agrys Zelle, ohne sich noch einmal umzudrehen.

Klein ging zurück zur Wendeltreppe, ohne daß ihn jemand sah, und stieg in den zweiten Rang hinauf. Zwei Männer, die ihm auf der Treppe entgegenkamen, schob er einfach zur Seite. Oben stapfte er durch den Trümmerhaufen der Zerstörung, der sich im Mittelgang gesammelt hatte. Einige Männer saßen still in ihren Zellen und hofften, daß sie keinem auffielen, und beteten, daß niemand eine unbeglichene Rechnung mit ihnen hatte. Als Klein zu seiner eigenen Behausung kam, nahm er den Rasierspiegel von der Wand und stellte ihn auf den Boden zwischen den Gitterstäben, und zwar in Richtung Treppe, so daß er jeden sofort sah, der sich über den Laufgang näherte. Dann griff er in die Tasche und zückte die Pistole, die er Grauerholz abgenommen hatte. Er schwenkte den Zylinder heraus: noch fünf Schuß. Klein senkte den Hahn auf die volle Patrone neben der leeren Hülse. Jetzt hatte er vier Schuß hintereinander, dann die leere Patrone, die ihn erinnern sollte, daß er nur noch einen Schuß übrig hatte. Vielleicht würde er diesen für sich selber brauchen. Er legte das Schießeisen weg und preßte die Zähne zusammen. Er war jetzt mit allen fertig. Wer durch diese Tür

trat, war tot. Wer jammernd und blutend auf seiner Schwelle
um Hilfe rief, konnte dort liegen bleiben, bis er hin war. Er
würde sich nicht mehr aus diesem Loch rühren, bis der Wirbel sich gelegt hatte und er frei war. Für nichts und niemand.
Der Klebestreifen auf dem Spiegel fiel ihm wieder ins Auge.

SCHERT MICH EINEN FEUCHTEN DRECK

Ray Klein schloß die Zellentür, legte sich auf seine Pritsche
und wartete.

Siebzehn

Direktor Hobbes stand am Nordfenster seines Büros und starrte hinaus auf sein Gefängnis. In der Mittagssonne schien die Anlage in ihrer grandiosen Geometrie von schimmerndem Gold überdacht.

Aus dem hinteren Tor von Zellenblock B stieg Rauch auf.

Von den Wachtürmen kamen immer noch vereinzelte Gewehrschüsse.

Im Hof rührte sich niemand, alles war leer, bis auf die Leiber mehrerer Verwundeter. Die dort lagen, trugen alle blauen Drillich.

Hobbes wußte nicht, was drinnen im Gefängnis vorging, hatte aber eine gute Vorstellung davon.

Hinter ihm auf dem Schreibtisch läutete das Telephon.

Hobbes achtete nicht darauf.

Zum ersten Mal seit einer Ewigkeit war sein Gehirn leer von Gedanken, Worten, Ideen. Vergangenheit und Zukunft waren endlich in dieser bedeutendsten aller Gegenwarten ineinander verschmolzen.

Hobbes schaute auf die Uhr.

Laut Angabe der Wache vom Turm in der Westmauer war es genau dreiundzwanzig Minuten her, seit sie Sonny Weir brüllend und blutend aus dem Bauhof gezerrt hatten. Mehr Zeit hatte es nicht gebraucht, bis absolute Ordnung sich in absolute Anarchie verwandelt hatte.

Das Telefon läutete weiter, und Hobbes ließ es läuten.

Schließlich war das staatliche Zuchthaus Green River zum ersten Mal in seinem hundertundvierjährigen Bestehen vollkommen in den Händen seiner Insassen – damit sie es benutzten, wie es ihnen gefiel.

Teil Zwei

Der Fluß

Achtzehn

Nev Agry wußte, er konnte Claudine nur so weit trauen, wie er ihr seinen Pimmel in den Arsch schieben konnte, und das war in jeder Hinsicht nicht so weit, wie er's gern gewollt hätte.

Andererseits, was hatte man schon von einer Frau, der man unbeschränkt vertrauen konnte? Verdammt noch mal, gar nichts, das konnte Agry aus eigener Erfahrung bezeugen. Das schlimmste Jahr seines Lebens, und da rechnete er die harte Zeit im River dazu, war das mit der Frau gewesen, die zu heiraten er blöd genug gewesen war. Scheiße, das war jetzt fast zwanzig Jahre her. Sie hatte den ganzen Kies, den er in der Verpackungsfirma verdient hatte, zum Fenster rausgeworfen und ihn mit ihrer Nörgelei fast um den Verstand gebracht, und dann bildete sie sich auch noch ein, ihm mit ihrem zehntklassigen Sex, immer nur flach auf dem Rücken, die Tore zum Paradies zu öffnen. Sie war treu und anhänglich gewesen bis zum Erbrechen, was sie ihm von früh bis abends vorhielt und wofür er ihr ewig dankbar sein mußte. An dem Tag, da sie ihm mitgeteilt hatte, daß sie schwanger war, hatte Agry vor ihren verquollenen, tränenverschmierten Augen schweigend seinen Seesack gepackt und die Stadt mit einem Frachtzug in Richtung Osten verlassen. Und von allen verrückten Abenteuern, die er seither abgezogen hatte, einschließlich des letzten, daß er nämlich Block B niedergebrannt hatte, um Claudine zurückzukommen, war ihm nichts in der Geschichte seines Lebens so unverständlich geblieben wie die Tatsache, daß er Marsha geheiratet hatte.

Seither hatte er Frauen vorgezogen, die etwas Nuttenhaftes an sich hatten. Die waren wenigstens nur hinter dem Inhalt deiner Brieftasche her – oder, wenn du Glück hattest, hinter dem Inhalt deiner Hose – und hatten keinerlei Interesse, sich auch noch die nächsten vierzig Jahre deines beschissenen Lebens unter den Nagel zu reißen. Das hielt einen auf Trab. Außerdem war der Sex besser, und wozu brauchte ein Mann denn sonst eine Frau? Da fiel ihm absolut nichts ein. Und überhaupt, der beste Sex, den Agry je gehabt hatte, war im Gefängnis. Und der beste Sex im Gefängnis war mit Claudine. Während seine Männer die Strafanstalt zerlegten, trank Agry Bourbon und fickte Claudine volle fünfundfünfzig Minuten lang, kämpfte gegen das Sulfat, das seinen rasend herbeigesehnten Orgasmus verzögerte, bis er schließlich in einer gewaltigen Explosion ejakulierte, die ihm fast die Eingeweide aus dem Leib riß.

Noch ein paar Augenblicke danach war sein Hals geschwollen, und er hätte am liebsten geheult, ohne zu wissen warum. Zum ersten Mal in seinem Leben hatte er ein Gefühl der Befriedigung. Er küßte Claudine auf den Nacken – auf ihre gelbliche Haut, die von seinem Schweiß im Kerzenlicht glänzte, und Claudine murmelte irgend etwas vor sich hin. Und die Befriedigung fühlte sich wunderbar an.

Nev Agry war nicht ins Verbrecherdasein geschlittert; er hatte sich bewußt dafür entschieden. Auf diesem Frachtzug hatte er damals beschlossen, daß seine Heirat das letzte gewesen sein sollte, in das er jemals reingeschlittert war. Er hatte sich dann mit ein paar harten Burschen zusammengetan, die er aus seiner Zeit im Bau kannte, als er vom Militärgericht verurteilt worden war, und hatte eine Bank in Starkville, Mississippi, überfallen. Eine Verbindung von Intelligenz, Willenskraft und Aggressivität machte ihn zum geborenen Anführer dieser kleinen Bande, und Nev gefiel das. Acht Jahre lang lebte er so von der Hand in den Mund, von der Beute bei kleineren Banküberfällen in Montana, Florida, Michigan – nie zweimal im selben Bundesstaat. In dieser Zeit hatte er fünf Männer umgebracht: einen Zivilisten, zwei Bankwächter, einen stellvertretenden Sheriff und einen seiner Partner, der etwas zu heftig gegen die Höhe von Nevs Beuteanteil protestiert hatte. Beim Banküberfall in Sulphur

Springs in Texas hatte er einen Bullen von der Taille abwärts gelähmt hinterlassen und einen zweiten mit einer Titaniumplatte im Schädel. Fünfunddreißig Jahre bis lebenslänglich.

Auf der Straße stand Agry außerhalb der Gesellschaft, von der er lebte, und scherte sich kaum um ihre Mechanismen. Doch einmal drinnen, gefangen in der strengen Ordnung einer Gruppe, deren Mechanismen er nicht entgehen konnte, erkannte er, daß hier nur zwei Haltungen zählten: Herrschaft und Unterwerfung; und nur zwei Typen von Insassen: Führer und Geführte. Die überwältigende Mehrheit war mehr als zufrieden, zu den letzteren zu gehören. Er begriff auch, daß Unterwerfung im richtigen Moment durchaus zur Herrschaft führen konnte. Gegen die Hierarchie konnte man nichts ausrichten. Für diese Einsicht hatte er Lehrgeld bezahlt, als er, als Teenager bei den Marines, einem Spieß den Unterkiefer eingeschlagen hatte. Die Macht lag in der Hierarchie, nicht bei ihren einzelnen Mitgliedern. Ein Schwächling, der hoch oben in der Hierarchie stand, war unvergleichlich mächtiger als ein starker Mann außerhalb.

Nev war stark. Als er in den River kam, erholte sich Jack ›Hammer‹ Cutler, damals Häuptling von Block D, gerade von seiner zweiten Herzattacke. Jack war zwar noch immer der Herr im Haus, aber während seiner Zeit im Krankenrevier hatte er an Biß verloren, seine Gang saß auf dem absteigenden Ast und verlor zusehends an Einfluß und Schlagkraft. Agry schloß sich sofort dieser schwächsten Gang an. Außerdem freundete er sich mit Dennis Terry von der Wartung an und schleimte sich bei Bill Cletus ein, der damals erst Sergeant war. Unter Ausnutzung von Terrys Kontakten zu den Lieferanten sowie seiner eigenen, noch frischen Kontakte mit der Außenwelt organisierte er ein neues Schmuggelnetz, stärkte Cutlers Bande und wurde dessen rechte Hand. Eines Nachts vereinbarte er mit Cletus, daß seine eigene und Jacks Zelltüren offenbleiben sollten. Gegen zwei Uhr früh hockte er sich auf Cutlers Brust, drückte ihn mit den Knien nieder und hielt ihm mit eiserner Hand Mund und Nase zu. Am nächsten Morgen wurde Cutler tot aufgefunden, verstorben an einem dritten, diesmal tödlichen Herzanfall.

Das innere Wirtschaftssystem des River war so komplex wie das von Manhattan. Da waren zweieinhalbtausend Mann, die in einem Scheißloch lebten und arbeiteten. Die wollten Verschiedenes haben: kleine Annehmlichkeiten, Sex, Drogen, Magazine, Tabak, Süßigkeiten, Pin-up-Bilder – alles, was ihnen irgendwie Ablenkung und Genuß verschaffen konnte. Der Wechsel der Insassen ging ziemlich schnell vonstatten. Es gab einen harten Kern von Langzeitsträflingen, aber Agry rechnete aus, daß über eine Periode von zwei Jahren achtzig Prozent der Gesichter wechselten. Zu diesen Männern kamen Besucher – Freundinnen, Frauen, Brüder, Mütter –, und die brachten Geschenke mit: Bargeld und Drogen. Eine Mutter, die ihren Sohn am Ende ihrer monatlichen Besuchsstunde unter Tränen küßte, steckte ihm dabei oft ein paar Zwanziger, wenn nicht sogar ein paar Hunderter zu. Die Freundin hatte vielleicht ein Kondom dabei, in dem ein oder zwei Gramm Koks steckten; sie hatte es im Mund versteckt, vielleicht auch in der Fotze. Es gab auch Pakete, Radios, Turnschuhe, in denen sich bequem was unterbringen ließ. Und für ihre Jobs im Knast bekamen die Männer Gefängnisgeld. Was da jedes Jahr hereinfloß, belief sich gut und gern auf eine Million Dollar – möglicherweise das doppelte –, und das wurde in Luxusgüter umgesetzt und fand seinen Weg wieder hinaus, in den Taschen von LKW-Fahrern, Lieferanten und Wachen. Für den Sträfling selber war Geld Klopapier, aber Agry schaffte es, die Knete zu einer begehrten Sache zu machen. Etwas, womit man das Leid lindern konnte, etwas, um die von Heimweh geplagten Seelen daran zu erinnern, was sie hinter sich gelassen hatten.

Agry überlegte manchmal, daß er es hier drinnen weiter gebracht hatte, als es ihm draußen je gelungen wäre. Er führte ein Unternehmen, eine Organisation, auf dem härtesten Markt, den es überhaupt gab. Unter seinen Jungs gab es welche, die Scheiße nicht von Zahnpasta unterscheiden konnten, aber auf seinen Befehl würden sie jederzeit ihren

Schädel durch die Gitterstäbe ihrer Zellentür rammen. Andere, zum Beispiel Tony Shockner, hatten mehr Grips als er selbst und erledigten ganz spezielle Aufträge für ihn. Erwies sich eine Bestrafung als notwendig, wurde sie brutal und schnell durchgeführt. Dafür waren meistens seine Männer zuständig. Wenn ihm allerdings zu Ohren kam, daß ihn irgendein schwerer Bursche, der hier neu war, für einen Softie hielt, dann lieferte er ihm den Beweis seiner eigenen Brutalität.

Agrys Bande belieferte Block D mit Drogen und Alkohol. Das übrige Gefängnis überließ er DuBois und Grauerholz. Drogen brachten ihm einen guten Profit, da sie aber überall zu haben waren, machte er damit nicht den meisten Umsatz. Nach Agrys Schätzung verdiente er mit Elektrogeräten und Pornos mehr als Larry mit Kokain und mexikanischem Haschisch. Er hatte da etwas Außergewöhnliches aufgebaut: Das war der Begriff, den Klein einmal in Agrys Zelle benutzt hatte, als er mit Claudine Kuchen aß und Tee trank. Mit Klein war Agry nie richtig warm geworden; der war ihm einfach zu zurückhaltend, zu verschlossen. Ein Außenseiter mit Macht und daher ungewöhnlich. Vielleicht einzigartig. Und vielleicht war Agry auch eifersüchtig, aber nur eine Spur, auf Claudines sorgloses Gelächter, wenn Klein etwas Witziges sagte, das ihm selbst nie eingefallen wäre. Aber Klein war keine Gefahr, im Gegenteil, er war gut für Claudine. Und außerdem hatte er Agrys verdammte Brustinfektion schon sehr viel besser in den Griff bekommen, als es diesem Nichtskönner Bahr je gelungen war. Agry gefiel dieses Wort: außergewöhnlich. Das hatte noch nie jemand über ihn gesagt. Und jetzt wurde dieses Außergewöhnliche rund um ihn zertreten und zerfetzt.

Und dennoch hatte Agry, während er im Kerzenlicht schwitzte, dieses wunderbare Gefühl der Befriedigung.

Agrys Schlafkoje war nach dem Sex stickig vor Luftfeuchtigkeit und Körperhitze. Schweiß stand ihm auf der Kopfhaut und ließ die hellen Haare auf Brust und Bauch dunkel glänzen. Mit ihrem roten Lippenstift und ihrer Unterwäsche sah Claudine aus wie eine Million Dollar. Agry lächelte. So viel kostete sie dem Staat Texas tatsächlich, wenn nicht sehr viel mehr, wo jetzt das Scheißloch um ihretwillen in die Luft ging. Und falls es auch ihn was kostete, dann hätte er jeden Betrag bezahlt für das, was er jetzt hatte: das magere, schrille Mistweib, das da an seiner Seite lag.

Agry gehörten zwei Doppelzellen im Erdgeschoß. Gegen eine Menge Schmalz für Bill Cletus hatte man die Zwischenwand durchbrochen. In dem Raum stand ein Doppelbett mit orthopädischer Matratze und pfirsichfarbenem Bettzeug. Es war schon fast dunkel geworden, die Kerzen auf dem Tisch warfen flackernde Schatten auf die rohen Granitwände. Agry fand das irgendwie romantisch und hoffte, daß Claudine das auch fand, obwohl sie bisher kaum etwas gesagt hatte. Etwas stand zwischen ihnen, etwas, das er klären mußte.

»Warum hast du mich verlassen?« fragte er.

Langsam drehte Claudine ihren Kopf zu ihm herum. Agry legte ihr die Hand auf den Nacken, daß sie sich nicht noch weiter drehen konnte. Seine Finger gruben sich seitlich in ihren Hals, bis er den Pulsschlag fühlen konnte. Der war regelmäßig, nicht höher als achtzig, obwohl sie Speed genommen hatte. Claudine war überhaupt viel gelassener, als die meisten von ihr annahmen. Agry hatte vier Jahre lang mit ihr gelebt. Er kannte sie. Sie war aus dem Loch zwischen den Beinen ihrer Mutter direkt in eine Sozialwohnung in New Orleans gefallen und hatte seither alle Schwierigkeiten allein mit ihrem klugen Kopf überstanden.

»Hab' dich doch nicht verlassen, Schatz«, sagte sie. »Sie haben mich geholt. Das weißt du doch.«

Agry erinnerte sich tatsächlich. Es war, als hätte man ihm stumpfe Nägel durch die Hände gerammt. Und durch das Ende seines Pimmels. Cletus, dessen Taschen noch ausgebeult waren von Agrys Geld, war mit einem halben Dutzend seiner Leute erschienen, alle in wattierten Westen und Football-Helmen, und hatte es gewagt, am hellichten Tag den Frieden seiner Suite zu stören. Sie packten Claudine, schleppten sie aus ihrer Zelle und zerrten sie fort, in Block B. Während sie auf ihren hohen Absätzen, die Agry ein Heidengeld gekostet hatten, den Gang hinunterstöckelte und Cletus ihr gelegentlich mit dem Knüppel in den Rücken stieß, hielten die anderen sechs Wärter Agry am Boden seiner Zelle fest, während ihm Schaum vor dem Mund stand und er ihnen drohte, ihre Familien zu vernichten.

Eine solche Demütigung hatte es noch nie gegeben. Sie verweigerten ihm sogar ein paar Tage im Loch, was ihm wenigstens einen Rest an Würde erhalten hätte. Ein Dutzend schriftliche Ersuchen hatte er an Hobbes gerichtet und um eine Aussprache gebeten. Hobbes hatte sie alle zurückgewiesen und ihm vom hohen Roß herunter erklärt, daß kein Justizbeamter, und schon gar nicht der Direktor, verpflichtet sei, einem Menschen wie ihm seine Entscheidungen zu erklären. Einem Menschen wie ihm. Und Hobbes hatte auch noch die Frechheit, seinen Brief mit so einem beschissenen Zitat zu schließen: »Wer nicht Herr ist über seinen eigenen Geist, ist wie eine zerstörte Stadt ohne Mauern.« Was zum Teufel das auch bedeuten sollte.

Aus den Wärtern hatte er nicht mehr herausgebracht, als daß Hobbes Claudine verlegt hatte, um die Nigger zu besänftigen, und ganz besonders Reuben Wilson, diesen schwärzesten von allen schwarzen Schwanzlutschern, der offenbar Claudines ›Gefangenschaft‹ in Block D für eine Entwürdigung aller Schwarzen hielt. Als gebe es eine Stufe der Entwürdigung, die sie nicht alle schon am Tag ihrer beschissenen Geburt erreicht hatten. Sie sollten es sehen. Agry hatte für sie eine neue Stufe gefunden: Er hatte die Arschficker in ihren eigenen Zellen verbrannt, er hatte ihnen gegeben, was sie brauchten. Und Hobbes, der alte Schleimscheißer, der Reuben Wilson in den Arsch kroch, der brauchte sich um keine andere zerstörte Stadt mehr zu kümmern als um sein eigenes Gefängnis, sein Baby. Agry gestattete sich einen Augenblick des Triumphs. Aber seine Arbeit war noch nicht getan. Eine gute Arbeit. Falls sie vorher noch nicht gegen ihn gewesen waren – Hobbes und Wilson –, dann waren sie es jetzt. Agry schnaubte verächtlich. Wer nicht Herr ist über seinen eigenen Geist. Agry war Herr. Das hatte er ihnen gezeigt. Und dann war da noch Claudine und ihr Verrat. Ihre Haftprüfung. Vor drei Tagen hatte er mit der Post einen anonymen Brief bekommen, in Maschinenschrift: Toussaint ist für eine Haftprüfung fällig. Würde sie gestehen? Er lehnte sich gegen ihren Nacken.

»Wessen Idee war das, dich auf Block B zu bringen?« fragte er.

Er preßte Claudines Lippen und Gesicht in die Matratze, so daß ihre Stimme verzerrt klang. »Weiß ich nicht. Meine sicher nicht.«

»Wilson?«

Claudine antwortete nicht. Agrys Hand krampfte sich in ihren Hals.

»Wilson! Wilson!«

Claudines Hals war knapp am Brechen. Sie keuchte und strampelte und brachte kein Wort heraus. Agry lockerte den Druck, und Claudine quiekte ins Kissen.

»Ja, Wilson. Wilson hat's verlangt. Weiß nicht warum. Weiß wirklich nicht.«

»Von wem hast du das?«

»Von Stokely Johnson.«

»Was hat Johnson gesagt?« knurrte Agry.

»Hat er auch nicht gewußt, warum. Nur daß es eine Schande für die Brüder ist, und wenn's auf ihn ankäme, würde er mich umbringen lassen.«

»Das ist alles? Sonst nichts?«

»Sonst nichts.«

»Du verlogenes Miststück.«

»Die waren schlecht zu mir, Nev. Wirklich schlecht. Du weißt gar nicht, wie schlecht.«

Eine Sekunde lang spürte Agry in seinem Hals das Vergnügen, das es ihm bereiten würde, sie zu töten, jetzt, auf der Stelle. Es lag ihm auf der Zunge, sie mit ihren Lügen zu konfrontieren, mit ihrer bevorstehenden Haftprüfung. Aber er schluckte es hinunter. Solange er es wußte und sie nicht, hatte er sie in der Hand. Es kam sicher noch ein besserer Moment, es ihr an den Kopf zu schleudern. Er ließ ihren Nacken los.

Claudine brach in dünnes Hüsteln aus. Agry beobachtete, wie sie sich wand, und erstickte fast vor Mitgefühl und Verständnis. Sie war schließlich auch nur ein Mensch. Warum sollte sie nicht aus diesem Loch herauskommen wollen? Sie brauchte Zeit, Mitgefühl, Zärtlichkeit, diesen ganzen guten Scheiß, den eine Lady brauchte, wie er in Zeitschriften gelesen hatte. Auf dem Tisch stand neben den Kerzen eine Flasche mit Babyöl. Er beugte sich über Claudines Rücken, nahm die Flasche, schüttete sich etwas in die hohle Hand und fuhr ihr damit über den Rücken, daß ihre Haut einen seidigen Glanz bekam.

»Na, wie ist das, Baby?« fragte er.

Claudine antwortete mit geschlossenen Augen: »Gut.«

Agry stützte sich auf den linken Ellbogen und massierte ihr das Öl in die Haut, Quadratzentimeter für Quadratzentimeter. Das war auch etwas, das er aus den Magazinen wußte. Die Bienen mochten das. Nonstop-Ficken war nicht ihre Sache. Er selbst konnte nie genug bekommen von Claudines schöner Haut, ihrer Tönung, ihrer Glätte und wie sie im Kerzenlicht schimmerte. Die Schönheit strömte durch die Fingerspitzen in ihn ein, und seine Wut legte sich. Er empfand von neuem diese wunderbare Befriedigung. Er war König. Er war König in der Fülle seiner Macht, gesättigt von Eroberung und Sieg. König der Welt. Seine Männer stürmten jetzt durch die Straßen dieser Welt, setzten in Brand, plünderten und vergewaltigten, denn das war das Vorrecht einer siegreichen Armee. Sie hatten einen zahlenmäßig überlegenen Gegner durch Willenskraft und gnadenloses Zielbewußtsein ausgeschaltet. Er, Nev Agry, hatte der dichtesten Konzentration von aufsässigen, anarchischen, hinterfotzigen, psychopathischen, verzweifelten Menschen auf dem ganzen Kontinent seinen Willen aufgezwungen. Er hatte die falschen Herren aus den Vorhöfen seines Palastes verjagt. Er hatte die Barbaren von den Toren vertrieben. Er hatte seine geraubte

Königin zurückgeholt, mit schneller und erbarmungsloser Rache. Sein Wort war das Recht. Sein Wort war das Gesetz, und es schmeckte ihm süß auf der Zunge.

Alles was bisher gewesen war, alles was noch kommen würde, war diesen einen Moment wert. Sollte der Teufel sich holen, was ihm gebührte. Die meisten Männer robbten auf dem Bauch durchs Leben, krochen tagaus, tagein ihrer Angst in den Arsch, schwitzten sich die gelben Därme aus dem Leib für jeden, der über ihrem Kopf die Peitsche knallen ließ. Und die Peitsche war immer da, egal wie reich oder arm einer war, denn die Peitsche schnalzte in deinem eigenen Scheißschädel. Es war die Angst vor dem Tod, daher ließ man sich von jedem erstbesten schwanzlutschenden Boß in den Mund pissen, wenn ihm danach war, oder man überließ seine Eier den eiskalten, gierigen Krallen eines habsüchtigen Weibsbilds und ließ sie von ihr abzwacken, und alles nur aus lauter Todesangst. Aber Nev Agry hatte keine Angst. Er war einer unter Millionen. Er war außergewöhnlich. Er war ein König in der Fülle seiner Macht. Und er fürchtete weder Mensch noch Gott.

Claudine zuckte und schrie auf, und Agry kehrte aus seinen Träumereien in die Gegenwart zurück, zu seiner Massage, bei der er Claudines Rücken mit Öl einrieb.

»'schuldigung, Baby«, sagte er. »Drück' ich zu stark?«

»Ein bißchen«, sagte sie.

Agry drückte wieder auf die gleiche Stelle – die unteren Rippen auf der linken Seite –, und wieder zuckte sie zusammen. In Agrys Brust stieg eine große Finsternis auf. Auch auf ihrer Wange war ein blauer Fleck, den sie sich angeblich auf dem Weg von der Küche geholt hatte.

»Das ist ein Knutschfleck«, sagte er.

Claudine antwortete nicht. Agry packte sie an der Schulter und rollte sie auf den Rücken. Als sie ihm kurz ins Gesicht sah, bemerkte er die Angst in ihren Augen. Er wollte nicht, daß sie Angst hatte. Nicht vor ihm. Und wenn sie vor einem anderen Angst hatte, dann würde der nicht alt werden. Sie schloß die Augen.

»Was hat Johnson mit dir getan?« fragte er.

Claudine schlug sich den Unterarm vor die Augen und biß die Zähne zusammen, damit ihre Lippen nicht mehr zitterten. Agry fühlte sein Herz zerfließen. Er wühlte tief in seinem Gedächtnis, um sich daran zu erinnern, was er in diesem verdammten Artikel gelesen hatte.

»Baby«, sagte er und streichelte ihr Haar. »Du mußt das nicht in dich hineinfressen. Das ist nicht gut, wenn man alles schluckt.« Ein Wort sprang ihm auf die Lippen: »Das ist traumatisch.«

Claudine brach abrupt in Tränen aus. Teufel auch, das Zeug wirkte wirklich. Agry war plötzlich sehr stolz auf sein Feingefühl. Stammelnd kamen Claudine die Worte von den Lippen. »Johnson hat mich vergewaltigt.«

Agry packte Claudine und zog sie an sich. Die Finsternis in seiner Brust schwoll ungeheuer und verwandelte sich in unergründliches Schwarz, das ihm bis in die Augen stieg und ihn schwindlig machte. Er drückte sie an sich. Das Schwarz war ein tiefes Loch, das danach schrie, mit Menschenleid gefüllt zu werden. Nichts anderes würde ihm genügen. Weder Freiheit noch Reichtum noch Liebe. Schmerz. Es gab ein knirschendes Geräusch, und Claudine stöhnte auf. Agry konzentrierte sich und brachte es fertig, seinen Griff zu lockern. Johnsons Fresse schwamm vor seinem inneren Auge, aber die Schwärze verschwand und wich einem heftigen Drang, sich zu erbrechen. Er unterdrückte den Drang und griff nach der Flasche Maker's Mark auf dem Tisch. Seine schlimmsten Phantasiebilder fanden sich bestätigt. Er steckte sich den Flaschenhals in den Mund und trank. Er trank sie aus, ohne Luft zu holen. Nein, nicht die schlimmsten; nur die zweitschlimmsten. Sie hatte Johnson nicht gewollt. Das schwarze Niggeraas hatte sie vergewaltigen müssen. Agry kämpfte gegen den Drang seiner Finger, sich um ihren Hals zu schließen. Wortlos strich er ihr übers Haar. Claudine nahm den Arm vom Gesicht und sah ihn mit ihren großen, feuchten braunen Augen an.

»Tut mir leid«, sagte sie.

»Ist schon okay«, sagte Agry, aber es klang nicht sehr überzeugt.

»Weißt du, was er mir noch angedroht hat?«

»Ich hab' gesagt, es ist okay, zum Teufel. Er ist hin. Ich
wünschte, das Arschloch wäre noch am Leben, aber er ist es
nicht.«

»Wenn dich das tröstet«, sagte Claudine, »er trug immer
einen Pariser.«

»Verdammt«, keuchte Agry.

Von dem herrlichen Gefühl der Befriedigung war keine
Spur mehr übrig. Plötzlich war er sich auf unerträgliche
Weise seines eigenen Körpers bewußt. Er war nicht mehr
ganz so stark wie früher, aber seine Form war nicht schlecht.
Einhundertsechzig Kilo brachte er immer noch sechsmal
hoch. Aber sein Körperbau war nicht von der Art, daß man
es ihm ansah. Um die Mitte und die Hüften war er von Natur
aus ziemlich stämmig, aber die Arme waren kurz. Außerdem war er gut fünfzehn, zwanzig Jahre älter als Johnson.
Ihm stieg die Galle hoch. Dann kam tief in seinem Bauch die
Frage auf. Er spürte seinen Schwanz schrumpfen und taub
werden, während sein Hirn gegen seinen Willen erneut die
Frage stellte, nörgelnd, höhnend, drängend. Er spürte, wie
sich die Angst wie eine Schlinge um seine Brust legte. Die
Worte schossen aus ihm heraus.

»Wie war er?« fragte er, konnte ihr aber dabei nicht ins
Gesicht sehen.

»Was meinst du?« fragte Claudine.

Agry fuhr sie rasend an: »Ich mein' genau das, was du
glaubst, daß ich meine.«

Claudine zog den Kopf ein, Agry sah mit Genuß die Angst
in ihrem Gesicht. Wenn das Miststück mit ihm spielte, dann
war das, was Stokely Johnson ihr angedroht hatte, im Vergleich zu seinen Plänen die reinste Schönheitschirurgie. Er
fing sich. Beruhigte sich. Mein Gott. Johnson war doch nur
ein toter Nigger. Agry war der Herr der Welt. Er war froh,
daß nur Claudine dies miterlebte. Er wischte sich eine Handvoll Schweiß vom Gesicht und spritzte ihn an die Wand.

»Na?« sagte er. »Die Wahrheit. Erzähl mir keinen Scheiß, um mich zu beruhigen.«

»Er war länger als deiner«, erklärte Claudine.

Die Schlinge um Agrys Brust zog sich noch enger. Sein Gesicht blieb ungerührt. Überhaupt war er ein viel zu cooler Typ, um sich von dieser Art von Scheiß beeindrucken zu lassen. War ihm doch egal. Auf die Größe kam es sowieso nicht an, jeder wußte das, der die richtigen Magazine las.

»Aber nur zwei Zentimeter«, fuhr Claudine fort.

Agry lief dunkelrot an. Nur zwei Zentimeter. Himmel, Arsch und Zwirn, Mann. Wer würde nicht seiner eigenen Mutter den Hals umdrehen und seinen besten Freund verraten für zwei Zentimeter zusätzlich? Die Schlinge aus Angst nahm ihm die Luft. Er konnte nicht mehr atmen.

»Aber deiner ist dicker, Schatz. Darauf kommt's vor allem an«, sagte Claudine.

Agry sah ihr forschend ins Gesicht. Wollte sie ihn verscheißern, oder was? Er konnte es nicht sagen. Er konnte es verdammt noch mal nicht sagen. Sie hatte ihr Zuckerpuppen-Gesicht aufgesetzt.

»Dicker?« ächzte Agry.

Claudine lächelte ihn an, wie nur sie es konnte. Diese vollen Lippen, die immer zu schmollen schienen. Backenknochen, für die jede echte Frau einen Mord begangen hätte. Und die Brauen. Scheiße. Claudine legte ihm die Hand auf den Schwanz, und Agry fühlte seinen Hals vor Geilheit vibrieren. Er bekam einen solchen Ständer, daß er schon weh tat. Plötzlich wußte er, warum er diesen ganzen Scheißhaufen hatte in die Luft gehen lassen.

»Von oben bis unten dicker«, sagte Claudine. »Von einem Ende zum anderen.«

Sie beugte sich über seinen Bauch und fing an, ihm einen zu blasen. Verdammt. Er hatte zu tun. Ohne seinen Steifen zu verlieren, brüllte er durch den Mousseline-Vorhang.

»Tony!«

Claudine pumpte erbarmungslos weiter. Agrys Lider flatterten in einer Ekstase, die eigentlich nicht mehr Vergnügen zu nennen war. Tony Shockner hüstelte hinter dem Vorhang.

»Tony?«

»Boß?« fragte Shockner diskret.

»Bring Grauerholz zu mir. In zehn Minuten.« Agry rang nach Luft. »Und seine Jungs. Ich hab' was Spezielles für sie.«
Er brach in ein ersticktes Ächzen aus, als Claudine jetzt mit ihren Zähnen kam.

»Los«, sagte Agry.

Shockners Schritte entfernten sich. Agry schob Claudine von sich weg und rollte sie auf den Bauch. Dann packte er das Babyöl und spritzte ihr eine Ladung zwischen die Arschbacken. Von einem Ende zum andern, hatte sie gesagt. Verdammt! Diesmal, beschloß er, wollte er daran denken, es ihr auch mal vorne zu besorgen.

Neunzehn

Die Gedanken taumelten durch das Gravitationsfeld von Hobbes' Bewußtsein wie fallendes Mauerwerk. Bevor er den einzelnen Stücken ausweichen konnte, fielen sie auf ihn nieder und durch ihn hindurch und waren plötzlich wieder fort, schon ersetzt durch einen anderen Gedanken, ein anderes Fragment, ein anderes Gefühl von ungeheurem Gewicht und Macht.

Sein Herz schwoll an vor Mitgefühl und Mitleid, so tief und allumfassend, daß es an Liebe grenzte. Die Gefangenen, gnadenlos in dem Heizkeller aus Glas und Granit eingesperrt, waren schließlich seine Männer. In seiner Hand lag es, für sie zu sorgen. Daß einige von ihnen geopfert werden mußten, um die Wand aus Heuchelei und Verbrechen, die eine echte und sinnvolle Reform des Strafvollzugs verhinderte, zu durchstoßen, bereitete ihm keinerlei Genugtuung. Viel eher einen heftigen Schmerz.

Hobbes hatte sein Leben – sein *Leben* – diesen unseligsten aller Menschen geopfert. Er hatte die Literatur der Strafvollzugslehre, Psychopathologie, Soziologie durchforstet, ebenso die Erziehungslehre, Psychologie und Philosophie; er hatte sich das eigene Hirn zermartert, dessen Kapazität, gelinde gesagt, nicht gering war; er hatte bei sich selber Tag und Nacht unermüdlich Herz und Seele überwacht, um nur ja das Hoffnungsgeflüster nicht zu überhören, das seinen Rücken über die Aufgabe gebeugt hielt. Er durchschritt Abgründe der Melancholie, verheerende Depressionen schleuderten ihn zu Boden, bis daß er den Gott, an den er nicht glaubte, um Trost im Tod anwinselte. Um keines jener hohen Ämter, die einem Mann von seinen Fähigkeiten offenstanden, hatte er sich je beworben. Statt dessen hatte er das moderne Bundesgefängnis in Illinois aufgegeben, um Green River wiederzueröffnen und zu etwas ganz Besonderem zu machen.

Doch jetzt war er so weit von seinen anfänglichen Visionen von Reform und sozialer Rehabilitation entfernt, war so vergiftet von der bitteren Galle des Versagens, daß er in diesem Moment keine einzige der idealistischen Vorstellungen, die ihn vor einem Vierteljahrhundert angetrieben hatten, aus den Tiefen seines Gedächtnisses ausgraben konnte. Er wollte die Männer erst dann wieder der Gesellschaft zurückgeben, wenn sie reingebrannt waren in den läuternden Flammen der Disziplin, das hatte er sich vorgenommen, glaubte er sich zu erinnern; er hatte die Vorstellung, den verlorenen, verstümmelten Seelen die bürgerlichen Ehrenrechte zurückzugeben. Hätte er die gesammelte Energie eines ganzen Lebens in dieses phantastische Vorhaben investiert, wenn er gewußt hätte, daß er als eine Art besserer Wärter enden würde, der einem räudigen Schurken einen Schöpflöffel Fraß auf den Teller klatschte? Die bittere Galle stieg ihm wieder in den Hals. Er hätte alles werden können, was er wollte. Arzt, wie Klein. Richter. Universitätsprofessor. Doktor Campbell Hobbes. Professor Campbell Hobbes. Statt dessen hatte er sich mit einer Bürokratie eingelassen, die so stinkend und so labyrinthisch war wie die Kloake unter Green River, und hatte für die Männer hier, die Verdammten dieser Erde, gekämpft.

Hobbes starrte aus dem Nordfenster in die rötliche Dämmerung am westlichen Horizont, und seine Schultern zuckten in einer wütenden Mischung aus Raserei und Schmerz. Er war der Sohn der Sonne, aber die Sonne starb erst in Äonen, sein eigenes Leben dagegen verging im Blinzeln eines Augenblicks. Es gab keine Gerechtigkeit. Alles, was er plante und wollte, hatte die Maschinerie ihm durchkreuzt. Hier scherte sich keiner um Gerechtigkeit, sie wußten nicht einmal, was das Wort bedeutete. Strafmaß und Bewährungshilfe waren Strohhalme im Wind der Furze aus dem Anus der Politiker. Immer wieder wurde sein Budget gekürzt;

seine Programme wurden nicht ausreichend finanziert; seine Zellen barbarisch überfüllt. Die offene Korruption der Gefängniswärter und der Lieferanten, der Mitglieder der Haftprüfungskommission – alles war auf höchster Ebene bekannt und gebilligt. Alles, was die Räder in Gang hielt, war genehm. Alles, was die Kosten niedrig und die Gefangenen fügsam hielt. Und wenn die Insassen sich permanent mit Narkotika beruhigten, die sie auch noch aus eigener Tasche bezahlten – um so besser. Auch angesichts der Aids-Krise bestand die offizielle Reaktion in Gleichgültigkeit. Nach so vielen Jahren betrachtete der zuständige Gouverneur Hobbes noch immer als Intellektuellen von der Ostküste, der zu weich war gegenüber Homosexualität und Verbrechen. Wenn die Sträflinge sich durch Aids verringerten, dann weinte ihnen niemand eine Träne nach. Auf den von Hobbes mit Vehemenz vorgetragenen Einwand, daß die Insassen eine Brutstätte der Ansteckung darstellten, von wo aus die Krankheit in die zivile Bevölkerung ausstrahlte, bekam er zu hören, es handle sich ohnehin nur um Nigger und Mexikaner und andere Parasiten des Wohlfahrtsstaates, die von niemand vermißt würden, nicht einmal von ihren Familien. Außerdem verdiente jeder Weiße, der mit einem Nigger fickte, und das womöglich ohne Kondom, ohnehin den Tod; und besonders dann, wenn der Weiße eine Frau oder ein Schwuler war.

In Hobbes' Augen hatten diese Menschen schon längst jene moralische Autorität verloren, die zur Anwendung des Gesetzes nötig ist. Und doch hatte er in den letzten Wochen, als sich ihm die Möglichkeit einer radikalen Änderung bot und er darüber mit seinem Gewissen rang, begriffen, daß auch er selber nur der Sklave seiner eigenen Eitelkeit und Großmannssucht war. Die Wunschvorstellung, er allein könne etwas bewirken, war auch nur Flucht vor der wahren Erlösung, niedriges Lechzen nach dem leeren Beifall jener, die er am meisten verachtete. Er wollte sich nicht länger an das Prinzip der persönlichen Identität ketten lassen. Dann wollte er lieber alles, was er hatte, in einem Taumel der

Befreiung wegwerfen. Schluß mit der selbstmörderischen Lethargie, der er bisher gefrönt hatte. Statt dessen wollte er sein Schicksal und das Schicksal aller Menschen im Glorienschein des unwiederbringlichen Verlusts auf sich nehmen.

Hobbes starrte auf die ölige Rauchwolke, die noch immer in der feuchtschwülen Luft über dem hinteren Tor von Zellenblock B hing. Nur unter Aufbietung seiner gesamten Selbstbeherrschung war es ihm gelungen, sein Entsetzen zu beherrschen, als er erkannte, wie weit Agry tatsächlich gegangen war. Aber es war ihm gelungen. Er hatte den Alarm bei der örtlichen Feuerwehr gestoppt. Jawohl. Er hatte jeden Rettungsversuch unterbunden. Er hatte sämtliche Wachen abgezogen und jede Verbindung mit dem Gefängnis untersagt. Wenn die Geschichte einen irgend etwas lehrte, dann dieses: Veränderung konnte nur durch Opfer und Blut herbeigeführt werden; je sinnloser und beliebiger, desto besser. Hobbes schloß aus der Geschichte, daß die Menschheit nur dann einen Schritt vorwärts tat, wenn gewaltsamer, verheerender Umsturz sie dazu trieb. Der rückwärts gewandte Blick der Historiker auf der Suche nach Ursachen und Erklärungen war nutzlos, das waren Affen, die mit dicken Fingern in einem Misthaufen nach Fraß suchten. Ursachen waren irrelevant. Alles, was zählte, war die Katastrophe selbst, die sich immer wieder aufs neue ereignete, um die Eitelkeit der Humanisten und ihre läppischen Institutionen ins Lächerliche zu ziehen. Kraft konnte nur durch Verwundung wiederhergestellt werden. *Virescit vulnere virtus.* Vielleicht kam es hier, auf diesem dreckigen Stück texanischen Sumpflands, zu einem neuen Anfang, hier, wo Hobbes selbst die primitive Wut, die die Wirklichkeit zerstören und dadurch neu erschaffen wollte, aus ihrem Käfig freiließ. Jawohl. In einem einzigen Schlag von furchtbarer Kühnheit hatte John Campbell Hobbes Vernunft, Motive, Ziele aufgegeben und die radikale, ungezähmte Energie der Geschichte selber angezapft.

Es klopfte an der Tür. Hobbes drehte sich um.

»Herein«, sagte er.

Die Tür öffnete sich, Captain Bill Cletus trat ein und schloß die Türe hinter sich. Seine massige Figur steckte in einem schwarzen Overall, über und über behangen mit seiner Ausrüstung: Funkgerät, chemische Keule, Schlagstock, Handschellen, eine automatische Browning. Cletus salutierte.

»Sir«, sagte er.

Hobbes nickte, trat an seinen Schreibtisch und deutete auf einen Stuhl.

»Setzen Sie sich, Captain.«

Hobbes nahm hinter dem Schreibtisch Platz. Die Beleuchtung in dem Raum war nicht eingeschaltet, nur aus dem Südfenster fiel noch etwas Licht von der untergehenden Sonne auf Hobbes' Rücken. Cletus war ein etwa vierzigjähriger Mann mit groben Gesichtszügen, ein Veteran des Strafvollzugs, seit über zwanzig Jahren in täglichem Kontakt mit dem absoluten Abschaum der Gesellschaft. Sein Gesicht war von der Sonne gebräunt und vom ständigen Streicheln der Gemeinheit glatt gebrannt. Wann immer einem Gefangenen der Besuch eines sterbenden Verwandten untersagt, ein Mann ins Loch gezerrt, ein verstümmelter Leichnam von den Steinfliesen gekratzt und in die Leichenhalle gebracht wurde, war Cletus zur Stelle. Nach allen diesen Jahren wußte Hobbes nicht besser, was sich hinter diesem Gesicht verbarg, als bei seinem ersten Treffen mit dem jungen Wärter, der damals frisch von einem Infanterie-Bataillon und dem Einsatz in Vietnam hierhergekommen war. Keine Beschwerde – und es hatte viele gegeben – gegen Cletus und seine Männer war je durchgegangen. Das war Teil ihrer Abmachung, und Hobbes hatte sich immer daran gehalten. Würde Cletus jetzt auch dazu stehen? Hobbes öffnete seine Schreibtischlade, zog einen gläsernen Aschenbecher heraus und stellte ihn auf die Glasplatte.

»Bitte, rauchen Sie nur«, sagte Hobbes.

»Danke, Sir.«

»Wie ist die Stimmung bei Ihren Männern?« fragte Hobbes.

»Stabil«, sagte Cletus. »Sie wissen, was sie zu tun haben.«

»Und die Gefangenen?«

Cletus zuckte die Achseln. »Wir nehmen an, daß die in Block C noch immer vom Mittags-Zählappell in ihren Zellen festsitzen. Hauptsächlich Mexikaner und Schwarze, Agry wird sie also unter Verschluß halten. Die übrigen rasen wild durch die Gegend. Alle Kabel zum Hauptgebäude sind gekappt, nur das Krankenrevier und die Werkstätten haben noch Strom. Ihrer Anordnung entsprechend, gilt eine totale Nachrichtensperre, und das Notstrom-Aggregat schalten wir erst ein, wenn es uns paßt. Wir lassen sie im eigenen Saft schmoren, und die heutige Nacht wird heiß, finster und blutig. Morgen früh werden die meisten zu uns gekrochen kommen.«

»Einzelkapitulationen können wir nicht annehmen«, erklärte Hobbes. »Entweder kommen alle zusammen heraus oder keiner.«

»Das sage ich auch. Die haben einen Herdeninstinkt. Im Moment geht's um Blut, aber wenn die Sache kippt, dann soll es sich gegen den harten Kern richten. Ich will nicht, daß meine Männer da drinnen in der Falle sitzen mit dreißig oder vierzig total Verrückten, sonst könnte das noch eine ganze Woche so weitergehen.«

»Konnten Sie die Zahl der Geiseln bestätigen?«

»Jawohl, Sir. Im Hauptgebäude sitzen dreizehn Mann fest.«

»Und die Verletzten, die herauskamen?«

»Hauptsächlich Schnittwunden und Quetschungen, aber Officer Perkins liegt auf der Intensivstation in Beaumont. Wenn er die Nacht überlebt, hat er gute Aussichten. Sung, der ihn herausbrachte, bekam einen Schlag mit einem Pflasterstein ab. Heute nachmittag wurde ihm ein Blutgerinsel aus dem Gehirn entfernt, er ist außer Gefahr. Soviel wir wissen, gibt es keine Geiseln in den Werkstätten.« Cletus zog eine Packung Camel ohne Filter heraus. »Alles in allem kann man sagen, daß die Evakuierung ein Erfolg war.« Er schüttelte eine Zigarette heraus und steckte sie in den Mund.

»Und was ist mit dem Krankenrevier?« fragte Hobbes.

»Niemand von uns drin. Nur Coley und die anderen Insassen.«

»Wurden noch andere Beamte von den Flammen eingeschlossen und halten sich womöglich noch da drinnen auf?«

»Das ist uns nicht bekannt. Sergeant Galindez hat meine Anordnung mißachtet und nach dem Evakuierungsbefehl noch einmal den Block B betreten.«

»Er ist ins Feuer gegangen?« fragte Hobbes.

»Er hat die Zellentüren geöffnet, um die Insassen herauszulassen. Er ist einer von den dreizehn Vermißten. Krakowicz hat gesehen, wie er niedergeschlagen wurde, konnte aber nicht zu ihm. Wie schwer er verletzt ist, wissen wir nicht.«

»Er muß viele Leben gerettet haben«, sagte Hobbes.

»Er hat meinen Befehl mißachtet«, entgegnete Cletus kurz. »Und er hat Perkins und Sung alleingelassen, als sie ihn brauchten.«

»Aber sein Verhalten war doch wirklich tapfer«, warf Hobbes ein.

»Wenn er überlebt«, sagte Cletus, »bekommt er von mir eine Dienstaufsichtsbeschwerde.«

Hobbes beschloß, nicht weiter zu diskutieren. Er wußte, daß für Cletus die gesamte Gefängnisbesatzung, alle zweieinhalbtausend Mann, nicht das Leben eines einzigen Wachbeamten aufwog. Die neueste Taktik bei Revolten war aus den Erfahrungen von Attica, New-Mexico und Atlanta entwickelt worden. Wenn ein Aufruhr den Punkt erreichte, wo er als uneindämmbar galt, verließen die Wachen das Gefängnis. Die letztendliche Wiederherstellung der Ordnung stand nicht in Zweifel; nur die Zahl der Opfer.

»Wie reagieren Ihre Männer auf die Geiselnahme?«

Cletus zündete sich die Zigarette an. »Sie wollen sie herausholen, natürlich, aber sie überlassen es mir zu sagen, wann und wie. Die machen nichts auf eigene Faust. Und die Jungs da drin, die sind so gut vorbereitet wie nur möglich.«

Der letzte Satz wurde mit einigem Stolz geäußert. Cletus hatte seine Männer regelmäßig auf Seminare geschickt, wo sie psychologisch auf eine Geiselnahme vorbereitet wurden. Es war eine Tatsache, daß Wachen dabei nur selten umkamen. Revoltierende Sträflinge ließen ihre Wut aneinander aus, und meist ging es dabei um andere Rassen. Sogar auf dem Höhepunkt des Chaos respektierten sie die Macht des Staates, die die Khaki-Uniform verkörperte, und fürchteten sie. Die eingeschlossenen Wachbeamten machten sicher die Hölle durch, aber sterben würden sie wahrscheinlich nicht, es sei denn, die gewalttätigen Gefangenen würden durch einen voreiligen Rettungsversuch provoziert oder in Panik versetzt.

»Wie ist die Haltung des Gouverneurs?« fragte Cletus.

Hobbes sah Cletus in die Augen.

»Wir haben seine hundertprozentige Unterstützung. Die Nationalgarde ist im Alarmzustand, aber er stimmt mit mir darin überein, daß es keinen Sinn hat, sie zum gegenwärtigen Zeitpunkt einzusetzen. Ihm liegt ebenso viel daran wie mir, daß die totale Nachrichtensperre so lange wie möglich eingehalten wird.«

Abgesehen von der letzten Behauptung war alles, was Hobbes sagte, gelogen. Er hatte den Gouverneur des Bundesstaates keineswegs informiert und würde das, wenn überhaupt, auch erst im allerletzten Moment tun. Das ging sie alle nichts an.

»Auf der Nachrichtensperre muß ich unbedingt bestehen, Captain«, erklärte Hobbes. »Ich möchte keine Fernsehkameras in Hubschraubern über unseren Köpfen kreisen sehen.«

»Ich auch nicht«, bestätigte Cletus.

»Ich möchte nicht, daß sie Green River in einen Zoo verwandeln. Das hier sind nicht die Straßen von Los Angeles. Das ist die panoptische Maschinerie. Unsere Pflicht liegt im Disziplinieren und Bestrafen, nicht darin, den verkommenen Hirnen unserer Einwohnerschaft einen Zirkus frei Haus zu liefern. Durch ihre eigene Entscheidung ist dies hier ein Ort der Düsternis und des Leidens, wo das Auge des Einwohners das Recht, seine Opfer zu zählen, längst verloren hat.« Hobbes hielt inne und wischte sich die Spucke von den Lippen. »Das geht sie nichts an.«

»Bin völlig Ihrer Meinung, Sir«, sagte Cletus.

Er nahm einen Zug aus seiner Camel und verschwand hinter einer Rauchwolke. Hobbes durchfuhr jäher Zweifel. Redete ihm der Captain nach dem Mund? Hielt er ihn für verrückt? Würde er auf seine Kosten billige Witze machen, wenn er wieder unten war? Hobbes fühlte sich wie erschlagen von der Aufgabe, vielmehr von der Unmöglichkeit, nur einen Bruchteil seiner Erkenntnis mitzuteilen, einer Erkenntnis, die so monumental, so unerbittlich war wie die Mauern seines Gefängnisses. Plötzlich wünschte er, Klein wäre wieder bei ihm. Das war ein Mann, dachte er, der vielleicht etwas begriff, der wenigstens ein Blinken des Leuchtturms sah, der in der ungeheuer großen Finsternis leuchtete. Klein saß auch in der Falle. Hätte Agry nicht die Geduld verloren, wäre Klein morgen freigekommen. Aber es hatte keinen Sinn, über die gnadenlose Ironie des Schicksals nachzubrüten. Und außerdem wohnte in jeder Krise das Geheimnis der Macht.

»Wissen Sie, was das Wort ›Krise‹ eigentlich bedeutet?« fragte Hobbes.

Cletus runzelte die Stirn. »Ich denke schon, Sir, ja.«

»Die griechische Wurzel bedeutet ›entscheiden‹«, erklärte Hobbes. »Aber das Chinesische sagt es noch besser, in einer Verbindung von zwei Schriftzeichen. Das eine bedeutet ›Gefahr‹, das andere ›günstige Gelegenheit‹. Können Sie mir folgen?«

»Bin nicht sicher«, sagte Cletus hinter seiner Rauchwolke.

»Wer die Gelegenheit nutzen, wer die Entscheidung treffen will, muß sich in den Strudel der Gefahr begeben und sich seinem Sog überlassen.«

Cletus betrachtete ihn nachdenklich. »Sie hören sich an, als hielten Sie die Revolte für das Beste, was uns überhaupt passieren konnte«, sagte er.

Hobbes überlegte. In dem spärlichen Licht waren Cletus' Augen kaum mehr zu erkennen. War er imstande zu verstehen? Wahrscheinlich nicht. Lohnte sich der Versuch?

»In der Stadt der Gerechten«, sagte er, »sind wir die Kloake, die düsterste Region, wo sich die strafende Macht den Menschen, denen sie dient, nicht länger zu erkennen gibt. Wir reinigen die Abwässer nicht mehr, aber wir bringen es auch nicht fertig, sie einfach fortzuspülen. Wir sind auch keine Ärzte, die die Ausscheidungen des kranken Körpers untersuchen, um die Krankheit zu identifizieren. Wir sind also weder Toilettenreiniger noch Diagnostiker, sondern nur mehr Sammler von Scheiße. Ist das eine Arbeit, die unserer würdig ist, Cletus? Scheiße sammeln und horten?«

»Ideal ist das nicht, das weiß ich so gut wie jeder andere. Aber jemand muß es tun«, erklärte Cletus.

Hobbes taumelte innerlich, als eine Woge der Verzweiflung, die ihm Brechreiz verursachte, durch sein Gedärm schoß. Mit geschlossenen Augen fuhr er fort:

»Es gab eine Zeit, da sich die größten Geister der Aufklärung mit dem Problem des Freiheitsentzugs beschäftigten. De Tocqueville. Bentham. Servan. Wir haben aufgegeben, Cletus. Das ist das Ende einer Ära, und die Vernunft hat verloren.«

»Geht es Ihnen nicht gut, Sir?«

Wie dumm von ihm zu glauben, dieses Tier könne seinen Visionen folgen. Hobbes öffnete die Augen.

»Wenn die Justiz die moralischen und rationalen Grundsätze, die ihr ihre ursprüngliche Autorität verliehen, aufgibt, dann ist die Zeit gekommen, das Gefängnis seinen Insassen zu übergeben. Vielleicht können sie eine neue Moral erschaffen, die der heutigen Zeit besser entspricht.«

»Mir liegt nur daran, daß meine Männer in Sicherheit sind«, sagte Cletus. »Was mit dem Rest geschieht, ist für mich zweitrangig.«

»Ihre Frau ist Baptistin, nicht wahr, Bill?«

Cletus zog die Schultern hoch und deutete auf die brennende Camel zwischen seinen Fingern. »Läßt mich zu Hause jedenfalls nicht rauchen, wenn es das ist, was Sie meinen.«

»Dann sollten Sie wissen, daß es auf Erden keine Sicherheit gibt. Vielleicht auch im Himmel nicht. Schließlich sind sogar Gottes strahlendste Engel gefallen. Der einzige wirklich sichere Ort ist die Hölle, wo es nichts mehr zu verlieren gibt.«

»Ich mach' mir nicht besonders viel aus Jesus«, sagte Cletus, »aber ich glaube daran, daß Gott uns diese Rindviecher, die wir hier im Gefängnis sitzen haben, zur Prüfung auf die Erde schickt. Wie sie immer sagen, hier sind wir nur kurze Zeit, aber im Jenseits ziemlich lange. Ich schätze, früher oder später müssen wir uns alle einmal entscheiden, was wir für richtig halten.«

Hobbes nickte ernst. »Nur wenigen ist es gegönnt, der Unermeßlichkeit des Schicksals direkt zu begegnen. Die meisten gehen ihr aus dem Weg, sogar noch auf dem Totenbett.«

»Genau das wollte ich auch sagen«, sagte Cletus.

Der letzte Lichtschein war erloschen, sie unterhielten sich bereits in fast völliger Dunkelheit. Cletus' Zigarettenstummel glühte schon nahe an den Fingerspitzen. Er tat einen letzten Zug, drückte den Stummel im Aschenbecher aus und stand auf.

»Ich geh' am besten wieder hinunter, wenn es Ihnen recht ist, Sir.«

Hobbes erhob sich ebenfalls. »Wenn ich mit Ihren Männern den Platz tauschen könnte, würde ich's tun.«

Cletus sah ihm fest ins Auge. »Weiß ich, Sir.«

»Dann verstehen wir uns«, sagte Hobbes.

Er streckte die Hand aus, und Cletus schüttelte sie. Hobbes sah ihm nach, wie er zur Tür ging, sie öffnete und verschwand. Als die Tür ins Schloß fiel, spürte Hobbes, wie sich eine große Einsamkeit über ihn senkte wie ein Leichentuch, und ihm schien es, als sei seine finstere Amtsstube jetzt das Universum selbst und er dessen einziger Bewohner. Er versuchte sich ins Gedächtnis zurückzurufen, was Klein heute morgen gesagt hatte. »Sogar die Mutigsten ...« Der Rest fiel ihm nicht ein. Das war ärgerlich. Statt dessen drängte sich eine Melodie von unbeschreiblicher Banalität in seine Einsamkeit und ging ihm nicht mehr aus dem Kopf.

>   »When I was just a little boy,
>   I asked my mother, what will I be ...«

Hobbes saß im Mittelpunkt des Universums und mußte zuhören, wie der ekelhafte Song langsam durch das Innere seines Schädels hallte.

Zwanzig

Wie ein tropischer Wirbelsturm fegte die Urgewalt der Männer in plötzlich losbrechenden Stößen und Böen durch das Innere des Gefängnisses Green River, saugte Männer aus ihren Zellen und überantwortete sie ohne Erbarmen Feuer und Schwert. Gnadenlos enthüllte sich die Häßlichkeit, die Bosheit, der Gestank des Menschen in der ungezügelten Reinheit seines Daseins. Während der Sturm durch die Ränge in Zellenblock D raste, lag Ray Klein auf seiner Pritsche und wartete mit aller ihm zur Verfügung stehenden Entschlossenheit darauf, daß seine kaum beneidenswerte Lage sich besserte.

Seine Zellentür war geschlossen, aber nicht versperrt. Hätte er das Werkzeug dafür gehabt, hätte er das Stahlschloß zugeschweißt. Statt dessen band er seinen Blechnapf an die Gitterstäbe und stellte ihn auf seinen Spind. Für den unwahrscheinlichen Fall, daß er einschlief und jemand die Tür aufstieß, würde der Napf auf den Boden fallen und ihn wecken. In seiner Paranoia sah er noch eine andere Möglichkeit: Der Eindringling konnte zuerst den Bindfaden durchschneiden. Klein strich den Schlaf von der Liste, versuchte, sich anders zu entspannen, schloß die Augen und dachte sich aus, wie es in der Freiheit wäre: in einem Lokal die *New York Times* lesen und frisch gepreßten Orangensaft trinken; um drei Uhr nachts zu Bett gehen und um zehn Uhr früh aufstehen; mit Devlin über den Highway nach New Orleans fahren und dort mit ihr vögeln, in einer billigen Absteige, wo der Ventilator an der Decke derart langsam liefe, daß sie in ihrem Schweiß fast ersöffen. Er fragte sich, was Devlin jetzt tat. Vielleicht aalte sie sich in einer Badewanne oder aß in einem Café mit Klimaanlage einen Ziegenkäsesalat. Nein,

230

wahrscheinlich machte sie es sich gerade vor dem Fernseher für das Lakers-Match bequem. Würde interessant werden, ob die Knicks die anderen um mehr als sechs Punkte wegputzen konnten.

Es klappte nicht.

Keine dieser Phantasien war stark genug, um ihn von dem Mahlstrom aus Lärm und Leiden jenseits der Gitterstäbe seiner Zelle abzulenken.

Die ersten Stunden nach ihrer Machtübernahme hatten die Meuterer in blinder Zerstörungslust gewütet. Alles, was zerschlagen, verbogen, zerlegt oder verschüttet werden konnte, war zerschlagen und verschüttet worden. Alles, was von Ordnung in Chaos befördert werden konnte, war derart befördert worden. Und je länger überall Männer hockten und sich vor Angst in die Hose pißten und schissen, desto übler und durchdringender wurde der Gestank. Klein mußte an Ludwig von Boltzmann und seine Theorie der Entropie denken. Vielleicht hätte er die Hobbes auch noch reinbuttern sollen: Unordnung nimmt in einem geschlossenen System immer zu. Aber Hobbes kannte das sicher schon. Aus Nev Agrys Kassettenradio im Erdgeschoß dröhnten Laute, die wahrscheinlich sogar Boltzmann verblüfft hätten: Über dem tosenden Tollhauslärm schwebten surreal die wohlgesetzten Klänge von Bob Wills und seinen Texas Playboys:

> The moon in all your splendour,
> Know only my heart,
> Call back my Rose, My Rose of San Antone.
> Lips so sweet and tender,
> Like petals falling apart,
> Speak once again of my love, my own …

Während die Playboys durch die Dämmerung gurrten und die Sonne sich an den Abstieg machte, ging das elektrische Licht nicht an. Alle Stromleitungen zu den Blocks waren unterbrochen. Es war typisch, daß Agry als einziger einen fetten Vorrat an Batterien hatte, so daß er alle mit seiner beschissenen Musik tyrannisieren konnte. Denselben Song spielte er bereits den ganzen Nachmittag. Tief in meinem Herzen liegt eine Melodie. Scheiße. Wenn sie ihn noch lange reizten, würde Klein hinausgehen und im Gang noch einmal ›Que sera sera‹ singen. Irgendwo in der Ferne jaulte ein Mann mit dünner, wehklagender, sabbernder Stimme – und das schon seit über einer Stunde.

Klein bemerkte überrascht, daß er mit dem Schreier keinerlei Mitleid hatte. Er wünschte sogar, der Typ werde endlich das Maul halten und abkratzen. Das Schreien war nur ein Zeichen, daß er sich gehenließ. Wenn der Kerl wirklich so schwer verletzt war, dann konnte er nicht so lange ununterbrochen Lärm machen. Der Kerl war ein Simulant. Jemand sollte ihm den Hals umdrehen. Oder ihn zumindest mundtot machen. Oder er bekam gerade einen Gruppenfick verpaßt, dann waren die Schreie vielleicht Ausdruck der Lust, vielleicht genoß er die Freiheit der totalen Unterwerfung. Das war schon vorgekommen. Klein riß sich am Riemen und stoppte seine makabren Gedankengänge. Vielleicht kam er als nächster an die Reihe. Ein melancholisches Licht, das letzte, das der Tag zu spenden bereit war, sickerte durch den Glasziegel in der Rückwand seiner Zelle. Bald würde es dunkel – aber offenbar wurde der Strom nicht wieder eingeschaltet.

Solange es noch halbwegs hell war, zogen maskierte Exekutionskommandos durch die Gänge und hielten Ausschau nach Opfern und nach Drogen. Da D Agrys Block war, spielte sich das meiste anderswo ab. Klein war froh, nicht in A zu sitzen oder durch das unterirdische Labyrinth fliehen zu müssen. Es gab alte Rechnungen zu begleichen. Kleinliche Kränkungen, seit Jahren hinuntergeschluckt, entfachten blutige Rachetaten. Schulden, große und kleine, wurden jetzt mit Blut und Schmerz eingetrieben. Abgewiesene Freier holten sich nun ihren Teil. Rache und Vergeltung von biblischem Ausmaß. Und jeder Terrorakt wurde durch das Gefängnis angeheizt, geschürt und zur Explosion gebracht. Die jahrelange Gefangenschaft, die Zählappelle, die schlaffen Schwänze, das Sehnen nach der Besuchszeit, die Ehefrauen, die sich scheiden ließen und es nun mit einem anderem trieben, die stündlichen Rituale der Hilflosigkeit und Demütigung, der Ammoniak-Gestank nach Pisse, die scheinheiligen Gesichter der Haftprüfungskommission, die Brosamen des Vergnügens an altbackenen Keksen, am Alkohol, gebraut aus übriggebliebenem Brot und einer Dose Pfirsiche, an dem fleckigen Photo einer Frau mit Pelz, an einem schnellen Fick mit einem armen Junkie, der den Zaster brauchte. Und die Angst. Die Angst. Die Angst vor dem Tag und die Angst vor der Nacht. Die Angst von einer Minute zur anderen und die Angst von einer Stunde zur anderen. Tag für Tag. Jahr für Jahr. Das Böse, das die Arterien und die Nerven verschlang, die Nieren, die Nebennieren, das Herz. Die Angst, etwas falsch zu machen. Die Angst vor dem Alleinsein und die Angst vor dem Nicht-Alleinsein. Die Bin-ich-zu-jung-und-zu-hübsch-Angst davor, daß man in den Block-Latrinen oder auf einer Bank in der Kapelle ein halbes Dutzend ungeschmierte Schwänze nacheinander in den Arsch geschoben bekam. Die Angst vor dem Erwachen an jedem neuen Tag. Die Angst vor dem Leben und die Angst vor dem Tod. Die Schreie, die jetzt durch das Gewölbe hallten, sangen die Schlachtenhymne dieser Republik der Angst. Die gemeine, grenzenlose Angst, die blinzelnd, nackt, vor Rachedurst geschwollen aus tausend bitteren Herzen brach und brüllend ihren gerechten Anteil für sich selbst einforderte.

Klein versiegelte seine eigene Angst in einem harten kleinen Ball hoch oben hinter seinem Brustbein. Er versiegelte sie kraft seiner Vernunft. Höhere, platonische Intelligenz, rationale Berechnung, eiskaltes Wissen. Diese Waffen mußten ihn beschützen, wie sie ihn die letzten drei Jahre beschützt hatten. Gingen bei dieser Revolte fünfzig Mann drauf, dann wäre es die schlimmste ihrer Art in der Geschichte der US-Gefängnisse. Dann standen die Überlebenschancen fünfzig zu eins. Wenn er in seiner Zelle blieb, anstatt sich unter den Wahnsinnigen herumzutreiben, war die Chance noch größer. Nach zwei, drei Tagen würden die

Wilden wohl das Interesse verlieren, und Hunger, Hitze, Langeweile trügen das ihre dazu bei. Die Revolte mußte in bedingungsloser Kapitulation enden, wie letztlich alle Revolten. Klein hatte nichts anderes zu tun, als sich von allem fernzuhalten.

Das Jaulen ging weiter. Vielleicht war es einer, der im Block B Verbrennungen erlitten hatte, sich jetzt von dem Schock erholte und unerträgliche Schmerzen litt. Klein verhärtete sich. Er würde sich nicht überlegen, wie er ihm helfen konnte. Er würde kein Mitleid und kein Mitgefühl empfinden. Sollten sie nur winselnd zu Gott beten. Sollten sie sich nur mit Suff und Gift vollpumpen. Klein verhärtete sich. Er würde nicht auf ihre Not hören. Er zwang sich, statt dessen auf das tropfende Wasser und das Grölen der Besoffenen zu hören. Im Kopf sang er bereits die Melodie von Agrys gottverdammter Kassette mit, die sich endlos wiederholte.

It was there I found, beside the Alamo,
Enchantment strange as the blue up above …

Klein setzte sich auf und schwang die Füße von der Pritsche, als er schwere Tritte hörte, die sich durch die Pfützen auf seinem Gang näherten. Ein schneller Blick in den Rasierspiegel zeigte ihm ein Paar Stiefel, die auf seine Zellentür zustapften. Klein stand auf und zog die .38 aus der Tasche. Weil er mit Schußwaffen nicht allzu vertraut war, überprüfte er noch einmal den Zylinder. Die leere Patrone lag noch neben dem Abzug. Klein hielt den Revolver an die Hüfte. Eine riesige Gestalt tauchte am Eingang auf und verdeckte den letzten Rest des Lichts, das durch das Dach einfiel. Der Mann senkte den Kopf, um mit seinem langen, flachen Gesicht durch die Gitterstäbe zu spähen.

»Hallo Doktor«, sagte Henry Abbott.

»Grüße Sie, Henry«, erwiderte Klein.

Seine Erleichterung machte ihm schockierend deutlich, wie groß seine Furcht gewesen war. Er drehte sich leicht zur Seite, um die Waffe zu verstecken.

»Kommen Sie rein.«

Abbott schob die Tür auf, dabei fiel der Blechnapf scheppernd zu Boden. Abbott blieb stehen, um danach zu sehen.

»Macht nichts«, sagte Klein.

Abbott schlurfte in die Zelle, Klein ließ den Revolver in die Tasche gleiten und winkte mit dem Kopf Richtung Pritsche.

»Setzen Sie sich.«

»Ich sehe, Sie haben meinen Rat befolgt«, sagte Abbott.

Kleins Gedächtnis tastete sich zurück bis zum Beginn des Tages. Er versuchte sich durch das Chaos hindurch zu erinnern, was Abbott ihm geraten hatte. Beim Frühstück hatte er ihn zum letzten Mal gesehen. Das war lange her. Klein setzte sich der Pritsche gegenüber auf einen Stuhl. Das war's! Henry hatte ihm gesagt, er solle jeden Kontakt vermeiden.

»Jeden Kontakt vermeiden«, sagte Klein.

Besorgnis zuckte über Abbotts Gesicht, und er stand wieder auf. »Wenn es Ihnen lieber ist, gehe ich«, erklärte er.

Klein hob abwehrend die Hand. »Ich bin froh über Ihre Gesellschaft.« Abbott strahlte eine priesterliche Ruhe aus, die Klein sehr beruhigend fand. »Da fühle ich mich sicherer«, fuhr er fort.

»Warum?« fragte Abbott.

Klein konnte das nicht sofort beantworten. Abbott hatte die Gewohnheit, einen mit unglaublich konkreten, im ersten Moment kindlich einfältigen Fragen zu überfallen, die aber, wie man nach einigem Nachdenken erkannte, genau den Nagel auf den Kopf trafen.

»Ich habe gemeint, daß wir uns gegenseitig schützen können, wenn es gefährlich wird.«

Abbott dachte darüber nach, dann nickte er feierlich. »So ist es.«

Abbotts Gesicht war von seinem Schöpfer in großem Maßstab entworfen worden, es bestand aus einfachen, großflächigen Elementen. Auf seiner Stirn waren keine Falten, sein Mund stand immer etwas offen. Die anti-psychotische Medikation, die er erhielt und nach Kleins Ansicht auch brauchte, trug zu diesem Eindruck einer glatten, leeren Oberfläche bei, die dem Betrachter Gelegenheit gab, alles mögliche hineinzuinterpretieren. Abbott war so brutal, stumpfsinnig, gefährlich, so nett oder animalisch, wie man ihn haben wollte. Henry selbst war kaum in der Lage, sich als ein anderer darzustellen, dafür gab man ihm keine Chance. Niemand erkundigte sich je nach seiner Ansicht, und seinem unergründlichen Blick wich man im allgemeinen aus.

Henry hatte sehr klare Augen. Wenn man in sie hineinblickte, sah man nichts als diese Augen. Weil sein Gesicht so unbewegt war, hatte es kaum Falten, kein Augenzusammenkneifen, kein Stirnrunzeln, kein Spiel der Muskeln, um mit dem Blick irgend etwas auszudrücken. Nur graue Iriden, von einem braunen Kranz umgeben, trübe Lederhaut, tiefe Höhlen. Klein hüstelte und schaute auf die Wassertropfen, die vom oberen Rang herunterfielen. Er hockte in seiner Zelle mit einem psychotischen Massenmörder, der zwanzig Zentimeter größer und siebzig Pfund schwerer war als er. Und dennoch fühlte er sich sicherer als zuvor.

»Dieser Aufruhr muß für Sie viel schlimmer sein als für mich«, sagte Abbott.

Klein fragte sich, ob Abbott vielleicht von seiner Entlassung gehört hätte. »Warum, Henry?« fragte er.

»Weil Sie Arzt sind.«

Abbotts Denken lief oft auf Umwegen. Er stellte unerwartete Verbindungen her. Klein sagte: »Ich verstehe Sie nicht.«

Abbott neigte den Kopf zur Tür. »Da draußen liegen Verwundete. Ich habe sie gesehen. Ein Arzt hat die Pflicht, sich um sie zu kümmern, aber Sie folgen meiner Anordnung, jeden Kontakt zu vermeiden. Also können Sie es nicht. Ich bin gekommen, um Sie von der Verpflichtung, die ich Ihnen auferlegt habe, zu entbinden.«

Klein starrte ihn an. Der Schweiß, der ihm seitlich herabrann, fühlte sich an wie Läuse, die ihm über die Haut krochen.

»Das ist sehr aufmerksam von Ihnen, Henry«, sagte Klein.

»Aber ich bleibe vor allem deshalb hier drin, weil ich nicht umgebracht werden will.«

Klein hielt inne. Abbott kniff einmal langsam die Augen zu.

»Ihr Rat war gut. Ihr Vorgefühl war richtig. Ich weiß, daß draußen Verwundete herumliegen, aber ich bin ihnen nichts schuldig. Verstehen Sie?«

Diesmal blinzelte Abbott nicht. Er nickte auch nicht. Klein verhärtete sich.

»Dies ist nicht mein Krieg. Es sind nicht meine Leute. Mein Wissen verpflichtet mich nicht dazu, mein Leben zu riskieren. Vielleicht zu bestimmten Zeiten und an bestimmten Orten, aber nicht hier und jetzt.«

Klein wartete. Es folgte ein langes Schweigen. Abbott wirkte abwesend, Klein vermutete, daß er der halluzinierten Stimme lauschte, die Abbott »Das Wort« nannte. Aus vielen früheren Gesprächen wußte Klein, daß Das Wort Abbott auf eine ähnliche Art kontrollierte wie ein Vater seinen Sohn. Ein eifersüchtiger und unberechenbarer Vater. Ein hoher Prozentsatz dessen, was Das Wort an Befehlen und Ratschlägen verkündete, war vernünftig, und im Gefängnis, wo Paranoia Klugheit war, vielleicht mehr als draußen. Das Wort sagte ihm, welchen Gruppen er aus dem Weg zu gehen hatte, welche Wärter er mit ›Sir‹ ansprechen mußte, wie schnell er seine Arbeit tun und wann er zum Zählappell in die Zelle gehen mußte oder wann er seine Haferflocken essen durfte und wann nicht.

Aber wenn Das Wort im allgemeinen Abbotts Führer und Beschützer war, so war es in dunkleren Momenten auch sein grausamster Verfolger und unerbittlichster Feind. Das Wort hatte ihn so weit gebracht, daß er damals, als Klein ihn fand, in der Ecke seiner Zelle hockte wie ein zitterndes, dreckverkrustetes Tier. Das Wort hatte ihm aufgetragen, seine eigene Familie mit einem Vorschlaghammer auszulöschen. In der Kosmologie von Abbotts Gehirn war Das Wort Gott und Teufel zugleich. Keine Macht auf Erden, und ganz sicher nicht im River, konnte letztlich mit dem Wort konkurrieren. Wenn Das Wort sprach, mußte Abbott dessen Befehle befolgen, und keine noch so gewalttätige Drohung, keine Wachmannschaft, keine Anordnung des Direktors konnten ihn von der Ausführung abbringen. Auf diese Weise hatte Myron Pinkley seine Hand eingebüßt. Abbott – jener Abbott, der von sich selbst als ›Abbott‹ sprach, jener Abbott, den Klein so mochte, diese zweihundertundvierzig Pfund Muskeln, Knochen und Gefühl – war ein willenloses Werkzeug Des Wortes, ein willfähriges Opfer, falls Das Wort das verlangte.

Klein wußte, daß nicht einmal die stärksten Psychopharmaka Das Wort zum Schweigen bringen konnten. Sie halfen, seine ihn verfolgende, selbstquälerische, höhnische Seite zu dämpfen, jene Seite, die Abbott in regelmäßigen Abständen dazu brachte, sich auf selbstzerstörerische Weise zu vernachlässigen, aber zum Verschwinden brachte man die Stimme nie. Wahrscheinlich, dachte Klein, redete sie zu Abbott sogar in seinen Träumen. Aber wenn dieser einsame, verschlossene, ausdruckslose Mann, diese leere Hülle, die manchmal wie ein Automat wirkte, tatsächlich alles war, was von Abbott übriggeblieben war, wer war dann Das Wort? Im Laufe seiner Freundschaft mit Abbott hatte sich Klein immer stärker für Das Wort interessiert. Er hätte es gern kennengelernt, mit ihm gesprochen, aber Abbott brachte dessen Äußerungen immer nur in verstümmelter Übersetzung heraus, und auch nur dann, wenn er sich besonders sicher fühlte. Klein war überzeugt, daß Das Wort nicht die Stimme Gottes war. Das Wort war Gott.

In früherer Zeit hatte Abbott über seinen Englisch-Studenten gethront und ihre Herzen mit der Musik längst verstorbener Dichter gerührt. Jetzt brachte er bestenfalls einen einfachen Satz zustande, ohne Metaphern oder hintergründige Bedeutung. Das war alles dahin. Er war dahin. Fast. Das wenige, das von Abbott selbst noch übrig war, war Gottes demütiger Diener, und das ausgemachte Höllenloch, in dem sein Leib gefangen war, ähnelte keineswegs einem neuen Garten Eden. Nach Kleins Ansicht kam einmal der Moment, wo man den ganzen Wust an Wissen, den Devlin so souverän beherrschte – Genetik, Biochemie, Psychodynamik, emotionale Expressivität, Dopamin-Spiegel und 5-Hydroxy-Tryptamin-Rezeptoren – beiseiteschieben und sich in die Lage des Irren versetzen mußte, um sich selbst aus dessen Blickwinkel zu betrachten. Vielleicht war das gar nicht möglich. Aber er hatte in Abbotts Gegenwart schwindelerregende Momente erlebt, da er diesem Ziel nahekam, da er das Gewicht dieser totalen Kraft spürte, da das Gefängnis zur unbedeutenden Kulisse des Urdramas zwischen Gott – Dem Wort – und dem Menschen wurde. Nicht der Gott Christi oder Abrahams oder Mohammeds, sondern ein Gott vor allen Religionen. Jener Gott, der vor der Erfindung von Aberglaube, Phantasie und Metaphern die Welt regierte, vor freier Wahl und freiem Willen, vor Gut und Böse, vielleicht sogar vor der Sprache. Abbotts Ego, sein Selbst, er, das war ein ganz kleiner Rest; der ausgehöhlte Stumpen eines ›Ich‹; ein paar Fragmente, zusammengehalten durch Angst und – wie Klein wenigstens hoffte – das bißchen menschliche Anerkennung, das Klein ihm gab. Das Firmament über dieser traurigen Gestalt wurde von Dem Wort regiert, einem Wesen, einer Macht, einer Autorität ohne Grenzen, umfangen und eingeschlossen in Abbotts grenzenlosem Geist und dennoch nicht eins mit ihm, sondern gelöst von ihm, von Abbott, fremd, vollkommen fremd, und dies alles in einem erschreckenden Ausmaß. Abbotts Ego hatte jeden Herrschaftsanspruch über sein weites inneres Universum aufgegeben und klammerte sich nur mehr an die schäbige kleine Bewußtseinsinsel am Rande einer Unendlichkeit.

Während Abbott Haferflocken mit pulverisiertem Glas erduldete, die ekelerregende Arbeit im Kanal, eine aufgezwungene medikamentöse Behandlung und alle anderen Demütigungen und Verletzungen, aus denen sein Leben bestand, genoß Das Wort – war Das Wort – unvorstellbare Freiheit, unvorstellbare Macht. Wer wußte schon, welche Kraft die beiden – Gott und Mensch – in zwei Teile gespalten hatte? Klein jedenfalls nicht, das war sicher. Aber in diesen ruhigen Augenblicken, wenn er allein neben Abbott saß und dem leisen Atem Des Wortes lauschte, das jederzeit seinen

Tod verlangen konnte, fragte Klein sich oft, was wohl geschehen würde, könnte man die beiden wieder zusammenfügen. Was würde aus dem schlurfenden, zurückgebliebenen Riesen, wäre er plötzlich wieder erfüllt von jenem Gott, der er selbst einst war? Welches Feuer würde dann in diesen jetzt ausdruckslosen, blanken Augen lodern? Welcher Ton käme dann aus dieser gewaltigen Brust wie das Krachen des Weltuntergangs?

In solchen Augenblicken fragte Klein sich immer wieder, was mit dem Gott in seinem eigenen Inneren geschehen war. Klein war erschreckend normal. Er sah sich manchmal als Abbotts Spiegelbild. War Abbotts Selbst ein gebrochener Sklave, der zu Füßen eines dunklen Gottes kauerte, der er selber war, was er jedoch nicht wußte, war Kleins Gott der schwache Schatten einer Gottheit, so gut wie ausgelöscht durch das grelle Flutlicht von Wissen, Wissenschaft, Verstand und Vernunft. Freier Wille, freie Wahl, Verständnis, Vorstellungskraft, die Fähigkeit zur Abschätzung von Folgen und Ergebnis – das waren die Feinde Gottes, die Ketten, die ihn in eine schmale Zelle im Bauch jener Unendlichkeit verdammten, über welche Abbotts Wort vollständig und unangefochten herrschte. In diesem Sinn war Klein, das wußte er, ebenso fragmentiert wie Abbott: Wo Abbott, in den Trümmern seines Selbst suchend, nur die leere Hülle eines Menschseins fand, das buchstäblich in der Kloake der Kloake der Welt lebte, hatte Klein unter den Trümmern seines Gottes nach einem Ziel gesucht, das mehr wäre als das bloße Überleben – und das Ergebnis war, daß er hier in Zellenblock D saß und zu seinem Zellengenossen sagte: »Ich weiß, daß draußen Verwundete herumliegen, aber ich bin ihnen nichts schuldig.«

Klein wußte plötzlich wieder, wo sie waren und was sich rund um sie abspielte. Er hatte sich in den blanken Scheiben von Abbotts Augen verloren. Die Grabesstille, die diese Augen über ihn warfen, verzog sich wie Rauch. Wieder hörte er den Klageschrei des einen Verwundeten. Mit der rauchigen Stille verschwand auch Gott. Klein war wieder ein Sträfling mit der Freilassung in der Tasche, inmitten eines Aufruhrs, den er überleben mußte.

»Sie haben recht«, erklärte Abbott.

»Womit?« fragte Klein.

»Dies ist nicht die Zeit noch der Ort, um zu sterben.«

»Ich bin froh, daß Sie mir zustimmen«, sagte Klein. »Bleiben wir einen oder zwei Tage hier, dann kann uns nichts passieren. Wir können abwechselnd schlafen.«

»Wir können aufeinander aufpassen«, sagte Abbott.

»Richtig«, sagte Klein. »Sonst tut's ja keiner.«

Kaum hatte er das gesagt, blickte er in Abbotts großes, offenes Gesicht, und es graute ihm plötzlich vor sich selber. Sie konnten aufeinander aufpassen. Na klar. Bis sich das dreifache Tor unter Hobbes' Turm für ihn öffnete, und dann hieße es Lebewohl, muß i denn, muß i denn … und fort wäre Klein, zum Städtele hinaus. Und Abbott müßte wieder hinunter in die Kanäle und auf sich selbst aufpassen. Die Fesseln um die Knöchel von Kleins Gott schnitten tiefer in das göttliche Fleisch. Vielleicht war es schändlich, aber der Mann in Klein wollte einfach raus und diesen Orangensaft trinken und sich duschen und mit Juliette Devlin in feuchten Betttüchern liegen. Er hatte genug von Schmerz und Angst, seiner eigenen und der aller anderen. Nicht einmal nach vierunddreißig Monaten in diesem Scheißloch war er hart genug. Seine Nervenenden waren stumpf, aber immer noch nicht stumpf genug. Wenn er nur durch dieses dreifache Tor gelangte, dann war kein weiteres Abstumpfen mehr nötig. Dann konnte er die Nervenenden vielleicht sogar wieder wachsen lassen.

Für Abbott und die anderen war das anders, nicht wahr? Die fuhren auf einem anderen Gleis; und zwar immer schon. Klein dachte an Devlins Forschungsprojekt, mit dem sie ihre große Frage beantworten wollte: Stirbt man schwerer, wenn man eine Zukunft vor sich hat, als wenn man ein armseliges, analphabetisches Stück Abschaum ist, das nichts vor sich hat als ein Loch im steinigen Boden des Armenfriedhofs? Das in Kleins Bauch tosende Chaos brüllte: »Darauf kannst du ja wohl Gift nehmen.« Er tastete nach dem harten, kleinen Ball oben in seiner Brust, in dem er seine ganze Angst eingekapselt hatte. Der Ball war fort. Zerbrochen, aufgelöst, in sein Gedärm geschwemmt, in sein Rektum, seine Eier, etwas hatte seine Muskeln in Fett verwandelt, sein Blut in Milch und Wasser. Sein Blick flackerte hin und her zwischen dem tropfenden Wasser hinter der Tür und Abbotts flächigem Gesicht, und dann zum Klo, wo er jeden Moment herausscheißen würde, was sich anfühlte wie sein Leben. Das Herz in seiner Brust traktierte ihn mit Fußtritten. Eine ungeheure Panikwelle sammelte sich in ihm, stieg auf, kreiste über ihm und drohte ihn fortzuschwemmen.

Ein einfacher Gedanke, der ihm bisher noch nicht gekommen war, ging ihm durch den Kopf: Für die nächsten paar Stunden war der schäbige kleine Fleck Land innerhalb dieser Gefängnismauern wahrscheinlich das gesetzloseste Revier auf dem gesamten Planeten. Und nicht nur das, hier tummelten sich einige der gewalttätigsten Männer der Geschichte.

Die Welle über ihm zitterte ungleichförmig. Vielleicht war es verrückt, hier in der Zelle hockenzubleiben. Mit der Kanone in der Hand käme er vielleicht durch. Möglich war's. Er konnte durch den Block schleichen, am Mehrzwecktrakt entlang, dann über den Hof. Jetzt, da es noch hell genug war. Wenn es erst dunkel war, konnte alles passieren. Er sah das Haupttor vor sich. Er sah Bill Cletus, der befahl, es zu öffnen, spürte den kalten, tröstlichen Druck der Handschellen, wie sie seine Kapitulation annahmen, spürte seine Unschuld, während sie ihn fortschafften, damit er seine letzten paar Stunden Gefangenschaft in der Sicherheit eines kleinen Stadtgefängnisses in einem anderen Bezirk verbrachte, Kilometer entfernt vom Green River, Kilometer von Coley und Agry und Abbott und Grauerholz, Kilometer entfernt von Gestank und Geschrei und Blut. Jetzt oder nie, Mann. War einmal die Nacht da, wäre es Selbstmord, sich draußen herumzutreiben. Jetzt hast du eine Chance.

Klein zog sich vom Stuhl hoch. Seine Beine zitterten, er hielt sich an den Stäben seiner Gittertür fest. Die Woge war noch da, hing noch immer drohend über seinem Kopf. Plötzlich wußte er, daß er sie kommen lassen mußte. Wenn er vor ihr davonlief, würde sie ihn erfassen und niederwerfen, ihn an den Felsen der Panik zerschellen, ihn auf dem Schaft eines besoffenen Killers aufspießen, der seine Angst roch. Die Woge geriet in Bewegung, und Klein lieferte sich ihr auf Gedeih und Verderb aus.

Tief durchatmen. Vom Festkrallen an den Gitterstäben wurden seine Knöchel weiß. Tief durchatmen, du Arschloch. Die Panik schwappte über ihm zusammen und preßte ihn gegen die Tür. In seinen Augen brannte der Schweiß. Seinem Mund entfuhr ein Geräusch, das er nicht deuten konnte. Tief atmen. Mit Bauch und Schenkeln preßte er sich gegen den Stahl, während die Knie unter ihm nachgaben. Tief. Atmen. Krämpfe durchzuckten seine Blase, seinen Anus, seine Eichel. Ob er sich schon anschiß und anpißte, konnte er nicht sagen, aber sogar in dieser höchsten Not flüsterte eine verschämte Stimme in seinem Kopf, Abbott wäre besser nicht da, um den Gestank seiner Scheiße einzuatmen. Tief atmen. Endlich tat er einen holpernden Atemzug, hielt ihn eine Sekunde lang an und stieß ihn aus. Zählen. Zählen und atmen. Von eins bis zehn. Er zählte von eins bis zehn. Pack diesen harten Ball und leg ihn zurück. Eins bis zehn.

Die Welle schwappte über ihn hinweg und rollte in die Dämmerung. Langsam, ganz langsam legte Klein den Ball zurück und riß sich zusammen. Seine einzelnen Körperteile nahmen wieder untereinander Verbindung auf. Sein Hemd war schweißdurchtränkt und klebte ihm auf der Haut. Plötzlich fröstelte es ihn. Seine Beine versprachen, ihn wieder zu tragen. Er ließ die Gitterstäbe los. Sein zitternd zusammengezogener Schließmuskel versicherte ihm, daß er seine Ladung noch nicht ausgeschissen hatte; noch nicht; aber wenn er nicht bald aufs Klo ginge, wäre es gleich so weit.

Klein gab sich einen Ruck und drehte sich um. Abbott starrte ihn an.

»Sie sind ganz weiß«, sagte er.

Klein erkannte, daß der Panikanfall, der ihm wie ein halbes Leben lang erschienen war, in Wirklichkeit nur ein paar Sekunden gedauert hatte. Er nickte Abbott zu.

»Behalten Sie die Tür für mich im Auge«, sagte er.

Mit vorsichtigen, angespannten Schritten ging er zur Toilette und zog den Vorhang zu. Er öffnete die Gürtelschnalle und ließ die Hosen runter, und kaum saß er, entleerte er sich in einer gewaltig schäumenden Sturzflut. Kommission, Hobbes, Nietzsche, Gott, Revolte, und mehrere Meter Scheiße – der ganze stinkende Unrat schoß heraus, und Klein fand sich erfüllt von einem überraschenden Gefühl des Friedens. Er hörte Engel singen und ächzte in glückseliger Dankbarkeit. Von der anderen Seite des Vorhangs drang Abbotts Stimme zu ihm.

»Ist alles in Ordnung, Doktor?«

Klein lachte. Er lachte ein gewaltiges, wüstes, markerschütterndes Gelächter und sog den Gestank seiner eigenen Scheiße ein. Gott, war das scheußlich. Er lachte noch einmal.

»Mir geht's phantastisch«, rief er Abbott zu. Und das war die Wahrheit. Sollte er sich je toller gefühlt haben als hier und jetzt, hinter dem Vorhang auf seinem Abort hockend, dann konnte er sich nicht daran erinnern. Klein fiel ein, daß Martin Luther seine protestantische Reformation bei einem ähnlich transzendenten Stuhlgang erdacht hatte, und er verstand jetzt auch, warum. Er nahm einen Packen Klopapier und wischte sich den Schweiß von der Stirn. Herrlich. Er nahm noch einen und wischte sich damit den Arsch ab. Dann hielt er inne und horchte. Der Schreier war jetzt still. Klein stand auf und knöpfte sich die Hose zu, und als er den ganzen Scheiß fortspülte, hob er die Hand und salutierte. Jetzt fühlte er sich allem gewachsen.

Das war vielleicht gut so, denn Abbott rief: »Es kommt jemand.«

Klein zog den Vorhang weg und trat wieder in die Zelle. Vor der halboffenen Zellentür stand Claude Toussaint, verkleidet als Claudine Agry.

Klein grinste: »Es ist die Rose von San Antone.«

Claudine trug ein enges rotes Seidenkleid und Stöckelschuhe, hatte sich aber wohl in größter Eile angezogen, denn ihre Genitalien formten vorn an ihrem Rock eine recht unpassende Wölbung. Ihr kunstvoll geschminktes Gesicht war verschmiert von Schweiß und Tränen. Sie starrte Klein mit vor Angst geweiteten Augen an. Kleins Grinsen erlosch.

»Klein?«

Klein trat ihr entgegen. Die unbändige Freude der letzten fünf Minuten war bereits eine schnell schwindende Erinnerung. Claudine stolperte in die Zelle und warf ihm die Arme um den Hals.

»Was ist passiert?« fragte Klein, nahm Claudines Arme und schob sie zurück, so daß er ihr Gesicht sehen konnte.

Claudine senkte den Kopf auf eine Schulter. Sie war vollkommen aufgelöst. »Es ist alles meine Schuld.«

»Beruhige dich«, sagte Klein, »und sag mir, was passiert ist.«

Claudine biß sich auf die Lippe, dann sagte sie: »Nev hat Grauerholz zum Krankenrevier geschickt. Ich glaube, er will sie alle umbringen lassen.«

Im ersten Moment kam die Information nicht an.

»Wen alle?« fragte Klein.

»Alle, alle!« schluchzte Claudine. »Coley, Wilson. Die Aids-Typen.«

In einem Verlies, in einer Höhle, in einem Schacht, zehntausend Kilometer tief in ihm vergraben, hörte Klein das Klicken von kosmischen Fesseln, die plötzlich noch tiefer in göttliches Fleisch schnitten.

»Warum?« Kleins Stimme war eiskalt.

Claudine wehrte sich gegen seinen Griff. »Du tust mir weh.«

Kleins Hände packten sie fester an den Armen. Er schüttelte sie.

»Verdammt noch mal, warum? Schau mich an!«

Claudine sah ihn an. »Ich weiß es nicht«, sagte sie, und fiel schluchzend an seine Brust. Er starrte über ihren Kopf hinweg Abbott an, und Abbott starrte zurück, blickte ihm mit seinen großen, leeren Augen bis ins Innerste. Das Schwindelgefühl war wieder da. In der Haut des Irren. Klein zog Claudines Kinn hoch.

»Okay«, sagte er. »Du bringst mich jetzt am besten zu Nev Agry.«

Einundzwanzig

Juliette Devlin saß auf dem Tisch des Stationszimmers, nahm ihre Armbanduhr vom Handgelenk und schaute ganz bewußt nicht, wie spät es war. Seit der koreanische Wachbeamte – sie konnte sich seinen Namen nicht merken – sie hier hereingeschubst und gesagt hatte, sie solle sich gefälligst nicht vom Fleck rühren, hatte sie so oft nachgesehen, daß die Zeit nicht mehr verging, sondern nur noch schlich. Der offensichtliche Ernst der Lage – der Feuerball, die Gewehrschüsse, die Männer, die in den Hof hinausquollen – hatte in ihr etwas ausgelöst, daß sie sich vorkam wie ein kleines Mädchen, das die Eltern aus den Augen verloren hat, aber vernünftig bleiben will. Bleib hier und reg dich nicht auf, bis Mammi kommt und dich holt oder ein freundlicher Polizist dich fragt, wo du wohnst. Aber weder der Koreaner noch Galindez waren erschienen, um sie heimzubringen, daher nahm sie an, daß beide entweder tot oder gefangen waren. Das Knattern der Gewehrschüsse von den Mauern war schon vor einigen Stunden verstummt. Seither hatte sie im ganzen nur noch vier Schüsse gehört, in unregelmäßigen Abständen. Das Telephon auf dem Tisch war tot, und sie hatte die Hoffnung aufgegeben, daß es noch läuten könnte. Als sie das letzte Mal auf ihre Uhr geschaut hatte, war ihr endlich etwas eingefallen, was doch so augenfällig war, daß sie offenbar jede Erinnerung daran verdrängt hatte: Sie hatte sich im Besucherbuch ausgetragen und damit bestätigt, daß sie das Haus verlassen hatte.

Niemand wußte, daß sie hier war.

Devlin schleuderte die Uhr auf den Boden und trat zweimal mit dem Absatz drauf. Das Glas knirschte. Als sie zum

247

dritten Mal drauftrat, zersprang das Glas zu Splittern, und die Zeiger wurden vom Zifferblatt gewischt. Jetzt fühlte sie sich besser. Sofort verging die Zeit um eine Spur schneller. Möglicherweise war das nicht das Vernünftigste, was sie hatte tun können, aber die Vernunft hatte ihr Verfallsdatum überschritten. Das kleine verirrte Mädchen würde bald zu plärren beginnen. Devlin dachte an die zweieinhalbtausend Männer, die mit ihr zusammen hinter den Granitmauern von Green River festsaßen. Die hatten keinen Sex mit einer Frau mehr gehabt seit, seit wann? Sagen wir, im Durchschnitt seit fünf Jahren. Eine Summe von über zehntausend Jahren. Das war eine lange Zeit ohne einen einzigen Fick, und eine Menge dieser Typen besaßen ein zusätzliches Y-Chromosom. Devlin griff nach der zerknüllten Packung Winston und stocherte darin herum.

Es war noch eine Zigarette drin.

Panik durchflutete sie, wich aber sofort der Erleichterung. Dann war alles in Ordnung. Wenn es eine Situation gab, die schlimmer war, als mutterseelenallein mitten in einer Gefangenenrevolte festzusitzen, dann war es, irgendwo ohne Zigaretten festzusitzen. Das gab ihr die dringend benötigte Entschuldigung, um das vernünftige kleine Mädchen abzuschütteln und sich aus dem gelben Zimmer zu befreien. Devlin steckte die Winston in den Mund und zündete sie mit Todesverachtung an.

Das Büro hatte zwei Türen. Die eine führte in den Gang zum Hauptausgang und zum Saal Crockett; die andere in einen kleinen Duschraum, und dahinter in die Apotheke. Devlin wandte sich zur zweiten Tür, nahm einen Zug aus der Zigarette und ging durch.

Der winzige Duschraum war in Hellgrün gekachelt, einer Farbe, die den leichten Modergeruch noch verstärkte. Ein andersfarbiger Fleck in der Mauer über dem Waschbecken an einer Wand erinnerte an den Spiegel, der dort einmal gehangen hatte. Gegenüber dem Waschbecken waren zwei Duschen mit flachen Porzellanwannen am Boden. Die eine der beiden Duschen zierte noch ein rissiger Plastikvorhang.

Klein hatte ihr einmal erklärt, einer der Hauptvorzüge des Reviers sei für ihn der Umstand, daß er sich hier allein und ungestört duschen könne. Devlins Bluse war vom ständigen Schwitzen feucht, aber sie kam nicht auf die Idee zu duschen. Sie ging durch die gegenüberliegende Tür in die Apotheke.

Das Licht brannte. Hier stand ein langer hölzerner Labortisch mit zwei eingelassenen Spülbecken. Die Regale an den Wänden enthielten die medizinische Grundausstattung: Infusionen, Schachteln mit Reagenzgläsern, Spritzen, Nadeln; Plastikbeutel mit Saline und Dextrosaline; Verbandmull, Tupfer, Pflaster. Ein anderer Teil der Regale war mit Medikamenten vollgestopft: hauptsächlich Antibiotika und Beruhigungsmittel. Auf der anderen Seite des Apothekenraums führte eine Schwingtür in den Korridor. Dort stand, über den Tisch gebeugt, das Gewicht auf beide Handflächen gestützt, Earl Coley. Devlin erkannte ihn am Körperumfang, denn sein Kopf war mit einem weißen Handtuch bedeckt. Unter dem Handtuch hervor erklang das Schnauben einer tiefen Inhalation, gefolgt von flachen, stockenden Grunzern.

»Meine Güte«, seufzte Coley unter seinem Handtuch.

Sein Körper schien einzusacken, er verlagerte sein Gewicht von den Händen auf die Ellbogen. Es war nicht zu erkennen, ob er Devlin eintreten gehört hatte. Sie fragte sich, ob es ihm nicht gut ging. Sie trat zu ihm.

»Coley? Sind Sie okay?« fragte sie.

Coley fuhr vom Tisch hoch und riß sich das Handtuch vom Schädel.

»Um Gottes willen!« brach es aus ihm hervor.

Seine Augen wackelten in ihren Höhlen. Er stellte sie mühsam auf Devlin ein und erkannte sie endlich.

»Ach, Sie sind es.«

Er entspannte sich und lehnte sich mit dem Rücken gegen die Wand. Er schloß die Augen, preßte sich eine Hand auf die Brust und tat ein paar tiefe Atemzüge. Dann torkelte er zu einem der Spülbecken, drehte den Wasserhahn voll auf und steckte den Kopf darunter. Während das kalte Wasser ihm über Kopf und Nacken strömte, stieß er eine lange Litanei von Schimpfwörtern aus, wobei Devlin die mehrmalige Wiederholung des Wortes ›Miststück‹ heraushörte. Dann richtete er sich auf und rieb sich das Gesicht mit dem Handtuch trocken. Auf dem Labortisch, an dem er gestanden hatte, bemerkte Devlin eine Zwei-Liter-Flasche aus dunkelbraunem Glas. Coley ließ das Handtuch fallen und sah sie an. Devlin scharrte mit den Füßen.

»He«, sagte sie.

Coley antwortete nicht. Devlin hob die Zigarette an die Lippen.

»Scheiße, Mann.« Coley tat einen Satz vorwärts und preßte die Hand auf die Öffnung der braunen Flasche. Dann nahm er schnell einen Plastikverschluß vom Tisch und schraubte ihn auf den Flaschenhals.

»Das Zeug brennt wie der Teufel. Wollen Sie uns alle in die Luft jagen?«

Devlin begriff sofort. Sie ging zum Spülbecken und hielt die Zigarette unter das noch immer laufende Wasser, dann drehte sie den Hahn zu und warf den Stummel in den Papierkorb.

»Äther?« fragte sie.

Coley nickte gereizt, nahm die braune Flasche und stellte sie in einen Schrank. Er verschloß den Schrank und steckte ein kleines Vorhängeschloß durch die Verschlußöse. Dann drehte er sich zu Devlin herum.

»Das hilft mir eben manchmal zur Entspannung«, sagte er. »Süchtig bin ich nicht.«

»Dachte ich doch gar nicht«, sagte Devlin.

»Ich nehm' kein Valium, kein Smack, kein Hasch, nichts.« Er starrte sie entschuldigend an: »Verdammt, ich rauche nicht einmal.«

»Schon gut, Coley«, sagte Devlin. »Früher hat die Hälfte aller Anästhesisten im Land ab und zu Äther geschnüffelt.«

Coley beruhigte sich. »Ich wollte nur nicht, daß Sie glauben, das beeinträchtigt mich in meinem Job.«

Coley griff sich einen Pappkarton, halb gefüllt mit Papierhandtüchern, kippte die Tücher auf den Boden und trug die Schachtel zur Bank hinüber.

»Was zum Teufel ha'm Sie hier überhaupt verloren?«

»Mir sind die Zigaretten ausgegangen.«

»Scheiße, nein«, sagte Coley. »Was stimmt denn nicht mit Seven Eleven? Ich hab Klein doch gesagt, er soll Sie wegschicken.«

»Hat er«, sagte Devlin. »Aber ich bin zurückgekommen.«

»Und wozu, Himmel, Arsch und Zwirn?«

»Habe ich Ihnen heute morgen schon gesagt. Ich muß Ihnen und Klein was zeigen.«

»Da ha'm Sie sich den richtigen Tag ausgesucht.«

Coley trat wieder an den Medikamentenschrank und nahm zwei Plastikbehälter heraus. Nach einem prüfenden Blick auf das Etikett trug er sie zum Pappkarton, drehte die Verschlüsse ab und schüttete einen Sturzbach weißer Tabletten in den Karton.

»Wissen Sie denn, was da los ist?« fragte Devlin.

Coley zuckte die Schultern. »Kerle stechen sich gegenseitig ab, rauben sich aus, lassen sich vollaufen, werfen sich was ein. Ganz normale Revolte eben.«

»Ist das schon einmal passiert?«

»Das letzte Mal vor vier Jahr'n, aber das war ein Haufen Mexikaner und Nigger, die sich in der Maschinenwerkstatt an die Gurgel sprangen. Das hier is' anders. So 'nen großen Auflauf hatten wir noch nie. Wir haben hier Typen, die haben in Atlanta, New-Mexiko, mitgemischt. Die Brüder übernehmen das ganze Scheißloch, Schwarze killen Weiße, Weiße killen Mexikaner, Mexikaner killen sich gegenseitig und noch 'n paar Chinks und Indios dazu. Das is' es, was wir heut' hier haben.«

»Und was wird geschehen?«

Coley ging zu den Regalen und holte noch mehr Plastikbehälter. Dabei sagte er über die Schulter:

»Wenn sie vom Killen und Quälen genug haben, schickt der Direktor das Militär, und die bringen dann noch ein paar mehr um. Und wir kriegen alle Strafzeit, keine Vorrechte, vielleicht Sperre für 'n paar Wochen. Na, und dann bereiten wir uns langsam aufs nächste Mal vor.«

Er sah etwas in ihrem Gesicht, das ihm ein beruhigendes Lächeln entlockte. »Keine Panik, Dokta Devlin. Hier drin sind wir ziemlich sicher.« Er zeigte ihr die Pillenflaschen. »Besonders, wenn wir diesen Scheiß hier loswerden.«

Er leerte weitere Pillenbehälter in den Pappkarton.

Devlin trat zu ihm und nahm ihm einen leeren Behälter aus der Hand. Auf dem Etikett stand: Tab Thorazin 50 mg. Sie sah Coley an.

»Das einzige, was sie von uns wollen, ist der Stoff. Alles, was sie high macht. Oder low. Am besten stoned bis zur Bewußtlosigkeit. Früher oder später kommen sie, um das Zeug zu holen. Das soll uns recht sein, oder?«

»Wenn Sie meinen«, sagte Devlin.

»Besser, die sind auf Thorazine und Benzos, als auf Koks und Speed und Alk.« Er lächelte noch einmal. »Wollen Sie mir helfen?«

Devlin lächelte zurück. »Klar.«

Sie nahmen sich sämtliche Flaschen und Dosen auf den Regalen vor und holten alles herunter, was irgendeine psychotrope Wirkung hatte. Valium, Quinalbarbiton, Temazepam, Haldol, Fluphenazin, Stelazin. Tabletten, Kapseln, Ampullen. Der Schachtelboden war ein Kaleidoskop von bunten Chemikalien. Devlin wunderte sich jetzt gar nicht mehr über die Riesenmenge von starken Beruhigungsmitteln in diesem eher kleinen Krankenrevier, aber am Anfang hatte es sie verwundert. Jetzt sah sie Coley nach einem großen Behälter mit Amitryptilin greifen.

»Das kann ziemlich toxisch werden, wenn man davon zu viel nimmt«, sagte sie.

Coley gackerte. »Keine Ahnung, wie Sie dazu steh'n, Dokta Devlin, aber ich bin für diesen toxischen Scheiß. Ein Arsch weniger, der mir 'n Rasiermesser an die Gurgel hält, ist ein Arsch mehr auf der Habenseite.«

Er warf die Tabletten in den Karton. Menschen mit Neuroleptika zu füttern, das ging Devlin eigentlich gegen den Strich. Aber dann dachte sie an die Schreie des brennenden Wärters.

Ihr Blick fiel auf eine Schachtel mit starken Abführpillen. Sie wies Coley darauf hin.

Er grinste. »Sie haben's erfaßt.«

Daraufhin spielte Devlin mit. Sie füllte den Karton mit Diuretica und Blutdruckreglern und würzte alles mit Digoxin. Als die Schachtel zur Hälfte voll war, rührte Coley die Pillenmischung um und warf noch eine Handvoll Spritzen und Nadeln obenauf.

»Damit sie was zu tun haben«, sagte er. »Geh'n wir.«

Devlin hielt die Schwingtür auf, und Coley trug den Karton in den Korridor hinaus. Sie folgte ihm, vorbei am Eingang zum Krankensaal. Im Saal war alles ruhig. Sie gingen durch eine massive Holztür, die von einem Keil offengehalten wurde, und dann vorbei am Fernsehraum und den Toiletten. Vor dem ersten der beiden schweren Tore, die den Korridor versperrten, blieben sie stehen. Es bestand aus Plattenstahl und hatte etwa in Kopfhöhe einen Sehschlitz. Coley hielt den Karton mit den Pillen unter einem Arm, während er seinen Schlüsselbund herausholte und das Tor aufsperrte. Dahinter lag das Wachzimmer, dann Bahrs Ordination voller Akten und Krankengeschichten, die Klein und Coley kaum je benutzten, und ein kleiner schäbiger Raum für Besucher – Rechtsanwälte und Verwandte. Sie kamen zum zweiten Tor – ein Gitter aus Stahlstäben –, und Coley sperrte auch das auf. Am Ende des Korridors bogen sie um eine Ecke und passierten einen Flur mit Vorbau, von wo zwei eisenbeschlagene Torflügel auf den Hof hinausführten.

Die Tore waren zugezogen, aber nicht verschlossen. Die Schlüssel zu diesem einzigen Zugang zum Krankenrevier hatte nur der diensthabende Wachoffizier. Meistens wurde er nur über Nacht abgeschlossen. Sung hatte ihn offen gelassen. Sung – jetzt wußte sie den Namen wieder. Sie war also doch keine Rassistin.

»Was ist mit Sung passiert?« fragte sie.

»Den hab' ich zum letzten Mal gesehen, als er einen Kerl, von dem Rauch aufstieg, in Richtung Haupttor schleppte.«

»War Galindez bei ihm?«

»Nur Sung.« Coley gab ihr den Pillenkarton. »Zeigen Sie sich nicht«, sagte er. »Wenn die eine Frau zu sehen kriegen, dann haben sie wirklich einen Grund, uns das Tor einzutreten.«

Devlin empfand plötzlich Panik. Sie unterdrückte sie mit einem Witz.

»Zehntausend Jahre ohne Fick«, sagte sie.

Coley starrte sie an. »Was heißt das?«

»Ich hab' ausgerechnet«, sagte Devlin, »wenn man zusammenzählt, wie lange alle Männer hier drin ohne Frau sind, dann kommt das auf ungefähr zehntausend Jahre.«

»Glauben Sie mir«, sagte Coley, »da draußen gibt's 'nen Haufen harte Eier. 'ne Menge faules Testosteron. Wie süße Milch, die sauer geworden ist.«

Devlin fand Coleys Vergleich ziemlich unappetitlich. Sie trat hinter einen Torflügel, während Coley den anderen aufstieß, und spähte durch den Spalt zwischen den Angeln. Der Himmel über der Ostmauer war schwarz. Vom Haupttor aus strichen zwei starke Scheinwerfer über den Hof. Die Zellenblöcke lagen in totaler Finsternis. Coley knipste einen Schalter an der Mauer an, worauf über den Toren an der Außenmauer Licht anging. Durch die Nähe dieses Lichts konnte man den Hof und die Zellenblöcke noch schlechter sehen.

»Her mit der Bonbonschachtel«, sagte Coley.

Sie gab ihm den Karton und Coley verschwand draußen in der Finsternis. Devlin trat wieder hinter den Spalt. Von hier aus konnte sie sehen, wie Coley am Fuß der Stufen zum Revier stehen blieb und den Karton dort abstellte.

»He, Coley!«

Der Ruf kam aus der Dunkelheit hinter dem Außenlicht. Devlin konnte nicht sehen, wem die Stimme gehörte. Coley richtete sich auf und schaute mit zusammengekniffenen Augen in den Hof. Dann stieg er ohne Hast wieder die Stufen hinauf.

»He, Coley, was rennst du, Mann? Bleib da!«

Coley blieb nicht stehen, aber er ging auch nicht schneller, zeigte weder Angst noch Panik, sondern deutete auf den Karton.

»Hier gibt's was Gutes für euch alle da draußen«, rief er laut in die Finsternis. »Benzos, Barbs, Codein. Mein ganzer Vorrat. Macht euch einen netten Abend, Jungs.«

Er drehte sich um und stieg die beiden letzten Stufen hinauf.

Aus dem Halbdunkel kam eine Gestalt hervorgeschossen. Devlin schrie: »Coley!«

Die Gestalt, die jetzt die Stufen heraufsprang, hielt einen dreißig Zentimeter langen Schraubenschlüssel in der Hand. Coley blieb genauso ruhig wie er riesig war, machte einen blitzartigen Schwenk und stieß dem Mann den Fuß in die Kehle. Als der Angreifer die Stufen hinunterrollte, flog ihm das Eisen aus der Hand, mit dem er in hohem Bogen nach Coleys Kopf ausgeholt hatte. Coley duckte sich, der Schraubenschlüssel traf das Tor und fiel scheppernd auf die Steinplatten des Vorbaus. Coley fand seine Balance wieder und sauste die Stufen hinauf. Ein zweiter Angreifer tauchte von der anderen Seite auf und schlang die Arme um Coleys Beine. Coley konnte nur mit Mühe das Gleichgewicht halten, aber er drückte dem Angreifer eine Hand um den Hals und fischte mit der anderen in seiner Tasche. Er holte seinen Schlüsselbund heraus und warf Devlin einen verzweifelten Blick zu. Bevor er wie eine riesige gefällte Eiche zu Boden stürzte, schleuderte er die Schlüssel in die Vorhalle.

»Verschließ das Tor!« brüllte er. »*Rein mit dir!*«

Devlin sprang zur Seite, ohne genau zu wissen, was sie als nächstes tun sollte; gleichzeitig schoß ihr ein Wirbelwind messerscharfer Eindrücke in den Kopf. Schreie und das Getrampel laufender Füße. Ein lautes Grunzen, als Coley gegen den rechten Torflügel schlug und auf die Steinfliesen krachte. Das blendende Licht über dem Eingang. Gespenstische Gestalten, die weiter hinten im Schatten wimmelten. Etwas Glänzendes am Boden: der Schlüsselbund. Dahinter: der glänzende Stahl des Schraubenschlüssels. Devlin stieg über den Schlüsselbund und packte den Schraubenschlüssel mit beiden Händen. Sie hörte jemand schreien.

»Laßt ihn in Ruh', ihr Schwanzlutscher!«

Der Kopf des Mannes schwamm zu ihren Füßen in ihr Gesichtsfeld, die Augen starr vor Schreck, und glotzte auf irgend etwas über ihrem Kopf. Ihre Beine waren weit gespreizt, leicht gebeugt, fest verwurzelt. Wie Holzhacken im Winter auf der Ranch ihres Vaters. Wieder ein Grunzlaut, diesmal aus ihrer eigenen Brust. Eine heftige Schockwelle lief durch ihre Handgelenke, ihre Arme, und erfaßte ihr Rückgrat. Und hinter der Schockwelle: ein entfernter Eindruck von Zerstückelung, ein brüchiges, gedämpftes Krachen. Gar nicht wie das scharfe Knacken eines entzweibrechenden Holzscheits.

Sie hörte jemand sagen: »O Gott.«

Andere Schreie wurden laut, die sie aber nicht aufnahm. Ein fleischiger Arm packte sie um die Taille und zerrte sie durchs Tor, schleuderte sie in die Vorhalle. Keuchend fuhr sie herum. Coley schob die großen Torflügel zu. In dem enger werdenden Spalt erschien ein Gesicht. Coleys linke Faust schoß durch den Spalt und beförderte die Visage außer Sicht. Als sie verschwand, erblickte Devlin zwei große Männer, zwei Riesen, bärtig, tätowiert, monströs, die über die Stufen auf sie zuwankten. Gemeinsam mit Coley warf sie ihr Gewicht gegen die Flügel. Das Tor ging zu. Ein einfacher, leichter Schnappriegel, gute hundert Jahre alt, und kaum ein Schloß zu nennen, fiel ratternd zu.

»Der Riegel!« ächzte Coley.

Die Torflügel zitterten unter dem Anprall des Gewichts der beiden Riesen. Die Schrauben, die die Klinke hielten, lösten sich quietschend aus dem Holz, das Eisen bog sich. Eine Sekunde lang wölbten sich beide Torflügel nach innen. Coley stemmte sich mit seinem ganzen Gewicht dagegen. Die Flügel gingen wieder zu. Einen Moment Ruhe.

»Der Riegel!«

Ein langer, flacher, rechteckiger Riegel saß in Brusthöhe auf dem rechten Torflügel. Devlin packte den Eisenknopf und zog. Der Riegel rührte sich nicht. Vielleicht war er seit Jahrzehnten nicht benutzt worden, denn er war in seiner Verankerung festgerostet. Devlins Blick schoß zu den beiden Eisenhaspen am Innenrand der beiden Torflügel. Von draußen hörte sie das Gebrüll der anstürmenden Riesen. Coley sprang vom Tor zurück und riß den Schlüsselbund vom Boden.

»Mach' schon!« brüllte er.

Anstatt ihm zu folgen, tat Devlin einen Schritt vorwärts und fädelte den Schraubenschlüssel durch die beiden Eisenhaspen. Als sie wieder zurücktrat, stürmten mit lautem Krachen fünfhundert Pfund psychopathisches Fleisch und Knochen von außen gegen die Tür. Die Torflügel bogen sich gewaltig. Der Stahl knirschte gegen die alten Eisenhaspen und zitterte einen endlosen, reglosen Augenblick lang, als er die kinetische Energie in sich aufnahm und in das Entropiebecken abgab. Der Moment ging vorüber, die Torflügel fielen ächzend in ihre Ausgangsstellung zurück. Coley schoß an Devlin vorbei und schlug mit dem Handballen gegen den Knopf des Schiebers.

»Rühr dich, du Arsch.«

Der Riegel bewegte sich einen halben Zentimeter. Das Eisen war mit knirschendem rostfarbenem Staub bedeckt. Coley hämmerte weiter. Schließlich sprangen die rostigen Teile auseinander und der Riegel glitt auf dem sauberen Eisen leicht dahin.

Durch das Tor hörten sie eine dünne Stimme schreien: »Macht den Mistkerl hin!«

Coley nickte in Richtung Schraubenschlüssel. Devlin begriff und packte das Werkzeug am Kopf.

»Du ziehst, ich schiebe«, sagte Coley.

Gebrüll kam näher, zwei röhrende Stimmen von draußen.

»Jetzt!«

Devlin riß den Schraubenschlüssel heraus, und Coley schob den Riegel vor. Der flache Eisenschieber war länger als die Stahlstange, er saß ganz fest in vier weit auseinander liegenden Haspen, zwei an jedem Torflügel. Als die Riesen sich zum dritten Mal dagegen warfen, bewegte sich das Tor kaum mehr.

Laute Flüche, gedämpft durch das dicke Holz, drangen zu ihnen herein.

Coley stemmte die Hände in die Hüften und beugte sich schwer atmend vor. Dann sah er Devlin mit seinen zusammengekniffenen, vorquellenden Augen ins Gesicht.

»Ich hab' Ihnen doch gesagt, Sie sollen reingehen«, sagte er nur.

Das Verriegeln der Tür hatte die Schleusen in Devlins neuroendokrinem System geöffnet. Sie fühlte sich, als müßte sie scheißen, speien, lachen und in Ohnmacht fallen. Ein krampfartiges Zittern durchlief sie von Kopf bis Fuß. Sie schüttelte den Krampf ab.

»Leck mich, Coley.«

Coley richtete sich auf. »Hätten Sie mich draußen gelassen, wäre ich jetzt tot und glücklich. Jetzt kann ich mir für Sie und für all die kranken Kerle den Arsch aufreißen.«

»Geben Sie mir eine Packung Zigaretten, dann sorge ich schon allein für mich«, sagte sie.

Coley warf einen Blick auf den Schraubenschlüssel in ihrer Hand. »Wissen Sie was, Dokta?«

Devlin schüttelte den Kopf.

»Sie sind mir eine Nummer.«

Devlins Unterleibsmuskeln verspannten sich, das Gefühl hatte fast etwas Geiles, und sie lief rot an. Ihrem Verstand erschien der Gedanke absurd, aber ihr Bauch sagte ihr, daß sie soeben das größte Kompliment ihres Lebens bekommen hatte.

Sie sah auf den Schraubenschlüssel. Die Backen waren mit Haaren und Blut verklebt. Gar nicht wie beim Holzhacken.

»Das würd' ich an Ihrer Stelle behalten«, sagte Coley. »Sie können gut damit umgehen.«

»He, Coley!« Es klopfte gegen das Tor. »Frogman!«

»Haut ab!« sagte Coley und betätigte einen Schalter, worauf in Eingang und Korridor pechschwarze Finsternis eintrat. Devlin durchquerte die Halle und blieb hinter der Ecke des Ganges zum Wachzimmer stehen. Coley schob einen Sehschlitz auf und stellte sich an die Seite, den Rücken zur Tür gewandt. Im Schein der Lampe über dem Eingang erschien jetzt ein Gesicht, das Devlin nicht erkannte, und starrte blind in die Finsternis herein. Zunächst traute Devlin ihren Augen nicht: Das Gesicht war das eines Jungen, fast schon ein Kindergesicht, mit hellem Flaum auf dem fast kahl geschorenen Schädel. Er sah aus, als sollte er eigentlich eine orangefarbene Kutte tragen und einen Gong schlagen.

»Hörst du mich, Frog?« rief der Junge.

Coley reagierte nicht.

»Hast du 'ne Lady bei dir drin?«

»Nein«, sagte Coley. »Ich hab' mir 'nen hübschen weißen Kleinen aus A zugelegt, der läßt mich immer mal ran.«

»Lügst du mich an, Frog? Das ist aber nicht nett.«

»Der hat 'nen dickeren Pimmel als du.«

»Hör mal, Frog, wir haben nichts gegen dich persönlich. Wir wollen nur die Schwulen.«

»Die einzigen Schwulen hier sind du und ich. Wenn du willst, daß ich dir's richtig schön mache, dann komm morgen um die selbe Zeit.«

»Du weißt schon, wen ich meine, Frog. Die Aids-Ärsche, die sind jetzt dran, Mann. Hab' ich Nev Agry versprochen. Scheiße, ist für sie selbst das beste, das weißt du doch.«

»Leck mich am Arsch.«

»Hör zu, du kannst raus. Ich geb' dir mein Wort. Dein Kleiner auch. Wir wollen doch nur die Aids-Typen.«

Die Stimme, das Gesicht, das wirkte alles so unschuldig, so engelhaft, daß Devlin ihm beinahe glaubte. Ein Engel, der um Erlaubnis bat, die Kranken umzulegen. Fröstelnd umklammerte sie den Stahlgriff des Schraubenschlüssels.

»Leck mich am Arsch«, wiederholte Coley.

Das Gesicht im Guckschlitz verzog sich zu einer Grimasse voll Enttäuschung und Wut. »Du weißt, wir kommen da rein, so oder so. Der Direktor schert sich nicht um euch. Wachen sind alle raus. In zwanzig Minuten waren wir mit der ganzen Bude fertig. Und du glaubst, du kannst uns von deinem Scheißloch abhalten?«

Es folgte Schweigen. Devlin konnte Coley im Finstern atmen hören. Der Engel grinste plötzlich. Sie hatte Angst, er könnte ihr Herz schlagen hören. Sie wußte, er konnte sie nicht sehen, aber ihr kam es vor, als schaute er ihr direkt in die Augen.

»Jetzt red' ich mit dir, Missy.«

Devlin drehte sich weg von den Augen, die sie nicht sehen konnten.

»Doktor Devlin, stimmt's?«

Beim Klang ihres Namens in der Finsternis fuhr ihr ein Schwall von Angst durch die Eingeweide.

»Eine Doktorin hab' ich mein Lebtag noch nicht gefickt. Meine Jungs auch nicht, aber die werden sich alle hinter mir anstellen.«

Devlin mußte sich mit einer Hand an der Wand abstützen. Die hellen Augen schienen sich noch immer in die ihren zu bohren.

»Aber eins versprech' ich, schließlich ist das was Besonderes mit uns beiden. Also ich, ich fick dich in den Arsch. Aber meine Jungs, denen laß' ich nur Mund und Fotze. Darauf geb' ich mein Ehrenwort. Also, Doktor Devlin, bleib schön brav und sauber, nur für mich allein.«

Coley schlug den Sehschlitz zu. Zuerst hörte man von draußen noch Gemurmel, dann schlurfende Tritte, dann Stille.

Devlin war wie betäubt. Sie drückte die Stirn gegen die Wand. Alles, was sie da gehört hatte, war bei ihr angekommen, hatte sich aber sogleich in einer Nervenbahn abgekapselt, wo es sie nicht mehr stören konnte. Im Moment hatte sie keinen anderen Gedanken, als Coley anzuflehen, er solle den Schlitz noch einmal öffnen, damit sie den Engel fragen konnte, wie es Klein ging. Plötzlich hatte sie entsetzliche Angst um ihn. Er hatte doch nur noch vierundzwanzig Stunden bis zur Freiheit, und jetzt saß er im Gefängnishauptgebäude in der Falle. Da spürte sie Coleys Hand auf ihrer Schulter.

»Er hat doch keine Feinde, oder?« fragte sie.

Coley verstand nicht. »Wer?«

»Klein.«

Um Coleys Augen bildeten sich kleine Fältchen, als er in ihr Gesicht blickte und sah, was dort geschrieben stand. Dann lächelte er.

»Alle mögen Klein«, antwortete er. »Niemand hat Grund, ihm was anzutun. Absolut niemand. Dem passiert nichts. Können Sie mir glauben.«

Devlin nickte. Coley griff in seine Tasche und reichte ihr ein Papierhandtuch. Erst jetzt bemerkte sie, daß ihr Gesicht von Tränen naß war.

»Tut mir leid«, sagte sie und wischte sich das Gesicht ab. »Ich hab' mir nur Sorgen um ihn gemacht.«

»Ich auch«, sagte Coley.

Devlin sah ihn an. »Danke«, sagte sie.

»Wofür?«

»Daß Sie mir nicht das Gefühl geben, daß ich ein Arschloch bin.«

»Mann, für'n Arschloch sind Sie viel zu blöd.«

Devlin lächelte.

»Grauerholz kommt bald zurück«, sagte Coley. »Wir machen uns am besten bereit.«

Coley drückte ihre Schulter und schlurfte dann durch den Korridor. Devlin schneuzte sich in das Papierhandtuch und schob es in die Tasche. Dann folgte sie ihm durch das Tor mit den Gitterstäben, das ihr noch nie so zerbrechlich vorgekommen war wie jetzt.

Zweiundzwanzig

Ray Klein zog Claudine über den Laufgang des zweiten Rangs und dann die Wendeltreppe hinunter. Klein atmete schnell, in kurzen Stößen durch geblähte Nasenlöcher, als enthielte die Atmosphäre zu wenig Sauerstoff. Seine Muskeln zitterten, aber sein Verstand war völlig klar, seine Bewegungen angetrieben von er wußte nicht was. Ein Wort kam ihm in den Sinn. Frevel. Abgrundtiefer Frevel. Er erkannte, daß er bisher nie begriffen hatte, was das Wort bedeutete.

Agry wollte die Aids-Kranken, die hilflos in ihren Betten lagen, umbringen lassen.

Wieder: Frevel. Bewußt empfand Klein keinen Zorn. Er war darüber hinaus, Agrys Plan ließ das alles von ihm abfallen. Klein dachte, er hätte diesen Bau gekannt. Seine Bestialität, seine Gemeinheiten alle gekannt. Er hatte sich fast selbst als Teil dieser Gemeinheit gesehen, hatte den Schreien des Verwundeten gelauscht und gewünscht, er wäre tot, nur um sich selbst das unangenehme Geräusch zu ersparen. Aber das Krankenrevier war ein geheiligter Ort. Die sollten einander ruhig umbringen, die Pädophilen foltern, Weiße konnten Schwarze abschlachten und Schwarze Latinos und Latinos Weiße, bis Klein als letzter Überlebender übrigbliebe, aber das Krankenrevier war unantastbar. Ohne das gab es gar nichts mehr. Ohne das Krankenrevier verschwanden sogar die Schatten an der Wand der unterirdischen Höhle.

Sie waren im Erdgeschoß angekommen: Hinter ihm heulte Claudine immer noch. Klein blieb stehen und fuhr sie an.

»Ich muß wissen, was zum Teufel dahintersteckt, Claude«, sagte er.

Claude versteckte sich hinter Claudines Tränen. Die schüttelte ihren Kopf.

»Ich weiß es nicht.«

Klein drückte sie mit dem Rücken gegen die Wand und hob seinen Arm. Sie schlug aus Angst die Hände vors Gesicht. Klein riß ihr die Hände herunter, hielt ihr Gesicht fest, rieb ihr mit dem Ärmel über den Mund und wischte ihr den Lippenstift weg. Sie schaute zu ihm auf.

»Claude, ich spreche mit dir«, sagte Klein. »Ich weiß, Claudine hat dich am Leben erhalten, aber das ist jetzt nicht der Zeitpunkt, mir was vorzumachen. Ich werde Nev nichts erzählen, was dir schaden könnte, aber ich muß wissen, was zum Teufel hier vorgeht.«

Claude blinzelte die Tränen in seinen Augen fort, und Claudine tat es auch, zumindest für eine Weile. Er schluckte und nickte.

»Okay«, sagte Klein. »Nev muß wissen, daß er das nicht gewinnen kann. Das ganze ist reiner Selbstmord. Er wird den Rest seines Scheißlebens im Loch hocken.«

»Es ist meine Schuld«, sagte Claude.

»Scheiß auf dein Schuldgefühl«, gab Klein zurück.

Er seufzte, beherrschte sich. Claude war schlau, aber kein Atomphysiker. Als er ihn mit seinen großen braunen Augen ansah, erkannte Klein, daß Claude inmitten eines wahnwitzigen Krieges in der Falle saß und noch konfuser war als sie alle. Etwas milder sagte Klein: »Sag mir einfach, was du weißt.«

»Nev wollte mich zurückhaben. Hätte ich gewußt, daß er so verrückt nach mir ist, hätte ich nie versprochen, auf B zurückzugehen.«

»Wem versprochen?«

Claude schaute weg, ohne zu antworten. Klein schüttelte ihn.

»Agry glaubt, du wärst von Hobbes mit Gewalt geholt worden, und zwar auf Wilsons Verlangen.«

»Ich weiß.«

»Wilson glaubt, du hättest Hobbes darum gebeten. Wer hat recht?«

»Ich bin auch nur ein armer Arsch, der zurück will ins Leben, Ray. Ich hab' nie um eine Sonderbehandlung gebeten.«

»Also was war los?«

»Es war der Direktor.«

»Hat Wilson das von ihm verlangt?«

Claude schüttelte den Kopf. »Hobbes hat's verlangt. Er hat gesagt, wenn ich Nev verlasse und aufhöre, wie 'ne Frau zu leben, dann kann er mir Bewährung verschaffen. Wenn nicht, dann lehnt die Kommission mich ab, und ich muß meine ganze Zeit absitzen.«

»Du hättest noch sechs Jahre, nicht?«

Claude nickte. Klein brachte es nicht über sich, ihm irgend etwas vorzuwerfen. Um weitere sechs Jahre hier drinnen zu vermeiden, hätte er sich selber vom ganzen Block einzeln in den Arsch ficken lassen.

»Du konntest dir doch denken, daß Agry diesen Gesichtsverlust nicht verkraftet«, sagte Klein.

»Ich hatte Angst, er bringt mich um. Das hab' ich auch Hobbes gesagt, aber der versprach, mich zu schützen.«

»Wie?«

»Mit der Sperre.« Claude wand sich vor Beschämung. »Er verhängte über die Brüder diese Sperre, damit Nev nicht an mich rankonnte. Scheiße, mit so was hab' ich nicht gerechnet.«

»Hobbes schon«, antwortete Klein.

Claude riß die Augen auf. »Dieses Arschloch?«

Klein nickte. Hobbes mit seinem Gerede von Entwicklungen und Verbesserungen und seinen Psychopillen, die er nicht nahm, und seinen panoptischen Phantasien, sie alle aus der Finsternis ins Licht zu zerren. Hobbes hatte gewußt, daß es zu dieser Revolte kommen würde. Das war Hobbes' Krieg, nicht Agrys Krieg. Aber es mußte noch mehr dahinterstecken. Claude umzubringen, das hätte Agry eigentlich reichen müssen. Trotz der Sperre hätte er sich Claudes Tod kaufen können, natürlich zum richtigen Preis, aber Agrys Taschen waren tief. War Claude einmal abgetreten, gab es im

River noch genügend andere hübsche Jungs, um Agrys Sexualprotzerei zu befriedigen. In dem Puzzle fehlte ein Stück. Mehrere Stücke. Klein konnte einfach nicht erkennen, was Agry mit all dem bezweckte. Dieser Aufstand brachte ihn um alles, Claude eingeschlossen. Danach würden sie Agry nicht mehr aus der Einzelzelle entlassen, bis er Alzheimer und zwei künstliche Hüften hatte. Im Unterschied zum Fall Hobbes hielt Klein Agry nicht für derart übergeschnappt.

»Hat Hobbes irgend etwas über Agry gesagt, oder umgekehrt?« fragte Klein.

Claude schüttelte den Kopf. Bevor Klein ihn weiter bedrängen konnte, schnitt ihm Agrys Stimme ins Ohr.

»Na, Doc, du belästigst doch nicht etwa meine Frau?«

Klein fuhr herum und starrte in die fast vollständige Finsternis. Agry stand mit Tony Shockner und zwei weiteren Gefolgsmännern im Zugang zur Haupthalle. Auf seinem Gesicht lag ein scheißefressendes Grinsen.

Shockner sah hinter seiner Drahtbrille irgendwie verfallen aus. Die Viererbande schritt auf Klein zu. Klein sammelte sich. Das Gewicht der Kanone in seiner Tasche gab ihm nicht gerade ein Gefühl von Sicherheit. Er kam sich vor wie der Leiter eines Schachclubs, Aug' in Auge mit der Ortsgruppe der Hell's Angels. Seine Empörung mäßigte sich. Dann stand ihm plötzlich bildlich vor Augen, wie Horace Tolson Vinnie Lopez mit einem Brecheisen den Schädel eingeschlagen hatte.

»Wo ist Grauerholz?« fragte Klein.

Das Grinsen in Agrys Gesicht erlosch. Er warf einen Blick auf Claude, sah ihr von Tränen verwischtes Make-up und die verschmierten Lippen und sagte: »Geh, mach dich frisch.«

Claude stieß sich von der Wand ab und stöckelte ohne einen Blick zu Klein davon, und Klein fühlte sich noch verlassener. Agry fixierte ihn.

»Was hast du gesagt, Doc?«

»Ich habe gefragt, wo Grauerholz ist.«

»Der ist ein paar Schwule umlegen gegangen«, sagte Agry.

»Warum?«

Agrys Lippen kräuselten sich höhnisch. »Was soll das heißen, ›warum‹?« Seine Augen leuchteten vor Haß. »Weil sie da sind. Darum.«

»Du könntest das stoppen, wenn du wolltest«, sagte Klein.

»Wenn ich wollte?« Agry warf einen grinsenden Blick auf seine Mitläufer. »Ist meine eigene Idee. Diese Arschficker sind erledigt. Überhaupt, was soll das, Klein? Willst du damit was Bestimmtes sagen?«

Klein spürte, wie er schwer atmete. Er war zerrissen zwischen dem Wunsch, Agry die Fresse einzuschlagen, und auf die Knie zu fallen und ihn um Erbarmen anzuflehen.

»Es kommt mir unnötig vor«, sagte er.

»Soll ich dir was sagen, Doc?« Agrys Gesicht verzerrte sich vor Bosheit. »Du hast recht. Es ist total beschissen unnötig. Was zum Scheiß hat unnötig damit zu tun? Gibt's denn irgendwas hier, was nötig ist?«

In Kleins Hinterkopf arbeitete es, er wußte, daß er schneller war als Agry und in besserer Verfassung. Er konnte Agrys Knie wegreißen, ihm wahrscheinlich die Gurgel zu Brei zerdrücken oder einen Ellbogen in die Schläfe treiben. Dann Shockner mit vorgehaltener Pistole dazu bringen, daß er Grauerholz zurückpfiff. Ein anderer Teil seines Gehirns warf ein, daß seine Arme und Beine vom zu hohen Adrenalinausstoß durch die Angst fast gelähmt waren. Die Kopfdebatte endete, als Agry ihm seinen Zeigefinger gegen die Brust drückte.

»Glaubst du etwa, du bist nötig, du Kurzzeiter?« fragte Agry.

Klein antwortete nicht. Der Haß in Agrys Augen war keinem Vernunftargument mehr zugänglich. Agry stach sich selbst den Finger in die Brust.

»Nicht einmal ich bin hier nötig.« Er grinste. »Nicht mehr. Was getan ist, ist getan. Der Ball ist am Rollen, Doc. Jetzt hält ihn keiner mehr auf. Absolut keiner.«

Klein warf einen Blick auf Shockner. Shockner, das Gesicht noch eingefallener als zuvor, starrte Agry an, als erkenne er jetzt zum ersten Mal in voller Deutlichkeit, wohin Agry sie gebracht hatte.

»Doc, du hast deine Schuldigkeit getan«, sagte Agry, »und warst gut zu Claudine. Das ist der einzige Grund, daß du deine Enkel auf deinen Knien schaukeln und ihnen erzählen darfst, du hättest einmal deine Kanone auf Nev Agry gerichtet.« Er drehte den Kopf zur Seite und grinste wieder seine Männer an, dann fuhr er, zu Klein gewandt, fort: »Aber da fällt mir was Tolles ein: Wenn es so schlimm für dich ist, dann geh doch selbst zu Grauerholz und sag ihm, er soll die Schwulen leben lassen. Du hast meine Erlaubnis, hörst du, Tony?« Er blickte Shockner an. »Der Doc hier will mit Hec verhandeln, laß ihn nur. Schließlich und endlich«, höhnisch wandte er sich wieder Klein zu, »hat er den Schwuchteln ja viel zu verdanken. Der Gott in Weiß bei seinen Kranken, genau wie draußen in der Welt, der seiner Mieze süß ins Ohr flüstert. Besser als Gürtelschnallen in der Maschinenwerkstatt machen. Hab ich recht, Doc?«

Klein blieb stumm. Die meisten hielten ihn für eine Art Helden, weil er im Krankenrevier arbeitete. Agry begriff, daß Klein selbst den größten Vorteil davon hatte. Er schuldete den Aids-Kranken viel mehr als sie ihm.

Agry nickte. »Siehste«, sagte er. »Er weiß es.«

Er hielt Kleins Blick einen Moment stand, dann wandte er sich verächtlich ab. Als er an Klein vorbeiging, rempelte er ihn mit seiner massigen Schulter. Klein taumelte einen Schritt rückwärts und fiel gegen die Gitterstäbe einer Zelle. Shockner und die anderen folgten Agry über den Gang. Klein fühlte sich winzig. Im Hals hatte er einen sauren Geschmack. Er brauchte eine Zigarette.

»He, Doc!«

Klein drehte sich um. Agry rief ihm durch den finsteren Laufgang zu: »Wenn ich wen brauche, der mir die Hämorrhoiden einschmiert, laß ich dich holen, okay?«

Von seinen beiden Kulis kam ein heiseres Gackern. Agry lachte auch. Dann drehte er sich, noch immer lachend, auf dem Absatz um und schlenderte zurück in seine Zelle.

Klein stand allein in der Finsternis. Millionen Worte gingen ihm durch den Kopf, ohne daß er sie wahrnahm, so viele Worte, daß er nur ein Summen hörte, das so leer war wie Schweigen. Die Zeit verging. Er wußte nicht, wieviel. Das Summen klang wie Trost. Wenn er nur lange genug zuhörte, war der Aufruhr vielleicht vorbei. Ein Wort, das er nicht hören wollte, drängte sich ihm auf.

»Doktor.«

Klein hörte nicht darauf. Er spürte eine Hand von der Größe eines Baseballhandschuhs auf der Schulter.

»Doktor.«

Kleins Blick kam aus der finsteren Unendlichkeit zurück. In sein Gesichtsfeld kam Henry Abbott. Klein sah ihn mit leerem Lächeln an.

»Henry«, sagte er.

»Hier unten ist Gefahr«, sagte Abbott.

»Ja«, antwortete Klein. »Sie gehen besser zurück in Ihre Zelle.«

Klein spürte, wie ihn seine Beine in Richtung Haupttor trugen.

»Wohin gehen Sie?« fragte Abbott.

Klein blieb stehen. »Ich muß ins Revier«, sagte er.

Einen Moment lang war es still. Dann hallte Abbotts Stimme durch die Finsternis, flach und tonlos, wie immer bei einer einfachen, unwiderlegbaren Wahrheit.

»Natürlich«, sagte er. »Dort braucht man Sie.«

Dreiundzwanzig

Der rote Eisenträger mit der aufgemalten Nummer ›99‹ an der Seite ragte noch immer aus dem verbrannten, eingedrückten Fenster des zentralen Wachturms. Die weißen Ziffern leuchteten schwach in der Finsternis; hätte Klein sie nicht gesehen, wäre er wahrscheinlich gegen den Eisenträger gerannt. Dann hätte er sich vielleicht eine Kniescheibe ausgerenkt oder eine Sehne gerissen, was ihn gezwungen hätte, sich in seine sichere Zelle zurückzuschleppen – aber inzwischen hatte er begriffen, daß dies nicht einer jener Glückstage war, an denen man sich ein Bein brach. Er stieg über den Eisenträger hinweg.

Das Feuer in B hatte sich ausgebrannt, aber im Block drinnen waren Agrys Männer und die, die er von DuBois geerbt hatte, eifrig am Werk, die verlassenen Zellen zu plündern. Klein umrundete den Turm und ging in Richtung Mehrzwecktrakt. Im Korridor mit seiner niedrigen Decke herrschte pechschwarze Finsternis, er konnte kaum ein paar Meter weit sehen. An den Wänden lehnten schattenhafte Gestalten, andere lagen ausgestreckt am Boden. Einige waren totenstill und rührten sich nicht. Andere gaben dumpfe Geräusche von sich, ob im Rausch oder vor Schmerz, konnte er nicht sagen, versuchte auch nicht, es herauszufinden. Aus dem Eingang zur Bücherei quollen herausgerissene, verkohlte Buchseiten, und als er an der Kapelle vorbeikam, hörte er Geräusche von splitterndem Holz und besoffenes Grölen und Gelächter. Klein wandte seinen Kopf nicht um. Was auch immer da drinnen vorging, er wollte es nicht wissen. In der Mitte des Korridors kamen ihm drei weiße Sträflinge entgegen, der eine trug einen Plastikeimer, die beiden anderen mehrere schmale Bretter. Klein ging zur Seite, um nicht zwischen ihnen hindurchgehen zu müssen. Als sie nahe genug waren, blieben sie stehen und glotzten ihn dumpf an. Der mit dem Eimer hob diesen zum Mund und schlürfte geräuschvoll ein paar Schluck. Klein vermied ihre Blicke und hoffte inständig, sie würden ihn in Ruhe lassen. Als er auf gleicher Höhe war, rief der Kerl mit dem Eimer:

»Willst 'n Drink, Doc?«

Klein blieb stehen. »Besten Dank, Kumpel. Jetzt nicht. Vielleicht später.«

Er ging weiter, jetzt war er an ihnen vorbei. Er wollte über die Schulter schauen, tat es aber nicht. Er lauschte mit geschärften Ohren, ob sich Schritte näherten, aber es kamen keine. Er spürte, wie er die Schultern fast bis zu den Ohren hochgezogen hatte. Locker, locker, sagte er sich selbst. Wenn du so angespannt bist, kannst du dich nicht so schnell bewegen. Die drei hatte er hinter sich, jetzt kam er am Gym vorbei. Von drinnen hörte er den Basketball auf den Holzboden prallen, dazu Schreie. Er ging weiter, mußte aber gegen seinen Willen einen Blick hineinwerfen. In leeren Ölkanistern aus der Küche, in die seitlich Löcher gestochen waren, brannte Feuer. Diese selbstgefertigten Kohlebecken warfen ein unwirkliches, schwärzlich flackerndes Licht auf die Spieler, die um den Ball kämpften. An einer Seite des Gym hing ein nackter Schwarzer, halb kniend, mit dem Gesicht zur Wand, die dunkle Haut im Flammenschein glänzend, an den Handgelenken an einem Holzbarren, während ein weißer Knastbruder, mit verzerrtem Gesicht und mit den Hosen an den Knöcheln, ihn mit rasenden, grunzenden Stößen fickte. Daneben stand ein zweiter mit offenem Hosenschlitz, schaute zu und holte sich dabei einen runter.

Klein wandte sich ab.

Was er fühlte, war nicht gut für ihn. Und auch für niemand anderen. Er drückte es weg. Er hatte nichts gesehen. Er ging vorbei. Vor ihm lag der Ausgang zum Hof. Hinter dem Torbogen sah er bereits den Betonweg zum Haupttor, Scheinwerfer schwenkten lethargisch hin und her, ihr Licht glitzerte in den hohen Stahldrahtzäunen. Es überraschte Klein nicht, daß Hobbes und Cletus den Laden dicht gemacht hatten und jetzt warteten, daß sie alle zu Kreuze krochen. Er hatte schon genug von Revolten anderswo gehört und wußte, daß gewaltsames Einschreiten meist zu mehr Blutvergießen führte. Aber wenn er nur mit Cletus reden könnte, dann würde der Captain doch das Revier schützen, da war er sicher. Cletus war ein korruptes und brutales Schwein, aber er würde doch nicht dabeistehen und zuschauen, wie Kranke abgeschlachtet wurden. An der Wand gleich neben dem Tor sah Klein zwei Gestalten sitzen, beide voller Blut: Der eine war nach vorn gesunken, mit dem Kopf auf der Brust.

Als Klein sich gerade innerlich verhärtete, um an ihnen vorbeizugehen, sagte der eine: »Bist du das, Klein?«

Klein ging weiter. Es ging schon leichter. Er spürte die frische Luft auf seinem Gesicht.

»Die schießen dich zusammen, Mann. Laß es bleiben.«

Klein blieb stehen und drehte sich um. Der Mann war Hank Crawford, ein Durchschnittstyp aus Fort Worth, mit dem Klein ein- oder zweimal Schach gespielt hatte. Crawford war Buchhalter bei einer Ölfirma gewesen und saß zwei Jahre wegen Unterschlagung ab. Um für so etwas eingelocht zu werden, mußte er schon den unfähigsten Verteidiger in der Rechtsgeschichte von Texas beschäftigt haben, aber jedenfalls saß er. Klein hockte sich neben ihn. Crawfords rechtes Hosenbein war vom Knie abwärts mit Blut durchtränkt. Über der Wunde war das Bein mit einem Leinengürtel abgebunden. Der andere Mann hatte einen Schuß in der Leistengegend abbekommen, und als der Scheinwerfer über ihn hinwegstrich, sah Klein an den blauen Lippen und der wächsernen Gesichtsfarbe, daß es ihm ziemlich schlecht ging. Klein drehte sich wieder zu Crawford um.

»Wir wollten uns ergeben«, sagte Crawford. »Etwa sechzig Meter vor dem Tor wurde uns durch ein Megaphon befohlen, zurückzugehen. Wir sind trotzdem weitergegangen. Ein Warnschuß, und peng, hatte Bialmann einen im Bein. Ich drehte mich um, um ihm zu helfen, da haben sie mich von hinten angeschossen. Ich glaube, da sind noch zwei andere draußen. Klein, du schaffst es nie.«

Klein verdaute diese Information wortlos. Er blickte über den Hof. Die Aussicht zum Krankenrevier wurde durch den langen Arm von Block B versperrt.

»Ich versuche, zum Krankenrevier zu kommen«, erklärte Klein.

»Das schaffst du auch nicht.«

»Warum nicht?«

»Grauerholz und eine ganze Bande sind da rüber, die wollen anscheinend alle kalt machen.« Crawford sah weg, er wollte nicht in Kleins Gesicht lesen. »Das Brutalste, was ich je gehört habe.«

»Sind die hier vorbeigekommen?«

Crawford schüttelte den Kopf. »Ich glaube, die sind durch B gegangen, das ist kürzer. Aber ich sag' dir, Mann, da kannst du überhaupt nichts ausrichten. Diese Psychos sind total durchgedreht. In dem Moment, als ich in ihre Fressen sah, hab' ich beschlossen aufzugeben. Mit denen möchte ich nicht einmal im selben Staat leben.«

»Wie lange ist das her, daß sie vorbeigekommen sind?«

»Scheiße, ich kann Tag und Nacht nicht mehr auseinanderhalten.« Schwach hob er den Arm und schaute auf seine Uhr. »Halbe Stunde vielleicht? Eher weniger.«

Klein stand auf, aber Crawford zog ihn am Ärmel. »Und für mich kannst du nichts tun, Doc?«

Klein sah erstaunt drein. Er wollte Crawford einfach hier liegen lassen. Er hatte keine Zeit. Er mußte zum Krankenrevier. Oder wenigstens herausfinden, was dort los war. Himmel, Arsch und Zwirn, er hatte keine Zeit.

Mit einem Ächzlaut steckte Klein seine Finger in das Loch in Crawfords Hose und riß es auf. Crawford zog durch seine zusammengepreßten Zähne scharf die Luft ein. Aus einem Einschuß hinten am Knie rann in zähen Tropfen Blut. Klein konnte sehen, daß die Oberschenkelarterie durchtrennt und der Oberschenkelknochen zersplittert war. Die Wachen schossen mit M 16. Die Aderpresse war schlecht angebracht. Dadurch wurde die Blutung höchstens schlimmer.

»Ich bin doch kein Verbrecher, Doc«, keuchte Crawford, »das weißt du. Ich bin erst drei Monate hier. Ich will nur meine Zeit absitzen, sonst nichts.«

Sein Gesicht, kaum weniger wächsern als das von Bialmann, war von einer dünnen Schweißschicht überzogen. Klein legte den Daumen auf den Oberschenkelpuls. Hundertdreißig. Klein überlegte, wieviel Blut er wohl schon verloren hatte. Sehr viel mehr durfte es nicht werden.

»Genau.« Klein seufzte. »Ich auch.«

Er löste den Gürtel von Crawfords Bein. Crawford verkrampfte sich und biß die Zähne zusammen. Die Blutung wurde nicht schlimmer, aber die Gerinnung hatte gerade erst begonnen. Das Bein durfte unter keinen Umständen bewegt werden, sonst bräche die dünne Kruste auf und er müßte verbluten. Klein beugte sich über Bialmann und fühlte ihm den Puls an der Halsschlagader. Nach zehn Sekunden fing er an, ihm das Hemd herunterzureißen.

»Wie geht's Bialmann?« fragte Crawford.

»Er ist tot«, antwortete Klein.

Crawford fing leise zu weinen an.

Klein rollte das Hemd zu einem Druckverband zusammen und band es mit dem Gürtel über Crawfords Wunde fest. Dann stand er auf. Genau auf so etwas hatte er sich nicht einlassen wollen. Es war total idiotisch. Er war ein Vollidiot. Und Crawford genauso. Idioten. Klein wußte, wenn Crawford die ganze Nacht hier läge, ohne Wasser, um sein Plasmavolumen aufzufüllen, vielleicht auch noch herumkroch in dem rasenden Durst, der ihn durch den Blutverlust befallen würde, dann wäre er am Morgen entweder tot oder auf dem besten Wege zum Nierenversagen. Das zu *wissen*, das war sein Problem. Wäre Klein irgendwer gewesen, hätte er das nicht gewußt, dann hätte er den Gürtel festgezurrt, Crawford die Hand geschüttelt und ihn ganz unabsichtlich und mit reinem Gewissen sterben lassen. Aber Klein wußte. Die Verpflichtung stand vor ihm, unverrückbar und absolut.

»Geben Sie mir die Hände«, sagte Klein.

Das tat Crawford, und Klein packte sie.

»Und jetzt schieben Sie das heile Bein unter sich. Sie müssen aufstehen, und das wird höllisch weh tun.«

Crawford beugte das unverletzte Knie und stellte den Fuß flach auf den Boden. Er schluchzte vor Angst auf. »Ich kann nicht.«

»Los, Mann«, sagte Klein. »Aufstehen.«

Klein tat einen Schritt zurück und zog Crawford an den Armen. Crawford blieb nichts anderes übrig, als sich auf sein gesundes Bein hochzuziehen. Dabei kreischte er vor Schmerz. Als er sich ganz aufgerichtet hatte, rollten seine Augenbälle nach oben, und er war drauf und dran, ohnmächtig zu werden. Klein ließ sich auf ein Knie nieder und schob sich unter ihn, dann warf er ihn sich mit einem Feuerwehrgriff über die Schulter. Er stand auf und schwankte derart unter dieser Last, daß er sich mit einer Hand an der Mauer abstützen mußte. Als er sein Gleichgewicht wiedergefunden hatte und sich dem dunklen Schlund des Mehrzwecktrakts zuwandte, sah er dort Henry Abbott stehen, der ihn beobachtete. Klein holte einmal tief Luft.

»Henry«, preßte er heraus. »Was zum Teufel haben Sie hier verloren?«

»Ich dachte, Sie würden vielleicht Hilfe brauchen«, sagte Abbott.

Klein kniff die Augen zu und holte noch ein paar Mal tief Luft. Crawford war am Verbluten, aber er hatte zehn Kilo Übergewicht. Abbott war verrückt und hatte die Intelligenz eines Brahmabullen. Er selbst, Klein, hatte einen schweren Dachschaden. Eigentlich alles ganz einfach. Er öffnete die Augen.

»Gehen wir«, sagte er.

Bevor Abbott noch etwas sagen konnte, rannte Klein bereits stolpernd, geduckt durch den Korridor. Das war die Art Scheiß, die Robert Mitchum vor Omaha Beach abzog, während er sich mit einem Feuerzeug seine Zigarette anzündete und gleichzeitig mit einer Granate eine Maschinengewehrstellung der Nazis ausräucherte. Nach zehn Schritten japste Klein nach Luft und fragte sich, welcher seiner Rückenwirbel als erster herausspringen werde. Aber du bist in guter Verfassung, sagte er sich. William James hat dich darauf vorbereitet. Zum Glück. Und Crawford ist ein Fettarsch. Er stolperte am Gym vorbei. Basketball und Gruppenvergewaltigung im Feuerschein. Er trat gegen einen Mann am Boden. Dir haben sie ins Hirn geschissen. Er wußte, wenn er stehen blieb, kam er nicht wieder in Gang. Also ging er weiter. Dann sah er plötzlich seinen alten Kumpel Myron Pinkley aus der Kapelle kommend auftauchen, Hände und Kleider von geronnenem Blut verklebt. Er hielt die Arme in die Luft gereckt und schrie mit piepsiger Stimme.

»Denn siehe, die Stunde ist da, da heißt es: Gesegnet die Unfruchtbaren, und der Schoß, der nie gebar, und die Brust, die niemals gesäugt!«

Die Vorstellung schien Pinkley Vergnügen zu bereiten, denn er fing an, sich vor Lachen zu schütteln. Klein konnte sich durchaus Knastbrüder vorstellen, denen er im Moment lieber begegnet wäre. Jetzt sah Pinkley den in Richtung Wachturm stolpernden Klein und trottete bald neben ihm her. Plötzlich beugte er sich vor und schrie Klein ins Gesicht:

»Aufgehoben sind die Fesseln des Gesetzes. Auf den Flügeln der Gerechten wird Jesus Geist unter uns schweben. Die Frevler und Sünder werden in den Pfuhl des ewigen Feuers gestürzt.«

Ob Pinkley Klein auf den Flügeln der Gerechten gen Himmel oder in tiefem Sturz zur Hölle fahren sah, konnte Klein nicht mehr herausfinden. Denn ein Ausdruck reinen Entsetzens wischte Pinkley seine religiöse Inbrunst aus dem Gesicht, als er bei einem Blick über die Schulter die mächtige rechte Hand sah, die sich auch schon um seine Gurgel schloß und ihn vom Boden hochhob. Unter Panikgequieke verschwand Pinkley abrupt aus Kleins Gesichtsfeld, und Klein stolperte weiter. Sein rechter Arm mußte ihm jeden Moment abfallen. Seine Schenkel verwandelten sich unter ihm in Gelee. Er torkelte quer durch die Haupthalle und sackte schließlich, nach Atem ringend, am zerstörten Wachturm zusammen.

Nach dem Platzangst auslösenden Korridor war die fünfzehn Meter hohe Kuppel über ihm wie eine Erlösung, ein Objekt voller Schönheit. Er hielt den Atem an. Aus der schwarzen Finsternis des Mehrzwecktrakts tauchte Abbott auf.

»Wo ist Pinkley?« fragte Klein.

»Ich habe ihn wieder in die Kapelle gebracht«, meldete Abbott.

»Danke, Henry«, sagte Klein.

Abbott deutete auf den Mann auf Kleins Schulter. »Sie hätten ihn mich tragen lassen sollen«, sagte er. »Er ist schwer.«

Klein lächelte steif. Lächerlicher Mannesstolz hielt ihn davon ab, Crawford zu übergeben. Seinen Arm spürte er ohnehin nicht mehr.

»Ich bin froh, Sie zu kennen, Henry.« Er nickte mit dem Kopf quer durch die Halle. »Wir gehen in B hinein. Halten Sie sich an mich, für den Fall, daß Sie wieder in Schwierigkeiten kommen.«

Abbott nickte feierlich. Klein wuchtete Crawford hoch und wankte die letzten fünfzig Meter durch die Halle. Im Gehen wies er Abbott an, aus den herumliegenden Trümmern zwei Bretter aufzuheben und mitzunehmen. Als sie durch das Hauptausfalltor des B-Blocks traten, füllten die Abgase von verbranntem Benzin Kleins Lungen und machten ihm das Atmen noch schwerer, als es ohnehin schon war. In der schmierigen, zähen Flüssigkeit auf dem Laufgang fanden seine Füße keinen Halt. Hier und dort schossen Taschenlampen ihre Lichtstrahlen durch die leeren Ränge, und sie hörten Rufe von Männern, die die Zellen nach Drogen, Alkohol, Zigaretten und Geld durchsuchten. Klein lehnte sich gegen die Glaswand des Wachzimmers. Sein Mannesstolz stieß an seine Grenzen, wie es früher oder später immer geschah. Noch sechzig Sekunden, dann mußte er Crawford einfach auf den Boden fallen lassen.

»Gehen Sie ins Büro, Henry«, sagte Klein, »und schauen Sie, ob Sie eine Taschenlampe finden.«

»Ich habe schon eine«, sagte Abbott.
»Was?« entfuhr es Klein.
Abbott griff in die Hosentasche und zog eine schwere Stablampe mit vier Batterien heraus, die in einer schwarzen Gummihülle steckte.
»Ich trage immer eine bei mir«, erklärte er.
Na klar, Abbott arbeitete doch im Kanal. Er bewegte sich immer im Dunkeln. »Suchen Sie mir eine leere Zelle«, sagte Klein.
Abbott ging voraus und leuchtete in die Zellen im Erdgeschoß. In den beiden ersten lagen Leichen; Männer, die im ersten, heftigsten Feuerstoß verbrannt waren. Als sie zur dritten Zelle kamen, sahen sie, daß sich etwas bewegte. Der Lichtstrahl fiel auf Khaki-Kleidung. Dann ein Gesicht voller Blutergüsse, blinzelnde Augen, eine Hand, die sich schützend davorschob. Zwei Gesichter. Ein drittes. Drei Wachen. Die drei kauerten eng beieinander an der Hinterwand der Zelle.
Klein sagte: »Öffnen Sie die Tür, Henry.«
Abbott schob die Stahltür zurück. Klein torkelte seitlich in die Zelle. Vor Erleichterung fast heulend, beugte er sich vor und ließ Crawford auf die Pritsche gleiten. Crawford öffnete die Augen und brüllte. Als das Blut wieder in Kleins Schulter zurückströmte und mit ihm höllisches Prickeln und Stechen, hätte Klein am liebsten mitgebrüllt.
»Was is' denn hier los, Mann?«
Die Stimme drang vom Laufgang herein, und Klein drehte sich um. Einer von Agrys Leuten, ein weißer Dumpfschädel mit Tätowierungen namens Colt Greely, steckte die Nase durch die Stäbe. In der Hand hielt er einen geschärften Schraubenzieher. Soviel Klein bekannt war, hatte Greely keinen Mord auf dem Gewissen. Klein massierte sich die schmerzende Schulter. Seine rechte Hand fühlte sich an, als werde sie von unzähligen Nadelstichen durchbohrt. Er konnte die Finger nicht rühren. Greely blickte nervös auf Abbott, der turmhoch und schweigend über Klein aufragte. Klein überlegte, daß jemand, der sich ›Colt‹ nannte, wohl ein

Arschloch sein mußte, das sich wahrscheinlich jeden Bären aufbinden ließ.

»Henry!« brauste Klein auf. »Bleib jetzt ganz ruhig!«

Während Abbott keinen Muskel regte und auch nicht die geringste Absicht dazu hatte erkennen lassen, sprang Colt Greely sicherheitshalber einen halben Meter zur Seite, den schreckensweiten Blick auf Abbott geheftet, und rief Klein zu:

»Was ist los, Mann? Tu das nicht!«

»Tut mir leid, Colt«, sagte Klein. »Abbott hat in der Kapelle gerade vier Typen mit bloßen Händen abgemurkst. Wenn er ausflippt, kann ich ihn nicht stoppen.«

»Mein Gott.«

Greely starrte entsetzt in das unbewegte Gesicht, das auf ihn herabstarrte. Der Schraubenzieher in seiner Hand zitterte auf wenig bedrohliche Weise. Greely sah ihn an, als gehöre die Hand, die ihn hielt, nicht ihm, und schob die Waffe hastig in den Gürtel.

»Abbott hat offenbar einen Narren an Crawford gefressen. Mich hat er gezwungen, den fetten Arsch quer durch den halben Bau zu schleppen.« Klein deutete mit dem Kopf auf die neben dem Klo kauernden Khakihemden. Auch sie starrten Abbott in blankem Entsetzen an. »Er will, daß diese Hampelmänner sich um ihn kümmern.«

»Scheiße«, nickte Greely, »warum nicht?« Nervös grinste er Abbott an. Abbott starrte ausdruckslos zurück. »Crawford ist doch einer von uns, oder?«

»Geh und treib Smack für ihn auf«, sagte Klein.

»Smack?« wiederholte Greely verständnislos.

»Heroin«, sagte Klein. »Alles klar? Nicht Koks. Das beste, was du findest, braun, wenn's geht. Okay, Henry?«

Abbott starrte Greely weiter an, ohne irgendeine Reaktion zu zeigen.

Dankbar nickte Greely mit dem Kopf. »Wird gemacht, kein Problem, Doc.« Und verschwand.

Klein wandte sich den Wachen zu. Burroughs, Sandoval, Grierson.

278

»Grierson«, sagte Klein.

Während Klein Crawford besser auf die Pritsche bettete und den Druckverband erneuerte, trat Grierson vor und sah ihm zu. Klein nahm Abbott die beiden abgebrochenen Holzbretter ab und plazierte sie unter und über Crawfords Bein. Die Bewegung ließ Crawford vor Schmerz erschauern.

»Was ich von Ihnen möchte, ist«, erklärte Klein, »daß Sie jetzt ein Bettuch zerreißen und diese Schiene festbinden, und zwar so. Lassen Sie ihn Wasser trinken, so viel er will. Wenn Greely den Stoff bringt, soll er immer wieder ein bißchen schnupfen, gegen die Schmerzen.«

»Alles klar«, sagte Grierson.

»Dadurch wird Ihr Stand bei der Bande nicht schlechter.«

»Wahrscheinlich nicht.« Grierson warf einen verstohlenen Blick auf Abbott. »Hat er wirklich diese Kerle erledigt?«

Klein sah keinen Fehler darin, Abbotts Ruf weiter zu festigen. Henry schien es nichts auszumachen.

»Grauenvoll«, bestätigte Klein. »Seid froh, daß ihr das nicht mitansehen mußtet. Was macht denn Grauerholz?«

»Der kam vor etwa dreißig Minuten hier vorbei, mit sechzehn oder zwanzig weiteren Typen, high und stockbesoffen, soweit ich sehen konnte. Wir dachten schon, jetzt wären wir dran, aber sie gingen einfach vorbei.« Grierson machte eine Pause. »Greely sagte, Agry hat sie ins Krankenrevier geschickt, daß sie alle Schwulen umbringen.« Er warf einen nervösen Blick auf Abbott. »Ich meine, die Aids-Kranken.«

»Und was ist mit den Schwarzen passiert?«

»Die haben eine aufs Dach bekommen. Hätte Vic Galindez nicht die Zellentüren geöffnet, dann wären die meisten jetzt tot. Agrys Männer jagen sie noch immer mit bewaffneten Banden, alles total verpißte Typen. Die Nigger verkriechen sich wahrscheinlich da unten, jedenfalls wer davon noch übrig ist, und kämpfen jeder für sich allein. Ein Haufen sitzt noch in C mit den Mexikanern fest.«

Wie die weißen Sträflinge sagten auch die Wärter absichtlich ›Mexikaner‹, was nicht zutraf und die Latinos beleidigen sollte, die zum allergrößten Teil hier in Texas geboren waren.

»Was wird Hobbes tun?« fragte Klein.

»Solange sie nicht anfangen, die Geiseln umzubringen, wird er warten, bis Sprit und Drogen alle sind und sie anfangen, nach ihrer Mama zu schreien. Wird noch drei Tage dauern.«

»Vielleicht zehn«, knurrte Burroughs bitter.

»Wird er Grauerholz davon abhalten, das Krankenrevier zu stürmen?«

Grierson zog die Stirn in Falten. »Darauf würde ich mich nicht verlassen. Aber bei Hobbes weiß man nie so genau.«

»Was ist mit Cletus?«

»Bei ihm weiß man's. Der erlaubt nicht, daß einer von unsern Männern sich auch nur einen Knöchel verdreht, um diesen üblen Haufen rauszuholen.« Wieder warf er einen Blick auf Abbott. »Ich meine …«

»Verstehe«, sagte Klein. Er fragte sich, warum er nicht schon die ganzen drei Jahre, die er hier war, Abbott dazu angestellt hatte, immer in seiner Nähe zu bleiben. »Paßt auf sein Bein auf, bis wir zurück sind.«

Klein stand auf und ging zur Tür. Er beugte und streckte die Finger seiner rechten Hand. Abbott reichte ihm die Stablampe.

»Ich lebe im Dunkeln«, sagte Abbott. »So gut wie ich können Sie nicht sehen.«

Eine Sekunde schien es Klein, als höre er in Abbotts Stimme einen neuen, unbekannten Klang, aber er war nicht sicher, was das war. Gefühl vielleicht. Er blickte zu ihm auf. Die Augen waren so rein und leer wie immer. Er nahm die Stablampe. *Ich lebe im Dunkeln.* Die Stimme hallte noch immer in Kleins Hinterkopf. Er schüttelte sie ab.

»Gehen wir.«

»Klein?«

Klein drehte sich zu Grierson um.

»Fünf Minuten vor euch sind die Tolsons und noch ein paar andere hier durchgekommen. Mit diesem verdammten Eisenträger, mit dem sie den Wachturm eingeschlagen haben.« Grierson sah den Ausdruck in Kleins Gesicht. »Ich dachte, das sollten Sie wissen.«

Klein schob Henry Abbott zur Seite und rannte den Laufgang hinunter. Das Licht der Stablampe wanderte vor ihm über den Boden. Im Vorbeilaufen sah er ein Gesicht, einen Schnurrbart, der durch die Gitterstäbe einer Tür gepreßt wurde.

»Klein!«

Klein hörte nicht auf die Stimme. Das Gesicht war zu unscharf, um es zu erkennen. Er hörte es hinter sich noch einmal rufen. Zu viele Arschlöcher wollten was von ihm. Und Grauerholz hatte den Sturmbock, an dem Klein sich am liebsten ein Bein gebrochen hätte, jedenfalls wünschte er das jetzt inbrünstiger denn je. Was würde er wohl fühlen, überlegte Klein, wenn Earl Coley und alle seine Patienten tot wären? Coley selbst hätte ihm sicher gesagt, er solle fortgehen und es vergessen. Würde Coley für ihn das gleiche tun? Das Krankenrevier war ein altes Gebäude, und Coley hatte fast zwanzig Jahre in diesen Mauern verbracht. Wenn es dort drinnen einen Ort gab, wo ein Mann sich verstecken konnte, dann kannte Coley ihn. Na klar. Coley kannte ihn, und Coley würde überleben. Er würde Grauerholz und seine Bande killen lassen, wen sie killen wollten, weil er wußte, daß er sie nicht stoppen konnte, und sich an den Rat halten, den er Klein gegeben hatte, und sich selber retten, denn alles andere scherte ihn einen feuchten Dreck. Dann konnten er und Klein gemeinsam die Toten beweinen und einander bestätigen, daß sie wirklich nichts anderes hatten tun können als sich umdrehen und wegschauen. Als Klein sich im Laufschritt dem hinteren Ausfalltor von Block B näherte, sah er durch den hohen Bogen mehr und mehr von dem Hof. Dicke, sich zu einem Kloß erhärtende Angst stieg ihm in der Kehle hoch und belegte seine Zunge mit dem Geschmack der Scham. Er hielt im Laufen inne und ging die letzten paar Meter im Schritt. Jetzt hörte er aus der Ferne Lärm: rauhe, wüste Stimmen, Gebrüll zusammen mit einem gleichmäßigen dumpfen Stoßen. Zwischen dem oberen Rand des Tores und dem Granithorizont der Umfassungsmauer konnte er einen Streifen des klaren, sternenübersäten Nachthimmels erkennen. Er steckte die Stablampe in die Hose, ging die Rampe hinunter und blieb in der Einfahrt stehen. Auf der anderen Seite des Hofes drängte sich ein Haufen Männer, unten vor den Stufen zum Krankenrevier. Auf den Stufen standen sechs Kerle, die gemeinsam den Eisenträger hielten und mit kurzen, kräftigen Stößen gegen die Doppeltore des Krankenreviers sausen ließen. Die fast zehn Meter Länge des Trägers und der spitze Winkel bergauf machten die Arbeit mühsam, aber der Erfolg stand für Klein nicht in Frage. Die Menge brüllte im Rhythmus der regelmäßigen Stöße heisere, kurze Laute hinaus. Am Rande der Menge stolperten ein paar Männer wie betrunken ziellos im Kreis herum. Einer von ihnen fiel hin, kroch auf Händen und Knien weiter und erbrach sich. Als er fertig war, kroch er weiter, mitten durch das Erbrochene. Jemand deutete auf ihn und brüllte etwas. Aber der Kriecher kroch wie blind in die Bahn des Sturmbocks. Das gespitzte Ende des Eisenträgers traf ihn an der Schläfe mit einem knirschenden Krachen, das Klein sich vorstellen, aber nicht hören konnte. Der Kriecher stürzte aufs Gesicht und rührte sich nicht mehr. Die sechs Rammler unterbrachen ihren Rhythmus nicht. Keiner von dem Mob kümmerte sich im geringsten um den Kriecher. Einige hielten sich die Bäuche vor Lachen.

Im Revier brannte Licht. Hinter den vergitterten Fenstern des zweiten Stocks konnte Klein die Umrisse von Männern sehen, die auf den Eisenträger und sein unerbittliches Werk hinunterblickten. Die Scham in seinem Innern löste sich in eine überwältigende Trauer, die irgendwie noch schlimmer war. Es gab letztlich wirklich nichts, was er noch tun konnte. Wenn schon mit Agry nicht zu reden war, dann war mit Grauerholz und seinem Gesindel überhaupt keine Verständigung möglich, und wenn, dann nur mit Napalm. Im Vergleich zu Grauerholz war Nev Agry der reinste Oscar Wilde. Und Klein hatte ihn im Speisesaal gedemütigt, indem er ihm die Pistole abgenommen hatte. Während Klein ihr primitives Grölen hörte, wurde ihm klar, daß man ihnen die ganze Welt bieten konnte und alles, was daran war, und trotzdem würden sie mit dem weitermachen, was sie gerade taten, nämlich ein Tor einzurammen auf der Jagd nach Blut.

Plötzliche, unbezwingbare Erschöpfung riß ihm die Beine unter dem Körper weg, und Klein sackte in die Knie und fiel zurück auf die Fersen. Eine Erkenntnis durchströmte ihn, die für ihn völlig neu war, eisig, und frei von jedem Gefühl: Könnte er diese Menschen hier an Ort und Stelle töten, so würde er es tun. Er würde sie alle umbringen. Er würde sie vergasen und verbrennen und bombardieren. Er würde sie lebendig begraben, alle in einem einzigen namenlosen Massengrab. Er würde sie alle zusammen abschlachten, ihnen nicht einmal die Würde eines individuellen Todes gewähren und jede Erinnerung an ihr Dasein vom Angesicht der Erde tilgen. Er würde ihnen keine Rechte zugestehen, kein Gerichtsverfahren, keine Möglichkeit zur Berufung. Er würde ihre Ausrottung so bereitwillig anordnen, wie er Antibiotika zur Ausrottung von Bakterien verordnete. Mit vielen dieser Männer hatte er gesprochen, mit einigen gelacht, andere hatte er behandelt. Mitmenschen hatte er in ihnen gesehen. Mit einigen von denen, die sie dort jetzt ermorden wollten, hatten sie noch vor wenigen Wochen die Zelle geteilt, auf derselben Latrine geschissen, über denselben Pornoheften masturbiert, die Briefe von Zuhause ausgetauscht und gelesen. Und jetzt planten sie, sie in ihren Betten umzubringen.

Klein schwindelte es vor Unverständnis. Es war ein Phänomen, etwas, das man nur beobachten, aber nicht begreifen konnte, ein Virus, ein Krebs, ein vergehender Stern, aber zu verstehen war das nicht, zu verzeihen schon gar nicht. Da konnte es kein Verzeihen geben, auch keine Strafe, denn zur Bestrafung gehörten Verständnis und Gerechtigkeit und Wiedergutmachung, und nichts davon galt für diese Wesen, die doch einmal Mitmenschen gewesen waren. Hier gab es nur Vernichtung, kalt und ohne Rachegefühle, denn für ein Phänomen wie dieses war sinnvolle Vergeltung gar nicht möglich, ebensowenig wie man sich für ein Erdbeben an der Erde rächen konnte. Das waren keine Menschen mehr. Diesen Titel gestand er ihnen nicht zu. Das waren nicht schlechte Menschen oder geisteskranke Menschen oder unverstandene Menschen. Das waren nicht habgierige Menschen oder zornige Menschen oder gewalttätige Menschen. Sie hatten den Anspruch auf Zugehörigkeit zur Menschheit verloren, sie hatten sich in biologische Partikel einer bizarren Naturerscheinung verwandelt. Und Klein wollte sie vernichten und wußte, er konnte es nicht. Er spürte, wie Riesenhände ihn an der Schulter packten und hochzogen. Dann hörte er den Atem des Riesen an seinem Ohr.

»Man muß sie stoppen«, sagte Henry Abbott.

Wieder rief eine feine Veränderung in Abbotts Stimme Klein durch die Nebelränder seiner Verwirrung an. Klein achtete nicht darauf.

»Man muß sie vernichten«, sagte er.

»Nicht unbedingt«, erwiderte Abbott. »Sie zu stoppen, wäre schon genug. Das ist ein Unterschied.«

Klein schüttelte die Hände ab und drehte sich um. Diesmal gingen ihm Abbotts pedantische, schwerfällige Denkprozesse auf die Nerven. »Wo ist da der Unterschied, Henry?« fragte er.

»Was zählt, ist, daß man sie stoppt. Nicht tötet. Es ist eine Frage der logischen und moralischen Priorität.«

»Du lieber Gott, es ist eindeutig Zeit für Ihre nächste Injektion.«

Kaum hatten die Worte seinen Mund verlassen, da brannte ein Stromstoß unerträglicher Scham in Kleins Bauch die Sicherungen durch. So weit war er schon gesunken, daß er sich über die schwere Krankheit eines Freundes lustig machte. Er war selbst zu Abschaum geworden. Er packte Abbott vorne am Hemd und sah ihm in das lange, flache Gesicht.

»Henry, verzeihen Sie mir, was ich gesagt habe. Es tut mir leid. Ich bin ein Arschloch. Ich …«

Alles andere war sowieso Unsinn. Der Satz blieb ihm im Hals stecken. Er legte die Stirn auf Abbotts breite Brust, und wünschte, Abbott würde seine schweren Arme um ihn schlingen und ihn erdrücken.

»Mitmenschen«, sagte Abbott.

Einen Moment dachte Klein, er hätte nicht richtig gehört. Er kam sich wie im Traum vor. Er schluckte. Ohne den Kopf zu heben, fragte er: »Was haben Sie gesagt?«

»Mitmenschen«, wiederholte Abbott.

Klein sah zu ihm auf. In den flachen Augen stand ein Lichtschimmer. Ein winziges Leuchten, so wie die ganz entfernten Sterne, die man nur erkennen kann, wenn man sie nicht direkt ansieht. Dieses Licht hatte Klein noch nie gesehen. Dann fiel ihm ein, daß er es doch schon einmal gesehen hatte: an jenem allerersten Abend, beim Betreten von Abbotts total verdreckter Zelle.

Abbott sagte: »Ich glaube, wir sollten dort hineingehen.«

Klein blickte über die Schulter und verstand, daß Abbott die Krankenabteilung meinte.

»Ich führe Sie«, sagte Abbott. »Durch den Green River.«

Es lief Klein kalt über den Rücken, ohne daß er wußte, warum. Durch den Green River. Diese Veränderung der Stimme. Als ob Abbott diesmal wüßte, wovon er sprach. Klein tat einen Schritt zurück und sah ihn an. Der Schimmer war fort, Klein konnte ihn nicht mehr erkennen. Kleins Herz weitete sich, und ihm stiegen Tränen in die Augen. Scheiße, Mann, sagte er sich, du reißt dich jetzt besser am Riemen, denn wenn du es von ihm verlangst, dann geht dieser Riese tatsächlich die letzten blutverschmierten Meter. Er wird durch Grauerholz' Gesindel waten und es ausrupfen, einen nach dem anderen. Aber sie werden ihn töten. Und du hast eine Pflicht zu erfüllen.

Eine Pflicht. Wenn er schon den Kranken im Revier nicht helfen konnte, dann wollte er wenigstens Henry daran hindern, sich umbringen zu lassen, denn Henry war ein Verrückter und redete verrücktes Zeug. Und Klein war nicht verrückt. Klein war nur ein Arschloch, das die Nerven verloren hatte. Das war der Unterschied. Klein wischte sich das Gesicht am Ärmel trocken und lächelte.

»Nein, Henry. Wenn ich wüßte, daß wir eine Chance von tausend zu eins hätten, würde ich sie wahrnehmen. Haben wir aber nicht. Es sind zu viele.«

»Sie sind viele, wir aber wenige«, murmelte Abbott.

»Stimmt.«

»Doch nur einer von uns kennt den River.«

Noch mehr verrücktes Zeug. Er mußte Abbott von hier fortbringen, bevor der Riese gänzlich außer sich geriet und sich für nichts und wieder nichts abstechen ließ.

»Wir alle kennen den River, Henry, und wenn wir nicht bald da rauskommen, dann werden wir drin ersaufen. Komm jetzt.«

Er nahm Abbotts Arm. Hinter ihnen verkündeten Triumphgeheul und das gleichzeitige Splittern und Knirschen von Holz und Metall, daß dem Tor zum Revier das letzte Stündchen geschlagen hatte. Erneut füllten sich Kleins Augen mit Tränen, die ihm die Sicht trübten. Er wollte es nicht sehen. Er würde es nicht sehen. Er drehte sich nicht danach um. Es gab noch zwei größere Hindernisse, die Grauerholz überwinden mußte, das Stahltor, und die Stahltür im Korridor. Wenn ihnen niemand Widerstand leistete, dann war das nur eine Frage der Zeit.

»Los«, sagte Klein. »Gehen wir!«

Er zog Abbott durch die Ausfallpforte zurück, hinein in die pechschwarze, nach Benzin stinkende Hölle des Blocks. Erst jetzt konnte Klein, als er ohne Licht den Laufgang durchquerte, eine andere Hölle sehen und hören, wo die Schreie der Verdammten an seine Ohren gellten, und die Stimmen die Stimmen seiner Männer waren, die auf ihren von Blut und Pisse durchweichten Matratzen im Sterben lagen. Ein Totenappell: Vinnie Lopez. Reuben Wilson. Dale Reiner. Earl Coley. Der Frogman. Der Frog. Klein taumelte blind vorwärts und hatte das Gefühl, daß ihm eine brennende Flüssigkeit aus den Augen quoll. Der Frogman. Klein erkannte, daß er in einem kindlichen Teil seines Herzens nicht daran glaubte, daß der Frogman sterben könne. Der Frogman würde ewig leben. Klein hörte seinen Namen rufen – »Klein!« –, aber der gehörte nicht auf diese Liste. Bilder stiegen vor ihm auf, der Frog, gespickt mit Messern, sterbend. »Klein!« Keinem von ihnen konnte er beistehen. Er verscheuchte ihre Geister. Klein kann nicht bei euch sein, Jungs. Er wäre es gern, aber er kann nicht. Scheiße, er kann nicht. Laßt ihn.

»... Devlin!«

Klein erstarrte. Devlin gehörte auch nicht auf die Liste. Sie trank ein kühles Bier und schaute sich an, wie die Lakers die Knicks versohlten, und zählte schon die Stangen Winston, die sie Klein abnehmen würde. Da erkannte er, daß die Stimme nicht in seinem Kopf war. Latino-Akzent. Wütend. Er drehte sich um.

»Was ist los, Klein, haben Sie keine Ohren?«

Durch die Gitterstäbe schrie ihn ein bleiches Gesicht mit Schnauzbart an. Victor Galindez. Sergeant. Klein riß sich zusammen und trat an die Zellentür.

»Galindez?« sagte er.

»Haben Sie von Grauerholz gehört?« fragte Galindez.

»Die haben gerade das äußere Tor eingerammt«, sagte Klein.

Er sah, daß Galindez sein tränenverschmiertes Gesicht bemerkte, und rieb sich verlegen mit dem Ärmel über die Augen. »Rauch«, sagte er wie zur Entschuldigung. »Ich kann nichts für sie tun.«

»Ich versuch' Ihnen die ganze Zeit zu sagen«, fuhr Galindez fort. »Doktor Devlin ist auch dort.«

Klein wurde es schwarz vor den Augen. »Sie ist zu Hause und schaut sich die Lakers an«, antwortet er.

»Sie ist zurückgekommen«, entgegnete Galindez. »Ich hab' sie zurückgebracht. Sie hatte etwas, was sie Ihnen und Coley zeigen wollte.«

Diesmal begriff Klein. Und plötzlich war er ganz klar. Alles, was in den letzten paar Stunden geschehen war, fiel von ihm ab. Der Wahnsinn und die Angst, die Scham, die Schuld, der Schmerz. Alles. Sein Kopf war klar.

»Devlin ist im Krankenrevier«, sagte er.

»Richtig.«

Klein drehte die Stablampe an und richtete sie auf Galindez. Galindez blinzelte und schaute weg. Seine Uniform war verkohlt und dreckig, sein Gesicht zerschunden, die Augen blutunterlaufen. Klein hätte ihn gern für einen Lügner gehalten, aber Galindez hatte unter Einsatz seines Lebens Männer gerettet, die ihm lachend die Gurgel durchgeschnitten hätten. Er sprach die Wahrheit.

»Sie sollen die Zellen geöffnet haben. Im Feuer.«

Galindez antwortete nicht. Der Strahl aus der Stablampe fiel auf etwas, das sich auf Galindez' Hocker in der Zelle befand. Klein meinte, es zu erkennen, aber er glaubte es nicht.

»Was ist das?« fragte er.

Und dann glaubte er es. Bevor Galindez antworten konnte, glaubte Klein, was er sah. Und in dem Moment, da er es glaubte, hörte er die eigenartig klangvolle Stimme von Henry Abbott sagen: »Durch den Green River.« Und endlich verstand Klein. Durch den Green River.

»Das ist ein Kopf«, antwortete Galindez, ohne hinzusehen. »Spezielle Gesellschaft, eigens für mich.«

»Kommen Sie da raus«, sagte Klein ruhig und schob die Zellentür auf.

Galindez zögerte. »Die bringen mich um.«

»Sie haben die Schwarzen rausgelassen. Sie sind sowieso der erste Wärter auf der Abschußliste.«

Klein trat in die Zelle. Der Kopf auf dem Hocker war einem Schwarzen abgeschlagen worden. Klein erkannte ihn nicht. Er zog ein Bettuch von der Pritsche. »Wie lange sitzen Sie schon mit diesem Ding hier drinnen?« Klein legte das Bettuch über den Kopf.

»Weiß nicht genau, vielleicht acht Stunden.«

Klein wühlte in den Sachen, die hinten in der Zelle lagen, und zog ein paar feuchte, verdrückte Kleidungsstücke heraus, Gefängniskleidung, Hemd und Hose aus blauem Drillich. Er hielt sie Galindez hin.

»Zeit zum Umziehen«, sagte er.

Galindez nahm die Sachen und fragte mit zusammengekniffenen Augen … »Wohin gehen wir?«

»Mal sehen«, sagte Klein. »Wir machen einen Spaziergang durch den Green River.«

Galindez war verblüfft. »Was?«

Klein drehte sich um und schaute Henry Abbott an, der stumm im Dunkel hinter den Gitterstäben stand. Diesmal konnte Klein wieder das schimmernde Licht in seinen Augen sehen.

Wie von fernen Sternen.

»Sie sind viele, wir aber wenige«, sagte Klein.

Abbott nickte einmal wortlos, und Klein hielt diesen unendlichen Blick fest und spürte, wie ihm der Hals eng wurde und es ihm kalt über den Rücken lief. Irgend etwas Furchtbares, Wildes. Einen Moment lang war er wie erstarrt. Er schluckte.

»Klein?« sagte Galindez. »Was soll das heißen?«

Klein sagte: »Nur einer von uns kennt den River.«

Vierundzwanzig

Juliette Devlin stieg hinter Earl Coley schweigend die Treppe zum zweiten Stock hinauf. Sie dachte, daß er in Saal Travis gehe, statt dessen zog er seinen Schlüsselbund hervor und sperrte eine Tür in einer Nische am Ende des Korridors auf. Die Tür gab nicht sofort nach, Coley mußte erst mit der Schulter dagegendrücken. Sie war eindeutig lange nicht benutzt worden. Coley schaltete das Licht an. Gleich hinter der Tür führte eine mit Spinnweben behangene Treppe nach oben.

»Kommen Sie«, sagte Coley.

Sie stieg hinter ihm die Treppe hinauf und fragte sich, was er wohl vorhatte. Oben knipste Coley eine zweite Lampenreihe an. Hinter einer Tür aus Eisengitter befand sich ein unbenutzter Krankensaal, der in das überhängende Dach hineingebaut war. Zwei Reihen von je fünf Eisenbetten standen einander gegenüber, darüber eine nackte Glühbirne. Coley öffnete die Gittertür und ging hinein.

»Hier oben war ich noch nie«, sagte Devlin. Der Saal hatte keine Fenster, aber eine irgendwie schaurige Atmosphäre, die ihr eine Gänsehaut verursachte.

»Seit dem Zweiten Weltkrieg nicht mehr benutzt«, sagte Coley. »Ich und Klein haben dran gedacht, das wieder aufzumachen, falls es unten noch schlimmer wird, die Überbelegung, meine ich. Aber es läuft einem hier kalt über den Rücken.«

»So geht es mir auch. Was war früher hier drin?«

»Das war die Klapsmühle. Hier haben sie die Irren eingesperrt, Typen mit Syphilis im Hirn, und lauter so'n Scheiß.«

»O Gott«, sagte Devlin.

Coley ging zu einer Tür am anderen Ende. Devlin folgte ihm. Von Natur aus und durch ihre Ausbildung war sie nicht sehr empfindlich, aber an diesem Ort spürte auch sie die bösen Geister. Von ein paar Betten hingen modrige Ledergürtel herunter.

»Die sollen hier auch Experimente gemacht haben, hört man. Lobotomien. Haben den Männern Insulin und Malaria und Schlangenwurzel und weiß Gott was alles gespritzt. Sind das nur Geschichten oder kann es stimmen?«

»Das stimmt. Zu ihrer Zeit waren das gar nicht so abwegige Ideen.«

»Kann sein. Sogar ein paar Zwangsjacken haben wir hier noch irgendwo.«

Sie folgte ihm durch die Tür in eine Art Stationszimmer, in dem ein zerkratzter Tisch, ein zerbrochener Stuhl und ein paar Aktenschränke aus grünem Metall standen. Von einem Hakenständer an einer Wand hingen zwei gelbliche, verschossene Zwangsjacken. Devlin zog eine der Schubladen auf. Sie war vollgestopft mit Aktenordnern, die meisten mit einer grünen Moderschicht bedeckt. An einem anderen Tag hätte dieser Fund sie fasziniert. Da war sicher Material für ein, zwei Artikel drin. Aber sie konnte in dem ganzen Raum nichts entdecken, was ihnen jetzt von Nutzen gewesen wäre, außer Coley hoffte, Grauerholz in eine Zwangsjacke stecken zu können.

»Warum haben Sie mich hierher gebracht?« fragte Devlin.

Coley schloß die Lade, packte den Aktenschrank mit beiden Armen und hob ihn von der Wand weg. Dahinter befand sich eine kleine Tür ohne Schloß oder Klinke. Von einem Loch an der Rückwand des Schranks lief ein dünnes Stahlkabel zu einem anderen Loch in der Tür. Coley steckte die Spitze eines Schlüssels in eine Spalte am Rand des Türblattes und zog die Tür auf. Drinnen gähnte schwarze Leere. Innen an der Tür waren zwei schwere Türriegel angebracht. Er sah Devlin an.

»Das hier ist mein Geheimnis. Einmal vor sechzig Jahren sind die Irren hier drin wild geworden und haben einen Arzt und zwei Kalfakter umgebracht, genau hier, wo wir stehen. Sie haben sie richtig zerrissen, Stück für Stück. Und da kam man dann drauf, daß das Stationszimmer am falschen Ende liegt.«

»Scheiße«, sagte Devlin. »Und ich dachte schon, ich wäre die erste Ärztin der Weltgeschichte, die hier ins Gras beißt.«

»Dann haben sie die Tür hier reingehauen, zum Verkriechen, falls sowas wieder einmal vorkommt. Kann man von innen verriegeln.«

Devlin lachte. »Sie glauben doch nicht, daß ich da reingehe?«

»Das ganze ist kein Witz, Doktor Devlin. Grauerholz kommt zurück, und er kommt rein, der schafft das.«

Auf dem Weg nach oben hatte Devlin an Grauerholz gedacht. Sie war ihm nie begegnet, aber sie hatte seine Akte gelesen. Sie wußte, was er getan hatte und wozu er imstande war. Er hatte sie als Fall interessiert, denn den psychiatrischen und soziologischen Prozeßgutachten zufolge war sein persönlicher Hintergrund überraschend normal, vollkommen frei von den üblichen soziopathologischen Indikatoren. Er kam aus einer intakten Arbeiterfamilie mit gutem Zusammenhalt, nicht besonders wohlhabend, aber anständig und gesetzestreu. Nicht der geringste Hinweis auf Kindesmißhandlung. Kein Hinweis auf organischen Hirnschaden oder geistige Störungen. Man hätte von Hector erwartet, daß er ein nettes Mädchen heiraten und ein braver Familienvater werden würde. Statt dessen begann er zu morden. Sein skrupelloses Verbrechertum war plötzlich, wie aus dem Nichts aufgetaucht, hatte sich voll entwickelt und war ohne Vorgeschichte. In diesem Sinn war er eine Beleidigung nicht nur für den Gesetzgeber, sondern vor allem für die Wissenschaft. Zum Teufel, er hatte kein Recht, so schlecht zu sein. Devlin hatte einmal um Erlaubnis gebeten, ihn zu befragen, und Hobbes war auch einverstanden gewesen, aber Grauerholz hatte sich geweigert, mit ihr zu reden. Vielleicht bekam sie ihre Chance jetzt.

»Hier drin sind Sie sicher«, fuhr Coley fort. »Sehen Sie.«

Er griff durch die Tür und knipste das Licht an. Drinnen sah man Dachstützen und Balken, eine Matratze und diverse

Pappschachteln. In den Kartons reflektierten die Deckel von Konservendosen das Licht.

»Hab' ich alles selber hergerichtet«, erklärte Coley, »vor etwa fünfzehn Jahren. Damals hieß es, die wollten dieses alte Scheißloch dichtmachen und uns alle in einen neuen Knast verfrachten. Ich hatte vor, mich für drei, vier Wochen hier oben zu verkriechen, bis alle fort wären, um dann rauszukommen und mich über die Mauer zu hieven.«

»Sie glauben, das hätte funktioniert?«

Coley starrte durch das Türloch in sein Versteck. »Doktor, seit dreiundzwanzig Jahren hab' ich nicht mehr die Sonne über'n Horizont kommen sehen. Früher hab' ich sie mal jeden Tag gesehen, Winter und Sommer, bei Schönwetter und Regen. Jetzt ist mir diese zwanzig Meter hohe Mauer immer im Weg. Ich hab' kein Baumwollfeld und keinen Grashalm mehr gesehen, seit die Tore hinter mir zugefallen sind.«

Er drehte sich zu ihr und sah sie an. Ihr verkrampfte sich das Herz in der Brust.

»Wenn einer vom Leben in der Freiheit träumt, glaubt er alles.«

»Ich geh da nicht rein«, erklärte Devlin.

»Hören Sie, Doktor, Sie sind eine Frau. Sie wissen, was ich meine? Die ficken Sie achtundvierzig Stunden ohne Pause in den Arsch, dann reichen sie Sie an ihre Kumpel weiter. Die stecken ihre Pimmel in Blut und Brei und glauben, es ist Weihnachten. Dann sind Sie vielleicht schon tot, macht nichts, die ficken immer weiter. Weil Sie eine Frau sind.«

Devlin wurde übel, sie konnte nicht verhindern, daß es sie schüttelte. Plastische Bilder schossen ihr durch den Kopf.

»Tut mir leid, Devlin, aber so ist es.«

Devlin verscheuchte mit Gewalt die Bilder und warf einen Blick in Coleys Höhle.

»Hier in diesem ganzen Haus können sich nur zwei Leute wirklich auf den Beinen halten. Und zwar Sie und ich«, sagte sie. »Und Sie und ich, wir werden dafür sorgen, daß diese Schweine hier nicht reinkommen.«

Coley starrte sie an und sagte nichts.

»Okay, Coley.« Devlin streckte ihre Hand aus. »Geben Sie mir die Schlüssel.«

Coley war sichtlich erleichtert. Er löste zwei Schlüssel von seinem Schlüsselbund und gab sie ihr in die Hand.

»Wenn sie unten die dritte Tür durchbrechen, dann geh ich hier rauf und verstecke mich. Bis dahin bleib ich bei Ihnen. Einverstanden?«

Coley las die Entschlossenheit in ihrem Gesicht. Er nickte.

»Und noch was«, fuhr sie fort. »Ich möchte, daß Sie endlich aufhören mit diesem ›Doktor Devlin‹, okay?«

Coley grinste. »Klein weiß es noch nicht, aber dem wirst du noch die Eier knacken, Devlin.«

»Halt die Klappe, Coley.«

Vom Saal draußen drang eine Stimme herein.

»Frog? Bist du da drin?«

Coley richtete sich auf. Die Tür öffnete sich, und am Türstock lehnte Reuben Wilson. Seine Stimme war tief, klangvoll, und er hatte wache Augen, die Devlins Körper mit einem Blick erfaßten und sie dann offen ansahen. Er war schlank, hatte breite Schultern und ein energisches Kinn, das für sein Gesicht etwas zu groß war. Devlin hatte noch nie mit ihm gesprochen. Schweiß rann ihm den Hals hinunter und in die flache Mulde zwischen seinen Brustmuskeln am Hemdkragen. Als Devlin bemerkte, daß sie ihn attraktiv fand, wurde sie rot und mußte wegschauen. Wilson sah von Devlin zu Coley zum Loch in der Wand.

»Was ist hier los?« fragte er.

Coley beugte sich nieder und löschte das Licht in seiner verborgenen Höhle.

»Scher dich um deine eigenen Angelegenheiten, Nigger«, sagte Coley. »Was hast du hier verloren?«

»Ein Haufen Saukerle rennt uns die Türen ein.«

»Grauerholz«, erklärte Coley. »Wir haben ihm schon gesagt, er kann uns den dreckigen schwarzen Arsch lecken.« Er sah Devlin an. »Unseren weißen Arsch auch.«

Devlin wurde wieder rot, diesmal vor Stolz.

»Wie ich das sehe«, sagte Wilson, »geht's Agry nur um mich.« Er warf einen raschen Blick auf Devlin, als wäre es ihm peinlich, daß sie das hörte. »Mach das Tor auf, dann können sie mich haben. Agry will mich sicher lebend, wenigstens eine Zeitlang. Hat keinen Sinn, daß ihr alle dabei draufzahlt.«

»Ich hab' dir schon gesagt, du bist 'ne Pussy, Wilson«, sagte Coley. »Aber jetzt weiß ich, ein Arschloch bist du auch, und zwar ein riesengroßes. Die Rammböcke sind hier, weil sie die Aids-Typen kalt machen wollen.«

Wilsons Gesicht blieb unbewegt, nur seinen Augen sah man an, daß er um Verständnis rang. »Warum?«

»Scheiße, du ziehst hier 'ne faule Nummer ab«, erwiderte Coley. »Das einzige, was sie wollen, ist, an meine Leute ranzukommen. Da müssen sie zuerst durch mich durch.« Er hielt inne. »Die wissen auch, daß Devlin bei uns ist.«

Wilson sah sie an. Sein Mund verzerrte sich nach unten. Sie kam sich dumm vor.

»Das ist übel«, sagte er.

»Wenn sie nicht wäre, hätten sie dir schon den Pimmel abgesäbelt und Agry als Souvenir geschickt«, sagte Coley. »Hat auch meinen alten Arsch gerettet. Sie ist 'n beschissen gutes Weib, Mann.«

Wilson lächelte sie an, und ihr wurde ganz anders zumute.

»Man freut sich immer, 'ne klasse Frau kennenzulernen«, sagte Wilson und streckte ihr die Hand entgegen. Devlin ging auf ihn zu und schüttelte sie.

»Reuben Wilson«, sagte er.

»Juliette Devlin.« Sie machte eine unsichere Pause und fuhr dann fort: »Ich habe gesehen, wie Sie Chester Burnett im Superdome in fünf Runden auseinandergenommen haben.«

Wilson blinzelte erstaunt. »New Orleans?«

»Muß schon zehn Jahre her sein. Ich hatte zwanzig Grüne darauf gesetzt, daß Burnett die ganze Länge schafft.«

Wilson grinste vor Vergnügen. »Tut mir leid.«

»Das ist okay. Ich hatte auch auf Pentangeli gesetzt, als sie nach Punkten gegen ihn verloren.«

Hinter ihrem Rücken hörte man Coley prustend lachen. Wilson tat, als höre er nichts, und zog die Schultern hoch.

»Ich hatte einen Bruch in meiner Hand, der nicht gut verheilt war«, sagte er.

»Der vierte Metacarpalknochen«, sagte Devlin. »Deshalb hab' ich ja auf Pentangeli gesetzt.«

»Verdammt noch mal«, murmelte Wilson.

Coley kam herüber und blieb bei Wilson im Türstock stehen. »Siehst du, was ich meine? Heute abend setzt sie darauf, daß du deinen Arsch nicht hochkriegst und uns hilfst, mit diesen Rammböcken fertigzuwerden. Das Problem ist, sie findet keinen, der dagegensetzt.«

Coley stapfte durch den Saal hinaus. Wilson fing Devlins Blick auf, als er sich am Türstock abstützte. Sofort stellte er sich gerade hin und räusperte sich. Devlin merkte, daß sie ein paar Zentimeter größer war als er. Aus irgendeinem Grund war ihr das peinlich.

»Sie setzen also gern auf Außenseiter«, sagte Wilson.

»Auf Nummer Sicher gehen macht keinen Spaß«, antwortete Devlin. »Deshalb hab' ich nie auf Sie gesetzt.«

Wilson legte sich eine Hand auf den Magen. Devlin wußte von Klein, was ihm in der Isolation passiert war. »Ich bin sicher keine Nummer Sicher mehr.«

Devlin ging an ihm vorbei in Richtung Tür. »Dann ruf ich wohl am besten meinen Buchmacher an.«

Devlin ließ die Türen zur alten Klapsmühle unverschlossen, für den Fall, daß sie sich hier herauf retten mußte. Sie vergewisserte sich, daß sie die Schlüssel dafür auch wirklich in der Tasche hatte. Als sie mit Wilson hinunterging, war plötzlich ein Geräusch zu hören und wurde immer lauter, ein gewaltiger Schlag, der dumpf durch die schwüle Luft hallte. Coley war unten in der Apotheke. Auf dem Labortisch lagen zwei breite Rollen Heftpflaster.

»Wickel ihn ein«, sagte Coley. »Bei mir würde er ja doch nur winseln und heulen.« Coley fing mit verstellter hoher Stimme zu jaulen an: »Au, au, Frog, paß auf, du tust mir weh!«

»He, Coley«, sagte Wilson finster.

Coley kniff ein Auge zu. »Für dich benimmt er sich vielleicht wie ein Mann.«

Coley machte sich daran, einen Schrank aufzuschließen. Devlin sah Wilson an und zögerte. Es entstand ein kurzer Moment der Verlegenheit zwischen ihnen, aber dann schlüpfte Devlin in ihre Doktorrolle.

»Ziehen Sie das Hemd aus«, sagte sie.

Die breite Narbe, die Wilsons Unterleib entzweischnitt, war wirklich häßlich, vielleicht um so mehr, als der Rest fabelhaft aussah. Devlin ließ ihn die Arme über den Kopf heben, nahm die Heftpflasterrollen und umwickelte seinen Torso von unterhalb der Brustwarzen bis knapp oberhalb der Hüften. Hinsichtlich der tatsächlichen Stützwirkung dieser Maßnahme war sie eher skeptisch, aber psychologisch fühlte er sich damit wahrscheinlich sehr viel sicherer. Als sie ihm die letzte Rolle Heftpflaster um die Taille wickelte, stieß sie mit dem Bauch gegen seinen Schwanz. Er bekam sofort eine Erektion.

»Entschuldigen Sie«, sagte er.

Sie sah ihm ins Gesicht. Er machte kein Aufhebens davon, versuchte auch nicht, sich an sie ranzumachen. Er blieb gelassen und respektvoll.

»Kein Problem«, sagte sie.

Devlin fühlte sich selber momentan angeregt. Sie dachte an Klein, wie er sie gegen die Wand gedrängt hatte, und der Gedanke daran regte sie noch mehr an. Zwei erstklassige Ständer an einem Tag, ein solches Kompliment hatte sie schon lange nicht mehr bekommen. Ohne sich viel daraus zu machen, ließ sie Wilsons Steifen gegen ihren Bauch drücken, während sie die Pflasterbandage zu Ende führte. Bedenken schossen ihr durch den Kopf, aber Wilson war nicht ihr Patient, und sie hatte seinen Schwanz auch nicht im Mund. Sie fragte sich, und das nicht zum ersten Mal, ob sie die Sünde wirklich auch dann so genossen hätte, wenn ihre Mutter und ihr Vater nicht derart gläubige Katholiken gewesen wären. Als sie mit dem Heftpflaster fertig war, trat sie einen Schritt zurück.

Wilson ließ die Arme sinken. »Danke.« Er rollte die Schultern und schwang die Hüften. »Fühlt sich gut an.«

»Seht ihr, was ich meine?« sagte Coley. »Der Mann ist wie neu.«

Auf dem Tisch hatte er inzwischen ein Sortiment an Scheren und Skalpellen ausgelegt. Jetzt zog er eine sterile Klinge aus der Klarsichtverpackung und ließ sie in einen Skalpellgriff gleiten.

»Hier bedient man sich, wenn man was braucht. Das Zeug ist schärfer als jedes Messer, aber nicht zum Stechen geeignet. Nur zum Aufschlitzen. Hat man sowas in der Hand, muß man den Säcken aus dem Weg gehen, immer nur schneiden und rennen.«

Seine Hand schoß plötzlich vor, gegen Wilsons Adamsapfel. Scheinbar ohne Hast tat Wilson einen Schritt nach vorn und zur Seite. Die Klinge verfehlte seinen Hals um einen Zentimeter. Coley sah Wilson dann ebenso unerwartet an seiner ungedeckten Seite, die Faust geballt, bereit, ihm die Schläfe einzuschlagen. Er nickte.

»Na, vielleicht bist du doch noch zu was gut«, sagte er, deutete auf das Skalpell und wandte sich an Devlin: »Kommen Sie damit zurecht?«

Sie schauten sie an, große, schwere Burschen, und Devlin fühlte das Gewicht ihrer Weiblichkeit schwer auf sich lasten. Sie zuckte die Schultern. »Mit der Anatomie nicht schlecht. Ich meine, ich weiß, wo man einem Menschen am besten den Hals aufschneidet. Aber ich habe noch nie jemand getötet«, sagte sie.

Wilson grinste. »Scheiß drauf, wir auch nicht.«

»Ich habe Schweine abgestochen«, sagte Coley, »und so anders sind diese Irren auch nicht, außer daß sie wahrscheinlich mehr quieken.« Er legte das Skalpell auf den Tisch zurück. »Gehen wir runter und schauen, was los ist.«

Sie gingen hinunter in den Saal Crockett. Als sie eintraten, steigerte sich das Gemurmel der Patienten zu einem Trommelfeuer von Fragen, die sie Coley zuriefen. Coley bedeutete ihnen mit der Hand, den Mund zu halten. Zwei Patienten, die sich auf den Beinen halten konnten, standen am Fenster und schauten hinaus. Hier drinnen waren die dumpfen Schläge vom Eingangstor viel lauter zu hören. Jeder donnernde Schlag wurde von einem Brüllen begleitet, betrunkene Stimmen grölten in der Begeisterung des Hasses.

»Ramm!« Pause.

»Ramm!« Pause.

»Ramm!« Pause.

Wilson warf einen Blick auf Devlin, um zu sehen, wie sie reagierte. Devlin sagte: »Gut zu wissen, daß sie nicht viel Phantasie haben.«

Coley trat ans Fenster und spähte durch die Gitterstäbe hinter dem verstärkten Glas. Devlin schaute über seine Schulter. Im Licht über dem Eingang konnte sie eine Horde von zwanzig, vielleicht dreißig Männern erkennen, die sich am Fuß der Treppe drängten. Einige wühlten in dem Pappkarton mit den Medikamenten herum. Andere hatten sich bereits daraus bedient und schwankten dementsprechend. Auf den Stufen hielten sechs dieser Rohlinge, angeführt von zwei bärtigen Riesen, einen langen Eisenträger, mit dem sie rhythmisch gegen die Torflügel anrannten.

»Ramm!«

»Ramm!«

Coley sagte: »Wenigstens kriegen sie das Ding im Korridor nicht um die Ecke. Dazu ist es zu lang.«

»Coley, wie steht das Spiel, Mann?« Vinnie Lopez hatte sich in eine sitzende Stellung hochgezogen. Coley stichelte ihn mit brutalem Humor an: »Du wirst deine süßen kleinen Mexikanerbällchen abgeschnitten kriegen.«

»Meine Kubanerbällchen, du Witzbold.«

Devlin beobachtete Wilsons Gesicht. Er starrte den zum Gerippe abgemagerten Lopez an, als wüßte er nicht, wer das war.

»Vinnie?« sagte er.

Lopez deutete Wilsons Ausdruck richtig. »Wo zum Teufel warst du, Wilson? Warum kommst du nicht mehr mit mir trainieren?«

Wilson blickte unsicher weg, als wüßte er nicht genau, ob es richtig war, so direkt auf den Sack aus Haut und Knochen zu schauen, der da vor ihm lag.

»Keine Zeit, Vinnie.«

»Erzähl was, Mann, du siehst beschissen aus. Bist schon fast so fett wie Coley. Dich muß ich wieder in die Mangel nehmen.«

»Genau das brauche ich«, antwortete Wilson. Er lächelte unsicher.

Coley schob Wilson zur Seite. »Ihr könnt jetzt gleich trainieren, so viel ihr wollt. Wilson, du bleibst hier.« Er gab Devlin mit dem Kopf ein Zeichen, und sie folgte ihm durch den Saal. Coley stoppte vor dem Tisch des Stationszimmers und nahm aus einer Schublade eine Tube. Zusammen gingen sie durch die Gittertür des Krankensaals und in den Korridor. Zwischen ihnen und dem Vordereingang befanden sich noch drei Türen. Die erste war eine einfache Holztür ohne Gitter oder Riegel, nur mit einem Steckschloß versehen. Diese Tür wurde meistens mit einem Keil offengehalten. Sie gingen hindurch, vorbei am leeren Fernsehzimmer, zwei Waschräumen, der Wäschekammer, zwei Vorratsräumen. Die nächste Tür war schwer, aus dicken Stahlplatten mit einem Schlitz. Coley schloß auf und drückte einen Flügel nach außen. Vor ihnen, zwischen Sungs Wachzimmer und Bahrs Ordination, lag die letzte der inneren Barrieren: ein Tor aus vier Zentimeter dicken Stahlgitterstäben. Das Krachen des Rammbocks gegen das Außentor war hier markerschütternd laut. Coley reichte ihr die Tube.

»Alleskleber«, sagte er. »Irgend so ein Epoxidharz-Scheiß. Drücken Sie's hier ins Schloß hinein, falls einer auf die Idee kommt, es zu knacken. Bin gleich zurück.«

Devlin nahm die Tube und ging auf das Gittertor zu. Sie war noch nicht dort, da löste sich das Krachen vom Eingang in kleinere Geräusche auf: das Splittern von Holz, das Rattern des langen Riegels in seinem heroischen Widerstand gegen den Ansturm, das gequälte Quietschen der alten Haspen und Angeln. Sie schraubte den Tubenverschluß ab,

schob den Nippel ins Schloß hinein und drückte. Als Kleb-
stoff herauszusickern begann, zog sie die Tube wieder heraus.
Aus der Finsternis der Eingangshalle kam ein ohrenbetäu-
bender Krach, ein endgültiges Knirschen von berstendem
Holz und brechendem Schmiedeeisen. Plötzlich erhob sich
Stimmengewirr, Triumphgeheul, Getrampel, dann eine einzelne Stimme, lauter als die anderen. Einzelne Worte konnte
sie nicht verstehen. Dann wich das Geheul einer Grabesstille.
Devlin stand wie angewurzelt, hypnotisiert von der Stille.
Die Stille hielt immer länger an. Das Geräusch ihres Atems
klang überlaut in ihren Ohren.

Eine Gestalt bog von der Eingangshalle kommend um die
Ecke und stand bald allein an der anderen Seite des Gitterto-
res. Der engelhafte Junge mit den blonden Stoppelhaaren.
Hector Grauerholz. Er schenkte ihr ein beseligtes Lächeln.

»Doktor Devlin? Ich glaube, Sie wollten mit mir sprechen.«

Eine massive Ladung Adrenalin durchflutete ihr Nervensystem und raubte ihrer Muskulatur jede Fähigkeit, sich zu
bewegen. Sie konnte weder blinzeln noch schlucken. Sie
spürte keine Angst. Sie fühlte sich von Kopf bis Fuß mit einer
neutralen, schimmernden Flüssigkeit gefüllt. Am äußersten
physiologischen Ende der Flucht-oder-Kampf-Reaktion stand
die schmerzlose, gefühllose Hinnahme des Todes. Das war
das Gefühl des Hasen vor den Scheinwerfern eines Last-
wagens. Oder vor den hellen Knopfaugen, die auf der anderen
Seite des Gittertores glänzten. Grauerholz trat dicht ans Gitter.

»Und was wollten Sie sagen?« fragte Grauerholz.

In seiner Stimme lag keine Drohung, eher eine Art merk-
würdiger Unschuld, wie bei einem Volksschüler, der den
Lehrer fragt, ob er pinkeln gehen darf. Devlins Körper durchlief ein Zittern, und die Wissenschaftlerin in ihr befand das
für gut, denn es bedeutete, daß sie wenigstens zu irgendeiner
Bewegung fähig war. Jetzt konzentriere dich auf deinen
Kehlkopf, sagte die Wissenschaftlerin, und schreie.

Stille.

Grauerholz drückte sein Gesicht zwischen die Stäbe. Devlin rührte sich nicht. Sein saurer Atem stieg ihr in die Nase.

»Wir haben Ray Klein, wissen Sie.«

Devlin schluckte. Ihr Mund war ausgedörrt. »Das glaube ich nicht«, sagte sie. Komisch, wenn es um Klein ging, konnte sie sprechen. Die neutrale Flüssigkeit innerhalb ihrer Haut zog sich etwas zusammen.

»Wenn ihr uns nicht reinlaßt, werden wir ihn runterbringen müssen, und dann ziehen wir ihm die Haut von seinem Pimmel ab und ihr schaut zu.« Die Flüssigkeit hatte sich aus ihren Armen und Beinen und dem Kopf in den Rumpf zurückgezogen. Sie bemerkte, daß sie sich wieder rühren konnte, wenn sie wollte. Etwas, das Coley vorher gesagt hatte, fiel ihr ein und aus dem Mund.

»Leck mich am Arsch.«

»Würd' ich gerne«, sagte Grauerholz.

Seine Hand schoß zwischen den Gitterstäben hindurch und packte sie am linken Handgelenk. Er zerrte sie ans Tor, fuhr auch mit der anderen Hand durch die Stäbe und suchte nach ihrer Möse.

»Und deine Fotze leck' ich auch«, keuchte er. Sein Mund stand in kindischem Gekicher offen, lüstern schielte er durch die Stäbe in ihr Gesicht.

Devlin bezwang ihren Ekel, rammte ihm die Klebstofftube ins linke Auge und drückte.

»Leck zuerst das«, sagte sie.

Mit einem erstickten »Sau!« taumelte Grauerholz vom Gitter weg und krümmte sich zusammen, faßte sich ans Gesicht, kratzte am Auge. Ein Gespinst aus halb durchsichtiger Klebemasse hing zwischen Augenlid und Finger.

»Bubba!« heulte er.

Plötzlich Getrampel von vielen Füßen. Ein Haufen von massigen Gestalten kam um die Ecke gerannt. Devlin machte langsam einige Schritte rückwärts. Der vom Kleber halbgeblendete Grauerholz verschwand hinter den schwitzenden Monstern, die sich gegen das Gitter drängten und ihr mit vorgereckten Armen obszöne Drohungen entgegenbrüllten, sie aufforderten, ihr Höschen auszuziehen, ihnen den Schwanz zu lutschen, ihre Titten zu zeigen. Die Augen glotzten bestialisch, aus den weit aufgerissenen Mäulern rann der Speichel. Die Flüssigkeit, die Devlin zuerst erfüllt hatte, konzentrierte sich jetzt in einem straffen Ballon in ihrem Magen, und sie erkannte, daß das ihre Angst war. Zuerst hatte sie vor abgrundtiefer Angst überhaupt nichts gefühlt. Aber jetzt hatte sie, zum ersten Mal, seit Galindez sie vor unendlich vielen Stunden in Richtung Krankenrevier geschubst hatte, wirklich Angst. Eine der Bestien auf der anderen Seite des Gittertores nahm seinen Penis heraus und fing an zu masturbieren.

In ihrer Kindheit und Jugend hatte Devlin mit dem Katholizismus auch die Vorstellung des Bösen in sich aufgenommen – als unsägliche Kraft, als der Erkenntnis nicht zugängliches Ding an sich, ein Unausweichliches, eine Art von Urkraft, die an sich kein Phänomen war, denn sie ließ sich weder beobachten noch erklären, mußte aber vorausgesetzt werden, wenn bestimmte Phänomene sich ereigneten. Wie etwa die sinnlose Abschlachtung von wehrlosen Menschen. Auf der anderen Seite mußte Devlin von ihrer wissenschaftlichen Ausbildung her die Existenz des Bösen leugnen. Wenn sich die Abfolge von rationalen Dominosteinen eines Lebens, einer gegen den anderen fallend, lückenlos rekonstruieren ließ, dann sprang am anderen Ende ganz unvermeidlich der Massenmörder heraus. Dieser Rekonstruktionsprozeß bildete überhaupt die wesentliche Grundlage ihres Berufes. Wenn man etwas nicht erklären konnte, dann aus Mangel an ausreichender Information, aber nicht, weil das Böse dahinterstand. Psychologische Abhandlungen aus Milliarden von Wörtern bestritten seine Existenz, verhöhnten die Idee. Doch jetzt, da Devlin in die wimmelnde Masse von verfilzten Bärten, narbigen Gesichtern und tätowierten Armen starrte, erkannte sie das Ding an sich des Bösen. Nicht, daß sie es spürte, sah oder roch. Sie spürte ihre Angst, sie sah deren verzerrte Fressen, sie roch deren Körper. Das Böse bot sich nicht der Wahrnehmung dar. Das Böse ließ sich nicht vor Gericht stellen. Aber es war hier, in ihnen, in ihrer Ausdünstung, in den Stahlgitterstäben, die unter ihren Fäusten ratterten, in den Granitblöcken, von denen sie eingeschlossen waren.

»Devlin!«

Sie drehte sich um. Earl Coley zog einen Feuerwehrschlauch durch die massive Stahltür. Sie rannte den Korridor hinauf, um ihm zu helfen. Ein Sturzbach von wütenden Flüchen schoß hinter ihr her.

»*Niggerschwanzlutschernuttefickdreckfotzeverfickte!*«

Als sie bei Coley angekommen war, brüllte er:

»Los! Aufdrehen!«

Der uralte gelbe Segeltuchschlauch schlängelte und bäumte sich in Coleys Händen auf. Hinter ihr schoß ein Wasserstrahl heraus, und Coley stemmte sich gegen seine Wucht. Er riß die Augen auf, als Devlin den Schlauch packte und ihn ihm heftig aus der Hand riß. Sie hörte sich selbst irgend etwas durch die zusammengepreßten Zähne brüllen, sie wußte nicht was, dann sprang die Gewalt des Wassers sie mit voller Kraft an, und sie kämpfte dagegen an, rang mit der Schlauchschlange an ihren Hüften, spürte, wie die Energie sich auf ihre eigene Wut und Kraft übertrug. Der Wasserstrahl schoß vor ihr her den Korridor entlang und traf mit voller Wucht in die fetten Bäuche, die gesträubten Bärte, die von Haß grotesk verzerrten Gesichter. Sie ging den Korridor hinunter auf sie zu, der Schlauch entrollte sich hinter ihr, einen Schrei von Coley beachtete sie nicht. Ihre Lippen bewegten sich, ihre Stimme kratzte ihr heiser in der Kehle, und wieder verstand sie ihre eigenen Worte nicht über dem zischenden Wasserstrahl und der trommelnden Kriegsmusik in ihrem Kopf. Einen nach dem anderen spritzte sie vom Käfiggitter fort und hinunter durch den Flur. Den Masturbator und sein Sperma, die rasenden Riesen, all diese tätowierten Schwanzlutscher, diesen Abschaum, alle Qual und allen Schmerz, den sie ihren Leuten zufügen wollten. Sie war nur noch zwei Meter vom Gitter entfernt, aber der Schlauch reichte nicht weiter, und jetzt hing nur noch einer an den Stäben. Der psychotische Engel, das einäugige Gesicht von maßloser Gewalttätigkeit verzerrt, rüttelte mit den Händen und mit der Kraft des

Irrsinns an den Stäben. Devlin ließ den Schlauch fallen, der sich zu ihren Füßen zuckend wand, und riß den Schraubenschlüssel aus dem Gürtel. Sie hörte Grauerholz unzusammenhängende Flüche, die er hechelnd gegen sie hinausschrie. »Nutte. Stirb. Nutte. Stirb. Drecksau. Fotze. Nigger. Nigger. Stirb. Fotze. Nutte.«

Sie hieb ihm den Schraubenschlüssel auf die Knöchel der rechten Hand, er jaulte und riß die Finger weg. Sie hob ihre Waffe noch einmal und starrte in sein glotzendes, blutunterlaufenes Auge. Grauerholz wollte nicht loslassen. Devlin hieb ihm die linke Hand vom Gitter weg. Er torkelte rückwärts, ließ die blutenden Knöchel herunterhängen und schluchzte vor Wut und Beschämung. Einer der beiden aufgedunsenen Riesen türmte sich hinter ihm auf und packte ihn an den Schultern. Grauerholz ließ sich langsam abführen, außer Sichtweite. Im Fortgehen ging sein Schluchzen in Gekicher über, das eine Auge rollte, das andere war vom Kleber zugeklebt und verzerrt.

»Wir kommen wieder, Niggerfotze. Wir kommen wieder. Wir kommen wieder.«

Devlin sah ihnen nach, bis sie um die Ecke verschwunden waren.

»Wir kommen wieder, Niggerfotze.«

Der Korridor vor ihr lag plötzlich ganz leer da, und in dieser Leere wirkte das Zischen des Schlauchs gegen die Wand wie Stille. In einem plötzlichen Krampf krümmte sich Devlin und erbrach einen dünnen Strom von Galle in das zu ihren Füßen sprudelnde Wasser. Mit einer Hand hielt sie sich am Gittertor fest, denn sie zitterte von Kopf bis Fuß. Da spürte sie Coleys Hand auf ihrem Rücken.

»Alles okay?«

Devlin spuckte sauren Magensaft aus. Sie beugte sich hinunter, schöpfte eine Handvoll Wasser, trank, spuckte wieder aus. Sie schöpfte noch mehr Wasser und wusch sich das Gesicht. Coley zog ein Papierhandtuch aus der Tasche und reichte es ihr. Sie nahm es, wischte sich das Gesicht ab und schneuzte sich.

»Danke.«

Es überraschte sie selbst, daß ihre Stimme so fest klang. Hinten im Gang hinter Coley stand Reuben Wilson in der Stahltür und beobachtete sie. Jetzt nickte er. Devlin nickte zurück, dann drehte sie sich zu Coley um. Der schien wie erstarrt und konnte nichts sagen. Ihr schoß plötzlich durch den Kopf, worauf sie sich den ganzen Tag gefreut hatte, und darüber vergaß sie im Moment alles, was sie gerade gesehen und getan hatte. Sie lächelte Coley an.

»Mir ist gerade etwas eingefallen«, sagte sie. »Ich muß Ihnen unbedingt etwas zeigen.«

Fünfundzwanzig

»Wo gehst du denn mit dem Bohnenfresser hin, Mann? Nev fand das gar nicht nett, daß er die Nigger rausgelassen hat.«

Colt Greely, die Arme vom Handgelenk bis zur Schulter tätowiert, stand vor dem Wachzimmer von Tor B und blockierte Klein den Durchgang durch das Ausfalltor in die Haupthalle. Er deutete auf Galindez.

»Was tut er in diesen Fetzen?«

»Er kommt mit uns«, erklärte Klein.

»Ich mag Sie persönlich, Doc, deshalb geb' ich Ihnen eine Gratis-Warnung. Verscheißern Sie uns nicht.« Greely warf einen besorgten Blick über Kleins Schulter auf Abbott. »Und falls notwendig, haben wir Typen, die mit dem Irren da in zehn Sekunden fertig werden.«

Klein leuchtete ihm mit der Stablampe ins Gesicht, so daß Greely die Augen zusammenkniff. »Wessen Idee war der Kopf, Colt?« fragte Klein.

»Was für'n Kopf?«

»Den jemand in seiner Zelle gelassen hat.«

Greely legte die Hand auf den Griff des Schraubenziehers in seinem Gürtel. »Ich glaube, Sie kommen jetzt besser mit zu Mr. Agry.«

»Hast du ihn selbst geköpft oder nur festgehalten?« fragte Klein.

»Der Nigger war schon hin, Doc. Aber ganz unter uns, Spaß hat's uns trotzdem gemacht.«

Greely tat einen halben Schritt zurück, und in dem Moment beschloß Klein, daß Greely verschwinden mußte. Er faßte diesen Beschluß kalt und ohne Zorn. So mußte das von jetzt an sein, wenn er wirklich zu Devlin kommen wollte. Er machte die Stablampe aus und steckte sie in die Gesäßtasche.

Er lächelte. »Sag mal, Colt, kümmert sich einer von euch Jungs um das Lakers-Match?«

Damit hatte Greely nicht gerechnet. »Na klar«, antwortete er. »Als letztes hab' ich gehört, daß die Knicks mit fünf Punkten führen, zweites Viertel. Warum?«

»Ich hab' da eine saftige Wette laufen«, erwiderte Klein. Gleichzeitig sprang er vor und trat Greely mit seinen hundertundsechzig durchtrainierten Pfunden in die Innenseite des rechten Knies. Diesen Tritt übte er bereits seit Jahren, aber wirklich ausprobiert hatte er ihn nie. Als er tatsächlich glatt funktionierte, war er selbst überrascht. Greelys vordere und seitliche Kreuzbänder rissen mit einem dumpfen Knall, und das Kniegelenk brach auseinander. Als Greelys Mund sich zu einem Schrei öffnen wollte, hieb ihm Klein mit der Linken gegen die Gurgel und schwang mit der vollen Schwungkraft seiner rechten Hüfte in *Mowashi empi* mit dem Ellbogen gegen Greelys linke Schläfe. Greely fiel in sich zusammen wie ein Sack voll Scheiße und lag zuckend und keuchend auf dem Laufgang. Die Kombination hatte keine zwei Sekunden gedauert. Klein blickte sich in dem dunklen Zellblock um und sah den verstreut wandernden Lichtstrahlen nach. Offenbar hatte es keiner bemerkt. Er sah hinunter. Kalt, ohne Vergnügen, stampfte er mit der Ferse fest auf Greelys Kopf, und das Zucken hörte auf. Das erinnerte ihn an die oft schmerzhaften Therapien, denen man Patienten in der Medizin unterziehen mußte. Man fügte anderen nicht gern Schmerzen zu, aber es war zu ihrem Besten. Greely war herausgeschnitten worden wie ein eitriges Geschwür. Klein nahm den Schraubenzieher aus Greelys Gürtel und richtete sich auf. Galindez sah ihn an.

»Verstecken Sie ihn da drin«, sagte Klein.

Galindez überlegte kurz, dann nickte er und schleifte Greely in die Zelle mit den verkohlten Leichen. Klein wandte sich an Abbott.

»Sie sind im Fahrersitz, Henry. Wohin jetzt?«

Abbott bückte sich und hob vom Laufgang zu seinen Füßen einen schweren Vorschlaghammer auf. Stiel und Kopf

waren mit Blut verkrustet. Klein überlief es kalt, als er daran
dachte, für welches Verbrechen Abbott eingesperrt worden
war. Henry hob den Arm und deutete mit dem Hammer
durch das Ausfalltor.

»In den Speisesaal«, sagte er.

Galindez tauchte aus der Zelle auf, sah den erhobenen
Hammer, schaute Klein an. Klein reichte ihm Greelys gespitzten Schraubenzieher.

»Gehen wir.«

Sie durchquerten die Haupthalle, wo durch die fünfzehn
Meter hohe Glaskuppel nicht mehr das geringste Licht fiel.
Aus dem Eingang zu Zellenblock D sah Klein ein schwaches
gelbes Leuchten, vielleicht von Kerzen oder selbstgebastel-
ten Öllampen. Hin und wieder glitt der Strahl einer Taschenlampe durch die Finsternis. Klein beschloß, seine eigene so
selten wie möglich einzuschalten, um keine Aufmerksamkeit auf sich zu ziehen. Dadurch kam man zwar nicht so
schnell voran, aber es war besser, als eine Rotte von psychopathischen Motten, die mit Messern bewaffnet waren, an-
zulocken. Sie kamen am Eingang zu Block C vorbei. Drinnen
herrschte eine angsterfüllte Stille, in der nur Murmeln zu
hören war. Sechshundert Menschen, hauptsächlich Schwarze,
Latinos und Indianer, saßen hier seit dem dritten Zählappell
noch immer hilflos in ihren Zellen fest. Sie wußten, was
auf Block B passiert war, und lauschten schon seit acht
Stunden den Geräuschen des Terrors. Galindez tauchte vor
einem näherkommenden Lichtstrahl in den Schatten, als
eine Gruppe von Männern grölend und großspurig lachend
aus Block C kommend auftauchte. Akzent von Rednecks.
Klein war froh, daß er weiß war. Der Lichtstrahl schien
ihm ins Gesicht, und er blieb wie erstarrt stehen. Eine
Stimme, die er im Moment nicht erkannte, knurrte aus der
Finsternis.

»Klein?«

Klein zeigte ihnen, daß er keine Waffen trug. Er fragte sich,
ob sie auch Galindez gesehen hatten. »Ist okay, Jungs.« Er
deutete auf die Blutflecken, die ihm Crawford vorn auf sei-

ner Kleidung hinterlassen hatte. »Nev hat mich zu zwei Typen geschickt, die die Wärter angeschossen haben.«

Ein Grunzen, dann wanderte der Lichtstrahl von seinem Gesicht weg und fiel auf Henry Abbott und seinen blutverschmierten Hammer.

»Gottverdammt.«

Der Lichtstrahl wich zurück. Jetzt, da ihn das Licht nicht mehr blendete, erkannte Klein Ted Spriggs. Spriggs war ein braungebrannter, stoppelhaariger Profikiller und Vollstrecker für Larry DuBois. Klein kannte ihn gut genug, um ihm auf dem Muskelhof zuzunicken, wenn er ihn sah. Hinter ihm stand ein weiteres halbes Dutzend Kerle, die alle unsicher auf Abbott starrten. Es war für Klein von Vorteil, daß keiner von ihnen je mit dem irren Riesen gesprochen hatte, aber jeder sich noch an die Szene erinnerte, wie damals ein halbes Dutzend Wärter versucht hatte, mit ihm fertigzuwerden.

»Abbott ist meine Rückendeckung«, erklärte Klein. »Hat gerade drei Nigger kaltgemacht, die uns im Hof anfallen wollten. Ein Schlag mit dem Hammer pro Mann, mehr haben sie nicht gebraucht.«

Abbott lauschte dieser weiteren Ausschmückung seines Rufs als Massenmörder mit einem lakonischen Blinzeln. Klein hoffte inständig, man werde Abbott nicht selbst dazu befragen. Spriggs nickte, hielt aber Augen und Taschenlampe auf Abbott gerichtet.

»Wir haben ein paar Schwerverletzte auf A liegen, falls Sie Zeit haben.«

»Aber sicher«, antwortete Klein. »Ich muß nur schnell runter in die Ordination und den Erste-Hilfe-Koffer holen.«

»Da unten wimmelt's nur so von Niggern, Doc«, sagte Spriggs. »Sobald es hell wird, spülen wir sie raus, aber heut' nacht sollten sie bei unsern Leuten bleiben.«

»Ohne mein Werkzeug kann ich nicht viel tun«, sagte Klein. »Ist ja nicht weit.«

»Soll ich Ihnen einen meiner Jungs mitgeben?«

»Danke, Ted, aber Henry genügt. Und zu zweit fallen wir nicht so auf.«

»Möglich, aber paßt auf, die Nigger sind giftig wie die Klapperschlangen. An allem ist nur Johnson schuld, das schwarze Aas, der hat Larry DuBois bei 'ner Verhandlung umgebracht.«

»Wußte ich nicht«, sagte Klein und fragte sich, wie viele wohl die Wahrheit über Agry kannten. Shockner? Grauerholz? Grauerholz wär's egal gewesen.

»Die Nigger kennt man ja«, fuhr Spriggs fort. »Nehmen uns jetzt wahrscheinlich die Arbeit ab und machen sich gegenseitig kalt. Zum Glück sitzt in C noch so ein schwarzer Haufen fest.« Er schüttelte einen Schlüsselbund. »Gerade haben wir sie alle durchgefilzt, eine Zelle nach der anderen. Hätte nie geglaubt, daß die Nigger so viel Kohle haben. Drogen und Shit, klar, davon leben diese Typen ja, aber Kohle in bar? Das schmuggeln ihnen wahrscheinlich ihre Weiber beim Besuch rein, man weiß ja, wie Nigger mit ihren Frauen umgehen. Bleiben zu Hause, leben von Sozialhilfe und lassen die Weiber anschaffen.« Er grinste. »Vielleicht können wir da von denen noch was lernen. Mit weißen Mädchen is' es genau umgekehrt.«

»Erzähl mir was«, sagte Klein.

Er verkniff sich die Frage an Spriggs, wie sie das erbeutete Geld ausgeben wollten. Spriggs war normalerweise ein recht intelligenter Knabe, aber jetzt hatte ihn der Irrsinn gepackt, zusammen mit allen anderen. Dann dachte Klein an die Schwarzen im Labyrinth unter seinen Füßen und fragte sich, wie intelligent es von ihm selbst war, die Sicherheit seiner Zelle aufzugeben.

»Ich muß weiter«, sagte er.

Spriggs nickte. »Paß gut auf ihn auf, Kleiner«, sagte er zu Abbott.

Abbott reagierte nicht.

Spriggs lächelte Klein an. »Wenn Sie den Mumm haben, sich mit diesem Typen einzulassen, dann sind die Nigger dagegen die reinste Sonntagsschule. Na, dann bis später.«

Spriggs entfernte sich mit seinen Kerlen, und dabei machten sie einen weiten Bogen um Abbott. Als der Schein von

Spriggs' Taschenlampe verschwunden war, tauchte Galindez aus dem Schatten auf und stieß wieder zu ihnen.

»Können wir die Zellen in Block C öffnen?« fragte Klein.

»Nicht ohne Strom«, erwiderte Galindez. »Auch wenn wir die Schlüssel hätten – es sind hundertundachtzig Türen. Das schaffen wir nie.«

Bei drei Türen pro Minute würde das sechzig Minuten dauern. Agrys Trupp würde sie in fünf umlegen. Klein wischte sich den Schweiß aus den Augen.

»Warum?« fragte Galindez.

»Spriggs hat mich auf die Idee gebracht. Wenn wir sechshundert Mann gegen Agry losließen, dann müßte er Grauerholz vom Krankenrevier abziehen.«

Galindez überlegte. »Die Türen werden durch Elektromotoren auf jedem Rang geöffnet, der Strom kommt aus einem selbständigen Hilfsstromkreis, mit einem eigenen Notstromaggregat. Das haben wir zum letzten Mal angeworfen, als ein Hurrikan draußen die Leitungen gekappt hatte.«

»Können wir ihn anwerfen?«

Galindez schüttelte den Kopf. »Das geht nur vom Verwaltungsblock aus. Aber der Direktor sieht wahrscheinlich keinen Grund dazu. Der will ja, daß die Kerle im Finstern hocken und sich fürchten.«

»Und wo ist dieser Generator?«

Galindez zuckte die Achseln. »Draußen im Hof, an der Ostmauer.«

»Können wir ihn anzapfen?«

»Ich weiß nicht, wie das geht.«

Klein dachte an Dennis Terry. Der alte Chef der Wartung mußte wissen, wo der Generator stand, und wie man, wenn überhaupt, die Maschine anwarf. Klein beschleunigte das Tempo so gut es eben ging in der Dunkelheit, und sie durchquerten erst die Haupthalle und dann den Speisesaal.

Der Boden des Speisesaals war glitschig von Abfällen und Spülwasser. Sie schritten vorsichtig über die rutschigen Fliesen zwischen den Theken in die Küche und sahen, was beim ersten Ausbruch hemmungsloser Zerstörungslust ange-

312

richtet worden war. Die großen Kochkessel waren alle um-
gekippt, die großen Öltonnen aufgeschlitzt und ausgeleert
worden, Säcke voll Weizenmehl und Limabohnen zerfetzt
und der Inhalt überall verstreut, darüber Eipulver aus Dosen
geschüttet. An einem Ende der Küche führte eine Treppe in
die Wäscherei, am anderen ging es in mehrere Vorratsräume.
Als Klein die Gruppe zur zweiten Treppe führte, hörte er ein
Stöhnen und blieb stehen. Galindez und Abbott hielten
schweigend hinter ihm inne. Irgendwo links von sich hörte
Klein unregelmäßiges, pfeifendes Atmen. Er zog die Lampe
aus dem Gürtel und schaltete sie ein. Zuerst sah er gar nichts,
geblendet von dem Licht, das die Stahltüren an der Theke
zurückwarfen. Dann erfaßte der Lichtstrahl eine Gestalt, die
auf Händen und Knien kauerte, und mit einer Schicht aus Öl
und Mehl bedeckt war. Der Kopf hing zwischen den Armen
herunter, die Schultern zitterten von der Anstrengung, sich
in dieser Stellung zu halten. Als Klein zwei Schritte auf ihn
zutrat, hob der Mann seinen Kopf, als hinge ihm ein tonnen-
schweres Gewicht am Hinterkopf. Gesicht und Hals waren
an einer Seite von gestocktem Blut bedeckt, sein Atem pfiff
keuchend in schmerzenden Stößen durch den aufgerissenen Mund. Unerträglich langsam drehte er sich dem Licht
entgegen. In seinen Augen lag die Erwartung des Todes. Es
war Stokely Johnson, Wilsons Vize. Klein beugte sich zu
ihm. Johnson sackte nach vorn auf die Ellbogen. Galindez
half Klein, Stokely in eine sitzende Stellung zu bringen
und ihn gegen die Stahltür zu lehnen. Klein hockte sich vor
ihn hin.

»Johnson«, sagte er. »Ich bin Klein. Hörst du mich?«

Stokely schaute ihn an und blinzelte bejahend. Klein
untersuchte sein Gesicht. Stokelys Nasenlöcher waren von
getrocknetem Blut verklebt. Die Kugel, die Grauerholz auf
ihn abgefeuert hatte, war fünf Zentimeter unter der rechten
Schläfe eingedrungen und hatte eine kleine, klar umgrenzte
Wunde hinterlassen. Es gab keine Austrittstelle. Im Unterschied zu Crawfords Wunde von einer M16 handelte es sich
hier um eine Waffe von geringer Geschwindigkeit mit mini-

maler Schockwelle und Gewebskavitation. Die Kugel war wahrscheinlich in die Kieferhöhle eingedrungen und hatte mehrere Knochen im mittleren Drittel des Schädels zertrümmert, aber lebenswichtige Organe waren nicht betroffen. Klein erinnerte sich, daß Agry auf Stokelys Kopf herumgetrampelt war, was genau betrachtet viel gefährlicher war als die Schußverletzung. Er kontrollierte Stokelys Pupillen und fand keinen Hinweis auf eine innere Verletzung oder Gehirnblutung. Aber er bemerkte die tiefsitzende Angst. Stokely hatte tatsächlich allen Grund, sich an der Schwelle des Todes zu wähnen.

»Du brauchst nichts zu sagen«, sagte Klein, »hör mir nur zu. Von der Kugel im Kopf wirst du nicht sterben.«

Stokely fielen die Lider flatternd zu, und seine Schultern lockerten sich vor Erleichterung.

»Es sieht böse aus und fühlt sich böse an«, fuhr Klein fort, »aber von Lebensgefahr ist keine Rede.«

Stokely öffnete die Augen, und Klein erkannte erleichtert, daß er ihm glaubte.

»Kein Grund, nicht aufzustehen und eine Runde Basketball zu spielen, wenn du Lust hast. Du brauchst nicht herumzukriechen wie ein geprügelter Hund.«

»Du Arsch«, stieß Johnson hervor und hob die Faust. Klein packte ihn am Handgelenk. Einen Moment lang rang Johnson mit ihm.

»Siehst du?« sagte Klein.

Stokely erkannte, was Klein damit bezweckte. Er lockerte sich, und Klein ließ ihn los.

»Eure Langstreckenläufer rennen alle unten in den Tunnels herum. Agry hat sieben Sorten Scheiße aus ihnen rausgetreten. Die brauchen jemand, der ihren Widerstand organisiert – und zwar dich. Hast du verstanden?«

»Und was schert das dich …« Trotz der Schmerzen, die ihn jedes Wort kostete, holte Stokely noch einmal Luft und fügte hinzu: »Du Arsch?«

»Weil Agry deinen Freund Grauerholz losgeschickt hat, damit er alle meine Leute umbringt. Auch Coley und Wilson.

Aber wenn du Agry hart genug in die Eier trittst, dann braucht er Grauerholz hier oben.«

Stokely schaute ihn einen langen Augenblick an, aber dann, so sehr es ihn schmerzte, lächelte er. »Da genau will ich ihn haben.«

Klein stand auf und hielt ihm die Hand hin. Stokely nahm sie und zog sich auf die Beine. Er warf einen Blick auf Galindez und Abbott und scharrte mit den Füßen, als wäre ihm etwas peinlich.

»Ich, also ich …«

Klein sagte: »Du hast geglaubt, daß du sterben mußt, du warst in Panik, und jetzt fühlst du dich wie ein feiges Arschloch. Bist du nicht, vergiß es. Gehen wir.«

Stokely starrte ihn an. »Wilson hat dich richtig eingeschätzt.«

Klein knipste das Licht aus, als vom Speisesaal her ein Schrei zu hören war.

»Nigger, Mann! Hab' sie gesehen!«

Ein Lichtstrahl schwebte auf sie zu. Klein duckte sich tief und rannte zur Treppentür. Noch mehr Schreie. Jemand rutschte aus und fluchte, Metall schepperte, als jemand krachend zu Boden fiel. Klein drehte kurz die Lampe an, um Tür und Klinke zu erkennen, dann machte er sie wieder aus.

»Da! Die Säcke verziehen sich nach unten!«

Klein griff blind nach der Klinke und schob die Tür auf: Die anderen drängten sich hinter ihm hinein. Galindez schlug die Tür hinter ihnen zu und schnitt damit die Schreie von der Küche ab. Klein leuchtete eine kurze, breite Treppe mit Steinstufen hinab. Unten führte ein Gang mit Türen zu beiden Seiten tiefer in die Finsternis. Sie rannten die Treppe hinunter und weiter durch den Gang. Hinter ihnen hörte Klein die Tür wieder aufgehen und die rohen Stimmen aufgeregt schreien, wie gierige Sonntagsjäger auf der Spur einer leichten Beute. Der Korridor war von ausgeplünderten Kartons aus den Vorratsräumen verstellt, unter ihren Tritten knirschten Plastikbesteck, Pappbecher, Klopapierrollen.

»Warum zum Teufel rennen wir?« keuchte Stokely Johnson.

Klein beachtete ihn nicht, sondern rannte weiter. Der Korridor endete in einem T, Klein wandte sich nach links. Zwanzig Meter weiter blieb er vor dem Eingang zu einer schmalen Treppe stehen und wartete auf die anderen. Abbott mit seinem langbeinigen Trott kam als letzter. Klein sah den Lichtstrahl ihrer Verfolger schon an der T-Gabelung. Er leuchtete Galindez den Weg.

»Hinunter.«

Er schob Abbott hinter Galindez her. Stokely räusperte sich und spritzte ein paar frische Blutstropfen auf Kleins Hemd. Er hustete und spuckte roten Schleim aus.

»Wir sollten sie hier stellen«, sagte er.

»Wenn ich kämpfen muß, kämpfe ich, sonst nicht. Ich glaube, wir können die Komiker unten abhängen«, sagte Klein, folgte Galindez und Abbott die Treppe hinunter und hörte Johnson hinter sich. Die Treppe war gerade breit genug für einen Mann. Am Fuß der Treppe drehte er die Lampe ab und spürte Stokelys Hand auf seiner Schulter.

»Verlaß dich auf mich, Mann.«

Klein nickte zweifelnd. Sie standen in einem Tunnel unter einem Gewirr von Rohren und Leitungen. Normalerweise war es hier unten sehr laut, vom Geräusch der lauwarmen Luft, die durch die altersschwache Klimaanlage gepumpt wurde. Jetzt war es ruhig. Vom Korridor über ihnen drangen Wortfetzen zu ihnen. Ein Lichtstrahl schwenkte über den Eingang und verschwand.

»Ich sag's Euch, die haben den großen Irren bei sich. He!«

Der Lichtstrahl tauchte wieder auf und leuchtete direkt auf die Treppe. Stokely Johnson stand mitten im Lichtkegel, der Schweiß auf seinem blutigen Gesicht glänzte.

»Wir haben ihn!« Der Lichtstrahl kam langsam herunter.

»*Kommt nur runter, ihr Wichser! Dann reiß ich euch die Schwänze ab!*«

Kleins Gesäßmuskeln krampften sich zusammen, er trat unbewußt einen Schritt zurück. Der Laut, der aus Stokelys enger Brust dröhnte, war die böseste, wüsteste, bedrohlichste Stimme, die er je gehört hatte. Dagegen hörte sich Ice T an wie Daffy Duck. Von der Treppe ertönte ein gellender Schrei, als ein Paar Beine ihren Halt verloren und über die Stufen auf sie zurutschten. Ein entsetztes Gesicht tauchte kurz auf, dahinter ein Paar Arme, die es wieder hochzogen.

»Scheiß drauf, Mann!«

Die Kerle stolperten die Treppe hoch, zurück in den oberen Korridor. Eine Stimme, dünn und ausgemergelt im Vergleich zu Stokelys gewaltigem Ton, tropfte die Stufen herunter.

»Wir kommen wieder, du schwarzer Scheißhaufen!«

Stokely würdigte sie keiner Antwort. Schritte verhallten.

Klein sagte in die Finsternis hinein: »Nur Donnerschläge sind besser als Kanonen.«

»Was soll das heißen?« fragte Stokely.

»Napoleon«, erwiderte Klein. »Schade, daß du nicht in Waterloo dabeiwarst.«

Klein schaltete die Lampe ein. Der Lichtstrahl wurde von dem Tunnel vor ihnen verschluckt. In diesem unterirdischen Labyrinth hätte sich Klein nirgends sonst zurechtgefunden, aber hier war er schon hundertmal durchgekommen, um Dennis Terry seine Miete zu bezahlen. Er führte sie durch die Finsternis und nahm die nächsten zwei Biegungen gleich beim ersten Mal richtig. Sie kamen zu einem alten Boiler und einem Dschungel von Leitungen. An der anderen Seite, unmöglich zu finden, wenn man nicht von ihrer Existenz wußte, befand sich eine Tür. Sie war versperrt.

»Gib mir den Schraubenschlüssel«, sagte Stokely.

Galindez reichte ihn ihm. Zweimal Hauruck, und die Tür war offen. Schwaches Licht glomm über die Holzstufen. Klein rief hinauf:

»Terry? Dennis Terry? Ich bin's, Ray Klein.«

Keine Antwort. Klein stieg die Stufen hinauf. Oben war ein kleiner Raum, perfekt eingerichtet wie als Kulisse für die Dean-Martin-Show. Grauer Teppich, darauf ein Bärenfell, an einer Wand die Bar mit zwei Barhockern, ein altmodisches Stereogerät, ein Fernseher in einer Nußholzvitrine, ein zum Teppich passendes Sofa. Ein dritter Barhocker stand hinter dem Sofa. Der Raum wurde von einem brennenden Kandelaber auf der Bar erhellt. Daneben standen ein leeres Glas und eine Ginflasche mit einem zwei Zentimeter hohen Rest darin. Vor dem Stereogerät ein Stapel Plattenhüllen, daneben ein Haufen Langspielplatten, die alle in der Mitte durchgebrochen waren. Klein trat einen Schritt vor. Die oberste Plattenhülle war von Sinatras »September Of My Years«. Terry hatte seinen Reichtum dazu benutzt, sich ein Wunschbild von jener Welt zu schaffen, die er vor fünfunddreißig Jahren verlassen hatte, als Dino noch beliebter gewesen war als Sinatra und Eisenhower noch im Weißen Haus residierte. Auf der Bar stand im Silberrahmen das Photo einer hübschen Zwanzigjährigen, jener Verlobten, die Terry erwürgt hatte, weil sie dem falschen portugiesischen Schnellimbißkoch Englisch beibringen wollte. Die Illusion der fünfziger Jahre wurde gebrochen durch die Decke, über die ganze Bündel von Drei-Zoll-Gußeisenrohren mit Elektrokabeln liefen. Eins dieser Rohre war aus der Verankerung gerissen und an einer Lötstelle geborsten. Eine Handvoll Kabel war in V-Form heruntergezogen, und zwar mit dem Ende eines Ledergürtels, der ursprünglich um das Rohr geschlungen worden war.

Klein fand Terry neben dem Barhocker hinter dem Sofa ausgestreckt, mit dem anderen Ende des Gürtels um den Hals.

Er atmete noch. Als Klein ihm den Gürtel vom Hals löste, schlug Terry die Augen auf und murmelte mit rauher Stimme etwas Unverständliches. Klein riß ihn ohne Umschweife auf die Beine. Terry schwankte. Klein packte ihn am Arm und führte ihn zum Sofa. Terry sank ächzend darauf nieder, steckte den Kopf zwischen die Knie und rieb sich den Rücken.

»Wasser«, sagte Klein.

Galindez ging zur Bar und brachte Klein ein Glas Wasser. Terry streckte die Hand danach aus.

»Danke«, krächzte er matt.

Klein schüttete ihm das Wasser ins Gesicht. Terry fuhr spuckend zurück. Klein reichte das Glas wieder Galindez.

»Klein, bist du verrückt?« schimpfte Terry und blinzelte

durch das Wasser in seinen Augen auf Stokely und Abbott. »Großer Gott.«

Klein setzte sich neben ihn. »Hör zu, Terry, du versoffener alter Tippler, wenn du dich schon umbringen willst, dann tu's wie ein Mann und geh raus und laß dir zusammen mit uns allen die Gurgel durchschneiden. Okay?«

Es folgte Schweigen. Kleins rüde Methode schien alle zu beeindrucken. Galindez brachte ein zweites Glas Wasser und reichte es Terry. Der bemerkte erst jetzt den Salvadorianer.

»Mein Gott«, sagte Terry. Er sah die anderen an, dann wieder Klein. »Wo sind Yul Brynner und Steve McQueen?«

Klein wühlte in der Brusttasche von Terrys Hemd und förderte eine verdrückte Packung Zigaretten zutage, zog eine davon heraus und steckte sie Terry in den Mund. Dann zündete er sie mit einem Feuerzeug aus der gleichen Brusttasche an. Terry inhalierte, bekam einen Hustenanfall, inhalierte noch einmal.

»Danke, Klein.« Er schaute über seine Schulter auf die von der Decke herunterhängenden Kabel. »Hör zu, ich …«

»Hab' keine Zeit, Dennis«, unterbrach ihn Klein. »Wir haben alle unsere Gründe. Wenn du später immer noch sterben willst, sind wir dir gern behilflich. Im Moment brauchen wir dich dringender als Yul und Steve.«

»Schieß los.« Terrys Augen leuchteten auf.

»Galindez sagt, es gibt hier irgendwo ein Notstromaggregat.«

Terry nickte. »Wird mit Benzin betrieben. Das steht draußen an der Südwestwand, in dem Ziegelanbau zwischen der Maschinenwerkstatt und der Garage. Warum?«

»Wir wollen, daß du es in Gang setzt und die Zellentüren in Block C öffnest.«

»C ist immer noch gesperrt?«

Klein nickte. »Ihr habt den Strom beim dritten Zählappell abgeschaltet.«

Terry zog an seiner Zigarette und starrte nachdenklich ins Weite. »Das wäre eine ordentliche Ladung Pfeffer in Nev Agrys Arsch, was?« sagte er.

»Es geht also«, sagte Galindez.

»Aber sicher«, sagte Terry sarkastisch. »Ich muß nur hin-
übergehen, einbrechen, den Kontrollkreis vom Verwaltungsblock abschalten und die Turbinen im Kaltstart anwerfen.
Dann muß ich in der schönsten Beleuchtung den ganzen
Weg zu C zurück, dort die Schalttafel aufbrechen und eine
provisorische Nebenleitung anbringen und dann die Türen
aufmachen. So einfach wie aus dem Fenster fallen.«

»Vom Barhocker fallen hast du aber nicht hingekriegt«,
bemerkte Stokely bissig.

»Was zum Arsch tut der hier?« fragte Terry.

»Warum nicht zuerst die Nebenleitung in C anbringen«,
sagte Galindez. »Dann gehen die Türen auf, sobald der
Strom da ist.«

»Nicht dumm für einen Mexikaner«, sagte Terry nickend.

»Wie lange wird's dauern?« wollte Klein wissen.

Terry verzog das Gesicht und sog an seiner Zigarette. Er
genoß nicht nur die Schwierigkeit der Aufgabe, sondern
auch die Aufmerksamkeit, die sie ihm eintrug. »Beide Jobs
sind Himmelfahrtskommandos. Ich muß an beiden Enden
die Ummantelung abmachen, bevor ich überhaupt zur Fein-
arbeit komme.«

»Du bist der einzige, der's kann«, sagte Klein.

»Natürlich bin ich der einzige, das weiß ich«, sagte Terry
empört. »Also, den Weg nicht mitgerechnet, und wenn sonst
alles glatt geht, vielleicht drei, vier Stunden.«

Klein nickte. Das war eine Menge Zeit, aber sie hatten
nichts zu verlieren.

»Was meinst du, Dennis?«

Terry hob die Schultern. »Schätze, ich hab' sonst nichts
Besseres zu tun.« Er grinste in sich hinein. »Das ist der letzte
Job für Wartung hier im River.« Er ließ den Stummel auf
den makellosen grauen Teppich fallen und trat ihn mit der
Ferse aus. »Und wie komme ich lebend an den Niggern vor-
bei?«

»Wenn du nett und höflich bist, bekommst du von Stokely
ein paar Typen ausgeliehen, ja?«

Stokely nickte mürrisch. Klein stand auf.
»Agrys Leute glauben, Stokely hat Larry DuBois kaltge-
macht und das Ganze angefangen.«
»Verlogener schwuler Arsch!« knurrte Stokely.
»Agry hat DuBois umgebracht«, sagte Terry. »Ich war
dabei. Der ist verrückt.«
»Ich weiß nicht«, warf Klein ein. »Man muß mehr als nur
verrückt sein, um Boß von Block D zu werden. Ich kann mir
das ganze nicht erklären. Agry hat bei dem Auflauf mehr
zu verlieren als alle anderen. Er hat sich selbst das Grab ge-
schaufelt.«
Terrys Gesicht zuckte. »Genau. Und meins dazu.«
»Hast du eine Ahnung, warum?«
»Er ist verrückt nach dieser Niggernutte, das weiß doch
jeder.«
»Das genügt nicht«, sagte Klein. »Das reicht, um Claudine
umzubringen, okay, aber doch nicht zum Selbstmord.«
Beim Wort ›Selbstmord‹ lief Terry rot an. »Frag ihn doch
selbst«, sagte er. »Wo wir schon von Selbstmord reden, was
hast du überhaupt hier verloren?«
»Ich muß rüber ins Revier.«
»Heißt das nicht, diesen hippokratischen Eid zu weit zu
treiben?«
»Grauerholz versucht, dort einzubrechen. Agry hat ihn
hingeschickt, damit er die Aids-Typen kaltmacht.«
Terry kam nicht mit: »Na und?«
»Henry hat mir klargemacht, daß wir etwas dagegen tun
können.«
Terry zog sich hoch, sah Abbott an, der immer noch
schweigend an der Tür stand, dann sah er auf die von der
Decke hängenden Spuren seines vermasselten Selbstmord-
versuchs, dann wieder zu Klein.
»Du hast ganz recht«, sagte er. »Wenn ich mich nächstes
Mal umbringen will, dann gemeinsam mit euch Profis.«
Klein schüttelte Terry die Hand. »Du hättest diese Dean-
Martin-Platte nicht kaputtmachen sollen, Dennis. Die be-
kommst du nie mehr auf CD.«

»Mag sein. Was soll's. Vielleicht ist's Zeit für was anderes.«
Klein hielt Terrys verquollenen Augen einen Moment
stand und nickte. Dann ließ er seine Hand los und ging zur
Tür. Auch Stokely streckte ihm die Hand hin. Klein nahm sie.
»Sag Wilson, bis morgen früh will ich seinen Arsch wieder
hier haben«, sagte Stokely.
Klein nickte und stieg die ersten Stufen hinunter.
»Viel Glück, Klein«, sagte Stokely Johnson.
Klein nickte, ohne sich umzudrehen, und stieg weiter hin-
unter in die Finsternis, Abbott und Galindez folgten ihm.
Am Fuß der Treppe wandte er sich zu Abbott um und sagte:
»Jetzt übernehmen Sie, Henry.«
Es gab eine Pause, und Klein sagte sich plötzlich, er habe ja
wohl den Verstand verloren. Henry war stark im Herzen,
aber im Hirn …
Abbott antwortete mit seiner neuen, klangvollen Stimme.
»Folgt mir.«
Sie folgten Abbott durch pechschwarze Finsternis in die
Tunnels. Alle paar Meter stellte Klein kurz die Stablampe an,
um sich zu vergewissern, daß Abbott noch vor ihnen war.
Zweimal hörten sie an Kreuzungen mit anderen Tunnel-
röhren aus der Ferne undeutlich menschliche Laute. Abbott
führte sie über eine weitere Treppe abwärts. Beim Abstieg
wurde die Luft noch stickiger und übler. An den Wänden
klebte eine vermooste Schleimschicht. Auf halbem Weg trat
Klein auf etwas Weiches, blieb stehen und hielt das Licht darauf. Es war eine schwarze Baseballmütze. Er hob sie auf. Sie
war sauber und trocken, konnte nicht mehr als ein, zwei
Stunden hier gelegen haben. Vorne war ein weißes Spike-
Lee-X« aufgedruckt.
»Henry«, flüsterte Klein. Der Riese blieb stehen. Klein
zeigte ihm die Mütze und sagte: »Hier unten ist jemand.« In
ihm stieg plötzlich der Wunsch hoch, er könnte Stokely Johnsons Rolle übernehmen.
Abbott nahm die Mütze aus Kleins Hand. Sie schien ihn
nicht zu beunruhigen. Seine neue Stimme war noch voller als
vorhin. »Es führt nur ein Weg zum Fluß. Dies ist der Weg.«

Sie stiegen über die steilen, glitschigen Stufen weiter abwärts. Unten wurde der Gestank unerträglich, mörderisch. Das Gefängnisessen erzeugte bei allen einen widerwärtigen Mundgeruch, gegen den nicht einmal die unerschöpfliche Erfindungsgabe der Insassen ein Mittel gefunden hatte. Hier unten feierte eben dieser Fraß seine endgültige Transsubstantiation in ein greifbares, ekelhaftes Fäkal-Miasma. Klein würgte es, er sog die Luft in kurzen Zügen durch die Nasenlöcher ein, um sich so schnell wie möglich zu akklimatisieren. Aber es funktionierte nicht. Er spürte, wie sich eine dicke, scheußliche Dreckschicht auf seine Schleimhäute legte.

»Verdammt«, keuchte er.

Klein schaltete die Stablampe an. Sie standen jetzt auf einer Art Betonmole, die sich rechts von ihnen zu einem Werkplatz erweiterte, einem unterirdischen Bauhof mit Paletten voller Ziegelsteinen, mit Baggergeräten, Bündeln von Rohren mit Messinggewinden an den Enden, die sich ineinander schrauben ließen, so daß lange Kanalstangen entstanden. Ganz hinten fiel der Lichtschein auf eine einfach gezimmerte Holzhütte. Abbott nahm Klein das Licht aus der Hand und leuchtete vor sich hin. Der Lichtstrahl glitt über einen glitzernden, schaumbedeckten Strom aus schwarzem verseuchtem Wasser. Der Strom floß langsam durch einen vollkommen zylindrischen Ziegeltunnel von etwa zweieinhalb Metern Durchmesser. Klein drehte sich der Magen um bei der Vorstellung, durch den taillenhohen Abwasserkanal zu waten.

Abbott sagte: »Green River.«

Klein stand schweigend da und betrachtete Abbotts Green River. Hätte er den Anblick des funkelnden Wasser und der glatten Tunnelwände von dem Gestank trennen können, hätte er ihn vielleicht geheimnisvoll und schön gefunden.

»Die Sternenflur, der nasse Strand, bis Morgengrauen sind sie dein«, sagte Abbott.

Auch Galindez hatte Schwierigkeiten, in dieser Luft zu atmen. »Sie können uns zum Revier bringen, wenn wir da durchgehen?« fragte er Henry.

Abbott stülpte sich die Malcolm-X-Mütze auf den Kopf. Klein fand, daß er damit irgendwie bedeutend aussah.

»Dies ist der Weg«, sagte Abbott.

Galindez starrte Abbott an, und Klein konnte ihn denken hören: Das müssen mindestens drei Kilometer Tunnel sein, und dieser Mensch ist ein geistig Zurückgebliebener, ein Irrer, und ein Massenmörder obendrein. Er sah Klein an und hob eine Augenbraue.

»Wenn Henry sagt, er bringt uns hin, dann bringt er uns hin«, versicherte Klein.

»Ich habe ein paar Masken in der Hütte, falls ihr sie wollt.«

»Wir wollen sie«, sagte Galindez.

Sie hatten den halben Bauhof hinter sich, da sahen sie sie. Junge schwarze Sträflinge, mit Messern bewaffnet, Blutrünstige, wölfisch und beutehungrig, die aus der stinkenden pechschwarzen Finsternis auftauchten und sich geräuschlos von zwei Seiten gleichzeitig auf sie niederstürzten. Das war es also.

Ihre Reise den Fluß hinunter hatte begonnen.

Sechsundzwanzig

Devlin träumte. Sie träumte von einem hirnrissigen Video-Spiel, dessen Regeln ihr nicht klar waren, mit einem Mann, den sie nicht erkannte. Sie träumte, sie sei in einen Raum gesperrt zu einem Gruppentherapie-Marathon, organisiert von ihrem alten Psychotherapie-Supervisor, mit einem Haufen Menschen, darunter auch ein paar Exliebhabern, die sie gar nicht so gerne wiedersehen wollte. Sie träumte, daß sie aus diesem Raum davonlief und durch ein Dorf aus Lehmziegelhäusern wanderte, dessen Straßen sie doch eigentlich auswendig kennen mußte, wo sie aber an jeder Ecke in eine fremde Straße trat, die ihr gänzlich unbekannt war. Sie setzte sich neben einen steinernen Wassertrog und überlegte, wo sie denn nun wirklich war. Und da erwachte sie.

Einen Moment lang hielt sie noch die Augen halb geschlossen, den Kopf auf ihren Armen über dem Schreibtisch ruhend, und betrachtete die Fragmente ihres Traums, aber eine sinnvolle Interpretation fiel ihr nicht ein. Sie öffnete die Augen und hob den Kopf. Sie war in der Krankenabteilung, und auf der anderen Seite des Schreibtisches stand Reuben Wilson, in der Hand eine Tasse Kaffee.

»Ich wollte Sie nicht wecken«, sagte er.

»Schon in Ordnung«, antwortete Devlin. Es war ihr peinlich, daß man sie beim Schlafen erwischt hatte, als wäre das ein Zeichen weiblicher Schwäche.

»Ganz schön mutig«, fuhr Wilson fort, »sich einfach ein Schläfchen zu gönnen, und das in unserer Lage.«

»Das ist nicht mutig, das ist erschöpft«, sagte sie und blickte auf den Kaffee. »Ist der für mich?«

Wilson nickte und reichte ihr die Tasse. Sie nippte daran. Wilson hatte sich, seit sie ihn mit Pflaster umwickelt hatte, das Hemd nicht wieder angezogen. Ihre Blicke schnellten kurz über die breiten, flachen Platten seiner Brustmuskeln über dem Verband, dann senkte sie die Augen wieder auf den Kaffee. Wilson zog ein Päckchen Camel Filter aus der Tasche und schüttelte sich eine in den Mund.

»Darf ich?« fragte Devlin.

»Klar.« Wilson reichte ihr die Schachtel. »Ich dachte, Ärzte rauchen nicht.«

Sie sog an der Flamme aus seinem Zippo und inhalierte tief. »Ich dachte, Boxer erst recht nicht«, gab sie zurück.

»Das ist lange her«, sagte er.

Mit leichtem Schwindel spürte Devlin, wie Nikotin und Teer ihr dankbares Nervensystem durchfluteten, so daß sie Wilson nur wie aus der Ferne hörte. Ihre Hände und Füße kribbelten. Aber das Gefühl verschwand so schnell, wie es gekommen war, und zurück blieb eine tiefe Entspannung. Es war schrecklich, aber sie konnte sich im Moment überhaupt nichts vorstellen, was sie glücklicher gemacht hätte als eine Zigarette zwischen den Lippen. Sie ließ sich in den Stuhl zurückfallen und nahm einen weiteren Zug.

»Woher wußten Sie das mit dem vierten Metacarpalknochen?« fragte Wilson. »Das war streng geheim.«

»Ich war damals Medizinstudentin und büffelte gerade Orthopädie«, sagte sie. »Ihr Arzt zeigte uns Ihre Röntgenbilder. Auf dem Film fiel mir Ihr Name auf.«

»Das gibt's doch gar nicht.«

»Meiner Meinung nach hätten Sie damals nach Punkten gewinnen müssen. Aber daß die Richter einen schwarzen Boxer gegen einen Italiener gewinnen lassen, das gibt's garantiert nicht oft.«

Wilson nickte und lächelte.

»Warum haben die Ihnen einen Mord angehängt?« fragte Devlin.

Wilson setzte sich vorsichtig auf den Schreibtischrand.

»Die meisten Boxer werden ausgenommen, das geht bis zu achtzig Prozent vom Preisgeld, und zwar von ihren Managern. Die wirklich großen Kämpfe haben ein paar Kerle in der Hand, und die nehmen dafür das letzte Hemd, sie nennen's ›Spesen‹. Ich hab' gegen meinen Manager geklagt, aber der wurde seinerseits von ein paar Mobstern gemanagt, Hotelbesitzern in Las Vegas. Eine tote Hure war billig zu haben, und das war eine Warnung, die alle anderen Kämpfer im Ring laut und deutlich gehört haben.« Er zuckte die Schultern. »So ist das nun mal.«

»Sie klingen gar nicht bitter«, sagte sie.

»Bitter?« Er schaute in die Ferne. »Am Anfang hab ich hier zwei Monate lang nicht geschlafen. Alles, was man verlieren kann, hab' ich verloren. Scheiße, meinen Rechtsanwälten schulde ich immer noch Geld. Als ich wach lag und auf den ersten Zählappell wartete, habe ich diese Burschen auf tausend verschiedene Arten zu Tode gefoltert, ihre Familien vor ihren Augen umgebracht, ihre Weiber von wilden Hunden zu Tode ficken lassen.«

Er hielt inne und sah sie an. Er schlug zweimal mit den Lidern, und der Zorn in seinem Blick erlosch.

»Entschuldigen Sie«, sagte er.

»Schon gut«, sagte Devlin leise.

Wilson nahm einen tiefen Zug aus seiner Camel. »Jedenfalls, als ich dann plötzlich mit einer Pappröhre im Mund dastand und ein Feuerzeug unter eine Alufolie mit Heroin hielt, um endlich ein bißchen Ruhe zu finden, da erkannte ich, daß ›bitter‹ nur ein weiteres Messer war, das sie mir in den Bauch gerammt hatten, und ich drehte es noch für sie um. Damit hatte ich schon begonnen«, er hob die Zigarette hoch, »aber den anderen Scheiß spülte ich im Klo runter und ging schlafen.«

»Ich bin froh darüber«, sagte Devlin.

Wilson lächelte. In Devlin stieg wieder diese merkwürdige Verlegenheit hoch. Wilsons Leiden, das an ihm begangene Unrecht, war so furchtbar, daß sie sich wie geschrumpft vorkam. Sie war nicht auf dem Schuldgefühls-Trip der weißen Liberalen, sie hatte schon zu viel Elend gesehen, um nicht zu wissen, daß das Schicksal seine blindwütigen Schläge nach allen Richtungen austeilte, aber wie Wilson so vor ihr stand, fiel ihr nichts ein, was nicht banal geklungen hätte. Sie rauchte die Camel bis zum Filter, drückte sie aus und nahm die Zigarettenschachtel vom Tisch.

»Kann ich noch eine haben?«

»Aber sicher.«

Sie zündete sie mit einem Streichholz aus ihrer Tasche an.

»Und statt dessen haben Sie sich auf die Politik verlegt«, sagte sie.

Wilson stieß die Luft aus. »Politik?« Er schüttelte den Kopf. »Politik macht dich zu einem Stück Scheiße, egal, was und wo du bist. So sehen die Leute das, was ich tue. Das ist ihre Vorstellung, nicht meine.«

»Was ist es dann, was Sie tun?«

»Ich berate. Vor allem die jüngeren Burschen, die bald wieder auf die Straße kommen. Wenn einer hier drinnen richtig zu leben lernt, dann kommt er draußen sicher auch zurecht.«

»Wie? Ich meine, wie lernt man das?«

»Der da oben erwartet von uns, daß wir wie Tiere leben, hier drinnen, dort draußen, überall. Wahrscheinlich haben Sie Malcolm gelesen.«

Sie nickte.

»Dasselbe in Grün. Ich bin nicht gläubig, aber ich achte die Religion. Ich achte mich, ich achte Sie. Das ist alles. Mehr ist nicht nötig. Die meisten jungen Typen sind hier, weil sie etwas verbrochen haben. Auch wenn sie stolz auf ihr Verbrechen sind, und ich kann das verstehen, wissen sie doch, wieviel Mühe sich ihre Mütter gegeben haben. Ich möchte ihnen nicht als Ausrede dienen, daß sie die Hoffnung aufgeben. Es wäre leicht für sie, auf mich zu zeigen und zu sagen, ›Seht ihn an! Ist doch alles scheißegal! Ob du recht tust oder unrecht, der da oben bestraft dich sowieso!‹«

Devlin erschauerte über die plötzliche Veränderung in Wilsons Stimme. Die Worte waren vielleicht nicht seine eigenen, der splitternde Schmerz und die Wut aber schon.

Wilson nickte. »Sie wissen, daß ich weiß, verstehen Sie. Sie wissen, ich rede nicht wie der Blinde von der Farbe. Und ich sage ihnen eines, ich sag's ihnen, bis sie es nicht mehr hören können, und manchmal schlage ich sie, bis sie mich hören, denn es ist wirklich ganz einfach. Aber auch sehr hart.«

Er hielt inne. Das Feuer verlor sich aus seiner Stimme und sammelte sich in seinen dunklen Augen, und er sprach ruhig und mit großer Eindringlichkeit.

»Ich sage ihnen: Trotz allem, was man euch angetan hat – trotz allem –, könnt ihr immer noch der Mann sein, der ihr seid, und nicht das Tier, als das man euch haben will.«

Devlin spürte stechende Tränen in den Augen. Sie blinzelte sie weg. Wilson drückte seine Zigarette aus und lächelte sie entspannt an.

»Es gibt viele, die mich nicht an sich heranlassen. Das ist wieder ihre Bitterkeit, die dem da oben in die Hände arbeitet. Aber einige hören auf mich. Von meinen Leuten hängen weniger am Gift als in irgendeinem anderen Block. Wenn von den vielen jungen Burschen, die hier durchgeschleust werden, nur zehn oder zwanzig nicht mehr hierher zurückkommen, ist das genug. Wenn einige ein paar Jahre draußen auf der Straße bleiben und nicht nur ein paar Monate, oder von hier drin kein neues Laster mit nach Hause nehmen, ist's genug. Ist es mir genug.«

Devlin wollte ihm sagen, wie außergewöhnlich großartig ihr das vorkam, aber wieder fielen ihr nur banale Worte ein. Sie fragte: »Und warum hat es Hobbes dann auf Sie abgesehen?«

»Darüber zerbreche ich mir den Kopf, seit ich ins Loch kam, und weiß bis heute nicht die Antwort. Hobbes war sonst immer anständig zu mir. Er hat Augen im Kopf, und er weiß, was dieser ganze Mist bedeutet. Und noch nie hat er uns ›Nigger‹ genannt. Diese Sperre war totaler Schwachsinn. Ich konnte es mir nicht erklären, aber als das heute losging, wurde mir klar: Hobbes wollte diesen Aufstand. Er ist sein Werk.«

»Aber warum?« sagte Devlin.

»Keine Ahnung. Es ist komisch, aber heute früh hat Klein zu mir gesagt, daß Hobbes verrückt ist, nicht einfach normal verrückt, sondern richtig wahnsinnig für Thorazin und Zwangsjacke.«

»Was meinte er damit?«

»Weiß ich auch nicht, aber wie's aussieht, hat er recht.«

Die nächste Frage stellte Devlin so sachlich wie möglich.

»Glauben Sie, wir kommen hier lebend raus?«

Wilson sah ihr offen ins Gesicht. »Coley sagt, die Wärter wissen nicht, daß Sie hier sind.«

Sie nickte.

»Dann reißen die sich nicht den Arsch auf, um uns zu helfen. Wenn wir uns nur lange genug halten, versuchen vielleicht ein paar von meinen Leuten, mich hier rauszuholen, aber so toll sind die wohl auch nicht mehr beieinander.«

»Das heißt, Sie glauben nicht, daß wir es schaffen.«

»Die Oberen haben kein besonderes Interesse, solche Revolten mit Gewalt zu unterdrücken. Sie erinnern sich doch an Waco und den ganzen Scheiß. Solange sie nicht anfangen, Geiseln umzubringen, und dafür ist Agry viel zu clever, kann sich das eine Woche hinziehen oder noch länger. Und Grauerholz kommt wieder. Der kann sich Zeit lassen, so viel er will.«

»Warum zum Teufel wollen die denn alle Patienten umbringen?«

Wilson zuckte die Schultern. »*Sie* schauen sich doch CNN-Sendungen an, sagen *Sie*'s mir. *Sie* sind der Seelenklempner. Ist doch überall dasselbe, oder nicht? Bosnien, Libanon, Südafrika. Rasse, Religion, Familie, Stamm. Überall bringt jeder seinen Bruder um. Glauben Sie, daß die hier drinnen die Aids-Kranken nicht hassen? Und wie sie's tun. Die haben mehr Grund, sie zu hassen, als die meisten anderen, die sie hassen.«

Die Tür ging auf, und Coley kam herein.

»Was gibt's, Coley?« fragte Wilson.

»Da draußen ist alles ruhig, die haben irgendwas vor. Lopez schiebt Wache. Der Scheißkerl war seit Wochen nicht mehr so gut auf dem Damm.« Er warf Devlin einen Blick zu. »Grauerholz hat unsere Pillenschachtel angezündet.« Er lächelte. »Aber ein halbes Dutzend ist schon weggetreten, und ein weiteres halbes Dutzend speit sich die Seele aus dem Leib.«

»Und was jetzt?« fragte Devlin.

Coley hob die Achseln. »Sie haben zwei Möglichkeiten: die Fenster zu Crockett und die Türen. Die Fenster sind hoch oben, und sie könnten immer nur einer nach dem anderen durch. Anzunehmen, daß sie's noch einmal mit der Tür probieren.«

»Sie könnten die Gitter mit dem Wagenheber auseinanderbiegen«, sagte Wilson.

Coley schüttelte den Kopf. »Auch dann geht's nur einer nach dem anderen. Nein, die planen was ganz anderes. Wir können nichts tun als warten.«

Devlins Blick fiel auf ihre Aktentasche, die unten am Boden gegen den Schreibtisch gelehnt war. »Coley«, sagte sie. »Kommen Sie mal her.«

Coley wechselte einen Blick mit Wilson und kam herüber. Devlin stand auf.

»Setzen Sie sich.«

Coley ließ seine Masse in den Stuhl fallen. »Ihr Ärsche habt was ausgekocht?«

»Ich nicht«, sagte Wilson.

Devlin öffnete ihre Aktentasche und zog das grüne Heft heraus.

»Was ist das?« fragte Wilson.

Devlin sah Coley an. »*The American Journal of Psychiatry.* Das ist sowas wie *Sports Illustrated* für Seelenklempner.«

»Nicht schlecht.«

Devlin öffnete die Zeitschrift und legte sie aufgeschlagen vor Coley hin.

»Das ist der Grund, warum ich zurückgekommen bin«, sagte sie.

Coley schaute einen Moment lang stumm auf die Seite, dann sah er zu Devlin auf.

Die Muskeln um seine Augen zitterten.

Devlin stieg das Herz bis in den Hals, so daß sie schlucken mußte. Ohne den Blick von ihr zu wenden, zog Coley seine

Nickelbrille aus der Hemdtasche, setzte sie auf und schaute wieder auf die Zeitschrift. Dann hob er eine Hand an den Kopf und vergrub die Fingerspitzen in seinem kurzgeschorenen, eisengrauen Haar.

Aids und depressive Störungen in einer geschlossenen Institution
Pilotstudie in der staatlichen Strafanstalt Green River
von
Juliette Devlin   Ray Klein   Earl Coley

Coley starrte auf die Seite, ohne ein Wort zu sagen. Dann fingen seine mächtigen Schultern vor Rührung an zu zittern. Plötzlich riß er sich die Brille herunter, verdeckte die Augen mit den Händen und brüllte die beiden an:

»Merkt ihr Scheißer denn nicht, wenn ein Mann in Ruhe und Frieden lesen will?«

Wilson starrte Coley verständnislos an und wollte schon den Mund aufmachen, aber Devlin schüttelte den Kopf und deutete auf die Tür. Coley hielt das Gesicht abgewandt, während sie hinausgingen. Wilson trat in den Korridor. Bevor Devlin ihm folgte, warf sie noch einen Blick zurück. Coley verbarg noch immer sein Gesicht unter der linken Hand. Mit der rechten strich er immer wieder über die Seite, als wäre sie ein Ding von großer Schönheit. Dann ließ er die Hand sinken und blickte zu ihr auf. Seine Wangen waren naß. Einen Augenblick lang sahen sie einander an, ohne ein Wort, ohne eine Geste. Dann ging Devlin hinaus und schloß die Tür hinter sich.

»Was war denn das?« fragte Wilson.

Devlin führte ihn weiter den Gang hinunter. Sobald sie ihre Stimme unter Kontrolle hatte, sagte sie: »Das ist eine wissenschaftliche Studie, die wir mit Klein zusammen verfaßt haben.«

»Coleys Name steht auch drauf?«

»Ja, er ist Co-Autor.«

Wilson warf einen Blick über seine Schulter. »Mein Name

hat nur in Sportzeitungen gestanden, weiter hab' ich's nicht gebracht. Das haben Sie gut gemacht.«

»Danke«, sagte Devlin.

Noch einmal unternahm sie eine gigantische Anstrengung, alles in sich aufzunehmen. Es kam ihr vor, als hätte sie an einem einzigen Tag die Empfindungen von zehn Jahren durchgemacht. Empfindungen, die sie nie zuvor erlebt hatte, Empfindungen, die sie sich nie hätte vorstellen können. Aber wenn sie diese Gefühle nicht zurückhielt, würden sie sie zerreißen. Sie drehte sich zur Wand des Korridors. Und von Gott weiß wo fand sie die Kraft, ihre Gefühle zu beherrschen.

Sie spürte, wie Wilson hinter ihr unsicher hin und her schwankte. Dann hörte sie ihn sagen:»Er meint das nicht so, wenn er Scheißer und Ärsche zu uns sagt, wenn er so brüllt, will er nur ...«

Devlin mußte lachen.»Ich weiß schon, was er meint. Tut mir leid.« Sie hätte gern zu lachen aufgehört, fürchtete aber, daß sie dann weinen müßte.»Ich freu' mich nur so, daß er noch seinen Namen in der Zeitschrift sieht, bevor ...« Ihr Lachen versiegte.»Bevor es zu spät ist.«

Sie fiel gegen Wilson und barg ihr Gesicht an seinem Hals. Wilson blieb steif und verlegen stehen. Sie legte ihm die Arme auf die Schultern und zog ihn näher zu sich.

»Halt mich fest.«

Vorsichtig legte Wilson einen Arm um sie. Sie spürte seinen Schwanz gegen ihren Bauch wachsen, und mitten unter den verrückten Gefühlen dieses Tages kam ihr das ganz richtig vor. Sie hob den Kopf und sah ihn an.

»Es ist nicht zudringlich gemeint«, sagte er.»Ich kann's nur nicht beherrschen.«

»Das ist okay«, sagte sie.»Ich freu' mich.«

Wilson schluckte. Sein Blick fiel kurz auf ihre Lippen.

»Komm mit«, sagte sie, führte ihn hinauf zu Coleys geheimem Versteck und öffnete die Tür in der Wand, wie Coley es ihr gezeigt hatte. Drinnen drehte sie das Licht an. Wilson sah die Matratze und blieb unsicher stehen.

»Bist du dir da sicher?« fragte er.

»Wen schert's, wenn wir morgen alle tot sind?«

»Klein?«

Devlin starrte zur modrigen Decke des Büros und wartete, daß ihr die richtigen Worte einfielen, dann sah sie Wilson in die Augen. »Klein ist der beste Mann, den ich je kennengelernt habe.«

Wilson blinzelte und schaute weg.

»Er weiß nicht, daß ich ihn liebe. Ich bete zu jedem Gott, den es vielleicht gibt, daß er sicher in seiner Zelle hocken bleibt, bis das alles vorbei ist. Aber Klein ist nicht hier.«

Wilson sah ihr wieder ins Gesicht.

»Und wenn er wüßte, was hier los ist, dann würde er es verstehen, das weiß ich, und es wäre ihm recht.« Sie hielt inne und holte tief Luft. Sie konnte die Stärke ihres Gefühls selbst nicht fassen, die Hitze in ihren Wangen, die Wildheit in ihrer Stimme. »So ein Mensch ist Klein eben.«

Sie sah, wie Wilsons Augen sich vor Mißtrauen und Eifersucht verdunkelten, und sie hätte ihm fast die Hand auf die Lippen gelegt, um ihm den Mund zu verschließen. Aber sie wußte, daß er es sagen mußte, und sie wußte auch, daß sie es sich anhören mußte.

»Was soll denn dann das ganze?« sagte er. »Willst du einen Nigger ficken, bevor du ins Gras beißt?«

Sie zuckte zusammen, denn das war schlimmer, als sie erwartet hatte, und jetzt sah sie zum ersten Mal die Grausamkeit, die Wilson notwendigerweise in sich haben mußte, um im Ring dreiunddreißig Männer auf die Matte zu legen. Und obwohl diese plötzliche Grausamkeit unnötig war, vergab sie ihm, denn sie wußte genug von ihm, um ihn nicht allein danach zu beurteilen, und auch deshalb, weil sie selbst die Wahrheit gesagt hatte.

»Nein. Ich habe schon, wie du sagst, Nigger gefickt.«

Mit gekräuselten Lippen wandte sich Wilson zum Gehen.

»Ich liebe Ray Klein, und dich liebe ich nicht, und daran wird sich dadurch nichts ändern«, sagte sie. »Ich hab' dich hierhergebracht, weil du als Mensch ebensoviel wert bist wie er.«

Wilson blieb stehen. Devlin beobachtete seinen Rücken. Nach einem Moment fielen seine Schultern herunter, und er holte tief Atem.

»Es tut mir leid«, sagte er, holte noch einmal tief Luft und drehte sich wieder zu ihr um. »Es tut mir wirklich leid. Ich habe dich nicht respektiert, ich habe mich nicht respektiert, ich habe meine Leute nicht respektiert. Das war's.«

Er drehte sich um und ging zur Tür.

»Alles, was wir jemals sein werden, findet hier und jetzt statt, hier in diesem Knast. Ist es nicht das, was Coley meint, wenn er von ›meinen Leuten‹ spricht? Du brauchst dich nicht zu bewähren. Du brauchst nicht einmal krank zu sein.«

Wilson lehnte sich gegen den Türstock und beugte sich mit einem unterdrückten Stöhnen vor. Devlin stürzte zu ihm hin und nahm ihn am Arm.

»Fehlt dir was?«

»Schon gut«, keuchte Wilson. »Nur ein Krampf. Geht schon wieder.« Langsam richtete er sich auf. »Vielleicht hat Coley recht, und ich bin wirklich ein altes Waschweib?«

Devlin nahm seine Hand. »Glaub' ich nicht.« Sie zog ihn. »Komm mit.«

Sie führte ihn in Coleys Kammer und zog ihn aus, und er legte sich auf die modrige Matratze. Dann zog Devlin sich aus, und er schaute zu. So etwas hatte sie noch nie erlebt. Sie kam sich weder kokett noch verschämt noch schüchtern vor. Auch nicht erregt, wie mit Klein heute morgen, aber auf eine andere Art sexy, wie vor einem uralten Ritual. In Wilsons Gesicht las sie nicht nur Begehren, sondern auch Achtung, Wertschätzung, als bedeutete sie für ihn etwas, das über sie selbst hinauswies. Sie kniete sich rittlings auf seine Schenkel, nahm seinen Penis in die Hand und drückte ihn. Er war hart. Wilson stöhnte, schloß die Augen und zog zurück, als wäre es ihm zu viel. An der Spitze seiner Eichel erschien ein Samentropfen, und sie begriff, daß er nach so langer Zeit ohne eine Frau wahrscheinlich sehr schnell kommen würde. Es war ihr klar, daß das hier nicht Safer Sex war, aber Sicherheit schien ihr in diesem Augenblick absurd, und es lag ihr viel daran, ihm dieses Geschenk zu machen. Mit der freien Hand schob sie die Lippen ihrer Möse auseinander und ließ sich auf ihn nieder, ganz vorsichtig, wegen seiner Wunde. Die ersten Zentimeter glitten hinein, und Wilson keuchte und vergrub die Finger in der Matratze.

»Langsam, langsam«, sagte er.

Sie hielt inne, spürte ihn, spürte, wie sie feuchter wurde. Sie richtete sich wieder etwas auf, hielt ihn mit der Hand fest, ließ sich dann wieder langsam hinuntergleiten. Wilson stöhnte auf und stieß sich ganz hinein, packte sie mit beiden Händen um die Mitte und zog sie an sich, richtete sich in ihr auf, sie packte ihn fest, und plötzlich schnellte er hoch, und sie spürte ihn kommen und kommen. Sie legte ihm die Arme um den Kopf und zog ihn gegen ihre Brüste. Eine Welle von Zärtlichkeit durchflutete sie, während sie ihn umfaßte und ihn zucken spürte und dachte, er werde immer weiter kommen und gar nicht aufhören. Endlich sank er schlaff zurück und blieb mit fest geschlossenen Augen auf dem Rücken liegen.

Devlin stieg von ihm herunter und legte sich neben ihn, den Kopf auf seiner Brust. Sie hätte gern gewußt, was ihm jetzt durch den Kopf ging, ob er von ihr enttäuscht war oder sich schämte, daß er so schnell gekommen war. Sie spürte, wie er ihr den Arm um die Schultern legte und sie an sich drückte. Der Druck wurde stärker, er preßte die Finger in ihr Fleisch, und einen Moment lang hatte sie Angst. Doch dann erkannte sie, obwohl sie sein Gesicht nicht sah, daß Reuben Wilson leise weinte und nicht wollte, daß sie es merkte.

Devlin blieb mit dem Gesicht auf seiner Brust liegen, sagte gar nichts, schaute ihm nicht ins Gesicht, sondern lag nur da, während er sie hielt, und tat, als merke sie nichts. Und sie staunte, wie geheimnisvoll das alles war, aber zugleich verstand sie alles bis in den tiefsten Kern, verstand, was sie für diese Männer bedeutete, für Wilson, Coley, Klein, für diese Männer mit ihren gequälten Seelen und ihrem gequälten Körper, die den äußersten Schmerz und die schwärzeste Furcht ertrugen, ohne ihr Leiden je zu zeigen, aber jetzt, da sie in ihrer Nähe war, zusammenbrachen. Immer stärker wurde in ihr dieses Gefühl, daß sie mehr bedeutete als nur sie selbst. Sie war mehr als Devlin, mehr sogar als eine Frau; sie war alles, wonach sie sich so lange gesehnt hatten, was sie so sehr vermißten, alles, wonach sie dürsteten und nicht bekamen. Sie war das, was diese Männer brauchten, um ganze Männer zu sein, nicht nur zum Ficken, sondern auch, wenn sie sie nicht wirklich ficken konnten, zum Beschützen, auch wenn sie sie nicht wirklich beschützen konnten, zum Stark-Sein, auch wenn sie schwach waren, zum Stolz-Sein, auch wenn sie sich schämten, zum Lieben, auch wenn sie mit so viel Haß leben mußten. Vielleicht dann sogar besonders – bei all dem Haß – mehr als jemals sonst. Wenn sie an Haß dachte, fiel ihr Grauerholz ein, und sie erkannte, daß sogar er – sogar Grauerholz – sie in seinem dunklen Spiegel, dem fotografischen Negativ seiner Bosheit, auf genau die gleiche Weise brauchte. In diesem Moment haßte sie Grauerholz nicht mehr dafür, daß er die Männer töten wollte – denn das ging nur ihn und diese Männer etwas an –, und sie hatte auch keine Angst mehr davor, was er mit ihr tun wollte, denn in ihr selbst lag, was er mit ihr tun wollte, und sie akzeptierte diese furchtbare Seite ihres Wesens genauso, wie sie die gute akzeptierte. Wenn sie konnte, würde sie ihn töten, ihretwegen und der Männer wegen, aber nicht mehr fürchten oder hassen. In diesem Augenblick der Erkenntnis fühlte Devlin plötzlich, daß sie zum ersten Mal etwas von Männern begriff, etwas, das nicht wissenschaftlich bewertet werden konnte, wie sie es bisher versucht hatte, das nicht einmal in Worte gefaßt oder niedergeschrieben werden konnte. Das hatte etwas damit zu tun, daß diese Männer eben so und nicht anders waren, und auch Devlin so und nicht anders war, und daß sie sie in diesem Augenblick nur so sah, wie sie waren, und das war genug. Genug, um den Abgrund zwischen ihnen zu überbrücken, und sei es nur für eine Weile. Endlich kannte sie jetzt auch die Antwort auf Galindez' Frage, auf die endlosen Überlegungen, ihre eigenen und die vieler anderer, warum sie sich gerade diese Arbeit in der staatlichen Strafanstalt Green River ausgesucht hatte. Jetzt hatte sie gefunden, was sie suchte; diesen Augenblick, den sie keinem anderen Menschen je erklären könnte.

»Geht's dir gut?« fragte Wilson.

»Ja«, erwiderte sie, »mir geht's gut.«

»Wir gehen jetzt wohl am besten runter.«

Ohne einander anzusehen, kleideten sie sich hastig an. Devlin fiel ein, daß sie Wilson kein einziges Mal geküßt hatte, beschloß aber, daß es sie nicht stören sollte. Als sie über die Querbalken zu dem Loch in der Wand stiegen, sah Devlin Wilson an und grinste. Wilson schüttelte den Kopf, dann grinste er zurück.

»Coley hat gesagt, daß du ein ziemliches Aas bist. Ich hab' ihm nicht geglaubt.«

»Er hat auch gesagt, daß du ein Arsch bist«, sagte Devlin.

»Auf den alten Coley ist offenbar Verlaß. Danke, Devlin.«

»Dank' dir auch.«

Wilson sah sie an, bis er begriff, daß sie es ernst meinte. Dann nickte er, drehte sich um und kletterte durch das Loch. »Was zum Teufel hatte Coley mit dieser Höhle hier vor?«

Auf dem Weg hinunter erklärte Devlin ihm den Fluchtplan, den Coley nie hatte testen können, und Wilson fand, daß er doch hätte funktionieren können. Grade waren sie unten im Erdgeschoß angekommen, da humpelte ihnen vom Eingang zur Station Crockett Deano Baines entgegen, einer der Aids-Patienten.

»Vinnie Lopez sagt, sie schleppen Schneidegeräte den Aufgang rauf.«

Devlin öffnete die Tür zum Krankenrevier. Coley saß noch immer am Schreibtisch, mit der Brille auf der Nase, und war in die Zeitschrift vertieft, die vor ihm lag. Er blickte nicht auf.

»Coley«, sagte sie.

Coley legte die Spitze seines rechten Zeigefingers auf den Satz, bei dem er gerade war, und hob den Kopf.

»Auf der dritten Seite sind zwei Rechtschreibfehler – zwei! Was ist denn das für ein Standard, verdammt noch mal?

Begreifen diese obergescheiten Schwanzlutscher denn nicht, was sie da vor sich haben?«

»Grauerholz ist wieder da«, erklärte Devlin. »Lopez sagt, sie haben Schneidegeräte dabei.«

Coley schloß ehrfürchtig die Zeitschrift und verstaute sie in der Schreibtischschublade. Dann stand er auf.

»Das werden wir noch sehen«, erklärte er. »Hier kommt mir keiner von den Krüppeln rein, bis ich mit der Lektüre fertig bin.«

Sein Blick fiel auf Devlins Schritt und schoß dann hinauf zu ihren Augen. Sie wurde rot bis über beide Ohren. Coley warf Wilson einen finsteren Blick zu, nahm die Brille ab und stand auf. Devlin griff hinunter und entdeckte, daß drei Knöpfe ihres Hosenschlitzes offenstanden. Während sie sie zuknöpfte, schlurfte Coley an ihr vorbei, ohne sie noch einmal anzusehen, und ging den Gang hinunter. Sie fühlte sich wie taub. Nach einem Blickwechsel mit Wilson gingen sie beide ihm nach, durch die innere Holztür, stiegen über den eingerollten Feuerwehrschlauch und blieben vor der schweren Stahltür stehen. Coley schob das Gucklock auf und beugte sich vor, um durchzuschauen.

»Scheiße«, sagte er und richtete sich auf.

Devlin bückte sich ebenfalls. Hinter der Stahltür am anderen Ende des Korridors stand Grauerholz und sah zu, wie zwei von seinen Männern einen Rollwagen mit Gaszylindern an die Gitterstangen schoben. Ein dritter trug einen Schneidbrenner, der an zwei Schläuchen hing, die mit den Gasflaschen verbunden waren. Grauerholz äugte den Korridor entlang auf Devlin. Das linke Auge war noch immer zugeklebt.

»Bist du das, Coley?« rief Grauerholz grinsend. »Jetzt schneiden wir das Gitter durch, und dann sind deine fetten schwarzen Eier dran.«

Devlin schloß das Guckloch. Coley sperrte die Stahltür auf. Wilson stand schon neben dem Hahn, der den Feuerwehrschlauch speiste.

»Die Krüppel brauchen dringend wieder eine Dusche«, sagte Coley. »Alles fertig?«

Devlin nahm den Schlauch auf und mied dabei seinen Blick. Die Düse hatte einen Metallgriff, mit dem man den Strahl regulieren konnte. Sie zog den Schlauch fest gegen ihre Hüften. Im Augenblick regte Grauerholz sie viel weniger auf als die Frage, was Coley wohl von ihr dachte.

»He«, rief Coley.

Sie sah ihm, so gut es ging, in die Augen.

»Scher dich nicht um mich«, sagte er. »Ich bin nur ein altmodischer Trottel.«

»Okay«, sagte sie.

»Okay.«

Coley schwang die Tür auf und trat hinaus. Am anderen Ende hielt einer von Grauerholz' Jungs ein brennendes Feuerzeug in der ausgestreckten Hand, während ihm ein zweiter die Mündung des Schneidbrenners entgegenstreckte. Sofort zischte eine gelbe Flamme heraus, die im Nu zu einer langen blauen Stichflamme wurde. Der Mann setzte eine Schutzbrille auf und hockte sich ans Schloß. Grauerholz glotzte auf den Feuerwehrschlauch in Devlins Hand, steckte das Gesicht zwischen die Stäbe und grinste sie an. Devlin lief es kalt über den Rücken.

»Mach schon«, rief sie Wilson zu.

Wilson drehte den Hahn auf. Zuerst geschah gar nichts. Dann lief eine kleine Ausbuchtung die Länge des Schlauchs entlang – aber keine Spur von der peitschenden Schlange von vor mehreren Stunden. Als die laufende Beule Devlin erreicht hatte, öffnete sie die Düse. Ein schwacher Strahl fuhr in einem etwa zwei Meter hohen Bogen heraus und platschte einen Meter vor dem Gittertor auf die Steinfliesen.

»Da schaut ihr aber, ihr Arschficker!« Grauerholz stieß vor Aufregung ein paarmal gegen die Stäbe.

»Verdammt«, knirschte Coley.

»Ich hab' ganz aufgedreht«, rief Wilson. »Mehr kommt nicht.«

Der Strahl aus dem Schlauch erstarb zu einem kleinen Rinnsal, das vor ihren Füßen eine kleine Pfütze bildete. Sie starrte Coley an.

»Die müssen draußen die Hauptleitung durchtrennt haben.«

Der Gang füllte sich mit dem Gestank von verbranntem Stahl.

»Zurück«, sagte Coley.

Devlin zog den Schlauch durch die Stahltür zurück. Coley folgte ihr, schlug die Tür zu und schloß ab.

»Wir sitzen in der Scheiße«, erklärte er. »Mit dem Gittertor sind sie in zehn Minuten fertig, mit diesem hier in fünfundzwanzig.«

»Wir müssen uns verbarrikadieren«, sagte Wilson. »Da, an der anderen Seite.« Er deutete mit dem Daumen auf die Holztür hinter ihnen.

»Nein«, sagte Devlin. »Ich hab' eine bessere Idee.«

Coley sah Wilson an.

»Wenn die Lady sagt, sie hat eine Idee«, sagte Coley, »dann hörst du besser zu, das rate ich dir.«

»Frog«, sagte Wilson, »du sagst mir nichts, was ich nicht schon weiß.«

Beide Männer sahen Devlin an.

»Wie viele Sauerstoffflaschen haben wir?« fragte sie.

Frogman Coley hob eine Augenbraue und nickte nachdenklich. »Verdammt und zugenäht«, sagte er dann. »Wir haben so viele, wie du brauchst.«

Siebenundzwanzig

Die Blutsaugerbande schwärmte hinter der Holzhütte hervor und über den unterirdischen Werkplatz. Ein Hinterhalt, lautlos wie eine Seuche. Sie kamen in zwei Gruppen von je fünf oder sechs Kerlen, ein düsterer Haufen, Schatten unter Schatten, beweglich und undurchdringlich vor der ungleichmäßigen Dunkelheit. Galindez riß einen Ziegel von einer Palette und schleuderte ihn gegen die Köpfe der Gruppe, die ihnen am nächsten war. Es gab einen dumpfen Aufprall, ein Ächzen, dann torkelte einer der Schatten von der Gruppe weg und sackte in die Knie. Klein fuhr mit dem Lichtstrahl von einer Gruppe zur anderen und fing wütende schwarze Gesichter ein, Männer, die gnadenlos niedergetreten und niedergebrannt worden waren, die jetzt nach Rache dürsteten an allem, was weiße Haut und einen Pulsschlag hatte. Klein fühlte sich plötzlich orientierungslos, von Panik bedroht. Er zog den Revolver aus der Tasche und hielt ihn ins Licht.

»*Niemand braucht zu sterben!*« brüllte er. Der Hall machte seine Stimme lauter und bedrohlicher, als sie wirklich war.

»Der hat eine Knarre!«

Die Gruppen verlangsamten ihre Bewegung und teilten sich, kamen aber trotzdem näher. Klein mußte schießen oder aufgeben, und schießen wollte er nicht. Fünf kleine Kugeln und zehn große Männer. Dann gab es keine Gnade mehr, keine Aussicht auf kampflosen Rückzug. Dann waren die Würfel gefallen, und nur die Sieger würden die Mole lebend verlassen. Als sein Finger sich um den Hahn spannte, schloß sich eine Hand um seine Schulter.

»Nimm den Fluß«, sagte Abbott.

Die Hand zog Klein zurück, drehte ihn um und gab ihm einen leichten Stoß, so daß er gegen den Rand der Mole zurückwich. Klein ging seitwärts und schaute zurück. Abbott schob Galindez hinter ihm her. Wo Abbott zuerst hinter dem grellen Licht der Stablampe verborgen gewesen war, erschien er jetzt in seiner ganzen hochaufragenden Pracht. Mit der Mütze, die ihm schief auf dem massiven Schädel saß, sah er aus wie ein Bettlerkönig bei einer mittelalterlichen Prasserei. Die Blutsauger sahen ihn jetzt zum ersten Mal und blieben zögernd in einem Halbkreis stehen.

»Mein Gott.«

»Scheiße.«

Abbott bückte sich und hob von einer Palette einen Ziegelhammer auf. Dann hielt er beide Arme hoch, in jeder Hand einen Hammer.

»*Ich warne euch. Der Fluß gehört mir.*«

Seine Stimme wurde von den schlammig glitzernden Tunnelwänden zurückgeworfen wie der Zornesausbruch einer heidnischen Gottheit.

Die Blutsauger waren unschlüssig, ob sie vorgehen oder zurückweichen sollten. Klein stieg die Stufen hinunter und hielt dabei den Lichtstrahl auf ihre Gesichter gerichtet. Lauwarmes Wasser klatschte ihm gegen die Knöchel. Vorsichtig tastete er nach einer Stufe, dann nach der nächsten, dann war er am Boden des Kanals angelangt. Er watete in die Mitte, das stinkende Wasser ging ihm bis zu den Knien. Galindez war noch auf den Stufen. Klein hörte, wie sich die Blutsauger murmelnd berieten. Dann schoß einer von ihnen vor, in gebückter Haltung. Eine Klinge blitzte. Abbotts Arm beschrieb einen Bogen, schnell wie ein Peitschenhieb, und ein splitterndes Krachen hallte durch die Finsternis. Der Mann sackte lautlos auf dem Stein zusammen.

»*Der Fluß gehört mir.*«

Bei dem hallenden Donner aus Abbotts Lungen stellten sich in Kleins Nacken die Haare auf. Der Halbkreis der Angreifer wich einen Schritt zurück, lauernd, murmelnd. Galindez watete an Klein vorbei in die Mündung des Tunnels. Klein folgte ihm rückwärts gehend, hielt dabei die Pistole hoch und hoffte, daß die Blutsauger sie sehen konnten.

»Henry!«

Abbott ließ langsam die Arme sinken. Er schien seine Gegner einen langen Moment anzustarren. Plötzlich – oder vielleicht schien es nur so, weil der Halbkreis wie ein Mann einen Sprung rückwärts tat – ging Abbott auf das Durcheinander von Baumaterialien zu, blieb stehen und schob sich die Stiele seiner Hämmer in den Gürtel. Keiner der Schwarzen rührte sich. Die schienen ebenso verblüfft wie Klein.

»Henry!«

Abbott bückte sich, packte einen Sack Zement und schwang ihn sich über die linke Schulter, so leicht, als setzte er seine Mütze auf. Klein war überzeugt, daß Abbott endgültig den Verstand verloren hatte.

»Henry, beweg deinen Arsch!«

Ohne Hast wandte Abbott der Bande den Rücken zu und stapfte auf die Mole zu, wobei er den Sack mühelos auf der Schulter balancierte. Sein Gesicht verriet keine Spur von Angst, und in seinen Augen, so schien es Klein, leuchtete ein übernatürliches Licht.

»Mir nach«, sagte Abbott.

Abbott ging in den Tunnel hinein, das Wasser schien seinen Schienbeinen kaum Widerstand zu bieten. Klein schaute zum Werkplatz zurück. Die Blutsauger drängten sich an den Rand der Mole.

»Wir ficken dir deinen weißen Arsch ab, du Hurenbock!«

Die grelle Scheibe einer Stablampe, unerträglich hell nach der minutenlangen Finsternis, blitzte in Kleins Augen auf und blendete ihn. Ein Ziegelstein traf ihn mitten auf die Brust, er ächzte auf, stolperte und rutschte auf dem glitschigen Boden aus. Seine Beine schienen unter ihm wegzusacken, schwankten, verabschiedeten sich auf Nimmerwiedersehen. Er hatte gerade noch genug Zeit, um »Scheiße« zu sagen, dann umspülte ihn stinkendes Wasser und schwappte über sein Gesicht. Panische Gedanken durchzuckten ihn. Halt dein Maul fest zu. Nicht atmen. Nicht schlucken. Er rollte herum und suchte mit Füßen und Knien in dem glitschigen Kanalboden nach Halt. Nur nicht den Mund aufma-

344

chen. Nicht atmen. Hände packten ihn an den Armen und rissen ihn hoch, schleppten ihn durchs Wasser. Als er wieder Luft an seinem Gesicht spürte, kam es ihm hoch, Schleim und ätzende Galle, trockenes Würgen. Licht glitzerte auf dem wirbelnden Wasser unter ihm, bewegte sich, er wurde vorwärtsgetragen. Er sammelte seine Beine unter sich, fing an zu gehen, stützte sich aber noch auf die Arme links und rechts, schüttelte sich Wasser aus den Augen. Er stellte sich vor, wie sich ein Heer von bösartigen Mikro-Organismen auf seine Bindehaut stürzte. Sein Haar war von Unrat verkrustet und klebte ihm in ekelhaften Strähnen im Gesicht. Er rang nach Atem.

»Bin okay«, stieß er hervor.

Er schüttelte die stützenden Hände ab und stolperte mit eigener Kraft voran. Die Stablampe war noch immer in seiner linken Hand, die Pistole in der rechten. Er hatte das Kloakenwasser nicht eingeatmet oder getrunken, wovor er sehr viel mehr Angst hatte als vor dem Sterben. Er blieb stehen und drehte sich um. Sie waren etwa sieben Meter tief im Tunnel. Abbott und Galindez beobachteten ihn, Galindez besorgt, Abbott mit etwas, das wie Heiterkeit wirkte. Was zum Teufel war nur los mit dem Kerl? Klein kam sich plötzlich wie ein Arschloch vor, was immerhin fast eine Rückkehr zur Normalität bedeutete. Er schob die Waffe wieder in die Tasche und wischte sich das Haar aus dem Gesicht. Sein Atem beruhigte sich. Er richtete sich zu voller Höhe auf und hoffte, daß damit seine Würde wieder einigermaßen hergestellt wäre.

»Mir nach«, sagte Klein.

Sie kämpften sich durch den Kanal vorwärts. Ab und zu kamen sie an blinden Nischen vorbei, in denen hinter Drahtglas tote Glühbirnen hingen. Die Birnen erinnerten Klein an Dennis Terry, und er hoffte, der Alte werde bei seiner Mission auf Block C besser vorankommen als sie bei ihrer. Hinter ihm begann jetzt Abbott, den Zementsack noch immer auf den Schultern, eine düstere Melodie zu summen. Ein Kirchenlied. Klein kannte die Melodie, wußte aber im Moment nicht, was es war. Eine Zeile ging ihm durch den Kopf: »Und wenn dein Fuß in alter Zeit …« Das paßte zur Melodie, aber mehr fiel ihm nicht ein. Er fragte sich, wie weit das Summen wohl durch diese Tunnels schallte, forderte Abbott aber nicht auf, mit dem Geräusch aufzuhören. Im Weiterplatschen dachte Klein über die Veränderungen nach, die in den letzten Stunden mit Abbott vorgegangen waren. Menschen mit Schizophrenie fielen unter starkem Streß oft in eine schwere Psychose zurück. Abbotts Sprechweise hatte sich verändert, er redete viel flüssiger, auf seine Art vielleicht sogar logischer. Er konnte nicht beurteilen, was in Abbotts alternativem Universum als Logik galt. Dort, wo Das Wort herrschte. Vielleicht hatte Das Wort schon die Führung übernommen, dachte Klein, und es lief ihm kalt über den Rücken. Er spähte über die Schulter. Abbott summte weiter, links und rechts von ihm schwangen seine Hämmer. Mit Unbehagen dachte Klein daran, daß Abbott, als man ihn vor den brennenden Leichen seiner Familie gefunden hatte, ein Kirchenlied gesungen hatte. Klein zweifelte nicht daran, daß Abbott ihn gern hatte und schätzte, und daran lag ihm auch sehr viel. Aber auch seine Familie hatte er wahrscheinlich gern gehabt. Als sie zu einer Tunnelkreuzung kamen, nutzte Klein erleichtert die Gelegenheit, Abbott vorgehen zu lassen.

Über ihren Köpfen sahen sie zwei zylindrische, sich kreuzende Gewölbe. Der Kanal, in dem sie jetzt standen, mündete in eine neue Leitung im rechten Winkel zu ihnen. Dieser neue Abfluß hatte einen etwas größeren Durchmesser, vielleicht um einen halben Meter, und floß etwas schneller. Auf der anderen Seite der Kreuzung mündete auch die Fortsetzung ihres Tunnels in den größeren Kanal, der von links nach rechts floß. Klein hoffte, sie würden nicht gegen die Strömung waten müssen.

»Welche Seite?« fragte er.

»Westen«, erwiderte Abbott.

»Hab meinen Kompaß nicht dabei«, sagte Klein. »Ich verstehe hier nur rauf und runter.«

»Runter«, sagte Abbott.

»Horcht!« sagte Galindez.

Klein lauschte. Aus dem Tunnel hinter ihnen drang gedämpftes Geräusch von Stimmen und platschenden Füßen. Klein war nicht überrascht. Die Kerle, die sie angerempelt hatten, waren junge Bluthunde, Veteranen der Straßenbandenkämpfe in Deep Elem und San Antonio, wo der gewalttätige Grundsatz »Leben für Leben« mit der Unnachgiebigkeit eines mathematischen Gesetzes befolgt wurde. Die dachten nicht daran, drei weiße Schlappschwänze, die sie gedemütigt hatten, laufen zu lassen.

»Nach euch«, sagte Klein.

Abbott stieg in den neuen Kanal hinunter. Das Wasser reichte ihm bis zur halben Höhe des Oberschenkels, und Klein verzog das Gesicht, weil es so tief war. Er stützte sich an der Wand ab, um nicht das Gleichgewicht zu verlieren, und sprang. Er landete bis zur Taille im Wasser, rutschte aber nicht. Galindez folgte ihm. Ein dunkler Gegenstand trieb ihm entgegen, Klein zog den Bauch ein, um ihn vorbeizulassen. Dann beschimpfte er sich selbst wegen seiner Zimperlichkeit. Er war, verdammt noch mal, Arzt, das durfte ihm doch nichts ausmachen. Mit Gewalt verdrängte er den Gedanken an die Mikroben, in denen seine Genitalien badeten.

»Die Chance, daß sie uns nicht folgen, steht drei zu eins«, sagte Galindez.

»Nein«, sagte Abbott. »Sie werden dem Fluß folgen, denn das müssen sie.«

Klein wußte, daß er recht hatte. Mit dem Fluß zu gehen, war die einzig richtige Möglichkeit. Abbott watete voran.

An einer Seite des Tunnels lief parallel zum Wasserspiegel eine etwa zwanzig Zentimeter breite Plattform. Darauf rannten Ratten hin und her. Im Unterschied zu den Mikroben, die er nicht sehen, sich aber vorstellen konnte, störten die Ratten Klein gar nicht, und das freute ihn. Er war letztlich doch ein harter Knochen. Dieser Kanal war länger als der erste, und Klein verlor jedes Gefühl für Zeit und Entfernung. Sie kamen immer wieder an Abzweigungen vorbei, drei, vier, fünf, alle mündeten in ihren Kanal, machten das Wasser tiefer und steigerten den Druck in ihrem Rücken. Vielleicht hatte Abbott die richtige Abzweigung verpaßt und der Tunnel mündete plötzlich in den Golf von Mexiko. Viel weiter konnte es dorthin nicht sein. Die Vorstellung erheiterte ihn. Tut mir leid, Devlin, tut mir leid, Freunde, schwimme leider nach New Orleans. Vera Cruz. Rio. Sie kamen immer schwerer vorwärts, Klein keuchte, schwitzte in Strömen, blinzelte den Dreck weg, der ihm vom Schädel heruntertropfte und in den Augen brannte. Abbott vor ihnen reichte das Wasser erst bis zur Mitte, und mit jedem Schritt wurde die Entfernung zwischen ihnen größer. Manchmal konnte Klein ihn im schwankend über das Wasser huschenden Schein der Stablampe nicht mehr sehen, dann packte ihn panische Angst, Das Wort könne Abbott befehlen, sie hier zurückzulassen oder einfach zu vergessen, Gott weiß wie viele Meter unter der Erde, bis zum Hals in der Kloake und mit einem Rudel Blutsauger auf den Fersen. Und er ginge nach Westen, Himmel Herrgott. Heftige Platzangst schüttelte ihn. Er schaute zurück. Galindez mit seinem schwitzenden, pockennarbigen Gesicht mühte sich einen Meter hinter ihm ab. Die Platzangst legte sich. Er würde wenigstens nicht allein sterben. Das Wasser reichte ihm bis zur Brust, jeder Schritt kostete ihn noch mehr Kraft und machte es wahrscheinlicher, daß er stolperte und noch einmal unterging. Aber diesmal, das wußte er, würde er auf jeden Fall einatmen und das giftige Abwasser schlucken. Er hatte nicht mehr genug Atem, um die Luft anhalten zu können. Hinter sich hörte er einen Schrei und ein Platschen, dann noch mehr Platschen, Stimmen und Flüche, dann wieder Stille. Die Bluthunde waren ihnen auf den Fersen. Er suchte den Tunnel vor sich mit der Lampe ab.

Abbott war verschwunden.

Nur die Ruhe, sagte sich Klein. Nur schön weitergehen. Du bist stark. Du hast deinen Stolz. Das hier ist doch ein Klacks. Dein Vater feierte seinen zwanzigsten Geburtstag mit der Ersten Marine-Division am Guadalcanal und wartete mit sechs Zoll Jap-Stahl im Bauch darauf, unter Feuer eingeschifft zu werden. Das ist ein Klacks. Sein Vater war an zwei Schachteln Zigaretten pro Tag gestorben, lange bevor Klein in den Knast wanderte. Vielleicht hatte Klein das Gefühl, daß er dadurch, daß er hier war, das Andenken seines Vaters entehrte. Sein Dad hatte drei Monate lang im Dschungel gekämpft, er selbst wanderte drei Stunden im Finstern im Knast herum. Es ist ein Klacks, Klein. Aber auch wenn es ein Klacks war, hoffte er doch, daß es für irgend jemand irgendwo einen Unterschied machte. Vielleicht für seinen Vater, wo immer er jetzt war. Klein konnte Abbott noch immer nicht wiedersehen, aber er regte sich nicht mehr so darüber auf.

Rechts vor ihnen öffnete sich ein neuer Tunnel. Als Klein sich platschend darauf zubewegte, hörte er Abbotts Summen. Dieser Tunnel war so groß wie der erste, der Boden etwas über einen Meter höher als der, auf dem Klein jetzt ging. Abbott erschien im Tunnelmund. Hinter ihm bog der Tunnel in einem scharfen Winkel von der Hauptstrecke ab. Klein reichte Abbott die Stablampe und fand den Rand des Tunnels, hielt sich mit den Händen fest, zog sich hoch und kroch hinein. Seine Finger versanken in einem unsäglichen Schleim am Boden, er richtete sich auf den Knien auf und spülte die Hände im Wasser ab. Galindez kletterte hinter ihm hinauf.

Klein nahm die Lampe wieder an sich, und sie kämpften sich weiter voran, diesmal gegen die Strömung, hinter Abbott her. Aber das Wasser ging ihnen nur bis an die Knöchel, sie kamen jetzt dreimal so schnell vorwärts. Die schlechte Nachricht war, daß sie dabei viel mehr Lärm machten und im leeren Tunnel alles viel stärker hallte.

Nach ein paar Augenblicken sagte Galindez: »Sie sind noch hinter uns.«

Abbott blieb stehen. Der Schein aus Kleins Lampe fiel auf ein Loch in der Wand, etwas über einen Meter im Durchmesser. Abbott wuchtete den Zementsack von der Schulter und legte ihn in die Mündung der Röhre. »Das ist es«, sagte Abbott. »Wir sind am Ende des Flusses angelangt.«

Klein richtete die Lampe auf diesen, den letzten Tunnel. Er führte in einem Winkel von etwa fünfundvierzig Grad nach oben. Seine Wände waren glatt, am tiefsten Punkt der Wölbung überall mit braunem Schlamm bedeckt. Auch mit seiner Stablampe konnte Klein das Ende des Tunnels nicht erkennen.

»Das soll wohl ein Witz sein«, sagte Klein.

»Das bringt euch zu einem Einsteigeschacht im Keller des Krankenreviers. Der Tunnel ist zwanzig Meter lang.«

Wenn Klein zuerst Platzangst gespürt hatte, dann gab es für das, was er jetzt empfand, kein Wort mehr. »Das ist so verdammt steil und glitschig vom Schlamm. Das schaffen wir nie.«

»Ihr müßt. Dieser Tunnel endet an der Hauptwand.«

Abbott deutete in die Finsternis vor ihnen. Klein richtete die Stablampe darauf. In der Ferne konnte er gerade noch ein Gitter aus dicken Eisenstäben erkennen, das in eine Granitmauer eingelassen war. Das Wasser strömte durch das Gitter. Es gab nur noch den Weg zurück zu den Bluthunden oder die schiefe Röhre hinauf.

Die Platschlaute kamen immer näher. Abbott zog den Ziegelhammer aus dem Gürtel und zerteilte mit einem halben Dutzend Schlägen mit der spitzen Seite den Zementsack in der Mitte. Dann nahm er in jede Hand ein Sackende und riß ihn mitten durch. Die Hälften schleuderte er mit dem offenen Ende nach oben einen Meter in den schrägen Tunnel hinein. Dann nahm er Klein bei der Schulter und beugte sein Gesicht nahe zu ihm hinunter.

Abgesehen von denen seiner Geliebten, kannte Klein Abbotts Augen besser und aus größerer Nähe als die aller anderen Menschen. Ihre immer gleiche Undurchsichtigkeit hatte ihn zu Spekulationen kreuz und quer durch seine Phantasie geführt, aber diese Augen waren immer trüb und leer gewesen. Jetzt aber glänzten Abbotts Augen im Strahl der Lampe von einer außerordentlichen, scharfen Intelligenz, einer unergründlichen inneren Kraft ohne Furcht noch Zögern, jenseits von Gut und Böse. Ein Zittern durchlief Klein von Kopf bis Fuß. Sein Mund war so trocken, daß er nicht schlucken konnte.

Abbott war Das Wort geworden.

Und Klein blickte in die Augen Gottes.

Die vorreligiöse Gottheit, der Herrscher des gewaltigen Universums, das alles umfaßte, alle Zellen und Moleküle, alle Instinkte und Impulse dieses menschlichen Gehirns und Körpers, der hoch über ihm aufragte, hatte die Spaltung zwischen Mensch und Gott überwunden. Und Abbott war Das Wort geworden.

»Höre«, sprach das Wort. »Ihr kriecht diesen Tunnel hinauf. Der Zementstaub wird euch Halt geben. Ihr kriecht diesen Tunnel hinauf. Und du wirst tun, was dir auferlegt ist. So wie ich vollende, was mir auferlegt ist. Hast du mich verstanden?«

Klein konnte nicht sprechen, er nickte nur. Abbott ließ ihn los und wandte sich an Galindez. Der schaute auf das Loch.

»Ich bin der kleinere«, sagte er. »Ich gehe zuerst.«

Die Geräusche der Bande weiter unten im Tunnel wurden lauter. Der erste Schimmer ihrer Taschenlampe blitzte durch die Finsternis. Galindez zog sich in den Tunnel hinein, schob einen der halbierten Zementsäcke vor sich und kroch ihm nach. Klein wandte sich Abbott zu und spürte plötzlich, wie ihm ein Schraubstock des Gefühls die Brust zusammenpreßte.

»Du kommst also nicht«, sagte er.

»Sie sind viele, ich bin einer. Aber der Fluß gehört mir.«

»Verdammt, du wirst mir fehlen«, sagte Klein.

»Klein«, sagte Abbott.

Es war das erste Mal, daß er ihn nicht ›Doktor‹ genannt hatte.

»Kein Mensch auf Erden hat mich mehr geliebt als du«, sagte Abbott.

Klein wollte wegschauen, aber die flammenden Augen hielten seinen Blick fest.

»Kein Mensch hatte je einen größeren Freund. Du kamst zu mir, als ich ganz unten war, und bliebst. Du hast mich geheilt.«

Klein spürte, wie Abbotts Finger seine Hand umfaßten und sie drückten. Sprechen konnte er noch immer nicht, aber er drückte Abbotts Hand so fest, als werde er sie nie mehr loslassen.

»Vergiß das nie. Nie«, sagte Abbott.

Klein schnürte es den Hals zusammen.

»Nie«, antwortete er.

Abbott lächelte, und Klein erkannte, daß es das erste Mal war. Nie zuvor hatte er auf diesem flachen Gesicht ein Lächeln gesehen. Er hatte das Gefühl, sein Herz werde ihm in Stücke springen. Abbott nickte, als wisse er, was in Kleins Brust vorging.

»Nun geh«, sagte er.

Aus dem Kanal ertönte jetzt Triumphgeheul, und ein Lichtstrahl tanzte schwankend über Abbotts Gesicht. Es folgten ein dumpf pfeifendes Geräusch und ein Schlag, und Abbott zuckte zusammen. Klein senkte die Augen und sah, wie aus Abbotts linker Brust der noch zitternde Griff eines Messers ragte. Abbott blickte an sich hinab, zog die Klinge heraus und ließ sie ins Wasser fallen. Dann riß er den Vorschlaghammer aus dem Gürtel und trat in die Mitte des Tunnels. Dort wandte er sich noch einmal um, und Klein blickte zum letzten Mal in die Augen Gottes. Abbott nickte, einmal, und Klein nickte zurück. Dann steckte er die Lampe in die Hosentasche und machte sich auf den Weg durch den Tunnel.

Als Klein sich den ersten Meter hinaufzog, fragte er sich: Welcher Ton würde wohl wie der Donner des Jüngsten Gerichts aus Abbotts Brust erschallen, wenn er je der Gott wurde, der er war? Ein Getrommel von Schreien und Hohnrufen, ununterscheidbar, stieg aus dem Kanalrohr zu ihm herauf. Die Blutsauger waren hier, um Schulden einzutreiben. Klein kämpfte gegen den Impuls, durch den Tunnel hinunterzurutschen. Er mußte weiter, sagte er sich, zum Revier, zu Devlin und zum Frogman.

Dann erschütterte ein weiteres Gräusch, gewaltig, weithin hallend, die Granitsteine in Kleins Rücken.

»*Eins.*«

Dem Wort folgte ein schweres Plumpsen, dann ein gellender Schmerzensschrei. Klein überlief es, er stieß den Sack ein

Stück vor und kroch weiter. Galindez hatte den Zement über die schlammbedeckten Ziegel gestäubt und eine sandige Matschspur hinter sich gelassen. Klein mühte sich, die beste Art des Fortkriechens herauszubekommen. Die Neigung war zu steil, er war zu schwer für die Reibung an Händen und an Knien. Er hatte achtzehn Kilo mehr als Galindez, und Galindez war schon über zehn Meter vor ihm. Die Stablampe im Gürtel grub sich in Leisten und Rippen. Klein drehte sich herum, jetzt lag er flach auf dem Rücken. Er beugte die Knie und schob sich auf dem Hintern weiter. Seine Fersen rutschten unter ihm ab. Ein Blick an seinen Zehen vorbei zeigte ihm, daß er noch keine zwei Meter weit gekommen war. Er verfluchte die Maurer, die diese Wände in so glatter Vollkommenheit erbaut hatten.

»*Zwei!*« dröhnte Abbott.

Wieder fuhr ein Schrei durch Kleins Kopf. Dieser Scheißzement funktionierte nicht. Er preßte die Sohlen seiner Trainingsschuhe und die Handflächen gegen die Seiten des Tunnels, wo die Ziegel trocken waren, und schob sich voran. Sein Arsch glitt eine Handbreit durch den Schlamm. Noch einmal. Eine Handbreit. Er schob und rutschte, schob und rutschte.

»*Drei!*«

Der verdammte Zementsack drückte gegen Kleins Kreuz. Er riß den Hintern hoch, schob, setzte sich auf den Sack. Er schob wieder. Der Sack war unter seinen Beinen. Da fiel ihm ein, daß Bergsteiger Talkum benutzten, und er griff hinunter, bestäubte sich die Handflächen mit Zement und rieb sie gegeneinander, damit die Mischung aus Schweiß und Schlamm trocknete. Eine weitere Handvoll Zementstaub verrieb er sich auf dem Bauch. Unter sich hörte er ein Geprassel von Schreien und Hieben, dann ein mächtiges Plumpsen und einen lauten Triumphschrei.

Klein wußte, daß Abbott am Boden war.

Vor seinem inneren Auge sah er die Blutsaugerbande, zehn gegen einen, wie sie über Abbott schwirrte und ihm Schraubenzieher und Bolzen in den Körper rammten. Unter sich hörte er Scharren und Keuchen, und der Kampflärm wurde gedämpfter.

Es war jemand mit ihm im Tunnel.

Kleins erster Gedanke war: Ich scheiße ihm in die Fresse. Das wäre ganz leicht gewesen. Sein Gewicht stützte er an dem schmalen Wandstück zwischen Rücken und Armen ab, die Sohlen preßten weiter unten gegen die Ziegel. Er machte eine Hand frei und zog die Stablampe heraus – und schrie auf, als ein scharfer Schmerz ihn in den Knöchel traf. Ein zweiter, schier unerträglicher Stich direkt in den Knochen. Er knipste das Licht an. Unter seinen Füßen schraubte sich ein junges schwarzes Gesicht in dem blendenden Strahl empor. Der Kerl hatte einen Schraubenzieher und stach damit in Kleins linkes Bein. Klein dachte: die Kanone. Ich blas' ihm das beschissene Gesicht weg. Aber mit der Lampe in der einen Hand konnte er die andere Hand nicht lösen. Der Kerl hob den Schraubenzieher und wollte noch einmal zustechen. Klein zog den Fuß weg. Mit der Ferse trat er gegen den Zementsack. Ohne zu überlegen, drehte er den Sack mit der Stablampe so, daß die Öffnung nach unten zeigte. Der Kerl unten machte gerade die Augen auf und suchte nach einem Ziel. Klein brachte seinen Fuß auf den Sack und trat nach unten. Der Sack schoß die Röhre hinunter, und eine Wolke aus grauem Pulver explodierte dem Kerl in Augen, Mund und Nase. Die Visage verschwand. Eine Staubwand trieb zu Klein herauf, so daß er husten und niesen mußte. Der Kerl unter ihm wand sich in Panik. Plötzlich wurde er mit einem erstickten Schrei nach unten gerissen, vergeblich krallten sich seine Fingerspitzen in die Ziegel. Das Tunnelloch wurde wieder sichtbar. Der Kerl hing am Rand, das Gesicht gespenstisch weiß vom Staub, blind, angstverzerrt. Ein Vorschlaghammer in einer gewaltigen, blutverschmierten Faust stieg und fiel.

»*Vier!*«

Der·junge Kerl hing reglos über dem Rand der Tunnelröhre. Nach einem Moment rieselten aus dem zertrümmerten Schädeldach rote Fäden über die gepuderten Wangen.

Klein schob die Stablampe, die noch immer leuchtete, in

die Hose. Durch den billigen Drillich gab der Lichtstrahl einen schwachen, tröstlichen Schimmer. Klein machte sich wieder daran, sich die Röhre hochzurobben. Der Kampflärm wurde schwächer. Klein hatte jetzt eine bessere Technik und fand einen Rhythmus. Mit jedem Schub von Händen und Füßen kam er seiner Schätzung nach gut zwanzig Zentimeter voran. Dabei fiel ihm Robbie Burns' Gedicht »Gut zwanzig Zentimeter, das erfreut die Frau«, ein, und sogar in diesem stinkenden Tunnel mußte er darüber lächeln. Devlin würde mit ein bißchen weniger zufrieden sein müssen. Besonders, nachdem er all die Mühe auf sich genommen hatte, um dies zu schaffen. Er schlug die Zeit tot, indem er ausrechnete, wieviele Schübe er noch vor sich hatte. Ungefähr achtundzwanzig Meter lagen vor ihm, bei zwanzig Zentimeter Schublänge waren das hundertvierzig Schübe. Er konnte sich nicht helfen, er mußte das Ergebnis dieser Berechnung auf Robbie Burns' Frau umlegen. Einhundertundvierzig kräftige Stöße, sagen wir einhundertunddreißig, und die Dame käme in den Genuß von achtundzwanzig Meter Schwanz. Klein kicherte leicht hysterisch in sich hinein. Besser, als sich der panischen Platzangst hinzugeben, die er in seinem Bauch lauern spürte. Er schob und schob. So fühlte man sich also als Spermatozoon, dachte er, wenn man sich durch die Eileiter quälte. Und Galindez, dieser Scheißkerl, war vor ihm da. Und wenn das hier ein Eileiter war, dann war das Gefängnis Fotze und Gebärmutter. Jemand mußte gefickt worden sein, damit er jetzt hier war. Er dachte an seine Ex-Geliebte, die jetzt tot war, und der unterhaltsame Vergleich verging ihm. Jetzt erst bemerkte er, daß seine Handballen bluteten. Er hielt an und rieb sie mit Zementstaub von dem Vorrat auf seinem Bauch ein. Die Ballen taten nicht weh, auch nicht die Stiche in Knöchel und Wade. Dafür schoß zu viel Adrenalin durch seinen Blutkreislauf. Er schob weiter. Sein Hemd riß, die Haut über seinem Rückgrat schürfte sich in Fetzen ab. Sein Atem ging mühsam, stoßweise. Der Lärm des Kampfes, falls überhaupt noch gekämpft wurde, war jetzt tief unter ihm. Alles, was er hören konnte, war das Rasseln und Pfeifen seines eigenen keuchenden Atems, der von den Wänden zurückgeworfen wurde. Er erkannte, daß er rasenden Durst hatte, und mit der Erkenntnis wurde der Durst noch schlimmer. Seit er D verlassen hatte, hatte er keinen Schluck mehr getrunken, sich aber seither pausenlos die Eier abgeschwitzt. Krämpfe schüttelten seine Waden, Unterarme, Rippen. Trizeps und Brustmuskel brannten vor Erschöpfung. Er schaltete fünf Sekunden Pause zwischen jedem Schub ein. Das half. Wenn er jetzt den Tritt verlor und zu rutschen anfing, dann wußte er nicht, wie er sich wieder fangen sollte.

Klein spürte eine Brise im Nacken.

Brise war vielleicht ein zu starkes Wort. Er spürte einen leichten Luftzug, der um eine Spur weniger faul roch als das, was er bisher hatte atmen müssen. Er hielt inne, stützte sich ab und legte den Kopf zurück.

»Galindez!«

Ein paar Sekunden später drang eine hohle, verzerrte Stimme an sein Ohr, überraschend laut – vielleicht sogar ganz nah.

»Wo zum Teufel warst du, Klein? Hast du Abbott hinter meinem Rücken einen geblasen?«

»Du mexikanischer Schwanzlutscher«, polterte Klein zurück. Ihn überkam eine gewaltige Woge der Erleichterung. »Meinen Saft hab' ich für dich aufgespart!«

Er lachte irr, und dabei rutschte sein Fuß von der Wand ab. Sein Arsch kam ins Schlittern. Der zweite Fuß rasselte über die Ziegel. Seine Gedärme waren schon wieder unten am Fuß des Tunnels. Seine Fingernägel brachen ab, als er sich festzukrallen suchte. Plötzlich packte ihn rasende Wut.

»Verdammt«, röhrte er.

Mit seiner ganzen Kraft rammte er Schulter und Kreuz wieder gegen die Wand und schob sich mit einer zerschundenen Hand weiter. Dann wurde er langsamer und hielt inne. Er stützte seine Fußsohlen wieder an der Wand ab. Als er sich halbwegs sicher fühlte, holte er ein paarmal tief Luft.

»Alles okay, Klein?«

»Leck mich.«

Er bestäubte sich ein letztes Mal die Hände und zog sich mit wütenden Schüben hoch. Ein Dutzend Schübe später spürte er, daß Galindez ihn mit der Hand am schweißnassen Hemdkragen packte. Klein griff mit den Händen über den Rand des Einstiegsschacht, zog sich hinauf und heraus. Er blieb am Rand sitzen; Kopf auf der Brust, Augen geschlossen, keuchend. Ein Zittern äußerster Schwäche ging durch ihn hindurch, dann war es vorüber, aber er war völlig erschöpft. Er rappelte sich auf die Beine und zog die Stablampe heraus. Sie befanden sich in einem aus Ziegeln gemauerten Abzugskanal. Der Boden neigte sich von allen Seiten auf die Kanalröhre zu, aus der sie eben herausgekrochen waren. Aus der Wand ragten in unterschiedlicher Höhe zahllose Rohre, aus denen jeden Augenblick, wenn irgendwo jemand die Spülung betätigte, ein Schwall von verseuchtem Abwasser hervorschießen konnte. An einer Seite der Wand führte eine Reihe von Stahlsprossen zum Deckel eines Schachts.

Klein blickte in den Tunnel zurück und dann auf Galindez. »Bin ich froh, daß das vorbei ist«, sagte er.

»Ich auch, aber ich hab schon Schlimmeres erlebt.«

»Wirklich?« Klein knirschte mit den Zähnen und zog ein Für-wen-hältst-du-dich-eigentlich-Lächeln. »Wie kommt's, daß jeder hier in diesem Scheißloch immer so viel Schlimmeres erlebt hat als ich? Aber auch jeder. Heute war der schlimmste Tag meines gesamten Lebens. Ich kenne keinen auf der ganzen Welt, der solch einen Tag erlebt hat. Aber nein, ich lande mitten in einer Kloake mit einem Typen – dazu noch einem Wärter –, der Schlimmeres erlebt hat. Verdammt, wenn man sich da nicht wie ein Arschloch vorkommt.«

Nach dieser Ansprache fühlte Klein sich wie neu geboren. Er lächelte wieder.

»Tut mir leid, daß du so denkst«, sagte Galindez. »Was ist mit Crawford oder Bialmann? Denen geht es nicht so schlecht.«

»Bialmann ist tot, und falls Crawford überlebt, dann ohne sein rechtes Bein.«

»Hmm. Sonst fällt mir niemand ein. Dann sind Sie wirklich der Mann mit dem meisten Glück im ganzen Bau. Sie haben sogar Ihre Bewährung.«

»Sieh an«, sagte Klein. »Ich hab' sogar meine Bewährung.« Er leuchtete mit der Stablampe die Sprossen der Leiter an.

»Nach Ihnen«, sagte Klein.

Galindez kletterte hinauf zum Einstiegsschacht. Oben angekommen, hob er den Eisendeckel in die Höhe. Dahinter gähnte ein schwarzes Loch. Er kroch in die Schwärze und verschwand. Klein schaute zurück in die Röhre und schickte ein Gebet für Abbott hinunter. Dann stieg er die Stahlsprossen hinauf und steckte den Kopf durch das Schachtloch. Dabei wurde Klein zum ersten Mal klar, daß sie es geschafft hatten.

Sie standen im Krankenrevier.

Achtundzwanzig

Reuben Wilson wandte sich vom Sehschlitz in der Stahltür ab und rief Devlin über die Schulter zu: »Sie sind durch das Tor.«

Devlin rollte eine Sauerstoffflasche durch die Holztür. Während sie sie über den Korridor manövrierte, schaute sie auf und sah eine kichernde, einäugige Fratze im Sehschlitz aufblitzen.

»Vorsicht!« rief sie.

Ein Schauer einer ätzenden Flüssigkeit ergoß sich durch den Schlitz. Wilsons Reflexe waren schnell genug, um seine Augen zu schützen, aber die Flüssigkeit erwischte ihn an Wange und Hals. Er schlug den Sehschlitz zu und schnitt damit das Kichern auf der anderen Seite ab.

»So eine Scheiße«, sagte Wilson und sah sich nach etwas um, womit er sich das Gesicht abwischen konnte.

»Schnell, laß Wasser drüberlaufen, viel Wasser, sofort«, drängte sie. »In die Apotheke.«

Wilson sauste an ihr vorbei, da begann sich auch schon der brennende Schmerz in ihn hineinzufressen. Ein paar Schritte vom Stahltor entfernt ließ Devlin die Gasflasche langsam zu Boden gleiten. Als ihr Blick dabei auf das Stahltor fiel, sah sie ganz nahe am Schloß plötzlich einen grau-blauen Fleck. Grauerholz und seine Bande hatten das Eingangstor bereits bezwungen, jetzt gingen sie an diese letzte ernstzunehmende Barriere zwischen sich und den belagerten Insassen des Krankenreviers. Fiel auch die Stahltür, dann war die Holztür ihr einziger Schutz. Devlin schob den Gedanken weg. Der grau-blaue Fleck wurde erst größer und dann heller. In der Mitte fing er plötzlich rot zu glühen an. Es entstand ein schwarzes, gurgelndes Loch, aus dem blubbernd geschmolzenes Metall rann, das sich beim Abkühlen zu Klumpen verfestigte. Jetzt hörte sie das hohe Zischen der Oxyacetylen-Flamme. Hinter ihr erschien Coley mit einer zweiten Sauerstoffflasche, an deren Hals ein Manometer hing. »Die hier ist nur halbvoll«, sagte er und fing an, den Manometer abzuschrauben. Von der Station drang lautes Splittern von Glas, und dann erscholl entsetztes Aufschreien. Sie sah ihn an.

»Die benutzen diesen Träger jetzt zum Einschlagen der Fenster, damit wir an beiden Enden was zu tun haben.«

Von der Station tönte ein zweiter lauter Krach herüber. Coley warf den Manometer zu Boden und stellte die Gasflasche neben die andere. Dann nahm er einen Schraubenschlüssel aus der Tasche und befestigte ihn am Hals der Gasflasche.

»Und du bist sicher, daß das funktioniert?« sagte er.

»Ganz sicher«, antwortete Devlin. »Vielleicht gehen wir dabei mit drauf, aber es funktioniert. Ich brauch' den Schlüssel zu deinem Giftschrank.«

Coley nahm seinen Schlüsselbund heraus und löste einen Schlüssel ab. Einen Moment lang sah er ihn wehmütig an, dann reichte er ihn Devlin. Sie konnte jetzt verbrannten Stahl riechen. Das Loch in der Tür war schon ein paar Zentimeter lang.

»Warte, bis ich zurück bin«, sagte sie.

Auf dem Weg zur Stationsapotheke achtete sie darauf, daß alle Türen im Gang, zum Fernsehraum, den Waschräumen und den Lagerräumen ganz fest verschlossen waren. In der Apotheke stand Wilson über das Waschbecken gebeugt. Wasser tropfte von seinem Kopf herunter, aber aus dem Hahn kam nichts.

»Sehr viel Wasser, hab' ich gesagt«, schimpfte Devlin.

»Die haben uns die Leitung abgesperrt«, antwortete er. »Da war nur noch 'n Tropfen drin.«

»Und mit was hat er nach dir gespritzt?« fragte sie.

»Riecht wie Batteriesäure. Fühlt sich auch so an.«

Devlin fand in einem Schrank eine Flasche mit doppeltkohlensaurer Natriumlösung und brach das Siegel. Über

Wilsons Wange, Hals und Schulter zog sich eine rote Spur von Blasen und Pusteln. Sie ließ ihn niedersetzen und goß die Lösung über die betroffenen Stellen, um die Säure zu neutralisieren.

»Tut's weh?« fragte sie.

Wilson zuckte die Schultern. »Es geht.«

Aus dem Krankensaal drangen weitere Geräusche der Zerstörung. Vinnie Lopez taumelte durch die Tür in die Apotheke. Sein Blick fiel auf die Skalpelle auf dem Tisch. Er kam herüber und packte eins. Seine Augen leuchteten vor Aufregung.

»Wie geht's dir, Mann?« fragte er Wilson.

»Nicht schlecht«, antwortete Wilson.

Lopez hob das Skalpell. »Einen will ich kriegen, Mann. Einen von diesen bärtigen Hosenscheißern. Der braucht seinen beschissenen Schädel nur durchs Fenster zu stecken, Mann, und ab ist er.«

»Ich hab' dir schon gesagt, Vinnie, du mußt immer mehr anpeilen, als du kriegen kannst.«

Lopez zog sich die Pyjamahose um die skelettdürre Taille hoch. »Dann mach ich eben beide Hosenscheißer tot.«

Lopez schwankte hinaus. Devlin ging an den mit einem Vorhängeschloß gesicherten Schrank und öffnete ihn, nahm Coleys große Ätherflasche vorsichtig heraus und prüfte das Etikett. $(C_2 H_5)_2$ O. Dann trug sie die Flasche zur Tür. Wilson stand auf und begleitete sie.

»Chemische Kriegsführung, was, Doc?«

»Wenn du sie lieber mit Klopapierrollen bewerfen möchtest, bitte – laß dich nicht aufhalten.«

»Was ist denn dieses Zeug?«

»Äther. Ein Anästhetikum, aus Schwefelsäure und Alkohol destilliert, wenn ich mich richtig erinnere.«

»Also wollen wir sie ein bißchen einschläfern?«

»Das nicht. Es ist sehr flüchtig und verwandelt sich bei Kontakt mit Luft sofort in Gas. Zusammen mit reinem Sauerstoff entsteht eine ziemlich explosive Mischung.«

Sie blickte auf die Flasche, und ihr wurde plötzlich klar,

was für eine furchtbare Sache sie da plante. Als sie diese Dinge auf der Uni gelernt hatte, hatte keiner an einen derartigen Einsatz gedacht.

Wilson las in ihrem Gesicht, was sie dachte, und sagte: »Die könnten uns ja auch mit Klopapierrollen bewerfen, wenn sie wollten. Aber sie tun's nicht.«

Devlin nickte und sagte: »Na dann los.«

Draußen im Korridor fehlten für die Flammen des Schneidbrenners noch etwa fünf Zentimeter, bis der Kreis um das Türschloß geschlossen war.

Devlin sagte zu Coley: »Machen Sie weiter.«

Am entfernten Ende des Korridors hockte sich Coley bei den Gasflaschen nieder, drehte den Schraubenschlüssel einmal herum und öffnete den Hals der ersten Flasche. Ein lautes Zischen übertönte das Geräusch des Schneidbrenners. Das glühende Metall der Tür schimmerte jetzt grell orangefarben. Coley setzte den Schraubenschlüssel auf die zweite Gasflasche auf.

Devlin sagte: »Sie machen das Tor nach außen auf, oder?«

»Stimmt«, erwiderte Coley und öffnete die zweite Flasche. Reiner Sauerstoff entwich in den belagerten Korridor.

Devlin sagte: »Geht und wartet auf mich. Wenn ich rauskomme, schlagt die Tür so schnell wie möglich zu.«

»Da kommen sie ja«, bemerkte Coley.

Es war soweit. Die Torflügel bebten, als ungeduldige Hände von der anderen Seite an der Klinke rissen. Der letzte Zentimeter Stahl zischte und verglühte. Coley ging an Devlin vorbei und schob die Holztür hinter ihr fast ganz zu. Sie war allein mit den zischenden Gasflaschen und dem vibrierenden Stahltor. Auf der anderen Seite standen Männer, die sie vergewaltigen und ihre Freunde umbringen wollten. Denk daran, sagte sie sich. Keiner hat sie hergebeten. Sie hob die Ätherflasche mit beiden Händen über ihren Kopf. Nein, so ging es nicht. Sie änderte ihre Haltung, stellte sich wie zum Kugelstoßen hin, den Flaschenboden in der rechten Handfläche gegen die Schulter abgestützt. Besser. Ihr Magen verkrampfte sich derart, daß sie kaum atmen konnte. Sie warf einen Blick auf die Holztür hinter sich, die den Sauerstoff zurückhielt. Sie stand noch einen Spalt offen.

Das Stahltor wurde aufgerissen.

Devlin legte ihr ganzes Gewicht in die Flasche und schleuderte sie über die Länge des Korridors, dann warf sie sich mit Arsch und Schultern rücklings gegen die Holztür. In dem Moment, da die Tür aufschwang, verlor sie das Gleichgewicht und begann zu fallen.

In der Türöffnung am anderen Ende des Korridors hockte ein Mann mit einer lodernden Schweißlampe in der Hand und starrte auf die braune Glasflasche, die da auf ihn zusauste.

Arme packten Devlin von hinten und zerrten sie über die Schwelle. Als Wilson vor ihrer Nase die Tür zuschlug, sah sie noch, wie die Ätherflasche gegen die Sauerstoffflaschen sauste und zerschellte.

Es gab eine ungeheure doppelte Explosion, eine in die andere übergehend, die erste ein gewaltiges, dumpfes Brüllen, die zweite höher und schärfer. Die kräftige Holztür zitterte unter der Druckwelle in ihren Angeln. Auf die Druckwelle folgte ohrenbetäubende Stille. Coley stellte Devlin auf die Füße. Sie kämpfte eine heftige Übelkeit nieder.

»Geht's?« fragte Coley.

Sie nickte und starrte auf die Tür. Nach einem Moment sagte sie zu Wilson: »Aufmachen.« Ihre Stimme war ganz heiser. Wilson schob die Tür auf.

In dem Korridor zwischen ihnen und dem Stahltor gab es offenbar kein Leben mehr. Die erste Explosion von Äther und Sauerstoff hatte die Oxyacetylen-Ausrüstung zur Explosion gebracht und damit den zweiten Knall verursacht. Vier Leichen, im brennenden Gas augenblicklich verkohlt und von herumfliegenden Metallstücken zerfetzt, lagen in einem Haufen übereinander. Einen fünften Mann hatte der Wagen, der die Gasflaschen getragen hatte, gegen das Gittertor gedrückt und zerquetscht.

Devlin spürte, wie ihre Lippen zitterten. Sie legte sich den Handrücken auf den Mund. Sie spürte Wilsons und Coleys Blicke auf sich, drehte sich aber nicht nach ihnen um. Sie war froh, daß Grauerholz und seine Irren tot waren. Sie war froh, daß sie die Schweine umgebracht hatte. Und sie wollte nicht, daß Wilson und Coley das in ihrem Gesicht lasen. Plötzlich ekelte sie sich vor sich selber, und das frohe Gefühl verschwand. Wenigstens war es jetzt vorbei, dachte sie. Wenn Grauerholz sie nicht mehr vor sich hertrieb, würden die anderen vielleicht aufgeben. Die Stahltür mit dem fehlenden Schloß öffnete sich knarrend ein paar Zentimeter. Einen Moment später kam eine übel zugerichtete Gestalt hervorgekrochen und bewegte sich in den Korridor.

Es war Grauerholz.

Sein Schädel war mit ausgefransten Büscheln von verkohltem Haar verklebt. Die Kleider waren ihm in die Haut gebrannt. Die rechte Hand fehlte. Er torkelte auf die Beine, fiel gegen die Wand und verschmierte sie mit Blut.

»Hec!«

Horace und Bubba Tolson erschienen am hinteren Ende der Eingangshalle und beglotzten den Schaden. Vorsichtig traten sie durch das Tor und gingen über die Leichen auf Grauerholz zu.

Wilson stellte sich neben Devlin. »Wenn ihr Idioten noch mehr davon wollt, dann könnt ihr's haben«, rief er.

Grauerholz hob langsam den Kopf und sah sie an. Das eine Auge strahlte genauso hell wie immer. Er öffnete den Mund, aber kein Laut kam von seinen mit Blasen übersäten Lippen. Er wankte einen Schritt von der Wand zurück, hob den blutigen Armstumpf, deutete damit direkt auf Devlin und starrte ihr wie besessen in die Augen, und sie wußte, daß noch gar nichts vorbei war, und daß er die anderen so lange weiter antreiben würde, bis er tot war. Die Tolsons faßten Grauerholz so zart an, wie es den beiden überhaupt möglich war, und trugen ihn den Korridor hinunter.

»Der Dreckskerl kommt zurück«, erklärte Wilson.

Devlin nickte. Sie ging den Korridor hinunter auf die dort Herumliegenden zu.

»Wohin wollen Sie?« fragte Wilson.

Aber Coley hatte schon verstanden und folgte ihr. Gemeinsam untersuchten sie die fünf Gestalten. Der Mann, der am Tor hing, und einer von den anderen waren bewußtlos, aber noch am Leben. Sie zerrten die beiden zurück, und Wilson versperrte die Holztür hinter ihnen.

»Wie lang wird's schätzungsweise dauern, bis sie wiederkommen?« fragte er.

»Du solltest diese Ärsche besser kennen als ich«, knurrte Coley. »Sag du's mir.«

»Grauerholz befindet sich im Schockzustand«, erklärte Devlin, »hat Brandwunden und verliert Blut. Eine Behandlung wird sogar er brauchen, irgend etwas gegen die Schmerzen. Vielleicht ist er überhaupt nicht mehr imstande zurückzukommen.«

Wilson und Coley starrten sie zweifelnd an.

»Wenn er es innerhalb der nächsten zwei Stunden bis zu dieser Tür hier schafft und höflich klopft, dann mach ich ihm selber auf.«

»Siehst du, Frog, es ist okay«, bemerkte Wilson trocken. »Mindestens zwei Stunden lang werden wir auf ihn verzichten müssen.«

»Für eines bin ich wirklich dankbar«, sagte Coley.

»Und zwar?«

»Daß du versucht hast, Boxer zu werden und nicht Komiker.«

Coley blinzelte Devlin zu und entfernte sich in Richtung Crockett.

»Versucht?« sagte Wilson. »Was zum Teufel meinst du mit ›versucht‹?«

Drinnen im Saal war in zwei der vergitterten Fenster das Glas eingeschlagen, aber inzwischen war der Angriff abgeflaut. Sie legten die beiden Verletzten auf den Boden. Vinnie Lopez bot sich an, ihnen die Gurgeln durchzuschneiden, aber Wilson erklärte, das wäre keine faire Geste. Als Devlin sich niederkniete, um einen der Verwundeten zu untersuchen, stieg ihr plötzlich ein scheußlicher Gestank in die Nase. Sie blickte auf. Auch Wilson und Lopez rümpften die Nase. Sie drehte sich um.

Im Eingang stand mitten in einer kleinen Lache von stinkendem Wasser eine groteske Gestalt, die aus einem Dutzend Schnitten blutete und vom Scheitel bis zur Sohle mit eklig riechendem Schlamm beschmiert war. Dahinter stand Victor Galindez, nicht ganz so naß wie Klein, aber genauso dreckig.

»Hallo«, sagte Klein. »Weiß jemand, ob die Knicks es geschafft haben?«

Devlin krampfte sich der Magen zusammen. Zu viele unterschiedliche Gefühle stürmten auf sie ein und hinderten sie am Sprechen. Während die anderen noch die Augen aufrissen, durchquerte Lopez den Raum, stolz darauf, Klein zu zeigen, daß er sich auf den Beinen halten konnte.

»Die haben verloren. Und wie geht's Ihnen, Mann?«

Er schüttelte Klein die Hand, und Klein grinste ihn an. Dann richtete er sein Grinsen auf Devlin, und ihr Herz zerschmolz. Sie ging zu ihm und küßte ihn auf den Mund.

»He.« Klein trat einen Schritt zurück. »Ich stehe auf der Scheißliste.«

»Das ist mir völlig egal«, sagte sie.

Sie schlang ihm die Arme um den Hals und bemühte sich, nicht zu heulen. Sie hörte über ihre Schultern hinweg Klein zu Lopez sagen:

»Und mit welchem Ergebnis?«

»Dreiundneunzig zu achtundachtzig für die Lakers.«

Klein bog ihren Kopf so weit zurück, daß er sie ansehen konnte. Dann bemerkte er, daß sie die Tränen zurückhielt, und lächelte.

»Verdammt. Muß mein Glückstag sein«, sagte er. »Zwei neue Calvins gewonnen, gerade wo ich sie am meisten brauche.«

Neunundzwanzig

Als Klein erfuhr, daß die Wasserzuleitung gesperrt war, war er nicht gerade begeistert. Die Aussicht, sich die nächste Zeit brüllend über einen Abstand von zehn Metern unterhalten zu müssen, vermittels dessen sich die Menschheit vor seinem Gestank zu schützen trachtete, verlockte ihn nicht. Nachdem ihn diese Vorstellung so lange gequält hatte, daß er während dieser Zeit einen Liter der scheußlichen Gefängniscola trank, erinnerte Frog ihn daran, daß die Duschen von einem vorsintflutlichen Wassertank gespeist wurden. Klein rülpste gewaltig und zog Galindez mit sich durch die Apotheke in den Duschraum.

Klein stellte sich unter den heißen Strahl und lehnte sich mit geschlossenen Augen gegen die Wand. Sobald er die Schleimschicht abgespült hatte, schrubbte er sich mit flüssiger Jodseife von Kopf bis Fuß gründlich ab, duschte sich ab und fing von vorne an. Das tat er drei Mal. Jedes Mal entdeckte er neue Stellen mit Schnitten und Abschürfungen. Die einzigen, die ihn beunruhigten, waren die drei Messerstiche innen am linken Knöchel und an der Wade. Die zeigten an den Rändern schon ungesundes Rot und waren wohl mit einem Cocktail aus ekelerregenden Organismen infiziert, die er sich lieber nicht ausmalte. Es war nur zu hoffen, daß er von diesen Stichen keine Knochenmarkentzündung bekam. Nach der Dusche würde er sich mit Antibiotika vollstopfen.

Aus der Nebenkabine kam Galindez hervor, rieb sich mit dem Handtuch trocken und ging hinaus. Klein blieb. Vielleicht – hoffentlich – käme Devlin ihn ja besuchen. Der Gedanke brachte ihm einen rabiaten Ständer ein, und Klein schrubbte sich Hintern und Genitalien ein viertes Mal, zur Sicherheit. Ein Mann konnte schließlich nie wissen, wann das Glück ihm hold war. Er spritzte sich einen Schuß Flüssigseife in den Mund und rieb mit dem Finger die Zähne ab. Nach dem Kloakenwasser, das er die ganze Nacht geschluckt hatte, schmeckte das Zeug überraschend gut – künstlich, chemisch, sauber. Von organischen Produkten hatte er bis an sein Lebensende genug. Die Seife schmeckte immer noch besser als die Cola. Er öffnete den Mund unter der Dusche und spülte ihn aus. Er fühlte sich hervorragend. Er schlug sich klatschend auf den Bauch – ein fester, befriedigender Klang. Überhaupt, er war ein gutgebauter Mann, bei Gott, und er war am Leben. Devlin konnte sich alle zehn Finger abschlecken. Wieso war sie nicht längst hier? Sich um die Verwundeten kümmern, das war alles gut und schön, geradezu edel, aber wo blieb der triumphale Empfang des siegreichen Helden? Voll Großmut gestand er ihnen zu, daß sie bisher tapfer Widerstand geleistet hatten, aber es war nur noch eine Tür übrig, die Fenster waren so gut wie hin, und zwischen ihnen und dem Abgrund stand nur noch er, der Shotokan-Krieger. Und Galindez. Aber Galindez war Wärter, das war sein gottverdammter Job, und das hieß, daß er eigentlich nicht zählte.

Es gab Zeiten, dachte Klein, wo er es bedauerte, ein Arschloch zu sein, und andere, wo es ihm geradezu Vergnügen machte. Im Moment handelte es sich um letzteres. Hinter dem Duschvorhang hörte er die Tür aufgehen und er überlegte, ob er nicht in ein nonchalantes Pfeifen ausbrechen sollte, aber die einzige Melodie, die ihm in den Kopf kam, war die von Doris Day. Also beherrschte er sich.

»Klein?«

Es war ihre Stimme. Unsicherheit packte ihn. Sollte er den Vorhang aufreißen und zitternd vor ihr stehen, ein lässiges Grinsen auf dem Gesicht? Durch seinen Schädel flimmerte die Erinnerung an Tausende von Duschszenen aus allen möglichen zehntklassigen Filmen, die er je gesehen hatte. Zeig doch etwas Stil, Mann. Bleib cool. Er räusperte sich und sprach mit tiefer Stimme:

»Was gibt's?«

»Wir müssen reden«, sagte sie.

Es gab nur wenige Worte aus dem Munde einer Frau, auf die er scharf war, die ihn – und seiner Schätzung nach jeden anderen Mann – derart aus dem Konzept bringen konnten wie diese. Seine Erektion begann zu welken. Wie auf ein Stichwort spuckte die Dusche über seinem Kopf ein paar letzte Tropfen aus und versiegte. Der Tank war leer.

»Ist das möglich?« fragte sie.

»Sicher«, sagte Klein ohne Begeisterung.

»Ich erwarte dich im Stationszimmer.«

Was? Was sollte das heißen? Wollte sie denn nicht zuschauen, wie er sich trockenrieb? Er hörte, wie die Tür aufging und dann zufiel. Draußen war sie. Na und? Komm, vergiß es. Wahrscheinlich spähte sie durchs Schlüsselloch. Nur daß die Weiber das nicht taten, außer in Porno-Videos, und auch nur, wenn es mehr als nur einen Typen zu beglotzen gab. Trotzdem, geh auf Nummer Sicher, Schultern straffen, lässiges Grinsen. Gut. Er trat durch den Vorhang hinaus und wäre um ein Haar auf einem Schleimklumpen ausgerutscht. Er fing an, sich abzutrocknen. Bleib ruhig, Klein. Nur keine Hast. Um Arsches willen, sei ein Mann.

Schließlich war es schon drei Jahre her, daß eine Frau ihn nackt gesehen hatte. Dank seines morgendlichen Karate-Trainings und des Gewichthebens im Hof war er topfit wie nie zuvor in seinem Leben. Wenn er erst draußen war, mußte er sofort in einem Body-Shirt hinunter an den Strand, so lange die Herrlichkeit noch vorhielt. Er hatte sich tätowieren lassen wollen. Aber hier drinnen hatte er immer das Gefühl, es stünde ihm nicht zu, wo man ihn doch nicht als richtigen Knastbruder akzeptierte. Und jetzt war es zu spät, besonders angesichts der Tatsache, daß Colt Greely als der beste Tätowierer im Green River galt. Hätte Devlin vielleicht auch abgeschreckt, obwohl die Art von Frau, die er haben wollte, sich durchaus etwas daraus machte. Vielleicht lag es daran, daß es ihr peinlich war, ihm zuzuschauen. Seine aufgerissenen Hände brannten an dem groben Handtuchstoff. Vielleicht war ihre kernige Sprache überhaupt nur Aufschneiderei. Sie war doch eine Art Katholikin, eine von dieser Alles-oder-nichts-Religion. Todsünde und der ganze Scheiß. Wenn die verklemmt waren, dann war's ein richtiger Alptraum. Wenn nicht, kannten sie überhaupt keine Hemmungen. Manchmal brauchten sie auch nur einen kleinen Schubs von einem zum andern. Klein schlang sich ein Handtuch um die Taille und fuhr sich mit den Fingern durch das Haar. Nirgends hing ein Spiegel zur Kontrolle. Wahrscheinlich ein Glück. Er zog den Bauch ein und betrat das Stationszimmer.

Devlin ging in dem senfgelben Zimmer auf und ab und rauchte eine Zigarette. Sie erfaßte seinen Körper mit einem Blick, lächelte ihn nervös an und starrte auf das Ende ihrer Zigarette.

Klein sank das Herz ins Bodenlose. Dabei dachte er, es wäre wieder einmal typisch, daß man von ihm erwartete, auf ihre sexuellen Ängste Rücksicht zu nehmen – er, der die ganze Nacht Stöpsel im Anus von Gottes Schöpfung gespielt hatte, nur um hier zu sein. Er, der seit mehreren Jahrzehnten, wie es ihm vorkam, nicht mehr gebumst hatte. Vielleicht hatte sie seit heute früh ihre Meinung geändert. Es war ja auch schon so lange her. Vielleicht hatte sie die ganze Zeit darüber nachgedacht, wie idiotisch es war, sich mit einem Penner wie ihm einzulassen. Aber verdammt noch mal, hatte sich noch nie so wenig pennerhaft gefühlt wie jetzt.

Moment mal, Klein. Draußen steht die Blüte der texanischen Psychopathologie und lauert darauf, sie alle umzulegen und Devlin reihenweise zu vergewaltigen. Sie braucht auch eine Atempause. Er holte tief Luft. Er war der Shotokan-Krieger. Er hatte den kühlen Kopf. Endlich, endlich hatte er ihn wirklich. Er war für alles gerüstet. Das lässige Grinsen mußte man für später aufheben. Er lächelte zu ihr zurück.

»Du siehst phantastisch aus«, sagte er.

Saublöder Dialog. Scheiße.

»Wenn man bedenkt«, fügte er hinzu.

»Du auch«, erwiderte sie.

Klein fand, sie hätte mehr Gefühl hineinlegen können,

aber es war immerhin ein Anfang. Es folgte eine verlegene Pause.

»Ich muß dir etwas sagen«, sagte sie.

Entsetzen war ein viel zu schwacher Ausdruck für das, was Klein jetzt spürte. Alarmglocken schrillten in seinem Schädel, er wollte schon sagen: »Hat das nicht Zeit bis später?«, aber da wäre seine Stimme eine gute Oktave gestiegen. Die Frau eines Freundes hatte ihm einmal anvertraut, daß eine tiefe, gut sitzende Stimme dasjenige war, was eine Frau am ehesten davon überzeugte, daß sie auf einen dicken Pimmel rechnen konnte.

Sie zog ein Päckchen Camel aus der Tasche und schüttelte sich eine in den Mund, dann bot sie ihm die Schachtel an.

»Auch eine?« fragte sie.

Ausnahmsweise fühlte er sich nicht davon verlockt. Er schüttelte den Kopf.

»Weißt du« – sie hielt inne, um sich die Camel anzuzünden und zu inhalieren –, »ich liebe dich.«

»Verdammt«, sagte Klein.

Plötzlich war es nicht mehr wichtig, ob seine Stimme hoch oder tief war. Er war also doch kein Penner. Er war der Shotokan-Krieger, und sie liebte ihn. Er spürte, wie sein Schwanz sich majestätisch gegen den groben Handtuchstoff hochwölbte. Nur mit Mühe unterdrückte er den Wunsch, sich das Handtuch abzureißen und einen Freudentanz aufzuführen. Lässiges Grinsen, schrie eine Stimme in seinem Kopf, jetzt ist der beste Moment dafür. Er beherrschte sich und zeigte statt dessen sprachlose Verblüffung.

»Aber da ist noch etwas«, sagte Devlin.

Kleins Ständer hielt sich mannhaft, aber die Tanzlust in ihm war dahingeschwunden. Bevor sich seine Phantasie in wilde Spekulationen stürzen konnte, ging die Tür auf und Coley schlurfte herein. Unter dem Arm trug er ein Bündel aus blauem Gefängnisdrillich. Mit seinen gelben, blutunterlaufenen Augen nahm er die ganze Szene auf und nickte dann in Richtung Tisch.

»Ich würd' gern hier weiterlesen, solange sie mich lassen.«

»Lesen?« fragte Klein.

Soviel ihm bekannt war, las Frog nicht einmal die Sportbe-
richte. Coley warf ihm das Bündel zu.

»Sauberes Zeug zum Anziehen.« Er blickte auf die Ausbuchtung in Kleins Handtuch. »Das heißt, falls du Verwen-
dung dafür hast.«

Klein drehte das Bündel in den Händen. Seine Handflächen brannten, aber dieses Brennen war ihm irgendwie
angenehm.

Devlin, offenbar froh über die Störung, sagte zu Coley:
»Und wie finden Sie's bis jetzt?«

Coley hob eine Augenbraue, schlurfte zum Tisch und ließ
sich in den Sessel fallen.

»Ich muß das fertiglesen, bevor ich mir eine Meinung bil-
den kann.« Er blickte zu ihr auf. »Aber so weit ich's beurteilen kann, ist das ein gottverdammtes Meisterwerk.«

Zum ersten Mal, seit Klein Devlin kannte, grinste sie von
einem Ohr zum anderen. Er fühlte sich irgendwie wie das
fünfte Rad am Wagen.

»Von welchem gottverdammten Meisterwerk ist hier eigentlich die Rede?« fragte er.

Coley öffnete die Schublade, zog das Exemplar des *American Journal of Psychiatry* heraus und schlug es mit geschwellter Brust so auf, daß Klein es sehen konnte.

»Dieses Meisterwerk, du Arsch.«

Klein beugte sich vor und las den Titel. Dann die Liste
der Autoren. Juliette Devlin. Ray Klein. Earl Coley. Klein
schluckte und sah dem Frogman in die Augen.

Coleys gelbe Froschaugen blickten zurück, weit geöffnet,
und zum zweiten Mal in dieser Nacht brach Klein fast das
Herz. Er kannte Coley besser als jeden anderen Menschen
auf der Welt. Umgekehrt war es genauso. Wenn überhaupt
irgend jemand wußte, was das diesem vor dreiundzwanzig
Jahren in die Hölle verstoßenen Pachtbauern bedeutete,
dann war es Klein. Er wußte es. Und wenn in diesem
Moment die Tolsons durch diese Tür gekommen wären und
Klein den Kopf von den Schultern gehackt hätten, dann wäre

es das trotz allem wert gewesen, zu sehen, was er jetzt in
Coleys Augen sah, und zu fühlen, was er jetzt in seiner Brust
fühlte. Coley preßte die Hand zu einer gewaltigen zitternden
Faust zusammen, und Klein legte seine Hand darauf.

»Wir haben's geschafft, Mann«, flüsterte Coley.

»Haben wir«, sagte Klein.

»Den Scheißern draußen haben wir's gezeigt«, sagte Coley.

»Und wie«, sagte Klein.

»Denen haben wir mal die Wahrheit gesagt«, sagte Coley.

»Nichts als die Wahrheit«, sagte Klein.

»Und sie hat es aufgeschrieben«, sagte Coley.

»Jedes Wort«, sagte Klein.

Sie hörten etwas, schauten sich um und sahen gerade noch
Devlin durch die Tür verschwinden. Klein drehte sich wieder
zu Coley um. Coley lockerte seine Faust, stand auf und legte
seine Riesenpranke überraschend zart auf Kleins nackten
Rücken.

»Hör mir zu, Mann. Sie hat einen Tag hinter sich, den du
dir nicht vorstellen kannst, und sie hat sich gut gehalten.
Ohne sie hättest du hier drinnen nur noch Leichen vorgefun-
den. Sie ist was Besonderes, Mann.«

»Weiß ich, Frog.«

»Geh vorsichtig mit ihr um, ja? Vorsichtig. Sonst reiß ich
dir den Arsch auf.«

Klein schluckte, dann nickte er. Coley fummelte mit seinen
Schlüsseln herum und zog einen vom Ring ab.

»Und jetzt bring sie in mein Quartier. Ich hab's Bett schon
frisch bezogen. Hinten links unter dem Bettfuß ist ein locke-
res Brett. Schau da rein, da findest du eine Flasche Wein, die
beste im Haus. Von diesem verrückten Iren, von dem ich dir
erzählt hab'. Trinkt den. Und sei gut zu ihr.«

Er drückte Klein den Schlüssel in die Hand.

»Danke, Frog«, sagte Klein.

»Ich schätze, die Verrückten lassen uns noch etwas Zeit.
Wenn was los ist, hol' ich dich. Und jetzt laß mich in Ruhe
lesen.«

Klein packte leicht verwirrt sein Bündel und ging in den

Korridor hinaus. Dort stand Devlin mit dem Rücken an die Wand gelehnt, die Augen fest geschlossen. Klein nahm sie am Arm, worauf sie die Augen aufschlug.

»Alles in Ordnung?«

Sie nickte und lächelte etwas verlegen. »Das war euer Moment, deiner und Coleys. Ich wollte nicht stören.«

»Du hast doch gehört, was er gesagt hat«, sagte Klein. »Glaubst du, ›wir‹ bedeutete nicht auch du? Du hast es niedergeschrieben. Jedes Wort.«

Sie nickte. »Tut mir leid.«

»Braucht es nicht.«

Klein dachte an Coleys Instruktionen. Seine Hochstimmung unter der Dusche kam ihm jetzt recht kindisch vor. Oder vielleicht nur fehl am Platz, und er hatte es nicht gemerkt. Er legte seinen Arm um ihre Schultern, sie legte ihren Arm um seine Taille, und so führte er sie die Stufen hinauf in Coleys Zimmer.

Oben sperrte er die Tür auf, und sie gingen hinein. Der Raum war klein und so spartanisch eingerichtet wie die Zelle eines Zen-Mönchs. Keine Bücher, keine Musik, keine Poster an der Wand. Nur das Bett, ein kleiner Tisch, und an der Wand neben dem Bett ein gerahmtes Foto. Coley hatte zwei brennende Kerzen auf den Tisch gestellt, und in einem Teesieb glühte eine Art Duftkerze, selbstgemacht aus Sägemehl, Kohle und Deodorant. Das Bett war schmal, aber frisch bezogen, die Bettdecke aufgeschlagen.

»Dieser Frogman ist ein toller Bursche, was?« sagte Klein.

Er beugte sich über das Bett und betrachtete im zuckenden Kerzenschein das Foto. Es war in Farbe und zeigte einen breitschultrigen, ernsten Bauern, neben ihm eine Frau mit scharf geschnittenen Zügen und hellerer Haut. In den Armen hielt die Frau ein Baby, vor ihnen standen noch drei Kinder, zwei Jungen von ungefähr zehn, und ein Mädchen von etwa sechs Jahren.

»Seit fast zwölf Jahren hat er nichts von ihnen gehört«, sagte Klein. »Läßt aber nicht zu, daß ein schlechtes Wort über sie gesagt wird.«

Er drehte sich um und sah, wie Devlin einen Finger in das Wachs einer Kerze tauchte. Sie schien ihn nicht gehört zu haben.

»Setz dich jetzt bitte hin und hör mir eine Minute zu«, sagte sie dann. »Und sag bitte gar nichts, sonst bringst du mich aus dem Konzept.«

Klein setzte sich im Schneidersitz aufs Bett, den Rücken an die Wand gelehnt, und wartete. Und während sie drei Zigaretten rauchte und im Kerzenlicht im Zimmer auf und ab ging, erzählte sie ihm, was zwischen ihr und Reuben Wilson geschehen war, und versuchte ihm zu erklären, was es ihr bedeutete. Und Klein hörte wortlos zu. Als sie fertig war, drückte sie die Zigarette aus und blieb mit dem Rücken zu ihm an der Tür stehen.

»Möchtest du, daß ich gehe?« fragte sie.

»Ich möchte, daß du bleibst«, antwortete Klein.

Die Wahrheit war, daß nichts von dem, was sie erzählt hatte, seine Gefühle für sie im geringsten änderte, außer vielleicht, daß seine Leidenschaft und seine Bewunderung ungefähr gleich stark stiegen. Nicht einmal über die Größe von Wilsons Schwanz machte er sich Sorgen. Ihn bedrückte etwas anderes. Devlin sah ihn an.

»Ich finde, was du getan hast, war großartig«, sagte er ruhig. »Ich möchte, daß du bleibst.«

»Wirklich?«

»Ich bin vielleicht ein Arschloch, sogar ein großes Arschloch, aber nicht diese spezielle Kategorie von Arschloch, daß ich mich daran stoßen würde. Wilson ist ein Held. Ich fühle mich geehrt.« Er lächelte ihr zu. »Hättest du mit Gimp Cotton gefickt, dann hätten wir vielleicht ein Problem.«

Devlin wischte sich etwas aus dem Auge. »Was ich unten gesagt habe, war ernst gemeint. Ich liebe dich.«

Klein nickte. Es blieb ihm nichts anderes übrig, als jetzt auch seine Karten auf den Tisch zu legen. Übrigens hatte er nie vorgehabt, es ihr zu verheimlichen, es hatte sich nur nie ein entsprechender Anlaß ergeben, um darüber zu reden. Jetzt war es so weit.

»Wenn wir schon bei den düsteren Geheimnissen sind, dann erzähle ich dir auch meines. Das wird deine Gefühle für mich vielleicht ändern.«

»Das bezweifle ich.«

»Ich sitze wegen Vergewaltigung meiner Freundin.«

Es entstand eine lange Pause, in der sie ihm suchend, forschend ins Gesicht sah. Klein spürte, wie sich etwas in ihm rührte, er spürte das Herannahen eines Ausbruchs von Gefühlen, die er längst begraben glaubte, tief in die Erde gepflügt durch seine Arbeit, seine Disziplin, seinen Willen zu überleben. Er hatte diese Gefühle immer unterdrückt, aus Angst, sie bestünden nur aus Bitterkeit und Wut.

Endlich sagte Devlin: »Ich glaube, du schuldest uns beiden eine etwas umfassendere Erklärung als nur das.«

»Meinst du?« sagte Klein.

Devlin holte tief Atem. »Ich bleibe, egal, ob du jetzt mehr sagst oder nicht. Ich traue dir keine Handlung zu, mit der ich nicht leben könnte. Aber ich möchte es wissen.«

Klein starrte in die Kerzenflamme.

»Wir waren vier Jahre zusammen, aber schon lange vor dem Ende ging alles furchtbar schief.«

»Wie?«

Klein starrte unbeirrt auf die Flamme. Der übrige Raum versank, und Devlin mit.

»Der übliche Scheiß. Lauter Nebensächlichkeiten. Lauter Dinge, wovon Scheidungsanwälte und Therapeuten reich und fett werden. Nichts Großes, kein Verbrechen, kein Verrat. Dinge, die von außen läppisch wirken, und wenn man mitten drin ist, bringt es einen fast um. Wir waren stinknormal. Eben auch so ein verkorkstes Paar, das seine Variationen auf ein uraltes Thema abspult. Gegenseitige Folter. Hielt uns beide auf Trab, solange es gut ging, aber dann gingen wir beide eine Spur zu weit, das war das Ende.«

Klein warf einen Blick auf Devlin und sah Furcht auf ihrem Gesicht. Er wandte sich wieder der Kerze zu.

»Keine körperliche Gewalt, falls du dir das vorstellst. Viel zu einfach. Zu direkt. Seelische Gewalt und Quälerei, das gibt viel mehr her. Am Ende blieb uns nur noch, was wir Haßficks nannten, weißt du, was das ist? Die sind toll, solange man dabei ist. Aber kaum sind sie vorbei, kann man das Geräusch des eigenen Atems nicht mehr ertragen.«

»Kenne ich«, sagte sie.

»Eines Nachts hatten wir unseren letzten großen Haßfick, und nachher sagte ich ihr, ich wolle sie nicht mehr sehen. Ich hatte genug. Sie sagte mir, wenn ich sie jetzt verließe, dann werde sie mich derart fertig machen, daß ich …« Er zuckte die Schultern. »Das hatte ich alles weiß Gott wie oft gehört und wollte es nicht noch einmal hören. Ich stand auf und ging. Am nächsten Tag holten mich die Bullen im Krankenhaus ab und lochten mich ein, wegen Vergewaltigung.«

»Und hast du sie vergewaltigt?«

»Sie hat's behauptet. Das allein ist entscheidend, oder nicht?«

»Nein. Das weißt du selbst.«

»Ich hab' sie so hart gefickt wie sicher schon hundertmal zuvor. Als ich ging, war sie am Rücken vom Teppich wundgerieben. Sie kam dreimal. Wenn du die Prozeßakte lesen willst, da steht das alles drin. Sie behauptete, sie hätte mich gebeten aufzuhören. Hat sie nicht. Ihre politisch korrekten Freunde sagten als Zeugen aus, ich hätte sie in Restaurants beschimpft, ich hätte einen gewalttätigen Charakter, ich sei dem Kampfsport verfallen, bla bla bla. Das meiste stimmte sogar, war zugleich aber auch völliger Quatsch. Es war alles aus dem Zusammenhang gerissen. Das ganze war nur eine Verschärfung, eine Steigerung vom Mittelgewicht zum Schwergewicht, sonst blieb es das gleiche blöde Spiel, zwei Leute, die sich gegenseitig abzustechen versuchen und sich dabei ins eigene Fleisch schneiden. Für mich selbst hab' ich die Sache nur verschlimmert, als ich vor dem Prozeß zu ihr ging und noch einmal mit ihr reden wollte. Daraus machten sie natürlich sofort eine Neuaufnahme derselben alten Platte, vier Jahre scharfer Krallenkampf, komprimiert auf zwei Stunden. Mein Anwalt hätte fast geheult, und er hatte recht. Als ich schließlich vor dem Richter stand, sah die Episode so aus, daß ich sie angeblich bedrohen und erpressen wollte.«

»Wollte sie die Klage nicht zurückziehen?«

»Wie denn?« sagte Klein. »Der Ball war im Rollen. Ein Zirkus mit drei Manegen. Zeitungen, Anwälte, Feministinnen. Und ein Staatsanwalt, der sich die Lippen leckte bei der Vorstellung, wieviele Stimmen ihm eine Verurteilung einbringen würde. Bis zu meinem Prozeß hat der Schweinehund wahrscheinlich geglaubt, *Der weibliche Eunuch* sei eine Geschichte aus der Bibel.«

Devlin unterdrückte ein Lächeln. »Entschuldige«, sagte sie verlegen. »Du hast nur …«

»Ich weiß, ich weiß«, sagte Klein. »Das ganze ist ein idiotischer Witz. Das dachte ich auch. Das Problem war nur, daß ich recht hatte. Mein Anwalt, dem jetzt mein Haus gehört, riet mir, nicht auszusagen. Er behauptete, den Beweis müßten die anderen erbringen. Als sie dann für die Anklage aussagte, wußte ich, daß ich aus dem Schneider war. Jeder konnte sehen, daß ihr nichts an meiner Verurteilung lag. Aber dann beim Kreuzverhör vergewaltigte mein Anwalt, dieses Arschloch, sie buchstäblich für mich, stellte sie als geldgierige Hure hin, was sie nicht war, bis sie in ihre Bluse heulte. Da glaubte ich schon fast selber, ich hätte es getan. Sie befanden mich mit Stimmenmehrheit für schuldig, der Richter gab mir fünf bis zehn Jahre.«

Klein verstummte und rieb sich das Gesicht.

»Wie hieß sie?« fragte Devlin.

Ohne die Hände vom Gesicht zu nehmen, sagte Klein. »Ich will mich nicht daran erinnern.« Er schluckte die Galle, die ihm hochgekommen war, hinunter, und nahm die Hände vom Gesicht, schaute aber weiter gegen die Wand. »Wenn Vergewaltigung bedeutet, mit dem Geschlechtsakt einem anderen Schmerz zuzufügen, dann habe ich sie unzählige Male vergewaltigt«, sagte er. »Aber nicht öfter, oder weniger oft, als sie mich.«

»Die Grenze zwischen Liebe und Haß ist oft hauchdünn«, sagte Devlin.

Klein antwortete nicht.

»Um einander so zu verletzen, müßt ihr euch sehr geliebt haben. Zumindest eine Zeitlang.«

»Natürlich«, sagte Klein. »Kein Rasen kennt der Himmel als wie Lieb' zu Haß verwandelt, und all dieses Zeug. Schuldig waren wir beide.«

Er drehte sich um und betrachtete Devlin im Kerzenlicht. Ihr Gesicht war vor Mitleid ganz eingefallen.

»Du hast keine Berufung eingelegt?« fragte Devlin. »Und nicht einmal, als du hierhergebracht wurdest, hat sie ihre Meinung geändert?«

»Mit der Zeit hätte sie das vielleicht getan. Aber in der Woche, als sie mich hier einlochten, legte sie noch eins drauf und hängte sich an einen Insulintropf.«

Devlin zuckte zusammen.

»Als sie sie fanden, war ihr Hirn so tot wie ein geschältes Ei. Eine Woche später schalteten sie die Herz-Lungen-Maschine ab.«

Es folgte Schweigen. Devlin setzte sich auf den Bettrand, hob den Kopf und öffnete den Mund.

»Bitte sag nichts«, kam Klein ihr zuvor. »Und bitte mißversteh mich nicht. So weit es mich betrifft, habe ich jeden einzelnen Tag im Knast vollauf verdient. Hier im River ist keiner unschuldig. Auf die eine oder andere Art haben wir alle darum gebettelt.«

Klein saß an die Wand gelehnt und betrachtete die Flamme, so ruhig und rein wie das Licht in Henry Abbotts Augen, und zum ersten Mal, seit sie die Maschine abgeschaltet hatten, empfand er Trauer, die nicht von Schmerz getrübt war, und mit der Trauer kam Frieden. Es war, als hätte sein Herz endlich Ruhe. Und er fragte sich, wie es Henry jetzt ging, und ob auch er die letzte Ruhe gefunden hatte, mit dem Gesicht nach unten im Wasser des Green River. Und Klein dachte an Devlins Zitat und daran, daß sie beim Morgengrauen vielleicht alle, die Guten wie die Bösen, zurückgeworfen sein würden in das empfindungslose Chaos der Materie, aus dem sie stammten. Er betrachtete Devlins Hinterkopf.

»Wir, die wir uns für den Höhepunkt der Schöpfung hielten«, sagte er.

Devlin legte, ohne ein Wort zu sagen, ihren Kopf in seinen Schoß, und strich mit den Fingern leicht über die Stiche in seinem Knöchel. Der Schmerz hatte etwas Beruhigendes. Das Gewicht von Devlins Kopf auf seinen Schenkeln bescherte ihm wieder einen Steifen, und auch das war beruhigend. Letztlich waren das vielleicht die einzigen Dinge, auf die man immer zählen konnte. Und er fragte sich, wenn nichts dem Rasen von Lieb', zu Haß verwandelt, glich, was war dann das Gegenteil? Plötzlich fand er in sich weder Frieden noch Haß und vermißte es, denn ohne das eine oder das andere fühlte er sich verlassen und verschreckt und verloren.

Aber dann tat Devlin das einzige, was ihn auf dieser Welt jetzt trösten konnte, und wenn sie es nicht getan hätte, hätte er nicht gewußt, was es war, und er wunderte sich, woher sie das wußte. Sie griff unter sein Handtuch und legte die Hand auf seinen Schwanz.

Klein strich ihr übers Haar, die kurzen weichen Borsten im Nacken umspielten seine Fingerkuppen. Sie schlug das Handtuch zurück und nahm den Pimmel in den Mund und strich ihm über die Eier, und Klein zitterte unter dieser Zärtlichkeit und kam nicht, denn es war noch nicht sexuell, und er schwor sich, nicht zu heulen, und er heulte nicht.

Devlin setzte sich auf und zog sich ihre Bluse über den Kopf. Ihre Nippel stachen durch den weißen Baumwoll-BH. Sie zog die Schuhe aus und dann die Jeans. Und als sie sich über ihn kniete in ihrem weißen BH und dem schwarzen Tanga und er ihr seine wunden, aufgeschürften Hände auf den Arsch legte, für den er gestorben wäre, war es im nächsten Augenblick sexuell erregender als alles, was er je erlebt hatte. Er stützte sich auf die Knie und küßte sie und schmeckte den Tabak auf ihrer Zunge. Er fuhr mit seiner Hand an ihrem Bauch hinunter und in ihr Haar und fand mit seinen Fingern die Klitoris, wie eine kleine Murmel, die in Öl rollt, und sie biß ihn in Gesicht und in den Hals. Klein schob sie auf den Rücken und zog den Tanga weg und leckte sie. Sie kam ganz schnell, ihr Unterleib spannte sich zu einem Bogen, die Muskeln zitterten vor Anspannung. Er drückte sie nieder und brachte sie noch einmal zum Kommen und hätte weitergemacht, hätte sie nicht nach seinem Schwanz gegriffen und gesagt, er solle sie ficken. Er tat es, und sein Schwanz glitt neben dem Tanga hinein, und es war weder ein Haßfick noch ein Letzter-Fick-bevor-ich-sterbe. Er zog einen Träger ihres Büstenhalters herunter und saugte ihre Brustwarze und versuchte nicht, seinen Orgasmus zurückzuhalten, sondern ließ sich forttragen, fickte sie mit langen, langsamen Stößen, und als er kam, wußte er nicht, wie lange es gedauert hatte, und es war ihm auch egal, er wußte nur, daß er sie liebte und daß aller Haß aus ihm verschwunden war. Einen Moment lang blieb er bebend auf ihr liegen, dann lächelte er, denn er hatte nicht einmal mehr die Kraft, sein Gewicht auf die Ellbogen zu verlagern, wie es sich für einen Gentleman gehörte, für den er sich gerne hielt.

Klein lag mit geschlossenen Augen da und atmete leicht. Er spürte, wie er abdriftete, und riß mit Gewalt die Augen auf. Devlins Gesicht war halb abgewandt, in dem bernsteinfarbenen Licht wunderbar gemeißelt, und er meinte, auf ihren Wangen eine glänzende Spur von Tränen zu sehen. Sie war von intensiver Schönheit. Schöner als alles, was er je gesehen hatte. Er wollte sie auf ewig anschauen, aber seine Lider schlossen sich in uralter Schwere. Er kämpfte dagegen an, aber es nützte nichts, es versagten ihm die letzten Reste seiner Kraft. Ihr Gesicht entglitt seinem Blick. Ihre Brustwarze lag noch immer gegen seine Lippen gepreßt. Er öffnete den Mund und murmelte in ihre Brust, so leise und so undeutlich, daß er wußte, sie konnte ihn nicht verstehen.

»Ich weiß, das tut man nicht als Kavalier«, sagte er, »aber ich möchte jetzt schlafen.«

Und wieder lächelte Klein, weil er ein Arschloch war und es wußte und sich überhaupt nichts mehr daraus machte. Und dann schlief er ein.

Dreißig

Hobbes lag auf seinem Diwan und starrte auf die nackte Glühbirne an der Decke. In den letzten Monaten hatte er die Nächte immer hier verbracht, in einer kleinen Abstellkammer neben seinem Büro. Seit Wochen hatte er nie länger als eine Stunde auf einmal geschlafen, seit Beginn der Sperre überhaupt nicht mehr. Er hatte durchaus eine Frau und ein Zuhause, aber die Momente, da er einen ausreichend zwingenden Grund fand, um sie aufzusuchen, waren immer seltener geworden und zuletzt ganz ausgeblieben. Falls seine Frau das stören sollte, so neigte Hobbes dazu, das zu übersehen und sich um so weniger darum zu scheren. In der letzten Zeit gelang es ihm gar nicht mehr, sich an ihren Namen zu erinnern, und wie sie aussah, wußte er kaum noch. In seinen Amtsräumen hing kein Foto von ihr. Seiner Ansicht nach hatte sie keinen Grund zur Klage, er fand, sie hätte von ihnen beiden weitaus am besten abgeschnitten. Was er verdiente, gab sie zum größten Teil für sich und ihr Heim aus; daher hatte Hobbes ihrem ständigen Gejammer darüber, daß es ihrem Leben an Liebe und Erfüllung fehlte, bestenfalls ein taubes, schlimmstenfalls ein mitleidlos verächtliches Ohr geliehen. Jane Hobbes – Janet Hobbes? Rebecca? – hätte Liebe und Erfüllung nicht erkannt, auch wenn diese Eigenschaften mitten in der Nacht in ihr Schlafzimmer gedrungen wären und sie vergewaltigt hätten. Bei der Vorstellung mußte Hobbes unwillkürlich lächeln und sich fragen, warum in aller Welt er gerade jetzt an sie dachte. Vielleicht als Selbstreinigung seines Geistes in Vorbereitung auf das Ende. Denn das Ende kam mit Riesenschritten, und er spürte bereits, wenn er es auch noch nicht sah, das blendende Licht, das auf der anderen Seite brannte.

Er hatte seine Maschinerie – und Klein hatte recht, die panoptische Maschinerie war wirklich seine Maschinerie – einem historischen Ausbruch unkontrollierbarer Gewalt überlassen. Historisch. Er, John Campbell Hobbes, machte Geschichte. Er hatte als Herrscher über seine Schöpfung abgedankt in der Hoffnung, daß der derart losgelassene, überhitzte Nihilismus sich einem über sich selbst hinausweisenden Ziel unterordnen möge. Das war schiefgegangen. Das panoptische Experiment war genauso schiefgegangen wie die Liebe, die er irgendwann einmal für seine Frau empfunden hatte. Dort unten waren die Beweise: in den Flammen von Block B, in der sinnlosen Mordlust gegen die schutzlosen Jammergestalten im Hospital. Er hatte ihnen Gelegenheit gegeben, eine höhere Menschlichkeit zu zeigen, und sie hatten sie mit Füßen getreten. Er hatte geträumt, daß sie an der Brüstung aufstanden und riefen: »Wir sind mehr als das! Wir sind mehr als der Dreck, den ihr aus uns gemacht habt!«

Der Raum um ihn her hallte wie eine riesige, leere Gruft, und Hobbes bemerkte, daß er laut gesprochen hatte. Die Zeit für Träume war vorüber, gekommen war die Zeit für die Verzweiflung, jene ozeanische Verzweiflung, die sich zu diesem letzten tapferen Kampf gestellt hatte. Doch jetzt war er bereit, sich ihr zu ergeben. Verzweiflung war schließlich nichts anderes als die letzte Transzendenz des Ich, und sein Ich war von einem dem Untergang geweihten Kosmos zu Asche zermalmt worden. Verzweiflung war nicht Demut, sondern Hybris; das radikale Nicht-Wissen; die totale Aufgabe; eine einsame Reise ohne jedes vorstellbare Ziel. Endlich war er frei zu reisen, es blieb ihm nur noch eine einzige Pflicht – seine Reise von jenem Ort aus anzutreten, der als einziger dafür in Frage kam: vom Mittelpunkt der panoptischen Maschinerie, die er zu der seinen gemacht hatte.

Es klopfte an der Tür, und Hobbes wußte, daß es Cletus war. Er erhob sich vom Diwan, strich die Falten seines Anzuges glatt und rückte die Krawatte zurecht. Dann öffnete er vor Cletus' feistem Gesicht die Tür. Der Captain trug den schwarzen SWAT-Anzug, in dem er noch massiger wirkte, als er war. Von einem Kopfhörer in seinem Ohr lief ein Draht zu einem Funkgerät vorn an seinem Jackett.

»Entschuldigen Sie, Sir«, sagte Cletus.

Hobbes ging wortlos an ihm vorbei und setzte sich hinter seinen Schreibtisch. Der Schreibtisch bedeutete ihm etwas, hatte ihm immer etwas bedeutet. Seit 1882 stand er hier in diesem Raum. Unter einer Glasplatte lag die Originalbauzeichnung der Strafanstalt. Hobbes fühlte sich von der ehrfurchtgebietenden Schönheit ihrer Symmetrie innerlich berührt wie nie zuvor. Er hatte jeden Meter der physischen Realität des Gefängnisses abgeschritten, kannte jeden Winkel und jede Zelle. Aber die wahre Vollkommenheit lag hier, unter dem Glas auf seinem Schreibtisch, weniger in der Ausführung als vielmehr im Entwurf. In Hobbes' Augen verkörperte er den ruhmreichen Endpunkt des Cartesianischen Projekts, den Versuch, Gott und Mensch durch Anwendung der reinen Vernunft zu erkennen. Diese Zeit war jetzt vorbei, das Projekt an den Felsen des Irrationalismus zerschellt. Neben dem Plan lag ein Fragment eben dieser Felsen: eine zerknitterte Seite, billig, blau liniert, aus einem kleinen Notizbuch gerissen. Hobbes hatte es in einer Zelle im Isolationsblock gefunden, in Plastik gehüllt zwischen Granitblöcke geschoben. Auf dem Papier stand, in grüner Tinte ungelenk geschrieben, die Zahl 1057, und unter der Zahl die Worte:

> Every morn and every night,
> Some are born to sweet delight.
> Some are born to sweet delight,
> Some are born to endless night.

Hobbes kannte den Autor des Gedichts nicht, er wußte auch nicht, ob es ein Zitat war oder hier verfaßt. Es übte eine starke, faszinierende Wirkung auf ihn aus, die um so größer war, da er jetzt in dieser dunkelsten Stunde das Licht seines letzten Morgenrots erwartete. Endlose Nacht. Süße Freude.

Beide Seiten der Medaille hatte er erfahren, doch jetzt wußte er, auf welcher Seite sein Schicksal lag. Wenigstens hatte er sich nie mit Mittelmäßigkeit begnügt. Er schob die Glasplatte zur Seite und zog das zerknitterte Papier heraus, faltete es so, wie es ursprünglich gefaltet gewesen war, und steckte es in die Brusttasche seiner Jacke. Cletus räusperte sich. Hobbes hatte ihn ganz vergessen. Er sah ihn an.

»Nehmen Sie Platz, Captain.«

»Ich stehe lieber, Sir, wenn Sie gestatten.«

»Bitte, wie Sie wollen.«

»Ich habe gerade mit dem Strafdezernat in Austin gesprochen.« Cletus schob unbehaglich seine Schultern hin und her. »Man hat mir aufgetragen, vorübergehend das Kommando über die Strafanstalt zu übernehmen, Sir.«

Das war eine Demütigung, mit der Hobbes nicht gerechnet hatte. Doch nun, da sie eingetreten war, ließ sie ihn überraschend gleichgültig.

»Sprechen Sie weiter«, sagte er.

»Der Gouverneur war einigermaßen verwundert darüber, daß Sie es nicht für notwendig gehalten haben, ihn über die Situation, die wir hier haben, zu informieren. Ehrlich gesagt, Sir, ich auch. Seiner Meinung nach sind Sie gesundheitlich nicht in der Lage, in dieser besonderen Situation Ihren Pflichten weiter nachzukommen.«

»Der Gouverneur.«

»Ja, Sir.«

»Sie haben Verbindung mit ihm aufgenommen.«

Cletus schob den Unterkiefer vor. »Jawohl, Sir.«

»Und worauf stützt der Gouverneur seine Einschätzung meines Gesundheitszustands?«

»Auf Informationen und Befürchtungen, die ich in meinem Bericht an ihn geäußert habe, Sir.«

Hobbes nickte schweigend.

»Der Gouverneur hat eine Abteilung der Nationalgarde zu unserer Unterstützung abkommandiert. Ihr Nachfolger wird am Morgen per Hubschrauber hier eingeflogen.«

Wieder nickte Hobbes. Auch diese Neuigkeiten ließen

ihn vollkommen kalt. Alles, was er noch brauchte, war eine einzige Stunde Zeit, und auf die Hilfe von Cletus und seinen Männern konnte er überhaupt verzichten. Alles war von der Vorsehung bestimmt, und zwar lange bevor der Captain an seine Türe geklopft hatte. Dies machte alles jetzt allerdings etwas dringender. Kein Grund, nicht die Würde zu bewahren.

»Läßt man mir Zeit, meine Sachen zu packen?«

»Selbstverständlich, Sir.« Cletus scharrte mit den Füßen.

»Ich bedaure, daß es so kommen mußte.«

Hobbes ging um den Schreibtisch herum. »Sie waren immer ein loyaler und höchst zuverlässiger Untergebener, Cletus. Ich betrachte die Arbeit mit Ihnen als besondere Ehre.«

Er streckte seine Hand aus, Cletus nahm sie und schüttelte sie mit einem gefühlvoll geröteten Gesicht.

»Ich danke Ihnen, Sir.«

Aus Cletus' Kopfhörer kam ein gedämpftes Geräusch, schielend drückte er seinen dicken Zeigefinger darauf. Er stellte sein Funkgerät an und beugte den Kopf hinunter.

»Das ist nicht möglich«, sagte er.

Der Kopfhörer summte noch einmal. Cletus sah Hobbes ins Gesicht.

»In den Zellenblöcken sind die Lichter angegangen«, sagte er.

Hobbes schritt quer durch den Raum zum Nordfenster, dicht gefolgt von Cletus. Die gerillten Glasgewölbe über den vier Zellenblocks warfen einen grünlich glühenden Schimmer in die Nacht. Die große Kuppel in der Mitte über der Nabe der gesamten Anlage war dunkel. Hobbes begriff sofort.

»Das habe ich nicht angeordnet«, murmelte Cletus verständnislos.

»Dennis Terry«, sagte Hobbes.

Cletus nickte. »Scheiße, dieser alte Penner muß zum Notstromaggregat gekommen sein. War wahrscheinlich auch er, der heute nachmittag die Stromversorgung lahmgelegt hat. Entschuldigen Sie, Sir. Ich gehe jetzt besser.«

Aber Hobbes hörte ihm nicht zu. Er starrte auf die dunkle Glaskuppel. Das war mehr, als er erwarten durfte. Die Kuppel: das ideale Cockpit für den Antritt seiner Reise. Und doch fehlte etwas: jener Lichtkranz, jenes helle Leuchten, mit dem allein sie ihre Funktion erfüllte. Hobbes drehte sich um. Cletus war schon gegangen. Hobbes war allein. Da erkannte Ex-Direktor Hobbes, daß er keine Zeit mehr zu verlieren hatte.

Einunddreißig

Devlin richtete sich in einer Ecke des Bettes auf, das Photo von Coley und seiner Familie hing direkt neben ihr an der Wand. Sie ließ alles aus sich herausströmen, was sie bis jetzt in sich verschlossen hatte. Sie ließ es leise heraus, denn sie wollte Klein nicht wecken und sie wollte ihre Tränen nicht noch einmal zurückhalten oder entschuldigen oder erklären. Sie war nicht einmal ganz sicher, warum sie eigentlich weinte, aber sie weinte lange. Sie war froh über das Gewicht von Kleins Arm um ihre Taille, froh über die flackernden Kerzen. Froh auch, hier zu sein, an diesem schrecklichen Ort, wo endlich all ihre rationalen Gedanken sie im Stich ließen und sie sich dem nackten Gefühl hingeben konnte. Nach einer Weile kamen keine Tränen mehr. Sie wischte sich das Gesicht am Bettuch ab und zündete sich eine von Wilsons Camels an. Ihre Gedanken wanderten, und zwar ziemlich weit. Als sie wissen wollte, wo sie gewesen waren, konnte sie sich nicht erinnern. Plötzlich ein Klopfen an der Tür, das sie zusammenschrecken ließ. Es dauerte eine Sekunde, bis ihr klar wurde, daß Hector Grauerholz, falls er käme, sicher nicht klopfen würde.

»Herein«, sagte sie.

Die Tür öffnete sich einen Spalt breit. »Ich bin's, Coley.«

Devlin umhüllte sich mit dem Bettuch. »Nur zu«, sagte sie.

Coley trat scheu herein, schaute auf den schlafenden Klein, dann auf Devlin.

»Alles in Ordnung?« fragte er leise.

Devlin lächelte und nickte. Von der Matratze neben ihr kam ein Grunzen, dann Kleins kaum verständliche Stimme.

»Was willst du denn, du altes Ekel?«

»Dich in den Hof hinausbefördern, du Arsch. Grauerholz schafft es nicht allein, und deinen Jammerarsch brauchen wir wirklich nicht.«

Klein hob den Kopf und rollte herum. Er grunzte und zuckte, als sich dabei verschiedene Verletzungen meldeten. Auf der Brust hatte er einen großen Bluterguß. Coley hielt ihm ein paar ausgetretene Turnschuhe vor die Nase.

»Ich dachte, die kannst du vielleicht brauchen, wenn du uns endlich den Gefallen tust und dich abseilst.«

»Du bist ein verdammtes Waschweib, Coley, hab ich dir das schon mal gesagt?«

Coley warf die Schuhe auf den Boden. »Die sind von Greg Garvey, aber er wird nichts dagegen haben, wenn du sie trägst, und du sicher auch nicht. Wir haben alle Jungs, die das wollten, nach oben in Saal Travis verlegt.«

»Du hättest uns holen sollen, damit wir helfen.«

Coley ging nicht drauf ein. »Das hab' ich in deinen beschissenen Klamotten gefunden.«

Er hielt ihm den stumpfnasigen Revolver hin. Klein setzte sich am Bettrand auf und nahm ihn.

»Woher hast du den?« fragte Devlin.

»Heut' nachmittag Grauerholz abgenommen«, erwiderte Klein.

Coley warf ihr einen Blick zu, den auch Klein bemerkte. Er setzte Frog den Revolver auf den Bauch.

»So ist's richtig. Den ganzen Tag zerreiß ich mich für dich, daß dir niemand deine schwarzen Eier abzwackt, und dann erlaubst du mir nicht einmal ein paar kurze Schnarcher.«

»In den Blocks sind grad' die Lichter angegangen. Wie zu Weihnachten. Ich dachte, das würde dich vielleicht interessieren.«

»Dennis hat's geschafft«, sagte Klein. »Gottverdammt.«

»Was bedeutet das?« fragte Devlin.

»Das bedeutet, daß die in Block C festsitzenden Schwarzen und Latinos frei sind«, erklärte Klein. »Da wird Agry gleich sehr alt aussehen. Und dazu wird seine Crew seit Stunden aufgerieben. Die Kerle aus C sind frisch und rasend wie die

Teufel. Wenn Stokely Johnson die Organisation hinkriegt, dann sollten sie imstande sein, Agry die Eier ordentlich anzubraten, und dann muß er Grauerholz zur Unterstützung von uns abziehen.«

Coley ging zurück zur Tür und zog sie auf. »Na, dann darf sich der olle Stoke nicht zu viel Zeit lassen«, sagte er. »Denn Grauerholz steht mit mindestens dreißig funkelnagelneuen Kerlen vor der Tür, und so aufgerieben sehen die mir nicht aus.« Coley fixierte Devlin mit einem bedeutungsvollen Blick und deutete dann zur Decke, auf die alte Psycho-Station über ihnen. »Nur weil der gute Doktor wieder in der Stadt ist, heißt das nicht, daß ich unsere Abmachung vergesse. Die Schlüssel haben Sie ja noch?«

Devlin nickte.

»Benutzen Sie sie.«

Coley ging, und Klein stand auf und fuhr in seine Hosenbeine.

»Wieviel nimmt der Frogman dir denn ab?« fragte er.

»Wofür?« fragte Devlin.

»Daß du in seinem lausigen Loch hier anschaffst.« Er grinste und beugte sich zu ihr. »Hör mal, nimm lieber mich als deinen Strizzi, dann geh' ich noch heute auf die Straße und bring dir Kundschaft heim.«

»Du Hund.«

Sie gab ihm einen solchen Stoß gegen den Bluterguß auf seiner Brust, daß Klein, die Hosenbeine um die Knie, aufbrüllte, die Balance verlor und zu Boden stürzte. Erschrocken sprang Devlin aus dem Bett und half ihm auf die Beine. Dann sah sie ihm forschend ins Gesicht. Es war wirklich mehr als lächerlich, das war ihr klar, aber sie suchte trotzdem nach irgendeinem Zeichen, daß sie Klein genauso viel bedeutete wie er ihr. Da er seine Zuneigung zu Coley im allgemeinen durch Drohungen und Beschimpfungen zum Ausdruck brachte, wußte sie eigentlich nicht, wonach sie suchen sollte. Vielleicht war sein Angebot, ihr Zuhälter zu werden, der gesuchte Liebesbeweis. Klein legte ihr eine Hand auf die Wange.

»Tu, was Frogman sagt«, beschwor er sie. »Wenn sie durchbrechen, geh rauf in seine Kammer und schließ die Tür hinter dir zu. Laß dir von Vinnie das Radio geben und komm nicht herunter, bevor du nicht in den Nachrichten hörst, daß die Revolte vorbei ist.«

Die Aussicht, dort oben ganz allein unterm Dach zu hocken, erfüllte sie mit Grauen. Klein sah es.

»Ich weiß, das ist dir nicht angenehm, und ich weiß, was du heute schon geleistet hast, aber wenn es hart auf hart geht, dann tun die Jungs und ich uns viel leichter, wenn wir uns nicht dauernd nach dir umsehen müssen.«

Klein hatte recht. Angenehm war es ihr nicht. Aber sie sah ein, daß sie im Kampf nur hinderlich war. Sie nickte, und Klein nahm den Revolver auf.

»Kennst du dich mit Schußwaffen aus?«

Sie schüttelte den Kopf. Er schob die Trommel auf.

»Ich auch nicht besonders. Schau, hier drin sind fünf Kugeln und eine leere Kammer. Unterm Hahn liegt eine Kugel. Das heißt also, vier Schuß hintereinander, dann einmal blind. Nach dem Klick über der leeren Kammer weißt du, daß du nur noch einen Schuß hast.«

»Ich war nie dafür, daß man sich lieber selbst die Kugel gibt als sich von den Apachen fangen zu lassen.«

»Fängst du einmal zu schießen an, dann ist es leicht, alles auf einmal zu verballern. Der Blindschuß ist nur zur Erinnerung. Was du mit dem letzten Schuß anstellst, ist deine Sache.«

Er hielt ihr die Waffe hin, und sie nahm sie. Sie war leichter als erwartet.

»Heb' sie dir für Coleys Höhle auf. Wenn sie wirklich durchbrechen, dann kommen sie nur einzeln durch die Tür.«

»Ich weiß, was ich zu tun habe.«

»Und schieß ihnen aus minimaler Entfernung in den Kopf. Das ist keine Clint-Eastwood-Knarre.«

»Ich habe gesagt, ich weiß, was ich zu tun habe.«

»Ich möchte nur, daß du das ganze überlebst.«

Klein wandte sich ab und zog sich sein Hemd an. Plötzlich

liebte sie ihn sehr, aber gleichzeitig packte sie auch heftiger Zorn.

»Du warst doch in Sicherheit«, sagte sie. »Warum zum Teufel bist du nicht dort geblieben?«

Klein sah sie an. »Wollte ich ja, aber es ergab sich eben anders.«

»Bist du meinetwegen gekommen?«

Einerseits wollte sie darauf unbedingt ein »ja« hören, andererseits hatte sie Angst davor, mit seinem Tod auf ihrem Gewissen weiterleben zu müssen. Klein setzte sich auf den Bettrand und schlüpfte in Garveys Turnschuhe.

»Daß du hier warst, machte es für mich noch wichtiger, aber ich war ohnehin schon auf dem Weg.«

»Warum?«

»Das weiß ich nicht.«

Klein band sich die Schuhe zu. Sie konnte sein Gesicht nicht sehen.

»Vielleicht gehöre ich einfach hierher.«

Ohne Notwendigkeit löste er den Knoten an seinem linken Schuh und band ihn noch einmal, wobei er sein Gesicht gesenkt hielt. Devlin ging zu ihm hin und fuhr ihm mit den Fingern durchs Haar. Klein legte seine Arme um ihre Hüften und zog sie an sich, und sie spürte seinen Stoppelbart an ihrem Bauch. Nach einigen Augenblicken ließ er sie los, ging zum Bettende und kniete nieder. Er bemühte sich dabei noch immer, den Gefühlssturm auf seinem Gesicht vor ihr zu verbergen. Er schob das Bett zur Seite und hob ein Brett hoch. Kurz darauf hielt er ihr eine alte Jack-Daniels-Flasche entgegen, die mit einer klaren Flüssigkeit gefüllt war.

»Das Beste im ganzen Haus«, sagte er und grinste, wieder ganz Herr der Lage. »Dohertys legendäres Gesöff. Ein IRA-Typ und Waffenschmuggler hat es vor Jahren hier gebraut. Das muß die letzte Flasche sein.«

Er stand auf und ging an ihr vorbei zur Tür.

»Komm«, sagte er. »Wir haben eine Menge zu feiern.«

Sie schaute ihm in die Augen, und ihr Herz krampfte sich

zusammen. »Ja«, sagte sie, »das haben wir. Ich komme gleich nach.«

Klein verzog seine Lippen auf groteske Art und kniff die Augen zu.

»Und was soll das bedeuten?« fragte sie.

Klein schaute gekränkt drein. »Das war mein lässiges Grinsen.«

Er hob eine Augenbraue. Devlin lachte laut auf.

»Schon naß zwischen den Beinen?«

Devlin, noch immer lachend, formte mit Daumen und Zeigefinger einen Kreis und hielt ihn Klein dicht vor die Nase.

»Ich weiß«, sagte er. »Ich weiß.«

Er öffnete die Tür und ging.

Devlin zog sich an und steckte das Schießeisen in die rechte hintere Gesäßtasche ihrer Jeans. Das Hemd ließ sie über den Gürtel hängen. Dann blies sie die Kerzen aus und ging hinunter. Unterwegs begegnete sie Gimp Cotton, der mit seinem Gipsbein die Stufen hinunterhumpelte. Sein geschwollenes, tätowiertes Gesicht verzerrte sich zu einer Grimasse, die er wahrscheinlich für ein charmantes Lächeln hielt. Sie machte einen weiten Bogen um ihn.

»Alle Mann an die Pumpen, was, Doc?« rief er ihr nach.

Devlin beachtete ihn nicht und betrat das Stationszimmer. Es war leer. Sie ging quer durch das Zimmer zum Eingang des Duschraums und blieb stehen. Die Tür zur Apotheke stand offen. Drinnen drängten sich Klein, Coley, Wilson und Galindez um das hintere Ende des langen Labortisches und führten sich aus allen möglichen pharmazeutischen Zylindern und Bechergläsern Dohertys Gebräu zu Gemüte. Vinnie Lopez' Kopf tauchte in ihrem Gesichtsfeld auf. Mit einem Lächeln auf seinem total abgezehrten Gesicht hielt er sein Glas für einen zweiten Schluck hin. Dann sah sie, wie Klein sich hinüberbeugte und Wilson etwas ins Ohr flüsterte, Wilson lachte sein großes, tiefes Lachen, und Klein gab ihm einen leichten Stoß gegen seinen bandagierten Bauch und lachte mit ihm. Dann zeigte Coley auf Klein und sagte etwas mit »dieser weiße Arsch« darin, und Klein antwortete etwas mit »… sieht aus wie zehn Kilo Scheiße in einem Fünf-Kilo-Sack …«, und alle lachten, sogar der stille, ernste Galindez. Während Coley ihre Gläser nachfüllte, mußte Devlin schon wieder heulen. Weil sie diese Kerle liebte. Alle miteinander. Diese beschissenen Typen, alle mit einem gewaltigen Dachschaden, unbegreiflich, wild, gepeinigt, obszön, lachend wie übergeschnappte Narren, ein Schiff voller Narren, schiffbrüchig auf stürmischer See. Sie liebte sie. Und als sie alle die Gläser hoben, wandte sie sich ab und versteckte sich hinter der Tür, um diesen freudigen Moment nicht mit ihren Tränen zu stören.

Schritte näherten sich dem Duschraum. Sie wich noch weiter hinter die Tür zurück und rieb sich das Gesicht am Ärmel trocken. Galindez trat ein, ohne sie zu bemerken, und mit dem Rücken zu ihr gewandt, knöpfte er sich den Hosenlatz auf und pißte in das Waschbecken gegenüber den Duschen. Devlin atmete ganz leise. Sie bemerkte, daß Galindez' Haar bis auf die Kopfhaut verkohlt war. Er war mit dem Pissen fertig, knöpfte sich die Hose zu und wusch sich die Hände. Dann drehte er sich um, auf der Suche nach einem Handtuch, sah sie und prallte zurück.

»Doktor Devlin!« Sein dunkles Gesicht lief tiefrot an. »Entschuldigen Sie. Coley sagte, ich sollte hierher …«

»Ich bitte Sie! Ich muß mich entschuldigen. Das macht doch nichts.«

Sie lächelte und kam sich dabei ganz dumm vor. Galindez wischte sich die Hände an seinem Hemd trocken. Aus seinem Gürtel ragte der Griff eines Schraubenschlüssels.

»Ich muß mich auch noch bei Ihnen entschuldigen«, sagte er, »daß ich Sie in der Gefahr alleingelassen habe.«

»Das war doch meine Schuld.«

Er schüttelte den Kopf. »Das war ein Verstoß gegen die Dienstordnung. Ich werde das melden, wenn …«

Seine Stimme verlief sich in einem unausgesprochenen »… wenn wir hier lebend herauskommen.«

»Als mich niemand holen kam, fürchtete ich schon, es hätte Sie erwischt«, sagte sie. »Gott sei Dank ist Ihnen nichts passiert.«

Galindez nickte zu dem Gelächter hinter der Tür hin. »Die haben schon dreimal auf Sie angestoßen. Wilson meint, Sie sollten Ihre eigenen Leute haben.« Er lächelte und hob die Hand zum Salut. »Und Klein nennt Sie die Soldatenkönigin.« Diesmal spürte sie, wie ihr das Blut ins Gesicht stieg, und sogar das Atemholen fiel ihr schwer.

»Die erwarten Sie.«

Nachdenklich fuhr sie sich mit den Fingern durchs Haar. »Ich muß mir das Gesicht waschen«, sagte sie. Warum war sie nur so ein verklemmtes Huhn?

Galindez schüttelte den Kopf. »Sie können sich nicht vorstellen, was es für sie alle bedeutet, daß Sie hier sind. Natürlich hätten sie auch gern, daß Sie irgendwo in Sicherheit wären, aber ...«

»Nicht um alles in der Welt möchte ich jetzt woanders sein.«

Galindez betrachtete sie mit seinen schwarzen Augen. Dann zog er, zuerst zögernd, ein gefaltetes Stück Papier aus der Tasche und hielt es ihr entgegen.

»Falls ich es nicht schaffe, und Sie durchkommen. Für meine Frau. Wenn Sie das könnten ...«

»Na klar.«

Devlin nahm den Brief. Ihre Hand zitterte, als sie ihn in die Tasche steckte.

»Ich danke Ihnen. Und jetzt – wenn Sie gestatten.«

Damit bot ihr Galindez seinen Arm. Mit leichtem Magenflattern ging sie auf ihn zu, nahm den Arm, und gemeinsam schritten sie durch die Apotheke.

Heisere Hurrarufe und Applaus begrüßten ihren Auftritt. Sie durchschritten die Länge des Raumes, und Devlin grinste und schaute verlegen durch ihre leicht verschleierten Augen. Klein breitete die Arme aus.

»Ist's dies Gesicht, das tausend Schiffe segeln hieß, und die unbekrönten Türme Iliums fällte?«

»Leck mich, Klein.«

Sie stieß ihn vor die Brust, worauf Klein gegen sie fiel und die Arme um ihren Hals schlang.

»Frogman, gib ihr was zum Trinken!«

Ein 200-Milliliter-Reagenzglas, zu zwei Dritteln gefüllt mit einer klaren Flüssigkeit, wurde ihr in die Hand gedrückt. Klein machte sich von ihr los, ließ aber einen Arm um ihre Taille gelegt. Sie nahm ihren Mut zusammen und stürzte einen Schluck der Marke Doherty hinunter. Es schmeckte so samtig weich wie ein guter Whisky. Sie wartete darauf, daß es ihr durch Mark und Bein fuhr, doch als das Gebräu im leeren Magen eintraf, sandte es von dort ein warmes Kribbeln in ihre Glieder. Es hatte einen ungewohnten Nachgeschmack nach Karamel. Sie sah Coley fragend an.

»Süßkartoffel?«

Coley nickte. »Diese Frau ist wirklich ein Teufelsweib, Klein.«

»Devlin, bring einen Toast aus«, sagte Wilson.

Zustimmende Rufe von allen Seiten, dann senkte sich Schweigen auf die Gesellschaft. Devlin schwamm schon der Kopf vom Alkohol. Sie blickte in Kleins Gesicht, das dem ihren ganz nahe war, und er nickte und streichelte ihr Gesicht mit den Augen. Sie sah Coley an, der sie ernst musterte, dann Wilson, der ihr zuzwinkerte, dann Galindez, der ruhig an der Tür stand. Endlich Vinnie Lopez, der auf einem Stuhl saß, um seine Kräfte zu schonen, und mit der Ehrfurcht des jungen Mannes von einem der älteren Knastbrüder zum anderen blickte. Seine Haut war wie Pergament, über Rippen und Schlüsselbeinen fast durchsichtig.

»Mein Toast gilt Vinnie«, sagte sie.

Vinnies Augen weiteten sich vor Schreck. »Kommt nicht in Frage.« Er rappelte sich auf. »Das können Sie nicht tun! Sie können Ihren Toast nicht auf ein wertloses Stück Scheiße verschwenden!«

Mißbilligendes Gemurmel.

»Du hast recht«, erklärte Devlin. »Du bist ein Stück Scheiße.«

Vinnie, auf unsicheren Beinen schwankend, blickte hilfesuchend zu Klein. Devlin löste sich von Klein, denn das, was sie sagen wollte, brachte sie unter seiner Berührung nicht heraus. Sie holte tief Luft und sah Vinnie fest ins Auge.

»Du bist ein wertloses Stück Scheiße und scheißt im Scheißhaus dieser Welt dein Leben aus«, sagte sie. »Aber dieser Mann ist zurückgekommen, obwohl er es nicht mußte.«

Sie deutete auf Klein, sah ihn aber nicht an.

»Er weiß nicht, warum, aber irgend etwas in ihm weiß es, und ich weiß es auch. Und zwar, weil …«

Sie mußte eine Pause machen, weil ihr die Stimme versagte. Die Männer warteten. Sie nahm den Faden wieder auf.

»Und zwar, weil nur dann, wenn auch das wertloseste Stück Scheiße der Welt alles wert ist – alles –, nur dann sind auch alle anderen irgend etwas wert.«

Sie spürte, wie Kleins Arm sich um ihre Taille preßte und ihre Hüften gegen seine zog. Sie konnte ihn noch immer nicht ansehen.

»Ich trinke also auf Vinnie Lopez. Und auf euch alle, ihr beschissenen Kotzbrocken.«

Es gab eine Pause, und sie fürchtete schon, etwas furchtbar Blödes gesagt zu haben. Dann hob Galindez sein Glas.

»Auf die Kotzbrocken!«, sagte er.

»Auf die Kotzbrocken!« Coleys Stimme vibrierte vor Gefühl.

»Kotzbrocken«, sagte Wilson.

Klein stieß mit ihr an. »Kotzbrocken!«

Nach einem allgemeinen Anstoßen wurde getrunken. Dann folgte ein eher düsteres Schweigen, in dem sich jeder kurz in seine eigenen Gedanken zurückzog.

Dann sagte Lopez: »Der Toast war auch auf mich, ihr schwulen Säue, nicht nur auf die Kotzbrocken.«

Das Schweigen zerbrach in Gelächter und zustimmende Rufe.

»Wenn sie verrückt genug ist, ihren Toast auf dich zu verschwenden, dann sind wir das noch lange nicht!«

»Leck mich, Coley, du schwarzer Arsch.«

Devlin spürte Kleins Lippen an ihrem Ohr.

»Ich liebe dich«, sagte er.

Bevor sie ihm in die Augen schauen konnte, drang aus der Station großer Lärm und der Krach einer gewaltigen Explosion. Gläser zerbrachen klirrend auf dem Boden. Galindez stürzte durch die Tür. Wilson packte die Whiskyflasche. Klein küßte sie auf die Wange und war fort. Sie folgte ihnen in den Korridor. Die Holztür bebte unter wuchtigen Schlägen von der anderen Seite. Durch die Tür zur Station sah sie tanzendes Licht von Flammen, dann kam eine weitere Explosion, dicht gefolgt von einem Blitz, dann sofort noch einer. Bevor sie in die Station gelangen konnte, gab ihr Coleys großer Bauch von hinten einen Stoß und schubste sie durch den Korridor in Richtung Treppe.

»Rauf!«

Coley tauchte durch die Flammen, die ihm aus dem Tor entgegenschlugen. In jeder Bauernfaust hielt er eine der Stahlstangen, die er zuvor aus den Fenstergittern gerissen hatte. Vinnie Lopez humpelte über den Korridor und verschwand.

Devlin blieb allein.

Die Tür zitterte unter rasenden Schlägen.

Devlin zog die Pistole aus der Tasche, spannte den Hahn und ging durch den Korridor zurück in die Station.

Drinnen schossen aus brennenden Benzinpfützen ölige Rauchwolken empor, und zwischen dem Rauch und den Flammen kämpften Männer miteinander wie wilde Tiere. Auf und ab durch den Mittelgang zwischen den Betten, auf den blutigen Matratzen, unter den gähnenden Fensterrahmen, durch die die Feinde hereingeklettert kamen, stachen, traten, schlitzten, hieben Männer aufeinander ein in einem Kampf ohne Erbarmen.

Wilson zerschmetterte die Flasche an einem bärtigen Gesicht und rammte dem Mann den schneidend spitzen Glasstumpf zwischen die Beine. Als der zusammenbrach, schubste Wilson ihn in einen Flammenherd. Der Alkohol in seinem Bart fing Feuer, und er krümmte sich am Boden, den Kopf in Flammen gehüllt.

Galindez wehrte mit erhobenem Arm eine Brechstange ab,

und Devlin hörte Knochen brechen, als er mit dem gespitzten Schraubenschlüssel auf den Kerl losging und ihm mit drei rabiaten Stößen die Bauchwand durchbohrte.

Ein Insasse im Krankenhauspyjama packte einen Mann in blauem Drillich um die Knie und riß ihn nieder, und Deano Baines stürzte sich mit einer Schere auf ihn und stach ihm Löcher in die Brust. Dann spaltete ein anderer Deano Baines den Schädel, aber Klein packte den Angreifer von hinten an den Haaren und brach ihm das Genick und riß ihm das Fleischermesser aus der Hand. Jetzt sprangen zwei Typen mit Messer und Kette vom Fenster herunter und gingen zu zweit auf Klein los. Der nahm sich zuerst den mit dem Messer vor und trat ihm mit solcher Wucht in die Blase, daß der Messerstecher buchstäblich vom Boden abhob und gegen ein Bett krachte. Der andere traf Klein nicht, wie beabsichtigt, mit seiner schwingenden Kette am Kopf, dafür aber an der Schulter, daß ihm das aufgeplatzte Fleisch durch den Stoff des T-Shirts quoll. Klein machte einen kurzen Schritt zurück und trat dem Kettenmann die Knie weg, beugte sich mit einem Schrei über ihn und schwang das Fleischermesser über den rotierenden Armen auf und nieder, bis er ihn am Skalp erwischte und ihm ein Ohr und eine Gesichtsseite wegsäbelte, die ihm dann als widerlicher Lappen von den freigelegten blutigen Zähnen hing. Inzwischen kam der Messermann wieder auf die Beine und schnitt Klein mit seiner Klinge den Bizeps von einer Seite zur anderen auf, und das Fleischermesser fiel klirrend auf den Boden. Bevor Klein den Schmerz spüren konnte, hieb er dem Schwanzlutscher mit der Faust ins Gesicht und brach ihm das Nasenbein. Dann packte er den Kerl wie ein Tänzer am Handgelenk, wirbelte ihn in eine Armsperre und brach ihm über seinem Knie den Ellbogen. Er entriß ihm das Fleischermesser, hielt ihm die Klinge vor die Nase und versenkte sie ihm hinter dem linken Schlüsselbein ins Rippenfell. Devlin wandte sich ab.

In der nächsten Gruppe sah sie, wie Galindez unter den Schlägen von zwei Knastlern, die ihn mit Bauholzprügeln bearbeiteten, zur Kugel eingerollt zu Boden ging. Da fuhr

Reuben Wilson dazwischen und zog die schnellste Fünf-Punkt-Kombination ab, die Devlin je gesehen hatte: linker Haken gegen Hals und Leber, rechte Überhandgerade gegen den Schädel, eine zweite Linke in die Eier, und abschließend ein unsauber rechter Kinnhaken, der das Nervensystem des Empfängers lahmlegte. Beim letzten Hieb krampfte sich Wilson nach vorn zusammen, weil irgend etwas in ihm platzte, worauf der zweite Angreifer ihm ein schweres Teil quer über den Hinterkopf hieb und Wilson neben Galindez auf dem Gesicht landete und mit zuckenden Armen auf dem Boden ruderte. Als Coley seine Keulen gegen Wilsons Gegner hob, packte Horace Tolson die beiden Stahlstangen und riß sie Coley aus den Fäusten. Lopez warf sich mit seinem skelettdürren Körper gegen Tolsons monströse Masse und stach ihm mit dem Skalpell gegen den Hals, aber Tolson verscheuchte ihn wie eine lästige Fliege. Als Coley sich zu ihm drehte, drückte ihm Tolson die beiden Stahlstangen auf die Schulterknochen und preßte ihn in die Knie. Coleys Arme hingen ihm schlaff zu beiden Seiten herunter. Tolson hob die Stahlstangen noch einmal hoch. Klein fuhr mit dem Messer vor und warf sich hinterher. Die Klinge prallte an Tolsons Brustbein ab und fiel zu Boden. Devlin fixierte Tolson über dem Lauf ihrer Pistole. Bevor sie schießen konnte, hatte sich Klein schon auf ihn gestürzt, rammte ihm die Finger seiner Rechten in die Augen, umklammerte mit den Unterarmen seinen Hals und trat ihm mit dem Knie wie rasend gegen Bauch und Genitalien. Tolson, dem die Augen an Nervensträngen über die Wangen hingen, ließ die Stangen fallen, wickelte seine massigen Arme um Klein und hob ihn hoch. Klein bog sich nach hinten, dabei krachten seine Rippen wie trockene Brotrinden, und sein Rückgrat drohte zu brechen. Tolsons massiger Hals war zu stark für Klein. Der Riese warf den Kopf zurück und stieß aus Wut und Schmerz über seine Blendung ein markerschütterndes Röhren aus. Kleins Arme hingen ihm leblos an den Seiten herunter, während Tolson ihn rasend von einer Seite zur anderen schüttelte, aber Devlin konnte nicht schießen, aus Angst, Klein dabei zu treffen, also sprang sie über die am Boden liegenden Körper zu ihm hin. Inzwischen war Vinnie Lopez Tolson auf den Rücken gesprungen und schlang jetzt seine Beine um Tolson und um Klein, und die drei walzten und torkelten den qualmenden Mittelgang hinunter wie ein grotesker Mutant mit drei schreienden Mündern. Vinnies Hand schlang sich um Tolsons Hals. Ein Skalpell blitzte auf. Dann sprudelte eine rote Blutkaskade über Klein herab, als Tolsons Kehle auseinander klaffte und die durchschnittene Luftröhre im Blutschwall gurgelte. Ein letzter wütender Schrei entfuhr seinen Lungen, dann stürzte der Mutant in einer langen Parabel langsam zu Boden.

Aus dem Hof kamen knatternde Pistolenschüsse und eine Reihe dumpfer Schläge. Eine Dampfwolke stieg draußen vor den Fenstern auf. Ein Knastler, der gerade in einem der ausgebrochenen Fensterrahmen stand, zuckte auf und verschwand aus dem Blickfeld. Rasender Schmerz trieb Devlin den Kopf zur Seite. Sie hörte das Wort »Sau« und spürte einen Faustschlag gegen ihren Bauch, der sie gegen die Wand schleuderte. Auf den Lippen spürte sie warmes Salz, Blut rann auf ihr Hemd nieder. Sie fand die Balance wieder und sah durch den Qualm, wie Gimp Cotton mit seinem Gipsbein an ihr vorüberhumpelte, seine Tätowierungen verkrampften sich vor Haß. Den Blick hielt er starr auf Earl Coley gerichtet, der sich mit dem Rücken zu ihm mit seinen nutzlosen Armen hochzog. Der Gimp fuhr Coley von hinten mit der Hand in die Tasche, fischte seinen Schlüsselbund heraus und schleuderte ihn quer durch den Saal dem Sträfling mit dem Stahlprügel zu. Klein versuchte krampfhaft, sich unter Tolsons Leiche zu befreien. Gimp wirbelte Coley herum und stach ihm in den Bauch.

»Du fetter Niggerarsch! Du fetter Niggerarsch!«

Bei jedem »Arsch« stach Gimp wieder zu, und Coley stand einfach da und starrte ihn an, ohne mit der Wimper zu zucken, und wehrte sich nicht. Devlin schoß zu ihm hin, blind durch die Flammen stolpernd. Eine Benzinbombe landete zu ihren Füßen in einem Sprühregen aus beißendem

Rauch, eine Brandwelle schlug ihr gegen die Beine. Sie sprang drüber weg und torkelte weiter.

»*Du fetter Niggerarsch.*«

Devlin wischte sich eine Handvoll Blut und Tränen aus den Augen und schob Cotton die Mündung ihrer Pistole ins Ohr. Cotton drehte sich halb zu ihr herum, sein Haß verwandelte sich schlagartig in Panik. Devlin drückte ab und schoß ihm das Hirn zu Brei. Von draußen kamen noch mehr Schüsse. Coley ging langsam zu Boden. Plötzlich war Klein neben ihm, kniff die Augen gegen das brennende Benzin zu und legte ihm einen Arm um die Schultern. Durch den Eingang zur Station sah Devlin den Sträfling mit Coleys Schlüsselbund am Schloß fummeln. Sie zielte mit der Pistole auf ihn und schoß. Der Sträfling duckte sich, als Splitter von der Tür in seinen Wangen explodierten. Devlin rannte zu ihm, dabei verfing sie sich in einem ausgestreckten Bein und fiel auf die Hände. Die Pistole entglitt ihr und rutschte in Richtung Tür. Sie warf sich hinter der Pistole her, packte sie, auf die Knie, auf die Füße, ihre Lungen brannten, durch die Tür; der Kerl hatte den Schlüssel ins Schloß gesteckt und drehte ihn. In dem Moment, da ihm Devlin die Pistole an den Kopf setzte und schoß, brach die Tür nach innen und schleuderte sie rückwärts durch den Korridor. Sie riß eine Hand hoch und erwischte den Türstock der Apotheke und hielt sich daran fest. Sie blinzelte wie wild, bis sie wieder klar sehen konnte.

Durch die Holztür trat Bubba Tolson. Unter seinem Arm duckte sich ein haarloser, blasenübersäter Kobold mit einem einzigen glitzernden Auge.

»*Ich hoffe, dein Arschloch ist schön eng und fest, Doc!*«

Sträflinge in blauen Drillichhemden drängten hinter ihnen durch die Eingangshalle. Lopez torkelte blind aus der Station hinaus und rannte gegen Bubba. Der packte mit einer Hand Vinnies Gesicht und schmetterte ihn mit dem Hinterkopf gegen die Wand. Als Vinnie zu Boden sackte, drehte sich Devlin um und rannte.

»Bring sie zurück zu Papa, Bubba!«

Ein schwerer stampfender Schritt hallte hinter ihr her. Sie

rutschte und stolperte den ersten Treppenabsatz hoch, der Atem rasselte in ihren verbrannten Lungen. Die Tür zum Saal Travis, versperrt, von drinnen Schreie aus angstverzerrten Gesichtern. Schwere Schritte auf der Treppe. Der Gang. Ihre Augen wurden wieder trüb. Oben vor ihr: die Tür. Die Schlüssel. Sie fuhr in die Tasche und riß zwei Schlüssel heraus, zwang ihr Gehirn, sich zu erinnern, welcher der richtige war. Sie warf sich mit den Schultern gegen die Tür. Sie ging auf, Devlin war drin. Mach die Tür zu und schließ ab, sagte sie sich. Schwere Tritte, ein rotes bärtiges Gesicht, sie schlug vor ihm die Tür zu, aber die Tür flog krachend auf sie zurück. Sie stürzte auf die Stufen, schob sich auf dem Hintern die schmale Treppe hinauf, während Bubba knapp unter ihr mit seinen dicken Fingern nach ihrem Knöchel griff. Sie drehte sich um und hetzte nach oben, vertauschte die Schlüssel in ihrer Hand. Die Tür oben stand offen. Sie ging hinein, schleuderte sie zu, schob den Schlüssel ins Loch, drehte ihn um, betete. Es klickte im Zylinder. Sie sah, wie sich eine Faust durchs Gitter schob.

Ihr Gehirn schaltete sich aus.

Benommen kam sie zu sich und lag am Boden. Bubba hatte seine Hand durch die Gitterstäbe der Tür geschoben und drehte den Schlüssel um. Er mußte sie eine Sekunde lang k. o. geschlagen haben. Als Bubba die Tür aufdrückte, erschien Grauerholz hinter ihm. Devlin zog sich auf die Beine. Sie hatte noch die Pistole in der Hand, locker hing sie seitlich herunter. Bubba schlurfte durch den Saal auf sie zu. Devlin blinzelte und wich zurück. Sie war noch immer leicht benommen. Zwei Kugeln hatte sie noch. Oder eine. Sie wußte nicht mehr, ob sie den Klick der leeren Patrone schon gehört hatte. Nein, zwei. Bubba kam näher. Ungeheure Masse. Nur ein Kopfschuß konnte ihn erledigen. Sie wich nicht weiter zurück, sondern konzentrierte sich darauf, erst zu schießen, wenn sie ihn sicher treffen würde.

»Du wirst mir doch nicht den alten Bubba abknallen, oder, Doc?«

Sie achtete gar nicht auf Grauerholz' schmeichelndes Kreischen. Bubba glotzte auf die Knarre in ihrer Hand und wurde deutlich langsamer. Grauerholz schlich hinter ihm her.

»Die wird nicht schießen, Bub. Schau dir ihre Augen an. Und erst ihre Titten! Mmmmm!«

Bubba reckte die Hände gegen sie vor und wurde wieder schneller. Bei zwei Schritt Abstand spannte sie den Hahn und schoß ihn mitten in die Stirn. Bubba tat noch einen Schritt, sie spürte, wie seine Hände sich in ihre Brüste krampften und sie nach hinten drückten. Dann erlosch das Licht in seinen trüben Augen, und es blies ihr seinen letzten fauligen Atemzug ins Gesicht. Sie krachte mit dem Rücken gegen die Wand, Bubbas Gesicht fiel schwer auf ihre Schulter. Über seinen Rücken hinweg sah sie ein flackerndes Auge in einem blasenübersäten Gesicht, das andere Auge bewegte sich unter dem verklebten Lid. Bubba sackte in einem Haufen zu ihren Knien zusammen. Gleichzeitig spürte sie einen scharfen Schmerz im Handgelenk, dann ein brutales Drehen an den Fingern.

Grauerholz trat einen Schritt zurück und schwenkte ihre Pistole in der Linken. Mit dem schlampig verbundenen Stumpf seiner Rechten wischte er sich die Nase.

»Jetzt aber«, sagte er und kicherte dabei, »jetzt will ich sehen, wie du dir das Höschen ausziehst.«

Zwei Möglichkeiten blitzten ihr durchs Hirn: ihm schöntun oder ihn zur Sau machen. Von der Treppe her hörte sie Geräusche. Der Chorknabe in Grauerholz macht ihr den Entschluß leichter.

»Was hast du denn davon, Hector? Willst du mich mit deinem Stumpf ficken?«

Grauerholz riß das Auge auf und tat einen Schritt zurück.

Im Eingang hinter ihm erschien Klein. Er hinkte, seine Augen waren blutunterlaufen. In der Hand hielt er eine Brechstange. Mühsam schleppte er sich durch den Mittelgang.

»Der würde sich bestimmt viel besser anfühlen als dein stummeliger kleiner Schwanz«, höhnte Devlin.

Sie trat über Bubbas Leiche auf ihn zu, und Grauerholz wich noch einen Schritt zurück.

»Komm schon, Hector. Zeig mir deinen süßen kleinen Pimmel. Mmmm!«

Grauerholz leckte sich nervös die Lippen. »Du hast 'n ganz schön dreckiges Maul für eine Frau Doktor.«

Klein hatte kein Geräusch gemacht, aber Grauerholz wandte sich urplötzlich zur Seite und dann um. Er richtete die Pistole auf Kleins Brust. Klein stand wie gelähmt. Grauerholz starrte auf Klein, als wäre ein Gespenst hereingekommen. Klein deutete mit dem Kopf auf den Revolver in Grauerholz' Faust.

»Muß ich dir dein Spielzeug wieder wegnehmen, Hector?« fragte er.

Grauerholz' Lippen zitterten, und Devlin dachte schon, er werde Klein sofort erschießen. Vielleicht war es Kleins Absicht, die Kugel auf sich zu lenken. Innerhalb einer einzigen Sekunde rasten tausend Möglichkeiten durch ihr Hirn, tausend Sätze, um Grauerholz' Aufmerksamkeit wieder auf sich zu lenken – und ihn damit zum Abdrücken zu bewegen. Instinktiv blieb sie still. Die endlose Sekunde dehnte sich zu zwei Sekunden. Dann drei. Dann kicherte Grauerholz und blickte zurück zu Devlin.

»Schau wer da ist. Doc. Muß heut' mein Glückstag sein.«

Klein lachte. »Hast du in der letzten Zeit mal in den Spiegel gesehen?« Er griff sich an die Rippen und ächzte und taumelte zwei Schritt vorwärts.

»Laß den Scheiß.«

Grauerholz spannte den Hahn, und Klein blieb stehen. Sie sah, wie er mit den Augen die Entfernung abschätzte. Es waren immer noch gut fünf Meter.

»Klein, ich schieß dir ins Gedärm. Und wenn du in deiner Scheiße liegst, kannst du zuschauen, wie ich deiner Süßen in die Fotze knalle.«

Klein entspannte sich, und sie wußte, er war im Absprung, und wenn er angriff, dann würde Grauerholz mehr als einmal abdrücken.

»Das Magazin ist leer, Hector«, sagte sie. »Keine Kugeln mehr. Bubba bekam die letzte.«

Er kicherte sie an. »Ich hab' vielleicht einen kleinen Stoppelschwanz, aber ein Trottel bin ich nicht.«

Sie schritt ganz locker auf ihn zu. »Laß dir Zeit, Klein, und mach ihn fertig«, sagte sie. »Die Knarre ist leer.«

Grauerholz drückte ab, und der Hahn schnappte mit einem hellen, leeren Klicken ein. Klein ging ohne Hast auf ihn zu. Grauerholz starrte auf die Pistole, dann mit einem dämlichen Grinsen auf Devlin. Er fing an zurückzuweichen.

»Na schön«, sagte er. »Jetzt habt ihr mich.« Er zuckte die Achseln und setzte den Lauf hinter seinem Ohr an. »Ist wohl doch nicht mein Tag«, sagte er.

Grauerholz drückte ab und jagte sich den Unterkiefer in die Luft.

Er torkelte und fing sich wieder. Schwabbelnd starrte sein eines Auge auf die rauchende Pistole in seiner Hand.

»Genau«, sagte Devlin. »Glaub' ich auch nicht.«

Grauerholz ließ die Waffe fallen, stürzte vorwärts auf sein Gesicht und blieb liegen, lallend mit dem, was von seiner Zunge übrig war. Es gab ein lautes Klirren, Klein fiel die Brechstange aus der Hand. Er krümmte sich vor Schmerz zusammen. Sie trat zu ihm und legte ihm stützend einen Arm um die Taille.

»Bin gerade noch rechtzeitig gekommen«, keuchte er. »Hättest du mit Hector Grauerholz gevögelt, wär' ich richtig eifersüchtig geworden.«

Von der Treppe her war Getrampel zu hören, und rechts und links vom Türschloß wurden Gewehrkolben zwischen die Gitterstäbe geschoben.

»Klein? Bist du das, du überschlauer Hundesohn?«

In der Tür erschien Captain Cletus. Als er Devlin sah, fielen ihm fast die Augen heraus.

»Mein Gott.«

Klein richtete sich auf. »Wo zum Teufel waren Sie so lange?« fragte er.

»Hab' mir einen Doris-Day-Film reingezogen«, knurrte Cletus. »Doktor Devlin, alles in Ordnung mit Ihnen?«

Sie nickte.

»Hätten wir gewußt, daß Sie hier sind, wären wir schon vor Stunden reingekommen. Es tut mir wirklich leid.«

Cletus riß eine Tasche vorn auf seinem Anzug auf und entnahm ihr einen verschlossenen Papierbeutel. Den öffnete er, zog einen sterilen Gazeverband heraus und reichte ihn Devlin. Im ersten Augenblick war ihr nicht klar, was das sollte. Cletus deutete auf ihre Wange. »Ihr Gesicht«, sagte er.

Sie hatte ganz vergessen, daß sie blutete. Sie nahm das Verbandsstück und hielt es sich an die Wange. Schmerz spürte sie keinen.

»Danke, Captain.«

»Und ich?« fragte Klein.

»Lecken Sie mich, Klein. Sie haben sich gut zehn Jahre im Loch eingebrockt.«

Er blinzelte Devlin zu, dann fiel sein Blick auf Tolson und die angesengte, gurgelnde Gestalt auf dem Boden, und er gab seinen Männern ein Zeichen.

»Räumt den Scheiß da weg.«

Während sie die Körper wegschleppten, schaute sich Cletus in dem leblosen, spinnwebenverhangenen Krankensaal um. »O Gott«, sagte er. »Nichts wie raus hier.«

Als sie gingen, ließ Devlin den Schlüssel aus dem Schloß in ihrer Hand verschwinden.

Zweiunddreißig

Während die Wachen in Saal Crockett das Feuer löschten, halfen Klein und Devlin, die Männer aus Saal Travis wegzubringen. Unter den scharfen Blicken der Schützen im Westturm zog ein dünner Strom von Flüchtlingen im Licht der Scheinwerfer auf die Haupttore zu. Als sie ihre Arbeit beendet hatten, fanden Klein und Devlin Earl Coley, auf den Stufen zum Krankenrevier sitzend, der seinen fortziehenden Patienten nachschaute. Das Weiße in seinen Augen war dick von Blut verkrustet, sein Atem ging in kurzen Stößen. Den linken Arm hatte er in die offene Knopfleiste seines Hemds geschoben, als behelfsmäßige Schlinge. Mit der rechten Faust umklammerte er das eingerollte grüne Heft. Klein sah ihn an. Coley blinzelte erschöpft.

»War das der letzte?« fragte Coley.

Klein nickte. »Du hättest als erster gehen sollen.«

»Die haben alle Tragbahren gebraucht. Ich dachte, ich warte und sehe zu, bis alle versorgt sind.«

Coley sah Devlin an, mit ihrem blutigen Gesicht, und Klein begriff, daß er auch auf sie gewartet hatte.

»Schaffst du's bis zum Tor, oder muß ich dir deinen schwarzen Arsch schleppen?« fragte Klein.

Coley ließ den Atem ganz langsam heraus, weil er mit einer Schmerzattacke kämpfte. Dann schüttelte er den Kopf. »Über diesen Hof bin ich seit Jahren nicht mehr gegangen. Wüßte nicht, wozu ich mir die Mühe antun sollte.« Mit einem Grinsen half er sich über den nächsten Schmerzkrampf. »Ich bleib noch eine Zeitlang hier sitzen.«

Klein war klar, daß er Coley nicht gegen seinen störrischen Willen fortschaffen konnte, schon gar nicht jetzt, wo er im Sterben war. Schon gar nicht jetzt, da Coley es selbst wußte.

Bevor Klein sich auf eine Diskussion einlassen konnte, deutete Devlin auf die Mauer hinter den Zellenblocks.

»Sieht aus wie Morgendämmerung«, sagte sie.

Klein kniff die Augen zusammen. Der indigoblaue Himmel war stellenweise eine Spur heller.

Coley kniff die Augen zusammen und folgte der Richtung ihres Arms. »Ich glaube, du hast recht«, sagte er.

»Ohne diese Mauer sieht man es viel besser«, sagte Devlin.

Sie und Coley sahen einander an. Was da zwischen ihnen ablief, bekam Klein nicht mit, aber nach einem Moment drehte Coley sich zu ihm um und sagte: »Na? Ist es heutzutage zu viel verlangt für einen alten Mann mit einem gebrochenen Arm, daß man ihm die Hand reicht?«

Sie halfen ihm auf die Beine, Coley biß dabei die Zähne zusammen, und zu dritt stolperten sie im Schatten der Hauptmauer den Betonweg entlang. Dreimal mußten sie stehenbleiben, weil Coley mit einem Schmerzanfall zu kämpfen hatte, und jedes Mal dachte Klein, jetzt würde er sterben, aber Coley ächzte und krächzte wie ein altes Waschweib, das er war, und sie zogen weiter. Schließlich schleppten sie sich durch das Haupttor und in den Tunnel hinein.

Drinnen herrschte ein wimmelndes Chaos aus Verwundeten und Kranken, die von schwerbewaffneten, ziemlich konfusen Nationalgardisten bewacht wurden. Drei Rettungsteams waren zur Stelle, und Sanitäter bemühten sich um die Verletzten. Die Stahlschiebetür weiter vorn stand offen, ein vierter Rettungswagen schob sich gerade mit der Fronthaube durch. Die letzte schwere Eisentür dahinter war fest verschlossen.

»Wenn ich jetzt sitzenbleibe, komm ich nie mehr hoch«, keuchte Coley.

Devlin erspähte Galindez, der eine von Cletus' Zigaretten rauchte und dem Captain nickend zuhörte. Sie rannte quer durch den Aufnahmeraum, während Klein und Coley weitergingen. Coley stützte sich jetzt sehr schwer auf Kleins Arm, sein Atem rasselte in seiner Brust. Klein spürte ein heftiges, schmerzliches Bedürfnis, Coley alles zu sagen, was er ihm nie gesagt hatte, eine schreckliche Eile, die ihm zugleich völlig unpassend schien.

»Ich wollte dir schon lange sagen, Frog …«

»Laß jetzt«, sagte Coley. »Ich weiß. Ich weiß schon.« Er hatte nicht mehr die Kraft, den Kopf zu heben und Klein anzuschauen. Er grinste nur gegen den Beton vor ihnen. »Ich bin ein verdammtes Waschweib, was?«

Klein schluckte. »Genau«, sagte er.

Sie schwankten durch die offene Stahltür, und Klein blickte über die Schulter zurück. Er sah, wie Devlin im Aufnahmeraum Cletus anstarrte und ihm etwas zuzischte, und Klein war froh, daß er es nicht verstehen konnte. Cletus kratzte sich mit einem gequälten Gesichtsausdruck im Nacken, dann nickte er und sprach etwas in sein Funkgerät. Devlin machte sich wieder auf den Weg zu ihnen. Klein drehte sich um. Das Holztor war noch etwa sieben Meter entfernt.

»Muß dir was sagen«, sagte Coley. »Könnte wichtig sein.«

»Was denn?«

»Nev Agry hat den Virus«, sagte Coley. »Er ist positiv.«

»Was?« fragte Klein.

»Hat sich von mir testen lassen, vor gut fünf Jahren, lange bevor du hergekommen bist.«

»Davon hast du nie was gesagt.«

»Das ging dich einen feuchten Dreck an.«

»Ist Claude auch positiv?«

»Hat nie den Test gemacht, soviel ich weiß.«

Während Klein das noch verdaute, begann ein Elektromotor zu surren, und die Torflügel vor ihnen öffneten sich langsam auf sie zu. Devlin hatte sie eingeholt. Als das Tor ganz offen war, trieb ihnen mit einer süß duftenden Brise Vogelgezwitscher entgegen. Verdammt, dachte Klein, da draußen waren wirklich Vögel, und nicht nur Möwen. Coley ging etwas schneller, der Kopf hing ihm nach vorn. Drei Schritte weiter, und sie waren draußen.

Sie waren draußen.

Das Tor befand sich an der Südspitze der sechseckigen Mauer. Von hier hatte man eine ungehinderte Sicht über das

Schwemmland, bis zu den Bäumen in der Biegung des Green River. Am Horizont über den Bäumen ging ein schmaler blaßroter Streifen Himmel in Purpurrot und Grau über und schließlich in die Indigo-Schwärze über ihren Köpfen.

»Morgenrot«, hauchte Coley. »Gottverdammt.« Er schüttelte Kleins Arm ab. »Glaub', ich geh mal kurz spazieren.«

Klein ließ ihn gehen und blickte ihm nach, das Herz in der Kehle, während sein Freund drei unsichere Schritte auf die aufgehende Sonne zu machte. Beim vierten Schritt versagten ihm die Beine, und seine schwere, massige Gestalt sackte zu Boden. Klein und Devlin stürzten zu ihm.

»Setzt mich auf«, röchelte Coley.

Sie setzten ihn zwischen sich auf. Coley krümmte sich vor Schmerz. Er hechelte jetzt und war kaum noch bei Bewußtsein. Er bemühte sich, seinen Blick auf Devlin zu richten, hob das grüne Heft hoch, das er noch immer in der geschlossenen Faust hielt, und drückte es ihr in die Hand. Die Seiten waren blutbeschmiert.

»Wär' schön, wenn meine Familie wüßte, daß ich nicht nur ein …« Er konnte nicht weiter, weil ihm Blut aus dem Mund quoll, ein Zittern durchlief ihn, und er rang keuchend nach Luft.

Devlin rannen ungehemmt die Tränen übers Gesicht. »Ich werde sie finden«, sagte sie. »Ich verspreche es.«

Coley sah sie an, lächelte und nickte. Devlin sah Klein an. Dann beugte sie sich vor und küßte Coley auf seine blutigen Lippen. Sie stand auf und ging zurück zum Tor. Klein und Coley blieben allein zurück und blickten in die aufgehende Sonne.

»Pea Vine Special ruft alle an Bord«, sagte Coley.

Er packte Kleins Hand und drückte sie.

»Schön, daß es uns beide am selben Tag erwischt hat«, sagte er.

Coleys Gesicht verschwamm ihm vor den Augen, und Klein nickte. Sprechen konnte er nicht. Sein Kiefer schmerzte, weil er ihn so fest zusammenpreßte. Coleys gelbe, blutunterlaufene Augen schlugen zum letzten Mal ihren langsamen

Wimpernschlag. Er holte noch einmal durch die geblähten Nasenlöcher Luft.

»Verdammt, riecht gut«, sagte er.

Dann fiel der große schwarze Felsbrocken, der sein Kopf war, nach vorn, und der Frogman war tot.

Als der Lärm in Kleins Brust sich beruhigte und leiser wurde, streckte er Coley auf dem Boden aus und stand auf. Ein Fahrzeug-Konvoi ratterte die Straße zum Gefängnis herauf. Einheiten der Nationalgarde. Klein berührte das alles kaum noch. Er schaute auf Coley hinab, das zerklüftete Gesicht friedvoll im Tod, dann wandte er sich ab und ging durch das Tor zurück.

Devlin erwartete ihn.

»Danke«, sagte er.

Sie nickte. Im Tunnel wimmelte es von Wachen, die auf sie und aufeinander einschrien, während die Transporter der Nationalgarde mit viel Lärm durch die Tore einfuhren. Sie gingen in das Chaos der Aufnahmehalle zurück, wo Reuben Wilson Klein am Arm packte. Hinter Wilson stand Victor Galindez.

»Cletus schickt die Armee rein, Mann.« Wilson hielt einen Arm vor den Magen gepreßt und stand leicht vorgebeugt. In seinem Haar klebte geronnenes Blut.

Klein sah Galindez an. »Cletus? Wo ist Hobbes?«

»Abgesetzt«, erklärte Galindez. »Aus Gesundheitsgründen.«

»Na wunderbar. Warum die Armee?«

»Stokely Johnson hat Agry und fünfzig oder sechzig von seinen Sturschädeln in Block D eingesperrt und will sie verbrennen. Ich kenne Stoke.« Wilson klopfte sich mit einem Finger gegen die Schläfe. »Nichts als Rauch im Hirn. Der bringt's fertig.«

»Wenn ich mich wirklich bemühe«, sagte Klein, »dann fällt mir vielleicht etwas ein, das mich weniger schert. Aber nicht viel.«

»Agry hat alle Geiseln mitgenommen«, sagte Galindez. »Zwölf Mann.«

»Dann tun sie mir leid«, sagte Klein.

»Johnson gibt nur nach, wenn Agry nachgibt«, fuhr Wilson fort, »und auch dann nur vielleicht. Dieses Schwein hat da Sachen gemacht …«

»Ich weiß«, sagte Klein. »Ich war dabei.«

Galindez sagte: »Wenn Johnson Block D niederbrennt, hat Cletus keine Wahl. Dann muß er die Armee reinschicken.«

»Das wird ein Blutbad, Mann«, sagte Wilson.

Klein fragte: »Und was schert mich das?«

»Ich kann Stoke vielleicht zur Vernunft bringen«, sagte Wilson, »aber nur, wenn Agry sich zuerst ergibt.«

»Du gehst da nicht mehr rein«, sagte Klein.

Wilson sah ihn an. »Meine Leute, Klein.« Er warf einen Blick auf Devlin. »Oder vielleicht sind das auch nur Scheißsäcke.«

Klein sagte nichts. Als er erkannte, was jetzt kommen würde, blickte er zu Devlin um moralische Unterstützung. Sie starrte erschrocken zurück, dann wandte sie sich an Galindez und Wilson.

»Da komm' ich nicht mehr mit«, sagte sie. »Warum sollte Agry eher auf Klein hören als auf einen von euch?«

Wilson sah die Verzweiflung in ihren Augen und nickte. »Wirst schon recht haben.« Er sah Klein an.

Als Klein plötzlich aufging, welche Bedeutung die Information haben könnte, die Coley ihm vermacht hatte, wußte er, daß Wilson ihm das von seinem Gesicht ablas. Und er wußte, daß es keinen Ausweg gab.

»Das stimmt nicht ganz«, sagte Klein. »Ich weiß nicht, ob ich euch das je gesagt habe, aber Coley war ein verdammtes Waschweib.«

Devlin sah ihn entsetzt an. Klein nickte Wilson zu. »Bin gleich bei euch.«

Wilson warf einen Blick auf Devlin. Schuldgefühl zeigte sich in seinen Zügen, als er das Leiden in ihrem Gesicht erkannte. Er und Galindez gingen.

»Glaubst du wirklich, daß du da etwas tun kannst?«

»Bevor Coley starb, hat er mir gesagt, daß Agry HIV-positiv ist.«

Klein seufzte und rieb sich mit den Händen das Gesicht. Die bloßliegenden Nervenenden in seinen Handflächen waren bereits ganz gefühllos. Seine Rippen und sein Rücken waren eine einzige Masse unbestimmter Schmerzen. Der Messerstich in seiner Wade war steif und hart geworden. Und er war müde.

Er sagte: »Wenn Agrys Leute das wüßten, dann glaube ich nicht, daß sie so scharf drauf wären, mit ihm weiterzumachen.«

Devlin berührte sein Gesicht und verstand. Sie verstand, was er zu tun hatte. Er blickte auf ihre blutunterlaufenen Augen und ihr schmutziges Gesicht mit dem Messerstich und fand, sie habe nie schöner ausgesehen als jetzt.

»Sag nichts«, sagte er.

Sie küßte ihn, und er küßte sie wieder. Gleich darauf verfiel er in ein dummes Grinsen, und sie beugte sich zurück und sah ihn an.

»Was ist?«

»Du hast mir gerade einen Steifen angehängt«, sagte er.

Devlin grinste nun auch. »Bring ihn im Stück zurück. Auch wenn du sonst nichts mitbringst.«

Klein holte Reuben Wilson ab, und zusammen gingen sie durch die riesigen hölzernen Torflügel hinaus und über den Hof zurück zum Gefängnis.

Dreiunddreißig

Während Klein mit Wilson auf den Eingang des Mehr-zweckflügels zuhumpelte, fielen ihm drei weiße Sträflinge auf, die am Hals von den oberen Gitterstangen des Tors her-abhingen. Aus der Nähe konnte er sehen, daß der eine von der Taille abwärts nackt war und man ihm Schwanz und Eier abgehackt hatte. Wilson wich Kleins Blick aus. Gemeinsam betraten sie das Gebäude.

Diesmal waren die Lichter an, und hätte Klein sich das Ergebnis des Gemetzels näher ansehen wollen, so hätte er dazu jetzt bessere Möglichkeiten gehabt als beim letzten Mal, als er mit Hank Crawford auf dem Rücken hier entlangging. Aber er wollte nicht. Er hielt den Blick stur geradeaus gerich-tet, und Wilson hielt sich an seiner linken Schulter. Sie kamen an einem Haufen von Schwarzen und Latinos vorbei, die in bedrohlichem Tonfall aufeinander einschrien. Als Wilson an ihnen vorüberging, murmelten einige seinen Namen. Am anderen Ende des Korridors wimmelte eine Männermenge um den zentralen Wachturm. Im Näherkommen klangen die aufgeregten Schreie der Männer in Kleins Ohren schon fast vertraut. Seit vergangenem Nachmittag hatte sich zwar die Identität der Männer ebenso geändert wie ihre Hautfarbe, aber ihre Triebkräfte waren noch die gleichen. Klein erin-nerte sich an Boltzmanns Konstante: In einem geschlossenen System nimmt die Unordnung zu. Er fragte sich, wie sich das wohl umkehren ließe. Nun, da die totale Unordnung gesiegt hatte, was kam wohl als nächstes?

Mehr und mehr Männer erkannten Wilson, die Nachricht pflanzte sich vor ihnen fort und schuf eine Welle frischer Aufregung. Gesichter grinsten, riefen ihm grüßend zu, Fäu-ste hoben sich zum Gruß. Wo Klein einem Blick begegnete, was er möglichst vermied, sah er darin Wut und Mißtrauen gegen sich gerichtet. Sie erreichten die Haupthalle und die Menge teilte sich und bildete eine Gasse, um sie durchzulassen. Über ihren Köpfen wölbte sich die Glaskuppel mit dem sie umschließenden Balkon. In der Halle gab es kein Licht, aber das schwache Licht, das durch die Tore der sechs radial abgehenden Blocks einfiel, bot Helligkeit genug. Es roch stark nach Öl. Ein paar Meter vor dem Ausfalltor von Block D standen mehrere Kanister, Eimer mit einer dicken schwarzen Flüssigkeit, einer der Edelstahltöpfe aus der Küche: alles voll mit Heizöl. Verstreut in der Menge, standen Männer mit glimmenden Zigaretten oder Joints. Wenn sie sich nicht vorher selbst verbrannten, würden sie es Agrys Männer mit gleicher Münze heimzahlen. Das Tor zu Block D war versperrt, und dahinter hatte Agrys Bande Matratzen bis in Brusthöhe vor den Gitterstäben aufgestapelt. Klein beobachtete, wie die Männer drinnen mit Tassen und Näpfen und Eimern Wasser darauf schütteten. Ihre Gesichter zeigten die verkniffene Entschlossenheit der Verdammten.

»Stoke!«

Auf Wilsons Ruf drehte Klein sich um. Eine Gasse öffnete sich in der Menge. Auf einem Drehstuhl, der an einen Wäschewagen gebunden war, thronte in der Einfahrt zu Block B Stokely Johnson. Nase und Gesicht rund um den Einschuß waren gräßlich angeschwollen. Seine Augen über der Schwellung glänzten vor Haß und Bitterkeit. Bei Wilsons Anblick mäßigte sich dieser Glanz, aber nicht viel. Klein blieb am Rand des Kreises stehen, Stokely sah ihn kurz an, ohne zu reagieren. Wilson streckte die Hand aus, Stokely nahm sie nickend und drückte sie kurz.

»Hast du die Schweinepriester in die Knie gezwungen, Stoke«, sagte Wilson.

Stokely nickte wieder, dann öffnete er den Mund und sprach langsam: »Das hintere Tor von D ist zu. Die können sich nicht verziehen.«

»Woher hast du den Sprit?«

»Vom Tank beim Notstromaggreggat.«

»Das hast du gut gemacht, Mann.«

Stokely nickte. Es folgte eine Pause. Die Männer in der Menge beobachteten sie erwartungsvoll. Wilson trat einen Schritt vom Wäschewagen zurück. »Ich möchte, daß du sie gehen läßt, Stoke«, sagte er.

In der Menge entstand Gemurmel. Stokely schüttelte den Kopf.

»Die meisten Weißen haben wir in A festsitzen, die scheißen sich vor Angst die Hosen voll. Ich hab' ihnen das Angebot gemacht, rauszukommen und sich zu stellen. Das ist mehr, als wir von ihnen gekriegt haben. In D sitzen nur noch die Scheißtypen, die unbedingt ins Gras beißen wollen.«

Aus der Menge stieg zustimmendes Gebrüll auf. Klein bekam eine Gänsehaut. Wilson wartete, bis der Lärm sich legte.

»Die haben die Nationalgarde draußen stehen.«

»Scheiß auf die Nationalgarde.«

»Wenn ihr die Bullen ausräuchert, die Agry drinnen als Geiseln festhält, dann machen die unsre Jungs am hinteren Tor in Null Komma nichts kalt. Die hauen Agrys Leute raus, um ihre Geiseln freizukriegen, dann kommen sie hierher und löschen das Feuer mit unserem Blut. In den ganzen Armeetransportern da draußen gibt's auch nicht einen Holzkopf, der nicht sein Leben lang von so was geträumt hat. 'ne Menge Nigger in einem Faß, 'n Grund, sie zu killen.«

Stokely Johnson hob die Stimme: »Wir haben keine Angst vorm Sterben! Aber wenn wir jetzt nicht hart bleiben, wird niemand je erfahren, wer wir sind!«

Wilson trat an den Rand der Menge und riß einem Typen eine Rasierklinge aus der Hand. Dann zerschnitt er mit einer raschen Bewegung das Pflaster um seine Taille und riß es mit beiden Händen auf. Alle sahen die furchtbare Narbe, die von seinem Brustbein bis zum Schritt lief.

»Hier seht ihr, wer ich bin!« sagte Wilson.

Aus der Menge stiegen entsetzte Ausrufe und Stöhnen auf.

»Ihr alle wißt, woher ich komme.«

Zustimmendes Gemurmel.

»Diese Arschgeigen haben uns ausgeräuchert. Sie haben uns niedergetreten. Sie haben uns ins Gesicht gepißt, als wir auf den Knien angekettet lagen. Und sie werden es morgen wieder tun, und nächste Woche und nächstes Jahr und das Jahr darauf. Ich weiß es. Ich weiß es besser als ihr alle. Aber sie sind nur Männer. Wir müssen bessere Männer sein als sie.«

Er wandte sich wieder an Stokely.

»Dann wissen wir, wer wir sind.«

Stokelys Blicke glitten forschend über die Gesichter rund um ihn und blieben an Kleins haften. Diesmal schien er ihn widerwillig zu erkennen. Klein hielt dem Blick stand.

»Du willst den Doc reinschicken?« fragte Stokely.

»Er kann Agrys Leute dazu bringen, sich zu ergeben. Sich uns zu ergeben. Sie haben angefangen. Wir führen's zu Ende. Wir führen's bis zum bitteren Ende, wie sie's nicht von uns erwarten. So, wie sie's selbst nicht könnten. Wir lassen sie raus.«

Wilson hielt inne und blickte sich im Kreis der Gesichter um. Er hatte sie wieder im Griff. Er nickte Stokely zu.

»Wenn du später reingehen willst und Agry den Schwanz abschneiden, dann komm' ich und halt' ihn für dich fest.«

Das reichte. Stokely nickte. Und Klein sah, wie sich alle Gesichter ihm zuwandten. Danke Jungs. Er warf einen schnellen Blick zu Block D. Weiße Schädel reckten sich über die Barrikade, wollten hören, was geredet wurde. Er wandte sich zurück.

»Zieh deine Leute vom hinteren Ausfalltor ab«, sagte er.

Wilson nickte, winkte einen Mann mit dem Zeigefinger zu sich und gab ihm Anweisungen. Klein machte sich auf den Weg zu Block D.

Ein langes, scharf gezeichnetes Gesicht mit Drahtbrille tauchte über dem Matratzenberg auf. Wenn er sich in diesem Moment überhaupt über etwas freuen konnte, dann freute er sich über den Anblick von Tony Shockner. Vielleicht mußte er gar nicht mit Agry reden, vielleicht die verdammte Infektion gar nicht erwähnen. Shockner sah angespannt aus, freute sich aber offenbar auch, ihn zu sehen.

»He, Tony.«

»He, Klein«, sagte Shockner. »Wie ist der Spielstand, Mann?«

»Ihr habt keine Chance, ins Finale zu kommen.«

Shockner nickte. »Denk' ich mir auch. Haben wir noch einen Zug offen?«

»Nachgeben«, erwiderte Klein. »Wilson läßt euch raus, Bullen zuerst.«

»Können wir ihm trauen?«

»Agry habt ihr auch getraut«, sagte Klein. »Schlechter könnt ihr's nicht treffen.«

Shockner sah ihn lange durch die Gitterstäbe an, und Klein spürte den Kampf, der in seinem Kopf ablief.

»Semper fi«, sagte Shockner.

Klein dachte an seinen Vater, und Agrys Pervertierung des Mottos des Marine Corps machte ihn plötzlich wütend.

»Semper fi am Arsch«, sagte er. »Agry hat euch alle reingelegt. Der schert sich keinen feuchten Dreck um Claude oder sonst jemand.«

»Nev ist ein harter Knochen, und vielleicht liegt er bei dieser Sache falsch, aber er ist in Ordnung. Er steht hinter jedem von uns.«

»Agry ist am Abkratzen«, sagte Klein.

Shockner schaute ihn verständnislos an.

»Begreifst du?« schrie Klein. »Er kratzt sowieso ab. Bald. Deshalb seid ihr ihm alle egal.«

»Wieso? Woran?« fragte Shockner.

»Wozu willst du das wissen?« fragte Klein.

»Krebs?« fragte Shockner.

Klein sah ihm ins Gesicht und erkannte, wie wichtig es für Shockner war, sich wenigstens eine Spur von jener Loyalität und Bewunderung zu erhalten, die er Agry bisher entgegengebracht hatte. Wenn Agrys animalisches Charisma Claude dazu gebracht hatte, sich als seine Frau zu fügen, dann war Shockner sein Sohn. Aber Klein war es auch schon egal, was

Shockner glaubte oder brauchte. Er wollte nur nach Hause, sonst nichts. Er nickte.

»Ja, ja, der große Knochenmann. Eine Lucky zu viel«, sagte er. »Aber vergiß nicht, semper fi hat zwei Seiten. Du folgst auf ihn.« Klein wies mit dem Kopf auf die verkniffenen Gesichter hinter Shockners Rücken. »Und sie folgen dir.«

Die Waagschale in Shockners Innerem senkte sich. Er trat vom Gitter zurück und gab seinen Männern Anweisungen.

Klein stützte sich mit den Unterarmen gegen das Tor, lehnte die Stirn auf die Arme und lauschte dem Pulsschlag, der durch alle Löcher und Stiche und Quetschungen in seinem Körper ging. Dann dachte er: Es ist vorbei. Er konnte fortgehen und niemand würde ihn daran hindern, nicht einmal sein Gewissen, und schlagartig fühlte er sich hundemüde. Er hörte, wie sie die feuchten Matratzen vom Gittertor wegzerrten. Am liebsten hätte er sich auf der Stelle auf eine draufgelegt, und wenn sie noch so feucht war, und geschlafen. Nur einen Moment lang. Das Haupttor war so weit weg. Seine Beine trugen ihn nicht mehr so weit. Nur ein kurzer Kraftschlaf, dann ginge es wieder.

Er schreckte auf, benommen, als das Gittertor aufgeschoben wurde. Ein paar Minuten oder Sekunden war er buchstäblich im Stehen weggetreten. Er drehte sich um, lehnte sich mit dem Rücken an das Gitter, als abgerissene, blutverschmierte Gestalten in Khaki-Uniformen im Gänsemarsch zögernd aus dem Block herauskamen. Grierson, Burroughs, Sandoval, Wilbur und die anderen Geiseln. Sie sahen ihn unsicher an, noch immer voller Angst. Dann kam Agrys Bande zögernd heraus, einzeln, zu zweit, mit eingekniffenen Schwänzen. Ihnen sah man die Angst noch stärker an, mit weißen Knöcheln drückten sie ihre Waffen an sich, auf ihrem Weg durch die schmale Gasse, die sich im Meer der rabiaten schwarzen Gesichter für sie geöffnet hatte. Klein drückte sich die Finger in die Augen, die noch immer von Benzin und Rauch und Bakterien und Gott weiß was für Scheiße brannten, und rieb sie. Er konnte es schaffen, verdammt, er war so weit gekommen. Er war der Shotokan-Kämpfer. Er konnte zum Haupttor zurückgehen und dort ins Koma fallen. Wenn er bis dahin schaffte, dann war Devlin da, um ihn zu trösten. Spitze. Sie hatte auch einen harten Tag gehabt, aber er hatte eine weitere Reise hinter sich als sie, durch wüstere Gegenden, also war das nur fair. Er mußte sich nur zusammenreißen und einen Fuß vor den anderen setzen.

Ein Schuß.

Nicht einmal das machte ihn munter. Nur gerade wach genug, daß sein Bauch sich vor Übelkeit verkrampfte.

»Klein!« Agrys Stimme, streitsüchtig vor Trunkenheit. »Zeig dich, du Schwanzlutscher!«

Rund um ihn entstand ein Wirbel von zu Boden hechtenden Gestalten. Aber Klein war für solche Sachen einfach nicht mehr zu gebrauchen. Und genützt hätte es auch nichts. Shockner lag mit dem Gesicht nach unten ausgestreckt auf dem Laufgang, im Rücken eine Schußwunde. Klein trat in den Eingang und hielt sich links und rechts am Türstock fest. Er wollte zumindest so lange stehen bleiben, bis Agry ihn erschoß.

»Was ist los, Nev? Hast du keine Schwulen mehr zum Umlegen?«

Agry stand etwa zehn Meter von ihm entfernt im Laufgang. In der Rechten hielt er, lässig auf Klein gerichtet, eine wuchtige, kurzläufige Maschinenpistole. Klein kannte die Marke nicht. In einem dieser blödsinnigen Tagträume, die ihm in den unmöglichsten Momenten durch den Kopf blitzten, dachte er, damit solle er sich doch einmal beschäftigen, sobald er rauskam. Genau. Vielleicht wurde noch ein Waffennarr aus ihm.

»Hast du noch dein süßes Spielzeug, Doc?« rief Agry.

»Nein«, antwortete Klein. »Hab's Grauerholz zurückgegeben.«

»Wirklich? Wie geht's Hector?«

»Das war heut' nicht sein Tag. Und wie geht's dir?«

»Mir?« Agry lachte, seine betrunkene Stimme schallte vom Gewölbe zurück. »Weißt du was, Doc? Ich hab' gefeiert.«

»Ein Fest fürs Leben«, sagte Klein.

Agry schaute nüchterner drein. »Genau. Das wird's gewesen sein.«

Seine Hand mit der Knarre fiel schlaff zur Seite. Mit dem anderen Arm winkte er Klein zu sich. »Los, komm schon, Doc. Ich spendier' dir 'nen Drink.«

Bevor Klein überlegen konnte, daß ihm ohnehin keine Wahl blieb, marschierte er los, so aufrecht es ging, über den Laufgang des zerstörten Zellenblocks. Jetzt fehlte nur noch ein anständiges Gemetzel, um den Job zu beenden. Agry warf Klein einen Arm um die Schulter. Es gelang Klein gerade noch, nicht hinzufallen. Zusammen schlurften sie zu Agrys Zelle.

»Mein lieber Mann, du siehst aus, als könntest du einen brauchen.« Agrys Atem war mit Bourbon gesättigt.

»Danke, Nev«, sagte Klein. »Es war nett von dir, mir alles zu versauen.«

Agry brach in brüllendes Gelächter aus. »Klein, du gehörst auf die Bühne. Sag einmal, dein Name klingt doch jüdisch, was?«

»Irgendwie schon.«

»Mißversteh mich nicht, ich mag die Juden. Die besten Komiker sind alle Juden. Gute Ärzte haben sie auch.«

Klein, der Shotokan-Krieger, Liebhaber und Held der Großen Krankenstation-Belagerung, versank plötzlich in tiefe Depression. Agry hatte aus ihm einen Sack voll ekelhafter Klischees gemacht. Aus der Tür von Agrys Zelle spähte Claude Toussaint zu ihnen heraus, in roter Unterwäsche, Strumpfhalter, in voller Montur.

»Hallo, Süße«, rief Agry. »Wir haben Besuch. Stell saubere Gläser raus.«

»Bleibt er zum Abendessen?« fragte Claudine.

Klein drehte sich leicht der Kopf. Aber vielleicht hatte Claude recht. Man brauchte nur bei Agrys Phantasien mitzumachen, dann war man sicher. Jedenfalls vorläufig. Die hintere Ausfalltür ging knarrend einen Spalt weit auf, und eine Gruppe von Agrys Männern, die sich dahinter zusammengedrängt hatten, stürzte darauf zu. Agry hob seine Kanone

422

und feuerte ziellos dreimal ab. Die Männer stoben auseinander, zwei fielen schreiend und sich krümmend zu Boden.

»Schwanzlutscher«, knurrte Agry. Dann wandte er sich zu Claudine und lächelte. »Das ist wirklich nett, Süße, aber ich glaube, wir haben keine Zeit. Komm schon rein, Klein.«

Sie traten in die Zelle und setzten sich um den Tisch. Agry legte eine Kassette ein. Bob Wills und die Texas Playboys fingen mit ihrer »San Antonio Rose« an. Claudine schenkte Maker's Mark in leere Marmeladengläser. Agry bot Klein eine Lucky an. Wenn Klein sich je eine letzte Zigarette hatte gönnen wollen, dann sicher nicht mit Agry. Er schüttelte den Kopf.

Agry ließ die Knarre auf den Tisch fallen und tat einen tiefen Schluck. Er zeigte auf die Tür.

»Diese Schwanzlutscher haben ja von nichts 'ne Ahnung. Aber du verstehst mich, was, Doc?«

Klein nippte an seinem Drink. Er war gut, aber nicht so gut wie Dohertys Gebräu. Die Kanone lag ein paar Zentimeter näher bei Agry als bei Klein. Am nächsten lag sie bei Claudine an der anderen Seite des Tisches, aber sie achtete nicht darauf. Sie starrte Klein mit flehenden Blicken an und nickte kaum merklich mit dem Kopf, als wollte sie sagen: »Halt den Wahnsinnstypen bloß bei Laune!«

Klein hob die Schultern. »Ich weiß nicht genau, was du meinst.«

»Also sagen wir's mal so. Nimm einmal dich. Du hast dich durch Hölle und Hochwasser durchgeschlagen, nur um bei deiner Lady im Revier zu sein. Hast nicht damit gerechnet, überhaupt lebend dort anzukommen, aber du mußtest einfach hin. Stimmt's?«

Klein nickte. »Stimmt.«

Agry schlug mit der flachen Hand auf den Tisch. »Ich wußte es. Wir sind aus dem gleichen Holz. Du und ich. Die einzigen Typen in dem ganzen beschissenen Loch, die einen Schimmer haben, worum es geht.«

> »… It was there I found, beside the Alamo,
> Enchantment strange as the blue up above …«

423

Als Agry das Lied hörte, bildeten sich Falten um seine Augen, und mit jedem Schluck Whiskey wurde seine Stimme undeutlicher. »Liebe, Klein. Das einzig Wahre. Das alles«, er schwenkte die Hand im Kreis und deutete auf die Zerstörung um sich her, »das alles nur aus Liebe. Bisher hat sie mir nie geglaubt.« Er sah Claudine an. »Oder, Schätzchen?«

Claudine wagte nicht zu antworten. Agry strich ihr über die Wange und wandte sich wieder an Klein.

»Du hast doch vom Tadsch Mahal gehört, Doc, in Indien? Klar hast du.«

Klein nickte.

»Also das ist kein Schloß oder Palast, wie die meisten Leute glauben. Das ist ein Liebesgeschenk, das so ein Typ seiner Lady gebaut hat. 'ne Art Pralinenschachtel. Das ist doch was, oder?«

Klein nickte noch einmal und nippte an seinem Drink.

»Das hier ist mein Tadsch Mahal, für sie.«

Er beugte sich hinüber zu Claudine und küßte sie. Klein schielte wieder nach der Knarre. Unmöglich. Und im Kampf von Mann zu Mann hatte er gegen Agry keine Chance. Nicht in seinem Zustand. Seine einzige Hoffnung lag jetzt bei Claudine. Oder vielmehr bei Claude.

»Das Gesicht, das tausend Schiffe segeln hieß«, sagte Klein.

Agry wandte sich von Claudine ab. »Hört sich gut an«, sagte er. »Wirklich gut. Irgendwie großartig.«

»Freut mich, daß es dir gefällt«, sagte Klein. »Wann habt ihr euch kennengelernt, Claude?«

Claude sah ihn an.

»Gibt hier keinen Claude«, knurrte Agry.

»Wann?« Klein ließ nicht locker.

»Da war ich sechs Monate hier drin«, antwortete Claude mit seiner eigenen Stimme. »Also vor knapp vier Jahren.«

Klein sah Agry in die Augen. »Da wußtest du also schon, daß du das Virus hast.«

»Welches Virus?« fragte Claude.

»Warum hast du's ihr nicht gesagt?« sagte Klein.

Es gab eine lange Pause, in der Agry Klein anstarrte, während sich auf seinem besoffenen Gesicht ein Wechselbad der Gefühle abspielte und er darum rang, eine Reaktion zu zeigen.

»Er war auch nur ein langbeiniger Nigger mit dicken Lippen«, sagte er. »War mir doch egal.«

Dann fuhr er Claude an. »Und du wolltest mich sitzenlassen, du Miststück. Mit deiner Scheißbewährung. Ich hab' dir …«

»Hat Hobbes dir das gesagt?« fragte Klein.

Agry sah Klein kaum an, während er ihm eine Rückhand versetzte. Klein plumpste zu Boden. Der Boden fühlte sich herrlich an, die Steinplatten weich wie Daunen. Bewußtlosigkeit lockte ihn mit einem süßen Schlaflied in den Ohren. Über dem Summen hörte er undeutlich Agry mit weinerlicher Stimme weitergreinen.

»Ich hab' dir alles gegeben, was ich hatte, ich hab dir das beste gegeben, ich hab dir mein Leben gegeben, ich hab dich gemacht, du Miststück, und was tust du? Du läßt mich sitzen. Du hast nicht einmal gefragt …«

Klein dämmerte weg. Ihm war, als versuche er in einem verlausten Motel einzuschlafen, während nebenan ein Paar lärmte: Plötzlich zerriß eine schrille Stimme, eindeutig Frau, ein unartikulierter Wutschrei, seine Schläfrigkeit, durchdringender als es vorher der Schuß vermocht hatte.

»*Du hast mir Aids verpaßt, du schwanzlutschende schwule Sau, du!*«

Der letzte Laut wechselte in einen gellenden Empörungsschrei über. Agrys blökende Antwort ging in diesem Wutgeheul unter.

»*Du hast's gewußt! Du hast's gewußt, und mich trotzdem mit deinem stinkenden Schleim vollgepumpt! Du schwule Sau! Du schwule Sau!*«

Klein kroch auf die Knie und zog sich an den Gitterstäben hoch. Hinter sich hörte er Sesselrücken. Dann ein Schlag, gefolgt von Agrys Reuegestammel. Klein drehte sich um. Agry lag auf den Knien, die gefalteten Hände erhoben. Über ihm stand Claudine, eindeutig Claudine, mit blitzenden Augen, in der Hand die schwere Automatikwaffe, und zielte auf Agrys tränenverschmiertes Gesicht.

»Aber ich liebe dich, Claudine!«

Claudine schoß ihm dreimal in die Brust. In dem kleinen Raum war der Knall ohrenbetäubend. Verbranntes Kordit zog Klein in die Nase. Und das war's. Es war also doch Claudine und nicht Claude, wie er gedacht hatte, die die nötige Wut aufgebracht hatte. Claudine warf die Kanone auf den Tisch, setzte sich und starrte vor sich hin. Einen Moment später funktionierten Kleins Ohren wieder. Und Claudine fing zu heulen an. Klein ging zu ihr und drückte ihren Kopf an seine Brust.

»Das Blöde daran ist«, stieß Claudine zwischen Schluchzern hervor, »das hat er wirklich. Mich geliebt. Wie niemand sonst in meinem ganzen Leben.«

»Mist«, sagte Klein. »Irgendwie beschissen.«

Sie blickte zu ihm auf, um zu sehen, ob er es ernst meinte. Er hob die Schultern und lächelte.

»Was soll's, Claude. Gehen wir, bevor die Nationalgarde kommt und uns die Eier wegschießt. Du hast auch zwei, erinnerst du dich?«

Claudine zog den Rotz hoch und putzte sich die Nase, und im nächsten Augenblick war sie verschwunden, auf ewig. Claude riß sich den roten BH herunter.

»Scheiße. Wenn die Brüder mich so sehen, brauchen sie keine Nationalgarde mehr. Dann sterben sie vor Lachen.«

Er fing an, sich den Slip auszuziehen, hielt aber verlegen inne.

»Geh raus«, sagte er. »Ich muß mich umziehen.«

Klein nahm die Knarre auf, warf den Ladestreifen raus und holte die Hülsen aus der Kammer. Dann steckte er sich die Munition in die Tasche und verzog sich. Der Block war leer. Agrys Mannen hatten ihn verlassen. Im Eingang stand Wilson mit drei von seinen Blutsaugern.

»Verdammt, Mann, wir wollten dich gerade rausholen.«

Hinter ihnen saß Stokely Johnson, der sich auf seinem

Wäschewagen hatte herrollen lassen, um einen Blick in Block D zu werfen. Hinter Johnson konnte man in der Halle noch immer mehrere hundert Männer sehen. Klein zog die Hülsen aus der Tasche.

»Agry ist hin«, sagte er. »Euer Mann Claude hat ihn kaltgemacht.«

Er schmiß Stokely die Munition vor die Füße. Stokelys Augen verdunkelten sich in widerstrebender Hochachtung.

»Schätze, wir machen Feierabend«, sagte Wilson.

Klein grinste. Dann trat irgend etwas in den oberen Rand seines Gesichtsfelds, und er blickte auf.

»Noch nicht«, sagte er.

Auf dem Balkon, der um den Fuß der Glaskuppel lief, trat Direktor Hobbes aus einer Tür in der Ecke, wo die dicken Mauern von Block B und Block C aufeinanderstießen. Ohne hinunterzusehen, umrundete Hobbes den Balkon.

»Hallo, Direktor!« rief Klein. »Es ist vorbei!«

Sein Ruf ging in den Schreien und Flüchen der anderen Gefangenen unter. Hobbes trug etwas in der linken Hand. Klein konnte nicht sehen, was es war, eine Aktentasche vielleicht. Wenigstens war es keine Maschinenpistole. In dem schwachen Licht konnte man seinen Gesichtsausdruck nicht erkennen. Er ging rund um den Balkon, bis er fast über ihnen war, und blieb dann stehen. Wilson hielt die Hand hoch und befahl Ruhe, aber die Insassen hatten noch zu viel Wut in sich, die sie erst loswerden mußten. Das Brüllen und Schreien ging weiter. Hobbes hob die Hand und stützte den Behälter am Balkongeländer ab. Es war ein schwarzer Plastikkanister mit acht Liter Inhalt. Wortlos schraubte Hobbes den Verschluß ab und begann, sich den Inhalt über den Körper zu schütten.

Benzin spritzte von Hobbes' Anzug weg und tropfte auf die Männer, die unter ihm standen. Sie drängten rückwärts aus dem Weg, hinein in die dicht aneinandergepreßten Körper. Klein spürte Panik in seinen Eingeweiden aufsteigen. Die Panik pflanzte sich wellenförmig durch die Menge fort. Die obszönen Schreie verwandelten sich in Schreckensrufe.

Hobbes war jetzt ganz mit Benzin durchtränkt. Klein schaute hinunter und bemerkte, was einige der anderen schon gesehen hatten. Johnsons Heizölvorrat war genau an der Stelle gelagert, über der Hobbes jetzt stand.

»Bring sie schnell von hier weg«, sagte Klein.

Wilson hob die Stimme: »Abziehen, ihr Ärsche! In alle Richtungen! Los, schnell!«

In blinder Panik drängte sich alles in Richtung Mehrzwecktrakt.

»In alle Richtungen, hab' ich gesagt! Benutzt die Blocktore!«

Keiner schien ihn zu hören. Am Rand der Menge lösten sich ein paar Männer ab und rannten in Richtung Speisesaal, Block C, Block B, aber die meisten trieben mit den anderen auf den Mehrzwecktrakt und das Haupttor zu. Wilson dirigierte Leute nach D hinunter. Stokely Johnsons Wäschewagen kippte in dem Durcheinander um, Stokely fuhr von seinem Stuhl hoch und krachte gegen Klein.

»Geh durch A«, sagte Klein.

Während Stokely sich zu den Toren von Block A durchkämpfte und Männer anwies, ihm zu folgen, blickte Klein hinauf zu Hobbes. Der hatte den Benzinkanister abgestellt und hielt eine Rede an die Gefangenen. In dem Tumult verstand Klein kein Wort. Hobbes kam ihm plötzlich unglaublich alt und gebrechlich vor, eingeschrumpft in seiner Haut. Mit seinem triefnassen Anzug und seiner Rede, die keiner hörte, bot er einen herzzerreißenden Anblick. Hobbes wischte sich die Hände mit einem weißen Taschentuch ab und fuhr sich über die Stirn. Dann zog er aus einer inneren Anzugtasche eine Streichholzschachtel.

»Los, Mann, gehen wir«, sagte Wilson. »Zurück zu D.«

Wenn Hobbes sich jetzt anzündete und das Heizöl Feuer fing, dann würden noch immer sehr viele Männer dabei umkommen oder furchtbare Verbrennungen erleiden.

»Direktor!« brüllte Klein. »Hobbes!«

Hobbes warf ihm einen Blick zu, und Klein erkannte die unstillbare Verzweiflung auf den Zügen des alten Mannes.

Dann wandte Hobbes sich ab und nahm ein Streichholz aus der Schachtel.

Klein wollte sich umdrehen und zum hinteren Tor von D rennen, aber er erstarrte im selben Augenblick.

Auf dem Balkon war ein zweiter Mann erschienen und näherte sich Hobbes.

Der Mann war so riesengroß, daß er sich unter den Glasfeldern der Kuppel bücken mußte. Aus einem Dutzend Wunden tropfte Blut, er war von Kopf bis Fuß mit Schlamm und Dreck beschmiert. Schief auf dem Kopf saß eine Baseballmütze mit einem weißen X darauf.

Henry Abbott war aus den Tiefen des Gefängnisses emporgestiegen, um Direktor Hobbes auf seinem Gipfel zu treffen.

Klein blieb das Herz im Hals stecken.

Hobbes rieb das Streichholz gegen die Zündfläche. Das Streichholz entzündete sich nicht. Noch einmal rieb er. Nichts. Er holte ein zweites Streichholz heraus und versuchte es noch einmal. Da fiel Henry Abbotts Schatten über ihn, und er drehte sich um. Als das Streichholz aufflammte, streckte Abbott eine Hand aus, leicht und zärtlich wie ein Vogel, und drückte zwischen Daumen und Zeigefinger die Flamme aus. Voll Entsetzen lehnte Hobbes sich rücklings über die Brüstung. Abbott nahm seinen Arm und zog ihn zurück, dann beugte er den Kopf hinab und flüsterte Hobbes etwas ins Ohr. Hobbes blickte Abbott starr ins Gesicht, dann hob er langsam, wie hypnotisiert die Hand und zog etwas aus seiner Jackentasche. Ein Stück Papier. Er faltete es auf und betrachtete es auf seiner Handfläche. Henry Abbott öffnete die Arme, zog Hobbes an seine Brust und drückte zu. Es gab keinen Kampf. Während Klein Hobbes letzter Umarmung zusah, blickte Abbott mit seinen neuen hellen Augen direkt zu ihm herunter, und Klein überlief es kalt, aber er schaute nicht weg.

Als Hobbes nicht mehr atmete, beugte Abbott sich vor und warf ihn sich über die Schulter wie einen Sack Zement. Hobbes hing da mit starren Augen. Abbott blickte wieder zu

Klein hinunter und hob die Hand. Klein schluckte und hob zur Antwort ebenfalls die Hand. Abbott drehte sich um und schritt davon. Aus Hobbes' schlaffen Fingern flatterte das Stück Papier herunter in die leere Halle. Abbott tauchte mit seiner Last in das dunkle Viereck der Balkontür ein und verschwand in der Stille.

Die Evakuierung war beinahe abgeschlossen. Klein ging quer durch die Halle und hob das Papier auf, das Hobbes entglitten war. Es war mit Benzin durchtränkt. Er faltete es auseinander. Das Benzin hatte die Schrift zu einem schlierigen Grün verwischt. Die einzigen Worte, die Klein noch lesen konnte, und auch die nur vage, lauteten:

> »… sweet delight,
> … endless night.«

Klein steckte das Papier in die Tasche und stellte sich neben Wilson an das Ende der Schlange.

Im Hof wimmelte es von Gefangenen, die Luft dröhnte von gebrüllten Kommandos, einmal von Captain Cletus, dann wieder von irgendeinem idiotischen Offizier der Nationalgarde, und jeder gab andere Anweisungen. Das Haupttor wurde von einer Linie von Soldaten mit aufgepflanzten Bayonetten versperrt.

»Das kann noch Stunden dauern«, sagte Wilson.

Klein nickte. Die Vorstellung von ein paar Stunden Schlaf auf dem Beton erschien ihm als das höchste Glück auf Erden. Durch die wimmelnde Menge sah er Devlin auf sich zukommen, neben ihr Galindez, den Arm in der Schlinge, und ein Soldat mit frischen Zügen, der nervös einen Gummiknüppel umklammerte. Als Devlin die Männer erblickte, sah sie ungeheuer erleichtert aus.

»Du hast's überlebt«, konstatierte sie.

»Geh' nach Hause«, antwortete Klein. »Es ist noch immer gefährlich hier drinnen.«

»Du weißt ja nicht einmal, wo mein Zuhause ist«, sagte Devlin.

»Ich finde dich schon«, antwortete Klein.

Sie nickte und lächelte. »Das hoffe ich.«

Dann wandte sie sich an Wilson. »Ich wollte dem Wirbelwind Lebwohl sagen.«

Devlin hielt ihm leicht verlegen die Hand hin, und Wilson schüttelte sie. Was immer es war, was sie ihm dabei zuschob, sehr geschickt stellte sie es nicht an. Klein warf einen schnellen Blick auf Galindez. Der starrte angestrengt in die entgegengesetzte Richtung, auf einen ganz und gar unauffälligen Soldaten auf der anderen Seite des Hofs. Der junge Soldat neben ihm hatte genug damit zu tun, sich nicht in die Hose zu pinkeln, als daß er etwas bemerkte. Wilson zog Devlin an sich und küßte sie auf die Wange. Sie trat einen Schritt zurück. Wilson streckte Galindez die Hand hin, die wunderbarerweise leer war. Galindez schüttelte sie.

»Viel Glück«, sagte Galindez und streckte Klein die Hand hin. »Ihnen auch.«

Es gab eine verlegene Pause. Klein hätte sich am liebsten sofort mit Devlin hier auf den Beton gelegt, aber es gab wahrscheinlich bessere Kulissen für eine Liebesnacht. Also küßte er sie auch auf die Wange. Zu seiner Verblüffung lief sie rot an.

»Ich geh' jetzt«, sagte sie.

Klein nickte.

Zu Wilson sagte sie: »Wenn ich du wäre, würde ich mir eine neue Karriere aussuchen. Held sein ist nicht gut für die Gesundheit.«

Wilson lächelte. »Kann ich mir ja überlegen.« Er deutete mit dem Kopf auf Klein. »Und du kümmere dich um diesen Joker. Für einen Weißen ist er ein ziemlich cooler Typ.«

Gottverdammt. Klein kam sich gesegnet vor. Er war schließlich doch ein ziemlich cooler Typ. Er reckte die Schultern und schob die Brust vor, ächzte aber vor Schmerzen, als dabei seine Rippen knackten.

»O Gott«, stöhnte er.

»Keine Sorge«, sagte Wilson. »Ich geb' ihm noch ein paar Tips.«

Dann drückte Devlin Klein die Hand und ging zurück zum Tor, links von ihr Galindez, rechts die Soldaten.

Wilson und Klein sahen ihr nach, bis die süße rollende Bewegung ihres Hinterns ihren Blicken entschwunden und ihr Hinterkopf in der Menge untergetaucht war.

»Verdammt«, sagte Wilson. »Meine Gesundheit regt mich nicht so auf, aber meine Eier, Mann, ich hatte ganz vergessen, wie sehr einen diese Saukerle zwicken können.«

»Da hast du wirklich recht«, sagte Klein.

Wilson zog eine Packung Camel aus der Tasche und schob sich eine in den Mund.

»Hast du noch eine übrig?« fragte Klein.

Wilson fuhr mit dem Finger in die Packung. Eine war noch drin. Er gab sie Klein, sie zündeten sich die Zigaretten an und inhalierten.

»Egal, was die Leute sagen, die Dinger schmecken immer noch gut.«

Wilson nickte zustimmend. Sie rauchten.

»Hör zu«, sagte Klein, »es gibt etwas, worüber ich mir den Kopf zerbreche, und irgendwie würde ich lieber dich fragen als Devlin.«

»Und was?« fragte Wilson mißtrauisch. »Worum geht's?«

»Also«, begann Klein. »Wie groß, ich meine, du weißt schon, also im Vergleich, ist dein Pimmel? Das heißt, dein Schwanz.«

Wilson sah ihn an. »Das willst du wirklich wissen?«

Es gab eine Pause.

Dann lächelte Wilson, und Klein fing zu lachen an.

Und Wilson fing auch zu lachen an.

Und die beiden standen im Schatten der Zellenblocks, das rote Morgenlicht schimmerte bereits über die hohen Granitmauern, und sie lachten, bis sie nicht mehr konnten.

In der wimmelnden und zermürbten Menge im betonierten Gefängnishof waren sie weit und breit die einzigen, die lachten.

Epilog

Bei der Revolte im staatlichen Gefängnis von Green River waren alles in allem zweiunddreißig Mann ums Leben gekommen, zum Rekord fehlte nur einer, so aber blieb es zur allgemeinen Enttäuschung nur die zweitschlimmste Revolte in der Geschichte des amerikanischen Strafvollzugs.

Am Nachmittag, der auf den Aufstand folgte, setzte die Nationalgarde zu niemandes Überraschung das Heizöllager in der Haupthalle unabsichtlich in Brand und verursachte damit viel mehr Schaden an dem Gebäude als die Insassen selbst. Nachdem der Brand gelöscht war, durchsuchten die Behörden zwei Wochen lang das Gefängnis gründlichst, mit Spürhunden und Infrarot-Hitze-Detektoren, und entdeckten dabei eine phänomenale Menge an Drogen, Destilliergeräten und illegaler Pornographie, und tief unten in einem abgelegenen Abwasserkanal fünf stark verweste Leichen, aber nicht die geringste Spur der Leiche des Direktors John Campbell Hobbes. Unter eifrigster Mithilfe des staatlichen Strafvollzugsdezernats, dem daran gelegen war, daß kein Schatten der Mitschuld auf das System als solches fiel, lieferte die Presse eine vulgäre Karikatur von Hobbes als einem korrupten, rassistischen Despoten, der mit seinen widernatürlichen Praktiken ganz allein die Schuld an der Revolte trug, und dieses Bild blieb im Gedächtnis der Allgemeinheit haften.

Dreihundertachtundvierzig Männer waren so schwer verwundet, daß sie ins Krankenhaus gebracht wurden, und nur dank des Einsatzes der Sanitäter und Notärzte von East Texas sind nicht mehr von ihnen gestorben.

Stokely Johnson wurde die Kugel aus der Kieferhöhle entfernt, anschließend wurde er ins Gefängnis von Huntsville überstellt. Dort wurde seine Strafe später auf ein Gesamtmaß von vierundachtzig Jahren erhöht, infolge seiner beim Aufstand in Green River begangenen Verbrechen.

Auch Grauerholz bildete für die Kieferchirurgen eine Herausforderung für heldenhafte Leistungen bei der Rekonstruktion seiner unteren Gesichtshälfte. Aber sie ließen ihn nicht im Stich, und obgleich Hector eine schwere und nicht behandelbare Sprechbehinderung zurückbehielt, konnte er immerhin weiche Nahrung kauen und schlucken. Ihn schickte man in das Bundeshochsicherheitsgefängnis in Marion, Illionois, wo er in der Isolation unter permanenter Sperre lebte. Da Hector ohnehin nur noch wenige Konsonanten und Vokale sprechen konnte, war der Mangel an Gesprächspartnern kein allzu großer Verlust. Er absolvierte einen Fernkurs für kreatives Schreiben, lernte mit der Linken zu tippen und produzierte einen Roman über eine Waffenschieberin und Drogenhändlerin namens Deveraux. Der Roman wurde von der Kritik verrissen, avancierte aber in der Taschenbuchausgabe zum Kultbuch. Ein legendärer New Yorker Romancier nahm sich seiner an und setzte eine Kampagne in Gang, um Grauerholz in den offenen Strafvollzug zu überstellen, aber Grauerholz ist so in die Fortsetzung vertieft, daß er sich nicht darum schert.

Myron Pinkley entdeckte man heulend in der Kapelle, mit gebrochenem fünften und sechsten Halswirbel und dem gefürchteten Custer-Syndrom, einer heftigen, allerdings vorübergehenden und jedenfalls letztmaligen Erektion, die auf totale Durchschneidung der Wirbelsäule deutet. Er blieb am Leben, wird aber Arme und Beine nie wieder bewegen können.

Hank Crawford mußte zu seiner Freude das linke Bein über dem Knie amputiert werden. Das ermöglichte ihm, den Staat auf kriminelle Vernachlässigung und Verletzung seiner verfassungsmäßig garantierten Rechte zu verklagen. Die außergerichtliche Einigung trug ihm angeblich mehr als eineinhalb Millionen Dollar ein. Als der Anwalt, der Crawfords ursprünglichen Prozeß so ungeschickt geführt hatte, vorzeitigen Altersschwachsinn entwickelte, verklagte Crawford auch dessen Kanzlei und schlug einen noch größeren Betrag heraus. Jedes Jahr schickt er Klein zum Jahrestag der Revolte eine Kiste Lagavulin Maltwhisky und das neueste Polaroid-Foto von seinem künstlichen Bein, das zwischen den Beinen einer jeweils anderen umwerfenden Badeanzug-Schönheit gerubbelt wird.

Victor Galindez bekam eine Dienstaufsichtsbeschwerde des staatlichen Strafvollzugsdezernats angehängt und erhielt eine Verwarnung wegen Nichtbefolgung von Notfallanweisungen, was zu Gefahr für Leib und Leben geführt habe. Bald darauf verließ er das Dezernat und arbeitet jetzt, und zwar viel lieber, als Bewährungshelfer in der Nähe von Brownsville.

Dennis Terry, der ohne Verletzungen davonkam, bewarb sich schließlich doch um die Bewährung, die er so lange gemieden hatte, und bekam sie auch. Daraufhin eröffnete er in einem Vorort von Wichita Falls ein Imbißlokal und heiratete eine Kellnerin, ein Navajo-Halbblut, halb so alt wie er, und sie erwarten gerade ihr erstes Kind.

Bill Cletus kam ebenfalls nach Huntsville, wo er ohne die gewohnten Schmiergelder einen katastrophalen Einnahmenrückgang hinnehmen mußte. Es gelang ihm schließlich, mit seinem bescheidenen Gehalt auszukommen, und dabei nahm er immerhin dreißig Pfund ab. In kurzen, aber recht blumigen Erinnerungen an den »Großen Aufstand im Gefängnis am Green River« verwandelte sich dieser in einen Willenskampf zwischen Nev Agry, dem genialen, aber wahnsinnigen Verbrecherkönig, und der eisernen Entschlossenheit und unerschütterlichen Tapferkeit einer Gestalt, die im Text bescheiden immer nur als »der Captain« auftritt. »Schön, dann sind sie eben Schwule«, bellt da der Captain den schurkischen Direktor Hobbes an, bevor er sich todesmutig und allein an den Entsatz des Krankenreviers macht, »aber das heißt noch nicht, daß sie den Tod verdienen!« Die Filmrechte wurden verkauft, und Cletus verärgerte seinen kleinen Freundeskreis dadurch, daß er immer wieder fragte, wer ihn auf der Leinwand am besten darstellen könne,

Schwarzenegger oder Stallone. Schließlich wurden die Filmrechte aber nicht genutzt, und Cletus verfiel darüber in eine
kohlrabenschwarze Verbitterung, aus der er noch nicht wieder aufgetaucht ist.

Claude Toussaint bekam lebenslänglich wegen des Mordes an Neville Agry und konnte also doch nicht bei Alfonso's
One Hundred Pipers durch einen Strohhalm trinken. Aber er
landete schließlich in Huntsville, wo er sich den Schädel kahl
rasierte, sich eine Brille mit Drahtgestell zulegte und eine
HIV-Hilfe-Gruppe ins Leben rief. Weil er der Mann war, der
Nev Agry kaltgemacht hatte, legte sich keiner mit ihm an,
und das war in jeder Hinsicht gut für ihn. Er wurde auch
wieder Stokely Johnsons Geliebter, diesmal aber freiwillig.
Klein schreibt regelmäßig und kommt zu Besuch, so oft er
Zeit hat, und Claude geht es gut, und er behauptet in seinen
Briefen, jetzt ein Lebensziel und ein Selbstwertgefühl gefunden zu haben, das ihm in seinem früheren Leben als Zuhälter
und als Transvestit stets gefehlt hatte.

Acht Männern gelang während der chaotischen Evakuierung der Strafanstalt die Flucht. Sieben davon wurden
innerhalb einer Woche wieder eingefangen. Der achte, Reuben Wilson, wurde am Tag der Revolte bei der Flucht aus
dem Gefängnis beobachtet, laut Zeugenaussagen von Doktor Juliette Devlin und Sergeant Victor Galindez. Wilson
wurde nie gefunden und steht immer noch auf der Fahn-
dungsliste des FBI.

Juliette Devlin schloß ihr Forschungsprojekt nie ab und
setzte auch die von ihr gemeinsam mit Ray Klein und Earl
Coley verfaßte Pilotstudie nicht weiter fort, obwohl diese
zum Vorbild für viele andere Untersuchungen ähnlicher Art
wurde. Devlin wandte sich von der forensischen Psychiatrie
gänzlich ab, denn laut eigener Aussage hatte sie dabei gefunden, was sie gesucht hatte, statt dessen wechselte sie in die
Kinderpsychiatrie, was vielen unverständlich erschien, ihr
aber ganz logisch. Auch bei dieser Arbeit erwies sie sich
natürlich als besonders begabt, und so erhielt sie ein zwei-
jähriges Forschungsstipendium für Chikago. Eines Tages

bekam sie aus Paris, Frankreich, ein Päckchen mit zwei alten Schlüsseln darin. Auf einem beiliegenden Zettel stand: »Aus mit dem Heldentum. Aus mit traurigen Eiern. Dank fürs Zimmer!« Unterschrieben mit »W.« Es stand kein Absender darauf, aber Devlin hat vor, eines Tages mit Klein nach Paris zu fahren und den Wirbelwind ausfindig zu machen, aber ob sie ihn noch einmal einfangen wird, kann man nicht wissen, da gibt es zu viele Unsicherheitsfaktoren.

Earl Coleys Leiche wollte niemand haben, er schien schon für den Armenfriedhof bestimmt. Da nahm Klein sich seiner an. Er verschiffte den Frogman nach New Jersey und begrub ihn neben seinem Vater. Beide Grabsteine tragen Namen und Lebensdaten der Toten und darunter die Inschrift »Der Tapferste«. Devlin fand tatsächlich Coleys Familie und schickte jedem Mitglied ein Exemplar der medizinischen Zeitschrift, eine Antwort erhielt sie aber nur von der Tochter, die ihr für ihre Bemühungen dankte.

Das einzige andere Begräbnis, dem Klein beiwohnte, war das von Vinnie Lopez. Dabei war er sogar Ehrengast, und als in der schäbigen Hintergasse von San Antone die Nacht über die eigens aufgestellten Brettertische fiel, flossen viele Tränen, und manche Brust schwoll vor Stolz, als Klein die Geschichte erzählte, wie Vinnie ihm in dem fürchterlichen letzten Gefecht das Leben gerettet hatte und wie sich Vincent Garcia Lopez am Ende für seine Compadres opferte und so aufrecht starb, wie er gelebt hatte.

Nach dem Aufstand verbrachte Klein unter Bewachung zehn Tage im Krankenhaus mit einer eitrigen Gewebsentzündung im linken Bein, denn die Mikroben, die er sich im Green River eingefangen hatte, ließen sich nicht um ihre Beute betrügen. Auf der gleichen Station lag der berüchtigte Sonny Weir, dessen etwas laienhafte Armamputation den ganzen Aufstand überhaupt in Gang gesetzt hatte. Im Bett neben Klein lag Colt Greely zur Heilung von vielen Schraubenzieherlöchern und zur Wiederherstellung eines Knies. Colt war der Ansicht, er verdanke Klein sein Leben, denn hätte dieser ihm nicht einen Schädelbruch verpaßt und ihn zum Krüppel geschlagen und auf Block B in eine Toilette gestopft, dann hätte Stokely Johnson ihn zusammen mit den anderen Typen, die dem Nigger den Kopf abgesäbelt hatten, einfach aufgeknüpft. Klein ließ sich schließlich überreden, daß Greely ihn mit steriler Spritze und Nadel an der linken Schulter tätowierte; das Tatoo stellte einen dunklen Turm dar, der vom Blitz getroffen wurde, und darunter standen in einem halbkreisförmigen Spruchband die Worte: Virescit vulnere virtus. Trotz ihrer anfänglichen, von der Vernunft diktierten Abneigung stellte Devlin fest, daß Colts Kunstwerk ihren Wunsch, Klein mit nach Hause zu nehmen und ihm das Weiße aus den Augen zu vögeln, noch verstärkte. Klein findet, es ist das Coolste, auf das er sich je eingelassen hat, denn, wie er nie müde wird, ihr zu versichern, es ist echte Gefängnisware, und – zumindest im Prinzip – die letzte Tätowierung aus dem staatlichen Gefängnis am Green River.

Ray Klein und Juliette Devlin sind also zusammen, und selbst in seinen schwärzesten Stunden muß Klein zugeben, daß es eine ziemlich tolle Sache ist. Zwar besteht theoretisch noch immer die Möglichkeit, aber praktisch hat er die Hoffnung aufgegeben, je wieder als Chirurg praktizieren zu dürfen, obwohl er noch manchmal davon träumt, sich mit seinen Instrumenten in irgendein Kriegsgebiet abzusetzen. Als Devlin nach Chikago ging, entschloß er sich, mit ihr zu gehen, und dank seiner Kampfsportkünste und seiner Empfehlungen als Zuchthäusler bekam er einen Job als Rausschmeißer in einem Jazzclub. Zu seiner eigenen Überraschung fand er am Nachtleben Gefallen, und so bat er schließlich den Millionär Hank Crawford um einen Kredit und stellte damit eine eigene Bar mit Blues-Keller auf die Beine. Crawford machte mit Vergnügen mit, als einbeiniger stiller Teilhaber, wie er es nennt, und von Zeit zu Zeit taucht er gern unangemeldet auf, an jedem Arm ein hochbeiniges Texas-Girl wie weiland Alfonse Capone. Klein taufte seinen Club »Nine Below Zero« und wird damit in der Stadt immer bekannter. Gelegentlich erscheint der eine oder andere Teilnehmer des Aufstands an der Bar und sitzt dort mit Klein bis in die frühen Morgenstunden, raucht Kleins Camels und beschwört die Geister der Vergangenheit herauf. Einer von ihnen, Albert Myers, auf dem linken Auge blind, blieb im »Zero« als Barkeeper hängen.

Und wenn wir schon von Geistern sprechen: Das Gefängnis wurde geräumt und versiegelt und nie mehr benutzt, weder zu Zwecken der Besserung noch zu irgendwelchen anderen. Es steht noch immer mitten im Schwemmland des Green River und beherbergt, so viel man weiß, nur Ratten und Teufelszwirn und ein paar Zugvogelfamilien. Und ab und zu Ray Klein.

Denn manchmal, wenn ihm das Herz schwer wird und er nicht aus der Melancholie herausfindet, macht sich Klein auf die lange Fahrt nach Süden und verbringt die Nacht allein, wandert um die hohen Steinmauern, deren granitene Fundamente so tief in die Erde reichen. Und manchmal, wenn ein warmer Wind vom Golf heraufbläst und die leeren Wachtürme zum Ächzen bringt, hört er von drinnen eine Stimme: Das Wort. Und Henry Abbott. Denn Klein glaubt, und keiner wird ihm diese Überzeugung nehmen, daß der Mann und sein Gott, beide, Mann und Gott, noch immer Hand in Hand über die leeren Laufgänge schreiten, durch die leeren Gänge des Universums, das sie sich zur Heimstatt erwählt haben. Und Klein sitzt im Licht der Sterne, mit dem Rücken an das eisenbeschlagene Tor gelehnt, und hört in tiefer Versunkenheit, wie Das Wort aus dem Dunkel nach Henry ruft und ihm noch einmal erzählt, was hier alles geschah, von den gequälten, unvergleichlichen Menschen, die hier kämpften und starben, in der Geschichte von der Revolte am Green River.